मधु भादुड़ी

दिल्ली में स्कूली पढ़ाई के बाद मधु भादुड़ी ने इन्द्रप्रस्थ कॉलेज से दर्शनशास्त्र में एम.ए. किया। 1965 से 1968 तक वहीं प्राध्यापिका रहीं। 1968 में भारतीय विदेश सेवा में प्रवेश किया। तब से ऑस्ट्रिया, वियतनाम, मेक्सिको और जर्मनी में भारतीय विदेश सेवा में कार्यरत रहीं। फिर बेलारूस की राजधानी मिन्स्क में भारत की राजदूत रहीं। वे शास्त्रीय संगीत में विशेष रुचि रखती हैं। हिन्दी, बांग्ला और अंग्रेज़ी के अतिरिक्त वे जर्मन और स्पैनिश की भी ज्ञाता हैं।

उनकी प्रमुख कृतियाँ हैं—'कालचक्र', 'ज्वार', 'अनादि अनंत', 'परिचित कथा की अनकही कहानी'। उपन्यास और कहानियों के साथ-साथ उन्होंने नाटक भी लिखे हैं।

परिचित कथा की अनकही कहानी

मधु भादुड़ी

राजकमल पेपरबैक्स

राजकमल पेपरबैक्स में
पहला संस्करण : 2003
पहली आवृत्ति : 2023

राजकमल पेपरबैक्स : उत्कृष्ट साहित्य के जनसुलभ संस्करण

राजकमल प्रकाशन प्रा.लि.
1-बी, नेताजी सुभाष मार्ग, दरियागंज
नई दिल्ली-110 002
द्वारा प्रकाशित

शाखाएँ : अशोक राजपथ, साइंस कॉलेज के सामने, पटना-800 006
पहली मंजिल, दरबारी बिल्डिंग, महात्मा गांधी मार्ग, प्रयागराज-211 001
वेबसाइट : www.rajkamalprakashan.com
ई-मेल : info@rajkamalprakashan.com

बी.के. ऑफसेट
नवीन शाहदरा, दिल्ली-110 032
द्वारा मुद्रित

मूल्य : ₹ 250

PARICHIT KATHA KI ANKAHI KAHANI
by Madhu Bhaduri

इस पीली, दोमंज़िला, डिब्बों के आकार के मकानों की सरकारी कॉलोनी में रहनेवाले अपने को खुशकिस्मत समझते आए हैं। सचिवालय के इतने करीब रहते हुए उन्हें रोज़ सुबह दफ़्तर जाने और शाम को लौटने में घंटों बसों की भीड़ और धक्कों को सहना नहीं पड़ता। उनमें से अधिकतर अपनी साइकिलों पर आते-जाते हैं। सचिवालय तक की सड़क पर अंग्रेज़ों के ज़माने के लगे छायादार पेड़ गर्मियों की धूप से बचाते हैं। उस ज़माने के बने बगीचेवाले सरकारी बँगले भी रास्ते में पड़ते हैं। कॉलोनी से गोल-मार्केट भी दूर नहीं है और पास ही शहर के अच्छे स्कूल भी हैं। राजधानी का यह इलाका अंग्रेज़ों की यथायोजना बनाई हुई 'नई दिल्ली' का अंग है। मगर अपनी पीली मकानोंवाली कॉलोनी बाद में बनी, जब हरियाली और पर्यावरण की चर्चा अभी शुरू नहीं हुई थी। वैसे भी सरकारी मकानों के निर्माण में इन बातों को मद्देनज़र तब रखा जाता है जब रहनेवाले सरकारी अफ़सर होते हैं।

कॉलोनी के अन्दर सोहनलाल जैसा इक्का-दुक्का ही कोई होगा जिसने अपने मकान के आसपास एक-आध पेड़-पौधा लगाया हो। गर्मी के मौसम की शुरुआत के साथ उनके मकान के पास पहले गुलमोहर के पेड़ के सुर्ख लाल फूलों के गुच्छे और उनके झड़ने के साथ-साथ अमलतास के पीले लटकते फूलों की बहार ऐसी नज़र आती इस सपाट नंगी कॉलोनी के बीच, ज़ैसे रेगिस्तान में अचानक ठंडे पानी के तालाब की झलक। सुबह-शाम साइकिल पर आते-जाते, सोहनलाल रास्ते के पेड़ों से अच्छी तरह वाकिफ थे। कौन-सा वृक्ष कब फले-फूलेगा, वह जानते थे। उनकी महक से परिचित थे। सुबह दफ्तर जाते हुए जब सड़क चौड़ी करने के सिलसिले में उन्होंने इमली के विराट फैले हुए छायादार पेड़ को कटते देखा तो तुरन्त साइकिल से उतर इस घोर अपराध को रोकने के लिए बढ़े। समझाने-बुझाने की पूरी कोशिश की उन्होंने। यह भी बताया कि इमली का पेड़ बहुत सालों के बाद फल देता है। इसकी छाया अमूल्य है। मगर काटनेवाले मज़दूरों का पेड़ को काटने के निर्णय से कोई वास्ता नहीं था। निर्णय लेनेवाले बाबू कहीं किसी दफ्तर में बैठते हैं।

अपने छोटे से मकान के इर्द-गिर्द सोहनलाल ने पौधों, लताओं और एक-एक कर गमलों से हरियाली का घेरा बनाया जो धीरे-धीरे एक छोटा-सा रुमालनुमा बग़ीचा बन गया। दूसरी मंज़िल पर रहनेवाले सरदार सन्तोक सिंह, सोहनलाल को हाथ में खुर्पी लिये अपने पौधों पर झुके हुए देखने के आदी थे। उन्हें ताज्जुब होता कि गर्मियों में जब नल भी सूख जाते हैं, तब भी उनका पड़ोसी अपने फूल-पौधों को सूखने न देता। एक-एक कर गमलों को बरामदे की छाया में रखता और मौसम के रुख के साथ छुट्टी के दिन

सोहनलाल की बेटी उमा भी अपने पापा के साथ मिट्टी और पानी में हाथ डाले इधर-उधर फुदकती नज़र आती। वह दुबली-पतली बच्ची आठ-नौ साल की थी जब उसके भाई रमन का जन्म हुआ। शायद तब चौथी क्लास में पढ़ती थी।

रमन के जन्म पर पिताजी का आनन्दित चेहरा और रमन की छोटी-छोटी उँगलियाँ उमा कभी नहीं भूलेंगी। विडम्बना तो इसमें थी कि उस नन्ही-मुन्ही जान ने उमा के जीवन की गति बिल्कुल बदल दी। मम्मी की दिनचर्या ही नहीं, वे खुद भी बदल गईं। उनकी तरह उमा का जीवन, उसके दिन रमन के उठने, रोने, खाने, नहाने और खेलने में बहने लगे। मम्मी ने कहानियाँ सुनानी भी छोड़ दीं। फुर्सत ही कहाँ थी उन्हें। वैसे मम्मी के सुनाए किस्से और कहानियाँ उमा के अतीत का अंग बन चुकी थीं। मम्मी खुद बच्ची थीं जब देश का विभाजन हुआ। लाहौर से दिल्ली के भयंकर सफर की कुछ सुनी और कुछ भावी कल्पनाओं की धारा शान्ति देवी से उमा की भावनाओं में बहने लगीं। रमन के जन्म के बाद उमा की जिम्मेदारियाँ बनती और बढ़ती चली गईं।

पिताजी जब सरकारी नौकरी के आठ घंटे पूरे कर साइकिल का पैडल धकेलते घर पहुँचते तब मम्मी रमन को उमा के सुपुर्द करके नाश्ता देने में लग जातीं।

सरकारी कॉलोनी में अपने ही तरह के जाने-पहचाने परिवारों के करीब, पतली दीवारों के आरपार रहने का अपना ही अनोखा अनुभव होता है। कुछ संकट भी होते हैं। गर्मियों की छुट्टियों में अब पहले की तरह सीढ़ियों के नीचे एक कोने में दोपहर भर बंटे खेलते रहना सम्भव न होता क्योंकि मम्मी रमन को उमा के सुपुर्द करके गृहस्थी के कामों में जुट जातीं। ऐसी ही एक दोपहर थी जब उमा ने जयन्त चाचा को पहली बार देखा। उन्होंने मोटा चश्मा पहन रखा था। कद के नाटे थे और चेहरा पिताजी से मिलता-जुलता था। ''यह तुम्हारे चाचा हैं।'' शान्ति देवी ने उमा से कहा और उसे शर्बत बनाने के लिए भेज दिया। सुराही के ठंडे पानी से उमा लाल शर्बत बनाकर लाई। इस बीच रमन रोने लगा। शान्ति देवी अन्दर कमरे में चली गईं और उमा ने जयन्त चाचा को शर्बत का गिलास दिया।

''स्कूल जाती हो ?'' चाचा ने पूछा। कैसा अजीब सवाल है ! स्कूल तो सभी जाते हैं। उमा ने सिर हिलाया।

''कौन-सी क्लास में हो ?''

''चौथी में।''

''आज स्कूल नहीं गईं ?'' लो एक और अटपटा सवाल।

''गर्मियों की छुट्टियाँ चल रही हैं। सभी स्कूल बन्द हैं।''

''ओह...''

चाचा को स्कूलों के बारे में कुछ नहीं पता। उन्होंने शर्बत पीकर गिलास मेज़ पर रखा। उमा ने तुरन्त पूछा, ''शर्बत और पिएँगे ? अभी बना लाती हूँ।''

चाचा की कमीज़ से पसीना चू रहा था। चश्मा भी पसीने की वजह से नाक पर फिसल रहा था। ठीक इसी वक्त बिजली चली गई। ऊपर चूँ-चूँ करता पंखा भी बन्द

हो गया। उमा तुरन्त हाथ की पंखी उठा लाई। चाचा को झलने लगी। शायद इस हरकत ने जयन्त पराशर को चौंका दिया। कितनी छोटी, असहाय बच्ची है. मगर ममता की कमी नहीं इसमें। उमा की आँखें चाचा को गौर से देखती रहीं मानो पूछ रही हों, "मैं असहाय हूँ ?"

"थक जाओगी, लाओ पंखी मुझे दे दो," जयन्त ने हाथ बढ़ाया।

"इतनी जल्दी नहीं थकती," उमा ने आश्वासन दिया। कुछ देर दोनों चुप रहे फिर उमा ने मन में उमड़ रहा सवाल सहज ही पूछ डाला, "आप हमारे चाचा हैं ?" जयन्त ने सहमति में सिर हिलाया। "तो आप पहले कभी क्यों नहीं आए ? सिमरन के चाचा तो आते रहते हैं। आप पहली बार आए हैं। आप पहले क्यों नहीं आए, चाचा ?"

चुपचाप जयन्त ने मानो दोष स्वीकार कर लिया।

"अब आप आते-जाते रहेंगे न, सिमरन के चाचा की तरह ?"

जयन्त मुस्कुरा दिया। शान्ति देवी रमन को गोद में लिये बैठक में आईं। जयन्त खड़ा हो गया। "क्यों ? चले जाओगे ? अभी तो आए हो। क्या उनका इन्तज़ार नहीं करोगे ?" भाभी की आवाज़ में अवहेलना थी। आग्रह नहीं। उमा ने मुस्कुराते हुए आग्रह से कहा, "चाचा, अभी मत जाइए।"

जयन्त बैठ गया। दरअसल वह चले जाने के लिए नहीं उठा था। बस ऐसे ही न जाने क्यों पैरों पर खड़ा हो गया। फिर बैठ गया।

"चाचा, आप कहाँ रहते हैं ? बहुत दूर बम्बई में ?"

"नहीं, अब यहीं आ गया हूँ।"

शान्ति भाभी चौंक गईं। "आश्रम छोड़ दिया ?...क्यों ?" उन्होंने पूछा। जिस भवजल से जयन्त बचना चाहता था वही सामने उमड़ता नज़र आया। आश्रम क्यों छोड़ा ? जिस आदर्श के लिए सबके मन को ठेस पहुँचाई, क्या उससे अब अपना मन भी ऊब गया ? अब कौन-सा खिलौना; कौन-सी पतंग की डोर थामी है ? दरअसल जयन्त के बारे में परिवार में सभी ने यह मान लिया था कि उसकी काबिलियत और पढ़ाई में सदा अव्वल उत्तीर्ण होनेवाले लड़के के लिए उच्च सरकारी नौकरी का पद पाना आसान होगा। शिक्षकों का कॉलेज में मानना था कि जयन्त भारतीय प्रशासन सेवा की परीक्षा द्वारा सबकी महत्त्वाकांक्षाओं को पूरा करेगा। मगर जयन्त सामाजिक आदर्शों के सपनों की खोज में भटकेगा यह किसने सोचा था।

शान्ति भाभी के सम्मुख सिर झुकाए जयन्त के मुँह से चन्द शब्द ही निकले। हल्के से उसने कहा, "जागरण में रिपोर्टर हूँ।"

"आश्रम छोड़ दिया ? कब आए ? कहाँ रहते हो ?" भाभी के सवाल एक के बाद एक सामने तोप के गोलों की तरह चलने लगे। जयन्त इनका सामना करने के लिए कई दिनों से खुद को तैयार कर रहा था। उसने सोचा-सुलझाया हुआ जवाब देने के लिए मुँह खोला। उमा के हाथ में पंखी की गति तेज़ हो गई। 'आश्रम', 'जागरण' इत्यादि बातें उसकी समझ से दूर किसी अपरिचित दुनिया की बातें थीं। उसके मन ने केवल

एक चीज़ ताड़ ली कि जयन्त चाचा ने कोई शैतानी की है जिसकी पेशी उन्हें देनी पड़ रही है। मगर चाचा तो बच्चा नहीं हैं। क्या यह पेशी ज़िन्दगी भर चलती है ?

उमा को याद आया कि सर्दियों में वह ऊपर सिमरन के घर गई थी। वहीं भुआजी ने उसे भी सरसों का साग और मक्की की रोटी परोस कर दी। उसे बहुत स्वादु लगी। "भुआजी आप बहुत अच्छा खाना पकाती हैं," उसने उनसे कहा था और उन्होंने उमा को प्यार से अपनी बाँहों में भर लिया। घर लौटने में देरी हो गई। मम्मी ने खूब डाँटा। पिताजी ने कुछ नहीं कहा था, वे अपने पौधों की देख-रेख में लगे रहे।

जयन्त चाचा कह रहे थे, "रिपोर्टर का काम जैसा होता है..."

"रहते कहाँ हो ?"

"दफ्तर के करीब ही..."

"किराये पर मकान ले रखा है क्या ? सुना है आजकल किराये आसमान को छू रहे हैं ?"

"एक कमरा है...अपने एक दोस्त के साथ मिलकर बरसाती ली है..."

"इतने दिनों से यहाँ हो और आज फुर्सत मिली तुम्हें, वह भी दोपहर में ?"

उमा ने गौर किया कि जैसे वह चुपचाप डाँट खाती है, ठीक वैसे ही सिर झुकाए, चाचा भी जवाब नहीं दे रहे। चाचा के प्रति उसके मन में सहानुभूति की लहर उमड़ी। हाथ की पंखी ने तेज़ी से चाचा को ठंडक पहुँचाने की कोशिश की।

ठीक इसी महूरत दरवाज़े पर आहट हुई। उमा तुरन्त दौड़ी गई। सिमरन को दरवाज़े पर खड़ा देख उसने उत्तेजना से कहा, "मेरे चाचा आए हैं।"

"तो तू खेलेगी नहीं ?" सिमरन ने पूछा।

"अभी नहीं आ सकती।"

"कब आएगी ?"

"तुम लोग खेलो, मैं बाद में आऊँगी। कहा न !"

सिमरन निराश लौट गई। उमा फिर जयन्त चाचा के पास बैठकर पंखी झलने लगी। चाचा कह रहे थे, "अब चलता हूँ। भाई साहब से कहिएगा कि इतवार को आऊँगा।"

इसके पश्चात् जयन्त चाचा का भी सिमरन के चाचा की तरह घर पर आना-जाना रहने लगा। फिर एक दिन जब उमा सीढ़ियाँ चढ़कर ऊपर सिमरन के यहाँ गई, दरवाज़े पर ताला लटक रहा था। बाद में सिमरन ने बताया कि टैक्सी में बैठकर सब चाचा के लिए लड़की देखने गए थे। कुछ ही दिनों के बाद सिमरन के यहाँ लड्डू और ढेर-सी मिठाई आई। उसने बताया कि बात पक्की हो गई है। अब चाचा का ब्याह होगा।

सिमरन के यहाँ इतनी चहल-पहल देख, उमा ने पापा से पूछा, "जयन्त चाचा की शादी कब होगी ?"

"तू चाचा से पूछना," पापा ने हँसकर कहा।

"जब देखो ऊपर सिमरन के यहाँ होती है। अब रमन को सँभालेगी तो मैं रसोई

बनाऊँगी,'' मम्मी ने रमन को उमा के सुपुर्द करते हुए कहा।

रमन जैसे-जैसे बढ़ रहा था वैसे ही शैतान भी हो रहा था। जो कुछ सामने नज़र आता उसे उठाने की कोशिश करता और हर हाथ लगी चीज़ को मुँह में डालता। उसकी हरकतें प्यारी लगतीं मगर वज़न बढ़ रहा था इसलिए उसे गोद में उठाना उमा के पतले-दुबले शरीर के लिए क्रमशः मुश्किल होता जा रहा था। उमा ने उसे चलना सिखाया। अब वह चल भी लेता मगर गोद में चढ़ना उसे अब भी बहुत प्रिय था। इत्तफाक से उसी शाम जयन्त चाचा हाथ में कागज़ में बँधा डिब्बा-सा लिये हाज़िर हुए। उस वक्त उमा स्कूल का होमवर्क कर रही थी और साथ ही रमन की निगरानी भी। यानी दोनों काम एक-दूसरे पर भारी होकर अधूरे चल रहे थे। जयन्त चाचा ने पापा से दो-चार बातें कीं और फिर रमन को गोद में उठाकर उमा के हाथ में कागज़ में लिपटा पैकेट थमा दिया।

''यह मेरे लिए है ? क्या है चाचा ?''

''खोलकर देखो,'' चाचा ने कहा। उमा अभी सिमरन के घर से आई थी जहाँ मिठाई के डिब्बों ने मन पर छाप लगाई थी इसीलिए उसके मुँह से यही निकला, ''मिठाई है ?''

जयन्त चाचा हँस दिए। उमा ने कागज़ खोला। अन्दर एक किताब निकली। कहानियों की मोटी किताब। देश-विदेश की कहानियाँ और बीच-बीच में सुन्दर रंगीन चित्र। सच, चाचा उसके लिए, खास उसी के लिए यह लाए थे। उमा की खुशी का ठिकाना नहीं था। उसके दिल की धड़कन बढ़ गई और ज़बान पर ताला लग गया। चाचा कितने अच्छे हैं। वह उनसे क्या कहे ? उसने बड़ी हिफाज़त से अपनी नई, अपनी पहली कहानियों की किताब के पन्ने खोले। चाचा उसे गौर से देखते रहे। पता नहीं मम्मी उसे क्यों आवाज़ लगाती रहीं। मगर उमा कहानी की दुनिया में दूर, बहुत दूर परियों के देश में बहती रही।

उसने पहले से सोच रखा था कि अगली बार जब चाचा आएँगे तब वह उनसे पूछेगी कि उनकी शादी कब होगी। मगर अजीब बात थी कि चाचा आते और हर बार उमा किसी ऐसी दिशा में तल्लीन हो जाती कि शादी का सवाल ही भूल जाती।

फिर एक दिन एक नया सवाल उसके मन में जागा। कुछ ऐसा हुआ कि उसने पापा को मम्मी से कहते सुना, ''जयन्त की तरक्की हुई है।'' पापा खुश थे। मम्मी ने कहा, ''छः साल आश्रम में धक्के खाकर अच्छी-अच्छी सरकारी नौकरियाँ ठुकराकर, रिपोर्टर से पत्रकार बनना कौन-सी बड़ी उन्नति है !''

अगले दिन स्कूल से घर लौटते हुए उमा ने सिमरन से पूछा, ''तुझे पता है आश्रम क्या होता है ?''

''जैसे हमारे सिखों के गुरुद्वारे होते हैं, वैसे हिन्दुओं के आश्रम...''

''नहीं सिमरन, हिन्दुओं के मन्दिर होते हैं।''

''हाँ-हाँ, मन्दिरों के इलावा आश्रम भी होते हैं जहाँ पंडित रहते हैं।''

''मेरे चाचा छः साल आश्रम में रहे मगर वे पंडित थोड़ी न हैं।''

"तेरे चाचा की बात तो और है...जुगिन्दर कह रहा था..."

"क्या कह रहा था ?"

"किसी से नहीं कहेगी ? कसम खा !"

"चाचा कहते हैं कसम नहीं खाते।"

"तो मैं नहीं बताती..."

"अच्छा बाबा, ले कसम खाती हूँ...जुगिन्दर क्या कहता है ?"

"तेरे चाचा अजीब किसम के आदमी हैं। कई साल आश्रम में काम करते थे।"

उमा पूछना चाहती थी कि आश्रम का काम बुरा क्यों होता है मगर उसकी हिम्मत न हुई सवाल आगे उठाने की। मन जैसे उदास-सा हो गया। चाचा ने ज़रूर कोई ऐसा काम किया होगा जिससे मम्मी खुश न थीं। मगर पापा, क्या वे भी मानते थे कि चाचा ने जो किया वह सही नहीं ?

पापा ज़्यादा बोलते नहीं। किसी से भी नहीं। अपने आँगन के पेड़-पोधों से ज़्यादा वास्ता रखते हैं। कभी उन्हें पानी देते हैं और कभी काटते-छाँटते रहते हैं। रात की रानी, चमेली और तरह-तरह की झाड़ियाँ व फूल-पौधे गज़-दो गज़ भर की ज़मीन में लगा रखे थे। इसके अलावा गमलों में भी बसे थे पापा के पौधे। पिछले वर्ष पापा एक मिस्तरी को पकड़कर लाए जिसने घर के बाहर तार से पौधों को घेरा और काठ का एक छोटा-सा फाटक भी लगा दिया। तब से आसपास के कुत्ते अन्दर नहीं आ सकते।

उमा ने होमवर्क जल्दी खत्म कर लिया। अगले दिन के लिए स्कूल का बस्ता भी तैयार कर लिया। मम्मी रमन को लेकर मन्दिर गई थी। उमा से कह गई थीं कि पापा के लिए दरवाज़ा खोले और किसी के लिए नहीं। बैठक की खिड़की से सामने पर खड़ा व्यक्ति अच्छी तरह नज़र आता है। बस्ता बाँधकर उमा पापा का इन्तज़ार करने लगी। रोज़ इस वक्त तक पापा दफ्तर से लौट आते हैं, आज इतनी देर क्यों कर दी ? दरअसल आज वे दीवाली के लिए कुछ मोमबत्तियाँ और अन्य सामान बाज़ार से खरीदते हुए दफ्तर से लौटे। खिड़की पर बैठी उमा ने पापा के हाथ में भारी थैला देखा तो वह तुरन्त समझ गई कि आज पापा को लौटने में देर क्यों हुई। कुर्सी पर चढ़कर झट चिटकनी खोली। फिर कुर्सी सरकाकर दरवाजा खोला और भागी गई अन्दर पानी का गिलास लाने।

"अरी, तू क्यों नहीं गई मन्दिर ?" पापा ने पूछा।

उमा ने उलटा उनसे सवाल किया, "पापा, मन्दिर और आश्रम एक ही होते हैं क्या ?" इससे पहले कि पापा जवाब देते उसने कहा, "सिमरन कहती है कि आश्रम में मन्दिर के पंडित रहते हैं..."

"हाँ, ठीक ही कहती है सिमरन..." पापा ने पानी पीकर गिलास नीचे रखते हुए कहा।

"तो चाचा पंडित हैं क्या ? वे भी तो आश्रम में रहते थे न ?" पापा हँस दिए। इस हँसी ने उमा के डर और तनाव को उड़ा दिया। उसे राहत मिली।

"नहीं, चाचा पंडित नहीं हैं, वे मन्दिरवाले आश्रम में नहीं रहते थे।"

इससे पहले कि उमा अगला सवाल उठाती, मम्मी रमन को लिये मन्दिर से लौट आईं। उमा ने प्रसाद के लिए दायाँ हाथ आगे बढ़ाया।

दीवाली के पटाखे और बम-फुलझड़ियाँ कुछ दिन पहले ही शुरू हो जाते हैं। सिमरन के भाई जुगिन्दर ने अपनी मम्मी से पैसे माँगे फिर अपने चाचा से। उसके बाद अपने जिगरी दोस्त अली की साइकिल पर बाज़ार से तरह-तरह के पटाखे लेकर आया। सिमरन और उमा कुछ दूर खड़ीं उसे और अली को आग से खेलती देखती रहीं। पटाखों के बड़े धमाके सुनकर कानों पर हाथ रख बरामदे में घुस जातीं फिर उत्सुकता उन्हें बाहर खींच लाती। यही सिलसिला चल रहा था कि तभी अपने नए स्कूटर पर जयन्त चाचा आ पहुँचे। चाचा का नया स्कूटर ! उमा की खुशी, उसके गर्व का ठिकाना ही नहीं रहा।

''चाचा एक चक्कर मुझे भी लगवा दो अपने स्कूटर पर...'' उमा ने कहा। चाचा ने पापा और मम्मी से पूछा अगर उन्हें बाज़ार से कुछ मँगवाना हो। ''इस वक्त बाज़ार...?'' पापा ने आश्चर्य व्यक्त किया।

''उमा को स्कूटर पर चक्कर लगवा दूँ और...'' चाचा का इरादा था उमा और सिमरन के लिए फुलझड़ी खरीदने का। उमा चाचा के पीछे स्कूटर पर बैठ गई। जब स्कूटर चला तो उसने चाचा को ज़ोर से पकड़ लिया।

''डर तो नहीं लग रहा ?'' चाचा ने पूछा।

''डर किस बात का ?'' मगर उमा के छोटे हाथों की पकड़ ने जयन्त को कुछ और ही जवाब दिया।

दुकान के पास जयन्त ने स्कूटर रोका और उमा को उतारा। बच्चों की भीड़ में वह भी शामिल हो गए। यहाँ लड़के ही लड़के थे। पटाखे लड़कियों को कम प्रिय होते हैं शायद। उसी भीड़ में दुकान के पास एक अधनंगा गरीब लड़का काफी देर से खड़ा बच्चों को पटाखे खरीदते देख रहा था। जब उनकी बारी आई तो जयन्त चाचा ने उससे पूछा, ''क्या चाहिए तुझे ?'' लड़के ने अविश्वास से चाचा को घूरा। उमा ने फिर से चाचा को कहते सुना, ''बोल तुझे क्या चाहिए ?'' लड़के ने साहस जुटाकर कहा, ''चाकलेट बम।''

जयन्त ने एक बम खरीदकर उसके हाथ में थमा दिया। लड़का बम पकड़ते ही तेज़ी से भागा। कुछ दूर जाकर रुका और उसने लौटकर देखा, कहीं उसका कोई पीछा तो नहीं कर रहा। फिर भाग निकला, जैसे उसके पीछे पुलिस लगी हो। इस बीच चाचा ने उमा और सिमरन के लिए छोटी-बड़ी फुलझड़ियाँ खरीदीं।

मिठाई की दुकान पर भी लोगों की भीड़ लगी थी। लगता था जैसे सारा दिल्ली शहर यहीं आ गया है। दुकान के आसपास मैले-कुचैले चिथड़ों में लिपटे गरीब भूखी और थकी आँखों से दीवाली देख रहे थे। उन्हीं में से एक ने भीख माँगते हुए हाथ आगे बढ़ाया। जयन्त चाचा ने जेब से पचास पैसे का सिक्का निकालकर बुढ़िया के हाथ में रख दिया।

"मम्मी कहती हैं, भीख नहीं माँगनी चाहिए," उमा ने चाचा से कहा।

"ठीक ही कहती हैं," जयन्त चाचा ने जवाब दिया।

स्कूटर फिर चालू होकर गूँजने लगा। चाचा ने उमा को हिफाजत से पीछे सीट पर बिठाया। जैसे ही स्कूटर ने रफ्तार पकड़ी उमा के छोटे हाथों ने चाचा को कसकर पकड़ लिया। अगले मोड़ पर मन्दिर की भीड़ ने स्कूटर की रफ्तार को थाम दिया। इसी मन्दिर में मम्मी यथानियम हर मंगलवार को जाती हैं। यहाँ, इस रास्ते से गुज़रते हुए मम्मी की तरह उमा की भी नतमस्तक माथा टेकने की आदत है। मगर आज उसके छोटे हाथों ने चाचा को थाम रखा था। जयन्त ने धीरे-धीरे भीड़ को चीरते हुए स्कूटर आगे बढ़ाया। घर पहुँचे नहीं कि उमा दौड़ी गई सिमरन को बुलाने। भला अकेले फुलझड़ी जलाने में क्या मज़ा। सिमरन और जुगिन्दर के साथ अली भी आ गया। बड़ा मज़ा आया, और सबने देख लिया कि जयन्त चाचा कितने अच्छे हैं। अब तो जुगिन्दर और अली को भी यह पता चल गया।

दीवाली सभी घरों में मोमबत्तियों की जगमगाती पंक्तियों में कितनी सुन्दर लगती हैं। सिमरन के साथ बरामदे की सीढ़ी पर बैठी उमा ने आगे-पीछे नज़र दौड़ाई। बस केवल दो घर थे जहाँ दीयों की जगमगाहट नहीं थी।" यासमीन और अली मुसलमान हैं न इसलिए। वे लोग हलाल खाते हैं न, हमारी तरह नहीं होते।" सिमरन ने दबी आवाज़ में उमा से कहा। जब सिमरन इस आवाज़ में बात करती है तब उमा तुरन्त समझ जाती है कि बात गम्भीर है। "यासमीन मुसलमान है। वे लोग हमारी तरह नहीं होते।"

मगर यासमीन क्लास की मॉनिटर थी। रस्सी टापने और बंटे खेलने में भी सबसे आगे। क्लासटीचर सिस्टर टॉमस की सबसे चहेती लड़की भी यासमीन ही थी।

"सिस्टर टॉमस ईसाई हैं। वे लोग भी अलग किसम के होते हैं," सिमरन ने गम्भीरता से कहा।

"वह भी हलाल खाते हैं ?" उमा ने पूछा।

सिमरन के पास सही जवाब नहीं था इसलिए उसने कहा, "धत्त !"

हलाल क्या होता है ? उमा पूछना चाहती थी मगर हिम्मत न जुटा पाई।

यासमीन के भाई अली की जुगिन्दर के साथ पक्की दोस्ती थी। अली की साइकिल पर दोनों ने साइकिल चलाना सीखा। वैसे अली जब-तब जुगिन्दर को अपनी साइकिल चलाने देता। कॉलोनी के बाकी लड़के मुँह देखते रह जाते। आजकल जुगिन्दर अली के साथ साइकिल पर स्कूल जाता था। जाते हुए अली चलाता और लौटते हुए जुगिन्दर चलाता और अली पीछे बैठता। सिमरन ने उमा को बताया कि उसके चाचा की शादी के बाद पापा जुगिन्दर के लिए साइकिल खरीदेंगे।

उस दिन जब सिमरन के यहाँ उमा अपनी कहानियों की किताब लेकर पहुँची तो वहाँ का माहौल कुछ और ही था। जुगिन्दर उसके पापा और चाचा सभी रेडियो पर क्रिकेट की कमेंटरी सुन रहे थे। सिमरन रसोई में मम्मी की मदद कर रही थी। आज उसे फुर्सत नहीं थी। अपनी किताब पकड़े उमा उलटे पैर वापस लौट आई। यह क्रिकेट

भी कैसा खेल है। घर-घर में लोग रेडियो से सटे सुनते रहते हैं। बीच-बीच में उत्तेजित होकर उठ खड़े होते हैं और नहीं तो निराश होकर उफ-आफ करते हैं। 'आउट' और 'छक्के मारना', यह है क्रिकेट की भाषा। आजकल यही सुनाई देती है। सिर्फ पापा हैं जो आरामकुर्सी में बैठे अखबार खोलकर नींद में डूब जाते हैं। क्रिकेट से कोसों दूर। हाथ में किताब थामे जब उमा सिमरन के यहाँ से लौटी तब पापा को कुर्सी पर बैठे सोते हुए पाया। उनके हाथ लटक रहे थे। अखबार नीचे गिरा पड़ा था। मुँह से रह-रहकर आवाज़ आ रही थी, जैसे छोटी-सी ट्रेन धक-धक करती है। चश्मा नाक से फिसल रहा था। उमा ने धीरे से चश्मा उतारकर मेज़ पर रख दिया।

मम्मी रमन को नहला रही थी। थोड़ी ही देर में उसे उमा के हवाले करेंगी। आज कल स्कूल में क्रिसमस के गाने सिखाए जा रहे हैं। उमा बरामदे में सीढ़ी पर बैठी गुनगुनाने लगी। "साइलेंट नाईट, होली नाईट," यह उसे सबसे ज़्यादा पसन्द था। इस बार सिस्टर टॉमस ने क्लास को बहुत सुन्दर ढंग से सजाया था। स्कूल के बड़े हाल में जीसू के जन्म का मॉडल भी बनाया गया। गाय और बछड़ों के बीच भूसे के पालने में गुड़िया जीसू और साथ बैठीं माता मेरी, ऊपर एक भव्य चमकता सितारा...यह सब कितना सुन्दर और मोहक दीखता। एक-एक कर उमा ने क्रिसमस के सभी गाने मुखस्थ कर लिये। सिस्टर टॉमस कहती थीं कि उमा की आवाज़ मीठी है। घर पर मम्मी कभी-कभी पूजा के पश्चात् भजन गाती थीं। तब उमा भी उनके साथ गाती।

रमन नहाकर सो गया। उमा बरामदे में धूप में बैठी मम्मी के ठाकुरजी और पूजा की चौकी के लिए फूलों की माला बनाने लगी। मम्मी भी आकर उसके पास मूढ़े पर बैठ अपने भीगे लम्बे बालों को धूप में सुखाने लगीं।

"मम्मी, कहानी सुनाओ," उमा ने कहा।

"कहानी ?" मम्मी को आश्चर्य हुआ।

"हाँ, कृष्ण कन्हैया की; मक्खन चुरानेवाली कहानी। सुनाओ न...।"

मम्मी को कृष्ण कन्हैया की तमाम कहानियाँ आती थीं। रामायण और महाभारत की भी। रमन के जन्म से पहले के ज़माने में वे उमा को खाना खिलाते हुए कहानियाँ सुनाया करती थीं। अब वह जल्दी से अपना छोटा मूढ़ा ले आई। उसे मम्मी के पास रखा और पास बैठ गई कहानी सुनने के लिए। मम्मी इस तरह कहानियाँ सुनाती जिस तरह स्कूल की कोई सिस्टर भी नहीं सुना सकती।

"अगर तुम हमारे स्कूल में कहानियाँ सुनाओ तो बच्चे तुम पर लट्टू हो जाएँ," उमा ने मम्मी ने कहा। फिर कुछ रुककर बोली, "अच्छा मम्मी, तुम्हें जीसू के जन्म और बाईबल की कहानियाँ भी आती हैं क्या ? नहीं आतीं ? तो मैं तुम्हें सुनाऊँगी।" मम्मी की पूजा की चौकी में कृष्ण भगवान की तस्वीर थी जिसमें पेड़ों के झुरमुट के बीच वे बाँसुरी बजा रहे हैं। तस्वीर में उनका रंग नीला है। चौकी पर रखी थाली, घंटी और अन्य चीजों के साथ एक गणेशजी की छोटी-सी पीतल की मूर्ति भी है। इसकी चिकनाहट हथेली के बीच बड़ी अच्छी लगती है उमा को। लक्ष्मीजी की मिट्टी की मूर्ति हर साल

दीवाली पर नई सूरत लेकर आती। जन्माष्टमी को मम्मी उपवास रखतीं। उमा ने कहा था कि अगली बार वह भी व्रत रखेगी।

''बच्चे उपवास नहीं रखते,'' पापा ने समझाया।

''क्यों, यासमीन और अली भी उपवास रखते हैं,'' उमा ने बताया।

''जानते हो पापा, यासमीन कितने उपवास रखती है ? एक साथ ? उन्हें रोज़े कहते हैं।''

पापा ने सहमति में सिर हिलाया कि वह जानते हैं। उमा ने उन्हें यह नहीं बताया कि अली चोरी-चोरी जुगिन्दर का टिफिन खा लेता है। सिमरन ने यह बात किसी से भी न कहने को कही थी। नहीं तो अली मुसीबत में फँस जाएगा। कैसी मुसीबत ? उमा ने पूछा था। तिस पर सिमरन ने मुँह बिचकाया था जैसा कि वह कुट्टी करने से पहले करती है। उमा ने तुरन्त कसम खाई कि वह किसी से नहीं कहेगी और अली को मुसीबत में नहीं डालेगी। इस बार ईद के दिन उमा भी सिमरन और जुगिन्दर के साथ यासमीन और अली के यहाँ गई। न जाने क्यों, मगर उसने यह बात मम्मी-पापा को नहीं बताई। मम्मी यही समझी बैठी थीं कि उमा सिमरन के यहाँ गई है। कितने सुन्दर ग़रारे पहन रखे थे। यासमीन और उसकी बड़ी बहन नफीसा ने। उनके दुपट्टों में सितारे और चाँदी की झालर थी। यासमीन ने ढेर सारी चूड़ियाँ खरीदी थीं। उसकी मम्मी ने सबको मीठी सेवैयाँ खाने को दीं। उमा को बहुत अच्छी लगीं। उसने लौटकर पापा को बताया कि मुसलमानों की ईद हिन्दुओं की दीवाली की तरह होती है। पापा ने सहमति में सिर हिलाया।

''पापा, यासमीन हलाल खाती है और सिमरन झटका। हम क्या खाते हैं ?''

मम्मी घर पर मांस-मछली नहीं बनातीं लेकिन पापा और चाचा को खाने में परहेज़ नहीं। कभी-कभी उमा भी पापा के साथ बाज़ार में गर्म-गर्म तली हुई मछली खाती और कभी पापा बाज़ार से कबाब बाँधकर घर लाते। उमा उनके साथ बैठकर खाती। चटनी और प्याज के साथ कबाब उसे बड़े अच्छे लगते। पापा ने हँसकर कहा, ''हम हलाल भी खाते हैं और झटका भी।''

उमा ने तो उम्मीद ही छोड़ दी कि चाचा आएँगे। सिमरन के चाचा की शादी भी कब की हो चुकी। नई बहू कुछ पुरानी भी हो गई पर चाचा नहीं आए। सिमरन ने बताया कि उसकी चाची के पिताजी 'बिज़नेस' करते हैं। तभी तो चाची दहेज़ में इतने गहने-कपड़े लाई। शादी में सिमरन को भी नया सूट, नया दुपट्टा और नई सैंडल मिली थीं। सिमरन और जुगिन्दर के साथ उमा भी बारात में गई। मम्मी ने उसके लिए अपनी सिलाई की मशीन पर झालरवाली नीले रंग की रेशमी फ्राक सी कर दी। उमा की चोटी बाँधने के लिए नीले रंग का रिबन खरीदा। मम्मी मशीन पर सिलाई करतीं और पास बैठी उमा, रमन की निगरानी भी करती और रह-रहकर गौर से देखती कि फ्रॉक कैसी बन रही है।

सिमरन के यहाँ कई दिनों तक उत्सव का माहौल बना रहा। मौका मिलते ही उमा वहाँ पहुँच जाती। मगर उस रोज़ जब वह सीढ़ियाँ चढ़कर दरवाज़े पर पहुँची तो पैर वहीं जम गए। अन्दर से आ रही ऊँची आवाज़ों ने उसे चौंका दिया। सिमरन के पापा कह रहे थे, "हमसे धोखा हुआ है...अगर पहले पता होता तो...अब ले जा अपनी बेटी को...देख लिया कितने निकम्मे घर की लड़की है..."

इससे पहले की उमा लौटती, दरवाज़ा जिसके सामने वह भौंचक्की-सी खड़ी थी, झटके से खुला। सुर्ख लाल चेहरा लिये सिमरन के चाचा रोती हुई चाची को धकेलते हुए निकले। उमा को वहाँ खड़े उन्होंने देखा ही नहीं। वह भी दीवार से सटी खड़ी थी। तेज़ी से वे दोनों सीढ़ियाँ उतरते चले गए। नई चाची आँसू बहाती और सिसकती हुई चली गईं।

बाद में सिमरन ने उमा को बताया कि "शादी से पहले चाची के बाप ने नकद पैसे देने का वायदा किया था। बाद में मुकर गए। कैसे निकम्मे लोग हैं।"

बेचारी सिमरन, घर पर अशान्ति और स्कूल में डाँट। आजकल यथानियम सिस्टर टॉमस से उसे डाँट खानी पड़ती। उस रोज़ मदर सुपीरियर ने उसे अलग से अपने दफ्तर में बुलाकर चेतावनी दी कि अगर नियम से स्कूल नहीं आएगी तो फेल हो जाएगी। सिमरन का उदास चेहरा और आँखों में उमड़ती घटा देखकर उमा का दिल भी बैठ गया। इतिहास और विज्ञान में सिमरन पिछली बार भी फेल हो गई थी।

"हम एक साथ होमवर्क करेंगे," उमा ने सिमरन का हाथ पकड़ते हुए कहा। सहानुभूति के इन चन्द शब्दों ने सिमरन के ढके हुए घाव को खोलकर जैसे रख दिया। अपनी सहेलियों के बीच सिमरन समझदार और दुनियादार मानी जाती। उसे इतिहास पढ़ने के लिए उमा की सहायता लेनी पड़े यह उसके लिए सख्त कड़वी दवा पीने के बराबर था।

आजकल जुगिन्दर और अली एक साथ साइकिल पर न स्कूल जाते और न आते। जुगिन्दर पैदल स्कूल जाता। "क्या इनकी कुट्टी हो गई है ?" सिमरन से उमा ने पूछा।

"कुट्टी ही नहीं, महायुद्ध हुआ है। तूने नहीं देखा जुगिन्दर भाप्पे के नाक पर चोट आई है ? पापा डॉक्टरखाने से पट्टी करवाकर लाए उसकी। अली के माथे पर भी चोट का निशान नहीं देखा तूने ?"

"यह सब क्यों हुआ ?" उमा ने पूछा।

"लड़के बात-बात पर लड़ते हैं। मारपीट पर उतर आते हैं। मेरे चाचा कहते हैं कि क्रिकेट मैच में अली पाकिस्तानी टीम को जीतते देखना चाहता है। इसलिए भाप्पे को अली पर गुस्सा आ गया।"

"तेरे चाचा को कैसे पता ?" उमा ने पूछा।

"ले, सभी जानते हैं कि मुसलमानों को पाकिस्तान की जीत अच्छी लगती है।"

'पाकिस्तान' और 'देश का विभाजन' उमा के अचेतन की किसी तह में तब से बसे हुए थे जब वह पैदा भी नहीं हुई थी। मम्मी लोग बड़ी मुश्किल से भागे। सब कुछ लुट

गया। मम्मी तब छोटी-सी थी। रमन से भी छोटी। रमन तो बड़ा हो रहा है। उसका जन्मदिन दीवाली के कुछ दिनों के पश्चात् ही तो मनाया था। मम्मी कहती हैं कि भगवान ने उन्हें बचा दिया नहीं तो...मगर भगवान ने उमा के नाना-नानी को उसके जन्म से पहले ही अपने पास बुला लिया। और उमा के मामाजी ? वह कॉलेज से लौट रहे थे जब 'एक्सीडेंट' में बस के नीचे कुचले गए।

"तो तेरी मम्मी अकेली रह गईं ?" सिमरन ने पूछा।

"क्यों, पापा हैं, मैं हूँ, रमन है। मम्मी अकेली थोड़ी न हैं।"

"मेरा मतलब उनका मायका तो नहीं है न ?"

कितनी बार ऐसा हुआ कि बाहर स्कूटर की आवाज़ सुन उमा खिड़की तक दौड़ी गई। शायद चाचा आए हों। मगर चाचा तो सबको भूल ही गए। उमा को भी। उस दिन सिमरन के साथ वह इतिहास की किताब खोले पढ़ रही थी जब बाहर स्कूटर की आवाज़ उसे सुनाई नहीं दी। सिमरन ने जयन्त चाचा को खिड़की के पार खड़े देखा। उसने उमा को हिलाया। मगर उमा इतिहास और किताब में डूबी रही। सिमरन ने किताब को बन्द कर दिया। तब उमा ने नज़र उठाई। जयन्त चाचा सामने खिड़की पार खड़े थे। उमा के सिर से पैरों तक खुशी की लहर उमड़ी। वह भागी गई दरवाज़ा खोलने। कुर्सी पर चढ़कर चिटकनी खोली। खुशी की लहर के पीछे-पीछे उलाहना ने आवाज उठाई। "चाचा आप इतने दिन क्यों नहीं आए ?" इस बीच चाचा के हाथ में किताब देखकर उलाहना उल्टे पैर गायब हो गई।

चाचा ने बताया कि वे अमृतसर से लौटे हैं। वहीं के स्वर्ण मन्दिर और सिखों के चार धाम की कहानियों की किताब उमा के लिए लाए हैं। स्वर्ण मन्दिर की तस्वीर देखकर सिमरन का मायूस चेहरा भी खिल उठा। उसके नाना मन्दिर के पड़ोस में रहते हैं। तीन साल हुए वह मम्मी के साथ वहाँ गई थी। बड़े मज़े किए थे वहाँ। उमा ने चाचा को बताया कि मम्मी रमन को लेकर मन्दिर गई हैं। पापा बाज़ार से नहीं लौटे। चाचा ने नई किताब की दो कहानियाँ पढ़कर सुनाईं। पहली गुरु नानक और स्वर्ण मन्दिर की स्थापना की कहानी थी। आश्चर्य की बात तो यह थी कि सिमरन को भी नहीं पता था कि स्वर्ण मन्दिर की स्थापना मुसलमानों के सन्त मियाँ मीर के हाथों हुई थी। दूसरी कहानी सन्त कबीरदास की थी। मियाँ मीर की तरह वे भी गुरुनानक देव के मित्र थे। उमा और सिमरन तीसरी कहानी सुनने की आशा कर रही थीं कि मम्मी रमन को लेकर मन्दिर से लौट आईं। उमा और सिमरन ने प्रसाद के लिए हाथ बढ़ाए। सिमरन ने उमा से पूछा, "तूने कभी गुरुद्वारे में कड़ा प्रसाद खाया है ?" उमा ने सिर हिला दिया। वह तो कभी गुरुद्वारे गई ही नहीं थी।

"हमारे साथ कभी गुरुद्वारे जाएगी तो देखेगी की कड़ा प्रसाद कितना स्वाद होता है।"

"यासमीन के यहाँ ईद की सेवैयों की तरह ?" उमा ने पूछा।

"धत्त !" सिमरन ने टोका।

पापा बाज़ार से कबाब लेकर आए। पैकेट अभी गर्म था। चाचा ने चारों को परोसकर दिया। रमन ने पापा की प्लेट की ओर हाथ बढ़ाया। मगर बेचारा ! अभी कबाब खाने की उमर कहाँ थी उसकी। कुल मिलाकर सात-आठ दाँत ही तो निकले थे अभी। पापा ने उसके दोनों हाथों में बिस्कुट थमा दिए। उसका गोलमटोल चेहरा खिल उठा। उमा ने देखा कि मम्मी के चेहरे की रौनक गायब हो गई है। घर पर मांस-मछली खाना उन्हें सदा खलता। उनके मायके में तो इसका सवाल ही नहीं उठा। ब्याह से पहले शान्तिदेवी को बताया गया था कि ससुराल में मांस-मछली का परहेज नहीं है। ससुराल तो अपनी-अपनी किस्मत होती है। अपने चौके को शान्ति ने सदा स्वच्छ रखा।

सिमरन ने कबाब शौक से खाए। अगर जुगिन्दर बुलाने न आता तो वह घर ही न जाती। जाते वक्त उसने उमा की नई किताब जो जयन्त चाचा लाए थे और जिसमें स्वर्ण मन्दिर की सुन्दर तस्वीरें थीं उठाकर कहा, "मम्मी-पापा को दिखाऊँगी...।"

उमा ने हिचकते हुए पूछा, "कल लौटा देगी न ?"

"हाँ, कल वापस कर दूँगी," कहती हुई सिमरन चली गई।

मम्मी रमन को सुला रही थीं। पापा और चाचा न जाने क्यों बहस करते ही जा रहे थे। इलेक्शन में किसकी हार और किसकी जीत होगी। "इन्दिरा गांधी बहुमत से लौटेंगी इस बार," जयन्त चाचा कह रहे थे। उमा इन्तज़ार कर रही थी। कब यह चर्चा समाप्त होगी और वह चाचा से कुछ ज़रूरी सवाल करेगी। मगर आनेवाले चुनाव के बारे में चल रही चर्चा का अन्त होने को आ ही नहीं रहा था।

इम्तहान जो कब से सामने आते दिखाई दे रहे थे, आखिर सिर पर आ ही पड़े। उमा को सिर्फ अपनी ही फिकर नहीं थी, सिमरन कहीं फेल न हो जाए इसका भी डर था। "डर किस बात का, हमने सिस्टर टॉमस थोड़ी न बनना है, नौकरी थोड़ी न करनी है !" सिमरन ने निर्भीकता से जताया। फिर कहा, "और सिस्टर टॉमस की चहेती यासमीन, वह भले ही रट्टे मार-मारकर फर्स्ट आती है तो क्या, आखिर तो शादी करके रोटियाँ ही बनाएगी। बुरका पहनकर बाज़ार जाएगी।"

"तो तू क्या फेल होना चाहती है ?" उमा ने झुँझलाकर पूछा।

"फेल थोड़ी न होना चाहती हूँ !"

"अब आई न सीधे रास्ते पर। चल खोल किताब !"

उस रात जब चोटी बनाने से पहले मम्मी उमा के बालों को साफ कर रही थीं, कंघी फेरती हुई तब अचानक उमा ने पूछा, "मम्मी, तुम स्कूल में रट्टे मार-मारकर फर्स्ट आती थीं क्या ?"

"तुझे अचानक मेरे स्कूल में फर्स्ट आने या न आने की कैसे सूझी," मम्मी ने

हँसकर पूछा।

''बस ऐसे ही। यासमीन फर्स्ट आती है। क्लास की मॉनिटर है। बास्केट बॉल और जैवलिन में भी सबसे अच्छी खिलाड़ी है। तो क्या। आखिर तो शादी करके रोज़ रोटियाँ ही बनाएगी। है न मम्मी ?''

सिर पर फिर रही कंघी रुक गई। मम्मी ने बालों को दो भागों में किया और फिर प्यार से उमा के सिर पर हाथ फेरते हुए कहा, ''सुख-समृद्धि में कायदे से गृहस्थी चलाएगी। अपनी परम्परा कायम रखेगी। यही तो नारी जीवन है।''

''समृद्धि क्या होता है ?'' उमा ने पूछा।

''माँ-बाप चाहते हैं कि उनकी बेटियों को किसी चीज़ की कमी न हो।''

''शादी में गहने और अच्छे-अच्छे कपड़े भी देते हैं माँ-बाप। और नकद पैसे भी,'' उमा ने कहा।

''जिसकी जितनी हैसियत होती है उसके मुताबिक देता है अपनी बेटी को।''

''यही हमारी परम्परा है न जिसे हम कायम रखेंगे ?''

उमा की दोनों चोटियाँ बनाकर मम्मी ने कंघी नीचे रखते हुए पूछा, ''कल कौन-सा पर्चा है ?''

''इतिहास।''

''तू अब सो जा,'' कहकर मम्मी ने बत्ती बन्द कर दी। उमा ने रज़ाई के अन्दर घुसकर आँखें बन्द कीं। मम्मी की नरम-गरम ममता का गुदगुदा अहसास और समृद्ध परम्परा की हिफाजत ने उसे मीठी नींद की गोद में उतार दिया।

''आज यासमीन के यहाँ टेलीविज़न आया है। उसके मामा जो दुबई में रहते हैं न, वे लेकर आए हैं।''

''अच्छा।''

''जापानी टेलीविज़न है। सोनी। पापा वह सबसे अच्छा होता है न ?''

पापा खुरपी लिये गमलों की गुड़ाई कर रहे थे। ''यह क्यों कर रहे हैं ? इससे क्या होगा ?'' उमा ने पूछा।

''इससे बूढ़ी मिट्टी में जान आएगी। पौधे स्वस्थ रहेंगे।''

''सिमरन और जुगिन्दर टेलीविज़न पर यासमीन के यहाँ सिनेमा देखने जाएँगे। पापा मैं भी जाऊँगी।''

''मम्मी से पूछ लिया ?''

उमा ने सिर हिलाते हुए कहा, ''मम्मी सत्संग में जाएँगी तो रमन को कौन सँभालेगा ?''

''मैं रमन को सँभालूँगा, तू जा।''

उमा तुरन्त चौके में जा पहुँची जहाँ मम्मी पकौड़ी तल रही थीं।

"मम्मी, तुम सत्संग में कब जाओगी ? तैयार नहीं होगी क्या ?" इतने में अँगूठा चूसता, अपने नन्हे पैरों पर डोलता रमन आ गया। "मैं इसे दूध पिलाती हूँ, तुम तैयार हो जाओ," उमा ने मम्मी से कहा।

रमन को पापा बहला रहे थे। उमा ने देखा कि मम्मी वसन्ती साड़ी पहने जैसे ही फाटक बन्द करके सड़क पर पहुँचीं कि जयन्त चाचा हाथ में कुछ लिये फाटक की ओर आते नज़र आए। उमा गहरी दुविधा में पड़ गई। एक ओर जयन्त चाचा और दूसरी ओर यासमीन के यहाँ टेलीविज़न पर सिनेमा। वह करे तो क्या करे ?

दरअसल, यासमीन के यहाँ केवल उसकी सहेलियाँ और अली के दोस्त ही नहीं, नफीसा की सहेलियाँ और आस-पड़ोस के लोग सिनेमा के लिए इकट्ठे होते। हर रविवार अहमद परिवार की छोटी-सी बैठक टेलीविजन पर सिनेमा के दर्शकों से ठसाठस भर जाती। एक रोज़ तो जुगिन्दर के चाचा और पापा भी आए मगर उस शाम सिनेमा नहीं था। संजय गांधी की मृत्यु की खबरें थीं। उमा और सिमरन को जिसमें कतई दिलचस्पी नहीं थी। पता नहीं सब लोग इस विषय को इतना मन लगाकर गम्भीरता से बार-बार क्यों सुनना चाहते थे। संजय गांधी प्रधानमन्त्री श्रीमती इन्दिरा गांधी का बेटा था। सुबह हवाई जहाज़ चलाते, कलाबाज़ियाँ करते दुर्घटना में जहाज़ गिर गया। सिमरन और जुगिन्दर कह रहे थे कि अगर वह सावधानी बरतता तो जहाज़ गिरता न। सभी की सहानुभूति उसकी माँ की ओर व्यक्त हो रही थी। बेचारी का जवान बेटा मौत के मुँह में जा गिरा। घर पर मम्मी भी उदास थीं। एक माँ के लिए जवान बेटे की मृत्यु से बड़ा दुख क्या हो सकता है !

"अब देश की राजनीति भी बदल जाएगी," अली ने कहा।

"राजनीति क्या होता है ?" उमा पूछना चाहती थी मगर माहौल इतना गम्भीर था कि उसने हिम्मत नहीं की। सोचा कि चाचा से पूछेगी।

दो

"तेरे मम्मी-पापा ने ही नहीं, तूने भी तो इसे सख़्त बिगाड़ रखा है। जब देखो तो रमन क्या खाएगा, रमन क्या पहनेगा, रमन क्या चाहता है," सिमरन ने कहा। कमरे में चारों ओर उमा की किताबें बिखरी हुई थीं। रमन ने बस्ते से निकाल उन्हें इधर-उधर फेंका था। अभी कुछ ही देर पहले पिचकारी में रंग भर रहा था। उमा ने आवाज़ उठाई तो चिल्लाया, "होली है ! होली है !"

"तू ठहर, अभी तेरी खबर लेती हूँ।"

"होली में खबर नहीं रंग होता है," रमन ने जवाब दिया और ज़ोर से पिचकारी मारी। उमा का दुपट्टा, उसकी चोटी और किताबें सब भीग गए। "तेरी ये हिम्मत," कहकर वह रमन के पीछे भागी। फाटक पर उसे पकड़ा और गाल पर थप्पड़ जमा दिया।

सिमरन ने रमन के हाथ से पिचकारी छीन ली। रमन ज़ोर-ज़ोर से रोने लगा।

"चुप करता है कि...एक थप्पड़ और लगाऊँ ?" उमा ने धमकी देकर हाथ उठाया।

"छोटे भाई को मारते हैं क्या ? मेरी पिचकारी वापस दे दो," रमन चिल्लाया।

"पहले माफी माँग, कानों को हाथ लगा, कह कि फिर कभी नहीं करेगा... बोल..." सिमरन ने कहा।

"तू कौन होती है ?" रमन चिल्लाया।

"मैं बताती हूँ कौन होती है," कहकर उमा ने रमन के दूसरे गाल पर कसकर थप्पड़ लगा दिया।

मम्मी-पापा को आते देख रमन ज़मीन पर लेट गया। लगा हाथ-पैर मारने। उसकी टाँग के झटके से पास रखा गमला पलट गया। नतीजा वही हुआ जो हमेशा होता आया है। उमा को पापा ने समझाया। 'रमन बच्चा है, उससे बहुत छोटा है। अभी उसने स्कूल भी नहीं जाना शुरू किया। बच्चे को प्यार से समझाया जाता है...' और वही सब जो उमा सुनने की आदी है। मम्मी ने रमन के कपड़े बदले और उमा के प्रति मौन रूप से अपनी नाराज़गी प्रकट की।

"देखो मम्मी, तुम खुद देखो मेरी किताबों की हालत...देखती क्यों नहीं ? आँखें क्यों चुराती हो ?"

मगर मम्मी ने न कुछ देखा और न ही कुछ कहा। रमन बोल पड़ा, "उमा मेरी बहन थोड़ी न है। सिमरन की बहन है।" इस बीच सिमरन चुपचाप लौट गई थी।

मम्मी-पापा के सरासर अन्याय से उमा की आवाज़ दब गई। मन ही मन उसने प्रार्थना की। मम्मी के कृष्ण कन्हैया से तो वह नाराज़ थी इसलिए बाइबिल के लॉर्ड जीसस के आगे विनती की कि रमन को और मम्मी-पापा को सज़ा दें। नहीं, सज़ा न दें। उनको न्याय का रास्ता दिखाएँ। लॉर्ड जीसस जानते हैं कि कुछ ही महीनों में, गर्मियों की छुट्टियों के बाद रमन भी स्कूल जाएगा। उमा ने बार-बार विनती की कि वे रमन को सुधारें। अगर ज़रूरी हो तो उसे सज़ा भी दें। मम्मी-पापा को उसे बिगाड़ने से रोकें।

उमा अपनी किताबें उठाती जा रही थी। पेंसिल, रबर, ब्रश, रंग इकट्ठे करने लगी। बस्ता ठीक-ठाक किया। रमन दरवाज़े पर खड़ा देखता रहा।

"मेरी पिचकारी दे दो," उसने कहा।

उमा ने सुना-अनसुना कर दिया।

रमन पापा के पास गया। "पापा, मेरी पिचकारी वापस दिलवा दो।"

"मिल जाएगी तेरी पिचकारी," पापा ने आश्वासन दिलाया।

"कल होली है। मैं कैसे खेलूँगा ?" उसने पूछा।

"पहले खाना खा ले," मम्मी ने कहा।

"पहले मेरी पिचकारी दो। नहीं तो खाना नहीं खाऊँगा," रमन ने अपना सबसे बड़ा हथियार मम्मी के सम्मुख उठाकर कहा। मम्मी की नज़रों ने उठकर पापा को सम्बोधित किया।

वे आस्ते-आस्ते अपना अखबार तह करके उठे उमा से सिफारिश करने के लिए। वह सुन रही थी। धीरे से बिस्तर में लेट गई। पापा कमरे में आए। कुछ पल चुपचाप खड़े रहे फिर धीरे से पूछा, "सो गई क्या ?"

उमा ने जवाब नहीं दिया। पापा कमरे से बाहर आए और मम्मी से बोले, "लगता है सो गई।"

"खाना भी नहीं खाया," मम्मी ने कहा।

"मेरी पिचकारी मुझे दिलवा दो, नहीं तो मैं भी नहीं खाऊँगा," रमन बोला। उमा के मन में लॉर्ड जीसस के लिए भक्ति उमड़ आई। मम्मी ने उसकी एक न सुनी मगर लॉर्ड जीसस ने उसकी विनती सुन ली। अब मम्मी क्या करेंगी ?

इम्तहानों का मौसम था। ढेरों किताबों, कुंजियों और नोट्स के थद्दे भी जमा होते जा रहे थे। जुगिन्दर और अली कई महीनों से ट्यूशन भी लेते आ रहे थे। यानी स्कूल के पश्चात् नियमित तौर से एक अन्य स्कूल में पढ़ने जाया करते। इस 'ट्यूशन केन्द्र' का कमरा बारहवीं कक्षा की परीक्षा देनेवाले छात्रों से ठसाठस भर जाता। रात साढ़े नौ बजे तक उन्हें बेहतर नम्बरों से उत्तीर्ण करने का कार्यक्रम चलता। दरअसल सभी माता-पिता स्कूल की आखिरी परीक्षा का आतंक झेलते हैं। फिर शुरू होता है कॉलेज में दाखिला पाने का झमेला। "बड़ा कठिन है यह दौर," सिमरन ने उमा से कहा। उसकी अपनी कठिनाइयाँ कम नहीं थीं। फिर भी जब उमा और यासमीन किताबें खोले माथापच्ची करतीं तब सिमरन टेलीविजन पर सिनेमा देखने पहुँच ही जाती। उसे रोकना व्यर्थ था। उमा ने उससे इस विषय में बहस करना छोड़ दिया। इम्तहान शुरू हुए। सिमरन ने गुरुद्वारे में हाथ जोड़कर अपने और जुगिन्दर के लिए वाहेगुरु से प्रार्थना की। उमा ने भी मम्मी के कृष्ण कन्हैया और सिस्टर टॉमस के लॉर्ड जीसस के आगे हाथ जोड़े। पापा और मम्मी ने 'गुडलक' कहा। उन्हें सुनकर रमन ने भी ज़ोर से 'गुडलक' का नारा लगाया। गुरुद्वारों के आसपास तनाव का माहौल था। घर पर सिमरन की मम्मी परेशान थीं। उमा ने सोच रखा था कि वह इस बार जयन्त चाचा से पूछेगी कि अमृतसर में क्या हो रहा है। सिमरन के नाना-नानी और मामाजी के परिवार को अपना घर क्यों छोड़ना पड़ा। उनके घर में सेना क्यों घुस आई। जयन्त चाचा अमृतसर जाते-आते रहते हैं। वे ज़रूर जानते होंगे। पापा के साथ चर्चा भी करते हैं। आजकल इन्दिरा गांधी के अलावा भिन्द्रनवाला का नाम भी सुनने में आता है। इम्तहान खत्म होंगे तो उमा जयन्त चाचा से पूछेगी। सिमरन कहती है कि "बड़ी मुसीबत का दौर चल रहा है।"

"कैसी मुसीबत ?" उमा ने पूछा।

"अमृतसर में बड़ा आतंक है," सिमरन ने बताया।

"क्यों ? कैसा आतंक है ?"

"इतनी अधिक सेना ने स्वर्ण मन्दिर को घेर रखा है, यह खतरनाक नहीं ?"

सिमरन को इस तरह उत्तेजित देख उमा चुप हो गई। मगर रात को खाना खाते वक्त उसने पापा से पूछा, "सेना ने स्वर्ण मन्दिर को क्यों घेर रखा है ?"

"क्योंकि मन्दिर को आतंकवादियों ने लड़ाई का गढ़ बना दिया है। बम, बारूद, पिस्तौलें और हथियार वहाँ जमा कर रखे हैं।"

"आतंक तो सेना ने पैदा किया है न ?" उमा ने कहा।

पापा ने रोटी मुँह में डाली और कुछ क्षण उसे चबाते रहे।

"लड़ाई सदा दोतरफी होती है," उन्होंने पानी पीकर गिलास नीचे रखते हुए कहा।

"कौन लड़ रहे हैं, क्यों लड़ रहे हैं पापा ? सिमरन के नाना-नानी को उनके घर से क्यों निकाला सेना ने ?"

इससे पहले कि पापा जबाव देते, मम्मी ने याद दिलाया कि कल गणित का पर्चा है। यह बहस करने का वक्त नहीं। उनका कहना था कि सिमरन के नाना-नानी ज़रूर अपने घर लौटेंगे। भगवान की लीला वही जानता है। डरने की कोई बात नहीं। भगवान में विश्वास रखो।

मम्मी का शान्त स्वर सिमरन की उत्तेजना के सम्मुख कितना सुखद लगता है। ठीक चोट पर मरहम की तरह। रोज़ की तरह मम्मी ने उमा के बालों में कंघी फेरी, नए सिरे से चोटियाँ बनाईं। कल गणित का पर्चा है। यह इम्तहानों का आखिरी पर्चा है। उमा ने अभी से निश्चय किया है कि कल वह स्कूल से लौटकर बस्ता नहीं खोलेगी। यासमीन के यहाँ टेलीविजन देखने जाएगी। खूब मज़े करेगी। जयन्त चाचा ने कहा था न कि वे आएँगे। कब आएँगे ? रसोई में एक साथ कई बरतनों के गिरने की आवाज़ हुई क्या ? उमा को सुनाई दी और नहीं भी। उसकी चेतना की नौका अनायास ही बहती-बहती नींद के तट के निकट पहुँच गई जहाँ बरतन गिरने की आवाज़ें पहुँचती हैं...और नहीं भी।

उमा बरामदे में मूड़े पर बैठी चाचा को कहते सुन रही थी कि "आतंकवादी पंजाब में अपना देश खालिस्तान बनाना चाहते हैं। अलग होना चाहते हैं।"

"जैसे पाकिस्तान बना था। विभाजन हुआ था ?" उमा ने डरते-डरते पूछा।

जयन्त चाचा ने सहमति में सिर हिलाया।

"चाचा, क्या पंजाब के सब लोग खालिस्तान बनाना चाहते हैं ?"

"ज़्यादातर लोग चैन से रहना चाहते हैं। आतंक नहीं चाहते," कुछ रुककर धीमे से उमा ने पूछा, "अगर खालिस्तान बन गया तो सिमरन और जुगिन्दर का क्या होगा ? उनके नाना-नानी...वे लोग क्या हिन्दुस्तानी नहीं रहेंगे ?"

चाचा ने उमा के कन्धे पर हाथ रखा, "सिमरन तेरी सहेली है और रहेगी।"

मगर कहीं मन की किसी अन्दरूनी तह में उमा आश्वस्त नहीं हुई। आजकल सीढ़ियाँ चढ़ते हुए उसके पैर लड़खड़ाते हैं। सिमरन के यहाँ हँसना-हँसाना बन्द हो गया है। वोह, भुआजी जो पहले बारिश के दिन सबको पूड़े तलकर खिलाती थीं, अब मुस्कुराना भी भूल गई हैं। पिछले हफ्ते सिमरन और जुगिन्दर सिनेमा देखने भी नहीं गए

यासमीन के यहाँ। जब उमा ने सिमरन से पूछा कि वह क्यों नहीं गए तो उसने संक्षिप्त में यह कहकर टाल दिया कि वे लोग गुरुद्वारे गए थे। इस बदली अवस्था से मन में उत्पन्न उथल-पुथल को उमा ठीक शब्दों में व्यक्त नहीं कर सकी। समझने में भी असमर्थ थी। बस वह यह समझ गई कि चाचा उसके मनोभाव और आशंकाओं को भाँप गए हैं, जो मम्मी और पापा नहीं कर पाए।

पिछली बार उमा ने चाचा से कहा था कि रमन बहुत बिगड़ गया है। मम्मी-पापा उसकी हर बात मानते चले जाते हैं। जहाँ उसे कोई टोकता है वह ज़मीन पर पसरकर हाथ-पैर मारने लगता है। चाचा ने उसकी हर बात ध्यान से सुनी। एक बार भी यह नहीं कहा कि रमन उससे बहुत छोटा है, बच्चा है, उसे प्यार से समझाना चाहिए। सिमरन कहती है कि अगर रमन उसका भाई होता तो वह उसे आड़े हाथ लेती। मगर यह बात उमा ने चाचा से नहीं कही।

मम्मी और पापा आज रमन को डॉक्टर के पास लेकर गए। आने में बहुत देर हो गई। मिलकर चाचा के साथ उमा ने दाल और सब्ज़ी बनाई। चाचा सब बना सकते हैं। पापा की तरह नहीं हैं। अगर मम्मी सब कुछ न करतीं तो पापा भी सीख जाते। उमा ने प्लेटें, गिलास, चम्मच लाकर मेज़ पर रख दिए। फिर ख्याल आया कि मम्मी की पूजा की चौकी पर आज दीवा भी नहीं जला। उसने झटपट यह कमी भी पूरी कर दी और भगवान के आगे सिर झुकाया। हाथ जोड़े। चाचा उसे देखते रहे।

''आप हाथ नहीं जोड़ेंगे ?'' उमा ने पूछा।

चाचा मुस्कुराए। ''क्या भगवान की पूजा करना ठीक नहीं ?'' उमा ने पूछा।

''किसने कहा कि पूजा करना ठीक नहीं है ?''

''तो फिर मम्मी की तरह, सबकी तरह आप क्यों नहीं पूजा करते ?''

''भगवान हर जीव के मन में है। हर इंसान के सुख और दुख में है। चाहे वह हिन्दू हो, मुसलमान हो, सिख या ईसाई हो, बच्चा हो या बूढ़ा हो...''

''तो आपका मानना है कि मानव भगवान है ?''

चाचा की नज़र घड़ी पर पड़ी। ''क्या मानवीयता धर्म हो सकती है चाचा ?''

''उसे मानववाद कहते हैं,'' चाचा ने कहा।

इससे पहले कि उमा अगला सवाल उठाती, मम्मी-पापा और हाथ में बैलून पकड़े रमन वापस लौट आए। घर के अन्दर पैर रखते ही रमन ने बताया कि डॉक्टर ने उसे टीका लगाया।

''मैं बिल्कुल थोड़ा-सा रोया,'' उसने उँगली पर 'थोड़ा-सा' का निशान दिखाया और फिर मम्मी-पापा से कहा, ''है न ? मैं बहुत थोड़ा-सा ही रोया था न ?''

''हाँ, तू राजा बेटा है। बहुत बहादुर है,'' पापा ने सहमति व्यक्त की। चाचा से उन्होंने कहा कि डॉक्टरखाने में तमाम भीड़ थी और लौटते वक्त गुरुद्वारे के आसपास रास्ते बन्द थे। ''पता नहीं यह सिलसिला कहाँ जाकर खत्म होगा।''

''डॉक्टर क्या कहता है ?'' चाचा ने पूछा।

उनकी राय है कि टान्सल का ऑपरेशन कराना चाहिए। फिलहाल इंजेक्शन और दवा दिए हैं।

"मुझे दवा दे दो," रमन ने मम्मी से कहा।

"पहले खाना खा ले फिर दवा दूँगी। देख चाचा और दीदी ने क्या बनाया है।"

बाद में पापा और चाचा के बीच चल रही बातचीत के कुछ शब्दों ने उमा के मन में घर किए हुए डर को जगा दिया। चाचा कह रहे थे कि अमृतसर में तनाव इतना बढ़ गया है कि पत्रकारों का वहाँ आना-जाना दिन पर दिन मुश्किल ही नहीं असम्भव हो रहा है। आतंकवादियों की खबरें एक तरफ और सेना की दूसरी तरफ। कुल मिलाकर स्थिति गम्भीर है।

सिमरन के घर पर फिर ताला लटक रहा था। आजकल वे लोग घर पर कम रहते हैं। रोज शाम को गुरुद्वारे जाते हैं। सिर्फ जुगिन्दर कभी-कभार अली के साथ आता-जाता नज़र आता। मौसम भी बदल रहा था। पिताजी का बगीचा और उनके गमलों में लगे फूल मुरझाकर सूख रहे थे। गर्मी के आगमन के साथ नलों में पानी का बहाव भी कमजोर पड़ रहा था। गर्मियों में दूसरी मंज़िल पर सिमरन के घर पानी कभी-कभी बिल्कुल बन्द हो जाता है। तब जुगिन्दर और उसके पापा को बालटियाँ भर-भरके ऊपर पहुँचानी पड़ती हैं। मगर अभी यह अवस्था नहीं आई। अभी तो गर्मियाँ शुरू हुई हैं।

हवा में धूल और आतंक एक साथ बह रहे थे। यह बहाव क्रमशः आँधी का रूप लेने लगा। जब आँधी ने तहस-नहस के साथ सबको अन्धा कर दिया उस मुहूर्त में विराट विस्फोट का धमाका हुआ। सेना ने इसका नाम 'ऑपरेशन ब्लू स्टार' दिया। देखते-देखते पंजाब ने हवन कुंड का आकार धारण कर लिया, जिसमें सब कुछ स्वाहा होने लगा। हरमन्दिर साहब जिसकी स्थापना की कहानी चाचा ने उमा और सिमरन को सुनाई थी, वह गोलियों से घायल हुआ। पापा कहते हैं कि हरमन्दिर साहब की पवित्रता को बहुत पहले आतंकवादियों ने स्वयं नष्ट कर दिया था। सेना ने आतंकवादियों को निकालकर और मारकर मन्दिर को आतंक से छुड़ाया। यासमीन कहती है कि हरमन्दिर साहब में आतंकवादियों ने तोपें और हथियार घुसाए कैसे ? सरकार ने उन्हें रोका क्यों नहीं ? मम्मी कहती हैं , 'क्योंकि हिन्दू धर्म सहनशीलता की मिसाल है।' सिमरन और जुगिन्दर कहते हैं कि यह भ्रम है।

सच तो एक होता है। मगर यहाँ एक नहीं अनेक पक्ष एक-दूसरे से टकराते नज़र आ रहे हैं। इनमें कौन-सा सत्य का असली रूप है ? उमा को कुछ समझ नहीं आता था। बड़ी हिम्मत जुटाकर उसने सिमरन से पूछा, "आतंकवादियों ने हरमन्दिर साहब में हथियार और बम-बारूद क्यों जमा किए ? पवित्र स्थान को लड़ाई का गढ़ क्यों बनाया ?"

सिमरन इस पर खुद बम की तरह दहक उठी, "अपने धर्म की रक्षा करना पाप है क्या ?"

उमा पूछना चाहती थी कि क्या सिमरन खालिस्तान के पक्ष में है। क्या फिर एक

विभाजन होना चाहिए ? मगर सिमरन के तमतमाते चेहरे को देखकर उसकी हिम्मत ने मौन रूप धारण कर लिया।

इस बीच गर्मियों की छुट्टियाँ शुरू हुईं। यासमीन का परिवार दुबई जाने की तैयारी में लगा था। दुबई में सब बड़े-बड़े बँगलों में रहते हैं। वहाँ की दुकानों में बढ़िया से बढ़िया चीज़ें मिलती हैं। अली ने जुगिन्दर को बताया कि दुबई में उनके मामा ने नफीसा के लिए लड़का भी देख रखा है।

''तो क्या नफीसा की शादी वहीं हो जाएगी ?'' उमा ने सिमरन से पूछा।

''तो और क्या ? आजकल यासमीन के मम्मी-पापा शादी का सामान ही तो खरीदने जाते हैं।''

उमा ने बात समझते हुए सिर हिलाया, ''माँ-बाप चाहते हैं कि उनकी बेटियों को किसी चीज़ की कमी न हो। नफीसा समृद्ध परम्परा को आगे बढ़ाएगी।'' सिमरन ने उमा की बात अनसुनी कर दी। यही तो उसमें नुक्स था। अपनी बात तो उत्तेजना की चरम सीमा तक ले जाएगी और दूसरे की बात सुनती तक नहीं।

सिमरन ने बताया कि वे लोग अमृतसर जा रहे हैं। उसी शाम यासमीन के यहाँ उसकी मम्मी ने नफीसा की शादी की साड़ी और ज़ेवर दिखलाए। कितनी खूबसूरत लगेगी नफीसा। कहीं नज़र न लग जाए बाबा। नफीसा बहुत गोरी है। उस पर सभी रंग और सभी ज़ेवर सजेंगे। तुलना में यासमीन साँवली है। साँवली लड़कियों के लिए वर ढूँढ़ना मुश्किल होता है। सिमरन ने उमा को बताया। ''तूने क्या समझ रखा है कि मुझे यह भी नहीं पता !'' उमा ने विरक्त होकर कहा।

रात को जब मम्मी उमा के बालों में कंघी फेर रही थीं तो उसने कहा, ''यासमीन, नफीसा और अली दुबई चले जाएँगे। सिमरन और जुगिन्दर अमृतसर जा रहे हैं। मम्मी हम अकेले यहाँ रह जाएँगे।'' शान्ति देवी कई दिनों से सोच रही थीं कि उमा को गाना सिखाने का प्रबन्ध करेंगी। गोल मार्केट के पास स्कूल था जहाँ शाम को लड़कियाँ गाना-बजाना सीखती हैं। सिखानेवाली बंगाली महिला से मम्मी ने बात भी कर रखी थी।

''मगर मम्मी वहाँ मेरी कोई सहेली नहीं होगी।''

''वहाँ नई सहेलियाँ बनेंगी।''

और वही हुआ। ज्योत्स्ना दीदी की संगीत की क्लास में छः लड़कियाँ थीं। जिनमें चार बंगाली थीं। वह चारों बांग्ला में बोलती एक दूसरे से उमा के अलावा हिन्दीभाषी थी रेखा, जिसकी आवाज़ सबसे सुरीली थी। रेखा ने पहले भी संगीत सीखा था वह हारमोनियम भी बजाती थी। हाल ही में उसके पिताजी का भोपाल से दिल्ली तबादला हुआ था। वे भारतीय रेलवे में अफसर थे। गर्मियों की छुट्टियों के पश्चात् रेखा केन्द्रीय स्कूल में जाएगी।

संगीत की क्लास हफ्ते में तीन दिन शाम को होती। बाकी दिन उमा बेचैनी से इन्तज़ार करती। एक दिन क्लास के बाद उसे रेखा ने अपने घर बुलाया। वह पास ही रहती थी। उसके यहाँ हारमोनियम था और टेलीविज़न भी। मगर मम्मी से बिना पूछे,

भला उमा उसके यहाँ कैसे जाती।

घर पहुँचते ही उसने रेखा के यहाँ जाने का प्रस्ताव मम्मी के सम्मुख रख दिया। ''मम्मी, रेखा बहुत अच्छा गाती है। उसे हारमोनियम भी बजाना आता है। हम एक साथ प्रैक्टिस करेंगे। वह मुझे अपने यहाँ आज ही ले जाना चाहती थी मगर मैंने कहा कि मम्मी से पूछे बिना मैं नहीं जा सकती। परसों जाऊँगी।''

आश्चर्य की बात तो यह है कि जब परसों आया और संगीत की क्लास समाप्त हुई तो बाहर कदम रखते ही उमा ने देखा कि मम्मी वहाँ खड़ी हैं।

रेखा के यहाँ उमा के साथ मम्मी भी गईं। घर के बाहर उन्होंने उमा से कहा कि वे मन्दिर जाएँगी और आधे घंटे के बाद यहीं उमा का इन्तज़ार करेंगी। लौटते हुए उमा ने अपनी नाराज़गी व्यक्त करते हुए पूछा, ''मम्मी, तुम क्यों आईं ?''

''जवान लड़कियाँ हर किसी के घर नहीं जातीं,'' मम्मी की बात का तात्पर्य उमा समझ तो गई मगर उसकी नाराज़गी बनी रही। उसने तो सोचा था कि कुछ देर रेखा के साथ टेलीविज़न भी देखेगी मगर मम्मी ने तो उसके इरादे पर पानी ही फेर दिया। ठीक जैसे नफीसा का बाहर आना-जाना दुर्लभ था, क्या यासमीन सिमरन और उमा का भी वही हाल होगा ?

अगले सोमवार संगीत क्लास के बाद रेखा ने कहा, ''चल चाट खाते हैं।''

''मेरे पास पैसे नहीं हैं,'' उमा ने बताया।

''मेरे पास हैं।''

''तेरी मम्मी तुझे देती हैं ?''

''मेरे भाई प्रमोद को जेब-खर्च मिलता है। इस बार मैंने भी माँगा। तूने कभी माँगा है ? माँगेगी तो मिलेगा।''

गोल मार्केट की बड़ी दुकान पर उमा और रेखा ने गोल-गप्पे खाए। बड़ा मज़ा आया। ''बाप रे कितनी मिर्च डालते हैं !'' उमा ने कहा।

''तभी तो मज़ा आता है ! क्यों, एक-एक टिकिया भी हो जाए ?''

इससे पहले कि उमा हाँ या ना कहती, रेखा ने टिकिया देने के लिए भी कह दिया। खाते वक्त उमा ने देखा कि दुकान में एक मेज़ पर चाय का प्याला और भुजिया की प्लेट के सामने जयन्त चाचा बैठे कुछ लिख रहे हैं। उमा ने तुरन्त रेखा से कहा, ''मेरे चाचा बैठे हैं वहाँ, चल, मैं चाचा से तेरी मुलाकात कराऊँ।''

चाचा ने बताया कि वह उन्हीं के यहाँ जाएँगे। ''तो मैं आपके साथ जाऊँगी।'' उमा ने कहा। चाचा ने उन दोनों से पूछा कि उन्होंने कितने ढेर गाने सीखे हैं। ''कुल मिलाकर चौथा गाना सीख रहे हैं।'' उमा ने बताया।

''कब सुनाओगी ?''

''ज्योत्स्ना दीदी प्रोग्राम करेंगी तब आप ज़रूर आइएगा,'' रेखा ने कहा। वह घर चली गई। चाचा ने स्कूटर चालू किया। धक-धक करके मोटर चलने लगी। इससे पहले कि उमा बैठती उसने कहा, ''चाचा, मम्मी से मत कहिएगा कि...बस कहेंगे कि रास्ते

में मुलाकात हुई।''

''क्यों ?'' चाचा ने आश्चर्य से पूछा।

''शायद मम्मी कहेंगी कि अच्छे घरों की लड़कियाँ बाज़ार में चाट नहीं खातीं।''

''मम्मी जो भी सोचती हों, क्या तुमने गलत काम किया है ?'' चाचा ने सहज ही पूछा।

''यह गलत है क्या ? आप भी तो चाय पी रहे थे, भुजिया खा रहे थे न ?''

''मैं तो गलत नहीं समझता,'' चाचा ने हेलमेट पहनते हुए कहा।

''देखो चाचा, रेखा को जेब-खर्च मिलता है। अली और जुगिन्दर को भी...''

चाचा मुस्कुरा दिए। इस मुस्कुराहट ने उसके सामने नया दरवाज़ा खोल दिया। वह स्कूटर पर बैठ गई।

उस शाम उमा ने सबको गाना सुनाया। मम्मी बहुत खुश हुईं। चाचा ने कहा कि घर पर हारमोनियम होना चाहिए। मम्मी ने पूछा कि नए हारमोनियम का दाम कितना होगा। यह बातें हो रही थीं जब उमा ने मन ही मन निश्चय किया कि रात को जब मम्मी उसकी चोटी बनाएँगी तो वह जेब-खर्च का प्रश्न उठाएगी। मगर प्रश्न उस दिन नहीं उठा। टल गया। रमन को तेज़ बुखार हो गया। चाचा के साथ उमा उसके लिए दवा खरीदकर लाई। मम्मी ने रमन के माथे पर गीली पट्टी लगाई।

देखते-देखते रेखा का भी उमा के घर आना-जाना शुरू हुआ। उमा ने उसे मम्मी को गाना गाकर सुनाने के लिए कहा। उसका गाना सुनकर मम्मी समझ जाएँगी कि वह कितनी अच्छी हैं। और यही हुआ। रेखा अच्छे घर की लड़की है। उसके पापा रेलवे में अफसर हैं। बँगले में रहते हैं। उसकी मम्मी भी अफसर हैं। वे भी दफ्तर जाती हैं।

''मम्मी, रेखा को भी प्रमोद की तरह जेब-खर्च मिलता है। मुझे भी जेब खर्च दोगी न ?'' उमा ने पूछा।

मम्मी ने जवाब नहीं दिया। इनकार भी नहीं किया। उमा की आस बनी रही।

रेखा के मम्मी-पापा ने उसे लेडीज साइकिल खरीदकर दी। इसे रेखा और उमा ने एक साथ चलाना सीखा। कई बार साइकिल भी गिरी और सीखनेवाली सवारी भी। मगर हफ्ते-भर में दोनों सहेलियाँ बँगले के बगीचे में साइकिल पर चक्कर काटने लगीं। शान्ति देवी ने भी उमा का सुबह-शाम रेखा के यहाँ जाने पर एतराज करना छोड़ दिया।

''चाचा, मैं साइकिल चलाना सीख गई।'' उमा ने खुशी से ऐलान किया। उसके कहने की देर थी कि रमन ज़मीन पर पसर गया। लगा हाथ-पैर मारने। ''मुझे भी साइकिल खरीदकर दो। मैं भी चलाऊँगा।''

''हाथ-पैर मारने से साइकिल नहीं मिलती। खड़े हो जाओ,'' चाचा ने सहज ही उसे कहा। फिर घूमकर उसे नहीं देखा। उमा और जयन्त बाहर चले गए जहाँ रात की रानी की महक फैल रही थी। ''साइकिल चलाने में एक अद्भुत मज़ा है,'' उमा ने कहा। पैडल मारते हुए सन्तुलन बनाए रखने में स्वाधीनता का अहसास उसके लिए एक सरासर नई अभिज्ञता थी। आज जब रेखा के बाद उमा की बारी आई एक-दो चक्कर बँगले में लगाने

की तब बारिश की बूँदा-बूँदी शुरू हो गई। हल्की-सी नम हवा भी चल रही थी। हवा का बहता अहसास और साइकिल को वश में रखकर जहाँ-तहाँ घुमा पाने का मज़ा, सब मिलकर उमा के लिए अप्रत्याशित आनन्द का भोग था। वह चाचा को यह बताना चाहती थी मगर शायद उसके आनन्द की अभिव्यक्ति के लायक सही शब्द थे ही नहीं। फिर भी उसका चमकता चेहरा और आवाज़ में छलकती खुशी ने किसी अन्दरूनी भाषा द्वारा उसकी अनुभूति को चाचा तक पहुँचा दिया।

रेखा साइकिल पर स्कूल जाया करेगी। कितना अच्छा होता अगर उमा भी यह कर पाती। मगर पापा-मम्मी से साइकिल खरीद देने की फरमाइश करने का सवाल ही नहीं उठता।

स्कूल खुलने के दिन नज़दीक आ रहे थे। उमा सिमरन के अमृतसर से लौटने की राह देखने लगी। सिमरन किस्से-कहानियों का ढेर लेकर आएगी उसे सुनाने के लिए। उमा के पास भी उसे बताने के लिए तमाम चीज़ें थीं। क्या सिमरन को रेखा पसन्द आएगी ? कितना अच्छा होता अगर रेखा उनके स्कूल में दाखिला लेती। वह डॉक्टर बनना चाहती है जिसके लिए विज्ञान की खास ज़रूरत है और अपने स्कूल में विज्ञान पर शायद कम ज़ोर दिया जाता है इसलिए रेखा के पापा ने उसका दाखिला केन्द्रीय स्कूल में करवाया। उमा और रेखा ने तय किया कि छुट्टियों के बाद भी वह नियमित तौर पर ज्योत्स्ना दीदी की संगीत क्लास में जाया करेंगी।

उमा डरती थी जेब-खर्च माँगने से। कहीं मम्मी 'ना' कह दें तो ? बड़ी हिम्मत जुटाकर उसने रात को बात छेड़ी, "सबको जेब-खर्च मिलता है। रेखा को भी उसकी मम्मी देती हैं। मुझे भी तुम जेब-खर्च दोगी न ?" मम्मी ने फिर न ना कही और न ही हाँ। बाल सँवारकर कंघी को यथास्थान रख दिया। उमा का सवाल हवा में लटका-सा रह गया। उसके मन से उत्साह जाता रहा।

अगले दिन जब वह संगीत क्लास के लिए तैयार हुई और जाते हुए उसने गाने की कापी उठाई, तो मम्मी दरवाज़े पर हाथ में कुछ थामे खड़ी थी। साड़ी के आँचल के नीचे से एक छोटा बटुआ निकालते हुए उन्होंने उमा के हाथ में थमा दिया। हरे और पीले रंग की फूल पत्तियों से कड़ा हुआ बटुआ पुराना होते हुए भी बहुत सुन्दर था। मम्मी कुछ बोली क्यों नहीं ?

इस बार रमन भी स्कूल जाएगा। नए कपड़े, नया बस्ता, टिफिन का डिब्बा, पेंसिल, रंग सब नया। जब चाचा आए तो उसने एक-एक करके अपने बस्ते से चीज़ें निकालकर दिखाईं। फिर एक-एक कर उन्हें वापस बस्ते में रखा। मज़ाल है कि कोई उसका बस्ता छुए। उमा भी इन्तज़ार कर रही थी, मौका ढूँढ़ रही थी चाचा को अपना बटुआ दिखाने के लिए। उसका बड़ा मन था उन्हें यह बताने का कि कल गोल मार्केट में चाट खाकर रेखा के साथ, पैसे उसने अपनी जेब-खर्च से दिए।

स्कूल खुलने में कुल चार दिन रह गए मगर सिमरन अभी तक नहीं लौटी। पहले ऐसा कभी नहीं हुआ। जिस दिन वे लोग अमृतसर से लौटे, बड़ी बारिश पड़ रही थी।

लगता था कि आकाश भी पानी के साथ बह जाएगा। रमन खिड़की पर खड़ा बाहर ताक रहा था। उसी ने चिल्लाकर खबर दी कि सिमरन लोग आ गए हैं। उमा का बस चलता तो वह तुरन्त ऊपर चली जाती। मम्मी ने उसे रोक दिया। ''वे लोग अभी घर के दरवाज़े तक पहुँचे हैं, उन्हें साँस तो लेने दे।'' मगर उमा की बेसब्री ने उसे ही परेशान कर दिया। ''मम्मी मैं भुआजी से पूछ तो आऊँ कि उन्हें किसी चीज़ की जरूरत है।'' मम्मी हँस दीं, ''जा, पूछ आ।'' उन्होंने इज़ाज़त देते हुए कहा। उमा तेज़ी से सीढ़ियाँ चढ़ती जब ऊपर पहुँची तब हाँफ रही थी। सिमरन को देखते ही उसे गले लगा लिया। ''इतने दिन लगा दिए।'' सिमरन कहाँ से शुरू करे, इतनी ढेरों बातें थीं बताने को। हाँ वह जानती है कहाँ से शुरू करेगी। दौड़ी गई अपना सामान खोलने। चार जोड़े कानों के झुमके लेकर आई। इनके साथ हाथ की चूड़ियाँ भी खरीदी थीं बहुत सोच-विचार और नाप-तौलकर।

''तुझे जो पसन्द है, तू चुन ले,'' उसने सारा सामान उमा के सम्मुख रखते हुए कहा। उमा भौंचक्की रह गई।

''पहले यह बता, तेरे नाना-नानी अपने घर लौट आए हैं न ?'' मन में घूमते, चक्कर काटते प्रश्न ने बिना बुलाए खुद को हाज़िर कर दिया। सिमरन ने लम्बे-लटकते झुमके को कानों तक उठाकर, अपना चेहरा आईने में देखा। उसकी मामीजी कहती हैं कि सिमरन का रंग निखर आया है। जल्द ही उसके लिए रिश्ते आने शुरू हो जाएँगे। नाक-नक्श और कद भी सुन्दर है। सिमरन ने मामीजी की नज़रों से उमा को गौर से देखा। वह बिस्तर पर बैठी एक-एक कर झुमके और चूड़ियाँ उठाकर देख रही थी। मामी जी की नज़रों में उमा साँवली थी मगर नाक-नक्श ठीक ही थे। कद अच्छा था और बाल उसके घने और लम्बे थे। कितनी तरह की चूड़ियाँ ! हर रंग और डिज़ाइन की। तरह-तरह की। उमा चकाचौंध रह गई।

दबी आवाज़ में, कहीं मम्मी-पापा और जुगिन्दर भाप्पा न सुन लें, सिमरन ने उमा को मामीजी के भाई के बारे में बताया। बड़ा स्मार्ट है। सिमरन को पसन्द करता है...लड़के अजीब होते हैं...सिमरन हँस दी। ''उसने मुझे दो चिट्ठियाँ भी लिखीं...किसी को नहीं पता...तू मत बताना किसी को...''

''दिखा चिट्ठियाँ...?''

''धत्त !''

हाथ में कटोरी थामे भुआजी के लिए दही लाने सीढ़ियाँ उतरते हुए उसे याद आया कि आज ज्योत्स्ना दीदी की संगीत क्लास के लिए जाना है। कब से सोच रखा था उसने कि सिमरन को संगीत क्लास, रेखा और साइकिल चलाने के आनन्द के बारे में बताएगी मगर अभी तक कुछ भी बताने का मौका नहीं मिला। जब दही देने ऊपर गई, तब उसने सिमरन की मम्मी से कहा, ''भुआजी, सिमरन को भी संगीत क्लास में दाखिल कर दीजिए न, हम दोनों एक साथ जाया करेंगे...'' जुगिन्दर ज़ोर से हँसा। कहने लगा, ''सिमरन गाना गाएगी तो आसपास के कुत्ते भी दुम दबाकर भाग जाएँगे...''

दरअसल सिमरन को गाने में कोई दिलचस्पी नहीं, वैसे अन्ताक्षरी वह खेल लेती

है। गाना गाता है जुगिन्दर नहाते हुए। वह भी ऊँचे स्वर में और ज़ोर-ज़ोर से। अब वह कॉलेज जाएगा। कल से उसके दाखिले के लिए कॉलेजों में प्रयत्न शुरू होंगे।

सिमरन ने उमा को बताया कि भाप्पा कॉलेज तो जाएगा मगर इसके अलावा वह कोशिश करेगा अमरीका जाने की। अमृतसर में उनके कई दूर दरेसे के रिश्तेदारों से मुलाकात हुई थी। कैलिफोर्निया में बहुत पंजाबी बसे हुए हैं। जुगिन्दर भी वहाँ जाना चाहता है। पापा कोशिश करेंगे।'' अमरीका का वीज़ा बड़ी मुश्किल मिलता है। वहीं बसे अपने रिश्तेदारों और उनके रिश्तेदारों की मदद से पापा जुगिन्दर को अमरीका भिजवाने की कोशिश करेंगे,'' फिर कुछ रुककर सिमरन ने कहा, ''पता है कितना पैसा लगता है ?''

उमा ने सिर हिलाकर स्पष्ट किया कि उसे नहीं पता।

''लाखों रुपए लगते हैं, लाखों !''

''अच्छा,'' उमा हैरान थी।

''पापा अपने गाँव की ज़मीन बेचेंगे और कुछ उधार भी लेंगे। देख उमा, किसी से कहना मत।''

''पता है यासमीन लोग अभी तक नहीं लौटे,'' उमा ने अपनी तरफ से खबर दी।

''भाप्पा कह रहा था कि अली नहीं लौटेगा। वह अपने मामा की दुकान में काम पर लग गया है। सिर्फ यासमीन अपने मम्मी-पापा के साथ वापस आएगी। यहाँ से सब निकल जाना चाहते हैं। क्या रखा है यहाँ ?''

उमा के पास कहने को कुछ नहीं था। यह बातें कुछ अपरिचित-सी थीं। सिमरन कह रही थी। ''सिखों के गुरुद्वारों को गोलियों से उड़ा रहे हैं। पता है हरमन्दिर साहब जो सबसे पवित्र स्थान है, उसकी क्या हालत बनाई है ? देखकर रोना आता है। मेरी नानी कितने आँसू बहाती है।''

उमा को लगा जैसे सिमरन उसे, उसके मम्मी-पापा, सबको दोषी ठहरा रही है। वह कह रही थी, ''सिख कौम कभी अत्याचार नहीं सहती। एक सरदार, सवा लाख की सेना के बराबर होता है। खालसा कौम को कोई नहीं दबा सकता...तू देखना।''

उमा को ऐसा महसूस हुआ कि सिमरन ने बदला लेने की ठान ली है। उसकी आवाज़ काँप-सी रही थी।

इससे पहले कि उमा कुछ कहती, रमन ने आकर कहा कि उमा को मम्मी बुला रही हैं।

''क्या बात है ?'' उमा ने पूछा।

''चाचा आए हैं...'' कहते हुए रमन तेज़ी से लौट गया। घर में पाँव रखते ही बरामदे में खड़ी नई साइकिल पर उमा की नज़र पड़ी। नई लेडीज़ साइकिल। हैंडल इत्यादि अभी कागज़ में लिपटे थे।

''ब्रैंड न्यू !'' रमन ने ऐलान किया।

चाचा मुस्कुराते हुए उमा को देख रहे थे। पापा भी। उमा का आश्चर्य खुशी की

प्रचंड लहर में बदल गया। उसने चाचा की ओर देखा। पापा ने हँसकर कहा, "ले, चाचा तेरी मनपसन्द चीज़ ले आए।"

ब्रेक, पैडल, सब नए। रात में जलनेवाली लाइट भी। यह तो रेखा की साइकिल से भी बढ़िया है। उमा ने सोचा।

"चाचा, आपने तमाम रुपए खर्च डाले," प्रसन्नता से उसने कहा और वह दौड़ी गई रसोई में, "मम्मी, मम्मी, आओ देखो मेरी साइकिल।"

मम्मी तीन प्यालों में चाय डाल रही थीं।

"मैं भी चाय पिऊँगी मम्मी," उमा ने कहा।

"बच्चे चाय थोड़ी न पीते हैं।"

"मैं बच्चा थोड़ी ही न हूँ। अपनी साइकिल पर स्कूल जाऊँगी। बाज़ार से तुम्हारे लिए सब्ज़ी-सामान लाऊँगी," मगर यह क्या, मम्मी के चेहरे पर प्रसन्नता का कोई निशान नहीं बल्कि असहमति झलकती नज़र आ रही है।

"अच्छा मैं चाय नहीं पिऊँगी। तुम आओ देखो तो।"

"दीदी मुझे साइकिल पर पीछे बिठाएगी ?" रमन ने कहा।

पापा और चाचा के साथ मिलकर उमा ने लिपटी हुई साइकिल के कागज़ खोले। फिर उस पर चढ़कर एक छोटा-सा चक्कर लगाया। "आ पीछे बैठ," उसने रमन से कहा। चाचा ने साइकिल को पकड़ा, पापा ने रमन को पीछे बिठाया और उमा ने पैडल पर पैर रखा। चक्कर लगाकर जब साइकिल घर के करीब पहुँची तो रमन ने कहा, "दीदी एक चक्कर और।"

उमा का उत्साह भी यही चाहता था। बढ़ गया, रफ्तार भी बढ़ी। उसने एक और चक्कर लगाया।

"मुझे दीदी साइकिल पर स्कूल लेकर जाएगी ?" रमन ने कहा मगर मम्मी ने जवाब नहीं दिया। उनकी इस तरह बात-बात पर नाराज़ होने की आदत उमा को पसन्द नहीं। पता नहीं मम्मी ऐसे खुशी के माहौल में मुँह क्यों लटकाती हैं। उनकी नाराज़गी के कारण को उमा ताड़ नहीं पाई मगर वह नाराज़गी उसके उत्साह को घटा भी नहीं पाई।

आज मन की उमंग गाने में भी उतर आई। ज्योत्स्ना दीदी ने आज पहली बार उमा की सराहना की वह भी भरी क्लास में। "अपने मम्मी-पापा से कहना कि घर पर हारमोनियम रखें।" उन्होंने उमा से कहा। मगर उन्हें क्या पता कि घर पर हारमोनियम से कहीं अधिक उमंग भरी चीज़ उमा का इन्तज़ार कर रही है। रेखा को नई साइकिल की पूरी खबर दी गई। घर जाने के वक्त क्लास के बाहर उमा ने उसे कहा, "पता है सिमरन अमृतसर से लौट आई। बहुत सुन्दर झुमके और चूड़ियाँ लाई है। तू देखेगी तो हैरान हो जाएगी। अब उसके नाना-नानी को भी खतरा नहीं।"

"कैसा खतरा ?"

"मैंने तुझे बताया नहीं था, भूल गई ? सेना ने उन्हें बेघर कर दिया था ?"

"हाँ, ऑपरेशन ब्लू-स्टार के लिए न ?"

उस रात जब जयन्त चला गया और रमन और उमा सो गए तब शान्ति देवी ने पति के सम्मुख अपनी दुविधा की पिटारी को तनिक खोला। ''जयन्त खुद सिरफिरा है। सही रास्ते को छोड़ इधर-उधर भटकना उसे अच्छा लगता है। मगर उमा पर उसका असर मुझे पसन्द नहीं।''

''कौन-सा बुरा असर डाल दिया है उसने उमा पर ? नई साइकिल खरीदकर टैक्सी में लादकर लाया। देखा तुमने, उमा कितनी खुश हुई ?''

''चौदह साल की लड़की के लिए साइकिल खरीदने से पहले कुछ सोचा तो होता, हमसे सलाह ही कर ली होती।''

''हमसे तो पैसे नहीं माँगे जयन्त ने।''

''पैसों की बात कौन कर रहा है ?''

''तुम्हें क्या अभी से फिकर हो रहा है कि बेटी जवान हो रही है ?'' सोहनलाल ने हँसकर पूछा।

शान्ति देवी को हँसी पसन्द नहीं आई, ''आप अगर समझने से इनकार कर दें...तो...''

''मैं कहाँ इनकार कर रहा हूँ ? मैं तो सिर्फ पूछ रहा हूँ तुम्हारी नाराज़गी का कारण।''

''लड़के और लड़कियों में फर्क होता है,'' शान्ति ने दृढ़ता से कहा।

''तुम कहना चाहती हो कि उमा का साइकिल चलाना मर्दानगी है ?'' सोहनलाल फिर हँसे।

''आप इसे मज़ाक समझते हैं ! सोचिए, बेटी साइकिल पर स्कूल जाएगी।''

''तुम्हें एतराज है, इसमें ?''

''वह साइकिल पर बाजार जाना चाहेगी, क्या आप उसे रोकेंगे,'' सोहनलाल ने जवाब नहीं दिया।

''अपने ब्लाक में अली और जुगिन्दर ही साइकिल पर स्कूल जाते हैं।''

''तो तुम क्या चाहती हो, साइकिल चलाने से उमा को रोक दिया जाए ?''

इस बार शान्ति ने जवाब नहीं दिया।

''शान्ति, ज़माना बदल गया है। आजकल लड़कियाँ साइकिल ही नहीं, स्कूटर, गाड़ियाँ और हवाई जहाज तक चलाती हैं।''

''ज़माने की ज़िम्मेदारी हमने नहीं लेनी। लोग अपनी बेटियों को सड़कों पर, कारखानों या दफ्तरों में नौकरियाँ करवाएँ मगर हम अपनी बेटियों को सुख-सम्पन्नता की चारदीवारी में सुरक्षित रखने की परम्परा में ज़माने की भागदौड़ से बचाकर रखने की कोशिश करेंगे।''

''छोटी उमर में बेटी का साइकिल चलाना किसी सुरक्षा की परम्परा को तोड़ना नहीं कहा जा सकता। तुम तो बेवजह उत्तेजित हो जाती हो। कल सुबह रमन भी स्कूल जाएगा। अब देर हो गई है। सो जाओ।''

शान्ति ने जवाब नहीं दिया। करवट लेकर मुँह फेर लिया। मगर बहुत देर तक नींद नहीं आई। जयन्त किताब भी लाया उमा के लिए तो सिख धर्म और कबीरदास की कहानियों की। अपनी रामायण और महाभारत की कहानियाँ दुर्लभ हैं क्या ? यही सोचते और चिन्ता करते शान्ति देवी सो गईं आखिर।

रमन ने स्कूल जाना शुरू किया। पहले दिन पापा के साथ नया बस्ता, नए कपड़े और नई उमंग लिये हँसता-खेलता घर से निकला। मम्मी उसे दोपहर में स्कूल से लाने गईं। उन्हें देखते ही रो पड़ा। क्लास की अध्यापिका ने हैरानगी से कहा, "क्यों रमन, अभी तो खेल रहे थे, मम्मी को देखकर रो पड़े !" रमन ने जवाब नहीं दिया बस मम्मी को ज़ोर से पकड़ लिया। घर जाते हुए रास्ते में बोला, "मैं स्कूल नहीं जाऊँगा।"

"क्यों बेटे ? आंटी तो कह रही थीं कि तुम बहुत अच्छे हो।"

"मगर आंटी अच्छी नहीं हैं।"

"तुम्हें डाँट पड़ी क्या ?"

"डाँट क्यों पड़ेगी ? मैंने शैतानी थोड़ी न की।"

जब पापा शाम को लौटे तब रमन ने उनसे भी वही कहा, "मैं स्कूल नहीं जाऊँगा।"

बाहर उमा अपनी नई साइकिल सिमरन को दिखा रही थी। "मैं तुझे चलाना सिखाऊँगी। देख बिल्कुल आसान है।"

"ना बाबा, मुझे नहीं सीखना।"

"अरे तू इतनी डरपोक है ?"

"मुझे बेबात गिरना और चोट लगाना पसन्द नहीं।"

"सिमरन सोच कितना अच्छा होगा, हम दोनों साइकिल पर स्कूल जाया करेंगे।"

"लड़कों की तरह। हम क्या लड़के हैं ?"

"तूने ही तो मुझे बताया था कि पंजाब में सब लड़कियाँ साइकिल चलाती हैं।"

"हाँ, चलाती हैं पर मुझे पसन्द नहीं है।"

उमा का उत्साह घट रहा था। मन ही मन उसने सोचा कि हाय कितना अच्छा होता अगर सिमरन रेखा होती। यह भी निश्चय कर लिया कि अबकी बार वह साइकिल पर ज्योत्स्ना दीदी की क्लास के लिए जाएगी। बरामदे में खड़ा रमन उमा और सिमरन को साइकिल के साथ खड़े बातें करते देख रहा था।

"दीदी से कहो कि मुझे साइकिल पर दो चक्कर लगवाएँ," पापा अखबार पढ़ रहे थे। उन्होंने पन्ना पलटा और चाय का घूँट लेकर बोले, "तुम दीदी से कहो। वह ज़रूर मान जाएगी।" रमन को यह बात पसन्द नहीं आई। मम्मी मन्दिर जाने के लिए तैयार हो रही थीं। उन्हें देखते ही बोला, "मैं मन्दिर नहीं जाऊँगा।"

"क्यों आज भगवान से भी नाराज़ हो क्या ?" मम्मी ने मुस्कुराकर पूछा।

"मम्मी, दीदी से कहो कि मुझे साइकिल पर दो चक्कर लगवाएँ," पापा ने अखबार को तह किया और मम्मी की ओर नज़र उठाई।

"चल, अब मन्दिर जाएँगे। लौटकर साइकिल पर दीदी सैर कराएँगी।"

"नहीं, मैं मन्दिर नहीं जाऊँगा। दीदी साइकिल पर मुझे चार चक्कर लगवाएगी।"

"राजा बेटा, हठ नहीं करते।"

"मैं मन्दिर नहीं जाऊँगा। स्कूल भी नहीं जाऊँगा।"

मम्मी ने सहायता ढूँढ़ती आशा-भरी आँखों से पापा को सम्बोधित किया। "आप कहें तो...?"

तीन

सिस्टर टॉमस ने अंग्रेज़ी में निबन्ध लिखने को कहा। ब्लैकबोर्ड पर तीन विषय लिखे। उमा सोचने लगी कि वह उनमें से किस विषय पर लिखेगी। उसने तय किया कि वह अपनी 'प्रिय सहेली' पर लिखेगी। उसकी नज़र सिमरन पर पड़ी जो विरक्त भाव से कागज़ पर कीड़े आँक रही थी। कैसा होगा अगर वह दोनों इसी विषय पर लिखें ? उमा ने अभी दस-बारह वाक्य ही लिखे थे कि क्लास के बाहर गलियारे में चहल-पहल सुनाई दी। सिस्टर टॉमस ने चश्मा उतारकर रखा और उठ गईं। बाहर अन्य अध्यापिकाएँ एकत्र हो रही थीं। सिस्टर टॉमस ने घड़ी देखी। अभी ब्रेक का वक्त तो नहीं हुआ। चपरासी ने दरवाज़े पर आकर सिस्टर से कहा कि मदर बुला रही हैं। तुरन्त।

उस दिन निबन्ध वहीं रह गया। प्रधानमन्त्री श्रीमती इन्दिरा गांधी की हत्या की खबर ने तहलका मचा दिया। क्या हुआ, कैसे हुआ, अपराधी कौन था ? किसने इन्दिरा गांधी को गोलियों से दागा और क्यों ?

मदर सुपीरियर ने स्कूल की अध्यापिकाओं और छात्राओं को असैम्बली हॉल में दो मिनट के लिए मौन रहने को कहा और इन्दिरा गांधी की आत्मा की शान्ति के लिए प्रार्थना की। स्कूल में छुट्टी हो गई। लड़कियों ने बस्ते बाँधे। उमा और सिमरन अपने-अपने बस्ते लिये स्कूल से बाहर निकल रही थीं। फाटक पर देवदत्त चपरासी को जमादार से कहते सुना, "सिखों ने बदला ले लिया।"

न जाने सिमरन किस सोच में पड़ी थी उसने उमा से आँख नहीं मिलाई। उसके कदम तेज़ रफ्तार से घर की ओर बढ़ते गए। उमा पूछना चाहती थी कि भागने की क्या ज़रूरत है मगर यह सवाल करने का मौका नहीं था। बिना कुछ कहे, बिना उमा से एक बार नज़र मिलाए सिमरन सीढ़ियाँ चढ़ने लगी।

"सिमरन !" उमा ने पुकारा।

सिमरन ने पीछे फिरकर नहीं देखा।

मम्मी रमन के बिस्तर के पास बैठी रामायण पढ़ रही थीं। उसे फिर बुखार हो गया था। पापा ने कहा था कि इस बार टान्सल का ऑपरेशन करवाएँगे। उमा को देख मम्मी चकित हुई और इन्दिरा गांधी की हत्या की खबर ने उन्हें धक्का पहुँचाया। सरकारी

दफ्तर भी बन्द हो जाएँगे, पापा भी घर लौट आएँगे ? आज शाम ज्योत्स्ना दीदी की क्लास भी क्या बन्द रहेगी ? मम्मी निरुत्तर-सी नज़र आ रही थीं।

"मम्मी, इन्दिरा गांधी को किसने मारा ?" रमन ने पूछा।

सवाल हवा में झूलता रहा। जब पापा घर लौटे तब रमन सो रहा था। सामने दरवाज़े पर वे अभी साइकिल पर ताला लगा रहे थे कि जुगिन्दर अपने चाचा के साथ स्कूटर से उतरा। उसके हाथ में मिठाई का डिब्बा था। सोहनलाल के हाथ से ताला छूट गया। जुगिन्दर और उसके चाचा हँसते हुए दो-दो सीढ़ियाँ एक साथ चढ़ने लगे। सिमरन के घर में चहल-पहल चलती रही। उमा खिड़की पर बैठी कुछ समझ नहीं पा रही थी।

"चाचा के दफ्तर में भी छुट्टी हो गई होगी, न पापा ?"

पापा ने जवाब नहीं दिया। शायद उमा का सवाल सुना ही नहीं। वे रेडियो के ऊपर रखा मेज़पोश उतार रहे थे। उमा, चाचा की राह देखने लगी। रेडियो पर सारंगी बज रही थी। जाने-पहचाने सुर थे। अरे यह तो राग टोड़ी बज रहा है। आजकल ज्योत्स्ना दीदी यही राग तो सिखा रही हैं। उमा यह बात पापा-मम्मी को बताती मगर बात मुँह से निकली नहीं। शाम को रमन का बुखार कम हुआ। पसीने के साथ उसकी आँखों और चेहरे की लाली भी बह गई।

"दीदी मुझे कहानी सुनाएगी ?" उसने कहा।

उमा ने चाचा की अमृतसर से लाई हुई किताब को निकाला और गुरु नानक देव की कहानी पढ़ने लगी। पापा गम्भीर चेहरा लिये रेडियो से सटे बैठे रहे। न उन्होंने चाय पीने की इच्छा प्रकट की, न ही कुछ कहा। रात तक हर समाचार बुलेटिन सुनते रहे। उमा बहुत से सवाल पूछना चाहती थी। अपने घर में यह गम्भीर माहौल था और ऊपर सिमरन के यहाँ चहल-पहल थी। जुगिन्दर को उसने अपने चाचा के साथ तेज़ रफ्तार से स्कूटर पर आते-जाते, हँसते, मज़ाक करते और सीटी बजाते देखा। इसने उसके मन में उलझनों की झाड़ी खड़ी कर दी।

"दीदी कहानी सुनाओ," रमन ने फिर आग्रह किया।

"मुझे होमवर्क करना है," उमा ने दृढ़ता से जवाब दिया। वह नहीं जानती थी कि कई दिनों तक स्कूल बन्द रहेंगे। होमवर्क और दैनिक जीवन की गति ऐसे टूटेगी कि जुड़ने की क्रिया एक लम्बे अरसे तक चलती रहेगी। अगले दिन सुबह पिताजी बाज़ार जा रहे थे जब उमा ने कहा, "पापा, मैं भी अपनी साइकिल पर आपके साथ चलती हूँ।"

"मैं तो साग-सब्ज़ी लेने जा रहा हूँ।"

"पापा मैं रेखा के यहाँ जाऊँगी। पास ही तो है। घंटे में लौट आऊँगी।"

"मम्मी से पूछ ले," पापा ने कहा।

उमा दौड़ी गई रसोई में, "मम्मी, मैं रेखा के यहाँ जा रही हूँ।"

"घंटे में लौट आना," मम्मी ने कहा।

रेखा के यहाँ फाटक पर कुछ लोग खड़े बतिया रहे थे। अन्दर बरामदे में रेखा और उसकी मम्मी को माली और जमादार कुछ बता रहे थे। सबके चेहरे गम्भीर थे। हवा में

अजीब-सा तनाव था। उमा ने साइकिल को कोने में रखा। रेखा ने उसे देखा नहीं कि वह बरामदे से उसके पास दौड़ी आई। "तू...कैसे आई ?" उसने आश्चर्य से पूछा मानो पूछ रही हो, "इतनी हिम्मत कैसे की ?"

"क्यों, वैसे ही आई हूँ जैसे हमेशा आती हूँ।"

"तुझे पता है, क्या हो रहा है शहर में ?"

"क्या हो रहा है ?"

"सिखों के घरों, दुकानों, कारोबारों को जला रहे हैं। और तू कहती है क्या हो रहा है !"

"क्यों ?"

" 'जान का बदला जान से' वाली बात है।"

"मगर..."

"पता है माली क्या कह रहा था..."

रेखा बोलती जा रही थी मगर उमा के कानों में कुछ पहुँच रहा था और कुछ बिखर रहा था। उसके दिल की धड़कन तेज़ होने लगी। मन की उलझनें गहराने लगीं और सहसा डर लगने लगा उसे। सिखों ने बदला लिया। अब उनके साथ बदला लिया जा रहा है। बेचारी सिमरन, उसके नाना-नानी, भुआजी जो इतना प्यार करती हैं उसे।

"जमादार कह रहा है कि मंगलपुरी में ज़िन्दा लोगों को जला डाला...बड़ी बेदर्दी से सिखों पर वार हो रहा है..."

रेखा बता रही थी और उमा की टाँगों को न जाने क्या हो रहा था। कैसी कमज़ोरी महसूस हो रही थी उसे...

"जगह-जगह शहर में पेट्रोल पम्प जल रहे हैं...तिरलोकपुरी और करोलबाग में..."

करोलबाग का नाम सुनते ही उमा की आँखों के सामने सिमरन के चाचा की शक्ल उभर आई। वे लोग करोलबाग में रहते हैं। वहीं उनकी दुकान है। सिमरन कहती है कि शहर का सबसे बढ़िया बाज़ार वहीं है। वहाँ सब कुछ, हर चीज़ मिलती है। चाची का मायका भी वहीं है। वह अपनी शादी पर कितनी सुन्दर लगती थीं। कल ही तो उमा ने जुगिन्दर को अपने चाचा के साथ स्कूटर पर जाते देखा था।

उमा ने अपने सूखते होंठों को खोलकर किसी तरह रेखा से कहा, "अब चलती हूँ।"

रेखा की मम्मी ने कहा, "अकेले नहीं जाना चाहिए। ठहरो, जमादार तुम्हें घर पहुँचाकर आएगा।"

उमा का जी मिचलाने लगा। उसने अपनी दुर्बल टाँगों को वश में किया। जमादार अपनी साइकिल ले आया। उमा के हाथ गीले थे। हथेलियों के पसीने को दुपट्टे से पोंछने लगी। किसी तरह घर पहुँची। जमादार उसे पहुँचाकर लौट गया। मम्मी रसोई में छौंक लगा रही थीं। सारे घर में मेथी की सुगन्ध फैली थी। उमा ने सुराही से गिलास में पानी

डाला और अपने सूखे होंठों तक उठाया। क्या सिमरन घर पर भुआजी के साथ रसोई में काम कर रही है ? पापा अभी तक क्यों नहीं लौटे ? इतनी देर क्यों लगा दी ? सब्ज़ी ही तो खरीदने गए थे। रमन को सोते देख उमा दबे पैर बैठक में पापा की आरामकुर्सी पर जा बैठी। कल सारा दिन पापा इसी कुर्सी पर बैठे रेडियो सुनते रहे। कल सिमरन के यहाँ कितनी चहल-पहल थी। आज क्या वे लोग गुरुद्वारे गए हैं ? रेखा के यहाँ माली बता रहा था कि सुल्तानपुरी और मंगलपुरी में लोगों को उनके घरों से निकाल-निकालकर...। ठीक उसी वक्त दरवाज़े पर आहट हुई। उमा सिहर उठी। उसने दरवाज़ा खोला। हाथ में भारी थैला उठाए पापा लौट आए थे। उनका चेहरा गम्भीर था।

"अच्छा हुआ तू लौट आई...मैं सोच ही रहा था..."

"पापा मंगलपुरी कहाँ है ?" बिना सोचे-समझे उसके मुँह से शब्द लुढ़क आए।

पापा ने सिर हिलाया। वे न जाने क्या सोच रहे थे, किसी अन्य दुनिया की उलझनें समेटते और सोचते हुए बाहर बरामदे में चले गए। पीछे-पीछे उमा भी गई। खुर्पी उठाकर पापा ने लम्बी साँस ली। फिर झुककर गमले में मिट्टी डालने लगे। हाथों में मिट्टी की गरमाई ने मरहम का असर किया। छुटपन में उमा यहीं पापा के पास मिट्टी और पानी से खेला करती थी। आज बहुत अरसे के बाद उसके हाथों ने वही स्वाद फिर अनुभव किया। कपड़े मैले होने का डर आज न जाने कहाँ गायब हो गया। वह फिर छोटी-सी बच्ची बन गई। बाहरी दुनिया के दंगों और डर से मुक्त-सी हो गई।

जब रमन सोकर उठा तो मम्मी ने बुखार देखा। इस वक्त कम था मगर आज डॉक्टर को दिखाना चाहिए। मम्मी उसे शाम को डॉक्टरखाने ले जाना चाहती थीं। पापा ने सिर हिलाकर कहा, "आज शहर में जाना मुनासिब नहीं होगा।"

"क्यों ?" शान्ति देवी ने पूछा।

"दंगे हो रहे हैं।"

"कैसे दंगे ?"

"सिखों के खिलाफ।"

उमा चुपचाप गमलों में मिट्टी भरती हुई मम्मी-पापा की बातें अपने कानों से ही नहीं रग-रग से सुन रही थी।

"कल इन्दिरा गांधी की मौत पर खुशियाँ मनाई जा रही थीं...अब जवाब देने पड़ रहे हैं..." मम्मी की आवाज़ में ऐसा भाव था मानो कह रही हो कि जो हो रहा है वह अनिवार्य है, स्वाभाविक है...उन्हें स्वीकार है।"

दोपहर में रमन ने लूडो खेलना चाहा। उमा का तनिक भी मन नहीं था पर वह राज़ी हो गई। खेल के बीच भी मन के अन्दर एक ही ताल निरन्तर ठेका लगाती रही...सिमरन कहाँ है ? आज उसके घर से कोई आहट सुनाई नहीं दी। क्या वे लोग गुरुद्वारे से नहीं लौटे ? क्यों नहीं लौटे ?

रमन खेल जीत गया। लगा हठ करने कि दीदी उसके साथ एक खेल और खेले।

शाम को पापा से मिलने अपने ही ब्लाक में रहनेवाले कई लोग आए जिनमें

यासमीन के पिताजी और चैटर्जी बाबू भी थे। बैठक में बातें होती रहीं। चैटर्जी अंकल को उमा ने कहते सुना कि अपने ब्लाक में तीन सिख परिवार हैं उन्हें कोई खतरा न हो...। उमा पूरी बात न सुन पाई क्योंकि मम्मी ने उसे मन्दिर में दीप जलाने के लिए बुला लिया। बाद में उसने पापा से पूछा, "चैटर्जी अंकल क्या कह रहे थे ?"

"यही कि अपने ब्लाक की हिफाज़त हम सब मिलकर करेंगे।"

"उन्हें पता है कि सिमरन लोग कहाँ हैं ?"

"वे लोग कल शाम से यहाँ नहीं हैं। शायद करोलबाग गए हैं।"

"पापा, रेखा का माली कह रहा था कि करोलबाग में भी दंगा हो रहा है।"

पापा ने सिर हिलाया। वह जानते हैं। उनके चेहरे पर इतनी चिन्ता फैली देख उमा का मुँह सूख गया।

मम्मी अपने कृष्ण कन्हैया से प्रार्थना कर रही थीं। उमा भी पास बैठ गई। कहते हैं कि सच्चे मन से विनती करो तो भगवान सुन लेता है। बाइबिल में भी लिखा है कि जो खोजता है वह पाता है। उमा ने आँखें बन्द कीं और सिमरन का चेहरा सामने तैरने लगा।

रात आठ बजे रेडियो पर खबरें सुनकर पापा फिर बरामदे में मूढ़े पर बैठ गए। शायद वह भी सिमरन और उसके परिवार की राह देख रहे थे क्या ? उमा पापा के पास गई। वहीं ज़मीन पर बैठ गई। उनके हाथ का स्नेह स्पर्श उसकी आँखों से दरिया बहाने लगा।

अगले दिन भी सिमरन नहीं लौटी। पापा और चैटर्जी अंकल ऊपर सीढ़ियाँ चढ़कर गए और खाली हाथ लौट आए। रमन की तबीयत बेहतर थी इसलिए लूडो के कुछ हाथ खेले जिसमें वह बार-बार जीता।

शाम को मम्मी मन्दिर जाने के लिए तैयार हो गईं। मगर पापा ने बाहर जाने से उन्हें रोका। मम्मी ने कहा कि मन्दिर जाना अनिवार्य है, इस क्रम में वे कभी बाधा नहीं पड़ने देतीं। पापा के साथ चैटर्जी बाबू ने भी यही कहा कि आज जगह-जगह पर आग लग रही है। अपने ब्लाक की छत से दिल्ली शहर में लगी तमाम आगें नज़र आती हैं। चारों तरफ धुएँ उठ रहे हैं। इस हालत में निकलना खतरनाक साबित हो सकता है।

"पापा, हम भी छत से धुआँ देखेंगे...पैट्रोल पम्प क्यों जल रहे हैं ?" रमन ने उत्सुकता से पूछा।

"चुप कर ! यह दीवाली की आतिशबाजी थोड़ी न है," उमा ने डाँटा।

"तो क्या है ? हम भी देखेंगे ?"

उस रात जब सब सो रहे थे तो अचानक आवाज़ों के साथ चहल-पहल सुनकर उमा की नींद टूट गई। चाचा की आवाज़ सुनाई पड़ी। वह पापा से कुछ कह रहे थे। कोई और भी था उन दोनों के अलावा। कौन था ? बीच रात में क्या हो रहा था ? कुर्सियाँ सरकाने की आवाज़। पापा कह रहे थे, "यहीं लेटा दो।"

किसे लिटा रहे थे ? कौन कराह रहा था ? उमा से रहा नहीं गया। वह बिस्तर से

उठी। बैठक के दरवाज़े पर उसने देखा कि चाचा और पापा जुगिन्दर को तख्त पर लिटा रहे हैं। उसकी कमीज़ फटी है, सिर पर पगड़ी नहीं और बाल बिखरे हैं। माथे पर चोट लगी है। खून को रोकने के लिए कमीज़ का ही फाड़ा हुआ कपड़ा बँधा है। जुगिन्दर की यह हालात ! उसके मुँह से कैसी आवाज़ रह-रहकर फट रही थी, "चाचे नू बचाओ, अंकल चाचे नू बचाओ।" (चाचे को बचाओ) वह मिन्नत कर रहा था।

उमा को लगा कि उसकी टाँगें ही नहीं सारा शरीर काँप रहा है। पीछे से मम्मी आईं उनके हाथ में पानी का गिलास था। जुगिन्दर कह रहा था, "अंकल, चाचे नू कल्ला न छड़ना। औना नू बचाओ।" (चाचे को अकेला न छोड़ना)

"बेटा चिन्ता मत कर। सब ठीक हो जाएगा। ले पानी पी ले," पापा ने जुगिन्दर को सहलाते हुए कहा।

चाचा ने डेटॉल माँगी। मम्मी ने गरम पानी, डेटॉल और तौलिया चाचा को पकड़ाए और उमा को सो जाने को कहा। वह वापस बिस्तर में लेट गई मगर सो जाना असम्भव था। जुगिन्दर बार-बार वही कह रहा था, "अंकल, चाचे नू बचाओ। चाचे नू कल्ला न छड़ना।" (चाचे को बचाओ, उन्हें अकेला न छोड़ना) न जाने कब और कहाँ जयन्त चाचा चले गए। सुबह-सुबह चैटर्जी अंकल डॉक्टर को लेकर आए जिसने सूई लगाई। उसके बाद जुगिन्दर सो गया। उसे घायल और असहाय देख उमा को विश्वास नहीं हो रहा था कि यह वही जुगिन्दर है जो बात-बात में सिमरन को छेड़ता और सदा ख़ुश नज़र आता है। हमेशा दो-दो सीढ़ियाँ एक साथ चढ़ता है और साइकिल चलाते हुए हैंडल से हाथ उठाकर सीटी बजाता हुआ गुज़रता है। अब पापा का कुर्ता पहने यहाँ निढाल पड़ा है। उसके फटे हुए कपड़े, पीछे आँगन के कोने में पड़े थे।

रमन पूछने लगा, "मम्मी, जुगिन्दर भाप्पे को क्या हुआ ? वह हमारे यहाँ क्यों सो रहा है ? अपने घर क्यों नहीं जाता ? चोट कैसे लगी उसे, बताओ न ?"

"उसके मम्मी-पापा घर को ताला लगाकर गए हैं। जब लौटेंगे तब वह अपने घर चला जाएगा। गिर गया था, इसलिए चोट लग गई। तू दूध पी ले, फिर दीदी के साथ लूडो खेलना।"

दिन-भर लगातार ब्लाक के कई अंकल आते-जाते रहे। पापा के साथ दबी आवाज़ में खुस-फुस चलती रही। अली और उसके पापा को देखकर जुगिन्दर रोने लगा। अहमद अंकल बहुत देर तक उसका हाथ थामे चुपचाप बैठे रहे। शाम को डॉक्टर साहब फिर आए।

रात को जयन्त चाचा लौटे। चार दिन से उन्होंने हजामत नहीं बनाई थी। उनका चेहरा काला-सा लग रहा था बाल भी बिखरे थे। पापा ने उन्हें जबर्दस्ती नहाने के लिए बाध्य किया। खाना भी सिर पर खड़े होकर खिलाया। फिर चाचा वहीं ज़मीन पर, जुगिन्दर के पास चटाई बिछाकर लेट गए। रात वहीं सोये।

उमा उनसे कितने सवाल पूछना चाहती थी मगर मौका नहीं मिला। कई दिनों के पश्चात् जब जीवन की गति समान रूप से बहने लगी और सिमरन अपने मम्मी-पापा

के साथ लौटी, तब कुछ सवालों के जवाब खुद ही हाज़िर हो गए। फर्क सिर्फ इतना था कि तब तक सब कुछ बदल चुका था।

सिमरन लोग जयन्त चाचा के साथ टैक्सी में लौटे। घर पर दरवाज़ा खोलते हुए सरदार सन्तोक सिंह रुक गए। उन्होंने जयन्त को गले लगाया। दोनों आँखों से आँसू टपकने लगे। उमा सिमरन के साथ खड़ी देखती रही। बाद में सिमरन ने बताया कि जयन्त चाचा ने जुगिन्दर को मौत के मुँह से निकाला मगर उसके चाचा को नहीं बचा पाए। उन्हें गुंडों ने बहुत दूर तक घसीट लिया था। वह जुगिन्दर के साथ अपने ससुर की दुकान पर खड़े थे जब हत्यारों के दल ने वार किया। अगर जयन्त चाचा अकेले न होते तो शायद सिमरन के चाचा भी बच जाते।

"मगर चाचा वहाँ कैसे पहुँच गए ?" उमा ने बाद में पापा से पूछा।

"वे पत्रकार हैं। शहर में कहाँ, क्या हो रहा है इसकी खबर रखना उनका काम है। करोलबाग में लोग दुकानों पर हमला कर रहे थे। वहीं सिमरन के चाचा के ससुर की दुकान पर जयन्त ने उन्हें बाहर घसीटते और मारते देखा। जयन्त जुगिन्दर को बचाकर निकाल लाए वहाँ से...सबको नहीं बचा पाए..."

"सिमरन कहती है कि पुलिस हत्यारों के साथ मिली हुई है। नहीं तो ऐसा न होता..."

पापा ने कुछ नहीं कहा। वह कहीं दूर की कुछ सोच रहे थे।

"जयन्त चाचा बहुत साहसी हैं। मगर पापा वह भगवान में विश्वास नहीं करते...क्या मानववाद भी धर्म होता है ?" मगर पापा ने शायद उमा का सवाल सुना नहीं।

जुगिन्दर के शरीर पर लगे घाव धीरे-धीरे भर गए। मगर मानसिक घाव भरने का नाम न लें। वह घर के बाहर नहीं निकलता। कॉलेज जाने का तो सवाल ही नहीं उठता। सिमरन ने उमा को बताया कि मम्मी-पापा बड़ी कोशिश करते हैं कि किसी तरह कॉलेज जाना शुरू कर दे। भाप्पा नहीं मानता।

फिर एक दिन सिमरन ने उमा से पूछा, "तेरे चाचा कब आएँगे ?"

"क्या पता, जब काम से फुर्सत मिलेगी तब आएँगे...।"

"आएँ तो बताना, पापा उनसे बात करना चाहते हैं।"

"जुगिन्दर के बारे में ?"

"हाँ।"

सिमरन के चेहरे पर उदासी छाई रहती। स्कूल जाते हुए वह पैर घसीटती चलती जैसे जंजीरों से बँधे हों। यह वही पैर थे जिनकी हवाई गति से ताल में चलना उमा के लिए मुश्किल होता था। सब कुछ बदल गया। सिमरन के पापा दुबले हो गए। बस सिर्फ भुआजी ने साहस बनाए रखा। उमा को प्यार से बाँहों में समेट लेतीं। कहीं अन्दर ही अन्दर उमा समझती थी कि भुआजी जयन्त चाचा को आशीर्वाद दे रही हैं।

आजकल जब भी चाचा आते, वह जुगिन्दर से मिलने ऊपर ज़रूर जाते। पिछली

बार भुआजी ने उनके लिए सरसों का साग और मक्की की रोटी बनाई। सिमरन के पापा ने उमा, रमन और मम्मी-पापा को भी अपने यहाँ खाने पर बुलाया। पापा उस शाम इत्तफाक से कबाब खरीदकर लाए थे। बस मम्मी का व्रत था। वह अपने पूजा-पाठ में व्यस्त थीं। उस रोज़ सिमरन के यहाँ उत्सव जैसा माहौल बन गया। उमा ने भुआजी के आग्रह करने पर गाना सुनाया। सिमरन ने जयन्त अंकल से कहा कि वे भी गाना सुनाएँ।

"मगर मुझे तो एक या दो गाने ही आते हैं।"

"उनमें से ही एक सुना दीजिए," सिमरन ने कहा।

"शायद वह तुम्हें पसन्द न आए। यह हम आश्रम में गाया करते थे।"

"आप सुनाइए न, हम तय करेंगे कि पसन्द आया कि नहीं।"

जयन्त चाचा ने गला साफ किया। सब चुपचाप सुनने के लिए इन्तज़ार करने लगे। चाचा ने गाना शुरू किया, "हम होंगे कामयाब, हमको है विश्वास, हम होंगे कामयाब एक दिन..."

पास बैठा जुगिन्दर गौर से सुनता रहा। गाना खत्म हुआ तो उसने आश्चर्य प्रकट करते हुए कहा, "अंकल आप गाते भी हैं!"

सिमरन के पापा और जयन्त चाचा के बीच क्या बातें हुईं यह तो उमा नहीं जानती थी मगर चाचा का आना-जाना बढ़ गया। वह जब भी आते ऊपर मिलने जाते जुगिन्दर को। हर दूसरे-तीसरे दिन उमा चाचा के स्कूटर की आवाज़ सुनने की आदी हो गई। महीने बीत गए। उस रोज़ जब चाचा आए तब रमन को बुखार था। चाचा गोलमार्केट से स्कूटर पर दवाई लाने गए। जुगिन्दर उनके साथ गया। उसे पहली बार घर से बाहर कदम रखते देख भुआजी वाहेगुरु को धन्य-धन्य करने लगीं। सिमरन के पापा दरवाज़े के पीछे, चोरों की तरह खड़े अविश्वास से देखते रहे। कहीं यह सपना टूट न जाए।

मगर चाचा भी जुगिन्दर को मनाने में समर्थ नहीं हुए कि वह नए सिरे से कॉलेज जाना शुरू कर दे। आखिर कब तक घर की चारदीवारी में दिन पर दिन बिस्तर पर लेटा विविध भारती पर गाने सुनता रहेगा।

"भाप्पा हठ कर रहा है कि अमरीका जाएगा। पापा भी पूरी कोशिश कर रहे हैं," सिमरन ने उमा को बताया।

गर्मी के मौसम और स्कूल की छुट्टियों में रमन का ऑपरेशन होगा, यही तय हुआ। दिन तय करने के लिए पापा ने डॉक्टर से कहा। उनका इरादा था कि इस दौरान वे दफ्तर से आठ दिन की छुट्टी लेंगे। रमन ने अपने सभी दोस्तों को बता दिया था कि उसका ऑपरेशन होगा। मगर वह डरता नहीं है। बहादुर लड़का है।

शाम को डॉक्टर से सलाह करके पापा देर से घर लौटे।

"डॉक्टर ने शनिवार को ऑपरेशन तय किया है," उन्होंने रूमाल से माथे पर पसीना पोंछते हुए कहा। उस वक्त जयन्त चाचा भी आए हुए थे। वे भी उमा, सिमरन और रमन के साथ लूडो खेल रहे थे। मम्मी ने पानी का गिलास पापा को दिया और धीरे से कहा, "आप तो जानते हैं कि शनिवार को किसी नई चीज़ की शुरुआत अच्छी नहीं

मानी जाती।''

''शान्ति, इन बातों में कुछ नहीं रखा,'' पापा की आवाज़ में थकावट के अलावा झुँझलाहट का भी आभास था।

''मैं पंडितजी से सलाह करना चाहती हूँ।''

''ऑपरेशन पंडित ने करना है कि डॉक्टर ने ?'' पापा ने तनिक रुककर पूछा।

''अरे तू अपनी गोटी चल, मेरी क्यों चल रही है ?'' सिमरन ने उमा से कहा। सब एक साथ हँस दिए। ''देखो मम्मी, दीदी यह भी भूल गई कि उसकी गोटी पीली है और सिमरन की हरी है,'' रमन ने बताया।

''पंडित से महूरत निकालना ज़रूरी है,'' मम्मी ने खाली गिलास पापा से लेते हुए कहा। उन्होंने जवाब नहीं दिया। वे धीरे-धीरे जूतों के तस्मे खोलने लगे।

''भाईसाहब, आपकी तबीयत तो ठीक है न ?'' जयन्त ने पूछा।

''एक तो गर्मी इतनी पड़ रही है...तिस पर डॉक्टरों के चक्कर...तबीयत बेचारी क्या करे...''

''आपने आज खाना भी नहीं खाया...डिब्बा खोला ही नहीं। रोटी और भिंडी की सब्ज़ी वैसी की वैसी वापस ले आए,'' मम्मी के हाथ में खाने का डिब्बा था जिसे खोलकर उन्हें आश्चर्य हुआ।

''आज भूख नहीं लगी।''

''पापा शर्बत बनाकर लाऊँ ?'' उमा ने पूछा।

''आप नहा लें, फिर आराम करें,'' जयन्त चाचा ने कहा।

खेल खत्म होने के बाद जब पापा नहाने गए तब जयन्त चाचा ऊपर जुगिन्दर से मिलने गए। वह उनकी राह देख रहा था। उनका स्कूटर उसने ऊपर खिड़की से देखा था। जब जयन्त आखिरी सीढ़ी चढ़े, तो इससे पहले कि घंटी बजाते, जुगिन्दर ने दरवाज़ा खोल दिया।

''पापा कल शाम पंजाब चले गए,'' जुगिन्दर की आवाज़ में उत्साह था। उसकी मम्मी ने जयन्त को शर्बत का गिलास पकड़ाया और वे सामने कुर्सी पर बैठ गईं। कहने लगीं, ''मैंने तो समझाया था कि आजकल ज़मीनों की क़ीमतें गिर रही हैं। बेचने की जल्दी नहीं करनी चाहिए मगर मेरी तां सुनदे नईं।'' आँसू रोकती हुई जसविन्दर कौर ने जयन्त से विनती की, ''तुसी समझाओ। बाप-बेटे नू कि इतनी जल्दी न करें। ज़मीन भी बेचनी है इन्होंने और गहने भी। मैं कैन्दीयां कि सिमरन की शादी कर दें फिर सब कुछ बेच डालना।''

''मम्मी रोने की क्या बात है। अमरीका में इतना कमाऊँगा कि सिमरन की शादी और आपके गहने सब पूरे कर दूँगा। पापा नई ज़मीन भी खरीद लेंगे।'' जुगिन्दर खिड़की के पास खड़ा अपनी मम्मी को समझाने लगा। जसविन्दर कौर ने बात आगे बढ़ाई, ''देखो जयन्तजी, कैसी बातें करता है यह...अमरीका किसने देखा है ? मति मारी हुई है इसकी। एक ही रट लगाई है बस कि अमरीका जाना है...हमें अपना चमड़ा उतारना पड़े

तब भी इसे अमरीका जाना है...मैं कहती हूँ जाओ, मगर मेरी सिमरन का ब्याह करके जाना...बाप-बेटा नहीं मानते...मैं लाचार हूँ...आप समझाइए इसे।''

जयन्त ने जुगिन्दर से पूछा, ''कौन इन्तज़ाम कर रहा है तुम्हारे जाने का...?''

''एजेंट है...उसने कई लड़कों को पार लगाया है...।''

''यह रास्ते भी खतरे से भरे हैं,'' जसविन्दर कौर ने कहा, ''कभी-कभी जवान लड़के लापता हो जाते हैं...।''

''सब सुनी-सुनाई बातें हैं और आप इन्हें लेकर जाप करेंगी तो कोई आपको सान्त्वना नहीं दे सकता,'' जुगिन्दर ने झुँझलाकर कहा।

''अब आप ही इसे समझाइए...मेरी तो सुनता नहीं। जयन्तजी, इसने सिर्फ स्कूल ही तो पास किया है। न कॉलेज, न कोई ट्रेनिंग...। अमरीका में नौकरी लेकर एजेंट इन्तज़ार थोड़ी न कर रहा है।''

''मम्मी मेरे जैसे कितने लड़के वहाँ गए हैं। वहाँ पहुँचकर अकल और साहस के बल पर बहुत कमा रहे हैं। यहाँ क्या रखा है ? आपने अली की चिट्ठी नहीं पढ़ी ? कितना खुश है वह !''

''अली अपने मामा के यहाँ रहता है। उनकी दुकान पर काम करता है। अमरीका में तेरा कौन-सा मामा रहता है ? दूर दरेसे के रिश्तेदारों के भरोसे और एजेंटों के ज़रिये ख्याली-पुलाव बन सकते हैं, मगर उनके लिए ज़मीन और ज़ेवर बेच डालना मुनासिब नहीं। जयन्तजी आप इसे समझाइए।'' जसविन्दर कौर ने विनती की, मानो कह रही हो, ''आपने इसे मौत के मुँह से निकाला अब इस खतरे से भी बचाइए।''

''मैं तो कहूँगा जुगिन्दर कि तुम कॉलेज पास कर लो फिर अमरीका का प्लान बनाना,'' जयन्त ने सलाह दी। कहने लगे, ''कॉलेज खत्म करके जाओगे तो बेहतर नौकरी तलाश कर सकोगे। बिना हाथ में डिग्री या ट्रेनिंग के मुश्किल होगा...।''

''मैं यहाँ कॉलेज नहीं जाऊँगा। यह बात पहले भी कह चुका हूँ। मुझे कॉलेज भेजने का इरादा आप छोड़ दीजिए,'' जुगिन्दर ने कहा।

''मगर क्यों ?'' जयन्त ने पूछा।

''आप नहीं समझ सकते अंकल। आपको हत्यारों का सामना नहीं करना पड़ा... मुझ जैसे के लिए यहाँ पढ़ना, नौकरी करना, रहना सम्भव नहीं...बिल्कुल नहीं।'' जुगिन्दर के हाथ काँपने लगे। जयन्त ने उसकी पीठ पर हाथ रखते हुए पूछा, ''पापा कब लौटेंगे ?''

''ज़मीन बेचकर ही लौटेंगे,'' उसने कहा।

जसविन्दर कौर अपने दुपट्टे से आँखें पोंछने लगीं। उनकी दयनीय हालत देखकर जयन्त असमंजस में पड़ गया। वह उनकी व्यथा समझते हुए भी उन्हें सान्त्वना देने में असमर्थ था।

कुछ क्षण तीनों अपनी-अपनी भावनाओं और दुविधाओं में उलझे, चुपचाप बैठे रहे। जुगिन्दर के हाथों की कम्पन आस्ते-आस्ते रुक गई। जयन्त का स्नेह स्पर्श उसकी पीठ

पर बना रहा। लाख कोशिश करने पर भी जयन्त वह शब्द न खोज पाया जिनसे जसविन्दर कौर को तनिक राहत पहुँचा सके।

अचानक सिमरन के घर लौटने से रुकी हुई हवा के तनाव में ढील आई। "मम्मी भूख लगी है," उसने अन्दर पैर रखने से पहले ही कहा। शब्द मुँह से निकले ही थे कि उसने मम्मी का चेहरा और फिर जुगिन्दर का चेहरा देखा। मम्मी फिर रो रही थीं और वह भी जयन्त चाचा के सम्मुख ? कई दिनों से 'ज़मीन बेचने, न बेचने' और 'ज़ेवर बेचने, न बेचने' के द्वन्द्व ने घर पर हमला बोल रखा था। कल रात इसी तनाव के बीच पापा बिना खाना खाए ही स्टेशन के लिए रवाना हुए थे।

'भूख' का ऐलान सुनकर मम्मी रसोई में चली गईं।

"अंकल आप खाना यहीं खाइए आज," सिमरन ने जयन्त से कहा।

"अगली बार तुम बनाओगी तो खाऊँगा। अब चलता हूँ।"

"मैं पराठा बनाऊँगी। आप बताइए कब आएँगे ?"

"इतवार को आऊँगा।"

सिमरन खुश हो गई। अभी बच्ची है। पल में उदास और पल में खुश हो जाती है। यह गुण उमर के साथ कम होता जाता है। यही सोचते जयन्त सीढ़ियाँ उतरने लगा। नीचे भी माहौल कुछ अस्वाभाविक लगा। भाईसाहब नहाकर सो गए थे। तबीयत नासाज़ थी। भाभी रसोई में थीं और उमा होमवर्क लेकर बैठी थी। रमन किसी खिलौने में मग्न था। जयन्त रसोई के दरवाज़े पर था कि शान्ति भाभी ने आँचल से हाथ पोंछते हुए कहा, "इनकी तबीयत खराब है। मैं सोचती हूँ कि डॉक्टर देख ले तो अच्छा रहेगा।"

"इस वक्त तो शायद मुश्किल होगा, पर कल सुबह इन्तज़ाम हो सकता है। तब तक यह भी पता चल जाएगा कि थकावट ही है या कुछ और भी..."

"नहाकर निकले तो आँखें लाल थीं। चेहरा भी कैसा सूजा हुआ था।"

जयन्त ने अन्दर कमरे में झाँका। भाईसाहब सो रहे थे। अस्पताल में रमन को दाखिल करने के बजाय सोहनलाल को दाखिल करवाना पड़ेगा यह किसे पता था।

"मेरा ऑपरेशन नहीं होगा ?" रमन ने मम्मी से पूछा।

"अभी पापा बीमार हैं न, जब ठीक हो जाएँगे तब मेरा ऑपरेशन होगा।"

"तब तक गर्मियों की छुट्टियाँ भी खत्म हो जाएँगी," रमन ने रुआँसी आवाज़ में कहा।

उमा को गुस्सा आया, "देख नहीं रहा पापा बीमार हैं, अगर उन्हें कुछ हो गया तो ?" शब्द अनजाने में मुँह से निकल आए। दरअसल पापा का सूजा हुआ चेहरा, उनके सूजे हुए पैर और दिन पर दिन उन्हें चुपचाप बिस्तर पर लेटे देखकर उमा के मन में भय बैठ ही नहीं गया, पसर गया था।

डॉक्टर का कहना था कि रक्तचाप बहुत बढ़ गया है। उन्हें दवा दी और नमक खाने पर पाबन्दी लगा दी। आगे चिकित्सा करने के लिए कुछ जाँच-पड़ताल की ज़रूरत थी जिसके लिए शनिवार को अस्पताल में भर्ती करना पड़ा। जिस दिन से पापा की

तबीयत खराब हुई थी, चाचा रोज़ ही आते थे। डॉक्टरों के भी न जाने कितने चक्कर लगाए होंगे।

उमा चकित हुई जुगिन्दर को साफ-सुथरे कपड़ों में अपने दरवाज़े पर देखकर। उसे सुस्त और अस्त-व्यस्त देखने के सब आदी हो गए थे। "आंटी, बाज़ार से सामान मैं ले आया करूँगा। आप मुझे बताइए क्या चाहिए...।" उसने उमा की मम्मी से कहा। शान्ति देवी को यह सुनकर राहत मिली। मन को अन्य समस्याओं के अलावा यह बात भी कचोट रही थी कि अब उमा को बाज़ार जाना पड़ेगा। आखिर जयन्त कितना भार उठा सकता है। उन्हें नहीं पता था कि जुगिन्दर को घर से बाहर जाने के लिए कोई भी मनाने में समर्थ नहीं हुआ था। सच तो यह था कि जब से सरदार सन्तोक सिंह अपनी ज़मीन बेचने के सिलसिले में पंजाब गए थे तब से जसविन्दर कौर खुद बाज़ार से सामान लाती थीं। मगर वे तो वैसे भी अपने पसन्द की साग-सब्ज़ी खरीदकर लाने की आदी थीं। सब जानते थे कि शान्ति देवी केवल मन्दिर का रास्ता ही पहचानती हैं।

जुगिन्दर चुपचाप सोहनलाल के बिस्तर के पास बैठा रहा। शान्ति देवी ने बाज़ार से जो मँगवाया वह साइकिल पर जाकर ले आया। "मम्मी, यह तो मैं भी कर सकती हूँ," उमा ने उलाहना देते हुए कहा। उस वक्त मम्मी रसोई में थीं। हाथ उनका आटे में था।

"तो ले आटा गूँध दे।"

"मैंने आटा गूँधने के लिए नहीं, बाज़ार जाने की बात कही है।"

"मगर मुझे सहूलियत इसमें होगी अगर तू रसोई में मेरी मदद करे। उधर तमाम कपड़े धोने के लिए पड़े हैं।" मम्मी ने कभी उसे कपड़े धोने या आटा गूँधने के लिए नहीं कहा था। उमा को अजीब-सा लगा। मन में बैठा डर कि सब कुछ बदल रहा है गहरी जड़ें पकड़ने लगा। पापा तो बीमार हैं ही, मम्मी के चेहरे पर चिन्ता की छाया गहराती जा रही है। उमा को ऐसा अहसास हुआ जैसे उनकी, यानी पापा-मम्मी, रमन और उमा की गाड़ी अपनी पटरी को छोड़ती हुई न जाने किस अपरिचित दिशा की ओर लुढ़क रही है।

इस घर में मम्मी ही थीं जो जयन्त चाचा के आने का इन्तज़ार नहीं करती थीं। जब से पापा ने चारपाई पकड़ी थी तब से वे भी चाचा के स्कूटर की आवाज़ सुनकर आश्वस्त होती नज़र आतीं।

दवा और आराम करने का नतीजा यह हुआ कि आखिर सोहनलाल अपने रूमालनुमा बगीचे में बैठने लायक़ हो गए। दिन-भर आँधी और धूल ने तूफान खड़ा किया था जिस वजह से शाम को बूँदा-बूँदी के पश्चात् नम हवा बहने लगी। कई दिनों से तपन सहनेवालों को राहत मिली। पापा कमज़ोर ही नहीं कुछ असहाय भी लग रहे थे। उनकी नज़र एक-एक पौधे का हाल पूछ रही थी। आँधी ने कुछ टहनियाँ तोड़कर गिरा दी थीं।

पापा अगर बीमार न होते तो इनको उठा लिया होता उन्होंने। उमा ने एक-एक करके टूटी और कटी टहनियों को उठाया। पानी देने की ज़रूरत नहीं थी। आज बारिश ने यह काम पूरा कर ही दिया।

"मम्मी, तुम रमन को लेकर मन्दिर हो आओ," उमा ने कहा। शायद शान्ति देवी भी मन ही मन यही सोच रही थीं। रमन घर पर बैठा ऊब गया था। "हाँ, मैं भी जाऊँगा," उसने उछलते हुए कहा। "तो जा कमीज़ बदलकर और बाल बनाकर आ," उमा ने उसे कहा।

मम्मी मन्दिर के लिए तैयार होती हैं तो कितनी अच्छी लगती हैं। आज कई दिनों के बाद जा रही थीं। उन्हें गए अभी पाँच मिनट ही हुए थे कि साइकिल पर रेखा आ पहुँची। उमा को खुशी हुई उसे देखकर और आश्चर्य भी।

साइकिल को बरामदे में रखते हुए रेखा ने उमा से कहा, "तूने तो संगीत-क्लास में आना ही छोड़ दिया। ज्योत्स्ना दीदी चिन्ता कर रही हैं...।"

"इसीलिए तुझे भी आने की सूझी न ? दरअसल पापा बीमार हैं।"

"सीरियस हैं...?" उनकी ओर देखते हुए दबी आवाज़ में रेखा ने पूछा।

"अभी ठीक पता नहीं...हो भी सकते हैं...अस्पताल में भर्ती होंगे...जाँच-पड़ताल के बाद ही पता चलेगा। अभी ब्लड-प्रेशर काबू में आ गया है। मैं तो बिल्कुल भूल ही गई थी कि आज क्लास है। गाना-वाना सब फुर्र हो गया है।"

पापा के पास दो मूढ़े रखकर रेखा और उमा बैठ गई।

"अंकल आप जल्दी ठीक हो जाइए," रेखा ने कहा।

"कोशिश तो कर रहा हूँ," सोहनलाल मुस्कुराकर बोले।

"आज क्या सीखा ?" उमा ने रेखा से पूछा।

"हमें भी सुना दो," पापा ने फरमाइश की।

रेखा ने तुरन्त गला साफ किया। उसकी यह आदत उमा को बहुत पसन्द थी कि वह नखरा नहीं करती।

अभी रेखा ने दूसरा गाना शुरू किया ही था कि उमा ने चाचा के स्कूटर की आवाज़ सुनी। आज चाचा भी देख लेंगे कि रेखा कितनी अच्छी है। वे हेलमेट हाथ में पकड़े चुपचाप रेखा के पीछे खड़े गाना सुनते रहे।

उमा शर्बत बनाने गई तो देखा कि शर्बत की बोतल खाली है। वह चाय बनाने लगी। अभी पानी चढ़ाया ही था कि नल से आवाज़ आने लगी। यानी सूखे नलों में पानी आने की सूचना। इसका मतलब कि चाय बनाने के साथ-साथ घर की सभी बाल्टियों को भर लेना होगा। कब पानी बन्द हो जाएगा यह कुदरत को भी नहीं पता।

चाय के चार प्यालों में चीनी घोल रही थी कि याद आया कि पापा के डॉक्टर ने चीनी खाने पर भी रोक लगाई है। यानी नए सिरे से एक और कप चाय बनानी होगी। चारों प्याले ट्रे में रखकर जब बाहर लाई तो रेखा, चाचा और पापा के बीच बातें हो रही थीं। रेखा कह रही थी। "इतना पढ़ना पड़ता है और तब भी पता नहीं कि मेडिकल

कॉलेज में दाखिला मिलेगा कि नहीं।''

''मेहनत करोगी तो ज़रूर मिलेगा,'' चाचा ने कहा।

''देखिए अंकल, आजकल नाम के लिए छुट्टियाँ हैं। मैं रोज़ ट्यूटोरियल क्लास के लिए जाती हूँ। फिर होमवर्क करती हूँ। बस सिर्फ गाने की क्लास ही है...वह भी हफ्ते में कुल तीन बार। बाकी वक्त लगी रहती हूँ...तिस पर मम्मी-पापा को जो चिन्ता रहती है मेरी वजह से वह भी मेरे ऊपर भार बन जाती है।''

पापा हँस दिए।

''अंकल आपको मज़ाक लग रहा है, पर सच, मेरे पापा ने बड़ी उम्मीदें बाँध रखी हैं...इसलिए डर लगता है।''

''अब डर-वर छोड़ दे और चाय पी,'' उमा ने कप उसके हाथ में दिया।

''सॉरी पापा, चाय फीकी लगेगी मगर डॉक्टर का आदेश है।''

बेचारे पापा, दो नहीं तीन चम्मच चीनी खाने के आदी हैं। ट्रे अन्दर रखने गई तो उमा को ख्याल आया कि अन्धकार हो रहा है। मम्मी के कृष्ण कन्हैया के लिए पहले दीपक जला देगी। जब से पापा बीमार हुए हैं वह रोज़ प्रार्थना करती है। पूरी श्रद्धा से। भगवान उसकी विनती ज़रूर सुनेंगे। रेखा की बातों की पिटारी द्रौपदी के चीर की तरह अन्तहीन थी। आखिर पापा ने ही उसे कहा, ''अँधेरा होने से पहले घर पहुँचना चाहिए।''

''अंकल, आप तो ठीक मेरे पापा की तरह हैं।''

सोहनलाल मुस्कुरा दिए। मन ही मन उमा ने सोचा कि कितना अच्छा हो अगर रेखा रोज़-रोज़ आए। उसके चले जाने के बाद पापा ने उससे कहा, ''बिटिया तू भी डॉक्टरी पढ़े तो अच्छा हो।'' उमा अवाक् पापा को देखने लगी फिर हँस पड़ी, ''आपको बीमारी में डॉक्टर ही डॉक्टर नज़र आ रहे हैं। पापा मैंने तो साइंस नहीं ली। अब चाहूँ तो भी डॉक्टरी नहीं पढ़ सकती।''

''तो तू क्या पढ़ेगी ? क्या बनेगी ?''

पापा को क्या हुआ ? आज तक कभी पूछा नहीं क्या पढ़ रही है। कभी सोचा नहीं कि आगे क्या करेगी। मगर आज उमा का भविष्य, सुबह की आँधी और बारिश के बाद उनके साफ आसमान पर मँडराने लगा है।

''अभी स्कूल पास करने में करीब एक साल पड़ा है। जल्दी क्या है भाईसाहब। उमा अपनी रुचि के अनुसार आगे पढ़ेगी। बहुत कुछ करेगी,'' चाचा ने उमा के सिर पर हाथ रखकर कहा।

चार

रमन का ऑपरेशन गर्मियों की छुट्टियों में नहीं हो पाया। पापा का इलाज काफी लम्बे दौर तक चलता रहा। जब वे जाँच-पड़ताल के लिए भर्ती हुए तब डॉक्टर का अनुमान

था कि चार या पाँच दिनों में जाँच पूरी हो जाएगी। मगर जहाँ एक रिपोर्ट मिलती वहाँ दो नई रिपोर्टों की ज़रूरत नज़र आने लगती। सिलसिला लम्बा होता चला गया। पापा के अस्पताल में भर्ती होते ही मम्मी को नई समस्याओं का सामना करना पड़ा। वह चाहती थीं कि जयन्त चाचा दफ्तर से छुट्टी ले लें मगर चाचा के लिए दो या तीन दिन से ज़्यादा छुट्टी एक साथ लेना मुश्किल था क्योंकि उनके सहकर्मी छुट्टी पर थे।

''मम्मी तुम चिन्ता मत करो सुबह तुम अस्पताल में पापा के पास रहना और शाम को मैं रहूँगी,'' उमा ने कहा। ''बाज़ार जुगिन्दर कर देगा और रमन को सिमरन देख लेगी।''

दरअसल शान्ति देवी का आत्मविश्वास लड़खड़ा रहा था। तिस पर आजकल जुगिन्दर का घर पर नियम से आना उनको खलता था। मन ही मन इसके लिए वे जयन्त को दोष देतीं। भला वे समझदार हैं। उसे क्या नज़र नहीं आता कि उमा जवान हो गई है ? जुगिन्दर बाज़ार से सामान ले आए, रेखा यहीं तक खींच देनी चाहिए। मगर बात शान्ति देवी ने अपने मन ही में रखी। क्या पता कब किस वक्त सहायता की ज़रूरत पड़ जाए। रमन अभी छोटा है उसे भी तो किसी के सहारे छोड़ना पड़ेगा। जहाँ तक सम्भव होगा वे जुगिन्दर और उमा को अकेले नहीं रहने देंगी। इस बात पर वह पक्की थीं।

मगर होता वही है जो हम नहीं चाहते। शाम को उमा पापा के लिए दूध और फल लेकर निकलती, क्योंकि खाना खाने पर डॉक्टर ने रोक लगा रखी थी, तो जुगिन्दर भी साइकिल पर पीछे-पीछे चल देता। शान्ति देवी झुँझला उठतीं। पूजा करते हुए भी यही विचार मन में मँडराता। वह कृष्ण कन्हैया से क्या-क्या माँगें ? पति के स्वास्थ्य की प्रार्थना करें कि जुगिन्दर को उमा से दूर रखने की ?

रमन को भुआजी इतनी सहजता से अपना लेंगी यह किसी ने भी नहीं सोचा था। वे उसे कहानियाँ सुनातीं उसके साथ लूडो ही नहीं ताश भी खेलतीं और जब वह चाहता तब पूड़े या पराठे तलकर खिलातीं। सिमरन और जुगिन्दर लगातार विविध भारती रेडियो पर फिल्मी गाने सुनने के आदी थे। रमन को भी यह पसन्द था। रात को जब अपने घर जाना पड़ता तो उसे यहाँ का सन्नाटा तनिक भी अच्छा न लगता। पता नहीं क्यों मगर ज्योत्स्ना दीदी उमा को जो गाने सिखाती हैं वह रमन को अच्छे नहीं लगते और मम्मी के भजन तो बिल्कुल बेकार हैं।

''मम्मी यह तो वैसे ही बिगड़ा हुआ है। तुम इसे और भी बिगाड़ रही हो,'' सिमरन को रमन ने कहते सुना। उसने खुद जाकर पूछा, ''भुआजी क्या मैं बिगड़ा हुआ हूँ ?'' बच्चे के इस भोलेपन ने अनायास जसविन्दर कौर को मोह लिया।

मंगलवार को मम्मी मन्दिर जाने के लिए तैयार हुईं। उमा पहले ही अस्पताल जा चुकी थी। रमन ने मन्दिर जाने से इनकार कर दिया। वह सिमरन के साथ कैरम खेल रहा था। मम्मी ने मनाने की कोशिश की मगर वह माना नहीं। आखिर मम्मी अकेले ही मन्दिर गईं। जाते वक्त सिमरन से कह गईं कि नल में पानी आए तो बाल्टियाँ भर

ले। चाबी उसे देकर गईं।

जयन्त रोज़ सुबह दफ्तर जाने से पहले और शाम को दफ्तर के बाद अस्पताल के चक्कर लगाता। डॉक्टरों से सलाह वही करता। धीरे-धीरे जाँच की रिपोर्टों से पता चला कि बढ़े हुए रक्तचाप का दिल पर बुरा असर पड़ा है। मांसपेशियाँ ढीली पड़ गई हैं। अस्पताल से घर लौटे तो सोहनलाल पराशर, दवाइयों की लम्बी सूची साथ लेकर आए। इस रोग का ऑपरेशन अमेरिका में सहज होता है। मगर इसे करवाने के लिए लखपती होना ज़रूरी है। सरकारी बाबुओं के लिए यह महज एक सपना है। इसलिए डॉक्टर ने वही इलाज बताए जो मरीज़ के बस में थे।

पापा घर लौटे। आगे-आगे जयन्त चाचा का स्कूटर और पीछे टैक्सी में पापा, उमा और जुगिन्दर अपनी सरकारी कॉलोनी के अन्दर आए। शान्ति देवी ने प्रार्थना करते हुए मन ही मन भगवान के आगे हाथ जोड़ते हुए दरवाज़ा खोला। देखते-देखते रमन और सिमरन भी आ पहुँचे ऊपर से।

इत्तफ़ाक से उसी रात सिमरन के पापा भी पंजाब से लौटे। ट्रेन तीन घंटे लेट आई। बीच रात को स्कूटरवाले सवारी लेने को राज़ी नहीं होते। सरदार सन्तोक सिंह को समझ न आए क्या करें। आजकल हालात भी ऐसे हैं कि पगड़ी पहननेवालों को शहर की आम जनता ही नहीं रेलवे-स्टेशन पर पुलिसवाले भी शक की नज़रों से देखते हैं। पहले एक ज़माना था जब, अपना थैला उठाकर सन्तोक सिंह पैदल ही घर की ओर चल पड़ते, मगर मौजूदा हालात मद्देनज़र रखकर ऐसा करना उन्होंने उचित न समझा। वह स्टेशन पर ही असमंजस में खड़े थे कि एक सिपाही ने पीछे से धमकाते हुए कहा, ''यहाँ खड़े क्या कर रहे हो ? थैले में क्या है ?''

सन्तोक सिंह चौंक गए। क्या वह आतंकवादी लग रहे थे ? क्या उनके थैले में बम-बारूद भरे हुए थे ?

''थैला खोलो !'' इस बार दूसरे वर्दी पहने सिपाही ने निर्देश दिया। सन्तोक सिंह थैले का ज़िप खोलने के लिए झुके मगर पुलिसवाले सबर न कर सके। थैला खींचकर उनके हाथ से उसे उलटा दिया। सामान बाहर गिरने लगा। जुगिन्दर के लिए उसकी नानी ने अपने हाथों से पिन्नियाँ बनाकर डिब्बे में बाँधकर दी थीं। डिब्बा लुढ़कता हुआ नाली में जा गिरा। सन्तोक सिंह बाहर गिरे कपड़े उठा-उठाकर वापस थैले में डालने लगे। जब तक वह थैले को बन्द करके खड़े हुए, आसपास खड़े लोग उन्हें घूर रहे थे। पुलिसवाले ने सरदारजी को सख्ती से कहा, ''चलते बनो।'' इस तरह अपना रौब तमाशा खड़े लोगों पर भी जताया।

सन्तोक सिंह टैक्सी लेने को बाध्य हुए। बीच रात जब जुगिन्दर ने उनके लिए दरवाज़ा खोला तो पापा का चेहरा देखते ही वह समझ गया कि वे किसी दुखद घटना से निपटकर आ रहे हैं।

गर्मियों की लम्बी छुट्टियाँ खत्म हुईं। रमन नया बस्ता और नया टिफिन बक्सा, नई पानी की बोतल लेकर स्कूल गया। रात देर तक उमा अपनी किताबें-कॉपियों पर कागज़ चढ़ाती रही। लाइट बुझाते वक्त जब घड़ी पर नज़र डाली तो ग्यारह बज रहे थे। बिस्तर पर लेटी ही थी कि उसने देखा कि बरामदे में रोशनी जल रही है। मम्मी बत्ती जलती छोड़ गईं आज। उमा उसे बुझाने उठी तो देखा कि बरामदे में पापा चुपचाप बैठे हैं।

"पापा आप सोये नहीं ?" उमा ने आश्चर्य से पूछा।

"नींद नहीं आई।"

"आप परेशान हैं क्या ? तबीयत तो ठीक है न ?"

पापा हँस दिए। फिर रुककर बोले, "हाँ, परेशान तो इन मच्छरों ने कर रखा है।" अपनी गर्दन पर बैठे मच्छर पर अचानक थप्पड़ से वार किया उन्होंने। उमा भी हँस दी।

"मरा ?" उमा ने पूछा।

"मरता कैसे न, निशाना बहुत अच्छा था।"

कल बारिश के बाद केंचुओं, मच्छरों और छिपकलियों ने बरसात के मौसम का उत्सव ज़ोर-शोर से मनाया। अब उनसे बचने के उपाय मुश्किल नज़र आते थे। वैसे मच्छरों से बचने के लिए बाज़ार में अब नए-नए उपाय बिकने लगे हैं। रेखा ने बताया था कि एक तरह की मरहम है जिसकी महक से मच्छर दूर भागते हैं। उमा ने सोचा कि इस बार वह अपने जेब-खर्च से पापा के लिए यह दवाई खरीदेगी। हवा के मन्द झोंके ने उमा की विचारधारा की दिशा बदल दी। पापा के छोटे से बगीचे में लगे रजनीगन्धा के फूलों की सुगन्ध ने अकारण तन-मन को लपेट लिया।

"पापा आप सोएँगे नहीं तो कल दफ्तर कैसे जाएँगे ?"

"अच्छा तू कहती है तो...।"

"आपकी तबीयत तो ठीक है न ?" उमा ने फिर पूछा।

दरअसल डॉक्टरों के कहने पर सोहनलाल ने वज़न कम करने के लिए काफी कोशिश की। शान्ति देवी ने रसोई में देसी घी इस्तेमाल करना छोड़ ही दिया। बच्चे भी फल खाने लगे। छः महीनों में मरीज़ का वज़न बारह किलो कम हो गया। पतलूनें ढीली हो गईं। शान्ति देवी ने धीरे-धीरे सभी कपड़ों को उधेड़कर दोबारा सीया। घर में इसे लेकर मज़ाक चलता रहा। अब जयन्त मौसमियाँ लेकर आता। कबाब खाने और खरीदने के दिन उड़ ही गए।

ऊपर सिमरन के घर आजकल माहौल तनावग्रस्त चल रहा था। सन्तोक सिंह दो बार पंजाब गए मगर ज़मीन न बेच पाए। आतंक के चलते पंजाब में ज़मीन बेचनेवालों की संख्या बढ़ती जाती और खरीदनेवाले गायब होते जा रहे थे। पहले तो जुगिन्दर यह समझ न पाया। उसे शक था कि यह मम्मी-पापा का बहाना है। वह ज़मीन बेचना नहीं चाहते।

"आप नहीं चाहते कि मैं अमरीका जाऊँ," उसने पापा पर आरोप लगाया। उन्होंने जवाब नहीं दिया। सिर झुकाए बैठे रहे। शायद बेटे से झगड़ने का साहस नहीं था या

बहुत थक चुके थे। शायद दोनों बातों का मिला-जुला नतीजा था। बहुत देर तक इसी तरह निशब्द बैठे रहे। सामने मेज़ पर रखा चाय का प्याला शर्बत बन गया। वे बेख़बर से, नज़रें झुकाए न जाने मन की किस गहराई को नापते रहे।

जसविन्दर कौर रसोई में सब्ज़ी काटतीं, आटा गूँधतीं आँखों में उमड़ते आँसुओं को दुपट्टे से पोंछती बीच-बीच में लम्बी साँस लेतीं। सिमरन नीचे उमा के साथ होमवर्क कर रही थी। स्कूल का फाइनल यानी आखिरी साल था यह। वाहे गुरु से विनती की थी कि बेटी पास हो जाए। उमा के सहारे शायद पास हो भी जाएगी। सान्त्वना इसमें थी कि सिमरन देखने में सुन्दर निकल आई है। रंग कितना निखर आया है। वाहे गुरु ने कहीं तो सन्तुलन रखा। उसकी दया थी।

जुगिन्दर अपने बिस्तर पर लेटा गुस्से के गुबार को झेल रहा था। सिमरन घर लौटी तो प्रवेश करते ही उसने आश्चर्य से पूछा, ''पापा, लाइट नहीं जलाई ?''

बल्ब जलते ही उसकी रोशनी में सन्तोक सिंह और भी असहाय लगने लगे।

''क्या हुआ पापा ? बताओ न क्या हुआ ?'' रसोई में सिमरन ने मम्मी को आँखें पोंछते देखा। वह दौड़कर पापा से लिपट गई। शायद उन्होंने उसका रिपोर्ट कार्ड देखा था। सिमरन का मन ग्लानि से भर गया। मुँह मुरझा गया।

''पापा आप चिन्ता मत करो। मैं बहुत पढ़ूँगी। पास हो जाऊँगी, प्रॉमिस करती हूँ।''

मगर सन्तोक सिंह खोए रहे। सिमरन ने पापा को छोड़ा नहीं जब तक उनका हाथ उसकी पीठ को सहलाने न लगा। बन्द दरवाज़े ने भी जुगिन्दर को बेखबर नहीं रखा। पापा बहाना नहीं बना रहे थे। तो जुगिन्दर का क्या होगा ? दिन पर दिन घर बैठे, विविध भारती के सहारे और अमरीका जाने की उम्मीद में किसी तरह उसका सन्तुलन कायम बना रहा मगर आज भविष्य इसी कमरे की झरती पीली चार दीवारों में सिमट रहा था। उसके हाथ काँपने लगे। शरीर के तन्तु इतने कस गए जैसे अभी टूट जाएँगे। नहीं एक गहरे विस्फोट में बिखर जाएँगे।

''चाचा, किरन बेदी कौन है ?'' उमा ने पूछा। दरअसल इस बार स्कूल की जयन्ती के अवसर पर किरन बेदी आ रही थीं।

''वैसे तो देश की पहली महिला पुलिस अफसर हैं मगर बहुत साहसी महिला हैं,'' जयन्त चाचा ने बताया।

''बन्दूक चला सकती हैं ?'' रमन ने पूछा।

''ज़रूरत पड़े तो चला भी सकती हैं।''

लड़कियाँ थोड़ी न चलाती हैं बन्दूक,'' रमन ने कहा।

''क्यों नहीं ?'' चाचा ने उलटा सवाल किया।

रमन तुरन्त उठकर चला गया। आजकल जब तब सीढ़ियाँ चढ़कर जुगिन्दर भाप्पे के पास पहुँच जाता। स्कूल में आंटी होमवर्क देती हैं। घर पर मम्मी होमवर्क करने के

लिए सिर्फ कहती ही नहीं बल्कि पीछे पड़ जाती हैं। जुगिन्दर भाप्पे के कमरे में रेडियो पर गाने सुनो और खिड़की से आती-जाती बसें, गाड़ियाँ और साइकिलें देखो। इसके अलावा वहाँ एक बड़ा थद्दा फिल्मी पत्रिकाओं का भी रखा है। सबसे ज़्यादा तस्वीरें अमिताभ बच्चन की हैं। रमन को मिथुन चक्रवर्ती पसन्द है और संजय दत्त भी।

अपने ही ब्लाक में चैटर्जी बाबू का बेटा अजय, रमन के साथ स्कूल में है। उनके यहाँ नया रंगीन टेलीविजन आया है। इसलिए शाम को रमन ज़्यादातर वहाँ रहता है।

"मम्मी, चित्रहार तुम भी देखा करो। सब आंटियाँ देखती हैं। तुम क्यों नहीं देखतीं ? बताओ न क्यों नहीं देखतीं ?"

पापा से उसने अलग फरमाइश की, "सबके यहाँ टी.वी. आ गया है। अपने यहाँ कब आएगा ? पापा टीवी खरीदो न ? आप तो सिर्फ अपने पौधों और गमलों का ही सोचते हो। छोड़ो न इन्हें !"

पापा ने खुर्पी को नीचे नहीं रखा। गुड़ाई करते रहे। इस बार हारश्रृंगार की बेल बरामदे के ऊपर और खिड़की के आसपास फैल गई थी। उसके फूलों की महक सुबह सारे घर में फैल जाती। आसपास ज़मीन पर सफेद और गेरुआ रंग के उसके फूलों का गलीचा बिछ जाता। "मगर यह फूल इतने नाजुक हैं कि माला पिरोने से पहले ही, बस हाथ के स्पर्श से ही झुलस जाते हैं," उमा ने पापा से कहा। मगर सुबह मम्मी चुनकर कुछ फूल अपने भगवान के सामने ज़रूर रखतीं।

इस बार रमन का रिपोर्ट कार्ड देखकर मम्मी परेशान थीं। पापा ने समझाया कि इस छोटी उमर में रिपोर्ट कार्ड का कोई मतलब नहीं होता। मगर मम्मी की परेशानी इन बातों से तनिक भी कम नहीं हुई। उन्हें अच्छी तरह याद था कि उमा पहली क्लास से ही अच्छे नम्बरों से पास होती आई है। कुछ ही दिनों के बाद रमन की आंटी ने चिट्ठी भेजी। वे रमन के पापा-मम्मी से मिलना चाहती हैं। शिकायत की सूची तैयार थी। पापा चुपचाप सुनते रहे मगर उनका विश्वास इस बात पर कायम रहा कि आठ-नौ साल के बच्चे पर उतना ही बोझ डालना चाहिए जितना वह उठा सके। रमन की आंटी का कहना था कि उसके लिए ट्यूशन लगा देनी चाहिए। पापा ट्यूशन के हक में नहीं थे। मम्मी चाहती थीं कि आंटी की सलाह के अनुसार ही चला जाए। बात बीच में लटकी रह गई।

सोहनलाल डॉक्टरखाने के चक्कर लगाते रहे। उमा की अन्तिम स्कूली परीक्षा नज़दीक आ गई। वह रात को देर तक पढ़ती। दरअसल सुबह जल्दी उठकर पढ़ना उसे मुश्किल लगता। सुबह की सुहानी मन्द हवा, चिड़ियों का चहकाना और पापा का बगीचे में इधर-उधर कुछ करना, यह सब आकर्षक और मोहक बातें उसके मन को पढ़ाई से दूर लुभा ले जातीं।

इतवार का दिन था। रमन यह बहाना करके कि वह जुगिन्दर के साथ कैरम खेलेगा ऊपर गया था। मम्मी रसोई में खाना बनाने में लगी थीं और पापा बाहर आरामकुर्सी में बैठे धूप सेंक रहे थे जब उमा ने जयन्त चाचा के स्कूटर की आवाज़ सुनी। किताबों को, वहीं छोड़कर वह दौड़ती हुई बाहर गई। इतवार को इस वक्त आसपास सन्नाटा

रहता है। कोई इक्का-दुक्का ही बाहर निकलता है। सब अपने या अपने किसी पड़ोसी के यहाँ टी.वी. पर 'महाभारत' देखते हैं। अब सिमरन के पापा ने भी अच्छा सेट खरीद लिया था इसलिए रमन का उनके यहाँ जाना और भी बढ़ गया। उमा का मन करता कि वह भी महाभारत देखे मगर उसने निश्चय कर लिया था कि परीक्षा तक वह टीवी नहीं देखेगी।

"चाचा, आप हमें भूल ही गए," उमा ने उलाहना और खुशी के मिले-जुले स्वर में कहा।

जयन्त ने हेलमेट उतारी और मौसम्बियों से भरा थैला उमा को सौंपा। "फैज़ाबाद गया था..."

"फैज़ाबाद ?" सोहनलाल ने पूछा।

आजकल बाबरी मस्जिद के दरवाज़े खोल दिए जाने पर चर्चा हो रही है न, उसी सिलसिले में सोचा देख आऊँ। अपने एडिटर भी राज़ी थे। बस...कल ही लौटा हूँ।"

"तुम इन दंगोंवाले सिलसिलों से दूर ही रहो...।"

जयन्त हँस दिया। "हाँ, लौटते हुए मथुरा से भाभी और बच्चों के लिए पेड़े खरीदे थे।" मौसम्बियों के थैले से कागज़ में लिपटा एक डिब्बा निकालकर जयन्त ने मेज़ पर रखा।

सोहनलाल पराशर हँस दिए। मथुरा के पेड़े उन्हें बहुत पसन्द थे मगर अब डॉक्टर ने ऐसी पाबन्दियाँ लगा दी थीं कि ज़िन्दगी सिर्फ अप्रिय चीज़ों में बँध गई। उमा ने पापा के मन की बात झट भाँप ली। "अच्छा चाचा, एक या...बस आधा छोटा-सा पेड़ा खाने से पापा को खतरा होगा ?" उसने पूछा।

"मेरे विचार में तो खतरा नहीं होना चाहिए मगर इन बातों में शान्ति भाभी की राय डॉक्टर की राय से भी ज़्यादा मायने रखती है।"

"मम्मी तो नहीं मानेंगी," उमा ने सिर हिलाकर कहा।

"रमन कहाँ है ?" चाचा ने पूछा।

"जहाँ सारी दुनिया बैठी है...वहीं रमन भी महाभारत देख रहा है। ऊपर सिमरन के यहाँ है।"

"भाईसाहब आप भी टीवी खरीद लीजिए...," जयन्त ने कहा।

"चाचा मेरी परीक्षा खत्म होने दीजिए...अभी नहीं...।"

"हाँ, मैं तो भूल ही गया कि तुम्हारी परीक्षा करीब आ गई है...पढ़ाई खूब ज़ोर से चल रही है उमा ?"

"रात देर तक पढ़ती है बेचारी," पापा की आवाज़ में सहानुभूति भरी थी।

"चाचा चाय पिएँगे कि कैम्पा कोला ?" उमा ने पूछा।

"ऐसा कर, अपने पापा के लिए मौसम्बी का रस बना और मेरे लिए चाय।"

"अभी लाई," कहती हुई उमा मौसम्बियों का थैला उठाकर चली गई। उसके जाते ही सोहनलाल ने छोटे भाई से पूछा, "उमा की स्कूली पढ़ाई तो खत्म हो रही है। अब

उसे आगे क्या करना चाहिए ?''

''आजकल स्कूल काफी नहीं हैं। कम से कम बी.ए. तक तो पढ़ना ही चाहिए...,'' जयन्त ने कहा।

''मैं चाहता था कि किसी व्यावसायिक लाइन में पड़ जाए...।''

''अभी बहुत वक्त पड़ा है भाईसाहब...।''

''नहीं जयन्त, वक्त अब कम है।''

कुछ रुककर जयन्त ने पूछा, ''आपने चैकअप करवाया ? इस बीच डॉक्टर भट्ट से मिले ? क्या कहते थे ?''

''डॉक्टरों के पास वक्त बढ़ाने की जादुई पुड़िया थोड़ी न होती है,'' हँसकर सोहनलाल ने कहा।

महाभारत खत्म होते ही, कॉलोनी की गति अपनी सामान्य स्थिति पर लौट आई। ऊपर खिड़की से रमन ने चाचा का स्कूटर खड़ा देखा। उसने तुरन्त जुगिन्दर भाप्पे को खबर दे दी कि चाचा आए हैं। एक साथ रमन और जुगिन्दर नीचे उतर आए। जुगिन्दर कई दिनों से जयन्त अंकल की राह देख रहा था। वह उन्हें कुछ बताना चाहता था। उसका चेहरा देखते ही जयन्त को लगा कि स्थिति पहले से बेहतर है।

''अंकल मैं काम पर लग गया हूँ,'' जुगिन्दर ने हल्के से कहा। दरअसल अपने पापा की जान-पहचान के ज़रिये, शहर में बरसात के कीड़ों की तरह उभर रही वीडियो लाइब्रेरी में काम मिला था। आजकल सुबह तैयार होकर, साइकिल पर जाता और शाम को दुकान बन्द करके देर से लौटता।

''पापा, मैं भी बड़ा होकर वीडियो की दुकान पर काम करूँगा,'' रमन ने अपने मन की बात का खुलासा किया।

''अभी बहुत देर है। तू पहले अपनी पढ़ाई ठीक से कर,'' पापा ने हँसकर कहा।

अन्दर रसोई में मौसम्बियों का रस निकालते हुए उमा ने जुगिन्दर और रमन की आवाज़ सुनी। उसने जुगिन्दर के लिए भी एक प्याला चाय बनाई। ट्रे में सजाकर सबके लिए बाहर ले आई। आज मम्मी का एकादशी का व्रत था। इस वक्त वे पूजा कर रही थीं। उमा जब चाय और रस ट्रे में लिये बाहर आई तब जयन्त चाचा फ़ैजाबाद की अपनी यात्रा और बाबरी मस्जिद की बातें कर रहे थे।

''टूटी-फूटी इमारत है। बन्दरों की पलटन से घिरी हुई है,'' जयन्त ने मस्जिद के बारे में कहा।

''राजनीतिक पार्टियों और दलों को तो बहाने चाहिए लोगों को उकसाने के लिए; रक्तचाप बढाने के लिए...'' सोहनलाल ने हँसकर कहा।

''सदियों से इतिहास की पर्तों में दबे मुर्दों को उठाकर खड़ा करना, उनके ज़रिये खून की नदियाँ बहाना, सिर्फ इस मकसद के लिए कि किसी एक दल को राजनीति के मंच पर भूमिका खोलने का मौका मिले...।''

जुगिन्दर सिर झुकाए सुन रहा था।

''हिटलर ने इसी खेल को चरम सीमा तक खेला...साठ लाख यहूदियों को गैस के ज़रिये मार डाला। बच्चों, औरतों और वृद्धों को...।''

''उनका दोष क्या था ?'' उमा ने पूछा।

''यही कि दो हज़ार साल हुए एक यहूदी यानी ईसा मसीह को अन्य यहूदियों ने सूली पर चढ़ा दिया।''

''जेसू यहूदी थे ?'' उमा ने आश्चर्य से कहा फिर बोली, ''मगर चाचा, स्कूल में हमें बताया गया है कि उन्हें रोम के न्यायाधीश, पौनटियस पायलट ने मौत की सज़ा दी थी। और वे तो यहूदी नहीं थे।''

''इतिहास की तहों में दबे सभी मुर्दे असली नहीं होते। नकली मुर्दों की कमी नहीं और उन मुर्दों की भी बड़ी तादाद है जो कभी थे ही नहीं। इन 'अफवाहों के मुर्दों' ने जितनी तहस-नहस की है, उतनी असली मुर्दों ने नहीं की।''

''चाचा हिटलर ने साठ लाख यहूदियों को एक ऐसे जुल्म के लिए मार डाला जो उन्होंने किया ही नहीं ?''

''हिटलर चाहता था जर्मनी की जनता के सामने एक ऐसा दुश्मन पेश करना जिसके ऊपर हर पीड़ा और अन्याय का आरोप थोपा जा सके और जो अपने आपको बचा न सके।''

''यहूदी अपने आपको झूठे आरोपों से क्यों नहीं बचा सके ?''

''अल्पसंख्या में थे और इसके अलावा वे समझ न पाए कि उन्हें बच्चों और बूढ़ों समेत एक साथ उच्च तकनीकी तरीकों से भून दिया जाएगा।''

धीरे से जुगिन्दर ने कहा, ''तभी तो 'इज़रायल' देश का जन्म हुआ। हिटलर के श्मशान गैस कारखानों के बावजूद बचे-खुचे यहूदियों को पैर रखने भर की जगह मिली जिसे वह अपना कह सकें।''

शान्ति देवी पूजा करके बाहर आई और एक छोटे मूढ़े पर बैठी ही थीं कि रमन ने कहा, ''मम्मी यह तो मेरा मूढ़ा है।''

''तो क्या हुआ।''

''मम्मी तुम इतने छोटे मूढ़े पर मत बैठो।''

''तुम उठाकर लाओ अन्दर से मम्मी के लिए एक बड़ा मूढ़ा,'' चाचा ने रमन से कहा। यह सुझाव उसे तनिक भी अच्छा नहीं लगा।

''अच्छा, जयन्त अंकल आपने बाबरी मस्जिद में बन्दरों के अलावा भी कुछ देखा ? वहाँ भी क्या असली और नकली मुर्दे दबे हुए हैं ?'' जुगिन्दर ने पूछा।

शान्ति देवी ने टोका, ''राम जन्मभूमि में मुर्दों का क्या काम। ज़बर्दस्ती उस पुण्यस्थान पर मस्जिद खड़ी कर दी। और सदियों से वहाँ पूजा नहीं होने दी। यह अन्याय कभी तो बन्द होगा, होना चाहिए।''

''शान्ति यहीं तो अफवाहों के मुर्दों का सवाल उठता है। किसे पता है कि श्री रामचन्द्रजी का जन्म ठीक उसी स्थान पर हुआ जहाँ मस्जिद खड़ी है ?'' सोहनलाल

ने कहा।

"क्या यह सरासर पाखंड है कि अयोध्या पुण्य स्थान है ?" शान्ति देवी ने नाराज़गी व्यक्त की।

"अयोध्या और काशी पवित्र स्थान हैं, यह पाखंड नहीं है। मगर बाबरी मस्जिद ठीक श्री रामचन्द्र के जन्म स्थान पर खड़ी है इस बात का सबूत नहीं है। इसलिए इस मुद्दे पर लड़ना बेकार है।"

"हिन्दुओं के आत्मविश्वास का खंडन इसी वजह से हुआ है कि उनकी हर आस्था के लिए उन्हें सबूत हाज़िर करने पड़ते रहे हैं। बाकी मज़हब जहाँ चाहें मस्जिदें खड़ी करते रहें। यही तो कारण है हिन्दू समाज के पतन का।"

जयन्त ने भाभी के तर्क का खंडन न करना ही उचित समझा। सोहनलाल ने तनिक मुस्कुराकर पूछा, "तो क्या तुम कहोगी कि बाबरी मस्जिद को तोड़ दिया जाए और वहाँ राम मन्दिर बना दिया जाए ?"

"उचित तो यही होगा कि न्याय हो।"

"जानती हो कितना खून-खराबा होगा मस्जिद को तोड़कर मन्दिर बनाने में ? जितना विभाजन के दौरान हुआ था उससे कहीं ज़्यादा। तुम इसके हक़ में हो ?"

"ख़ून-खराबे के हक़ में तो मैं नहीं हूँ मगर न्याय के हक़ में ज़रूर हूँ," शान्ति देवी ने कहा।

जुगिन्दर और उमा गौर से सुन रहे थे। "अंकल अगर हर मज़हब को अपना देश, अपनी ज़मीन मिल जाए, तो ख़ून-खराबा न हो," जुगिन्दर ने कहा।

जयन्त ने मुस्कुराकर जवाब दिया, "मान लो कल खालिस्तान बन जाता है, तो क्या अमेरिका और इंग्लैंड व कनाडा में बसे हुए सिख अपने-अपने घर और व्यवसाय छोड़कर अमृतसर में बस जाएँगे ?"

जुगिन्दर हँस दिया। जयन्त अंकल ने बात आगे बढ़ाई।

"अगर खालिस्तान बन जाने के बावजूद अमेरिका में रहनेवाले सिख वहीं अपना कारोबार बनाए रखना चाहें और वहीं रहते चले जाएँ तो क्या अमेरिका के लोगों को उन्हें बाहर धकेल देने का हक़ मिल जाएगा ?"

"क्यों अंकल ऐसा क्यों होगा ?"

"क्योंकि तुम्हारे कहने का तात्पर्य है कि अल्पसंख्यक लोग नहीं होने चाहिए। वे जहाँ होंगे वहाँ खून-खराबा होगा ही।"

"अच्छा अंकल, तो आप बताइए कि इस समस्या का सुझाव क्या है ?"

शान्ति देवी बहस के इस उभरते रूप से झुँझला गईं। इससे पहले कि जयन्त जुगिन्दर के सवाल का जवाब देता वे उठकर रसोई में चली गईं। पीछे-पीछे रमन भी चल दिया। वे उमा को भी किसी बहाने रसोई में बुला लेंगी ऐसा सोच रही थीं कि उमा को कहते सुना, "चाचा, सब मज़हब एक साथ बिना झगड़ा किए क्यों नहीं रह सकते ?"

"झगड़े सिर्फ धर्म को लेकर थोड़े न होते हैं। भाषा, जाति, वर्ग किसी भी मुद्दे

को बहाना बनाया जा सकता है झगड़े का। सवाल यह है कि झगड़ों को समेटा कैसे जाए ? उलझनों को सुलझाया कैसे जाए ?''

''दीदी, मम्मी बुला रही हैं,'' रमन ने उमा से कहा। आज मम्मी का व्रत था इसलिए आटा गूँधना उमा की ज़िम्मेदारी थी।

''अभी आती हूँ,'' उमा ने रमन से कहा। वह चाचा से अपने सवाल का जवाब सुनकर ही उठना चाहती थी।

''तो बताइए न।'' उसने चाचा से कहा।

''एक तरीका तो है मारपीट का। हथियार चलाने का। खून-खराबे का। दूसरा है बातचीत, बहस और समझाने-बुझाने का। और तीसरा है न्यायालय और संविधान के नियमों के मुताबिक चलने का।''

''दीदी, मम्मी बुला रही हैं,'' इस बार रमन ने ज़ोर से पुकारा। उमा उठ खड़ी हुई। मगर बात वहीं रुक जाए ऐसा नहीं हुआ। जुगिन्दर बहुत गौर से सुन रहा था।

''बात दरअसल यह है कि इन झगड़ों को बनाना, गहराना और आतंक की हद तक ले जाना, यह वही करते हैं जिन्हें इससे फायदा होता है। राजनीतिक दल और उनके नेता इन मुद्दों के ज़रिये वोट बटोरने और सत्ता में आने की कोशिश करते हैं। उन्हें जनता को किसी न किसी बहाने अपने पक्ष में जीतना है, ताकि चुनाव जीत सकें, सत्ता में आ जाएँ। झगड़े बनाना और मोर्चे खड़े करना यही लक्ष्य ही राजनीति का रूप ले लेते हैं,'' सोहनलाल ने कहा।

जयन्त ने बात आगे बढ़ाई, ''फैज़ाबाद में मस्जिद के आसपास रहनेवालों की ज़रूरतें ही लीजिए। स्कूल नहीं हैं। पानी के नल नहीं हैं। बीमारियों के इलाज के लिए डॉक्टर नहीं हैं। चिकित्सा नहीं है। कुछ भी तो नहीं है। मगर हमारे नेता अपनी राजनीति को इन ज़रूरतों से नहीं जोड़ते बल्कि मन्दिर-मस्जिद के दंगों को शुरू कर, उन्हें ही अपनी राजनीति बना लेते हैं।''

जुगिन्दर को लगा कि उमा के पापा और जयन्त अंकल ठीक ही कह रहे हैं। ''मगर इस राजनीति में सिखों, मुसलमानों और अन्य अल्पसंख्यावालों को हमेशा ही घाटे में रहना पड़ेगा न अंकल ?'' उसने पूछा।

''इस विशाल देश में कहीं न कहीं हर आदमी अल्पसंख्यावालों में है,'' जयन्त ने कहा।

''दिल्ली में सिख अल्पसंख्या में हैं तो पंजाब के कई इलाकों में हिन्दू अल्पसंख्या में हैं। कश्मीर घाटी में मुसलमान बहुसंख्या में हैं तो मिज़ोरम में इसाई बहुसंख्या में हैं बाकी सब अल्पसंख्या में हैं। यह तो हुई बात धर्म के आधार पर। अगर भाषा, रहन-सहन और खाने-पीने के आधार पर देखा जाए तो बंगाल में गुजराती, तमिलनाडु में बंगाली और गुजराती...कहीं न कहीं हम अल्पसंख्यावाले बन जाते हैं। अगर बाँटने लगें तो इस देश को न जाने कितने हिस्सों में बाँटा जा सकता है। कहीं न कहीं हर आदमी अल्पसंख्या वर्ग का हो जाता है।''

"अगर अपने नेताओं पर छोड़ दें तो वे अपनी राजनीति से हर जाति, हर मज़हब, हर वर्ग और हर प्रान्त को देश और दंगों के टकरावों से तहस-नहस कर दें," सोहनलाल ने कहा। जुगिन्दर ने उनकी बात सुनी भी और नहीं भी सुनी। जयन्त अंकल का यह कहना कि हर आदमी कहीं न कहीं अल्पसंख्यक वर्ग का होता है उसे सही भी लगा और आश्चर्यजनक भी। दिल्ली में जुगिन्दर अल्पसंख्या में हैं तो अमृतसर में उमा अल्पसंख्या में होगी। अमरीका में सब हिन्दुस्तानी, पाकिस्तानी, चीनी...सभी अल्पसंख्या में हैं।

जुगिन्दर ने अंकल के चेहरे को गौर से देखा। कितने सामान्य दिखते हैं मगर कितने समझदार हैं। जुगिन्दर ने मन ही मन निश्चय किया कि जब उसे तनख्वाह मिलेगी, वह अंकल के लिए अच्छी कमीज़ खरीदेगा। अंकल अपने कपड़ों पर तनिक भी ध्यान नहीं देते। अगर ढंग के कपड़े पहनें तो बहुत अच्छे लगें।

दीवार के पीछे मम्मी के छोटे-बड़े काम करती हुई उमा के कान बैठक में चल रही चर्चा को सुनने की कोशिश करते। मगर मम्मी कभी रसोई में बुलातीं और कभी किसी बहाने से आँगन में भेज देतीं। अभी मम्मी ने उमा को बाहर सूख रहे कपड़े उठाकर लाने को कहा जबकि कपड़े अभी गीले थे। न जाने मम्मी को क्या हो जाता है। उमा के पैर अभी बैठक की दहलीज़ तक पहुँचे थे कि मम्मी ने पुकारा, "उमा देख दही जम गया।"

"अभी पाँच मिनट हुए मैंने बताया तो था कि नहीं जमा।"

"तू कहाँ जा रही है ?" मम्मी ने तीखे स्वर में पूछा।

"मैं बाज़ार तो नहीं जा रही, घर से बाहर भी नहीं जा रही। तुम्हें क्या हो गया है, मम्मी ?"

"अच्छा जा," मम्मी ने धीरे से कहा।

उमा ने लम्बी साँस ली और मन ही मन ठान लिया कि इस बार अगर मम्मी बेवजह उसे बुलाएगी तो वह अनसुनी कर देगी। बार-बार बुलाने पर भी नहीं जाएगी।

रसोई में एक साथ कई बरतन गिरने की आवाज़ हुई। शान्ति देवी के हाथ से दूध का भरा भगोना अन्य बरतनों के ऊपर जा गिरा। उन्हें धक्का-सा लगा। मुझे क्या हो गया ? मन में यही सवाल उठा। कपड़ों पर दूध के छींटे, चारों तरफ ताज़े उबले हुए दूध का लेप, न जाने यह कैसे हुआ !

"भाभी चोट तो नहीं लगी ?" जयन्त ने आकर पूछा। गिरे हुए बरतनों को उठाते हुए उसने देखा कि शान्ति भाभी साड़ी के आँचल से आँखें पोंछ रही हैं। उमा आँगन के एक कोने में सूख रहे पोछे को उठाकर लाई और ज़मीन पर दूध के तालाब को समेटने-पोंछने लगी।

"मम्मी तुम साड़ी बदल लो। मैं खाना लगाती हूँ," उसने कहा। शान्ति देवी के दुर्बल मन ने उन्हें धिक्कारा। वे बेवजह उमा पर सख्ती बरतती हैं। वह तो बच्ची है। जो मम्मी कहती है वह करती है। क्या कसूर है उसका ? मन की इसी उथल-पुथल को झेलती हुईं वे साड़ी पलटने लगीं। सोहनलाल ने अन्दर झाँका। "क्या हुआ ? सारा परिवार काम में लग गया ? क्या आज खाना नहीं मिलेगा ? भाई मुझे तो भूख लगी है।"

"पापा, बस पाँच मिनट्। ज़्यादा से ज़्यादा छः मिनट की देर है...मैं रोटी सेंकने ही लगी हूँ," उमा ने कहा।

अन्दर कमरे में शान्ति देवी ने साड़ी तो बदल ली मगर हाथ अब भी काँप रहे थे। आँखों के पीछे धमका रहा पानी, गले में अटक रहे पत्थर, मन में उमड़ रही दुर्बलता, यह सब क्या हो रहा था उन्हें ? सामने कौन-सी आफत के बादल मँडरा रहे थे जिनकी वजह से शान्ति देवी सन्तुलन खो रही थीं ?

"मम्मी तुम बैठो। आज रोटी मैं सेंकूँगी। बैठो न," उमा के इस आग्रह ने गले में अटक रहे पत्थर को दोगुना कर दिया। शान्ति देवी उत्तर देने के काबिल न रहीं। मगर चुपचाप मेहमानों की तरह बैठ जाएँ यह भी सरासर अस्वाभाविक था। वे सुराही से जग में पानी भरने लगीं।

"रमन कहाँ है ?" पापा ने पूछा।

"शायद जुगिन्दर के साथ ऊपर गया है।"

"रमन की मंज़िल अब ऊपर ही है..." पापा ने कहा शान्ति भाभी ने कुछ नहीं कहा। जयन्त समझ गया कि वे बहुत विचलित हैं। रमन आजकल अक्सर सिमरन के यहाँ ही खाना भी खा लेता है। घर पर उसका मन नहीं लगता।

"इम्तहान कब शुरू हो रहे हैं ?" चाचा ने उमा से पूछा।

"बस, कुल दस दिन रह गए हैं। आप एक रोटी और लीजिए...बस एक और ?"

"कितना खिलाएगी... ।"

"मम्मी तुमने तो फल भी नहीं खाया...मेरा इन्तज़ार कर रही हो क्या ?"

"अब तू बैठ जा, मैं तेरे लिए रोटी सेंकती हूँ," कहती हुई मम्मी उठ गईं।

डॉक्टर के कहे अनुसार खाने के पश्चात् सोहनलाल बिस्तर पर जाकर लेट गए। जयन्त कुछ देर बाहर गुलमोहर के पेड़ को देखता रहा। कुछ ही हफ्तों में यह डालियाँ लाल फूलों से लद जाएँगी। दूर खड़े अमलतास के पेड़ पर पीले फूलों की बहार उसके बाद आएगी।

"अब चलता हूँ भाभी," उसने कहा।

"कब आओगे जयन्त ?"

"देखो...जल्दी ही आऊँगा। उमा की परीक्षा... ।"

"चाचा, मुझे 'बेस्ट ऑफ लक' कहने तो आओगे न ?"

"हाँ, ज़रूर आऊँगा। अच्छा, बताओ किस तारीख से शुरू हो रहे हैं तुम्हारे पर्चे ?"

"ले, सारी रामायण सुनकर पूछ रहे हैं कि सीता कौन थी। देखा मम्मी, चाचा कितने अनोखे हैं !"

"चार तारीख को शुरू हो रहे हैं पर्चे," शान्ति देवी ने जयन्त से कहा।

"तो तीन तारीख को हाज़िर हो जाऊँगा," चाचा ने वायदा किया।

"अच्छा अब चलता हूँ।" हेलमेट उठाते हुए दरवाज़े की ओर कदम उठाया ही था कि दौड़ता और हाँफता हुआ रमन आ गया। "कहाँ से आ रहे हो और कहाँ जा रहे

हो भाई ?" चाचा ने पूछा।

"पतंग...मम्मी मुझे भी पतंग खरीदनी है...सभी पतंग उड़ा रहे हैं...मैं भी...," रमन के मुँह से, हाँफते हुए शब्द लुढ़क रहे थे।

इससे पहले कि मम्मी अपनी सहमति या असहमति ज़ाहिर करती, चाचा ने हेलमेट नीचे रखी और जेब से बटुआ निकालकर दस रुपए का नोट रमन को दिया। वे कहने लगे, "अपनी मनपसन्द रंग की पतंग खरीदना और सुनो, जुगिन्दर से पतंग उड़ानी सीखना। वह बड़ा उस्ताद है।"

"हाँ चाचा, जुगिन्दर भाप्पे की पतंग सबसे ऊपर जाती है। कोई नहीं काट सकता उसे...फर्स्ट क्लास...बेस्ट... ।"

वाक्य पूरा करने से पहले ही रमन के पैर बाहर निकल चुके थे। यह रमन की गुडलक थी कि जाते समय चाचा से टकराव हो गया और मम्मी से पैसे नहीं माँगने पड़े उसे। शान्ति देवी और उमा खड़ीं देखती रह गई। रमन को सभी बिगाड़ते हैं। यहाँ तक कि चाचा भी। बच्चे को हँसते-खेलते देखना किसे पसन्द नहीं ?

चाचा का स्कूटर धूल उड़ाता गया ही था कि रमन और जुगिन्दर पतंग खरीदने के लिए निकल पड़े। उमा फिर अपनी किताबों के सामने जाकर बैठ गई। दीवार पर लटक रहे कैलेंडर पर रात को सोने से पहले बीते हुए दिन की तारीख पर काटा लगा देती। नज़दीक आ रही परीक्षा की ओर एक नया कदम दारिज हो जाता। कैलेंडर की ओर नज़र पड़ी तो याद आया कि आज ज्योत्स्ना दीदी की संगीत क्लास है। आजकल क्लास में कम ही लड़कियाँ जाती हैं। ज़्यादातर इम्तहानों में व्यस्त हैं। रेखा की पढ़ाई भी ज़ोर-शोर से चल रही है। शायद इसीलिए उसे शाम को अपने दरवाजे पर देख उमा हैरान हो गई।

"बस, एक साथ और नहीं पढ़ा जाता," रेखा ने कहा, "इसीलिए साइकिल उठाई और सोचा...देखूँ तू क्या कर रही है।"

"बहुत अच्छा किया कि चली आई। मैं भी तंग आ गई हूँ...वही सबक दोहराते-दोहराते, दिमाग खाली हो गया है।"

"ठंडा पानी पिला...रात-भर कॉफी पीकर भी नींद पीछा नहीं छोड़ती," रेखा ने कहा। उमा के हाथ से पानी का गिलास लेकर कहने लगी, "तूने बड़ी अक्लमन्दी की, कि डॉक्टरी पढ़ने के चक्कर में नहीं फँसी। मैं तो अभी से काहिल हूँ...अगर मेडिकल में दाखिला नहीं मिला तो पापा का क्या होगा ? पता है कितनी उम्मीदें लगा के बैठे हैं ? मुझे डर लगता है...कभी लगता है कि एक बड़े पहाड़ के नीचे दबी जा रही हूँ...," रेखा ने दोनों हाथों से अपना सिर पकड़कर कहा।

मूढ़ों पर बैठीं दोनों इसी तरह सामने हावी हो रही परीक्षा की बातें कर रही थीं जब सोहनलाल नींद पूरी करके अखबार पढ़ने के इरादे से अपना चश्मा ढूँढ़ते हुए बरामदे में आए। रेखा को देखकर बोले, "आज एक गाना ज़रूर सुनेंगे तुमसे।"

"गाना गाने के ज़माने तो बहुत पीछे छूट गए अंकल...अब गाने की जगह रट्टों

ने ले ली है।''

सोहनलाल हँस दिए, ''तुम लोग आजकल इम्तहानों का सामना कुछ ज़्यादा गम्भीरता से करती हो...।''

''क्या करें अंकल...मम्मी-पापा चाहते हैं कि हम डॉक्टरी पढ़ें। मेडिकल कॉलेजों में उम्मीदवारों की तादाद लाखों-करोड़ों में है और कॉलेजों में सीटें हैं गिनी-चुनी... कॉम्पिटिशन ने हमें आफत में डाल दिया है...हम फँस गए हैं।''

''तो क्या गाना नहीं सुनाओगी ?'' सोहनलाल ने मन्द आवाज़ में पूछा। निराशा के स्वर में लिपटे इस सवाल को रेखा टाल न सकी। उसने गला साफ किया। ''चल एक साथ गाते हैं,'' उमा से कहा।

गाना सुनकर अन्दर चुपचाप लेटी शान्ति देवी भी उठकर आ गईं। सुर और लय का मेल लहरों की तरह मन को साथ बहा ले जाता है। खासकर जिनके मन पर बोझ हो उन्हें।

अपनी अनोखी लहर में डोलता रमन हाथ में पतंग लिये आया। उसने उमा का हाथ पकड़ा, उसे उठाने लगा। सभी को अपने साथ ले जाने आया था, ''देखो कितनी ऊँची उड़ रही है पतंग...चलो न पापा...देखो चलकर जुगिन्दर भाप्पे की पतंग सबसे ऊँची उड़ रही है...चलो देखो न...।''

रेखा सहित सारा परिवार बाहर खुले आकाश में पतंगों की उड़ान देखने लगा। ''वह पीले रंगवाली...जो सबसे ऊँची है वह तो है हमारी,'' रमन ने गौरव से ऐलान किया। ''ऊपर छत पर चलो, चलो न दीदी,'' उसने आग्रह किया।

''तुम लोग जाओ।'' पापा ने भी कहा।

रेखा और उमा सीढ़ियाँ चढ़ने लगीं। आगे-आगे रमन था। छत पर सिमरन और उसके मम्मी-पापा भी जुगिन्दर की कारीगरी देख रहे थे। एकाग्रचित्त से जुगिन्दर डोर हाथों में थामे, अपनी पतंग के साथ ही आकाश में बहुत दूर, बहुत ऊँचा बह रहा था। उसे खबर नहीं थी कि उमा और रेखा भी उसकी कुशलता देख रही हैं। सबकी आँखें आकाश में उड़ती, ऊपर चढ़ती जा रही पीली पतंग पर टिकी थीं। देखते-देखते एक लाल पतंग चुनौती देती हुई नज़दीक आने लगी। लाल पतंग की ललकार का सामना करते हुए जुगिन्दर का चेहरा देख, न जाने उमा का मन भी पतंग की तरह लहरा उठा। जुगिन्दर की चेतना में सिर्फ पतंगों का खेल था बाकी हर तरफ से वह बेखबर था। लाल पतंग को हराते हुए उसके पैर आगे बढ़ते-बढ़ते छत की मुँडेर तक पहुँच गए। दायाँ पैर मुँडेर के ऊपर उठा। बायाँ पैर उठता कि पीछे खड़ी उमा ने जुगिन्दर को पकड़कर पीछे खींचा, ''मरना है क्या ?'' उसके मुँह से फूट पड़ा।

जब तक जुगिन्दर ने सन्तुलन बनाया तब तक पीली पतंग कट चुकी थी। मगर उमा के चेहरे पर अपने प्रति उमड़ी चिन्ता और उद्विग्नता को देख जुगिन्दर के मन में एक अद्‌भुत बिजली कौंधी।

''बेटा मुँडेर से दूर रह, उसके ऊपर चढ़ने में खतरा है,'' सिमरन की मम्मी ने कहा।

"दीदी ने सारा खेल खराब कर दिया !" रमन नाराज़ था।
"चुप कर !" उमा ने उसे डाँटा।

पाँच

"अरे यह क्या ?" जयन्त ने जुगिन्दर के तोफ़े को लेते हुए कहा।
"अंक़ल बहुत छोटी-सी चीज़ है। अपनी कमाई, अपनी पहली तनख्वाह से...।"
"वाह, इस बढ़िया कमीज़ को तुम छोटी-सी चीज़ कहते हो !"
"आपको पसन्द आई ?"
"अच्छा बैठो, अभी पहनकर दिखाता हूँ। यह बताओ कि घर ढूँढ़ने में परेशानी तो नहीं हुई ?"
"अंकल, मैं तो बहुत पहले ही आपका घर ढूँढ़ लेता, आपने कभी बुलाया ही नहीं।"
"तुमने अभी खाना तो नहीं खाया होगा...।"
"जी नहीं, दुकान बन्द करके सीधा यहाँ चला आया...।"
"तो आज खाना खाकर जाना। जावेद मुझसे अच्छा खाना पकाता है...पहले उससे तुम्हारा परिचय करा दूँ...," कहते हुए जयन्त के पैर रसोई की ओर बढ़े जहाँ जावेद मसाला भून रहा था। भुनते मसाले की लुभाऊ महक चारों ओर फैल रही थी। जुगिन्दर के पेट में खलबली मचने लगी। एक छोटे-से तौलिए से हाथ पोंछता जावेद कमरे में आया। तौलिए को एक ओर फेंकते हुए कहने लगा, "मैं हूँ जावेद हसनैन। पेशे से फोटोग्राफर हूँ मगर असल में इस छोटे से घर का रसोइया हूँ।"
"यह जुगिन्दर है जावेद, जिसके बारे में तुमने सुन रखा है," जयन्त ने कहा।
"बैठो जुगिन्दर। अपना ही घर समझो।" कहते हुए जावेद ने इधर-उधर रखे मूढ़ों और कुर्सियों पर रखी किताबों और तमाम काग़जों को समेटकर बैठने की जगह बनाई। इस बीच दीवारों पर टँगी तस्वीरों ने जुगिन्दर के सामने एक नई खिड़की खोल दी। "यह तस्वीरें आपने खींची है ?" सामने जीता-जागता दरिया उसकी ओर बह रहा था। थी मात्र तस्वीर मगर लहरों का पत्थरों से टकराता वेग, आसपास उठ रही ऊँची फुहारें, वह कौन-सी दुनिया थी ? यह कौन-सा स्थान था ?
"उत्तरकाशी से ऊपर, गोमुख के रास्ते पर...।"
"यह गंगा है ?" जुगिन्दर ने पूछा।
"कैसी लग रही है मेरी कमीज़ ?" नहा-धोकर जयन्त आ गया। कितने अच्छे लग रहे थे अंकल। जावेद ने जुगिन्दर के मनोभाव व्यक्त करते हुए कहा, "तुम अगर कभी-कभी, नहा धोकर अच्छे कपड़े पहनो तो वाकई इंसान लगने लगोगे !" खुशी के माहौल में तीनों ने खुली छत पर जावेद का पकाया अति स्वादिष्ट खाना खाया। जयन्त

अंकल ने खीरा और टमाटर काटा और मेज़ को सजाया। जितनी देर खाने का इन्तज़ाम करने में जावेद और जयन्त रसोई के अन्दर और छत पर लगे रहे, उस बीच जुगिन्दर ने जावेद की तस्वीरों को गौर से देखा। दीवार पर टँगी दो विराट फोटो के अलावा कमरे के एक कोने में रखे बड़े फोल्डर में छोटी, बड़ी ढेरों तस्वीरें कायदे से रखी थीं। एक-एक को निकाल, सामने फर्श पर फैलाकर या दीवार के सहारे खड़ा करके, जुगिन्दर फोटो दर फोटो का जायज़ा लेता रहा। उसे पता ही नहीं चला कब जयन्त और जावेद उसके पीछे आकर खड़े हो गए। वह इन तस्वीरों के ज़रिये एक अनोखी दुनिया में दूर-दूर के फासले तय करता रहा। आखिरी तस्वीर को देख हँसी न रोक सका। उसके पीछे खड़े जावेद और जयन्त भी हँस पड़े। फोटो में जयन्त अंकल बेखबर सो रहे थे। छाती पर अखबार के पन्ने बिखरे पड़े थे और मुँह से खर्राटे की आवाज़ निकल रही थी।

खुली छत पर सजी मेज़ देखकर जुगिन्दर ने आश्चर्य से कहा, "अंकल, आपने मेरे लिए इतना तरद्दुद किया ?"

"बस यह 'अंकल' लफ़्ज़ काट दो, बाकी सब माफ हो जाएगा," जावेद ने कहा। वह गिलास में पानी डालने लगा। शुरू में जुगिन्दर को अजीब लगता था मगर धीरे-धीरे वह जावेद को उसके नाम से पुकारने का आदी हो गया। उस शाम यह तय हुआ कि जुगिन्दर अगले इतवार को जावेद को उसके अँधेरे कमरे में फोटो डेवलप करते देखेगा। कैमरे के छोटे से बक्से में बन्द की गई तस्वीरें आखिर उभरकर जीवित रूप कैसे लेती हैं। यह खुद में एक रहस्य-सा लग रहा था जुगिन्दर को।

वह रात को देर से घर पहुँचा। वैसे तो सुबह कहकर गया था कि उसे आज लौटने में देर हो जाएगी मगर इतनी रात हो जाएगी यह तो वह भी नहीं जानता था। मम्मी ने उसका खाना ढककर मेज़ पर रखा था। पापा के साथ बैठीं वह टीवी देख रही थीं मगर सच तो यह था कि दोनों मन ही मन चिन्ता कर रहे थे। जुगिन्दर तो कहीं आता-जाता नहीं है। आज इतनी देर कहाँ लग गई, किसी अप्रिय घटना का शिकार तो नहीं बन गया ? दोनों में से किसी एक को भी मन में उठ रहे संशय को व्यक्त करने का साहस न हुआ। सन्तोक सिंह डर-डरकर दीवार पर टँगी हुई घड़ी की ओर नज़र उठाते कि कहीं जसविन्दर उनकी इस हरकत से ताड़ न जाए कि वह फिक्र कर रहे हैं।

आखिर जब जुगिन्दर घर पहुँचा, पापा ने दरवाज़ा खोला और उसका खिला हुआ चेहरा देखा, तो मुँह से तसल्ली के कुल दो शब्द निकले, "आ गया।" मम्मी ने वह कहा जो वे हमेशा कहती हैं, "जा बेटा, हाथ-मुँह धो ले, मैं खाना गरम करती हूँ।"

"खाना खाकर आया हूँ," जुगिन्दर की आवाज़ में खुशी का अपरिचित सुर था कि मम्मी को यों ही भ्रम हो रहा था ? अन्दर कमरे में सिमरन बैठी पढ़ने की कोशिश कर रही थी। कल उसका आखिरी पर्चा था। वाहे गुरु की कृपा से यह पर्चा भी कल खत्म हो जाएगा। इसके बाद उसे परीक्षा केन्द्र में कभी नहीं जाना। मम्मी-पापा उसके लिए रिश्ता ढूँढ़ने की बातें करते हैं। उससे कुछ नहीं कहते पर वह क्या जानती नहीं कि जवान बेटियों के माँ-बाप अपने इस फर्ज़ को समझते हैं। सब जानती है। पापा को उसने कल

ही कहते सुना था कि वह अगले महीने अमृतसर जाएँगे। उसने ठान लिया कि वह भी पापा के साथ जाएगी। अब इतिहास की खुली किताब के पन्नों की ओर ज़बर्दस्ती अपने विचारों के प्रवाह को धकेलने की कोशिश में असमर्थ थी। उसके विचार इतिहास से कोसों दूर, भविष्य के ख्याली-पुलाव बनाने में मग्न थे। पता नहीं उमा और उसकी वह सहेली रेखा, दिन-रात कैसे मन लगाकर पढ़ते हैं। वह रेखा कैसे अजीब कपड़े पहनकर आई थी उस दिन जब उमा ने भाप्पे को मुँडेर पर चढ़ने नहीं दिया था। हैरानगी की बात तो यह थी कि भाप्पे ने उमा पर गुस्सा नहीं किया। पतंग कट गई मगर वह नाराज़ नहीं हुआ।

"अब सो जा पुत्तर," पापा ने कमरे में झाँककर कहा। सिमरन चौंक गई। उठी, अपनी चीज़ों को समेटा और बिस्तर पर लेट गई। वाहे गुरु से प्रार्थना करते-करते उसे नींद आ गई।

अपने बिस्तर पर लेटा जुगिन्दर मन में उठ रही हज़ारों भावों की लहरों पर डोल रहा था। निराशा के जाल में जकड़ा हुआ बन्दा अगर अकस्मात् और अनजाने में ही कैद से छूट जाए तो उसे यकीन नहीं होता। उसे आज नींद कैसे आती ?

आज मंगलवार था। इतवार तक का लम्बा फासला तय करना था उसे, कैसे करेगा ? जब से घर के अन्दर बन्दी बना था तब से जुगिन्दर के लिए वक्त काटना एक बड़ी समस्या थी। समय कटता नहीं था। रेडियो पर फिल्मी गानों को सुनते-सुनते एक दिन से दूसरे दिन को खींचता आया था। अमरीका जाने के इरादे कभी इस नौबत तक नहीं पहुँचे कि वह सपने देखने शुरू करता। भविष्य काला, आशाहीन और डरावना लगता रहा उसे। आज इस रात के अन्धकार में सामने रोशनी का भोर फैलता नज़र आ रहा था। भला जुगिन्दर को नींद कैसे आती ? बाहर अन्धकार था मगर उसके मन का आकाश चकाचौंध था।

न जाने नींद ने कब घेर लिया और तब तक घेरे रखा जब तक सुबह मम्मी ने आकर उठाया नहीं उसे। "जुगिन्दर आज काम पर नहीं जाना ?" उन्होंने पूछा। एक बार सिमरन भी आई थी। भाप्पा उसे इम्तहान के लिए हमेशा 'बेस्ट ऑफ लक' कहता था मगर आज, अभी तक सो रहा था। वह चली गई।

सीढ़ियों के नीचे उमा खड़ी गुलमोहर के पेड़ को ताक रही थी। "आज आखिरी पर्चा है," सिमरन ने उसे याद दिलाया। रमन ने दोनों को सड़क पार करते देखा। आज वह स्कूल नहीं गया क्योंकि उसके गले में दर्द था। मम्मी को शक इस बात का था कि शायद गले के दर्द से होमवर्क न करना जुड़ा हुआ है। कल शाम न जाने कितनी देर तक रमन चैटर्जी बाबू के यहाँ टीवी देखता रहा। गले के दर्द का बहाना वे अक्सर बनाने लगा था। सोहनलाल कहते कि बच्चों को ऐसे बहानेबाज़ी की छूट होती है। इसी को 'बचपन' कहते हैं। शान्ति देवी इस बात से सहमत नहीं थीं मगर आजकल वह कड़ा रुख लेने से कतराती थीं।

"मम्मीं मैं ऊपर भुआजी के पास जाऊँ ?" रमन ने पूछा।

''पहले स्कूल का काम पूरा कर ले फिर जाना,'' मम्मी का जवाब रमन को ज़रा भी अच्छा नहीं लगा। वह मुँह बिचकाकर बाहर ताकने लगा। जुगिन्दर भाप्पे को हड़बड़ी में काम पर जाते देखा तो बाहर लपका। मगर वे तो देखते-देखते गायब हो गए। कहते थे कि पिक्चर दिखाने ले जाएँगे मगर बिल्कुल भूल गए। ये लोग वायदे करते हैं और फिर भूल जाते हैं। रमन खिड़की पर बैठा अपने ऊपर तरस खा रहा था कि उसे याद आया सुबह सिमरन ने उमा से कहा था, ''आज आखिरी पर्चा है।''

शाम को जब पापा दफ्तर से लौटे तो रमन बैठा उनका इन्तज़ार कर रहा था। पापा जानना चाहते थे कि उमा कहाँ है, उसका आखिरी पर्चा कैसा हुआ। पापा ने रमन का हाल तक नहीं पूछा। उसने खाँसी आने का अभिनय भी किया। पापा ने हँसकर पूछा, ''क्यों भाई, रमन आज कितनी मक्खियाँ मारीं ?''

सारी दोपहर मम्मी ने रमन से पहाड़े याद करवाए। उसे ऊपर भुआजी के पास जाने नहीं दिया। दीदी घर लौटी तो मम्मी भूल ही गईं कि रमन भी घर पर है। उसके गले में दर्द है इसलिए बेचारा स्कूल नहीं गया। गुस्से से रमन का चेहरा लाल हो गया। पापा ने अपने जूते उतारे, अखबार उठाया और आरामकुर्सी पर बैठते हुए पूछा, ''क्या बात है, नाराज़ लग रहे हो ?''

रमन ने जवाब नहीं दिया। कुछ देर चुप रहा फिर बोला, ''आप लोग सब वायदे करके भूल जाते हैं।''

''कौन-सा वायदा भूल गए हम ?'' पापा ने अखबार का पन्ना पलटा। मम्मी ने चाय का प्याला पापा के लिए मेज़ पर रखा और रमन का गम्भीर चेहरा अनदेखा कर दिया।

''आपने कहा नहीं था कि दीदी के इम्तहान हो जाएँ फिर आप टी.वी. खरीदेंगे ?'' रमन की आवाज़ में चुनौती थी। इस बीच उमा परीक्षा का पर्चा हाथ में लिये आ गई।

''अरे भाई दीदी की परीक्षा तो आज, अभी कुछ ही घंटे हुए खत्म हुई है। तुम तो बेबात नाराज़ हो रहे हो। टी.वी. ज़रूर खरीदेंगे।''

''कब खरीदोगे ?'' रमन ने पूछा।

''जल्दी ही खरीदेंगे। तुम नाराज़ मत हो,'' पापा ने रमन को मनाने की कोशिश की। फिर उमा को मुस्कुराकर कहा, ''बहुत खुश लग रही है...अच्छा हो गया तेरा पर्चा...चल अब मौज कर। तूने बहुत मेहनत की है...।''

उमा पापा के पास बैठ गई, ''चाचा ने कहा नहीं था कि वह आएँगे ?''

''मुझे तो नहीं कहा था...,'' पापा का जवाब सुनकर उमा निराश हुई। आज घर लौटते वक्त सिमरन ने उमा से कहा था कि कितना अच्छा होता अगर वे लोग मिलकर सिनेमा देखने जा सकते। उमा ने सोचा था कि अगर चाचा आज आए तो उन्हें कहेंगे सिनेमा दिखाने ले जाएँ। अब चाचा का आना तो निश्चित नहीं नज़र आ रहा था इसलिए उमा ने नई योजना बनाई। सिमरन को अपनी साइकिल के पीछे बिठाकर गोलमार्केट जाएगी। वहाँ चाट खाएँगे और क्या पता वहाँ रेखा भी मिल जाए। मगर वह अच्छा नहीं

होगा क्योंकि सिमरन और रेखा के ताल और सुर अलग हैं। एक साथ वह दोनों बेसुरी लगती हैं। मगर जाते वक्त उमा ने देखा कि साइकिल के पहिए में हवा नहीं है। कई दिनों से साइकिल बेकार पड़ी रही थी। किसी ने उसे चलाया नहीं। बस स्टाप पर जाते हुए सिमरन ने बताया कि उसके पापा अमृतसर जाएँगे। अभी तारीख तय नहीं हुई।

"वही ज़मीन बेचने के चक्कर में ?" उमा ने पूछा। उसे याद था कि सिमरन के पापा कई बार अमृतसर गए और निराश लौटे।

"अरे नहीं। अब उन्हें ज़मीन की ही बात नहीं सोचनी, अपनी बेटी के बारे में भी सोचना है...।"

"जब तेरा रिश्ता करने जाएँगे तो तुझे और भुआजी को भी साथ ले जाएँगे...अकेले थोड़ी न जाएँगे।"

चाट खाते वक्त सिमरन ने उमा से पूछा, "जानती है आज दोपहर भर मैंने क्या किया ?"

"मेरी तरह घोड़े बेचकर सोई तू भी ?"

"बिल्कुल गलत ! फिर सोच"...

"टीवी खोलकर बैठ गई...?"

"बिल्कुल गलत !"

"हार मान ली मैंने। अब बता...।"

"अपनी सारी किताबों, कापियों, नोट्स को एक पुरानी चादर में बाँधकर चारपाई के नीचे धकेल दिया, ताकि उनकी सूरत न देखनी पड़े।"

"सीधे फेंक क्यों नहीं दिया, या हवनकुंड में स्वाहा कर देती...," उमा ने हँसकर कहा।

"अरे क्या पता, अगर पास न हुई या अंग्रेजी में कमपार्टमेंट आ गई तो ज़रूरत पड़ सकती है...।"

बेचारी सिमरन, उमा ने मन ही मन सोचा।

"क्यों न हम भाप्पे की दुकान का चक्कर लगाएँ, चलेंगी ?" सिमरन ने पूछा।

"कितनी दूर है ?"

"यहाँ से दो बस स्टाप ही तो हैं।"

जुगिन्दर उस वक्त दुकान पर अकेला था। उमा को अन्दर आते देख हैरान हो गया। यह भी सिमरन को सूझा था कि उमा पहले अकेली अन्दर जाए। उस दिन छत पर हुए हादसे के बाद जुगिन्दर की उमा से बात नहीं हुई थी। दरअसल मौका ही नहीं मिला था। वह अपने इम्तहानों में लगी रही और जुगिन्दर रात को दुकान बन्द करके ही घर लौटता। उस दिन छत पर सहसा जुगिन्दर को ऐसा लगा कि जयन्त अंकल की तरह शायद उमा में भी कहीं करुणा की भावना छिपी है।

उमा को दुकान में आते देख हैरानगी के साथ कल शाम जयन्त अंकल और जावेद के साथ बीती सुखद घड़ियों की लहर दोबारा उसके मन से गुज़री।

"क्यों डर गया ? भूत देख रहा है ?" उमा ने हँसकर पूछा। सिमरन के साथ एक ग्राहक ने भी प्रवेश किया। शाम के वक्त ही ग्राहकों का आना-जाना ज़्यादा होता है। या फिर दोपहर में जब महिलाएँ घर-गृहस्थी के काम से फारिग होकर नई फिल्में देखती हैं।

यह ग्राहक कैसेट लौटाते हुए शिकायत कर रहा था।

"आपके प्रिंट साफ नहीं होते।"

जुगिन्दर ने मुस्कुराकर उल्टा पूछा, "क्यों यह अच्छा नहीं था ? पसन्द नहीं आया ?"

"अजी बिल्कुल नहीं।"

"कहीं आपके कैसेट प्लेयर में तो खराबी नहीं ?" जुगिन्दर ने हल्के से पूछा।

"वाह, एकदम नया प्लेयर है। उसमें क्या खराबी हो सकती है !" ग्राहक नाराज़ था।

"अच्छा, तो इस बार दो नई फिल्मों की अच्छी कैसेट लीजिए। इस बार कोई शिकायत नहीं होगी," कहते हुए जुगिन्दर ने ग्राहक को सान्त्वना दी और साथ में दो फिल्में भी। वह हाथ में कैसेट लिये दुकान से निकला ही था कि उमा ने कहा, "पापा टी.वी. खरीदना चाहते हैं।"

जुगिन्दर हँसा, "रमन ने आखिर अंकल को मना ही लिया...।"

"कौन-सा टी.वी. खरीदना चाहिए और कहाँ से ?...पापा तो कुछ भी नहीं जानते। तुम्हारी राय की ज़रूरत है।"

"और यह बताने के लिए तुम दोनों यहाँ आई हो ? यह तो घर पर भी बता सकती थीं।"

"दरअसल हम तो यों ही चाट खाने निकले थे। सोचा कि देखते जाएँ तुम्हारी दुकानदारी कैसी चल रही है।"

"अरे मैं तो भूल ही गया कि आज तुम्हारे इम्तहान खत्म हुए हैं। मुबारक हो।"

"ऐसी रूखी-सूखी 'मुबारक' से काम नहीं चलेगा भाप्पे...हमें पिक्चर दिखानी होगी," सिमरन ने कहा।

"उसके लिए तो इतवार तक इन्तज़ार करनी पड़ेगी। अच्छा बताओ कौन-सी पिक्चर देखना चाहती हो।" इससे पहले कि बात आगे बढ़ती, ग्राहकों की कतार ने जुगिन्दर को घेर लिया। सिमरन और उमा बाहर खुली हवा में बस स्टॉप की ओर चलने लगीं। इस पर गम्भीरता से विचारने लगीं कि कौन-सी पिक्चर देखेंगी।

घर जाकर उमा ने मम्मी-पापा को बताया कि उसने टी.वी. खरीदने की बात जुगिन्दर से की है और वह उन्हें अच्छा टी.वी. सही दाम पर खरीदवा सकता है।

"जुगिन्दर से कहाँ मुलाकात हुई ?" मम्मी ने पूछा।

"सिमरन और मैं उसकी दुकान पर गए थे," उमा ने बताया और मम्मी के चेहरे

पर तनाव के चिह्न उभर आए।

"जुगिन्दर हमें इतवार को पिक्चर दिखाएगा। कितने अरसे के बाद पिक्चर देखूँगी मैं, पता है पापा ?"

"तूने बहुत मेहनत की है। अब ख़ूब मज़े कर," पापा ने कहा।

शान्ति देवी रसोई में गईं। वे भी चाहती थीं कि उमा खुश रहे मगर जुगिन्दर के साथ पिक्चर देखने की बात उन्हें नहीं भायी। सोहनलाल ने रात को एकान्त में पत्नी को समझाया कि अब कुछ ही महीनों में उमा कॉलेज में पढ़ने लगेगी, "अगर ज़्यादा रोक-टोक करोगी तो वह तुम्हें बिना बताए निकल जाएगी," कुछ रुककर कहने लगे, "शान्ति, ज़माना बदल गया है और मैं चाहता हूँ कि उमा पढ़कर अपने पैरों पर खड़ी हो सके...।"

"आप कैसी बातें कर रहे हैं ?" शान्ति को पति का प्रस्ताव बिल्कुल पसन्द नहीं आया।

"मैं जानता हूँ कि तुम बेटी की शादी की सोच रही हो। वह भी सही है... मगर...।"

शान्ति ने करवट लेकर मुँह फेर लिया। वह पति की बहकी-बहकी बातों को कहाँ तक ध्यान से सुनती। ऐसी हालत में वह इतवार को जुगिन्दर के साथ पिक्चर देखने जाने से उमा को रोक नहीं सकेंगी, यह बात भी समझ गईं। पति की बातें तो अजीब होती जा रही थीं कह रहे थे, "जुगिन्दर में आखिर क्या खराबी है ? अच्छा-भला लड़का है...मेरी बीमारी में कितना सहयोग दिया उसने...।"

"आप तो जानते हैं कि वह खालिस्तानी है...।"

"अगर खालिस्तानी से मदद लेने में तुम्हें कोई एतराज़ नहीं तो उमा का उसके और सिमरन के साथ सिनेमा देखने जाना क्यों इतना खलता है ?" सोहनलाल के इस सवाल ने शान्ति को तेज़ चाकू की धार की तरह काटा। यही तो उनकी अपनी लाचारी और अकेलेपन का सबूत था कि उन्हें जयन्त और जुगिन्दर का सहारा लेना पड़ा। न चाहने पर भी उनकी सहायता स्वीकारनी पड़ी।

और सोहनलाल के मन में इसी तरह की चिन्ता ने जड़ें जमानी शुरू कर दीं कि उनकी ज़िन्दगी का क्या भरोसा, कल यदि वह शान्ति और बच्चों को छोड़कर चल बसे तो जयन्त कहाँ तक सँभालेगा ? कम से कम उमा को अपने पैरों पर खड़े करने का प्रयत्न तो उन्हें करना चाहिए। शान्ति को तो यह खुद समझना चाहिए। इस बार जब जयन्त आएगा तब उससे सलाह करेंगे। उमा की सहेली रेखा को आते-जाते देख सोहनलाल को सान्त्वना ही नहीं आशा भी होती कि आजकल लड़कियाँ घर की चारदीवारी में बन्द नहीं रहतीं। उमा, रेखा की तरह डॉक्टर न भी बने मगर लाचार नहीं...जयन्त तो खुद भी इसी विचारधारा का समर्थक है। "तो तुम ही बताओ कि आगे किस कॉलेज में कैसी पढ़ाई करनी चाहिए ?" सोहनलाल ने उससे पूछा।

"उमा को इतिहास में रुचि है...साहित्य में भी...अच्छे नम्बरों से पास होगी तो

दिल्ली विश्वविद्यालय के अच्छे कॉलेज में दाखिला मिल जाएगा।''

जयन्त आजकल कॉमर्स की पढ़ाई के बाद बैंकों में नौकरी आसानी से मिलती है। मेहरा साहब के बेटे ने कॉमर्स ही तो पढ़ा था...देखो अब ग्रिंडले बैंक में लग गया है। इन विदेशी बैंकों में बहुत पैसे मिलते हैं।''

''भाईसाहब यह तो उमा की रुचि पर है कि वह क्या पढ़ना चाहती है, इतिहास, कॉमर्स या फिर साहित्य।''

''जयन्त, उमा अभी बच्ची है, नादान है। हमें उसे सही रास्ते पर चलने के लिए प्रोत्साहित करना होगा... ।''

जयन्त पूछना चाहता था कि इस विषय में शान्ति देवी की क्या राय है। इस वक्त वह घर के कामों में जुटी थीं। शायद नल में पानी आ रहा था और वह बाल्टियाँ भर रही थीं। यह काम उमा की ज़िम्मेदारी थी मगर आज वह सिमरन और जुगिन्दर के साथ सिनेमा देखने गई थी। रमन अपने दोस्त अजय चैटर्जी के यहाँ टी.वी. देख रहा था। इतवार को दूरदर्शन पर भी सिनेमा दिखाते हैं। सोहनलाल ने जयन्त से टी.वी. खरीदने की बात भी की। अपनी इस कॉलोनी में शायद अब सोहनलाल पराशर का ही एकमात्र घर रह गया है जहाँ टी.वी. नहीं। रमन ने तो नाक में दम कर रखा है।

आखिरकार कुछ हफ्तों में रंगीन टी.वी. घर पर आ ही गया। शान्ति देवी देखती रहीं कि कौन-सी टी.वी. कहाँ और किस दुकान से खरीदनी है, यह फैसले सब जुगिन्दर की सलाह से लिये गए।

हर छुट्टी के दिन जावेद के काले कमरे में तस्वीरों और कैमरे के रहस्यमय खेल में जुगिन्दर भी शामिल हो जाता। तस्वीरों के उभरने और जीवन्त रूप में बदलने का प्रवाह उसके लिए अनोखा ही नहीं था, इसमें एक नई दुनिया छुपी हुई थी। एक लुभानेवाली दुनिया जिसका प्रलोभन जुगिन्दर को जावेद और जयन्त के यहाँ खींचकर ले जाता।

रात को बिस्तर पर लेटे हुए या नींद आ जाने पर सपनों में, वह कैमरा खरीदने लगा। एक दिन साहस जुटाकर उसने जावेद से पूछा, ''आपका पहला कैमरा कैसा था ?''

जावेद उठा। चारपाई के नीचे रखे सन्दूक को बाहर घसीटा और फिर उसे खोलकर उसमें रखा अपना पहला कैमरा उसने निकाला। इस प्रिय यन्त्र को बड़ी हिफाज़त से रखा हुआ था। इसी के सहारे उसने इस व्यवसाय में पहले, लड़खड़ाते कदम उठाए थे। जुगिन्दर को कैमरा पकड़ाते हुए कहने लगा, ''हो सकता है तुम्हारे लिए भी लकी साबित हो।''

''कितने का है ?'' जुगिन्दर ने साहस जुटाकर पूछा।

''इसका दाम नहीं है। इसके बल पर मैंने फोटोग्राफी की दुनिया में दाखिला पाया। मेरी अम्मी ने अपने कुछ ज़ेवर बेचे थे इसे खरीदने के लिए। इसकी कीमत का अनुमान लगाना बेकार है। इससे तुम भी शुरुआत कर सकते हो... ।''

जुगिन्दर ने कैमरा हाथ में लिया और जावेद ने उसे पहला सबक सिखाया।

बेटे के चेहरे पर पड़ी काली छाया को धीरे-धीरे उठते और गायब होते देख सन्तोक सिंह ने वाहे गुरु का लाख शुक्रिया किया। वह देखते कि नहा-धोकर हर रविवार जुगिन्दर जयन्त के यहाँ जाता और खुशी-खुशी लौटता। पिछली बार लौटकर आया और अपने कमरे की ऊपर से नीचे तक सफाई करने में लग गया। पुरानी फिल्मी पत्रिकाओं को एक साथ बाँधकर रख दिया। जसविन्दर से कहने लगा, "मम्मी इस बार जब कबाड़ीवाला आए तो इन्हें निकाल देना।"

"जयन्त चाचा के थैले में आप क्या लेकर आए हैं ?"

रमन ने जुगिन्दर से पूछा। उसे आश्चर्य हुआ। दरअसल बच्चों की आँखें बड़ी तेज़ होतीं हैं। "तुझे कैसे पता कि यह जयन्त चाचा का है ?" उसने उलटा सवाल किया।

"यह उन्हीं का है। इसी में वह पापा के लिए फल और हमारे लिए मिठाई लाते हैं। आप क्या लाए हैं इसमें ? बहुत भारी है न ?"

जुगिन्दर मुस्कुराया और चुपचाप सीढ़ियाँ चढ़ने लगा। रमन भी पीछे-पीछे साथ हो लिया।

जावेद के बारे में सरदार सन्तोक सिंह ने जुगिन्दर से सुन रखा था मगर उन्हें ताज्जुब हुआ कि जावेद ने अपना कैमरा जुगिन्दर को सौंप दिया। पत्नी ने लम्बी साँस लेकर कहा, "दुनिया में भले लोग भी होते हैं।" सिमरन को सिलाई के स्कूल में जाते-आते देख सन्तोक सिंह सोचते कि बेटी की शादी की ज़िम्मेदारी सामने खड़ी है। अगर जुगिन्दर एक लम्बी मानसिक बीमारी के दौर से निकल सकता है जिसकी उम्मीद करनी भी उसके माँ-बाप ने छोड़ दी थी तो सिमरन के हाथ भी पीले हो ही जाएँगे। हम तो रब के हवाले छोड़ देंगे, वो खुद सँभालेगा। कभी-कभी सन्तोक सिंह अपने पड़ोसी के छोटे-से बगीचे में बैठकर उसके साथ इधर-उधर की बातें करते। सोहनलाल ने अपना वज़न बहुत घटा लिया था। "तुमने तो कमाल ही कर दिया," सन्तोक सिंह ने कहा।

"यह मेरा नहीं शान्ति का कमाल है। और सच पूछो तो इसका राज़ है—मरता क्या न करता।"

आजकल बारहवीं कक्षा की परीक्षा के नतीजों का इन्तज़ार उसी आशा और उत्सुकता व बेबसी से हो रही थी जैसे किसान आकाश में बादलों के उमड़ने की आस में ऊपर देखता है। रेखा बेचारी तो सपनों में भी लम्बी सूचियों में अपना नाम ढूँढ़ती फिरती। सच तो यह है कि स्कूली परीक्षा के पश्चात् भी वह इम्तहान देती रही। कभी जायेंट एन्ट्रेंस का तो कभी किसी अमरीकी मेडिकल कॉलेज का। "क्या करूँ, मेडिकल में कहीं दाखिला मिल जाए बस, नहीं तो पापा का दिल टूट जाएगा।"

"तुझे मेडिकल में ज़रूर दाखिला मिलेगा," उमा के मन में एक आश्वस्त आवाज़ कहती थी।

दिन-प्रतिदिन सिमरन की चिन्ता प्रार्थना में बदल रही थी। गुरुद्वारे जाकर हाथ जोड़कर वाहे गुरु से विनती करती कि किसी तरह पास कर दें उसे। नहीं तो ससुराल

में सिर नीचा होगा। सिलाई स्कूल में जाने के अलावा वह टी.वी. पर अपने सारे प्रिय और सारे अप्रिय धारावाहिक देखती। बीच-बीच में जब खबरें और खेल के प्रोग्राम चलते तब वह रसोई में मम्मी का हाथ बँटाती। शाम को कभी-कभी उमा के साथ मार्केट जाती। अक्सर दोनों जुगिन्दर की दुकान पर पहुँच जातीं।

उमा रमन को पढ़ाने की कोशिश करती। मम्मी चाहती थीं कि कम से कम जो उसने स्कूल में सीखा है वह भूल न जाए। मगर रमन को छुट्टियों में पढ़ना बिल्कुल पसन्द नहीं।

"मम्मी, मैं दीदी से नहीं पढूँगा।"

"क्यूँ ?"

"वह बहुत डाँटती है। मुझे अच्छा नहीं लगता।"

"तू अच्छी तरह पढ़ेगा तो नहीं डाँटेगी।"

"मैं तो मन लगाकर पढ़ता हूँ।"

जब मम्मी से शिकायत करके काम नहीं बना तब रमन ने पापा से अपील की। मगर पापा तो हर बात को घुमा-फिराकर मज़ाक में पलट देते। कहने लगे, "पढ़ोगे लिखोगे बनोगे खराब, खेलोगे कूदोगे बनोगे नवाब।"

"नवाब क्या होता है पापा ?"

"बेटा अब नवाब नहीं रहे। अब तो सबको पढ़ना पड़ता है। तुम भी स्कूल और पढ़ाई से छुटकारा नहीं पा सकते। मेरी राय मानो तो वैसा करो जैसा उमा कहती है।"

"पापा सब लोग नहीं पढ़ते। जुगिन्दर भाप्पे ने पढ़ाई छोड़ दी। मैं भी उनकी तरह दुकान चलाऊँगा। पता है उनका कैमरा कितना भारी है ?"

"चलो मान लिया कि तुम जुगिन्दर के नक्शे कदम पर चलना चाहते हो। अब जाकर उससे पूछकर आओ, क्या उसकी स्कूल में फर्स्ट डिवीजन नहीं आई थी। अगर आई थी तो तुम्हें भी उसकी तरह पढ़ना होगा...समझे...।"

जावेद के साथ तस्वीरें खींचने और उन्हें काग़ज़ पर रूप देने का क्रम चलता रहा। बीच-बीच में जुगिन्दर उन तस्वीरों को गौर से देखता, जो अच्छी नहीं उतरतीं। उनकी त्रुटियों, अपनी ग़लतियों और कमियों पर चर्चा करना सीखने लगा। एक ऐसी तस्वीर उस शाम उभरी जो उसे पसन्द आई और जावेद को भी। दो गत्ते के टुकड़ों के बीच उसे सुरक्षित रूप से बाँधकर वह थैले में डालकर घर लाया। जयन्त का थैला अब उसका हो गया था।

गुलमोहर के पेड़ के नीचे उमा और सिमरन बतिया रही थीं जब जुगिन्दर घर लौटा। "आओ तुम्हें कुछ दिखाता हूँ," कहते हुए उसने थैले में से पैकेट निकाला। "क्या है ?" सिमरन ने पूछा।

गत्तों के बीच से तस्वीर निकालकर जुगिन्दर ने दोनों हाथों के बीच उसे पेश किया। "लगता है रमन अभी बोल पड़ेगा !" सिमरन ने कहा।

"यह कब खींची ?" उमा ने पूछा। मगर जुगिन्दर ने प्रश्न शायद सुना नहीं। वह

किसी सोच में डूबा था। दरअसल उसे याद आ रहा था वह दिन जब रमन टी.वी. के सामने एकाग्रचित्त से मग्न बैठा फुटबॉल का खेल देख रहा था।

"बहुत अच्छी है। बिल्कुल स्वाभाविक !" उमा ने कहा। जुगिन्दर की खुशी का ठिकाना नहीं रहा। क्या इतनी खुशी भी सम्भव है ? क्या उसने कभी इसकी कल्पना भी की थी ?

तस्वीर सबको पसन्द आई। "इसे फोटो काम्पटीशन में भेजना चाहिए," जयन्त ने कहा। तिस पर जावेद ठहाका मारकर हँसा, "अरे यह तो शुरुआत है।"

अब दुकान पर जुगिन्दर का दिल नहीं लगता। उसके मन में इस अनकही बात ने घर बना लिया कि फोटोग्राफी ही उसका भविष्य है। सन्तोक सिंह बेटे के इस कायाकल्प को देखकर भगवान को लाखों बार याद करते। रह-रहकर डर भी लगता कि क्या वह सपना तो नहीं देख रहे ? जसविन्दर का कहना था कि अगर सपना हो तो भी क्या, शास्त्रों के अनुसार तो जीवन ही सपना है। भ्रम है। वाहे गुरु उन्हें इससे बड़ा धन नहीं दे सकते थे कि जुगिन्दर दुख, भय और निराशा के लम्बे दौर से निकल आया।

जसविन्दर ने एक दिन बेटे से पूछा, "यह जावेद कहाँ का है ?"

"जयन्त अंकल का दोस्त है मम्मी। एक ही अखबार में काम करते हैं। एक साथ रहते हैं।"

"जावेद नाम तो मुसलमान-सा लगता है।"

"लगने-वगने की बात नहीं है। वह मुसलमान है। लखनऊ का है।"

"तो जयन्त उसके साथ क्यों रहता है ?"

"क्योंकि जयन्त अंकल धर्म और जाति को अलग नज़रिए से देखते हैं...और जावेद के साथ एक ही मकान में रहकर वह कोई अधर्म या पाप नहीं कर रहे।" जुगिन्दर की आवाज़ में झुँझलाहट थी। जसविन्दर कौर ने बात आगे नहीं बढ़ाई। रात को पति से भी ज़िक्र करना उचित न समझा। मन के किसी कोने में बस एक बात खटकती और चुभती रही कि कहीं जुगिन्दर अपने धर्म से दूर न हो जाए। जसविन्दर ने यह पहली बार सुना है कि हिन्दू और मुसलमान एक साथ रहते हैं और एक साथ खाते हैं। जयन्त की वह आभारी थीं कि उसने अपनी जान को खतरे में डालकर जुगिन्दर की जान बचाई। उसके बाद भी उसे सहारा दिया। मगर...मगर-वगर कुछ नहीं...अब जुगिन्दर को कैमरे का शौक हुआ है। उसके जीवन में उमंग की पहली झलक दिखाई दी है। वाहे गुरु का लाखों शुक्रिया कि उसने यह दिन दिखाए कि जयन्त हिन्दू है और जावेद मुसलमान यह भी वाहे गुरु की ही इच्छा है।

सिमरन ने दो-दो सीढ़ियाँ एक साथ चढ़कर हाँफते हुए प्रवेश किया। "मम्मी मैं पास हो गई !"

"सच्च !"

"यह देखो, देखो न, लिस्ट में मेरा नाम देखो," विश्वास और अन्धविश्वास के बीच झूलती सिमरन की खुशी का ठिकाना नहीं था।

"और उमा, वह भी पास हो गई ?" मम्मी ने पूछा।

"उमा स्कूल में फर्स्ट आई है मम्मी, यासमीन को भी पीछे छोड़ दिया उसने। वह सेकेंड आई है। तभी तो स्कूल से बाहर निकलने में इतनी देर लग गई। सभी ने उमा को घेर लिया, बधाई देते रहे...सिस्टर टॉमस और मदर सुपीरियर ने उसे बहुत सराहा। हीरो बन गई है वो !"

नीचे उमा ने मम्मी को बताया। उनकी छलकती आँखों को देखकर हैरानगी से कहने लगी, "तुम्हें खुश होना चाहिए और तुम रो रही हो !" शान्ति ने साड़ी के आँचल से मुँह पोंछीं, "पापा कितने खुश होंगे।"

"तुम खुश नहीं हो ?"

"अरी पगली यह तो खुशी के आँसू हैं। जा हाथ-मुँह धो ले। मैं खाना गरम करती हूँ।"

ठंडे पानी से मुँह धोते हुए उमा के मन में अनेक विचार फुर्ती से डुबकी लगाने लगे। पापा खुश होंगे, और जयन्त चाचा क्या कहेंगे ?...जुगिन्दर ?...और रेखा ? रेखा का रिज़ल्ट जानने की उसे प्रबल इच्छा हुई।

उमा का अव्वल नतीजा और जयन्त चाचा की नई मारुति गाड़ी दोनों एक साथ आए। एक साथ इतनी खुशी के लिए सोहनलाल तैयार नहीं थे। वह रोज़ की तरह दफ्तर से लौटे तो नीली मारुति गाड़ी को बाहर खड़ा देखकर यही सोचा कि पड़ोसी के यहाँ मेहमान आए हैं। घर के अन्दर पैर रखा तो रमन ने पहले चाचा की नई गाड़ी की खबर दी फिर उमा के नतीजे की। जयन्त रसगुल्ले लेकर आया था। शान्ति भाभी रसोई में पकौड़ी तल रही थीं। दीवाली का-सा माहौल था।

शान्ति देवी को ऐसा लगने लगा था कि उन्हें हर कदम पर दुविधा की काँटेदार झाड़ियों को झेलना पड़ता है। आजकल बीच रात में सोहनलाल अक्सर बिस्तर पर चुपचाप बैठे नज़र आते। जब वह पूछतीं कि क्या बात है, तो संक्षिप्त में कहते, "कुछ नहीं, बस साँस लेने में ज़रा-सी मुश्किल हो रही है। तुम सो जाओ, यह अभी ठीक हो जाएगी।"

कभी-कभार सुबह वह दफ्तर नहीं जा पाते। अब इस अवस्था में उनका उमा के साथ कॉलेजों में दाखिले के लिए काग़ज़ लाने और भरने का सवाल नहीं उठता था। उधर जयन्त अयोध्या तक जा रही रथ-यात्रा के सिलसिले में व्यस्त था। विश्व हिन्दू परिषद आजकल बहुत सक्रिय थी। अयोध्या में बाबरी मस्जिद की जगह मन्दिर बनाने का मुद्दा तेज़ी पकड़ रहा था। शान्ति देवी इस मुद्दे से सहमत थीं मगर जयन्त का इतना व्यस्त रहना उनके लिए दुविधा खड़ी कर रहा था। इस बार उमा को सिमरन का साथ भी प्राप्त नहीं था। उसने तो कह दिया था कि वह कॉलेज नहीं जाना चाहती।

"मम्मी तुम चिन्ता क्यों करती हो...मैं जुगिन्दर से कहूँगी...," और वही हुआ जो शान्ति देवी को पसन्द नहीं था। उमा के दाखिले के झमेलों को सुलझाने और उसके साथ जाने के लिए जुगिन्दर ने काम से छुट्टी ले ली।

बस स्टॉप पर तपती धूप में दोनों इन्तज़ार कर रहे थे कि उमा ने कहा, "तेरे पास स्कूटर होता तो कितना अच्छा होता।"

"स्कूटर क्यों गाड़ी होती तो और भी अच्छा न होता ?"

"गाड़ियाँ तो अब आम लोगों के पास होती हैं तू हवाई जहाज़ रखना," उमा ने सुझाव दिया।

"ख्याली-पुलाव बनाना बन्द कर वह देख अपनी डी.टी.सी. उड़ती हुई आ रही है।"

पहली फार्म भरते हुए उमा की भवें चढ़ीं और हथेलियों में पसीना आ गया। जुगिन्दर ने फार्म धीरे-धीरे अपनी ओर सरकाए और भरने लगा। "सच्च, उमा तेरे तो हर सब्जेक्ट में अव्वल नम्बर आए हैं तू किसलिए परेशान हो रही है ?"

सुबह घर से बाहर जाने से पहले पापा ने उमा को रुपए दिए थे। "जुगिन्दर अब यहाँ कुछ ठंडा पी लेते हैं।" उमा ने कॉलेज से बाहर आते हुए कहा, "घर जाने से पहले कहीं खाना खाएँगे।"

जुगिन्दर ने हल्के से सीटी बजाई, "अरे उमा...यह क्या...? दाखिले से पहले ही अक्लमन्दी की बातें करने लगी है !"

"भटूरे खाएगी, पसन्द हैं ? यहाँ अच्छे भटूरे मिलते हैं और साथ ठंडी लस्सी। चलें ?"

उमा तो हवा में उड़ रही थी। उसके पैर ज़मीन पर नहीं थे। पैसे देने के वक्त जब उसने अपना बटुआ खोला तो जुगिन्दर ने भारी एतराज़ किया। उमा का चेहरा सिकुड़ते देख उसने कहा, "सुन, आज मुझे देने दे, अगली बार तू दे देना...ठीक है ?"

"अगली बार कब आएगी, जुगिन्दर ?"

"बस उसी दिन जब दाखिले की फीस भरने जाएँगे।"

लौटते वक्त बस में बैठने की जगह मिल गई। "जुगिन्दर वो है ज्योत्स्ना दीदी का स्कूल...वो जहाँ हरा दरवाज़ा है न, वहाँ।"

जुगिन्दर ने हरा दरवाज़ा देखा और पूछने लगा, "तू आजकल गाती क्यों नहीं है ?"

"गाती तो हूँ।"

"मगर, मैंने तो नहीं सुना तुझे रियाज़ करते... ।"

"पहले तू सुन सकता था क्योंकि घर पर रहता था। अब तू दुकान पर रहता है और इतवार को कैमरा लेकर चल देता है।"

"तू तो मेरी अच्छी खबर रखती है," जुगिन्दर हँसा।

"क्या तूने गौर नहीं किया कि खुफिया पुलिस की तरह सिमरन और मैं शाम को भी तेरे ऊपर नज़र रखते हैं ?"

"यों कह कि आए दिन चाट खाने जाती हो।"

"घर में बैठे-बैठे बोर हो जाते हैं। सिमरन ने तेरे लिए कमीज़ सी है, तुझे पसन्द आई ?"

इससे पहले कि जुगिन्दर जवाब देता, बस रुकी और दोनों उतरने लगे।

खिड़की पर खड़ी सिमरन ने उमा और जुगिन्दर को दूर से आते देखा। अगर मम्मी ने उसे सिलाई के स्कूल से एक दिन की छुट्टी करने की सहमति दी होती तो सिमरन भी जुगिन्दर और उमा के साथ कॉलेजों के चक्कर लगा आती।

छह

कई दिन अस्पताल में रहने के बाद सोहनलाल घर लौटे। उसी दिन सन्तोक सिंह ने रात की गाड़ी से अमृतसर जाना था। स्टेशन के लिए रवाना होने से पहले वे पड़ोसी का हाल पूछने के लिए गए। सोहनलाल की चारपाई के पास बैठे।

"ज़मीन बेचने के सिलसिले में जा रहे हो क्या ?" सोहनलाल ने पूछा।

"वैसे तो सिमरन के रिश्ते के बारे में जा रहा हूँ मगर इस बीच अगर ज़मीन का सौदा भी हो जाए तो सोने पे सुहागा...वैसे मुझे उम्मीद कम है।"

"भाई, बात यह है कि ज़िन्दगी में ऐसी चीज़ें बहुत कम हैं जो अपने हाथ में होती हैं। सच पूछो तो सबसे कीमती चीज़ ज़िन्दगी ही अपने हाथ में नहीं...तो ज़मीन बेचने, न बेचने की क्या कहें...।"

"आप अपनी सेहत पर ध्यान दीजिए और अगर किसी चीज़ की ज़रूरत हो तो जुगिन्दर से कहिएगा...।"

"उसका हमें बहुत सहारा है," सोहनलाल ने कहा।

सन्तोक सिंह अभी गए ही थे कि चैटर्जी बाबू मिलने आ गए। उन्होंने दफ्तर की तमाम खबरें सोहनलाल को दीं और यह भी बताया कि मेडिकल छुट्टी के अलावा भी सरकारी नियमों के जाल में जाने-पहचाने तरीके हैं जिनके द्वारा सोहनलाल बिना दफ्तर गए हर महीने अपना पूरा वेतन उपलब्ध कर सकते हैं। बिना किसी गैरकानूनी कार्य किए। चैटर्जी बाबू प्रशासन विभाग में कार्यरत हैं इसलिए सरकारी नियमों से अच्छी तरह परिचित हैं। उनसे यह बात सुनकर सोहनलाल के मन पर पड़ा बोझ तनिक हलका हो गया !

"चैटर्जी बाबू, आपकी दया से मुझे दफ्तर जाने से तो मुक्ति मिल जाएगी मगर अस्पताल के चक्कर लगाने का सिलसिला खत्म नहीं होगा...," सोहनलाल ने कहा।

"आप कैसा बात करता है सोहनलाल...हम लोग चाहता है कि तुम जल्दी ठीक हो जाओ और दफ्तर आओ।"

उमा आज सुबह कॉलेज गई और दोपहर में वहाँ से सीधे अस्पताल पहुँच गई। उसी के साथ सोहनलाल टैक्सी में घर लौटे। पिछले डेढ़ साल में कई बार अस्पताल के चक्कर

लगे। उमा के लिए अब अस्पताल का रास्ता उतना ही जाना-पहचाना हो गया जितना कॉलेज का। तिस पर यासमीन के चाचा डॉ. नसीर अहमद, लोहिया अस्पताल में जूनियर डॉक्टर थे उनकी सहायता से वहाँ कई शॉर्टकट तरीकों से भी वह परिचित हो गई। स्कूल के बाद यासमीन और उमा ने एक ही कॉलेज में दाखिला लिया। दोनों एक साथ ही आती-जाती थीं। कॉलेज में पढ़ने के लिए यासमीन ने हठ किया था। उसकी अम्मी को एतराज़ था मगर चचा, डॉ. अहमद ने उसका साथ दिया। कहने लगे, "आजकल लड़कियों को भी पढ़ना चाहिए। कम से कम बी.ए. तक यासमीन भी पढ़ ले तो अच्छा होगा क्योंकि उसे पढ़ने का शौक है। बिना वजह उसे रोकना ठीक नहीं होगा। कम से कम जब तक उसका रिश्ता पक्का नहीं होता तब तक तो पढ़ने देना चाहिए...।"

अब तो डेढ़ साल कॉलेज जाते हो गए, न तो अभी तक उचित रिश्ता आया और न ही यासमीन की अम्मी ने नए सिरे से एतराज़ किया।

नाराज़ तो वे तब होती हैं जब यासमीन को किसी वजह से घर लौटने में देर हो जाती है। उस दिन कॉलेज में समारोह था इसलिए देर हो गई। संगीत प्रतियोगिता थी जिसमें उमा को सेकेंड प्राइज़ मिला। यासमीन के मतानुसार इसे प्रथम पद मिलना चाहिए था। प्रतियोगिता के लिए उमा ने ज्योत्स्ना दीदी के साथ मिलकर काफी तैयारी की थी। समारोह के बाद उमा और यासमीन ज्योत्स्ना दीदी के यहाँ गईं। उन्होंने कहा था कि वे इन्तज़ार करेंगी। उन्हें यह सुनकर कि उमा को प्रथम पद नहीं मिला निराशा ज़रूर हुई मगर इसे उन्होंने व्यक्त नहीं किया। यासमीन से वह पहले मिल चुकी थीं जब उमा उसे अपने साथ संगीत-क्लास में लाई थी। बसों की इन्तज़ार और ज्योत्स्ना दीदी के यहाँ जाने की वजह से घर लौटते-लौटते साढ़े नौ बज गए। यासमीन की अम्मी बहुत नाराज़ हुईं, यद्यपि उमा ने खुद सफाई पेश की।

घर पर मम्मी और पापा प्राइज़ की खबर सुनकर खुश हुए। उमा का दिल कर रहा था कि ऊपर जाकर सिमरन को भी बताए मगर रात ज़्यादा हो गई थी। कुछ ही देर के बाद पापा को साँस लेने में कष्ट होने लगा। मम्मी के साथ उमा ने भी रात चिन्ता करते हुए काटी। वह सुबह-सुबह यासमीन के दरवाज़े पर खटखटाने लगी। यासमीन के यहाँ टेलीफोन भी था और डॉ. अहमद तक पहुँचना आसान था क्योंकि वे यासमीन के चचा थे। उन्होंने उमा को आश्वासन दिलाया कि वे दस बजे अस्पताल में मिलेंगे तब तक उमा पापा को वहाँ ले आए तो वह स्वयं जाँच करवा लेंगे। यासमीन ने कहा कि वह भी उमा के साथ अस्पताल जाएगी।

"सुन, मैं जुगिन्दर से पूछती हूँ, अगर वह न जा सका मेरे साथ तब तू चलना," यह उमा ने दबी आवाज़ में दरवाज़े पर यासमीन को कहा। कुछ बातें माँ-बाप के कानों से दूर रखने में ही कल्याण है। वैसे तो आस-पड़ोस के सभी परिवारों का सहारा था मगर बीच-बीच में कैसे अदृश्य और अनकहे मगर जबर्दस्त वहमों की दीवारों का सामना करना पड़ता था। बचपन से ही मम्मी को उमा का यासमीन के यहाँ जाना पसन्द नहीं था। अब डॉ. अहमद की वजह से यासमीन के यहाँ जाना और उसका उमा के यहाँ आना

स्वाभाविक-सा लगने लगा था। मम्मी का बस चलता तो शुरू-शुरू में वह यासमीन को शर्बत-पानी भी अलग गिलास में देतीं। उधर यासमीन की अम्मी और उसके अब्बू यह जानते हुए भी कि यासमीन की आवाज़ सुरीली है और अन्ताक्षरी खेलने में वह अव्वल है, उसे गाना सिखाने के हक में नहीं थे।

यासमीन ने उमा को समझाया। कहने लगी, "हमारे यहाँ अच्छे घरों की लड़कियाँ गाना-बजाना नहीं सीखतीं।"

"क्या तेरे मम्मी-पापा मेरा ज्योत्स्ना दीदी से गाना सीखना घटिया चीज़ समझते हैं ?"

"नहीं पगली ! जो बात तेरे लिए ठीक है वह मेरे लिए नहीं...क्योंकि हम एक जैसे नहीं हैं...।"

यासमीन ने वही कहा जो मम्मी कहती हैं, "हम एक जैसे नहीं हैं..." सिमरन भी यही कहती है न "हम एक जैसे नहीं हैं..." मगर सिमरन की नाराज़गी के और भी कारण हैं।

उमा को यासमीन के साथ जाते-आते देख उसे बुरा लगता है। जुगिन्दर ने उसे सलाह दी कि खिड़की पर खड़े होकर औरों को आते-जाते देखकर अपना मन दुखाने से तो अच्छा है कि हम खिड़की पर खड़े ही न हों। सिमरन यह सुनकर भड़क उठी, बोली, "जलन मुझे नहीं तुझे होती है भाप्पे। आजकल उमा से मिलने और बात करने का बहाना ढूँढ़ता है...मुझे मत समझा...।"

जुगिन्दर ने जवाब नहीं दिया। कुछ रुककर सिमरन बोलीं, "भाप्पे, तू कितना बदल गया है।"

"हाँ बदल गया हूँ। और कोई दोष ?"

सिमरन का गुस्सा आँसुओं में पिघलने लगा। जुगिन्दर के मन में दया उमड़ी। उसने मन ही मन तय किया कि सिमरन और उमा को पिक्चर दिखाने ले जाएगा। फिर दुकान जाने के लिए तैयार होने लगा। अगले महीने इस बेकार नौकरी से छुटकारा पाने के आसार नज़र आ रहे थे। कैमरे से प्रेम बढ़ता-बढ़ता इस नौबत तक पहुँच गया कि जुगिन्दर ने उसी को रोज़ी-रोटी और जीवनसाथी बनाने का निश्चय कर लिया। जावेद का असिस्टेंट सहयोगी बनकर हर इतवार हाथ साफ करने की आदत बन गई थी। पिछले महीने पन्द्रह दिन की छुट्टी लेकर जावेद के साथ मध्य प्रदेश के आदिवासी इलाकों में बिताए। इस अनोखी अभिज्ञता से जुगिन्दर के दिल और दिमाग को पलट दिया। वहाँ खींची तस्वीरों को आजकल डेवलप कर रहा था।

"हर तस्वीर के पीछे एक इतिहास; एक अपनी अनोखी असलियत होती है," जुगिन्दर ने पापा को समझाने का प्रयास किया। उस वक्त मम्मी और सिमरन भी घर पर थे। उनके कानों में भी जुगिन्दर की बातें पड़ रही थीं। मगर विचार अपनी-अपनी निजी दुनिया में मँडरा रहे थे। पापा तो देखते आ रहे थे कि जुगिन्दर का कैमरे से लगाव सच्चा है और दिन पर दिन बढ़ रहा है। जयन्त और जावेद की संगत ने उनके बेटे को

एक सकारथ रास्ते पर डाल दिया था। इसलिए सन्तोक सिंह को तनिक भी आश्चर्य नहीं हुआ कि जुगिन्दर वीडियो की दुकान को छोड़कर फोटोग्राफी की लाइन पकड़ना चाहता है। मन ही मन उन्हें तसल्ली हुई जुगिन्दर ने पढ़ाई छोड़ दी मगर वाहे गुरु ने उसे एक ठोस व्यवसाय के रास्ते पर उतार दिया। गुरु के चरणों में बार-बार माथा टेका। जुगिन्दर कह रहा था, ''पापा फ्रीलांस फ़ोटोग्राफ़ी के लिए बढ़िया कैमरा खरीदूँगा। साल-भर में कर्ज़ चुका सकूँगा...।''

''कैसा कर्ज़ बेटा ?''

''जावेद और जयन्त अंकल से इस बारे में बात की है, पापा।''

सन्तोक सिंह हैरान हुए, ''उनसे कर्ज़ क्यों लेता है ? मुझे बता कितने रुपए लगेंगे...'' दरअसल वे जुगिन्दर के लिए स्कूटर खरीदने की सोच रहे थे। घर पर टेलीफोन लगवाया था। सच तो यह था कि कुछ साल पहले जिन सुविधाओं की वे और इस कॉलोनी में रहनेवाले सोच भी नहीं सकते थे वह ही आज उनके सामर्थ्य में थीं। जब वह जुगिन्दर की उमर के थे तब सरकारी नौकरी का सुरक्षित दायरा ही बड़ी चीज़ मानी जाती थी। डॉक्टर या इंजीनियर बन जाना तो काबिलियत का अन्तिम सबूत होता था उस ज़माने में। ''मगर ज़माना बहुत बदल गया है,'' उन्होंने अपनी पत्नी से कहते हुए अपने मन को भी आश्वासन दिया।

अब अपनी सिमरन के लिए भी रिश्ता ढूँढ़ना है,'' जसविन्दर ने याद दिलाया। ''वह भी हो जाएगा, जल्दी क्या है ? अभी बीस साल की भी नहीं हुई...देखने में सुन्दर है...गोरी है...एक ही बेटी है...।''

''अगर पंजाब वाली ज़मीन बिक जाए तो सारे काम आसानी से हो जाएँ...''

''देखो, अगर वाहे गुरु ने चाहा तो वह भी हो जाएगा।''

इत्तफ़ाक से कुछ ही हफ्तों में सिमरन के लिए अमृतसर में रिश्ते की बात शुरू हुई और सन्तोक सिंह फिर रात की गाड़ी से वहाँ गए।

सिमरन को पता था फिर भी उसने मम्मी से पूछा, ''पापा अमृतसर क्यों जा रहे हैं ?''

''तेरे लिए रिश्ता देख रहे हैं...और हो सके तो ज़मीन का सौदा भी करना चाहते हैं।''

''मम्मी कौन-सा रिश्ता ? पापा मुझसे पूछे बिना...तय कर देंगे रिश्ता ?''

''पगली, लड़का-लड़की से पूछे बिना थोड़ी न तय होता है रिश्ता !''

''लड़का क्या करता है मम्मी ?''

''यह सब तो तेरे पापा देखकर, परखकर बताएँगे। मगर तू क्यों फिकर करती हैं...? तेरे मम्मी-पापा हैं न फिकर करने के लिए...।''

सिमरन सिलाई का काम लेकर बैठ गई। आजकल पैंट काटना और सिलाई करना सीख रही थी। पापा के नाप की पैंट बना रही थी। पिछले महीने मम्मी के लिए सूट बनाया था जिसमें फूलों की बेल की कढ़ाई मशीन से की थी। मम्मी को पसन्द आई

थी उन्होंने कहा था कि अब सिमरन को अपने दहेज के लिए सूट सीने चाहिए। शायद इसलिए उसने बात छेड़ी। कहने लगी, "मम्मी आपने कहा था न कि मुझे अपने लिए सूट तैयार करने चाहिए, तो आज शाम को कपड़े खरीदने चलें ?"

"पापा को लौटने दे फिर कपड़े भी खरीद लेंगे।"

मम्मी ने सबर का सबक सुना दिया।

रेडियो के पास बैठकर सिलाई करती सिमरन तमाम बातें सोचती। बीच-बीच में वाहे गुरु से अच्छे वर की प्रार्थना भी करती। पिछले डेढ़ साल में सिलाई स्कूल की चार साथियों का ब्याह हो गया। कितने सुन्दर सूट और साड़ियाँ तैयार किए थे उन्होंने। वह भी अपने लिए अच्छे से अच्छे डिज़ाइन के कपड़े सिएगी। आजकल लहँगा-चोली भी फैशन में हैं। दो जोड़े उनके भी बनाएगी। खुद सीने में बड़ा फायदा है। खरीदने जाओ अगर बने बनाए कपड़े, तो बाप रे बाप कितने महँगे पड़ते हैं। इस बीच अगर पापा ज़मीन बेच सकें तो कितना अच्छा हो। सिमरन को याद आया कि पहले, भाप्पे को अमरीका भेजने के लिए पापा ने एड़ी-चोटी का ज़ोर लगाया था ज़मीन बेचने के लिए। भाप्पा बेचारा दिन-रात बिस्तर पर लेटा रहता था। मम्मी भी कितनी परेशान रहती थीं। कहती थीं कि पहले सिमरन की शादी हो जाए फिर ज़मीन बेचना। वाहे गुरु की कृपा है कि उन्होंने मम्मी की प्रार्थना सुन ली। अब तो भाप्पा फ्रीलांस फोटोग्राफर बन गया है और सिमरन ? उसकी विनती भी वाहे गुरु ज़रूर सुनेंगे। शाहरूख खान जैसे सुन्दर वर की प्रार्थना की है सिमरन ने। अगर मम्मी-पापा कहें तो भी वह लँगड़े-लूले से शादी नहीं करेगी। सिलाई क्लास की सोनिया का आदमी कितना डरावना है। वह बेचारी तो लाचार थी। उसका अपना रंग तवे जितना काला जो है। मगर अपनी शादी के दिन वह भी अच्छी लग रही थी। मम्मी कहती हैं कि "हर दुल्हन सुन्दर लगती है। जो गोरी होती हैं वो ज़्यादा निखरती हैं।"

इसी तरह सोचते हुए सिमरन को अमृतसर में मामीजी के भाई की याद आई। कैसी चिट्ठियाँ लिखता था...छिप-छिप के बातें भी करता था...सुना है लंडन चला गया है। वहीं काम पर भी लग गया है। क्या पता उसने शादी भी कर ली हो ? क्या पता न भी की हो और...उसी के साथ सिमरन के रिश्ते की बात चल रही हो...मगर मम्मी से पूछना ठीक नहीं होगा। उमा भी उससे पूछ रही थी कि क्या उसके पापा मामीजी के भाई से रिश्ता तय करने गए हैं। "वह तो पुरानी बात है...उसकी तो शादी भी हो गई होगी। मुझे क्या पता।" कहकर सिमरन ने बात को उड़ा दिया मगर उसके अपने मन में यही ख्याल चक्कर काटता रहा।

उमा को तो आजकल अपने कॉलेज, पापा की बीमारी, यासमीन और संगीत क्लास से फुर्सत ही नहीं है। सिमरन के साथ बैठना या चाट खाने के लिए मार्केट का चक्कर लगाना, अब कहाँ होता है ! जब स्कूल में थे, तब सिमरन-सिमरन करती थी और अब यासमीन के आँचल की छाया से निकलती ही नहीं। पता नहीं क्या बातें करती हैं वह दोनों। सिमरन के मन में काँटा-सा चुभा। उसने रेडियो की आवाज़ ऊँची कर दी। फिर

ख्याल आया कि नीचे उमा के पापा शायद सो रहे होंगे। अभी दोपहर के साढ़े तीन ही तो बजे हैं। उसने फिर रेडियो धीमा कर दिया।

उमा के पापा कितने दुर्बल हो गए हैं। उन्हें देखकर बुरा लगता है। आए दिन उन्हें अस्पताल जाना पड़ता है। और उमा की मम्मी ?...बेचारी। चेहरे पर काली छाया पड़ गई है। बाल सफेद हो रहे हैं। आजकल उन्होंने बोलना ही छोड़ दिया है। चुपचाप रहती हैं पहले हर मंगलवार को मन्दिर जाया करती थीं। अब तो घर से बाहर कम ही निकलती हैं। बस एक बात ठीक पहले की तरह ही करती हैं, वह है रमन को सिर चढ़ाना। नतीजा यह है कि वह किसी की नहीं सुनता। स्कूल से लौटते ही क्रिकेट या फुटबॉल खेलने निकल जाता है। अब वह भोला बच्चा तो रहा नहीं। कितना लम्बा हो गया है। देखते-देखते दाढ़ी-मूँछ भी उगने लगेगी मगर क्या बुद्धि भी कभी काम करने लगेगी ? सिमरन को इस बात की फिकर थी।

''तू तो उस बेचारे के पीछे पड़ जाती है। छोड़ उसे। कितना हँसमुख है। हवा की तरह आता है और दो-एक चुटकुले सुना जाता है,'' सिमरन की मम्मी कहतीं। वह आज भी रमन के लिए बीच रात या दोपहर हो पूड़े तलने को तैयार थीं। रमन भी भूआजी की अपने प्रति नम्रता को बचपन से पहचानता और आज़माता आया था। जहाँ कोई चुटकुला सुनता कि दो-दो ही नहीं, तीन-तीन सीढ़ियाँ चढ़कर भुआजी को सुनाने आता। यह तीन-तीन सीढ़ियाँ एक साथ चढ़ना-उतरना, पिछले हफ्ते उसके लिए क़ीमती पड़ गया था। जाते वक्त धड़ाम से गिर पड़ा। टाँगों और बाँहों में बड़े-बड़े नील पड़ गए। अगले दिन स्कूल नहीं जा पाया। उमा से डाँट अलग खानी पड़ी।

बस पापा ही थे जो बात को हँसकर उड़ा देते। जब उन्होंने उसे चोट लगने के बाद देखा तो कहने लगे, ''गिरते हैं घुड़सवार ही मैदाने जंग में। वह तिफ्ल क्या गिरेगा जो घुटनों के बल चले।''

''पापा तिफ्ल क्या होता है ?'' रमन ने पूछा।

शेर का अर्थ समझने के बाद उसका मन उतावला हो गया। वह कब अपने दोस्तों को यह सुनाएगा और समझाएगा। फिलहाल तो पापा की आरामकुर्सी में बैठा अपने प्रिय टी.वी. प्रोग्राम का इन्तज़ार कर रहा था। मम्मी ने उसके लिए हलवा बनाया।

''मम्मी का लाडला हलवा खा रहा है,'' उमा ने कॉलेज से लौटकर किताबों के बोझ को मेज़ पर रखते हुए कहा। रमन ने तुरन्त प्लेट को नीचे रख, कपड़े उठाकर चोट के नीले निशानों को नंगा किया। ''कैसे लगी चोट ?'' उमा ने पूछा।

''दीदी चोटें सिर्फ बड़े खिलाड़ियों और घुड़सवारों को ही लगती हैं। पापा से भी पूछ लो। नाजुक लड़कियों और घुटनों के बल रेंगते बच्चों को क्या चोटें लगेंगी ?''

रमन की मस्करी से तो शान्ति देवी तक का मुँह खिल उठता। उमा अपने को कैसे रोक पाती। ''मैं पूछ सकती हूँ कि हमारा बहादुर शेर घायल कैसे हुआ ?'' उमा ने पूछा।

''ज़िन्दगी में तरह-तरह के जंग होते हैं। तरह-तरह की चुनौतियाँ सामने आती हैं...,'' रमन अपने इस नए रंग में मस्त होता बोल रहा था।

''क्रिकेट में तो ऐसी चोट नहीं लगती,'' उमा ने कहा, ''यह कौन-सी अनोखी चुनौती का सामना करते हुए...?''

सिमरन का उस महूरत में आ जाना रमन को अच्छा नहीं लगा। उसने हलवे की प्लेट उठा ली और खाने लगा।

''अब कैसे हो रमन ?'' सिमरन ने पूछा। उसी ने रमन को सीढ़ियों पर गिरते देखा था।

''हलवा खा रहा हूँ।''

सिमरन के हाथ में कपड़े से ढका एक कटोरा था। उसने उमा की मम्मी से कहा, ''आंटी, यह मम्मी ने सरसों का साग भेजा है।'' उसके पैर रसोई की ओर बढ़े। उमा ने रोकते हुए कहा, ''हैलो सिमरन, भई हम भी खड़े हैं राहों में...।''

''तेरी राहों में हम जैसों के लिए वक्त कहाँ है ?'' सिमरन ने मन में बसी उलाहना को व्यक्त किया। यह वह अक्सर करती थी, मौका मिलते ही। फिर भी खिड़की से जब उमा को कॉलेज या संगीत की क्लास से आते देखती तो किसी न किसी बहाने नीचे आ जाती। शुरू-शुरू में उमा को सिमरन के प्रति ग्लानि महसूस होती। धीरे-धीरे उसके नाराज रहने की उमा को आदत पड़ गई। मम्मी ने उमा को दो-एक बार कहा भी कि सिमरन अकेली पड़ गई है। ''तू इतना वक्त यासमीन के साथ गुज़ारती है...।''

उनकी आवाज़ में भी नाराज़गी थी। ''मम्मी मैं किसके साथ रहती हूँ या रहना चाहती हूँ यह न सिमरन तय करेगी न तुम...।''

''तू तो बेकार नाराज़ हो रही है,'' मम्मी ने कहा।

''नहीं मम्मी, मैं बेकार नाराज़ नहीं हो रही। तुम धार्मिक हो और तुम्हारी धार्मिकता को मेरा यासमीन के साथ रहना पसन्द नहीं। वैसे तुम्हें इसमें कोई एरातज नहीं कि उसके चचा डॉ. अहमद का हमें कितना सहारा है। यह तुम जानते हुए भी भूल जाना चाहती हो।''

''मैंने कब कहा कि डॉ. अहमद का हमें सहारा नहीं ? सच पूछो तो उनके बिना हम लोग यतीमों की तरह अस्पताल में डॉक्टरों का मुँह ताकते।''

''तो मम्मी जब भी मैं यासमीन के यहाँ जाती हूँ, तुम क्यों पूछती हो, 'क्या खाया ? क्या पिया ?' तुम्हें कई चीज़ों से परहेज़ है मगर मुझे भी वही परहेज़ करने चाहिए इसकी तुम्हें ज़बर्दस्त इच्छा क्यों है ?''

''क्योंकि हमारे तौर-तरीके उनसे फर्क हैं,'' मम्मी ने विनती की।

''हाँ, फर्क होंगे, मगर पापा और जयन्त चाचा के लिए तो यह कोई मुसीबत की बात नहीं है। तुम्हारे लिए यह इतने दुखदायी क्यों हैं ? तुम क्यों चाहती हो कि मेरे लिए भी यह तौर-तरीकों के फर्क गहरी खाइयाँ बन जाएँ ?''

''मैं चाहूँ या न चाहूँ हिन्दू-मुसलमान के बीच सदियों से बनी खाइयाँ तुम्हारे और जयन्त के बहलावों से भर नहीं जाएँगी। और तुम्हें अपनी धार्मिक परम्परा से लगाव न भी हो तो अपनी माँ की भावनाओं को तो ठोकर नहीं लगानी चाहिए,'' यह कहकर मम्मी

रसोई में चली गईं।

उमा की आँखों में आँसू छलकते देख पापा ने अखबार को एक तरफ रखकर उसे सान्त्वना देते हुए कहा, "तू छोटी-छोटी बातों से मन को क्यों सताती है...रहने दे।"

"पापा, क्या यह छोटी-छोटी बातें हैं ? यासमीन की क्या गलती है कि सदियों पहले मुसलमानों ने अत्याचार किए। मन्दिर तोड़ डाले। उन अपराधों का बदला हम आज उनसे लेना चाहें जिनका कोई दोष नहीं ? सिर्फ इसलिए कि हमने ठान ली है कि अत्याचार ही उनकी परम्परा है। और मम्मी भी तो यही मानती हैं। मगर पापा यह सही कैसे हो सकता है ?"

उमा की आवाज़ में व्याकुलता की कम्पन सुनकर सोहनलाल ने उसके सिर पर स्नेह से हाथ रखा।

"यासमीन तेरी सहेली है और रहेगी भी। तू चिन्ता मत कर।"

"मम्मी कहती हैं कि मैं उनकी भावनाओं को ठोकर पहुँचाती हूँ। क्या वे मेरी भावनाओं को नहीं ठुकरा रहीं ?"

पापा ने फिर स्नेह स्पर्श से सहलाया।

"मैं जानती हूँ कि विभाजन के दौरान हज़ारों हिन्दुओं को मुसलमानों ने मार डाला। मगर पापा हज़ारों मुसलमान भी हिन्दुओं के हाथों मारे गए। यह भी तो सच है। हत्याएँ दोनों तरफ से हुईं।"

"मम्मी ने इतिहास नहीं पढ़ा। वह सिर्फ अपने इतिहास से वाकिफ है। इसलिए तू उदास न हो। मम्मी की बात का बुरा न मान।"

उमा का मन अन्दर ही अन्दर छटपटाता रहा। वह बरामदे की सीढ़ी पर बैठ गई। क्या पता कि यासमीन की अम्मी भी उसे यही कहती हो कि हमारे बीच की खाई बहुत गहरी है। इतनी गहरी कि इसे भरा नहीं जा सकता...। बाहर अँधेरा छाने लगा। अन्दर रमन ने टी.वी. चला दिया।

अचानक उमा को लगा कि अब टी.वी. ने हर घर-गृहस्थी में इतनी गहरी जड़ें जमा ली हैं कि अकेलापन क्या होता है यह लोग भूल ही जाएँगे।

उमा अन्दर कमरे में अगले दिन के लिए ट्यूटोरियल लिखने बैठ गई। रात को नौ बजे पापा टी.वी. पर खबरें ज़रूर सुनते हैं। रमन इन्तज़ार करता है खेल जगत की खबरों का। क्रिकेट के अलावा अब फुटबॉल में भी दिलचस्पी बढ़ रही है उसकी।

"अच्छा पापा, खेल की खबरें सबसे आखिर में क्यों देते हैं ? यह मंडल कमीशन और मंडल के झगड़ों को खेलों में क्यों नहीं बदल देते ?"

पापा मुस्कुराकर बोले, "तुझे पता है मंडल कमीशन क्या है ?"

"अजय कह रहा था कि मंडल का बस चले तो हम जैसे लोगों को न तो कॉलेजों में दाखिले मिलेंगे और न ही सरकारी नौकरियाँ। सब कुछ मंडलवाले ले जाएँगे।"

पीछे से उमा ने आकर पूछा, "और मंडलवाले कौन हैं ? पता है ?"

"पापा देखा आपने ? दीदी समझती हैं कि मैं कुछ नहीं जानता।"

''तो बता दे दीदी को कि मंडलवाले कौन हैं।''

''वही सब अनपढ़ और बेकार जिनके दस-दस बच्चे होते हैं,'' रमन ने कहा।

कॉलेजों में मंडल कमीशन को लेकर बहुत चर्चा हो रही थी। उमा की क्लास की अधिकतर छात्राओं की राय रमन की राय ही थी। मगर उमा की प्रिय अध्यापिका मालती मेनन की राय भिन्न थी। उन्होंने इस विषय को गहराई से परखने के लिए सबको जातिवाद पर लेख लिखने को कहा। सुबह उमा लाइब्रेरी से किताबें लेकर आई। इस मंडल विवाद को समझने के लिए डॉ. अम्बेडकर और हरिजनों के इतिहास को समझना ज़रूरी था। मालती मेनन का यह कहना था। उस शाम किसे पता था कि मंडल विवाद ऐसा तूल पकड़ेगा कि स्कूल और कॉलेज सब बन्द हो जाएँगे। विवाद के पक्ष और विपक्षवाले सभी सड़कों पर बसों को ही नहीं, खुद को भी जला डालेंगे।

सीढ़ियाँ चढ़ते हुए उमा को भुआजी की आवाज़ सुनाई दी। वह बहुत उत्तेजित थीं। जुगिन्दर को डाँट रही थीं। न जाने उसने क्या किया है इस बार। उमा ने मन ही मन सोचा। सुबह-सुबह ही जुगिन्दर कैमरा लेकर चला जाता है। कई दिनों से नज़र ही नहीं आया। अब डाँट खा रहा था। उमा उलटे पैर नीचे उतर आई। आजकल कॉलेज बन्द थे। किताबों से मन ऊब गया था। इसलिए सोचा था कि सिमरन से मिल आएगी। आजकल सिमरन मस्त रहती थी। कपड़े सिलाई करने में ही सारा दिन चला जाता था उसका। ''हमारे अच्छे दिन लौट आए हैं,'' उसने बुदबुदाते हुए कहा था उमा से। फिर बताया, ''भाप्पे का काम अच्छा चल पड़ा है...पापा उसे नया स्कूटर खरीदकर देंगे...और मेरे होनेवाले...के लिए भी खरीदेंगे...लगता है कि पंजाब में जो ज़मीन है उसका सौदा भी हो जाएगा।''

''अच्छा, जुगिन्दर ने तो नए स्कूटर के बारे में नहीं बताया...आजकल कहाँ रहता है ? नज़र ही नहीं आता... ।''

''तुझे पता है कि जयन्त अंकल ने मंडल विवाद के बारे में जो लेख लिखा है उसके साथ छपी सभी तस्वीरें जुगिन्दर भाप्पे की हैं !'' सिमरन ने गर्व से कहा।

''कहाँ है लेख और तस्वीरें दिखा तो...?'' उमा ने उत्सुकता से पूछा।

''भाप्पे के पास हैं...इतवार को छपा था...पता है भाप्पे ने क्या किया...जिसके लिए मम्मी इतनी नाराज़ हैं...?''

''क्या किया...?''

''जहाँ कॉलेज के लड़के आतंक फैला रहे थे...खुद को जला रहे थे...वहाँ-वहाँ खड़ा तस्वीरें ले रहा था...पुलिस से पकड़ा जाता...बस बाल-बाल बचा...सच !...मम्मी कहती हैं कि भाप्पा तो 'आ बैल मुझे मार' कहकर मुसीबत को बुलाता है।''

''जुगिन्दर काम पर गया है आज ?'' उमा के मुँह से सवाल निकला ही था कि जुगिन्दर मुस्कुराता हुआ दरवाज़े पर खड़ा नज़र आया।

''तूने याद किया और बन्दा हाज़िर हो गया है। बता क्या कर सकता हूँ...?''

''नया स्कूटर ले लिया और बताया तक नहीं,'' उमा के आरोप में उलाहना छलक

रही थी।

"अभी स्कूटर आया कहाँ है। जैसे ही आएगा तब..."

"सुना है ज़िन्दा जल रहे छात्रों की तस्वीरें खींचता फिरता है ?"

"तुझे किसने बताया ?...सिमरन ने ?"

"जिसने भी बताया, तूने तो नहीं बताया। न ही तस्वीरें दिखाईं। बहुत बड़ा हो गया है न ?"

"अरे तू तो नाराज़ हो गई, बेबात नाराज़ हो रही है...यह बता अंकल कैसे हैं ?"

"ठीक हैं पापा। अगले हफ्ते जाँच कराएँगे।"

ज़ाहिर था कि बात का रुख बदलने पर भी उमा नाराज़ थी। जुगिन्दर को ताज्जुब हुआ मगर मन की किसी अन्दरूनी तह में ऐसे लगा कि अनजाने में उसने कुछ जीत लिया है। उसकी एक छोटी-सी जीत हुई है।

"चलो तुम दोनों को चाट खिलाने ले जाता हूँ। चलेगी न ?" उसने उमा से पूछा।

"आज नहीं जा सकती।"

"क्यों ?"

"शाम को चाचा आएँगे।"

"तब तो बहुत ही अच्छा होगा...उन्हें भी ले जाएँगे।" उमा ने जवाब नहीं दिया।

"तुम दोनों लड़ना-झगड़ना छोड़ो। यह बताओ कि मेरा यह लहँगा कैसा लगा ?" सिमरन ने लहँगे को सामने फैलाकर रखते हुए पूछा। उसका अपना चेहरा बोल रहा था कि इतने सुन्दर लहँगे में वह रानी लगेगी। आज उसने अपने सभी नए जोड़े प्लास्टिक के नए थैलों में लपेटकर रखे। अगले हफ्ते पापा सूटकेस खरीदकर लाएँगे। आजकल इस मंडल के झमेले में हर चीज़ पीछे डाल दी। मंडल का बस चले तो न किसी बेचारी का दहेज तैयार हो और न ही शादियाँ हों। उमा के चले जाने के बाद उसने जुगिन्दर से पूछा, "भाप्पे, यह मंडल की बकवास कब खत्म होगी ?"

"पहली बात तो यह है कि मंडल बकवास नहीं है। दूसरी यह, कि जो चीज़ सदियों से लगातार चली आ रही है उसे मिटाने के लिए कम से कम पचास साल तो लगेंगे ही।"

"भाप्पे, तुझे तो अब भाषण देने का शौक हो गया है ! उमा ठीक कहती हैं कि तू अपने आपको बहुत बड़ा समझने लगा है।"

जुगिन्दर किसी हालत सिमरन से बहस करने को राज़ी नहीं था। हो सकता है कि समझाने पर मम्मी शायद समझ जाएँ मगर सिमरन, वह मासूम है। उसके जीवन के दायरे में, उसकी भाषा में भी मंडल और उससे उलझी गहरी ऐतिहासिक पीड़ा का क्या स्थान हो सकता है ! सिमरन से इन बातों की चर्चा करना बहरे और गूँगे के वार्तालाप की तरह होगा।

कितनी खुश नज़र आती है सिमरन। सारा दिन कपड़ों और गहनों की चमकती दुनिया में रहती है। इन्हीं से जुड़े हैं इसके अरमान। इसी सुनहरी बुनियाद पर बनेगा उसका भावी संसार। जुगिन्दर के मन में सिमरन के प्रति अचानक प्यार उमड़ा। कितनी

भोली, कितनी मासूम है उसकी बहन। कितनी असहाय।

"भाप्पे, तू इतनी अच्छी तस्वीरें खींचता है। मेरी शादी की भी बहुत सुन्दर फोटो खींचना," सिमरन ने कहा। जुगिन्दर को वह दिन याद आया जब सिमरन के ससुरालवाले लड़की देखने आए थे। रविन्दर ने सजी-धजी सिमरन को सिर से पैर तक निःसंकोच देखा-परखा था। लड़के की माँ तो सिमरन को घूरती ही रही। और लड़के का बाप सरदार महिन्दर सिंह, वह तो जुगिन्दर से पूछताछ करने लगा। वह क्या करता है, क्या करेगा...यानी पूरी इंटरव्यू ले ली जुगिन्दर की। रविन्दर की छोटी बहन बिल्ला ने अभी-अभी स्कूल की पढ़ाई खत्म की थी। उसके लिए महिन्दर सिंह वर की खोज में थे। शायद इसीलिए जुगिन्दर से बारीकी में उसके व्यवसाय के बारे में पूछताछ करते रहे। बड़ी बेटी अपने दो साल के बच्चे को भी साथ लेकर आई थी। महिन्दर सिंह ने बताया कि अमृतसर में उनका अपना मोटर-पार्ट का कारोबार है। अपना मकान है और कारोबार को बढ़ाने के इरादे भी हैं। कि महिन्दर सिंह अपने बेटे रविन्दर के लिए लड़की देखने आए हैं और साथ ही अपनी बेटी बिल्ला के रिश्ते को तय करने की सम्भावना देख रहे हैं, यह समझने में जुगिन्दर को देर लगी। वैसे बिल्ला का चेहरा सुहावना था और आँखों का रंग हल्का सा। शायद इसीलिए घर में उसे बिल्ला के नाम से पुकारते हैं। मगर जुगिन्दर घरेलू मामलों से कोसों दूर नई अनजानी राहों के नज़ारें आज़मा रहा था जहाँ उमंग और आदर्श का अपना ही गहरा नशा होता है। सरदार महिन्दर सिंह के परिवार सहित चले जाने के बाद, पापा ने सिमरन से पूछा, "तुझे लड़का पसन्द आया ?"

सिमरन ने रुककर वही कहा जो फिल्मों में लड़कियाँ कहती हैं। "पापा जी, आप की पसन्द ही मेरी पसन्द है। आप जैसा ठीक समझें।"

"बेटा, तुझे कोई एतराज़ तो नहीं ?" मम्मी ने पूछा।

"कैसा एतराज़ मम्मी ?"

"जैसा...कि दिल्ली से दूर...अमृतसर में रहना...?"

सिमरन ने कोई एतराज़ व्यक्त नहीं किया बल्कि उसके हावभाव से ज़ाहिर था कि रिश्ता उसे मंजूर है।

जुगिन्दर को ऐसा लगा जैसे सिमरन की केवल एकमात्र अभिलाषा है शादी। शादी का अर्थ है, गहने-कपड़े, बारात, बैंड-बाजा और कुल मिलाकर सामाजिक मान्यता। बाकी इसके अलावा जीवनसाथी कैसा है, उसका परिवार कैसा है यह सब बातें सिमरन ने पूरी तरह पापा पर छोड़ दीं।

"तूने रविन्दर को अच्छी तरह देखा भी था ?" जुगिन्दर ने सिमरन से पूछा। जहाँ तक उसे याद पड़ता है, वह सिर झुकाए चुपचाप बैठी रही थी। मगर सिमरन ने कुछ ज़रूरी बातें देखी थीं। रविन्दर गोरा नहीं पर काला भी नहीं। पतला नहीं तो मोटा भी नहीं है। लँगड़ा-लूला भी नहीं। पापा के साथ बातचीत में दो बार हँसा भी था। उसकी शादीशुदा बहन रविन्दर ने सिमरन से बात की थी। दो-चार सवाल पूछे थे। छोटी बहन बिल्ला ने पूछा था कि सिमरन का सबसे प्रिय फिल्म ऐक्टर कौन है। सिमरन ने जब

बताया कि शाहरूख खान है तो उसने कहा कि रविन्दर भाप्पे को भी शाहरूख खान पसन्द है।

पापा जब मेहमानों को नीचे छोड़ने गए तब सरदार महिन्दर सिंह ने उनसे कहा कि वह जल्द ही उन्हें टेलीफोन करेंगे। अब पापा सिमरन से पूछ रहे थे कि उसे रविन्दर पसन्द आया कि नहीं। सिमरन को लगा कि वह इम्तहान में पास हो गई। रविन्दर और उसके परिवार ने उसे पसन्द किया है। बाद में टेलीफोन भी आया और दोनों परिवारों ने बात 'पक्की' करने का इरादा कर लिया। सिमरन की खुशी का ठिकाना न था। वह खिड़की पर खड़ी उमा का इन्तज़ार करने लगी।

"पता है, मेरा रिश्ता हो गया...मेरा मतलब, बात पक्की होने का," उसने उत्तेजित अवस्था में उमा से कहा।

"सच्च ! मुबारक हो, कौन है ? कैसा है ?"

बिना साँस लिये सिमरन ने पूरी रामायण सुना दी।

"तो तेरी मँगनी हो गई," उमा ने मुस्कुराकर कहा।

"धत्त् ! मँगनी तो शगुन देने पर होगी। अभी तो बात पक्की हुई है।"

शान्ति देवी सोचने लगीं कि उमा की पढ़ाई पूरी होने में अब एक साल भी नहीं रह गया मगर सोहनलाल ने बेटी का रिश्ता तय करने के लिए कदम उठाने की बात अगर सोची भी तो पत्नी से उसका ज़िक्र नहीं किया। बल्कि अगले हफ्ते जहाँ जयन्त मिलने आया तब सोहनलाल ने फरमाइश की कि वे जयन्त की गाड़ी में उसके साथ सैर करने जाना चाहते हैं। बस, एक चक्कर नेहरू पार्क तक का। शान्ति देवी समझ गई कि छोटे भाई के साथ मशवरा करना चाहते हैं। शायद बुरा लगा कि पति कुछ बातें उनकी अनुपस्थिति में करना पसन्द करते हैं मगर उन्होंने कोई एतराज़ व्यक्त नहीं किया। सोहनलाल की शारीरिक दुर्बलता ने सब कुछ बदल दिया था, यहाँ तक कि शान्ति देवी की स्वाभाविक प्रतिक्रियाएँ भी बँध गईं। सवाल-जवाब करना बेकार लगने लगा। सरासर व्यर्थ। वैसे आजकल सिमरन की शादी की तैयारी देखते हुए उमा की शादी की चिन्ता करना उसकी माँ के लिए स्वाभाविक ही था।

"तुम्हें जुगिन्दर ने सिमरन की बात पक्की होने की खबर तो दी होगी...।" सोहनलाल ने जयन्त से कहा।

"हाँ, बता रहा था कि लड़केवाले अमृतसर में हैं। सिमरन ब्याहकर वहीं जाएगी...शायद शादी भी वहीं हो...।"

"शान्ति को अब उमा के लिए रिश्ता तय करने की चिन्ता है," सामने लाल बत्ती पर जयन्त ने गाड़ी रोकी। सोहनलाल कुछ क्षण चुप रहे, फिर बोले, "तुमसे राय लेना चाहता हूँ...मेरे दिन गिने हुए हैं...शान्ति, उमा और रमन...बहुत बड़ी ज़िम्मेदारियाँ सौंपकर जाऊँगा तुम्हें...।"

"भाईसाहब क्यों चिन्ता करते हैं आप...?"

"कैसे न करूँ जयन्त...अब तो दफ्तर जाना भी सम्भव नहीं...चलो हर माह पैसे पूरे मिल जाते हैं...मगर जयन्त, क्या यह बेहतर न हो कि उमा की शादी कर दें ?"

"क्या उमा यही चाहती है ?" जयन्त ने पूछा।

"बात तो मैंने उससे नहीं की मगर अनुमान लगा सकता हूँ कि अपनी उमर की लड़कियों की तरह वह भी अपना घर-संसार रचना चाहेगी...इसीलिए सोचा कि तुमसे सलाह करूँ कि रिश्ता तय करने के लिए क्या करना चाहिए...शान्ति के मन का भार भी हल्का होगा...अब कैसे करें...? अखबार में इश्तेहार दें ? तुम्हीं बताओ ?"

जयन्त ने जवाब नहीं दिया। कुछ क्षण चुप रहा फिर बोला, "शादी कब करनी है...यह उमा से पूछ लेना बेहतर होगा। जहाँ तक मेरी राय का सवाल है, मैं तो यही कहूँगा कि पहले उसे अपने पैरों पर खड़ा होने दीजिए...शादी का फैसला उसके बाद लेना बेहतर होगा...आजकल लड़कियाँ खुद कमाती हैं और घर-गृहस्थी भी चलाती हैं।"

सोहनलाल चिन्ता में डूब गए। जयन्त ने गाड़ी एक तरफ खड़ी की और इंजन बन्द किया। बाहर देखने लगा। सूरज ढल रहा था। पक्षी अपने-अपने घोंसलों की ओर आकाश में लहरों की तरह बढ़ रहे थे। सोहनलाल ने लम्बी साँस ली और कहने लगे, "दरअसल उमा अभी बच्ची है। नादान है। उससे क्या कहूँ ?...कैसे पूछूँ ?"

जयन्त ने मुस्कुराकर कहा, "भाईसाहब अगर वह इतनी नादान और कच्ची है तो उसकी शादी कर उसे किसी अनजान परिवार और पति के सुपुर्द करना उचित होगा ?"

"तुम ठीक कहते हो जयन्त, मगर इस बात पर हमने सही वक्त पर गौर किया होता तो उमा को हम किसी व्यावसायिक धारा, जैसे डॉक्टरी की ओर प्रोत्साहित कर सकते थे। भूल हमारी यहाँ हुई कि हमने उसे सही घड़ी पर राह नहीं दिखाई... ।"

"आपको गलतफहमी है कि डॉक्टरी के अलावा लड़कियों के योग्य कोई व्यवसाय ही नहीं है। तमाम रास्ते खुले हैं...उमा अच्छे नम्बरों से पास होती आई है...बी.ए. की परीक्षा के बाद बहुत कुछ कर सकती है...मैं आपको यकीन दिलाता हूँ...," जयन्त ने विश्वास व्यक्त किया।

"सच्च कह रहे हो...मगर शान्ति के मन पर जो भार है उसे...?" सोहनलाल ने मन ही मन खुद से पूछा।

जब घर वापस लौटे तो उमा दरवाज़े पर खड़ी थी, "चाचा, आप पापा को कहाँ का चक्कर लगाने ले गए ? मैं कब से इन्तज़ार कर रही हूँ।"

"क्यों, क्या हुआ ?" सोहनलाल ने पूछा।

"कल कॉलेज में मंडल और आरक्षण पर डिबेट है। मुझे प्रस्ताव के पक्ष में बोलना है...बहुत मुश्किल है...चाचा से पूछना चाहती हूँ... ।" सोहनलाल उमा की चिन्ता का कारण सुनकर मुस्कुराए। सोचने लगे कि जयन्त ठीक ही तो कहता है कि हम भोली-भाली बच्चियों को उनकी हिफाज़त के लिए ही नहीं, पर अपनी ज़िम्मेदारियों से

छुटकारा पाने के लिए भी चटपट ब्याह देना चाहते हैं। अभी उमा की उम्र है हँसने-खेलने की या बच्चे पैदा करने की और पारिवारिक जिम्मेदारियाँ सम्भालने की ? शान्ति को समझाना मुश्किल होगा मगर वह कोशिश ज़रूर करेंगे।

''चाचा आपने मंडल और आरक्षण पर लम्बा लेख लिखा और मुझे दिखाया तक नहीं ?'' उमा ने शिकायत की। उसके घायल मन की अभिव्यक्ति ने जयन्त को चकित किया। वाकई उसने यह सोचा ही नहीं कि मंडल जैसे विषय में उमा को भी दिलचस्पी हो सकती है। जुगिन्दर के साथ मंडल और आरक्षण पर कितनी बहस, कितनी आलोचना हुई मगर उमा...।

जयन्त ने तुरन्त अपनी ग़लती स्वीकार कर ली। उमा कहने लगी, ''जुगिन्दर ने मुझे न आपका लेख दिखाया और न ही वह तस्वीरें जो उसने लीं...।'' क्या उमा की आवाज़ काँप रही थी या वह जयन्त का भ्रम था ? शान्ति भाभी ने चाय का प्याला सामने रख दिया। जयन्त उमा को मंडल आरक्षण पर अपनी राय देने लगा। मामला सीधा नहीं था। चर्चा देर तक चलती रही।

जयन्त जब घर पहुँचा तो सीढ़ियाँ चढ़ते हुए उसे जावेद और जुगिन्दर के बीच हो रही बातें सुनाई पड़ीं। आज रात का खाना जुगिन्दर ने बनाया था। सच तो यह था कि खाना उसकी मम्मी ने पकाया और जुगिन्दर ने उसे टिफिन कैरियर में भरकर हिफाज़त से यहाँ पहुँचाया था। ''अंकल इतनी देर कर दी आपने ?'' जयन्त को देखते ही उसने कहा।

''तुम्हारे यहाँ से आ रहा हूँ। तुम दोनों खाना शुरू करो मैं हाथ-मुँह धोकर आया।'' जयन्त ने कहते हुए तौलिया उठाया और गुसलखाने की ओर बढ़ा।

खाना खाने के बाद जुगिन्दर ने बर्तन समेटे। आखिर में एक कागज़ की पुड़िया खोलकर पान पेश किया।

''वाह, तुम तो आखिरी बारीकी तक भी कुछ नहीं भूले !'' जावेद ने खुशी से एक पान मुँह में डाला।

''जयन्त अंकल ! आप और जावेद अयोध्या जाने का प्लेन बना रहे हैं न ?''

जयन्त ने सहमति में सिर हिलाया। ''मैं भी कैमरा लेकर साथ चलूँ ?'' ज़ाहिर था कि जुगिन्दर के मन में बच्चे की-सी उमंग भरी है। जयन्त को आश्चर्य हुआ। अजीब-सा लगा। यह वही जुगिन्दर है जो घर की चारदीवारी में बन्द, रेडियो पर फिल्मी गाने और अमरीका जाने की असफल योजनाओं के बीच निढाल पड़ा रहता था। इस वक्त जयन्त जुगिन्दर के अनुरोध को साफ इनकार कैसे करता। उसने जावेद को देखा जिसके चेहरे पर हल्की-सी मुस्कान मँडरा रही थी। ''प्लीज़ जयन्त अंकल...प्लीज़...'' जुगिन्दर ने विनती की, ''मैंने इस विषय पर सब कुछ पढ़ा है जो जावेद ने मुझे दिया...।'' जयन्त सोच में पड़ गया। ''अंकल आपको किस बात की चिन्ता है ?''

''मुझे कोई एतराज़ नहीं है...मगर पहले अपने पापा और मम्मी की इज़ाज़त ले लो...।''

जुगिन्दर के मन में उठ रही उमंग की लहरें शान्त होने लगीं। मसला टेढ़ा होता नज़र आने लगा। पापा को समझाना, मम्मी की भी सहमति पाना...वैसे तो पापा आजकल जुगिन्दर से बहुत खुश हैं। वह कमाने लगा है। जावेद की मदद से और इश्तेहारों के बढ़ते, फैलते जगत में फोटोग्राफर का काम ढूँढ़ने और पाने में दिक्कत नहीं। शुरू में पापा विज्ञापन की इस इश्तेहारी दुनिया से बिल्कुल परिचित नहीं थे। दरअसल सरकारी-किरानी जगत से बाहर वह केवल गुरुद्वारे की भूमि को ही पहचानते थे। विज्ञापन में कैमरे की बहुत अहम भूमिका है और इश्तेहारों के जगत में पैसों की कमी नहीं, इस बात से वह हाल ही में वाकिफ हुए।

जुगिन्दर शुक्रवार को एक बड़ी एजेंसी से काम लेकर घर लौट रहा था यही सोचता हुआ कि पापा की सहमति कैसे पाएगा कि पीछे आती हुई उमा ने उसे पुकारा। जुगिन्दर चलता-चलता रुक गया। पीछे मुड़कर देखा तो बोला, "अरे उमा तू ?"

"कितनी देर...बस स्टाप से तेरा पीछा कर रही हूँ...। किस सोच में पड़ा है ? न आगे देखता, न पीछे ?"

"तू मेरा पीछा कर रही है ? कब से ?"

"अरे, तेरी बस के पीछे आनेवाली बस से मैं उतरी...देखा कि जुगिन्दर न जाने किन ख्यालों में डूबा चला जा रहा है। कोई मुसीबत आ पड़ी है क्या ?"

"मुसीबत तो नहीं...समस्या ज़रूर है जिसे हल करना है।"

"मुझे बता, शायद मैं तेरी मदद कर सकूँ...?"

"पापा-मम्मी को मनाना है। मैं फैज़ाबाद यानी अयोध्या-बाबरी मस्जिद जाना चाहता हूँ।"

"तो कह देना कि काम से जाना है। तस्वीरें खींचनी हैं। धर्म सम्बन्धी झगड़ों से इसका कोई वास्ता नहीं।"

जुगिन्दर चलता-चलता रुक गया। मुस्कुराया, "अरे उमा तू इतनी अक्लमन्द है...पढ़ाई में तो है ही, मगर वैसे भी हुशियार है। अगर इस सहजता से मसला पेश किया जाए तो शायद पापा एतराज़ न करें। यार थैंक यू !"

"बस एक रूखे-सूखे थैंक यू से टाल देगा ? कम से कम कॉफी तो पिला ?"

"हाँ, हाँ, ज़रूर पिलाऊँगा। चल अभी चलते हैं। गुलाब जामुन भी खिलाऊँगा, चल," दोनों मार्केट की ओर चल दिए। जुगिन्दर के मन का बोझ ही सिर्फ हल्का नहीं हुआ, उमा का मुस्कुराता चेहरा और उसकी सहजता ने जुगिन्दर के पैरों में गति और मन में सुख की लहर दौड़ा दी।

"हाँ, मैं तो भूल ही गया तुझे यह बताना कि अभी एक अच्छा कान्ट्रैक्ट लेकर आ रहा हूँ।"

"बहुत पैसे मिलेंगे क्या ?"

"हाँ, काफी पैसे मिलेंगे ?"

कॉफी पीते हुए उमा ने जुगिन्दर को नए सिरे से सलाह दी, "पहले अपने

पापा-मम्मी को नए कान्ट्रैक्ट के बारे में बताना...फिर फैज़ाबाद जाने की बात छेड़ना...।"

"मान लिया ! यानी बात भी मान ली और यह भी मान लिया कि तू बहुत अक्लमन्द है ! चल इसी खुशी में एक गुलाबजामुन और हो जाए ?"

"तूने यह तो बताया ही नहीं कि तेरा नया स्कूटर कब आ रहा है," उमा ने कहा।

"अभी सबर करनी पड़ेगी। कहते हैं न कि सबर का फल मीठा होता है ?"

घर के दरवाज़े पर उमा रुकी। जुगिन्दर दो सीढ़ियाँ चढ़ चुका था जब उमा ने दबी आवाज़ में कहा, "बेस्ट ऑफ लक।"

"क्या कहा ?" जुगिन्दर ने पूछा। मगर तब तक उमा ने घर में प्रवेश कर लिया था। दरवाज़ा मम्मी ने खोला। "बहुत देर कर दी आज," उन्होंने कहा। दरअसल बैठक की खिड़की से मम्मी ने उमा को जुगिन्दर के साथ आते देखा था।

वैसे तो सन्तोक सिंह पड़ोसी का हाल पूछने आए थे मगर ढलती शाम के वक्त मन की उलझनों के पिटारे को खोलने लगे। सिमरन का ब्याह कैसी-कैसी समस्याएँ खड़ी कर रहा है। लड़केवाले बारात अमृतसर से दिल्ली लाना चाहते हैं। कहते हैं कि पचास बारातियों का चार रातों के ठहरने का इन्तज़ाम होना चाहिए। पहले कहते थे कि लड़की के माँ-बाप उसे दहेज में क्या देते हैं, वह उनकी खुशी है...अब पूछ रहे हैं कि लड़की नकद कितना लाएगी। बार-बार दोहराते हैं कि बारात की खातिर में कोई कसर न रहे। महँगाई का ज़माना है...जुगिन्दर ने अभी कमाना शुरू ही किया है...पंजाब की ज़मीन का सौदा होते-होते रह गया...।

उमा चाय का प्याला बनाकर अंकल के लिए लाई। उनकी बातें सुनकर हैरान हुई। अभी एक घंटा हुआ था उसे सिमरन के यहाँ से लौटे। वह कितनी खुश थी...क्या उसे ज़रा भी आभास नहीं था कि उसके पापा कितने चिन्तित हैं ?

सात

मालती मेनन की क्लास के बाद उमा लाइब्रेरी से कुछ किताबें लेकर बाहर आई। आज सुबह से बादल छाए हुए थे। अब हवा भी चल रही थी। पास ही ज़रूर कहीं पानी बरसा था। तभी हवा में नमी थी। आज यासमीन कॉलेज नहीं आई क्योंकि घर पर दुबई से रिश्तेदार और मेहमान आए थे। अली भी लौटा था। उमा हवा की नमी और ताज़गी का मज़ा लेती हुई कॉलेज के गेट पर पहुँची।

बाहर जुगिन्दर उत्सुकता से उसका इन्तज़ार कर रहा था। उसे देखकर उमा चकित हुई और बगल में खड़े नए स्कूटर को देख वह उछलकर बोली, "कांग्रेट्स ! सवारी

मुबारक हो।''

''रंग कैसा लगा ?'' जुगिन्दर ने पूछा।

''फर्स्ट क्लास। नामकरण कर दिया ?''

''अभी तो शोरूम से आया है...तू बता क्या नाम रखें ?''

''चेतक।''

''चलो, फिर चेतक की दौड़ आज़माओ,'' कहकर जुगिन्दर ने उमा की किताबों का भार सँभालते हुए चेतक को स्टार्ट किया। अभी थोड़ी दूर ही गए थे कि बूँदा-बूँदी होने लगी। उमा ने दुपट्टे से सिर ढक लिया। ''तूने हेलमेट नहीं खरीदा ?'' उसने जुगिन्दर से पूछा।

''खरीदूँगा।''

''कब ? जब चालान हो जाएगा ?''

''कोशिश करूँगा कि चालान होने से पहले ही खरीद लूँ, मगर पानी इस कदर बरसने लगा तो पहले बरसाती खरीदनी पड़ेगी।''

मिनटों में बारिश की रफ्तार प्रचंड हो गई और सड़कों पर चल रहे वाहनों की गति दुर्बल होती गई। बस स्टॉप और पेड़ों के नीचे खड़े लोग भी भीग रहे थे। जुगिन्दर और उमा ने रुककर एक दुकान के बरामदे में आश्रय लिया। मिनटों में वहाँ भी बरसात से बचनेवालों की भीड़ लग गई। साथ ही जुगिन्दर की सभी योजनाएँ भी बह गईं। उसके निराश चेहरे को देखकर उमा ने कहा, ''पता है इस तरह बारिश हो जाने को 'गुड लक' कहते हैं।''

''कहते होंगे, हमें क्या। हमारे प्लेन तो पानी के साथ पानी हो गए।''

''कौन-से प्लेन ?''

''अब छोड़ो। घर पहुँच जाएँ और निमोनिया के शिकार न हो जाएँ, बस इतना ही काफी है।''

''पता है आज अली दुबई से आ गया होगा। दोपहर की फ्लाइट से आना था। इसीलिए तो यासमीन आज कॉलेज नहीं आई।''

जुगिन्दर ने जवाब नहीं दिया। अली का ज़िक्र सुनकर न जाने मन में अजीब-सा लगा। क्या पता अली भी वह अली न हो जैसे जुगिन्दर आज वह जुगिन्दर नहीं रहा।

''क्या पता अली भी बदल गया हो,'' उमा को यह कहते सुनकर जुगिन्दर को झटका-सा लगा। अजीब बात है कि उमा ने ठीक उसके मन की बात को कह डाला।

''तुझे कैसे पता ?'' जुगिन्दर ने पूछा।

''अरे, सब कुछ बदलता है...हालात बदलते हैं। हम बदलते हैं...तो अली क्या वैसा का वैसा रह जाएगा ?''

इस बार उमा के सहज सुझाव को सुनकर जुगिन्दर के मन के किसी अँधेरे कोने में उजाला-सा महसूस हुआ। वह अँधेरा कोना जिसमें जुगिन्दर को अपने अतीत को समझने और स्वीकारने में संकोच होता है। अली के साथ धर्म और धर्म-रक्षा पर कितनी

बातें, कितनी चर्चा हुआ करती थी तब। वह बातें अपने प्राणों से भी ज़्यादा महत्त्व रखती थीं। तिस पर दुबई और अमरीका जाने के सपने; वहाँ ढेरों पैसे कमाने के सुन्दर ख्वाब। क्या बचपना था ! जुगिन्दर को अचानक मुस्कुराते देख उमा को अच्छा लगा।

"चलें, बारिश रुक गई है," जुगिन्दर ने चेतक को स्टार्ट किया। उमा पीछे बैठ गई। पहले बारिश के पानी से भीगे थे, अब सड़कों पर उभरे तालाबों और कीचड़ के दरिया पर गुज़रती बसों, गाड़ियों और ट्रकों से उछाले गए कीचड़ से बचने का कोई उपाय नहीं था।

"सॉरी उमा, आज का प्रोग्राम सफल नहीं रहा," जुगिन्दर ने घर पहुँचकर कहा।

"अगली बार प्रोग्राम से बारिश उड़ा देंगे और उसकी जगह पिक्चर और चाट शामिल करेंगे," उमा ने मुस्कुराकर कहा। वह सिर से पैरों तक भीगी हुई थी। कपड़ों पर कीचड़ के छींटे थे। भीगे हुए बाल, सिर पर बारिश का सबूत, अब भी चू रहे थे। एक पैर में चप्पल थी और दूसरा पैर नंगा था। जुगिन्दर ने आश्चर्य से देखा। उसकी आँखों ने अवाक् सवाल किया, "चप्पल कहाँ है ?"

"पानी में बह गई।"

दोनों हँसने लगे।

खिड़की पर खड़ी मम्मी ने उमा और जुगिन्दर को स्कूटर पर आते और उतरते देखा मगर खिड़की से उमा की बह गई चप्पल का अनुमान नहीं लगा पाईं। इसलिए उन दोनों को इस कदर हँसते देखकर हँसी का कारण नहीं समझ पाईं।

सिमरन की शादी आखिरकार अमृतसर में हुई। स्वर्ण मन्दिर की छाया में उसके नानाजी के मकान में, जहाँ से उन्हें दंगों की वजह से बेघर होना पड़ा था। शादी की तमाम तैयारियों के दौरान कितनी योजनाएँ बनीं और कितनी उधेड़कर दोबारा बनाई गईं। दोनों तरफों के बीच तनाव खड़े हुए और फिर ढीले पड़े। 'लड़केवाले' यानी रविन्दर के परिवार ने कितनी छोटी, बड़ी मुनासिब और बेमुनासिब फरमाइशें पेश कीं।' 'लड़कीवाले' यानी सिमरन के मम्मी-पापा की निरन्तर यही कोशिश रही कि वह शादी की हर रस्म को यथानियम और शौक से अपनी जेब की हैसियत के मुताबिक पूरा कर सकें। खर्च और चाहत के फासले ने उन्हें कई तूफानों का सामना करवाया।

सरदार सन्तोक सिंह ने कई रातें बिना सोये काटीं। सिमरन की मम्मी को एक और किस्म की परेशानी भी दबाती रही। क्या पता उनकी भोली सिमरन को ससुराल में किन परेशानियों का सामना करना पड़ेगा। सास, ससुर और ननद के साथ रहना आसान नहीं होगा। वाहे गुरु से यही विनती थी कि बेटी को सुखी रखें।

सिमरन अपनी अनोखी, भावी सपनों की दुनिया में मग्न रही। कपड़ों और शृंगार की चीज़ों के साथ रविन्दर का चेहरा भी उसने अपनी ख्याली दुनिया में शामिल कर दिया। पापा और मम्मी की परेशानियों और तनावों से पूरी तरह अज्ञात रही। यह बात

उमा लाख कोशिश करने पर भी समझ नहीं पा रही थी। और जुगिन्दर ?

एक शाम वह पापा के पास जाकर बैठ गया।

''पापा, शादी में बहुत खर्चे होंगे...मैं भी...मेरा मतलब पिछले कॉन्ट्रैक्ट से मुझे अच्छी रकम मिली है...इसे शादी के लिए खर्च कीजिए आप।''

जुगिन्दर की भावना ने सरदार सन्तोक सिंह के मर्म को छू दिया, ''अगर ज़रूरत पड़ेगी तो तुझसे माँगूँगा, मगर फिलहाल हाथ इतना तंग नहीं है।''

''आपने मेरे लिए और रविन्दर के लिए स्कूटर भी खरीदे हैं...पापा, आप यह ले लीजिए,'' जुगिन्दर ने एक लिफाफा आगे बढ़ाते हुए कहा।

''अभी इसे अपने पास रख, ज़रूरत पड़ेगी तब मैं खुद तुझसे कहूँगा। जा अब देर हो गई है, सो जा। मैं भी सोने जा रहा हूँ।''

जुगिन्दर ने अपने मन की बात जावेद से कह डाली। काम सम्पन्न करके दोनों चाय पीने बैठे थे।

''आखिर शादियों में इतने आडम्बर और इतने खर्चे क्यों पीढ़ी दर पीढ़ी चलते ही जाते हैं ? लड़कीवाले दबाए जाते हैं वही अपने लड़कों की शादियों में दबाते हैं। कैसी विडम्बना है !''

ज़ाहिर था कि जावेद को इन बातों में कोई दिलचस्पी नहीं। वह चुपचाप मुस्कुराता चेहरा लिये सुनता रहा। अगर जयन्त अंकल होते तो अच्छी खासी चर्चा शुरू हो जाती। आजकल वे विश्व हिन्दू परिषद के राम मन्दिर के विषय में उत्तर प्रदेश और बिहार गए हुए हैं। जहाँ रथ-यात्रा ने धर्म-भावनाओं को प्रचंड कर दिया है।

जुगिन्दर ने बहुत चाहा था जयन्त अंकल के साथ फैज़ाबाद जाना मगर सिमरन की शादी की तारीख ने गड़बड़ कर दी। वह इस वक्त पापा-मम्मी का साथ नहीं देगा तो कब देगा ? ब्याह-शादी के सामने तो बाकी सब चीज़ें पीछे छूट जाती हैं। अगले हफ्ते घर बन्द करके अमृतसर जाना है। फिर वहाँ शादी के इन्तज़ाम करने होंगे। अब तो शादी के बाद ही लौटेंगे। जावेद तो कई बार बाबरी मस्जिद की तस्वीरें खींच लाया है जिन्हें देखकर जुगिन्दर हँस पड़ा था। उसे लगा कि मस्जिद में बन्दरों की संख्या ठीक देश की संख्या की तरह अनगिनत है। न जाने अचानक जुगिन्दर ने जावेद से यह सवाल क्यों पूछा। कहने लगा, ''क्या यह मन्दिर-मस्जिद का मामला उतना ही गम्भीर हो जाएगा जितना खालिस्तान का मामला स्वर्ण मन्दिर पर गोली चलने पर पहुँच गया था ?''

''क्या पता...राजनीति में सत्ता हासिल करने के लिए सब कुछ मुमकिन है। फायदा कहाँ होगा, इसी के अनुसार सीमाएँ मिटाई और बनाई जाती हैं,'' जावेद की यह बात जुगिन्दर को ठीक समझ नहीं आई। उसे लगा कि अगर जयन्त अंकल होते तो वह बात को आगे बढ़ाता मगर जावेद के साथ सवाल-जवाब को बढ़ाने की हिम्मत नहीं की उसने। बल्कि उसने पूछा, ''जयन्त अंकल कब लौटेंगे ?''

''पता नहीं ?'' जावेद ने सिर हिलाते हुए कहा।

दरअसल लाख कोशिश करने पर भी जुगिन्दर सिमरन के ब्याह के प्रति मन को उत्साहित नहीं कर पा रहा था। इसकी वजह शायद यह थी कि पापा-मम्मी की चिन्ताएँ गुप्त रूप से उसकी ओर चली आती रहीं। शुक्र था कि सिमरन के उत्साह और उमंग जंगली झाड़ियों की तरह, आसपास के हालात से बेखबर बढ़ते ही चले जाते दिख रहे थे। सिमरन को देख जुगिन्दर को अचरज भी होता। वह कितनी भोली है। क्या इतने बड़े ससुराल में सब के साथ खुश रहेगी ? मम्मी के अनुसार हर लड़की को ससुराल में रहना और अपनी जगह बनाना खुद आ जाता है। चतुर लड़कियाँ इस तालाब में जल्द तैरना सीख जाती हैं बाकी सब कुछ चोटें खाकर सीखती हैं।

सिमरन को कपड़ों और ज़ेवर में मग्न देख वह अचानक जुगिन्दर को चाची की याद आई। वह भी तो सिमरन की तरह उमंग और उत्साह से ब्याहकर आई थीं। अपने परिवार ने, हम सबने, क्या चाची को आसानी से अपनाया था ? कितनी अपेक्षाएँ थीं पापा की...मम्मी की...जुगिन्दर को ग्लानि का काँटा-सा चुभा। उसने रज़ाई से मुँह ढककर आँखें बन्द कर लीं।

"मम्मी, शादी में मेरी कोई सहेली नहीं होगी...कितना अच्छा होता अगर उमा हमारे साथ चलती..." सिमरन ने उलाहना व्यक्त की। उमा का अपना मन भी कर रहा था सिमरन की शादी में अमृतसर जाने का। मगर पापा की बीमारी, रमन के इम्तहान और तिस पर जयन्त चाचा की अनुपस्थिति की वजह से वह लाचार थी। मम्मी-पापा से भी क्या कहती ? पापा तो ज़रूर कहते कि उसे सिमरन के ब्याह में शामिल होना चाहिए। वह तो यही चाहते हैं कि उमा वही करे जिसमें उसे खुशी मिले।

"सच सिमरन, अगर जयन्त चाचा शहर में होते तो मैं ज़रूर तेरे ब्याह में शामिल होती," उमा ने सिमरन से कहा। वे लोग इतवार को शाम की गाड़ी से अमृतसर के लिए रवाना हुए। जाते वक्त सिमरन ने उमा को कसकर बाँहों में थामा। वह भावुक हो गई। उमा की आँखें भी छलकने लगीं। "तू जल्दी रविन्दर के साथ हमसे मिलने आएगी न ? बोल आएगी न ?" उसने पूछा। "देर हो रही है," जुगिन्दर ने जल्दी करते हुए सिमरन को सामान से लदी टैक्सी में बैठने के लिए आग्रह किया। टैक्सी धूल उड़ाती चली गई। ऊपर का मकान लटकते ताले के पीछे अन्धकार में डूब गया और कई दिनों से चल रही चहल-पहल अचानक खामोशी में बदल गई। उमा को खालीपन महसूस होता मगर रमन के इम्तहान जब तक खत्म नहीं होते तब तक उसकी ज़िम्मेदारियों का बोझ भी कम नहीं होगा। आश्चर्य तो उमा को इस बात पर हो रहा था कि रमन में उसे बदलाव नज़र आने लगा। अब रमन के सभी दोस्त क्रिकेट और फुटबॉल के मैदान को छोड़ रात देर तक पढ़ते थे। परीक्षाओं का भूत हर घर में मम्मी-पापा को डाँट-डपट पर उतार देता है। "तभी तो भोले-भाले स्कूली छात्र आत्महत्या करते हैं," रमन ने मम्मी को समझाया। "सभी तो उमा दीदी, यासमीन और रेखा की तरह नहीं होते हैं न..." उसने बात को और स्पष्ट किया।

"सो तो ठीक है रमन, मगर भविष्य में क्या करना है यह भी तो सोचना है। तुझे

तो पता है कि अच्छे कॉलेज में दाखिला कितनी मुश्किल से मिलता है...," मम्मी ने समझाया।

"पता है तुम्हें...अच्छे खिलाड़ियों के लिए हर कॉलेज के दरवाज़े खुले रहते हैं ?" रमन ने उत्साह से कहा।

उमा रमन को गणित पढ़ा रही थी जब मम्मी ने अचानक उसे बताया की पापा जो दवाई रात को सोने से पहले खाते हैं वह खत्म हो गई है। "शायद दुकान अभी बन्द न हुई हो...मैं साइकिल पर जाकर खरीद लाऊँगी..." उमा ने कहा और वह झटपट चल दी। अगर जुगिन्दर होता तो सहूलियत होती। शान्ति देवी को ऐसा महसूस होने लगा जैसे ऊपर के बन्द मकान का अन्धकार कुछ-कुछ उनके जीवन पर भी छा रहा है।

उमा को साइकिल पर गए बहुत देर हो गई...शायद पासवाली दुकान बन्द हो चुकी थी इसलिए उसे मार्केट तक जाना पड़ गया हो। शान्ति देवी की नज़र बार-बार खिड़की और घड़ी तक उठने लगी। इस बीच रमन ने आहिस्ता से टी.वी. चला दिया। दूरदर्शन पर बाबरी मस्जिद पर चर्चा हो रही थी। निराश होकर रमन ने टी.वी. बन्द कर दिया। पापा अपनी आरामकुर्सी पर आँखें बन्द किए बैठे थे। "क्या आ रहा है टी.वी. पर ?" उन्होंने आँखें खोलते हुए पूछा। "वही बकवास जो रोज़ आती है, राम-मन्दिर और बाबरी मस्जिद। अच्छा पापा ये लोग अगर अपनी धार्मिक लड़ाइयाँ फुटबॉल और क्रिकेट के मैदान में खिलाड़ियों की तरह लड़ें तो बेहतर नहीं होगा ?"

पापा मुस्कुराए। आजकल वे हँसते कम थे। "तू यह सुझाव जयन्त को देना," उन्होंने अपनी राय देते हुए कहा।

"चाचा तो खुद कितने दिनों से वहीं गए हुए हैं। पता नहीं कब लौटेंगे।"

"आने ही वाले होंगे," मम्मी ने आशा प्रकट की। उनकी नज़र फिर खिड़की की ओर उठी। ग़लती तो उनकी अपनी थी कि रात पड़ जाने पर गौर किया कि दवा खत्म हो चुकी है। इस सर्दी में पता नहीं उमा कहाँ फँस गई है। शान्ति देवी के पैर खुद-ब-खुद उन्हें पूजा की चौकी की ओर बढ़ाने लगे। मन ही मन प्रार्थना करने लगीं। भगवान उमा पर कोई आपत्ति न आ जाए, मेरी गलती माफ कर देना।

"मम्मी, अगर तुम बुनोगी नहीं, तो मेरा स्वेटर कैसे पूरा होगा ?" रमन ने ऊन का गोला और सलाइयों सहित अधबुना स्वेटर मम्मी के हाथ में थमाते हुए कहा। ठीक ही तो कहता है। शान्ति देवी ने सलाइयाँ चलानी शुरू कर दीं। यह एक के बाद एक फन्दा बुनने का क्रम कभी-कभी प्रार्थना से भी अधिक लाभदायक सिद्ध होता है। इसके बल पर खोया हुआ संयम फिर से कायम हो जाता है। फन्दे पर फन्दा स्वेटर आगे बढ़ने लगा।

जैसा कि उमा ने अनुमान लगाया था, पासवाली दवा की दुकान उसके वहाँ पहुँचने तक बन्द हो चुकी थी। वह पैडल धकेलती हुई मार्केट की ओर बढ़ी। दिसम्बर की ठंडी हवा से टकराती जब वहाँ दवाई की बड़ी दुकान के सामने साइकिल से उतरी तो रेखा नज़र आई। आज बहुत दिनों के बाद उसे देखा था। डॉक्टरी पढ़नेवालों को होस्टल में

ही रहना पड़ता है। "रेखा !" उमा ने पुकारा।

दुकान पर बड़ी भीड़ थी। "लगता है कि शहर में सभी बीमार हैं," रेखा ने कहा। वह स्वयं बहुत देर से इन्तज़ार कर रही थी। "मम्मी बीमार हैं," उसने बताया।

"तू तो खुद डॉक्टर है," उमा ने कहा।

"अभी कहाँ...अभी तो एक उमर बाकी है...।"

"गाना गाती है क्या ?...मेरा मतलब वक्त मिलता है ?"

रेखा हँस दी, "तूने क्या सोच रखा है कि होस्टल में हम चौबीसों घंटे किताबों में डूबे रहते हैं ? अरे नहीं ! सब कुछ चलता है...गाने, पिक्चरें, मज़ा, लड़ाई-झगड़े...सब कुछ।"

"तभी तू घर नहीं आती...अब समझी," उमा ने हँसकर कहा।

"आती हूँ। इतवार को या कभी शनिवार को...मम्मी-पापा को भी खुश रखना है न और फिर हफ्ते-भर के कपड़े इकट्ठे हो जाते हैं धोने के लिए। घर पर करीम धोकर, प्रेस करके सब तैयार कर देता है। अच्छा तू बता, तेरे पापा कैसे हैं ?"

"उन्हीं के लिए दवाई खरीदने आई हूँ।"

"और कॉलेज कैसा चल रहा है ?"

"फाइनल ईयर है अब कुछ ही महीनों की बात है...जानती है सिमरन की शादी है पच्चीस तारीख को...अमृतसर में।"

"जयन्त चाचा कैसे हैं ?" रेखा ने पूछा।

"चाचा अयोध्या गए हुए हैं...कई दिनों से...पता नहीं कब लौटेंगे...।"

"सब ठीक तो है ?" रेखा को उमा की आवाज़ में...उसके चेहरे पर, कहीं असहायता की झलक दिखाई दी। अपनी-अपनी दवाइयाँ खरीदकर जब दुकान से दोनों बाहर आईं तो उमा को साइकिल की ओर बढ़ते देख रेखा से रहा नहीं गया। "अरे इतनी सर्दी में, रात को साइकिल पर !" अगले दिन सुबह रेखा यही सोचती हुई बिस्तर से उठी कि शाम को उमा से मिलने उसके घर जाएगी। मगर मम्मी की तबीयत अभी ठीक नहीं थी पूरी तरह और पापा से कुछ लोग मिलने के लिए आनेवाले थे। रेखा ने इरादा बदल दिया। आज नहीं, वह अगले इतवार उमा के घर जाएगी।

मम्मी को दवा देकर रेखा उनके कमरे से बाहर बैठक में आई। पापा ने टी.वी. चलाया। करीम उस वक्त कमरे में झाड़-पोंछ कर रहा था। रुक-रुककर उसकी नज़र भी टी.वी. के पर्दे पर पड़ रही थी। अयोध्या में बाबरी-मस्जिद के आसपास रामभक्तों और कारसेवकों की भीड़ थी। आस्था और उत्साह के साथ विश्वास और अन्धविश्वास भीड़ को उत्तेजित कर रहे थे। नेताओं के चेहरों और उनके भाषणों में गर्मी थी।

"साहब लगता है...मस्जिद तोड़ देंगे...," करीम की आवाज़ में डर था।

"सरकार ऐसा नहीं होने देगी," रेखा ने आश्वासन दिलाया। पापा ने कुछ नहीं कहा।

"हमको लगता है साहब...अच्छा नहीं होगा।"

"तुम क्या समझते हो कि सरकार आँखें बन्द करके राम नाम जपेगी और मस्जिद पर हमला होने देगी ? समझ से काम लो करीम...," रेखा ने केवल आश्वासन ही नहीं दिया बल्कि करीम को टोका भी। मगर करीम का सिर इधर-उधर हिलता रहा। वह आश्वस्त नहीं हुआ। वह खुद तो आगरे का था मगर उसकी ससुराल फैज़ाबाद में थी। उसे इसकी चिन्ता नहीं थी कि सरकार क्या करेगी या नहीं करेगी। चिन्ता उसे अपने रिश्तेदारों की अवस्था की थी।

"साहब, यह झगड़े देखकर हमको डर लगता है। डर लगता है साहब...।"

सहमति में रेखा के पापा ने सिर हिलाया। उनका चेहरा गम्भीर था। "आप भी चिन्ता कर रहे हैं ?" रेखा ने आश्चर्य व्यक्त किया। वह मम्मी के कमरे में गई और उनके बिस्तर के करीब रखी कुर्सी पर बैठ गई। मम्मी का बुखार नीचे उतर गया था।

"कैसी तबीयत है अब ?" उसने पूछा।

"पहले से अच्छी हूँ," मम्मी ने मुस्कुराकर डॉक्टर बेटी से कहा।

"सन्तरे का रस पियोगी ? मैंने बनाया है।"

"तब तो ज़रूर पिऊँगी।"

"पता है, पापा क्या कर रहे हैं ? चिन्ता !"

"किस बात की ? मैं तो अच्छी हो रही हूँ।"

"तुम्हारी नहीं, देश की, यानी बाबरी मस्जिद के तोड़े जाने की और सामुदायिक दंगे फसाद होने की। टी.वी. के सामने बैठे हैं और करीम उनके साथ ताल दे रहा है।"

"तू क्यों परेशान होती है ?"

"मुझे समझ नहीं आता कि कोई बुद्धिमान व्यक्ति ऐसी परिकल्पना भी कर सकता है कि अपने सेकुलर देश में एक ऐतिहासिक इमारत को कट्टरता के बल पर गिराया जा सकता है। तो अगर पापा जैसे समझदार लोग जब डरने लगें तब...।"

"तू क्यों चिन्ता करती है। रहने दे। यह बता कि तेरी सहेली उमा से कल मुलाकात हुई...वह कैसी है ? क्या कर रही है ?"

वैसे तो ठीक है। कॉलेज के आखिरी साल में है...मगर पहले से दुबली हो गई है...कुछ लाचार और असहाय-सी लग रही थी कल। तुम जानती हो न उसके पापा बहुत बीमार रहते हैं ? दफ्तर नहीं जाते। उमा का भाई अभी बारह-तेरह साल का ही है... उसकी मम्मी उमा पर ही भरोसा करती हैं। एक चाचा हैं जो पत्रकार हैं और इस वक्त अयोध्या गए हुए हैं। "मम्मी अगले इतवार मैं उमा से मिलने जाऊँगी," अचानक माली ने बताया। कहने लगा, "साहब, मस्जिद तोड़ी जा रही है...अब तो राम मन्दिर बनाकर छोड़ेंगे...।"

पापा के पास कोई मेहमान बैठा था बरामदे में, वह जाने के लिए उठ गया। पापा ने औपचारिकता पूरी की और जल्दी से कमरे में जाकर टी.वी. खोला।

"बहनजी, हम अफवाह नहीं फैला रहे। आप टी.वी. खोलकर देखिए न...," माली ने कहा।

"ग़ज़ब हो गया," रेखा के मुँह से आश्चर्य के ये शब्द लुढ़के। चहल-पहल सुनकर मम्मी भी बिस्तर से उठकर टी.वी. के सामने बैठ गईं। माली के अलावा जमादार भी हाजिर हो गया। सभी की नज़रें टी.वी. के पर्दे पर थीं। सिर्फ जमादार एक कोने में खड़ा देखता रहा। मस्जिद गिर रही थी। रेखा के चेहरे पर अविश्वास ने हैरानी का रूप ले लिया। माली के मुख पर उत्साह छलक रहा था। पान चबा-चबाकर उसके दाँतों का काला रंग, मुस्कुराते चेहरे को अद्‌भुत रूप देते थे, "साहब, अपना राम-मन्दिर, राम लला के जन्म स्थान पर बनकर रहेगा...आज लोग खुशी मनाएँगे, ढोल बजाएँगे।"

जमादार ने माली की राय से हाँ में हाँ नहीं मिलाई। वह चुपचाप कोने में खड़ा देखता रहा। भला उसे क्या ? राम मन्दिर बने या न बने। हरिजनों के लिए तो आज भी ज़्यादातर मन्दिरों के दरवाज़े बन्द रहते हैं।

"करीम कहाँ है ?" रेखा ने पूछा।

"बहनजी, वह अपने क्वार्टर में बैठा है," माली की आवाज़ में बाजी जीत लेनेवाली गूँज थी। जिस बात की परिकल्पना करना भी कुछ देर पहले रेखा के लिए मुश्किल था उसे टीवी के पर्दे पर घटते देख वह स्तब्ध थी। सोचने लगी कि उमा के चाचा वहीं अयोध्या में मौजूद हैं। वैसे सारी दुनिया में लोग यह दृश्य देख रहे हैं न जाने देश-विदेश में लोगों की क्या प्रतिक्रियाएँ होंगी।

माली के चेहरे पर क्रमशः बढ़ती हुई उत्साह की रंगत देख रेखा को झुँझलाहट हुई। इन्हीं लोगों के समर्थन ने कट्टरपन्थियों का साहस बढ़ाया है। नहीं तो यह नौबत न आती। यही लोग मिठाई बाँटेंगे, जश्न मनाएँगे...।

मस्जिद के सदियों पुराने गुम्बज पर प्रहार होता देख पापा के चेहरे पर फैलता अविश्वास का भाव देखकर रेखा को सान्त्वना मिली। माली ने विजय की घोषणा को अपनी आँखों से देखा। उसके लिए यही आनन्द की चरम सीमा थी। वह अपने परिवारवालों को बताने के लिए उतावला था। अचानक उसके शरीर में सिंह की-सी शक्ति का संचार हुआ और वह लपककर कमरे से बाहर चला गया। बाकी सभी व्यक्तियों की आँखें टी.वी. के पर्दे पर टिकी हुई थीं। माली को जाते अगर किसी ने देखा भी तो गौर नहीं किया।

जमादार पहले कोने में खड़ा था। अब वह बैठ गया। पर्दे पर घट रहे राजनीतिक ड्रामा को दर्शकों की तरह देखता रहा। मन्दिरों से चमार और अछूतों को क्या लगाव हो सकता है ?

करीम, उसका भाई और कुछ रिश्तेदार क्वार्टर में दरवाज़ा बन्द करके बैठे थे। ये लोग सभी उत्तर प्रदेश के विभिन्न गाँवों में अपने परिवारों को छोड़कर दिल्ली में नौकरी की खातिर रहते हैं। कोई आगरे का है तो कोई मुज़फ्फरनगर का है या फैज़ाबाद का। सामूहिक व साम्प्रदायिक दंगों में अक्सर यही लोग फँसते हैं। अपने नेताओं की योजनाओं और उनके द्वारा उकसाए गए दंगों के शिकार ये बेगुनाह ही होते हैं। दरवाज़ा बन्द करके ये लोग न जाने किस चीज़ का इन्तज़ार कर रहे थे।

बाहर, सूरज की रोशनी में देश-विदेश की नज़रों के सामने मस्जिद टुकड़े-टुकड़े होकर गिर रही थी। करीम और उसके रिश्तेदारों के मन में बाबरी मस्जिद के लिए कोई विशेष स्थान नहीं था। बेचारा पुराना ढाँचा वैसे भी चूरे का बना था। वहाँ बरसों से किसी ने नमाज़ नहीं पढ़ी। अचानक उस ज़र्ज़र बूढ़े, बेकार खंडहर को लेकर दोनों तरफ के नेताओं ने विवाद को चरम सीमा तक पहुँचा दिया। उनका क्या जाता है; दंगों में लोग मारे गए तो क्या ? नेता लोग वोट बटोर लें यही काफी है।

करीम दोनों हाथों से सिर पकड़े बैठा था। अफज़ल ने पूछा, ''आज चूल्हा नहीं जलेगा ?'' करीम ने जवाब नहीं दिया। भूख किसे लगी थी ? पड़ोस के मन्दिर में पहले घंटियाँ फिर ढोल बजने लगे। वैसे अभी आरती का वक्त नहीं हुआ था मगर आज रामभक्त शायद सारा दिन आरती उतारेंगे।

शाम को अँधेरा होने के बाद जमादार ने करीम के क्वार्टर का दरवाज़ा खटखटाया। इससे पहले कि अन्दर बैठे व्यक्ति घबरा जाएँ उसने कहा कि वह उनके लिए रोटी लाया है। दरवाज़ा खोलकर अफज़ल ने कपड़े में लिपटी रोटियाँ और कटोरा थाम लिया। दुनिया में भले आदमी भी हैं। यह भावना हवा के मन्द झोंके की तरह करीम के मन में उठी और गायब हो गई।

''आज शाम को तुम्हें होस्टल वापस नहीं जाना चाहिए। वैसे भी कल पढ़ाई नहीं होगी किसी भी कॉलेज में,'' पापा ने रेखा से कहा। वह कोशिश करने लगे टेलीफोन पर अपने बेटे प्रमोद से बात करने को। आजकल प्रमोद कानपुर में इंजीनियरिंग की पढ़ाई खत्म कर रहा है। वह उसे कहना चाहते थे कि वह कॉलेज की चारदीवारी के अन्दर ही रहे। न जाने शहर में कैसा माहौल होगा और प्रमोद का क्या पता, कहीं बिना सोचे-समझे दोस्तों के साथ शहर में घूमने चला जाएगा। मगर टेलीफोन भी ठीक इन मौकों पर साथ नहीं देता। आपातकाल में सभी कुछ उल्टा-पुल्टा हो जाता है।

उमा के मन में भी यही भावना उठ रही थी कि आसपास कुछ भी अपनी सामान्य गति से नहीं चल रहा। पापा कई दिनों से निढाल नज़र आ रहे थे। आज सुबह बरामदे में धूप सेंकते हुए कुर्सी पर सो गए। दोपहर को खाना नहीं खाया। कहने लगे कि जी मितला रहा है। रमन ने टी.वी. चलाया तो कहने लगे, ''मुझे नहीं देखना यह।''

''जयन्त चाचा वहीं कहीं होंगे, शायद नज़र आ जाएँ...,'' रमन ने कहा। पापा ने आँखें बन्द कर लीं।

''मस्जिद को तोड़ रहे हैं,'' रमन ने उत्तेजित स्वर में कहा मम्मी रसोई से दौड़ी आईं। आँचल से गीले हाथ पोंछती हुई देखने लगीं।

''एक मुक्का और दो, बाबरी मस्जिद तोड़ दो,'' रमन बोला।

''चल शैतान,'' मम्मी ने हँसकर टोका। कितने हज़ारों राम भक्त निष्ठापूर्ण उत्साह से राम जन्मभूमि को फिर से पवित्र बनाने का पहला कदम उठा रहे हैं। अनेक भक्तों को मस्जिद के ऊपर चढ़ते देख...शान्ति देवी का मन कहता था कि भक्ति और विश्वास के सामने कोई बाधा खड़ी नहीं रह सकती। अगर चूल्हे पर दूध न उबल रहा होता तो

शायद वह भी टी.वी. के सामने आकर बैठ जातीं। अभी रसोई में तमाम काम समेटने के लिए पड़े थे।

"पापा ने दवा ले ली ?" मम्मी ने उमा से पूछा।

"दवा तो मैंने दे दी।"

मम्मी रसोई में चली गईं। उमा की नज़र पापा के चेहरे पर पड़ी। उनकी आँखें बन्द थीं मगर शायद सो नहीं रहे, उसे लगा। वह पास गई। टी.वी. के शोर को पार करने के लिए उसने पहले उसे बन्द किया। "दीदी यह क्या कर रही हो," रमन ने एतराज़ किया।

"रमन इम्तहान में मन्दिर-मस्जिद पर सवाल नहीं किए जाएँगे। तुम जाकर पढ़ो, समझे।"

"कभी-कभी दीदी हेड-मास्टर के भी गुरु का रूप धारण कर लेती है। ऐसे मौकों पर बहस करना बेकार होता है," रमन ने यही अपने मित्र अजय को कल बताया था। अब बिना कुछ कहे कमरे से प्रस्थान करना ही उचित समझा।

उमा पापा के पास गई। उनकी साँस की रफ्तार कुछ अजीब-सी लगी और चेहरा लटक-सा रहा था। मुँह से थूक की लार निकल रही थी।

"पापा !" उमा ने उनके माथे पर हाथ रखते हुए पुकारा। माथा ठंडा और गीला था। उसे लगा कि वह सो नहीं रहे और होश में नहीं हैं। उमा घबरा गई। उसने रमन को पुकारा।

"क्या हुआ ?" उसने पूछा। मम्मी भी रसोई से आ गईं।

"पापा की तबीयत खराब है, तू जा, चैटर्जी अंकल को बुला। कह जल्दी आएँ।"

"अभी गया," कहता रमन फुर्ती से चला गया।

पापा को बेहोश देखकर मम्मी भी घबरा गईं। अपने आँचल से पापा का चेहरा पोंछने लगीं। "इन्हें बिस्तर पर लिटा देते हैं," उनकी आवाज़ काँप रही थीं।

"चैटर्जी अंकल आ जाएँ तो...मैं डॉक्टर अहमद को फोन करती हूँ...एम्बुलेंस बुलानी पड़ेगी...पहले डॉक्टर साहब तक पहुँच जाएँ...," उमा का दिमाग दौड़ रहा था। शान्ति देवी झुककर पति के पैरों को मलने लगीं। मन ही मन अपने कृष्ण कन्हैया से विनती कर रही थीं कि इस आपात की घड़ी में साथ दें।

उमा को ऐसा लग रहा था कि रमन को गए घंटों हो गए। क्या चैटर्जी अंकल घर पर नहीं थे ? आखिर वह रमन और अजय के साथ आ गए। मिलकर सबने सोहनलाल को बिस्तर पर लिटाया। उमा यासमीन के यहाँ दौड़ी गई। वहाँ से डॉक्टर अहमद को टेलीफोन करने...उसके पैर खुद-ब-खुद दौड़ रहे थे...दिलोदिमाग में घबराहट अपनी ही रफ्तार से बढ़ रही थी।

यासमीन के दरवाज़े पर उसने घंटी बजाई। ऐसा लगा जैसे घर खाली हो। यह घर तो हमेशा भरा-भरा रहता है। आजकल तो अली भी आया हुआ है। नफीसा और उसका बच्चा भी आए हुए हैं, तो फिर यह खामोशी क्यों ? क्या सब बाहर गए हैं ?

यह सोचकर उमा की घबराहट बढ़ गई। उसने दरवाज़े को खटखटाया। दरवाज़ा यासमीन ने खोला।

"यासमीन पापा बेहोश हैं...तबीयत बहुत बिगड़ गई है...डॉक्टर अहमद को फोन करना है...प्लीज़...," यह कहते-कहते उमा ने कमरे में क़दम रखा। टी.वी. चल रहा था। सभी की आँखें...हाँ, सारा परिवार पर्दे पर घट रहे हालात को गौर से देख रहा था। रोज़ की तरह आज इस गृहस्थी की चहल-पहल गायब थी। तनाव ने कमरे की हवा को कसकर खींच रखा था। उमा की परेशानी, चेहरे पर व्यक्त घबराहट और काँपती आवाज़ को सुनकर अली ने टी.वी की आवाज़ को कम कर दिया। कोने में रखे, टेलीफोन को उठाकर पहले उमा की ओर बढ़ाया मगर उसका लाचार चेहरा देख अली ने खुद डॉक्टर अहमद यानी अपने चचा के हस्पताल का नम्बर घुमाया। नफीसा ने उमा को पानी का गिलास लाकर दिया। उसकी दशा को देखकर सभी को तरस आया। अली बार-बार नम्बर घुमाता मगर लाइन नहीं मिलती। टी.वी. के पर्दे पर बाबरी मस्जिद गिर रही थी। यासमीन के अब्बू ने उमा से पूछा कि घर पर कौन-कौन हैं। कुछ सोचकर उन्होंने कहा कि अली डॉक्टर साहब को फोन पर इत्लाह दे देगा और एम्बुलेंस का इन्तज़ाम करेगा। इस बीच वह उमा के साथ उसके यहाँ जाएँगे। वह जूते पहनने लगे। यासमीन भी उमा के साथ जाना चाहती थी मगर उसके अब्बू ने उसे रोक दिया। बाद में डॉक्टर अहमद से बात करके और एम्बुलेन्स के आने का इन्तज़ाम करके अली भी पहुँच गया उमा के यहाँ। एक लम्बे अरसे के पश्चात् डॉक्टर साहब भी आ गए। उन्होंने जाँच की और इंजेक्शन लगाया। सोहनलाल की स्थिति गम्भीर बनी रही।

जब उन्हें एम्बुलेंस में अस्तपाल लेकर गए तब तक अँधेरा हो गया था और जब मरीज़ दाखिल हुआ तब वह केवल एक शव ही था जो वापस शव के रूप में लौटा दिया गया।

एम्बुलेंस और अस्पताल के खर्चे के लिए शान्ति देवी ने घर पर जितने पैसे उनके बटुए में थे वह चैटर्जी बाबू को थमा दिए। यासमीन के पापा, चैटर्जी अंकल और अली ने सब कुछ सँभाल लिया। उस रात वह सब घर पर शव के पास बैठे रहे। अली ने बहुत दौड़-धूप की और किसी तरह जयन्त तक सोहनलाल के देहान्त की खबर पहुँचा ही दी। सुबह-सुबह जयन्त और जावेद भी आ गए। यासमीन ने उमा का हाथ ज़ोर से थाम लिया।

आठ

सोहनलाल के गुज़रने के बाद जयन्त कुछ दिन अपनी भाभी और उनके बच्चों के पास रहा। उमा को ऐसा लग रहा था कि पापा के गुज़र जाने के बाद ज़िन्दगी ही पलट गई है। रमन को तो न जाने क्या हो गया। पापा की एक तस्वीर पर उन्हीं के बगीचे के

फूलों की माला डालकर उमा ने कमरे में रेडियो के ऊपर रखा। रमन ने तस्वीर को देखा और उसे उठाकर अलमारी में रख दिया। फूलों की माला को वहीं पटक दिया।

"यह क्या कर रहा है ?" उमा हैरान थी।

"देख नहीं रही क्या कर रहा हूँ !" आक्रोश में रमन ने जवाब दिया।

"गुस्सा किस बात पर है ?" उमा ने पूछा।

"पापा ने हम लोगों के बारे में तो सोचा होता...इस तरह हमें छोड़कर उनका चले जाना..." रमन का गुस्सा उबल रहा था।

"कैसी बेतुकी बातें करता है !" इस बार उमा को गुस्सा आया। "पापा क्या जानबूझकर हमें दुखी करने के लिए चले गए...तू जानता है कि यह सच नहीं है !" उमा की आँखों में आँसू फूट पड़े।

बाद में जयन्त चाचा ने उसे समझाया कि रमन केवल अपनी लाचारी व्यक्त कर रहा था। मम्मी पर भी उमा को ताज्जुब हुआ। आज तक वह नियम से रमन को बिगाड़ती आई हैं। अचानक अब पापा के गुज़र जाने के बाद वह सख्त हो रही हैं। ज़िद कर रही हैं कि रमन सामने खड़े इम्तहानों की पूरी तैयारी करे और उमा उसे पढ़ाए।

"पापा नहीं रहे तो क्या स्कूल नहीं जाओगे ? बल्कि तुम्हें अब दुगुनी मेहनत करनी चाहिए।"

"मम्मी, मैं अभी बच्चा हूँ।" रमन ने उन्हें याद दिलाया।

"बच्चे ही बड़े होते हैं। तुम्हें ज़िम्मेदारियाँ सँभालनी हैं।"

"जयन्त चाचा तो हैं," रमन ने फिर याद दिलाया।

"उनका सहारा है...मगर हमें उन पर बोझ नहीं बनना।"

"तुम्हारे कृष्ण-कन्हैया ने तुम्हारा क्या साथ दिया ? हर मंगलवार मन्दिर जा-जाकर तुम्हें क्या मिला ? बोलो मम्मी ?"

"बकवास बन्द कर !"

शायद जीवन में पहली बार शान्ति देवी ने बेटे के साथ सख़्ती से बात की थी। उन्हें ग्लानि होने लगी। था तो आखिर बच्चा ही। खेलने-कूदने की उमर है। मगर क्या करतीं एक साथ अपने ऊपर इतना बोझ आ पड़ा। जयन्त का सहारा था। फिर भी तीन जनों के परिवार की ज़िम्मेदारी उस पर डालनी भी ठीक नहीं।

"यह मकान हमें छोड़ना पड़ेगा न ?" उमा ने चाचा से पूछा।

"छः महीने के लिए इसे रख सकते हैं, तब तक तुम्हारी कॉलेज की पढ़ाई भी पूरी हो जाएगी।"

"पापा की पेंशन की तो मम्मी हकदार होंगी ही ?"

"हाँ।"

"चाचा हमें अब क्या करना चाहिए, आप बताइए ?"

"जैसे चल रहा है, फिलहाल अगले छः महीने वैसे ही चलेगा... ।"

"मगर उसके बाद ?" उमा भविष्य के अनिश्चित कोहरे को साफ करके उसके पार

देखना चाहती है। जयन्त यह समझ रहा था। इस बीच मम्मी भी आकर पास बैठ गईं। क्या पता शायद उमा के मन की गहराई में यह सवाल उठ रहा था कि क्या कॉलेज से बी.ए. की पढ़ाई खत्म करके उसे नौकरी की तलाश करनी होगी ? क्या मम्मी के बीजे हुए उसके मन की भूमि में वह सपने कि लड़कियाँ ब्याहकर अपनी परम्परा कायम रखती हैं इस नए हालात के शिकार हो जाएँगे ? वह चाचा और मम्मी से आश्वासन माँग रही थी क्या ? सुबह चैटर्जी बाबू ने शान्ति देवी और जयन्त को बताया कि सरकारी नियमों के अनुसार अगर कोई कार्यरत सरकारी कर्मचारी गुज़र जाए और उसके परिवार में कमानेवाला कोई न हो तो परिवार का एक सदस्य सरकारी नौकरी का हकदार हो जाता है। और उस स्थिति में सरकारी मकान में रहे जाने की याचिका भी दी जा सकती है।

जब उमा नहाकर आई तब उसने चैटर्जी अंकल को जाते देखा। "अंकल क्या कहने आए थे ?" उसने चाचा और मम्मी से पूछा। सवाल हवा में झूलता रहा। मम्मी रमन के लिए नाश्ता तैयार करने रसोई में चली गईं। जयन्त ने चुप रहना उचित समझा। अगर उमा की नज़रों में भविष्य डावाँडोल और चिन्ताज़नक नज़र आ रहा था तो शान्ति भाभी की दुनिया तो भूकम्प से गुज़र रही होगी। जयन्त स्वयं परेशान था।

रमन बिना नाश्ता किए स्कूल चला गया। "भाभी आप फिकर न कीजिए वह स्कूल में कुछ न कुछ खरीदकर खा लेगा।"

"मगर उसे भी तो सोचना चाहिए कि मम्मी उसी का मनपसन्द नाश्ता बनाती हैं," उमा ने नाराज़गी व्यक्त की।

"तो हम तीनों तो हैं न, चलो खाते हैं। आइए भाभी," जयन्त ने मामला सुलझाने की कोशिश की।

"तुम्हारा कॉलेज भी खुल गया है क्या ?" जयन्त ने उमा से पूछा।

वह कॉलेज चली गई। काफी देर तक जयन्त भाभी से बातें करता रहा। फिर वह भी काम पर चला गया।

शाम को जब उमा घर लौटी तो ऊपर के मकान में रोशनी देख उसके दिल की धड़कन तेज़ हो गई। मगर उसके मन ने तुरन्त याद दिलाया कि सिमरन थोड़ी न आई होगी। वह तो ससुराल में है। उमा ने अपने मन को समझाया।...कुछ दिनों के पश्चात् जुगिन्दर ने उसे सिमरन के ब्याह की फोटो दिखाई। "सच, इतनी सुन्दर दुल्हन मैंने कभी नहीं देखी," उमा ने कहा।

"तुझे जो तस्वीर पसन्द आए तू रख ले," जुगिन्दर ने कहा।

"हमारी उमा भी बहुत सुन्दर दुल्हन बनेगी," भुआजी ने कहा। उमा के मन में एक काँटा-सा चुभा। जयन्त चाचा तो यही चाहते हैं कि वह व्यवसाय की ओर बढ़े और मम्मी हैं जो कुछ कहती ही नहीं। क्या पता उनके विचार भी हवा की तरह बदलते हालात में नई दिशा पकड़ रहे हों !

आजकल मम्मी कुछ बदली-सी लगती हैं। पापा के देहान्त के ठीक बाद कई दिन मम्मी और उमा साथ-साथ रोतीं और एक-दूसरे का हाथ भी थामे रखतीं। फिर पता नहीं

क्यों, पर मम्मी ने खुद को दूर कर लिया। आज सुबह वह जब पापा के बोये फूलों और पौधों को पानी दे रही थीं तब रमन ने उत्तेजित होकर उनसे कहा, "क्या फायदा है इस बगीचे को पानी देने का ?"

मम्मी ने जवाब नहीं दिया। वह चुपचाप अपने काम में लगी रहीं। जैसे यह बगीचा सदा अपना ही रहेगा। रमन झुँझलाया। स्कूल में दोस्त पूछते हैं कि क्या वह इसी स्कूल में पढ़ेगा या कि स्कूल बदलेगा। वह यही कह के टाल देता है कि "यार अभी पता नहीं।"

रमन उमा से पूछना चाहता था, "क्या हम लोग जयन्त चाचा के यहाँ रहने जाएँगे ?" मगर शब्द जुबान तक आकर रुक जाते। उसकी झुँझलाहट बढ़ती जब वह उमा को मम्मी की पूजा की चौकी के सामने आँखें बन्द किए देर तक प्रार्थना करते देखता। और तिस पर जयन्त चाचा का इतने दिन तक उनके घर में रहना, "शुक्र है कि आखिर वह अपने घर चले गए। मुझे तो ऐसा लगने लगा था कि अब वह यहीं टिके रहेंगे।" रमन ने अजय से कहा।

"यार इतने बुरे तो नहीं हैं तेरे चाचा।"

"तुझे क्या पता ? तू क्या जानता है ?" रमन ने उलटकर उससे पूछा।

"जुगिन्दर की तो जान भी बचाई थी उन्होंने," अजय ने कहा।

"तू किस दूरदर्शन की खबरें सुनता है ?"

"मेरे पापा क्या दूरदर्शन हैं ? उन्होंने सब देखा था...औरों ने भी देखा था...अब तू न मानना चाहे तो तेरी मरज़ी।"

"जुगिन्दर भाप्पे को रहने दे...वह तो चाचा का चेला है। आजकल अपने स्कूटर पर हीरो बना फिरता है।"

"अच्छा छोड़ इन बातों को, यह बता कि तूने क्या फैसला किया है, साइंस पढ़ेगा या साहित्य और इतिहास ? आज नहीं तो कल, फैसला तो करना ही होगा।"

"तूने क्या करने की सोची है ?" रमन ने अजय से पूछा।

"पापा चाहते हैं कि साइंस पढ़ूँ। कहते हैं कि इंजीनियरिंग और कम्प्यूटर में ही भविष्य है... ।"

"राहुल का भाई अमेरिका जा रहा है...वही अव्वल मंज़िल है...मगर वहाँ जाने के लिए बड़ी मेहनत करनी पड़ेगी...कर सकेगा ?"

अजय ठहाका मारकर हँसा। इससे पहले कि बात और आगे बढ़ती उमा ने रमन को पुकारा। मम्मी बुला रही थीं, खाना ठंडा हो रहा था।

खाना खाते हुए उमा सोचने लगी कि आज पहली बार पापा के गुज़रने के बाद जयन्त चाचा उनके साथ खाना नहीं खाने बैठे। अब से क्या ऐसा ही चलेगा ? कितने दिन ?

अचानक रमन ने ऐलान किया, "मम्मी मैंने फैसला किया है कि मैं आगे साइंस पढ़ूँगा।"

"डॉक्टरी पढ़ने का इरादा है क्या ?" मम्मी ने पूछा।

"नहीं, कम्प्यूटर इंजीनियर बनूँगा।"

मम्मी ने कुछ नहीं कहा। बल्कि उमा ने रुककर पूछा, "अजय क्या पढ़ेगा ?"

"वह तो वही करेगा जो उसके पापा कहेंगे।"

"और उसके पापा क्या कहते हैं ?" उमा ने पूछा।

"यह तो उन्हीं से पूछना," रमन ने जवाब दिया।

"इंजीनियरिंग कॉलेज में दाखिला बहुत मुश्किल से मिलता है न ?" मम्मी ने पूछा।

"मेरे दोस्त राहुल का भाई है न, उसने मध्य प्रदेश के एक छोटे-मोटे कॉलेज से पास किया था...अब अमेरिका जा रहा है...वहीं ग्रीन कार्ड ले लेगा...ज़िन्दगी बन जाएगी...राहुल भी वही करेगा।"

"और तू भी वही करेगा, यही ना ?"

"तो तुम्हें यह बुरा क्यों लग रहा है दीदी ?"

"बुरा नहीं लग रहा...ताज्जुब हो रहा है।"

"आज हर अक्लमन्द आदमी यही रास्ता पकड़ रहा है और तुम्हें ताज्जुब हो रहा है ?"

"हर अक्लमन्द आदमी जो ऐसे सपने देखता है वह मेहनत करने के लिए तैयार होता है। तुम तैयार हो ?"

"ट्यूटोरियल स्कूल में अभी से भर्ती हो जाऊँगा तो मेहनत का रास्ता भी बन जाएगा।"

उमा चुप रही। उसकी आँखें थाली पर टिकी थीं और मन में गुस्से का गुबार उठ रहा था। मम्मी ने तो जैसे कुछ सुना ही नहीं। खाने के पश्चात् जब मम्मी के साथ उमा रसोई समेट रही थी और रमन टी.वी. देख रहा था तब जयन्त चाचा हाज़िर हुए। कह के तो गए थे कि आज नहीं लौटेंगे, कल भी शायद न आ पाएँ।

"कैसे आना हुआ ?" शान्ति भाभी ने पूछा।

"अभी काम से फारिग हुआ, सोचा मिलता जाऊँ...।"

"तुम बैठो, मैं खाने का इन्तज़ाम करती हूँ।"

"नहीं भाभी, खाना खाकर आ रहा हूँ।"

"बहुत अच्छा किया कि आप आ गए, मुझे आपसे ज़रूरी बात करनी है," रमन ने कहा।

"कौन-सी ज़रूरी बात ? कहो ?"

"यही कि मैंने आगे साइंस पढ़ने का फैसला किया है। अभी से ट्यूशन करने का इरादा है।"

जयन्त चाचा ने उत्तर नहीं दिया। गले में लिपटे मफलर को ढीला करने लगे।

मम्मी को सुबह नौ बजे बाहर जाने के लिए तैयार देखकर उमा को आश्चर्य हुआ। दरवाज़े पर चैटर्जी अंकल खड़े थे।

"मम्मी तुम कहीं जा रही हो क्या ?" उसने पूछा।

"हाँ, काम से मन्त्रालय जा रही हूँ। चैटर्जी बाबू के साथ। मेरे लौटने से पहले अगर तुम कॉलेज जाओ, तो चाबी ऊपर भुआजी को देती जाना, मैं उनसे ले लूँगी।"

उमा ने अनुमान लगाया कि मम्मी, पापा की पेंशन के मामले में दफ्तर जा रही हैं। वह चैटर्जी अंकल के साथ चली गईं। कितने महीने गुज़र गए। यह घर छोड़ने का वक्त भी करीब आ गया मगर पापा की पेंशन की रकम कहीं फँसी पड़ी थी। जयन्त चाचा उस दिन कह रहे थे कि उन्हीं के पड़ोस में दो कमरों की बरसाती, मुनासिब किराये पर मिल रही है। मम्मी ने कहा था कि जिस दिन चाचा को सुविधा हो वह उनके साथ मकान देखने जाएँगी। यही तय हुआ कि अगले इतवार को जयन्त चाचा मम्मी और उमा को बरसातीवाला मकान दिखाने ले जाएँगे।

उमा तैयार हो रही थी कॉलेज के लिए जब जुगिन्दर ने दरवाज़ा खटखटाया, "सोचा कि आज तुम्हें चेतक कॉलेज तक पहुँचा देगा।" उसने कहा।

"वह क्यों ?" उमा ने पूछा।

"क्योंकि आज चेतक उसी दिशा में काम पर जा रहा है।"

"मैं अभी आई, बस पाँच मिनट में, चेतक को मेरी तरफ से थैंक यू कह दो," उमा ने जल्दी-जल्दी अपनी किताबें उठाईं और घर बन्द करने लगी। दरवाज़े पर ताला लगाकर वह चाबी ऊपर भुआजी को देने गई।

"आंटी घर पर नहीं हैं ?" जुगिन्दर ने पूछा।

"चैटर्जी अंकल के साथ उनके दफ्तर गई हैं," उमा ने बताया। फिर कहने लगी, "पता है जुगिन्दर इस मकान को छोड़ने के दिन करीब आ रहे हैं...।" आवाज़ में लाचारी का वही सुर था जो आजकल अक्सर सुनाई देने लगा था। जुगिन्दर ने हेलमेट पहनकर स्कूटर चलाया। उमा पीछे बैठ गई। अभी कुछ दूर ही गए थे कि उमा ने रुकने को कहा। "क्या हुआ ?" जुगिन्दर ने पूछा।

"बस एक मिनट...मन्दिर में माथा टेकूँगी...," कहती हुई उमा मन्दिर की ओर दौड़ीं। चन्द मिनटों में लौट आई।

"अच्छा, जुगिन्दर तू क्या पहले की तरह गुरुद्वारे नहीं जाता ?"

"तुझे क्या लगता है ?"

"मुझे लगता है कि पहले की तरह नहीं जाता।"

"तो तूने पूछा क्यों ?"

"ऐसे ही।"

"पता है, एक अच्छी खबर है...कल सिमरन आ रही है।"

"सच्च ! मैं भी उसे स्टेशन पर लेने जाऊँगी," उमा ने उत्साह से कहा।

दरअसल सिमरन का मायके आना एक मुद्दा बना हुआ था। ससुरालवाले उसे

आने ही नहीं देते थे। उसके पापा उसे तीन बार लेने गए और हर बार खाली हाथ लौटना पड़ा उन्हें। किसी न किसी बहाने से ससुरालवाले सिमरन को मायके जाने से रोक देते। वह कुछ आँसू बहाकर और कुछ अन्दर ही अन्दर पीकर रह जाती।

पापा निराश लौटकर जब अपना दुख व्यक्त करते तो पता नहीं क्यों, पर जुगिन्दर को सिमरन के चेहरे के पीछे चाची का वह चेहरा नज़र आता जब वह ब्याहकर आई थीं। कई जाने-पहचाने हादसे उसे शर्मिन्दा करने के लिए आँखों के सामने तैरने लगते। एक दिन जब मम्मी सिमरन को याद करती हुई आँखों में उभर रहे आँसू पोंछने लगीं तो जुगिन्दर ने मन की बात कह ही डाली।

''हमने भी तो चाची के साथ यही किया था न...।''

''कैसी उल्टी-सीधी बातें करने लगा है ! हम ऐसे थोड़ी न हैं !'' मम्मी ने उसे टोका। जुगिन्दर ने मम्मी से बहस नहीं की मगर मन ही मन वह जानता था कि सच तो यह है कि 'उन' में और 'हम' में कोई फर्क नहीं है।

''सिमरन को पता है न कि पापा गुज़र गए ?'' उमा ने जुगिन्दर से पूछा। जवाब में जुगिन्दर ने स्वीकृति में सिर हिलाया।

''वह खुश है न ?'' उमा ने अगला सवाल पूछा।

''तू उससे खुद पूछना कि कितनी खुश है, क्या करती है, कहाँ जाती-आती है...मुझे यह बारीकियाँ नहीं पता।''

''तुझे कुछ पता भी है ?''

''हाँ, इतना पता है कि लड़कियाँ शादी करने के लिए उतावली होती हैं और शादी के बाद परेशानियाँ झेलती हैं। यही किस्सा बार-बार फिल्मी कहानियों की तरह सामने आता है...।''

कॉलेज के गेट पर उमा स्कूटर से उतरी। जुगिन्दर ने उससे पूछा, ''क्लास कब खत्म होगी ?''

''साढ़े तीन बजे।''

''तो चार बजे मैं और चेतक तुझे लेने आएँगे। ठीक है ? चलता हूँ।''

''आज चेतक इतना मेहरबान क्यों हो रहा है ?''

''यह दोपहर में बताऊँगा,'' कहता हुआ जुगिन्दर चला गया। बाद में उमा ने यासमीन को बताया कि सुबह वह जुगिन्दर के स्कूटर पर कॉलेज आई थी।

''कल शाम जुगिन्दर और अली हमें पिक्चर दिखाने ले गए थे,'' यासमीन ने उमा से कहा।

''क्या उन दोनों की दोस्ती अब भी पहले जैसी है ?'' उमा ने पूछा।

''जुगिन्दर बहुत अच्छी, मेरा मतलब जीवन्त तस्वीरें खींचता है। अली कहता है कि जुगिन्दर ने सही लाइन पकड़ी है। इसीलिए वह खुश भी है...।''

''और अली ?''

''वैसे तो अली खुश है...मगर उसे लगता है कि दुकानदारी की जगह अगर उसने

बैंक या मैनेजमेंट की लाइन पकड़ी होती तो बेहतर होता। जुगिन्दर उसे कहता है कि अब भी कौन-सी देर हुई है...नया रास्ता, नया व्यवसाय जो उसे पसन्द हो वही उसे पकड़ना चाहिए...अब देखो अली क्या करता है...।''

''पता है, कल सिमरन आ रही है...शादी के बाद पहली बार मायके आ रही है...उसके सास-ससुर उसे आने ही नहीं देते थे। मैं उसे स्टेशन से लाने जाऊँगी...।''

''अपने इम्तहानों के शुरू होने में कुल पाँच हफ्ते रहते हैं,'' यासमीन ने उमा को याद दिलाया।

''सिमरन ने भी यही मौका ढूँढ़ा है आने के लिए...चल कोई बात नहीं रात को देर तक पढ़ लूँगी।''

''सिमरन तो तेरे घर नहीं अपने घर में रहेगी। तू हमारे यहाँ की सोच। शादी का-सा माहौल बना हुआ है हमारे यहाँ आजकल। तिस पर नफीसा का बेटा ऐसा जीता-जागता खिलौना है कि कोशिश करती हूँ पर उससे दूर नहीं रहा जाता।''

''क्या फर्क पड़ता है यासमीन, हमने भी तो घर-गृहस्थी ही चलानी है। कितने नम्बर आते हैं यह आगे जाकर कौन पूछेगा !''

चार बजे उमा लाइब्रेरी से किताबें लेकर कॉलेज से बाहर आई। सड़क पर चेतक के ऊपर सवार जुगिन्दर इन्तज़ार कर रहा था, ''बहुत देर लगा दी।'' उसने उमा से कहा।

''कैसी देर ? तूने कहा था कि चार बजे आएगा, अब ठीक चार बज रहे हैं।''

''मेरा मतलब है कि दोपहर को कुछ नहीं खाया। पेट में चूहे कूद रहे हैं।''

''जुगिन्दर तू उस्ताद होता जा रहा है,'' उमा ने हँसकर कहा। उसे खुश देखकर जुगिन्दर को अच्छा लगा। कुछ देर के बाद, भटूरे खाते हुए उमा ने पूछा, ''कल कौन-सी फिल्म देखी ?''

''अली की छुट्टी खत्म होने को आ रही है। वापस जाने के दिन नज़दीक आ रहे हैं...पता है तुझे, कि कोई ऐसी पिक्चर नहीं है जो उसने नहीं देखी !''

जुगिन्दर जानता था कि उमा ने अपने पापा के देहान्त के बाद सिनेमा देखना बन्द कर दिया है। संगीत क्लास भी छूट गई। वह यथानियम मन्दिर ज़रूर जाती है। जुगिन्दर को यह बात अच्छी नहीं लगती मगर क्या अच्छी नहीं लगती यह उसे ठीक पता नहीं। जयन्त अंकल से जब उसने इसका ज़िक्र किया तो उन्होंने कोई आश्चर्य प्रकट नहीं किया। कहने लगे, ''अगर उसे मन्दिर जाने और पूजा करने में सान्त्वना मिलती है तो क्या बुराई है ?'' खाना खाकर पानी का घूँट पीकर गिलास नीचे रखते हुए जुगिन्दर ने कहा, ''एक नया कान्ट्रैक्ट मिला है, गुजरात के कुछ अनजाने इलाकों की तस्वीरें लेने का।'' उसकी आँखों में उत्साह छलक रहा था।

''जावेद के साथ जाएगा ?''

''नहीं, यह काम जयन्त अंकल के साथ करूँगा। वह लेख लिखेंगे और मैं तस्वीरें बनाऊँगा। यह पहला ऐसा काम है जो मैं शुरू से आखिर तक खुद पूरा करूँगा। अकेला।''

"ऐसे बोल रहा है जैसे...अकेला हवाई जहाज़ चलानेवाला है !"

"सच उमा ठीक ऐसा ही लगता है जैसे हवा में उड़ने, बहुत ऊँचा उड़ने जा रहा हूँ... ।"

"पागल हो गया है," उमा हँसने लगी।

"चल, मेरे पागलपन की खुशी में रसगुल्ला खाते हैं," जुगिन्दर ने रसगुल्ले का ऑर्डर दिया।

"क्या मज़े हैं तेरे, और इधर मैं हूँ कि सिर पर इम्तहान खड़े हैं।"

"यह तो तेरा भी आखिरी इम्तहान है, इसके बाद तेरी भी छुट्टी ही छुट्टी...आगे क्या एम.ए. की पढ़ाई करने का इरादा है या नौकरी करने का ?" जुगिन्दर ने कोका-कोला का गिलास खाली करके नीचे रखते हुए पूछा।

"इतनी दूर की सोचने की फुर्सत ही कहाँ है। सामने अपने ही नहीं रमन के इम्तहान भी मँडरा रहे हैं, तिस पर मकान छोड़ने के आसार... ।"

फिर वही लाचार सुर और उमा का मुरझाया हुआ चेहरा जो जुगिन्दर को पसन्द नहीं। वह कुछ कहना चाहता था। कुछ ऐसा करना चाहता था जिससे निराशा का कोहरा छँट जाए। मगर क्या कहना या करना उचित होगा यह उसे समझ नहीं आता।

घर पहुँचकर उमा ने मम्मी को बताया कि कल सिमरन आ रही है। मम्मी अपनी ही किसी चिन्ता में डूबी हुई थीं। "तुम चैटर्जी अंकल के साथ उनके दफ्तर क्यों गई थीं ?" उमा ने पूछा।

"कल भी जाना पड़ेगा," मम्मी ने संक्षिप्त-सा जवाब दिया।

"पापा की पेंशन के बारे में ? उमा ने पूछा। मम्मी ने सहमति में सिर हिला दिया।

अगले कुछ दिन मम्मी नियमित तौर से सुबह दफ्तर जाती रहीं। इस बीच सिमरन अमृतसर से यानी ससुराल से मायके आई। उमा उसे स्टेशन से लाने न जा पाई क्योंकि उसी दिन सुबह उसे अपना रोल नम्बर लाने के लिए कॉलेज जाना पड़ा। कॉलेज से जब घर लौटी तो उत्साह से सीधे सीढ़ियाँ चढ़कर सिमरन के दरवाज़े पर पहुँच गई।

एक घंटे के बाद जब घर लौटी तो मम्मी ने पूछा, "मिल आई सिमरन से, कैसी है ?"

"अच्छी है। मम्मी मुझे नहीं पता था कि वह अपने पति के साथ आ रही है। अकेली होती तो बेहतर होता। रविन्दर के पास बैठे, बातें थोड़ी न हो सकती हैं," उमा का उत्साह हवा निकाले हुए बैलून की तरह सिकुड़ गया था। "कुल चार दिन के लिए आई है। कह रही थी कि आपसे मिलने आएगी।"

अगले दिन सिमरन अकेले ही उमा के यहाँ आई। रविन्दर कहीं गया था। मौका मिलते ही उमा को सिमरन ने बताया कि वह खुश है। रविन्दर बहुत अच्छा है मगर सास उसे सताती है। "क्या मतलब सताती है ?" उमा ने पूछा।

"मुझे नीचा दिखाने और दबाने की कोशिश करती है," सिमरन ने कहा। फिर धीरे से कहने लगी, "पता है उमा, मैं माँ बननेवाली हूँ।"

"माँ तो बननेवाली है मगर हाथों में अभी भी मेहँदी का रंग तेज़ है !" उमा ने सिमरन को छेड़ते हुए कहा।

"अरे यह मेहँदी तो पिछले हफ्ते पड़ोस में शादी थी न, वहाँ लगाई थी। पता है उमा मेरे कपड़े और गहने अमृतसर में बहुत सराहे जाते हैं। रविन्दर की छोटी बहन, मेरी नन्द बिल्ला कहती है कि अपने दहेज के कपड़े और गहने वह मेरे कपड़ों और गहनों के डिज़ाइन लेकर बनाएगी। मैं चुप रही। मगर मैं थोड़ी न उसे अपनी चीज़ों की नकल उतारने दूँगी ! बिल्कुल नहीं। वैसे मेरी सास का बस चले तो वह मेरी चीज़ें उठाकर अपनी बेटियों को दे दे। पता है, वह नहीं चाहती थी कि रविन्दर मेरे साथ दिल्ली जाए। कहती रही कि जुगिन्दर आकर मुझे ले जाए और वापस पहुँचा जाए। मगर मैंने जिद की।"

"वह क्यों ?" उमा ने पूछा। मन ही मन सोचने लगी कि कितना अच्छा होता अगर सिमरन अकेली ही आई होती।

"सास तो मौका ढूँढ़ती है मेरे खिलाफ रविन्दर के कान भरने का। इतना लम्बा मौका, चार दिन और चार रातों का, मैं उसे देनेवाली थी क्या ? अरे तेरा दिमाग खराब है ? मैं तो रविन्दर को एक मिनट भी सास के साथ अकेला नहीं छोड़ती। कभी-कभी तो बहुत मुश्किल हो जाती है, खासकर छुट्टी के दिन। पता है मैं क्या करती हूँ ?" सिमरन ने आवाज़ मन्द करते हुए कहा, "मैं सुबह-सुबह नहा-धो लेती हूँ और फिर बिल्ली की तरह सारा दिन चौकसी रखती हूँ।" अपनी अक्लमन्दी और चालाकी पर सिमरन को काफी गर्व था।

"यह सास-बहू का रिश्ता बड़ा टेढ़ा होता है न ?" उमा ने अपना अज्ञान व्यक्त किया।

"सासें जलती हैं अपनी बहुओं से। मेरी सास तो बहुत जलती है मुझसे," बचाव तो इसमें है कि रविन्दर मुझे बहुत प्यार करता है। सब कहते हैं कि रविन्दर की वौटी बड़ी सोनी है। बाकियों की तरह गँवार नहीं है। उठना-बैठना जानती है। सच उमा अमृतसर में, खासकर हमारे पड़ोस में बहुएँ-बेटियाँ काफी गँवार हैं। नाक पोंछने की भी तमीज़ नहीं है उन्हें, कान्वेन्ट में नहीं पढ़ी हैं। बस मैं ही एक हूँ...और वे लोग कपड़े इतने चटकीले पहनती हैं...क्या बताऊँ !"

"तुझसे भी ज़्यादा ?" उमा ने हँसते हुए पूछा।

"जाने दे ! मैं कहाँ चटकीले कपड़े पहनती हूँ !" दोनों हँसने लगीं।

"उमा, तेरी शादी के रिश्ते भी आ रहे होंगे, और यासमीन के भी...बता तो ?"

"यासमीन की बात चल रही है...किसी डॉक्टर से...बम्बई में रहनेवाला परिवार है...।"

"और तेरी ?"

"पता है सिमरन पापा के गुज़रने के बाद सब कुछ बदल गया है...।"

"अब तेरे जयन्त चाचा पर सारी ज़िम्मेदारी आ पड़ी है न ?"

"चाचा...चाचा भी बदल गए हैं...लगता है...।"

"उन्होंने तो खुद शादी नहीं की...अच्छा बता, तुम्हें यह मकान भी छोड़ना पड़ेगा क्या ? कहाँ जाओगे ?"

"चाचा के पास ही ढूँढ़ रहे हैं...।"

"आजकल तो किराये भी बहुत बढ़ गए हैं...सुना है...," उमा को वार्तालाप की दिशा और विषय चुभने लगे।

"तू तो कल चली जाएगी और सास के डर से, कि कहीं वह रविन्दर के कान न भर दे, पता नहीं तू कब आएगी," उमा ने कहा।

"हाय, पता है तेरी मम्मी को देखकर मुझे बड़ा दुख हुआ। ना माथे पर बिन्दी और ना हाथों में चूड़ियाँ...कैसी सूनी लग रही हैं।"

"रमन से मुलाकात हुई कि नहीं ?" उमा ने पूछा।

"नहीं, उसे नहीं देखा...बता, क्या वह अब भी बिगड़ा हुआ है पहले की तरह ? मेरा मतलब तेरे पापा के गुज़रने के बाद भी क्या वह वैसा ही है ?"

"तू क्या सोचती है कि रमन भी वैसे ही बदल जाएगा जैसे जुगिन्दर बदल गया ?"

"भाप्पे में तो ज़मीन-आसमान का बदलाव आया है। अब तो उसे अच्छे कान्ट्रैक्ट मिलते हैं। कमा रहा है...और पापा-मम्मी बड़े खुश हैं।"

"और तू माँ बनेगी तो भुआजी नानी बन जाएँगी...बहुत खुश होंगी न ?"

"अब मुझे चलना चाहिए उमा, रविन्दर भी लौट आया होगा। पापा के साथ मार्केट गया था मिठाइयाँ वगैरह खरीदने...साथ लिजानी हैं न।"

"तू चली जाएगी तो भुआजी उदास हो जाएँगी। तूने आने में इतनी देर कर दी कि तेरा नाम सुनकर भुआजी की आँखें भर आतीं।"

"पता है उमा, मेरा भी बड़ा मन है कि और कुछ दिन रह लूँ मम्मी-पापा के पास। जुगिन्दर से तो बात करने का मौका ही नहीं मिला। मगर क्या करूँ, लाचारी है...मेरा रविन्दर के साथ अमृतसर लौटना बहुत ज़रूरी है," सिमरन खड़ी हो गई।

"अरे तू बिना कुछ खाए कहाँ जा रही है ? मम्मी तेरे लिए पकौड़ी तल रही हैं। मेरा मतलब तेरे और रविन्दर के लिए।"

"सच !" सिमरन का चेहरा खिल उठा।

सिमरन और उमा की छोटी-छोटी चन्द मिनटोंवाली मुलाकातों में ही चार दिन हवा की तरह बह गए। रविन्दर के साथ सिमरन अमृतसर लौट गई। उधर यासमीन के घर की रौनक भी खामोशी में बदल गई। अली, नफीसा और उसका बेटा, तीनों दुबई लौट गए। बच्चे का घर से जाना सभी को बुरा लगा। यासमीन को उदास देखकर उमा ने उसे बताया कि सिमरन माँ बननेवाली है।

उस रोज़ जब रमन स्कूल से लौटा तो उसके चेहरे से गुस्सा छलक रहा था। बस्ता

दरवाज़े पर ही पटककर उसने मम्मी से सवाल किया।

"मम्मी, तुमने नहीं बताया कि तुम...तुम नौकरी करने जा रही हो ? अजय ने मुझे बताया...क्या ज़रूरत है तुम्हें यह करने की ? तुम चोरी-चोरी रोज़...," रमन की साँस चढ़ रही थी।

"क्या हुआ ?" उमा रमन को मम्मी पर गरज़ते सुनकर अपनी किताबें छोड़कर आ गई। रमन का चेहरा तमतमा रहा था। "बैठ जा रमन, बता क्या हुआ ?"

"मैं बताती हूँ," मम्मी ने आँचल से मुँह पोंछते हुए कहा।

"मैंने तुम दोनों को इसलिए नहीं बताया क्योंकि मुझे अभी भी पता नहीं है कि सरकारी नौकरी का हकदार होते हुए यह नौकरी मुझे मिलेगी कि नहीं। कोशिश हो रही है। चैटर्जी बाबू पूरा ज़ोर लगा रहे हैं...मगर मैं सिर्फ मैट्रिक पास हूँ...इसीलिए क्लर्क की नौकरी पाने में मुश्किल हो रही है...।"

"क्या ज़रूरत है तुम्हें नौकरी करने की, क्लर्क बनने की ?" रमन आक्रोश में चिल्लाया।

"ज़रूरत मुझे ही नहीं, तुम्हें, हम तीनों को है।" मम्मी का सुर भी ऊँचा था इस बार। उमा ही थी जिसे गुस्सा नहीं, धक्का महसूस हो रहा था। क्या मम्मी रोज़ नौकरी की तलाश में सरकारी दफ्तरों के चक्कर काट रही थीं ? उनके लिए यह कितना मुश्किल और अपमानजनक होगा। वह तो सिर्फ मन्दिर तक जाना जानती हैं। बाज़ार भी नहीं जातीं।

"तुमने जयन्त चाचा से बात की है इस बारे में ?" उसने मम्मी से पूछा।

"हाँ।"

"वह सहमत हैं क्या ?" उमा की आवाज़ में अविश्वास था।

"हाँ।"

"वह तो सहमत होंगे ही," रमन गरजा।

"तू कहना क्या चाहता है ?" उमा ने पूछा।

"यही कि जयन्त चाचा हमारी ज़िम्मेदारी नहीं लेना चाहते। मुझे तो पता ही था।"

"बेटा, अगर मैं खुद अपने पैरों पर खड़ी हो सकूँ तो शायद इसी में सबकी भलाई है...अभी तुम्हारी सारी पढ़ाई बाकी है, उमा की शादी करनी है...।"

"चाचा का कौन-सा परिवार है जो वह हमारी ज़िम्मेदारी नहीं ले सकते ?" रमन चिल्लाकर बोला। उमा का दिमाग कह रहा था कि मम्मी जो कह रही हैं वह कुछ हद तक ठीक है और रमन जो कह रहा है वह सही नहीं मगर रमन की तरह उसके मन में भी कहीं एक काँटा-सा चुभ रहा था। मम्मी दफ्तर जानेवाली बसों की भीड़ का अंग बनेंगी, यह वह कैसे देखेगी ? लोग क्या कहेंगे ? यासमीन के अम्मी-अब्बा, सिमरन के मम्मी-पापा ? आसपास सभी क्या सोचेंगे ? यही न "बेचारा पराशर परिवार किस दुरवस्था में आ गिरा है। इन्हें सहारा देनेवाला कोई नहीं है कि बेचारी विधवा को इस उमर में नौकरी करने पर उतरना पड़ा।"

मम्मी समझा रही थीं, "इसमें बुराई क्या है रमन, बल्कि अपनी ज़िम्मेदारी खुद सँभाल सकने का मौका मिल रहा है इस वक्त...।" उमा कहना चाहती थी, "बस करो मम्मी, तुम्हीं तो कहती आई हो कि महिलाओं की ज़िम्मेदारी है परिवारिक परम्परा को कायम रखना, चली आ रही प्रथा को आगे बढ़ाना न कि नौकरियाँ करके पैसे कमाना। आज तुम्हारे मुँह से यह सुनना कि औरतों को अपने पैरों पर खड़ा होना चाहिए सरासर बनावटी लगता है।" मगर मम्मी से बहस करना उसने उचित न समझा।

"दीदी, तुम क्यों नहीं कुछ बोलतीं ? तुम्हें बुरा नहीं लगेगा जब लोग बोलेंगे...पता नहीं क्या-क्या कहेंगे...मैं मम्मी के खिलाफ किसी को कुछ भी कहते नहीं सुनूँगा...जयन्त चाचा को क्या ? वह तो...," रमन का गुस्सा आँसुओं में पिघलने लगा।

"तू बेकार में खुद को दुखी कर रहा है," मम्मी रमन के पास जाकर उसके सिर पर हाथ फेरने लगीं।

"तुझे अजय ने क्या कहा ?" उमा ने उससे पूछा।

रमन ने कुछ रुककर खुद को सँभालते हुए जवाब दिया, "कह रहा था कि उसके पापा ने न जाने कितने बड़े-छोटे अफसरों से सिफारिश की है। उन्हें उम्मीद है कि मम्मी को सरकारी नौकरी मिल जाएगी क्योंकि हमारे परिवार में कमानेवाला कोई नहीं है।"

"तूने क्या कहा ?"

"मैंने क्या कहना था दीदी, मैं तो दंग रह गया। फिर अजय बड़बड़ाने लगा कि उसे कुछ कहना नहीं चाहिए था, उससे भूल हो गई...।"

"गलती मेरी है। मैंने ही देर कर दी तुम्हें बताने में। सोचा था कि नौकरी मिल जाने पर बताऊँगी...," मम्मी का चेहरा देखकर उमा का मन हुआ, उन्हें ज़ोर से अपनी बाँहों में ले लेने का।

"मम्मी, तुमने कोई गलती नहीं की...मुझे तो यह डर है कि तुम दफ्तर में, मेरा मतलब...तुम्हें वह काम करना अच्छा लगेगा क्या ?" चिन्ता और करुणा में लिपटे हुए उमा के इन शब्दों ने शान्ति देवी के मन को पिघला दिया। इससे पहले कि आँखों में बाढ़ आ जाए वह रसोई में चली गईं।

इम्तहानों का मौसम आकर चला गया। जिस दिन पर्चे खत्म हुए उमा और यासमीन ने सिनेमा देखने का प्रोग्राम बनाया। "आज दस घंटे सोऊँगी, तब जाकर भी नींद पूरी नहीं होगी," उमा ने लौटते हुए यासमीन से कहा।

"मेरी ज़िन्दगी का तो यह आखिरी पर्चा था," यासमीन ने तसल्ली से कहा।

"तेरा रिश्ता पक्का हो गया ?" उमा ने पूछा।

"हाँ।"

"उसी बम्बईवाले डॉक्टर से ?"

"परिवार बम्बई में है मगर डॉक्टर अमेरिका में काम करते हैं।"

"तो तू अमेरिका चली जाएगी ?...यहाँ नहीं रहेगी ?"

"जहाँ वह रहेंगे वहीं रहूँगी...।"

"सिमरन चली गई, अब तू भी चली जाएगी इतनी दूर कि पता नहीं फिर कब मुलाकात होगी," उमा ने निराशा को व्यक्त होने से रोकते हुए कहा।

"क्या पता तू भी कहीं ब्याहकर...उमा यह भी हो सकता है कि तेरी शादी भी किसी अमेरिका में रहनेवाले से हो जाए...कितना अच्छा हो !" यासमीन ने ख्याली पुलाव बनाते हुए उमा की निराशा को भगाने की कोशिश की।

"हमारे बुरे दिन चल रहे हैं यासमीन। पता है अगले हफ्ते से मेरी मम्मी उसी दफ्तर में काम पर लग जाएँगी जहाँ पापा काम करते थे," उमा ने लम्बी साँस लेकर कहा।

"मुझे पता है," यासमीन ने बताया।

"तुझे कैसे पता ?"

"मेरे अब्बा ने भी सिफारिश की थी...एक संसद सदस्य से," उमा पूछना चाहती थी, "क्या तेरे अब्बा-अम्मी को एतराज़ नहीं ? क्या वह इसे सही क़दम मानते हैं ?" मगर वह कह न पाई। न जाने क्यों उसकी आँखें भर आईं।

"कितनी बुद्धू है तू उमा ! तेरी मम्मी में कितनी हिम्मत है। हम सब तो उन्हें दाद देते हैं। इतना बड़ा कदम उठा रही हैं। अहमद चचा भी उनकी तारीफ कर रहे थे। दरअसल चैटर्जी अंकल और अब्बा दोनों ने तेरी मम्मी को नौकरी ले लेने की दिशा में बढ़ाया।"

"अच्छा...मैं सोच रही थी कि मेरे चाचा ही हैं, जिनकी यह राय है और जिनकी वजह से...।"

"तुझे पता है उमा कि मेरे होनेवाले डॉक्टर मियाँ को मैं क्यों पसन्द आई ? क्योंकि मैंने कॉलेज की पढ़ाई पूरी कर ली है, अंग्रेज़ी बोलने और लिखने में कोई दिक्कत नहीं...अहमद चचा के दोस्त हैं...।" यासमीन उसी ख्याली झूले में झूल रही थी जिसमें उमा ने सिमरन को झूलते देखा था।

"तेरी किस्मत कितनी अच्छी है," उमा ने कहा।

"तू फिकर मत कर, वक्त आने पर तेरी किस्मत भी उजाला ही उजाला हा जाएगी। तुझे भी बहुत अच्छा वर ढूँढ़कर देंगे तेरे मम्मी और चाचा। मगर एक बात कहूँ...? तू बुरा न मानना...।"

"कह।"

"तू जुगिन्दर के स्कूटर पर उसके साथ बाज़ार जाती-आती है। कॉलेज भी। लोग देखते हैं। पता है, इन बातों का बुरा असर पड़ता है।"

"तुझे किसी ने कुछ कहा है क्या ?" उमा ने पूछा।

"नहीं, ऐसी कोई बात नहीं है। अरे तू तो उदास हो गई। चल छोड़ ! भूल जा ! अब भूल भी जा। मुस्कुराकर दिखा...।"

उमा का मुँह सूख गया। यासमीन के लाख मनाने पर भी मन पर पड़ा पत्थर अपनी जगह पर टस से मस नहीं हुआ। जब घर के पास पहुँची तो सामने जयन्त चाचा की मारुति गाड़ी खड़ी नज़र आई।

''आज आखिरी पर्चा था न ?'' चाचा ने कहा और समोसों से भरा कागज का थैला मेज़ पर रखा।

''मैं चाय बनाकर लाती हूँ,'' शान्ति देवी ने कहा और रसोई में चली गईं।

''उमा, तबीयत तो ठीक है न ?'' जयन्त ने उसका मुरझाया हुआ चेहरा देखकर पूछा। वह हमेशा दुबली-पतली थी मगर अब तो सूख-सी गई है। ''अब तेरे इम्तहान खत्म हो गए। आज से ख़ूब आराम करना,'' कहते-कहते जयन्त रुक गया। उमा की आँखों में पानी नज़र आ रहा था, ''क्या बात है उमा ?'' उसने धीरे से पूछा।

''चाचा, मम्मी अगले हफ्ते से नौकरी...दफ्तर जाएँगी...वो क्या सब कुछ सँभालेंगी ?...आगे क्या होगा ?'' जयन्त समझ गया कि इन प्रश्नों के पीछे भावनाओं का तूफान उठ रहा है।

''भाभी ने बड़ी हिम्मत से काम किया है, बेटी। पहले एक लम्बी बीमारी झेली फिर कितने महीनों से नौकरी की तलाश में थीं। अब उनके सामने एक सरासर नए और अपरिचित काम में लगने की चुनौती है। तुम्हें उनका साथ देना है उनकी हिम्मत बढ़ानी है।''

''चाचा मम्मी का नौकरी करना बहुत ज़रूरी है क्या ? उसके बिना हम लोग नहीं रह सकते क्या ? दफ्तर में काम करना मम्मी के विचारों, स्वभाव सभी के खिलाफ है।''

जयन्त को धक्का लगा। भावनाओं की धारा का वेग इतना प्रबल और गहरा होगा इसकी उसने उम्मीद नहीं की थी। उसके पास कोई जवाब हाज़िर नहीं था। कुछ क्षण दोनों चुप बैठे रहे। उमा ने फिर अपने मन को खोला, ''चाचा, मम्मी तो सिर्फ मन्दिर तक का रास्ता जानती हैं। आस-पड़ोस से भी कटी हुई हैं। उनके लिए बाबूगिरी का काम सँभालना तो उन्हें ज़बर्दस्ती मांस-मछली खिलाने का प्रयास है। कैसे लँघाएँगी ?''

''मगर शान्ति भाभी ने नौकरी करने का फैसला सोच-समझकर लिया है। तमाम बातों को मद्देनज़र रखकर। बड़ी हिम्मत का कदम ले रही हैं। ऐसा नहीं है कि यह उन्हें तोड़ देगा। क्या उन्होंने तुमसे कुछ कहा है...?''

उमा ने सिर हिलाकर संकेत किया कि नहीं, ''मगर मैं जानती हूँ और रमन भी जानता है।'' उसका नाम लिया ही था कि रमन ने घर में प्रवेश किया। जयन्त को देखते ही उसका चेहरा ही नहीं सारा शरीर तनाव से जकड़ गया। बिना कुछ कहे बस्ता वहीं दरवाज़े के पास छोड़कर वह अन्दर के कमरे में चला गया। जयन्त सोच में पड़ गया। भाभी चाय बनाकर लाईं। उनके बुलाने पर भी रमन बाहर नहीं निकला। उमा उसके लिए चाय और नाश्ता अन्दर ले गई। तनाव से कसकर बँधे इस वातावरण में सब चुपचाप बैठे रहे। चाय पीकर प्याला रखते हुए जयन्त ने बताया कि वह अगले दिन बम्बई होता हुआ गुजरात जा रहा है। हफ्ते-दस दिन के पश्चात् लौटेगा। ''मेरे साथ जुगिन्दर भी जा रहा है,'' उसने कहा।

''जयन्त मकान के बारे में...?'' शान्ति देवी ने पूछा।

''भाभी मकान मालिक राज़ी है। अगले महीने मरम्मत और रंग करवा देगा। कुछ

नकद माँग रहा था जो मैंने उसे दे दिया।''

''चैटर्जी बाबू कहते हैं कि डेढ़ महीने का वक़्त और मिल गया है, यह मकान खाली करने के लिए,'' शान्ति देवी ने बताया।

मकान छोड़ने की बात ने उमा के मन में सँभले हुए तूफान को फिर से जागृत कर दिया। उसे डर था कि कहीं आँखों से फट न पड़े इसलिए वह उठकर अन्दर चली गई। समोसे वहीं पड़े रह गए। उन्हें देखकर शान्ति देवी ने जयन्त से कहा, ''तुम बहुत समोसे ले आए...अब कुछ अपने साथ घर लेते जाओ...।''

''आज उमा का आखिरी पर्चा था...मैंने सोचा था सब मिलकर खाएँगे...अच्छा अब चलता हूँ...ऊपर जुगिन्दर के यहाँ भी जाना है...,'' कहता हुआ जयन्त उठ गया।

''कब आओगे ?'' शान्ति भाभी ने पूछा।

''बम्बई और गुजरात से लौटकर।''

जुगिन्दर के उत्साह का तापमान कई दिनों से बढ़ रहा था। जब जयन्त उसके यहाँ पहुँचा तब वह अभी बाज़ार से लौटा नहीं था।

''आप बैठिए, वह अभी आता होगा। दरअसल उसके पास सामान बाँधने के लिए अच्छा सूटकेस नहीं था। पहली बार हममें से कोई हवाई जहाज़ से जा रहा है...इसलिए बाज़ार से खरीदने गया है। आप जितनी देर चाय पिएँगे वह आ जाएगा। मैं चाय बनाती हूँ,'' जसविन्दर कौर ने जयन्त से कहा। वह समझ गया कि यह हवाई जहाज़ का सफर जुगिन्दर के अलावा उसके पापा-मम्मी के लिए भी खास महत्त्वपूर्ण था। यह तो मानना ही पड़ेगा कि जुगिन्दर ने अनजाने में ही सही और तरक्की का रास्ता पकड़ा। उसकी तस्वीरें अब छपने लगी थीं। सरदार सन्तोक सिंह उन्हें सबको दिखाते फिरते। दफ्तर में सभी इस बात से परिचित थे कि जुगिन्दर अच्छा फोटोग्राफर है। सन्तोक सिंह ने पुराने सारे दुख भुला दिए। चलो देर आए, दुरुस्त आए। अब तो पंजाब में भी हालात बेहतर होते नज़र आ रहे थे। सुनने में आया था कि ज़मीनों के दाम भी घटने बन्द हो गए हैं। बस केवल एक घाव ऐसा था जो भरने को नहीं आता वह था छोटे भाई की हत्यारों के हाथ लाई गई मौत।

जयन्त को देखकर सरदार सन्तोक सिंह बहुत खुश हुए।

''आप जुगिन्दर को लेने आए हैं न ? बैठिए वह आता ही होगा। कितने बजे छूटेगा आप लोगों का प्लेन कल सुबह ?''

''सुबह सात बजे की फ्लाइट है जिसके लिए छः बजे हवाई अड्डे पर पहुँचना ज़रूरी है। इसलिए सोचा, कि अगर आज रात जुगिन्दर मेरे यहाँ रहे तो कल सुबह-सुबह एक साथ निकल जाएँगे,'' जयन्त ने अभी वाक्य पूरा नहीं किया था कि जुगिन्दर हाथ में नया बैग लिये लौट आया।

''सॉरी अंकल, आपको इन्तज़ार करना पड़ा। मेरे पास ढंग का बैग नहीं था इसलिए

बाज़ार जाना पड़ा।''

जुगिन्दर को उत्साहित देखकर जयन्त के मन पर रखे बोझ खुद-ब-खुद हल्के हो गए।

''आप खाना खाकर जाइएगा,'' जसविन्दर कौर ने आग्रह किया।

''घर पर जावेद हम दोनों का इन्तज़ार कर रहा है। आज रहने दीजिए, लौटकर खाऊँगा।'' जयन्त ने कहा।

जुगिन्दर अपना सामान जुटाने में लग गया। इस बीच सन्तोक सिंह और जयन्त पंजाब में बदलते और सुधरते हालात पर बातें करते रहे। सन्तोक सिंह इस निष्कर्ष पर पहुँचे थे कि जैसे इंसान के जीवन में उतार-चढ़ाव होते हैं वैसे ही मुल्क और प्रान्तों में भी भले और बुरे दिन आते-जाते हैं। कहने लगे, ''सच पूछिए तो मुझे ऐसा लगता है कि जिस तरह जोश में आकर इंसान आत्महत्या कर लेता है उसी तरह कभी-कभी एक मुल्क या प्रान्त भी खुद को नष्ट करने पर आ जाता है। पंजाब एक ऐसे ही जुनून से गुज़रा है। अब वाहे गुरु ने चाहा तो हालात सामान्य हो जाएँगे।''

''पापा वाहे गुरु ने पहले ही तहस-नहस होने से क्यों नहीं बचाया ?'' जुगिन्दर सवाल लिए और हाथ में नया बैग लिये तैयार खड़ा था। जूते भी नए थे। कन्धे पर कैमरा लटकाए वह इतना स्मार्ट लग रहा था कि मम्मी-पापा ही नहीं जयन्त भी चौंक गया।

जाते वक्त जुगिन्दर ने स्कूटर की चाबी पापा को पकड़ाई। मम्मी ने उसे साथ ले जाने के लिए मिठाई बाँध कर दी। जुगिन्दर ने उसे ले जाने से इनकार कर दिया, ''मम्मी हम जंगल में थोड़ी न जा रहे हैं।''

''तो रास्ते में खा लेना,'' मम्मी ने आग्रह किया।

''प्लेन में खाना मिलता है।''

''अच्छा तो जावेद को देना। मेरी तरफ़ से...।''

जुगिन्दर और जयन्त को गाड़ी में जाते देख सन्तोक सिंह के मन में एक मरहमी हवा के झोंके के गुज़रने का अहसास हुआ।

खिड़की पर खड़ी उमा ने भी चाचा और जुगिन्दर को गाड़ी में जाते देखा मगर उसकी घायल मनोवस्था को कोई राहत नहीं मिली। अगले दिन उसने यासमीन के साथ सिनेमा देखने की योजना बनाई थी मगर उसका जी नहीं कर रहा था जाने को। बहाना सोचने लगी। क्या कहेगी यासमीन से, कि सिर में दर्द हो रहा है ? या सच-सच कह देगी कि मन उदास है ?

यही सोचती हुई, अनमनी-सी वह कपड़े धोकर सुखा रही थी।

अगले दिन रमन ने शोर मचाया। ''क्या हुआ ?'' उमा और मम्मी ने एक साथ पूछा।

''बम विस्फोट...ज़बर्दस्त !''

''कहाँ ?'' मम्मी ने कहा।

"तुम लोग कोई खबर नहीं रखते ! कम से कम टी.वी तो खोलो !" कहता-कहता रमन खुद टी.वी. खोलने लगा। उमा कपड़े सूखने के लिए रस्सी पर डालती रही और शान्ति देवी वापस रसोई में काम समेटने गई।

"पता है, कितना नुकसान हुआ है ?" रमन चिल्लाया।

"बम विस्फोट हुआ कहाँ ?" मम्मी अपना काम समेटकर टी.वी. का पर्दा देखते हुए बोली।

"बम्बई में...पता है क़ितना नुकसान हुआ है...कितने लोग मारे गए," रमन ने कहा।

मम्मी का चेहरा अचानक पीला पड़ गया...आँखें कैसी अजीब-सी दिखने लगीं। "तुम्हारी तबीयत तो ठीक है न ?" उमा ने उनसे पूछा।

"जयन्त बम्बई पहुँच गया होगा क्या...हवाई जहाज़ से गया था आज सुबह...," मम्मी के मुँह से निकले यह शब्द सुन-सुनकर उमा के पैर लड़खड़ाने लगे। "चाचा क्यों गए ? क्या ज़रूरत थी उन्हें जाने की जब हमें उनकी यहाँ ज़रूरत हैं ?" उसके मुँह से फूट निकला; जिस तरह बिना निशाना लगाए बन्दूक से गोली चल जाए।

मम्मी ही नहीं रमन भी चौंक गया। उमा की सूरत को देख रमन से रहा नहीं गया, "दीदी, बम बम्बई में गिरा और धमाके तुम्हें लग रहे हैं...इतना मत घबराओ तुम।"

उसने सान्त्वना देने की कोशिश की।

"जुगिन्दर भी तो जयन्त के साथ गया है न ?" मम्मी ने कहा।

उमा अपने बिस्तर पर जाकर लेट गई। रमन को बाहर जाते देख शान्ति देवी ने पूछा, "तू कहाँ जा रहा है ?"

"ऊपर भुआजी से पूछने जा रहा हूँ।"

"बिल्कुल नहीं ! तू ऊपर नहीं जाएगा, समझा !"

"इतना गुस्सा किस बात पर कर रही हो मम्मी ?"

"भुआजी परेशान होंगी वैसे ही, और तू जाकर उनकी परेशानी बढ़ाएगा। तू अपना काम कर समझा," मम्मी ने सख़्ती से कहा।

रमन अपनी किताबें खोलकर बैठ गया। वह जितनी कोशिश पढ़ने की करता उतनी ज़्यादा उसे सताती उमा के मुँह से निकली गोली। उसका मन मानना नहीं चाहता था मगर मज़बूर था इसे स्वीकार करने के लिए कि अगर जयन्त चाचा न रहे तो क्या होगा ? आखिर तो वह भी उनके सहारे पर भरोसा करता है।

"उठ उमा, तूने यासमीन के साथ सिनेमा देखने जाना है न आज ?" मम्मी ने कहा। उमा तकिए में सिर दबाए केंचुए की तरह गोल आकार में दुबकी पड़ी थी बिस्तर पर। उसने मम्मी के सवाल का जवाब नहीं दिया। शान्ति देवी ने उसके सिर पर हाथ फेरा। वह चौंक गई। इतना पसीना। वह बिस्तर पर उमा के पास बैठ गईं। काफी देर तक बैठी रहीं। अचानक़ दरवाज़े पर घंटी बजी जिसकी तीखी आवाज़ ने तीनों को यथार्थ का अहसास दिलाया।

"सिमरन के पापा आए हैं," रमन ने बताया। कुछ देर पहले जुगिन्दर का बम्बई से टेलीफोन आया था यह खबर देने के लिए कि वह और जयन्त ठीक-ठाक पहुँच गए। बम्बई शहर में बम की वजह से स्थिति गम्भीर है। वे लोग प्रयास करेंगे जितनी जल्दी हो सके गुजरात चले जाने का। कह रहे थे कि चिन्ता न कीजिएगा।

खबर सुनकर शान्ति देवी ने चैन से साँस ली। उमा रोने लगी। उसे देखकर रमन को आश्चर्य हुआ। "अरे दीदी, अब क्यों रो रही हो ? अब तो पता चल गया कि चिन्ता करने का कोई कारण नहीं।" उमा को शायद खुद भी पता नहीं था कि वह क्यों रो रही है। हो सकता है कि कारण एक नहीं अनेक हों। बार-बार उसे ग्लानि हो रही थी। कल शाम उसका चाचा के प्रति व्यवहार सही नहीं था।

रमन मम्मी से कह रहा था, "विज्ञान का नियम है कि हर क्रिया की पारस्परिक प्रतिक्रिया अवश्य होती है। जब मस्जिद को गिराया तब निश्चित था कि पारस्परिक प्रतिक्रिया होगी। तो बम विस्फोट को इसी क्रम में समझा जा सकता है।"

उमा को बाबरी मस्जिद के गिराए जाने के दिन के हादसे याद आ रहे थे। पापा का बेहोश होना और उसका हाँफते हुए यासमीन के घर पहुँचना, जहाँ सारा परिवार टी.वी. के पर्दे पर मस्जिद को गिरते हुए देख रहा था। कैसा तनावग्रस्त माहौल था जिसमें यासमीन के पापा उसके साथ घर लौटे थे। अली ने डॉक्टर अहमद और एम्बुलेंस को बुलाया मगर भगवान ने तो पापा को ही अपने पास बुला लिया। भगवान ने ऐसा क्यों किया ? वे जब चाहें चाचा को भी अपने पास बुला सकते हैं। मम्मी कहती हैं कि "उसकी लीला वही जाने।" यह कैसी लीला है ? पहले उसने मस्जिद गिरवाई और अब बदले में बम्बई शहर में बम गिरवाए, कितने दंगे हुए, और होंगे, यह सब कैसी लीला है भगवान की ? हमारे अपने वश में तो कुछ नहीं है। क्या हमारा अपना व्यवहार भी अपने वश में नहीं है ? उमा की आँखों में जो आँसू फूट रहे थे, उसका मन जो फट रहा था, यह भी तो उसके वश में नहीं था।

दीदी को लगातार दो दिन गुमसुम बिस्तर पर पड़े देख रमन की दुनिया भी हिलने लगी। "तुम खाना नहीं खाओगी तो लो मैं भी नहीं खाऊँगा।" उसने आग्रह कर उमा को कुछ थोड़ा-सा खाने के लिए बाध्य किया। दोपहर में लूडो लेकर खड़ा हो गया। "दीदी, जब मैं छोटा था तब हम कितना लूडो खेलते थे। आज एक-दो खेल हो जाएँ ? मम्मी भी खेलेंगी। मम्मी तुम खेलोगी न ?"

"अगर तू बेईमानी नहीं करेगा तो खेलूँगी।"

"मुझे तो हेर-फेर करना आता ही नहीं।"

वह दिन भी आ गया जब शान्ति देवी नौकरी पर जाने के लिए तैयार हुईं। शायद सारी रात कृष्ण कन्हैया से साहस देने के लिए प्रार्थना करती रहीं। "मम्मी, तुम कौन-सी साड़ी पहनकर जाओगी ?" प्रश्न मुँह से निकला ही था कि ग्लानि की एक प्रचंड लहर ने उमा को धक्का दिया। मम्मी के पास पहनने को था ही क्या ? बस वही दो या तीन साड़ियाँ जो वह बाहर जाते हुए पहनती थीं।

चैटर्जी बाबू के साथ शान्ति देवी दफ्तर गईं। उमा ने खिड़की से उन्हें जाते देखा। शाम को जब मम्मी घर लौटीं तब रमन के साथ उमा उत्सुकता से उनका इन्तज़ार कर रही थी। बार-बार खिड़की से झाँक रही थी। जब वह लौटीं, उनका चेहरा थका-हारा नज़र आ रहा था। "मम्मी, दोहपर को खाना खाया था न ?" उमा ने पूछा।

"चाय पी थी।"

"कल से डिब्बे में खाना लेकर जाना। मैं बनाकर दूँगी।"

"तू क्यों बनाकर देगी ?"

"क्योंकि मेरी पढ़ाई तो खत्म हो गई अब। घर का सब काम अब कर सकूँगी, आसानी से। तुम्हें फिकर नहीं करनी होगी।"

"तेरी सहेलियाँ क्या कर रही हैं ?" मम्मी ने नाश्ता, जो उमा ने सामने रखा, खाते हुए पूछा।

उमा ने अपने लिए चाय बनाई थी। एक घूँट पीकर बताने लगी, "घर बैठी हैं सब। इम्तहान का नतीजा जब तक निकलता है तब तक सब आराम करेंगी। यासमीन का रिश्ता पक्का हो गया है मम्मी। वह कपड़े बनाएगी...दहेज तैयार करेगी। उसकी ससुराल बम्बई में है मगर लड़का अमेरिका में काम करता है। डॉक्टर है। अपने डॉक्टर अहमद का दोस्त है। लगता है उन्हीं ने यह रिश्ता करवाया है।"

"तो वह अमेरिका चली जाएगी ?" मम्मी ने पूछा।

"हाँ, वहीं तो रहेगी जहाँ उसका पति रहेगा। यासमीन बता रही थी कि उनके पास ग्रीनकार्ड है।"

"यह ग्रीन कार्ड होता क्या है ?"

मम्मी का यह प्रश्न सुनकर रमन चौंक गया, "क्या सच में तुम्हें नहीं पता कि ग्रीन कार्ड क्या होता है ?" उसने आश्चर्य से पूछा, "मम्मी अमेरिका में काम करने के लिए और बिना रोक-टोक के रहने के लिए विदेशों से आए लोगों को ग्रीन कार्ड लेना पड़ता है। वह मिल जाए तो समझ लो सब कुछ मिल गया। रास्ते की सभी अड़चनें पार हो गईं।"

"तो ग्रीन कार्ड एक तरह का पारस पत्थर है जो अमेरिका जानेवालों को अमीर बना देता है।"

"वैसा ही समझो। तभी तो सब ग्रीन कार्ड के सपने देखते हैं और जिसे देखो वह उसी के लिए दौड़ रहा है। यासमीन की किस्मत अच्छी है। नफीसा गोरी है। सुन्दर है मगर वह दुबई तक ही रह गई। यासमीन साँवली है मगर ग्रीन कार्डवाले से शादी हो रही है उसकी। है न दीदी ?" मगर दीदी के चेहरे पर कैसी छाया पड़ रही थी। पता नहीं क्या हो गया है उसे। "क्यों मैंने कुछ गलत कह दिया क्या ?" रमन ने पूछा।

"तू ठीक ही कह रहा है," उमा ने हल्के से कहा। ज़ाहिर था कि वह कुछ और ही सोच रही है।

"तेरी मम्मी को दफ्तर जाना कैसा लगता है ?" यासमीन ने पूछा।

"अभी दस दिन ही तो हुए हैं...।"

"उन्हें सब कुछ नया-नया सा लगता होगा न ? सच मेरी मम्मी तो ऐसा हिम्मतवाला कदम कभी न उठा सके...।"

"और तू ? क्या तूने कभी नौकरी करने को सोचा है ?"

यही सवाल अचानक रमन ने उमा से कुछ दिन हुए पूछा था। उस वक्त मम्मी दफ्तर से नहीं लौटी थीं। उमा ने रमन के प्रश्न का उत्तर नहीं दिया। बात रमन ने ही आगे बढ़ाई। कहने लगा, "आजकल तो लड़कियाँ काम करती हैं, करना पसन्द भी करती हैं। दीदी, किरन बेदी को ही देख लो।"

"सब किरन बेदी थोड़ी ही न होती हैं," कहकर उमा ने सवाल को टाल दिया था।

यासमीन मुस्कुराती हुई बोली, "होनेवाले मियाँ क्या पसन्द करेंगे मुझे क्या पता...मैं थोड़ी न कुछ कह सकती हूँ उनकी मर्ज़ी पर है...।"

"अमेरिका में तो सब काम करते हैं। वहाँ रहन-सहन यहाँ से बहुत बेहतर है। सब कुछ ही यहाँ से अच्छा है। तू बड़ी क़िस्मतवाली है, यासमीन।"

"सभी यही कहते हैं। माशा अल्लाह, कहीं नज़र न लग जाए। पता है कल अब्बू ने दफ्तर से छुट्टी ली है ताकि हम साड़ियाँ, कपड़े वगैरह खरीद सकें। ज़ेवर तो दुबई से खरीदेंगे। वहाँ सोना यहाँ से सस्ता है न इसलिए।"

"तुझे डर नहीं लगता ? मम्मी-पापा से, सबसे इतनी दूर चली जाएगी। अजीब नहीं लगेगा ?"

"अरे लड़कियों को तो जन्म से ही पता होता है कि मम्मी-पापा का घर अपना नहीं होता। मियाँ का घर ही अपना होता है।"

तो उसके अपने दिल और दिमाग खराब होंगे, उमा ने मन ही मन सोचा। क्योंकि इस पीले मकान और खासकर इसके छोटे से बगीचे को छोड़कर जाने से उसका मन उदास हो रहा है। हर पौधा पापा ने चुनकर अपने हाथों से लगाया था।

सैर करती हुई दोनों लौट रही थीं कि यासमीन ने कहा, "वह तेरे चाचा की गाड़ी है न ?"

जयन्त चाचा आखिर लौट ही आए।

नौ

मम्मी को यासमीन के घर जाते देख उमा को लगा कि सब कुछ कैसे बदल जाता है। जिस बात की कल्पना भी नहीं की जा सकती थी वह सामान्य और स्वीकृत हो जाती है। आजकल यासमीन के अब्बा कोशिश कर रहे थे कि जिन संसद सदस्यों को वह जानते थे, उनकी सिफारिश के ज़रिये पराशर परिवार को अपना मकान न खाली करना

पड़े। आज यासमीन के अब्बा के साथ शान्ति देवी राज्य सभा की नामी हस्ती से मिलने गई थीं इसी मामले में।

उमा घर बैठी चिन्ता कर रही थी। मम्मी क्या कहेंगी ? कैसे कहेंगी ? उसकी आँखें खिड़की पर टिकी थीं मम्मी की इन्तज़ार में। यासमीन के अब्बा कितने अच्छे हैं। कोशिश कर रहे हैं कि हमें पापा के फूल-पौधों को छोड़कर जाना न पड़े। मम्मी को आते देख, दरवाज़ा खोला ही था उमा ने कि उसके मुँह से सवाल फूट पड़ा, "क्या हुआ मम्मी ? बात बन गई क्या ?"

"याचिका की चिट्ठी दे आए हैं हम। अब देखो।"

"तुमने क्या कहा ?"

"हमारी लाचारी तो यासमीन के पापा ने पेश की। मुझसे तो केवल एक सवाल ही पूछा उन्होंने।

"क्या पूछा ?"

"परिवार कितना बड़ा है और बच्चों की क्या उमर है ?"

"बस यही पूछा तुमसे ?" उमा निराश थी।

उस शाम आरती उतारते हुए उमा ने तन-मन से प्रार्थना की कि भगवान कोई ऐसा उपाय निकालें कि यह मकान न छोड़ना पड़े। मगर भगवान की लीला बिल्कुल अजीब है। उन्होंने बी.ए. की परीक्षा के नतीजे में उमा को अव्वल पद दे दिया। खबर यासमीन ने आकर दी। वह दौड़ती और हाँफती हुई आई। उसका चेहरा चमक रहा था, "उमा तू फर्स्ट आई है !" उसने उमा का हाथ पकड़ते हुए कहा। खुशी और हैरानी में उमा के मुँह से शब्द नहीं निकले।

"सुना तूने, मैंने क्या कहा ?" यासमीन ने दोहराया। रमन तुरन्त आस-पड़ोस को खबर देने दौड़ा गया।

"मेरी दीदी फर्स्ट आई है !"

मम्मी और चाचा के चेहरों पर खुशी फूट पड़ी। जुगिन्दर और उसके पापा-मम्मी भी बधाई देने आए। कुछ ही देर में खुशी के इस झोंके ने निराशा और तनाव की हवा को, जिसने इस घर को अपना अड्डा बना रखा था, पलटा दिया। उमा के मुरझाए हुए चेहरे पर मुस्कुराहट लौट आई।

"अब क्या करने का इरादा है ?" जुगिन्दर ने पूछा।

"देखो क्या होता है," उमा ने बिना उत्साह से जवाब दिया।

"दुनिया-भर के नालायक योजनाएँ बना रहे हैं और जो अव्वल आई है वह इन्तज़ार कर रही है। है न कमाल की बात !"

उमा ने जयन्त चाचा की ओर मदद के लिए नज़र उठाई। उनका उज्ज्वल चेहरा देखकर उसका साहस बढ़ा। लगा कि चाचा की राय ज़रूर अच्छी होगी।

दरवाज़े पर रेखा और उसका भाई प्रमोद को देखकर उमा को विश्वास नहीं हुआ, "तुझे कैसे पता चला ?" उसने पूछा, "रमन आया था बताने।" रेखा ज़्यादा प्रसन्न

इसलिए भी थी क्योंकि आजकल गाड़ी चलाना सीख रही थी। आज पापा ने उसे इजाज़त दी थी उमा के घर तक खुद गाड़ी चला कर जाने की। प्रमोद को साथ जाने के लिए तो मम्मी ने कहा था। वह आजकल तैयारी कर रहा था अमेरिका जाने की। रेखा ने बताया कि उसका भी यही इरादा है, आगे अमेरिका में पढ़ने का और फिर वहीं नौकरी करने का।

जुगिन्दर ज़मीन पर आँखें टिकाए कुछ देर यह बातें सुनता रहा। फिर धीरे से खिसक गया। शायद किसी ने भी उसके चले जाने पर गौर नहीं किया। तिस पर यह छोटा सा कमरा आज इतने लोगों की उपस्थिति में ज़्यादा छोटा लग रहा था। रमन श्रद्धा की नज़रों से प्रमोद को देखता रहा। आज तो रेखा भी उसकी दृष्टि में कई गज़ ऊँची हो गई। खुद गाड़ी जो चलाकर आई थी।

मेहमानों के चले जाने पर रमन ने जयन्त से कहा, "चाचा, आप दीदी से कहिए न, कि कम्प्यूटर की ट्रेनिंग करे।" जयन्त मुस्कुराया। रमन ने आग्रह किया, "भविष्य तो इसी लाइन में है।"

"जल्दी क्या है। कोई गाड़ी या हवाई जहाज़ तो पकड़ना नहीं है। जहाँ उमा की रुचि होगी वही दिशा पकड़ेगी। क्यों उमा ?" जयन्त ने कहा।

शान्ति देवी का हौंसला बढ़ गया। कल दफ्तर में वह सबको बताएँगी और बर्फी खिलाएँगी सिर्फ इसलिए नहीं कि उमा फर्स्ट आई है, इसलिए भी कि रमन का उत्साह और हिम्मत दुगुने से तिगुने हो गए नज़र आने लगे। भगवान की कृपा थी। वह चाहेगा तो सब ठीक हो जाएगा।

"मम्मी, तुम दीदी से कहो न," रमन ने दोहराया। वह ठीक ही तो कहता है। दफ्तर में भी सभी की यही राय थी कि बेटी को कम्प्यूटर की लाइन में डाल देना चाहिए। यहाँ तक कि चैटर्जी बाबू ने भी कहा कि यही बेहतर होगा। अड़चन आ रही थी इस वजह से कि उमा की प्राध्यापिका मालती मेनन की राय अलग थी। उनकी राय थी कि उमा को एम.ए. की पढ़ाई पूरी करनी चाहिए और उसके पश्चात् भारतीय प्रशासन सेवा के इम्तहान की तैयारी करनी चाहिए। उन्हें यकीन था कि उमा इस सर्वोत्तम नौकरी के काबिल है।

पौधों को पानी देती हुई उमा यही सब सोच रही थी जब उसने मम्मी को जुगिन्दर के पापा के साथ दफ्तर से लौटते देखा। अंकल खुश नज़र आ रहे थे। पंजाब की ज़मीन को खरीदने के लिए एक नहीं कई व्यक्तियों ने सन्तोक सिंह से बात की थी। मगर अब उन्हें ज़मीन बेचने की जल्दी नहीं थी। सिमरन की शादी हो गई और जुगिन्दर ने अमेरिका जाने का इरादा बिल्कुल छोड़ दिया। वह अपनी गाड़ी खरीदने की सोच रहा है। हालात कितने बदल गए। सन्तोक सिंह को विश्वास नहीं होता...अभी हाल ही में पंजाब में आतंक की आग सुलग रही थी। ज़मीन बेचनेवालों की भीड़ लगी थी और खरीदनेवाले कपड़े का भाव भी देने को तैयार नहीं थे। अब लग रहा था कि पंजाब की ज़मीन बेचकर दिल्ली की किसी नई कॉलोनी में छोटा सा मकान खरीद लेना चाहिए। क्या पिछले साल

भी कोई उम्मीद कर सकता था कि पंजाब में चुनाव होंगे ? अब लग रहा है कि बीमार पंजाब ठीक-ठाक और तन्दुरुस्त होकर उठ खड़ा हुआ है। सरदार सन्तोक सिंह के मन में नौ साल हुए छोटे भाई की मौत का घाव भी रह-रहकर सिहर उठता। जुगिन्दर की जान बच गई वाहे गुरु की दया से। वह मासूम भी बड़े दुखद दौर से गुज़रा। उसे आज कैमरा और बस्ता लिये उत्साह छलकाते देख सरदार सन्तोक सिंह को कितनी खुशी होती यह केवल जसविन्दर कौर ही समझ सकती हैं जिन्होंने रातें आँसू बहाकर काटी थीं। हाँ, सन्तोक सिंह को लगता है कि सावधान रहना ज़रूरी है। कल जो हालात पंजाब में थे आज वही अयोध्या और बम्बई में तैयार हो सकते हैं। मगर जुगिन्दर को कोई क्या समझाए। वह कहता है कि तस्वीरें खींचने के लिए संकट से दूर नहीं उसके करीब होना ज़रूरी है।

आजकल उसने गुरुद्वारे जाना छोड़ ही दिया है। यहाँ तक कि गुरु नानक दिवस पर भी नहीं गया। पहले कड़ा प्रसाद उसे कितना पसन्द था। अब तो जैसे भूल ही गया है। सिर्फ वक्त और हालात ही नहीं, बन्दे भी बदल जाते हैं।

अपनी पगड़ी उतारकर कूलर की ठंडी हवा में बैठे सन्तोक सिंह की आँख लग गई। जब आँख खुली तब कूलर बन्द था। बिजली नहीं थी। दोपहर के वक्त तो आजकल बिजली चली जाती है। अखबारवाले इसे लोड शेडिंग कहते हैं। नीचे के मकान से न जाने कितने अरसे के बाद उमा के गाने की आवाज़ सुनाई पड़ी। सन्तोक सिंह मन ही मन मुस्कुराए। उमा का मुरझाया हुआ चेहरा देखने की आदत तो हो ही गई थी मगर बुरा ज़रूर लगता था।

बेचारी शान्ति देवी ! वह भी अब दफ्तर जाने की आदी हो गई थीं। चैटर्जी बाबू बता रहे थे कि शुरू-शुरू में वह सहमी-सी बैठी रहतीं। अब धीरे-धीरे कुछ थोड़ा बहुत समझने लगी हैं। वैसे सरकारी दफ्तरों में काम समझने और करनेवालों की संख्या बीस-पच्चीस प्रतिशत से अधिक नहीं होती। शान्ति देवी पढ़ी-लिखी भी कम हैं। चलो बेटी ने बी.ए. के इम्तहान में फर्स्ट आकर दिखा दिया। मगर तब भी वह मासूम बच्ची मुरझाई-सी लगती है। अब उसकी भी ब्याह की उमर है। अपनी सिमरन तो अगले हफ्ते-दस दिन में माँ बन जाएगी। जसविन्दर इसीलिए अमृतसर जाने की तैयारी कर रही है।

हामिद ने भी यासमीन का रिश्ता पक्का कर दिया है। बता रहा था कि लड़का अमेरिका में डॉक्टर है। पढ़ी-लिखी लड़की चाहता है। आजकल लड़के पढ़ी-लिखी और कमाऊ लड़कियाँ चाहते हैं। खासकर जो कॉलेजों में पढ़ाती हों या बैंकों में नौकरी करती हों। ज़माना कितना बदल गया है। सन्तोक सिंह उठकर खिड़की के पास खड़े होकर उमा के गाने के साथ ताल देने लगे।

जावेद के काले कमरे में दिन-भर तस्वीरें उभारने में मग्न आखिर जुगिन्दर ने भी घर का रास्ता पकड़ा। सीढ़ियों के नीचे स्कूटर को रखकर जब हेलमेट उठाया तो उमा के गाने का सुर सुनकर रुक गया। यह आवाज़ कितने अरसे के बाद सुनाई दी। आज

जुगिन्दर को भूख लग रही थी। दिन-भर कुछ नहीं खाया था। जावेद और जयन्त दोनों काम पर गए थे। पत्रकारों और फोटोग्राफरों के लिए रविवार भी अन्य दिनों के बराबर होता है। दो-दो सीढ़ियाँ एक साथ चढ़ता हुआ जुगिन्दर घर के दरवाज़े पर यही सोचता हुआ पहुँचा कि मम्मी ने आज क्या पकाया होगा।

कब की गई बिजली देर तक नहीं लौटी। जुगिन्दर मन लगाकर खाता रहा। मम्मी उसे पंखी झलती रहीं। आज शाम को वह अमृतसर जा रही थीं। सिमरन के लिए तमाम चीज़ें जिनमें खाने का सामान ज़्यादा था, बाँधकर तैयार रखी थीं। ट्रेन का टिकट कई दिन हुए जुगिन्दर ने कटाया था। मम्मी इस बार फर्स्ट क्लास में सफर करेंगी। यह बात सिर्फ जुगिन्दर ही जानता था। उसे इन्तज़ार था उस घड़ी का जब मम्मी गाड़ी पर चढ़ेंगी। उन्होंने कभी परिकल्पना भी नहीं की थी कि उनका बेटा इतना कामयाब होगा और वह खुद फर्स्ट क्लास में आराम से सफर करेंगी। इस वक्त जसविन्दर कौर को चिन्ता इस बात की थी कि उनकी अनुपस्थिति में बाप-बेटा रसोई कैसे सँभालेंगे, "मम्मी, तुम फिकर क्यों करती हो। अगर जयन्त अंकल और जावेद रसोई बना सकते हैं तो पापा और मैं भी सँभाल लेंगे," जुगिन्दर ने आश्वासन दिलाया।

"तेरे पापा को दही पसन्द है मगर बनाना नहीं जानते। तू भी नहीं जानता।"

"तो सीख लेंगे," जुगिन्दर ने भरोसा दिलाया।

उमा इन्तज़ार कर रही थी कि कब भुआजी स्टेशन के लिए रवाना होंगी। उन्हें सीढ़ियाँ उतरते देख वह सिमरन के लिए कायदे से बँधा छोटा सा उपहार लेकर आ गई। "यह सिमरन के लिए है।"

भुआजी ने उसे गले लगाया। उमा ने उन्हें टैक्सी में जाते देखा और वह अन्दर आई तो मम्मी ने पूछा, "क्या भेजा है तूने सिमरन के लिए ?"

"चूड़ियाँ।"

रात को बिस्तर में लेटे उमा के विचार सिमरन के आसपास मँडराने लगे। उसने कॉलेज की पढ़ाई नहीं बल्कि सिलाई करनी सीखी। अपने दहेज के कपड़े खुद शौक से बनाए। अब वह माँ बननेवाली है। भगवान ने औरत को सृष्टि के इसी कार्य को सम्पन्न करने के लिए ही तो बनाया है कि वह बच्चे को जन्म दे और उसे पाले। इस तरह की अपनी परम्परा को कायम रखे। आगे बढ़ाए। सिमरन सृष्टि के इस नैसर्गिक चक्र को अपने जीवन चक्र से ताल देती हुई, स्वाभाविक गति से बढ़ रही है। स्त्री जीवन का यही स्वाभाविक रूप है और यही स्वाभाविक दिशा।

उमा को कॉलेज में फर्स्ट आने से क्या मिला ? उसकी तो शादी के भी कोई आसार नज़र नहीं आ रहे। पढ़-लिखकर उसे क्या मिलेगा ?

सुबह उसकी आँख बहुत देर से खुली। शान्ति देवी अपनी गृहस्थी के अहम कार्य सम्पन्न कर चुकी थीं, "मम्मी, तुमने मुझे जगाया क्यों नहीं ?" उसने उलाहना देते हुए कहा। रसोई में मम्मी के टिफिन का डिब्बा भी तैयार रखा था। उमा जल्दी-जल्दी नाश्ता बनाने लगी। कुछ ही देर में मम्मी नहा-धोकर, कायदे से साड़ी बाँधकर अपने कमरे से

निकलीं। आजकल वह साड़ी का आँचल ब्लाउज़ के साथ पिन से सुरक्षित करके पहनने लगी थीं। कामकाजी महिलाओं के कुछ अन्दाज़ मम्मी में झलकने लगे थे। उमा के मन में असमंजस पैदा होने लगा। मम्मी की स्वाभाविकता, उनके अस्तित्व में यह बदलाव क्या बुरा था ? मन में कहीं एक आवाज़ कह रही थी कि यह बदलाव अच्छा है। सकारार्थक है। मगर यह मम्मी के ऊपर बनावटी-सा लगता है। इसमें स्वाभाविकता का अभाव है। नाश्ता खाते हुए उसने मम्मी से कहा, "आज रेखा का जन्मदिन है। दोपहर का खाना उसके यहाँ है। शाम को देर से लौटूँगी।"

जाते-जाते मम्मी ने याद दिलाया, "भुआजी चली गई हैं। ऊपर अंकल से पूछ लेना अगर उन्हें किसी चीज़ की ज़रूरत हो।"

मम्मी निकली ही थीं घर से और उमा ने दरवाज़ा बन्द नहीं किया था जब जुगिन्दर अपनी स्वाभाविक रफ़्तार से सीढ़ियाँ उतरता हुआ नज़र आया।

"आज सुबह-सुबह कहाँ जा रहा है ?" उमा ने पूछा।

"सच बताऊँ ? दूध लेने जा रहा हूँ। पता नहीं क्यों कल का दूध खराब हो गया है। मैंने सोचा कि इससे पहले कि पापा नहाकर निकलें मैं एक पैकेट खरीद लाऊँ," जुगिन्दर ने स्कूटर की ओर कदम बढ़ाया।

"अरे इतनी बेसब्री मत कर, घर पर दूध है और मैंने दही भी जमाकर रखी है। तू न आता तो मैं खुद लेकर आ रही थी। अब रुक, मैं लाई।"

"अरे तुझे किस परी ने आकर बताया कि दही नहीं है ?"

उमा ने दूध और दही का कटोरा जुगिन्दर को थमा दिए। वह जल्दी-जल्दी, तेज़ रफ़्तार से सीढ़ियाँ चढ़ने लगा। नीचे खड़ी उमा ने पुकारा, "गिरने की ठान ली है क्या ? दूध और दही की तो सोच, तू गिरेगा तो वह भी साथ गिरेंगे !"

जब सन्तोक सिंह नहाकर निकले तब जुगिन्दर चाय बना रहा था। मेज़ पर नाश्ता सजा रखा था। पापा के चेहरे पर फैलती हुई मुस्कान देखकर जुगिन्दर फूला न समाया।

दोपहर में उमा, रेखा के लिए रंगीन कागज़ में उपहार बाँधकर उसके घर पहुँची। वहाँ रेखा और प्रमोद के दोस्तों और सहेलियों ने रौनक लगा रखी थी। माहौल अंग्रेज़ी गानों की धुनों में झूम रहा था। कमरे में सभी लड़के-लड़कियों ने जीन्स पहन रखे थे। शायद उमा ही एक मात्र मेहमान थी जिसने सलवार कमीज़ पहनी थी। प्रमोद ने एक-एक करके उमा का सभी मेहमानों से परिचय करवाया। कुछ ही देर में सभी इस बात से वाकिफ हो गए कि उमा फर्स्ट आई है। हर एक की जुबान पर एक ही सवाल था। "आगे क्या करोगी ?" मुस्कुराते हुए उमा के मुँह से सहसा वह शब्द निकले जो मौसम और मिज़ाज के अनुकूल थे। "कम्प्यूटर कोर्स पढ़ने का इरादा है," पहली बार यह कहते हुए उसे स्वयं आश्चर्य हुआ। दूसरी, तीसरी और चौथी बार तक यही शब्द और यही निश्चय सरासर स्वाभाविक और सही लगने लगा। इसके अलावा इन शब्दों में मौसम की हवा का नैसर्गिक जादू सा भी था जिनमें आत्मविश्वास का स्वादिष्ट जायक़ा भी उमा को मिला। जैसे-जैसे उपस्थित मेहमानों, खासकर प्रमोद के दोस्तों से मुलाकात हुई उमा को

लगा कि हर एक जना अमेरिका जाने की व्यवस्था में जुटा हुआ है। कोई कुछ महीनों में तो कोई अगले साल; सब उसी रास्ते पर चल रहे हैं। रेखा ने उत्साह से बताया कि दो दिन हुए उसे अमेरिका के एक नामी मेडिकल कॉलेज में दाखिला पाने की खबर मिली है। यानी कि प्रमोद के पीछे-पीछे वह भी तरक्की के देश में पहुँच जाएगी। उमा अनायास ही इस हवा के बहाव में बहने लगी जो अमेरिका की ओर बह रही थी और जिसका अन्तिम लक्ष्य था ग्रीनकार्ड की उपलब्धि।

प्रमोद के सबसे करीबी दोस्त सुनील ने उमा के पास बैठकर उसे अपने कानपुर के कॉलेज के मज़ाकिया किस्से सुनाकर खूब हँसाया।

"आपने क्या मंच पर काम करने के बारे में सोचा है ? ज़रूर सोचा होगा, क्योंकि आप तो सच कलाकार की तरह किस्से सुनाते हैं," उमा ने उसे कहा और उसके बाद से सुनील ने उमा का साथ नहीं छोड़ा। सारी दोपहर उसके आसपास मँडराता रहा।

"आप भी क्या प्रमोद के साथ अमेरिका जा रहे हैं ?" उमा ने पूछा।

"मेरे जाने में अभी कुछ महीने और लगेंगे। मेरी एक विनती है, प्लीज़ तुम मुझे 'आप' मत कहो। नहीं तो मुझे ऐसा लगने लगेगा कि मेरा वज़न दोगुना हो गया है, सिर के बाल पक गए हैं और तुम मुझे 'पापा' कह रही हो। अच्छा यह बताओ कि तुम कब जा रही हो ?"

"कहाँ ?"

"वहीं, जहाँ हम सब जा रहे हैं।"

"अभी तो...क्या पता, पहला कदम ही उठाया है।"

"जानती हो, चीन में एक कहावत है कि हर लम्बी यात्रा की शुरुआत एक पहले कदम से होती है।"

"यानी कि उस पहले कदम के बाद एक के बाद एक कदम उठते चले जाते हैं और यात्रा न्यूयार्क में खत्म होती है ?"

"बिल्कुल सही !"

रेखा की मम्मी ने खाने का बहुत बढ़िया इन्तज़ाम किया था। मेज़ की सजावट और खाने की तमाम चीज़ें देखकर उमा अवाक् रह गई। खाने के पश्चात् उमा और रेखा ने मिलकर गाना गाया जो ज्योत्स्ना दीदी से सीखा था। फिर मिलकर सभी ने फिल्मी गाने गाये और आखिर में नाचने लगे। आज तक उमा ने जिस चीज़ की कल्पना नहीं की थी वही करने में उसे अद्भुत आनन्द आया। उसका मन इस ताज़ी हवा में फरफराने लगा। दोपहर शाम में बदल गई मगर घर जाने का किसी ने नाम नहीं लिया। उमा को चिन्ता इस बात की थी कि मम्मी फिक्र करेंगी। आखिर प्रमोद और सुनील ने गाड़ी में उमा को घर पहुँचाया।

रमन ने दरवाज़ा खोला और सीटी बजाकर बोला, "दीदी, तुम ऐसी लग रही हो जैसे ब्यूटी पार्लर से आ रही हो !"

उमा के चेहरे पर अद्भुत रंगत थी। शान्ति देवी ने भी गौर किया। मन ही मन

सोचने लगी कि यौवन की रंगत फूलों की बहार की तरह उभरती है। छिपाई नहीं जा सकती। उमा की उमर अब शादी-ब्याह की है। उसके लिए लड़का ढूँढ़ना चाहिए। जयन्त से सलाह करेगी। आजकल अखबारों के जरिये रिश्ते पक्के किए जाते हैं।

उमा देर तक आईने में अपना चेहरा गौर से देखती रही। काश कि उसका रंग गोरा होता और नाक तीखी होती। आजकल सभी लड़कियाँ अपनी भवें सँवारती हैं। उसे भी अपनी भवों को सही आकार देना चाहिए। यासमीन ने नफीसा से सीखा है। आजकल वह सुन्दर लगती है। आज सुनील ने उमा की कितनी सराहना की...क्या वह इतनी तारीफ के काबिल है ? रेखा के जन्मदिन की पार्टी कितनी बढ़िया थी। चन्द महीनों में रेखा और प्रमोद दोनों चले जाएँगे...हमेशा के लिए...अगले साल सुनील भी चला जाएगा। और उमा ? वह कम्प्यूटर सीखेगी...वह भी अमेरिका जाएगी...जहाँ सब जाते हैं पढ़-लिखकर, और लौटकर नहीं आते। मगर मालती मेनन ? उनसे क्या कहेगी उमा ? यही सोचती-सोचती वह सो गई।

अगले दिन मौका मिलते ही उमा यासमीन के यहाँ गई। रेखा के जन्मदिन की पार्टी की पूरी खबर, विस्तार से यासमीन को सुनाकर उमा ने रुककर साँस ली। यासमीन ने उत्सुकता से पूछा, "सच, तू भी कम्प्यूटर सीखकर अमेरिका जाएगी ? यह तो सबसे अच्छी खबर है !"

ढेरों बातें और हँसी-मज़ाक के बाद उमा ने यासमीन से चेहरे को सुन्दर बनाने और सजाने की नई तरकीबें सीखीं जो यासमीन ने नफीसा से सीखी थीं।

"दीदी, तुम दिन पर दिन स्मार्ट हो रही हो," रमन ने कहा।

आजकल वह स्वयं किताबें खोलकर पढ़ने बैठ जाता। उमा को उसके पीछे नहीं लगना पड़ता न ही पहले की तरह डाँटना पड़ता। वह खुद ही अच्छे नम्बर लाने की कोशिश करता। कितना बदलाव आ गया है रमन में।

उमा सुबह पौधों में पानी डाल रही थी जब जुगिन्दर ने दरवाज़ा खटखटाया। शान्ति देवी ने दरवाज़ा खोला। जुगिन्दर ने बताया कि अमृतसर से खबर आई है। सिमरन ने लड़के को जन्म दिया है। "आंटी, उमा को भी बता दीजिएगा," कहकर जुगिन्दर चला गया। उसके शब्द उमा के कानों तक पहुँच गए। वह मुस्कुराई। सिमरन पढ़ाई में सबसे पीछे थी मगर दौड़ में यासमीन और उमा को पीछे छोड़ गई।

दफ्तर जाते हुए, रास्ते में शान्ति देवी सोच रही थीं कि अब उमा का रिश्ता पक्का करने में देर नहीं करनी चाहिए। दफ्तर में चैटर्जी बाबू ने खबर दी कि अपने पीले मकान में छः महीने और रहने की इज़ाजत मिल गई है। "बस, सिर्फ़ छः महीने ?" शान्ति देवी ने पूछा।

"एक साथ इससे लम्बा अवधि का इज़ाज़त नहीं मिलता। हम कोशिश करेगा कि और छः महीने के लिए इसे बढ़ा दिया जाए...और फिर...," यानी इसी तरह सिफारिश कर-करके सरकारी मकानों में लोग उमर काट सकते हैं। शान्ति देवी ने सोचा। दफ्तर से लौटीं तो बाहर नीले रंग की मारुति गाड़ी को खड़ा देखकर समझ गई कि जयन्त

आया है।

"भाभी, मालिक मकान ने घर की सफाई और पुताई करवा दी है। पूछ रहा था कि आप कब तक आएँगी ?"

"जयन्त, आज ही चैटर्जी बाबू ने बताया कि हमें इस मकान में और छः महीने तक रहने की इज़ाज़त मिल गई है। उनका कहना है कि अगर अहमद भाई इसी तरह सिफारिश करें तो यह अवधि फिर बढ़ाई जा सकती है...ऐसा ही कह रहे थे...।"

उमा चाय बनाकर लाई मम्मी और चाचा के लिए। उसे मम्मी की यह बात सुनकर अच्छा लगा। मगर यासमीन के अब्बा को हर बार सिफारिश करनी पड़ेगी ? कहाँ मम्मी अहमद परिवार से दूर रहना चाहती थी...उन्हें यासमीन से उमा की दोस्ती पसन्द नहीं थी। और अब...?

मम्मी चाचा से कह रही थी, "रमन का स्कूल भी नज़दीक पड़ता है यहाँ से...जितने दिन यहाँ रह सकें...सुविधा इसी में है।"

"ठीक है भाभी, मैं मालिक मकान से बात करूँगा।"

जयन्त ने बताया कि वह उत्तर प्रदेश जा रहा है। "वहाँ चुनाव होनेवाले हैं न ?" शान्ति भाभी ने पूछा।

"हाँ, उसी सिलसिले में अपनी अखबार के लिए प्रदेश के विभिन्न क्षेत्रों की स्थिति पर समाचार जुटाने जा रहा हूँ, समझिए।"

"अयोध्या में राम मन्दिर का मुद्दा क्या जीतेगा ?" शान्ति भाभी ने सवाल किया और आस्था की भावना से पूछा।

"अभी तो कहना मुश्किल है भाभी...देखिए क्या होता है।"

जयन्त के जवाब में आशा और आस्था दोनों का अभाव था।

"उमा, आज मन्दिर का प्रसाद नहीं लाई ?" मम्मी ने पूछा।

"मम्मी, आज मैं मन्दिर नहीं गई," उमा ने बताया। शान्ति देवी को आश्चर्य हुआ यह सुनकर क्योंकि उमा नियम से हर मंगलवार मन्दिर जाती है।

"क्या कर रही हो आजकल उमा ? आगे क्या करने का इरादा है ?" जयन्त ने पूछा। उमा इसी प्रश्न का इन्तज़ार कर रही थी। उत्तर तैयार था, "सोच रही हूँ कम्प्यूटर कोर्स करूँगी। आज इसी बारे में पूछताछ करने गई थी प्रमोद, रेखा के भाई के साथ।" साथ में सुनील भी गया था। मगर इसे बताना ज़रूरी नहीं समझा उमा ने। कुछ रुककर उसने कहा, "चाचा, यह कोर्स...यानी अच्छा कोर्स...काफी महँगा पड़ता है...कई हज़ार रुपए की फीस है।"

"तुमने एम.ए. की पढ़ाई करने का इरादा बिल्कुल छोड़ दिया क्या ?" जयन्त ने पूछा।

"एम.ए. करने के बाद भी तो यहीं से शुरुआत करनी पड़ेगी। तो क्यों न सीधे कम्प्यूटर के बढ़िया कोर्स में दाखिला ले लिया जाए ?"

जयन्त ने भाभी की ओर प्रश्नात्मक नज़र डाली। वह चुपचाप आँखें नीची किए

बैठी थीं। जैसे कुछ और ही सोच रही हों।

"आपकी क्या राय है भाभी ?" जयन्त ने पूछा।

"इसके पापा कहते थे कि उमा को स्वयं अपने फैसले करने का अधिकार है।...हाँ अगर शादी और गृहस्थी की ओर रुचि हो तो हम रिश्ते की तलाश करें...आखिर तो हर लड़की का यही भविष्य होता है। उसके साथ-साथ अगर अन्य कोई अपनी रुचि का कोर्स जोड़ना चाहे तो...अपनी जेब के अनुसार ख़र्चा उठाने का भी सोचा जा सकता है।"

"यह कोर्स जिसके बारे में पूछताछ की है तुमने, यह कब शुरू हो रहा है ?" जयन्त ने उमा से पूछा।

"अभी नहीं...दो महीने में शुरू होगा," उमा ने बताया।

"कम्प्यूटर सीखने के हक में तो हमारे दफ्तर में सभी एक मत हैं...मगर खर्चा कई हज़ार रुपए का होता है। इसके बारे में किसी ने ज़िक्र नहीं किया...," शान्ति देवी ने कहा।

उमा चाचा की प्रतिक्रिया जानने के लिए उत्सुक थी। उसे उम्मीद थी कि वह अत्यधिक खर्चे के बारे में कोई समाधान ज़रूर पेश करेंगे। मगर चाचा ने बात को नज़रअन्दाज़ कर दिया। वह चुप रहे।

रमन जब तक बस्ता लिये ट्यूशन के स्कूल से नहीं लौटा तब तक कमरे में चुप्पी बनी रही। रमन दरवाज़े पर ही था कि वह बोला, "मम्मी, बहुत भूख लगी है।"

"कैसे हो रमन ?" चाचा ने पूछा।

"सच पूछो तो पेट खाली है और सिर गणित से ठसाठस भरा है। यानी सन्तुलन बिगड़ गया है," रमन ने बस्ते को नीचे रखते हुए कहा।

"तुमने भी दीदी की तरह फर्स्ट आने की राह पकड़ ली है, ऐसा लगता है।"

"इसका तो मैं सपना भी नहीं देख सकता। अपनी दौड़ तो सिर्फ भीड़ के साथ रहने तक की है।"

रमन को खुश मिजाज़ देखकर जयन्त को तसल्ली हुई। तिस पर उसे जोश से खाते हुए देख जयन्त के चेहरे पर मुस्कुराहट फैल गई।

"क्रिकेट और फुटबॉल कैसे चल रहे हैं ?" उसने पूछा।

"कैसे चलेंगे ? किताबों से फुर्सत मिले तो...और जब मिलती भी है तब बाकी खिलाड़ियों के मम्मी-पापा उन्हें मैदान में उतरने ही नहीं देते। पढ़ो, पढ़ो। और पढ़ो। बस पढ़ते चले जाओ—और अगर अपनी दीदी फर्स्ट आ जाए तो सभी तय कर लेते हैं कि अपने रास्ते में तो कोई बाधा हो ही नहीं सकती।"

"बेचारा रमन कितने अन्याय के भार से दब रहा है," उमा ने हँसकर कहा।

"दीदी, तुम बहुत खुश नज़र आ रही हो, क्या बात है ?" रमन ने पूछा। उमा के चेहरे पर लाली फैल गई। जैसा कि वह शैतानी करती हुई रँगे हाथ पकड़ी गई हो। उस दिन रेखा के जन्मदिन की पार्टी के बाद ऐसा लगता था जैसे वह अपना मुरझाया हुआ

चेहरा वहाँ छोड़कर एक खिला हुआ मुखड़ा उसके बदले में ले आई। आज दोपहर को प्रमोद के साथ सुनील को देखकर उसे बहुत खुशी हुई। प्रमोद ने उसे पहले से कह रखा था कि वह उसे उपयुक्त कम्प्यूटर सेंटर में ले जाएगा। और पूरी जानकारी हासिल करने में उसकी मदद करेगा। आज ज़ाहिर था कि सुनील भी इस कार्यक्रम से पूरी तरह जुड़ना चाहता है। कोर्स का दाम सुनकर उमा ने जब आश्चर्य व्यक्त किया तो वह बोला, "पैसा तो उधार भी लिया जा सकता है।" उमा ने इस पर कोई टिप्पणी नहीं की। मगर मन ही मन सोचा कि उधार कहाँ से लिया जाता है ? जैसे सुनील ने उसके खामोश प्रश्न को सुन लिया। वह बोला, "अमेरिका जानेवालों को उधार देनेवाले मिल ही जाते हैं। वहाँ एक बार कमाना शुरू करनेवाले को पैसे लौटाने में कोई दिक्कत नहीं होती।" शायद सुनील के इसी सुझाव ने उमा को जयन्त से यह कहने का साहस दिया :

"चाचा, उधार भी तो लिया जा सकता है...जो कि धीरे-धीरे लौटाया जा सकता है।"

चाचा ने सिर हिलाया। हाँ, वह यह जानते हैं कि उधार भी लिया जा सकता है मगर उन्होंने सहमति नहीं व्यक्त की। शान्ति देवी ने लम्बी साँस ली और अर्ध सहमति में हल्के से सिर हिला दिया। उमा को चाचा की प्रतिक्रिया से निराशा हुई। वह तो सोच बैठी थी कि जिस तरह बचपन से हमेशा चाचा उसका साथ देते आए हैं वह आज भी देंगे। जोश सहित। पूरी तरह।

"जयन्त तुम दौरे से कब लौटोगे ?" भाभी ने पूछा।

"हफ्ते-भर के लिए ही जा रहा हूँ," जयन्त ने उठते हुए कहा।

"खाना खाकर जाइएगा चाचा," उमा ने आग्रह किया।

"अब चलता हूँ। सरदार सन्तोक सिंह को नाना बनने की मुबारक देता जाऊँगा।"

"अंकल, कल अमृतसर जा रहे हैं। इस बार ज़मीन बेचकर वापस आएँगे...ऐसा कह रहे थे," उमा ने बताया।

"उनके लिए दही जमा रखी है। चलिए, मैं आपके साथ ऊपर चलती हूँ," वह झट से दही का कटोरा लेकर जयन्त के साथ ऊपर गई।

पैर दरवाज़े से अन्दर रखते ही चौंक गई। चारों तरफ विराट तस्वीरें दीवार के सहारे खड़ी थीं।

हर तस्वीर एक जीती-जागती कहानी थी। कमरा गुजरात के अनेक चेहरों से भरा था। खेतों में काम करनेवाले जवान, इन्तज़ार कर रहे बूढ़े चेहरे और बच्चे, सबकी भीड़ लगी थी।

"काफी तैयारी कर ली है तुमने प्रदर्शनी की," जयन्त ने जुगिन्दर से कहा।

"कैसी प्रदर्शनी ? जुगिन्दर तूने मुझे नहीं बताया ?"

"जब होगी तब बुलाऊँगा। अभी तो तैयारी हो ही रही है।"

"इसकी मम्मी नहीं हैं यहाँ तो सारे घर को प्रदर्शनी बना दिया है इसने," सरदार सन्तोक सिंह ने हँसकर कहा। उमा के हाथ में दही का कटोरा देखा। उसके खिले हुए

चेहरे को देखकर उनकी खुशी दोगुनी हो गई। उनके मन को यकीन था कि उमा की सूरत में बदलाव ज़रूर जयन्त की वजह से हुआ है। एक सरासर गलतफहमी।

कुछ दिनों से प्रमोद और सुनील ने दोपहर में उमा के यहाँ आने और उसे अपने साथ गाड़ी में बाहर कहीं न कहीं ले जाने की आदत बना ली। दोपहर में मम्मी दफ्तर में होतीं और रमन स्कूल में। उमा के पास वक़्त गुज़ारने के लिए कोई विशेष साधन भी नहीं था। पहले कुछ दिन तो प्रमोद और सुनील के साथ उसने कम्प्यूटर सेंटरों के चक्कर काटे। फिर एक-दो सिनेमा भी देखे। प्रमोद को होटल में खाना खाने का शौक था। खाने के बाद उसकी गाड़ी खुद-ब-खुद वही रास्ता पकड़ती जहाँ उसके मनपसन्द पानवाले की दुकान थी। प्रमोद के अनुसार, "यहाँ शहर का सबसे बढ़िया पान मिलता है।"

पिछले हफ्ते सोमवार को सुनील ने ड्राइवरी की परीक्षा दी। आज उसे लाइसेंस मिल गया। इसलिए बहुत खुश नज़र आ रहा था। जब उमा और सुनील गाड़ी में बैठे प्रमोद की इन्तज़ार कर रहे थे और वह पानवाले से पान खरीद रहा था तब सुनील ने उमा से कहा, "तुम भी ड्राइवरी सीख लो।"

"मैं और ड्राइवरी ?" उमा ने आश्चर्य व्यक्त किया।

"हाँ तुम ! अमेरिका में सब गाड़ी चलाते हैं। लाइसेंस होना ज़रूरी है।

"मेरा वहाँ जाना कब होगा, और होगा भी कि नहीं यह किसे पता।"

"तुम्हारा वहाँ जाना निश्चित है। उतना ही जितना मेरा जाना निश्चित है," सुनील ने दोहराया।

"अपनी हर इच्छा यथार्थ में थोड़ी न बदलती है," उमा ने समझाया।

"अगर यह सिर्फ तुम्हारी इच्छा होती तो और बात थी मगर मेरी भी तो यही इच्छा है। और मैं इच्छाओं को यथार्थ में बदलना जानता हूँ," बात अभी सुनील के मुँह से निकली ही थी कि प्रमोद पान लेकर आ गया। उमा के मुख पर हल्की-सी लाली फैल रही थी। उसे सुनील आज पहले से भी अच्छा लग रहा था। ड्राइवरी तो हाल ही में जुगिन्दर ने भी सीखी थी। आजकल अखबारों में यही चर्चा हो रही थी कि देश में उदारीकरण के साथ-साथ चूल्हे की गैस आसानी से मिलने लगेगी। खरीदारों को लम्बा इन्तज़ार नहीं करना पड़ेगा गैस के लिए। स्कूटरों और गाड़ियों के लिए भी। ज़माना बदल रहा है। लोग कहते हैं कि अब अपने मुल्क में विदेशी गाड़ियाँ बनने लगेंगी। शेयर बाज़ार अब आसमान को छूने जा रहा है। कुल मिलाकर अपना देश महान है।

वैसे जुगिन्दर अपनी तस्वीरों की नुमाइश की व्यवस्था में इतना व्यस्त था कि उसे अन्य किसी विषय पर सोचने की फुर्सत नहीं थी। अगर उसकी अपनी गाड़ी होती तो बड़ी-बड़ी तस्वीरें लाने और लिवाने का कार्य आसान होता। एक स्कूटर पर यह काम करना, परेशानी मोल लेना है। स्कूटर पर तस्वीरों को सुरक्षित ढंग से बाँधना, फिर चेतक को आस्ते-आस्ते चलाना और कदम-कदम पर रुककर देखना कि पीछे बँधा बोझ सुरक्षित

तो है। कभी-कभी नए सिरे से बोझ को बाँधना ज़रूरी महसूस होता। वह सब परेशानी नहीं तो और क्या है। जुगिन्दर जब पसीने-पसीने होकर घर पहुँचा तो उसने उमा को प्रमोद की गाड़ी से उतरते देखा। सुनील गाड़ी का दरवाज़ा खोले खड़ा था। उमा के उतरने के बाद वह फिर गाड़ी में बैठ गया और प्रमोद के साथ चला गया। उमा खड़ी उन्हें जाते देखती रही। उसके चेहरे पर वह सुहावनी रंगत थी जिसका कोई नाम नहीं होता। जब गाड़ी चली गई तब उमा ने मुड़कर घर की ओर कदम बढ़ाया और जुगिन्दर को स्कूटर के ऊपर बँधे बोझे को खोलते देखा। "मैं मदद करूँ ?" उमा ने उससे पूछा।

जुगिन्दर के माथे से पसीना टपक रहा था। "क्या बात है जुगिन्दर, बड़ा परेशान लग रहा है ?" उमा की आवाज़ में चिन्ता की भनक ही जुगिन्दर के लिए ठंडा झोंका था। वह मुस्कुराया और जेब से रूमाल निकालकर उसने मुँह पोंछा। "जावेद ने कहा भी था कि यह बोझा टैक्सी में ले जाना चाहिए। मैंने ही तीसमार खाँ बनने की कोशिश की !"

"रुक जा, मैं पानी लाती हूँ। पहले पानी पी ले, फिर आगे काम करना।"

उमा ने झटपट दरवाज़े पर लगे ताले को खोला और पानी लेकर लौटी। जुगिन्दर सीढ़ी पर बैठा रूमाल से गर्दन पोंछ रहा था। उसे पानी का गिलास पकड़ाकर वह भी बैठ गई। फिर दोनों ने मिलकर सामान खोला, उसे एक-एक करके ऊपर पहुँचाया। जब सारी तस्वीरें ऊपर पहुँच गईं तब उमा ने उन्हें खोलकर देखना चाहा। अखबार के कागज़ों और गत्ते के टुकड़ों में बँधी तस्वीरों को सावधानी से खोलने लगी। जैसे-जैसे तस्वीरें उभरीं वैसे ही उनकी अपनी एक नई दुनिया ही उभरने लगी।

"यह आनन्द डेरी की तस्वीरें हैं," जुगिन्दर ने कहा, "बड़ी अद्भुत दुनिया है...दूध, मक्खन, घी...खेत, कारखाने, मशीनें...सभी काम करनेवालों और बनानेवालों की सम्पत्ति है। वही मालिक हैं और वही कर्मचारी हैं। उन्हीं की डेरी है।"

"और यह कौन हैं ?" उमा ने पूछा।

"यह हैं डॉक्टर कुरियन, जिन्होंने यह सपना देखने और उसे यथार्थ में बदलने का साहस किया।"

"बूढ़े हैं।"

"सपनों में जीवन डालनेवाले बूढ़े नहीं होते पगली ! वे महान होते हैं," जुगिन्दर की आवाज़ में वही जानी-पहचानी उमंग थी जो पहले धर्म के प्रति छलका करती थी। उमा ने मन ही मन सोचा, "पागल मैं नहीं तू है जुगिन्दर।" उसने कहा, "मम्मी और रमन के लौटने का वक्त हो गया है, मैं चलती हूँ।" दरवाज़े पर रुककर पूछने लगी, "सिमरन के बेटे का क्या नाम रखा है ?...भुआजी कब लौटेंगी ?"

जुगिन्दर ने सुना नहीं। वह बहुत दूर, आनन्द डेरी की दुनिया में चला गया था। वाकई सिर-फिरा बन्दा है, उमा ने मन ही मन सोचा और वह सीढ़ियाँ उतरने लगी। दूर से उसने मम्मी को आते देखा। जुगिन्दर वहीं कमरे में बैठा एक-एक कर हर तस्वीर को गौर से देख रहा था। डॉ. कुरियन की यह आनन्द डेरी कितने करोड़ों सामान्य लोगों

की भागीदारी से चल रही है। यह विराट योजना गांधीजी के सपने का जीता-जागता रूप है। इस विषय पर जयन्त अंकल ने ज़ोरदार लेख लिखा है। वह पढ़ने लायक है। उमा को देगा पढ़ने के लिए। वह पढ़कर ठीक समझ पाएगी। जो वह उमा को बताना चाहता है वह सही ढंग से व्यक्त नहीं कर पाता। जयन्त अंकल का लेख जुगिन्दर ने ध्यान से कहीं रखा था। मगर कहाँ रखा था ? वह लेख ढूँढ़ने लगा। जब उसे अपने अस्त-व्यस्त कमरे में बिखरी हुई चीज़ों और कागज़ों के बीच वह लेख हाथ लगा जिसमें जयन्त ने डॉ. कूरियन और आनन्द डेरी परियोजना के बारे में लिखा था तब खिड़की से उमा के गाने की आवाज़ सुनाई दी। जुगिन्दर रुक गया। उसने सोचा कि वह बाद में नीचे जाएगा उमा को लेख देने। वह अपना कमरा समेटने लगा। जब से मम्मी अमृतसर गई हैं तब से कमरा सँवारनेवाला कोई नहीं है। उनके लौटने से पहले उसे यह कमरा ही नहीं पूरे घर का चेहरा साफ करना पड़ेगा।

आज उमा ने जो सुर लगाया तो छोड़ने का दिल ही नहीं किया। आखिर रमन ने कमरे में झाँककर याद दिलाया कि खाना खाने का वक्त भी गुज़र जाएगा। अब संगीत की जगह भोजन आज़माया जाए। इस बीच ऊपर जुगिन्दर ने अपने कमरे का रूप बदल दिया। अब वह भी भोजन की व्यवस्था करने में जुटा था। रसोई में बर्तनों की खटखट जारी थी।

अगले दिन सुबह जयन्त अंकल का लेख हाथ में लिये जुगिन्दर उमा के दरवाज़े पर पहुँचा। यासमीन पहले से वहाँ खड़ी थी। वह बाज़ार जाने के लिए तैयार थी। उमा को अपने साथ ले जाने आई थी।

"तुम लोगों को बाज़ार जाने का इतना शौक क्यों है ?" जुगिन्दर ने पूछा। प्रश्न हवा में झूलता रहा। न उमा और न यासमीन ने जवाब दिया। जुगिन्दर ने लेख उमा को पकड़ाया। वह जल्दी में थी इसलिए कागज़ वहीं मेज़ पर रखकर बाज़ार चली गई। आज चूड़ियाँ खरीदने का इरादा था। यासमीन ने ठान रखी थी कि वह हर रंग की काँच की चूड़ियाँ खरीदेगी। हनुमान मन्दिर के पास तमाम चूड़ियाँ बिकती हैं। मंगलवार को वहाँ चाट की दुकानों की भीड़ लगती है। उन्हें भी आज़माने का इरादा था। चूड़ियाँ खरीदकर और चाट खाकर तसल्ली की चरम सीमा पर पहुँची उमा ने यासमीन से कहा, "चल, हनुमानजी के भी दर्शन कर आते हैं।"

"मेरा मन्दिर में जाना क्या ठीक होगा ?" यासमीन ने संकोच से पूछा।

"क्यों ? ठीक क्यों नहीं होगा ? तुझे एतराज़ है ?"

"एतराज़ मुझे नहीं बुद्धू, मन्दिरवालों को होगा।"

"धत्त ! मेरे माथे पर क्या लिखा है कि मैं हिन्दू हूँ ?"

"तो मुझे कोई नहीं रोकेगा ?"

"मैं अपने चाचा के साथ एक बार जामा मस्जिद देखने गई थी, मुझे तो किसी ने नहीं रोका। तुझे कोई क्यों रोकेगा ?"

"दरअसल, मैं कभी मन्दिर के अन्दर नहीं गई।"

"तब तो देखना ही चाहिए तुझे। ऐसा कर, सिर पर दुपट्टा डाल ले।"

जब दोनों मन्दिर से बाहर आईं तो उन्हें लग रहा था जैसे चोरी का फल खाकर निकल रही हों। "देखा कोई कयामत नहीं आई ! किसी को पता भी नहीं चला। तू बेकार डर रही थी," उमा ने फतह की घोषणा की।

"अच्छा उमा, अगर यह बाहर खड़े भीख माँग रहे लँगड़े और कुष्ठ रोगी मन्दिर में जाएँ तो इन्हें कोई रोकेगा नहीं ?" यासमीन ने धीरे से पूछा। उमा ने सामने खड़े भीख माँगनेवालों को गौर से देखा। ये लोग मन्दिरों के अन्दर क्यों नहीं जाते ?

घर लौटते हुए रास्ते में यासमीन से कहा, "मैं सोच रही हूँ कि अब कम्प्यूटर कोर्स में भर्ती हो ही जाऊँ।"

"सच ! एम.ए. करने का इरादा बिल्कुल छोड़ दिया क्या ? मालती मेनन तो बहुत निराश होंगी तेरे इस इरादे से।"

"आजकल एम.ए. करने के बाद भी तो कम्प्यूटर ही सीखना पड़ता है," उमा ने सुनील का वाक्य दोहराया, ठीक उसी लहजे में जिसमें उसे कहते सुना था।

"और भारतीय प्रशासन सेवा का इम्तहान यानी मालती मेनन का सपना, उसका क्या होगा ?" यासमीन ने पूछा।

"मालती मेनन बहुत अच्छी हैं मगर उनके ज़माने के घिसे-पिटे रास्ते आजकल की मॉर्डन दुनिया में कम मायने रखते हैं," उमा ने फिर सुना-सुनाया वाक्य दोहरा दिया। बस से उतरकर घर की ओर चलते हुए यासमीन ने कहा, "अब्बा कह रहे थे कि फिलहाल तुम्हें यह मकान छोड़ना नहीं पड़ेगा...वह कोशिश कर रहे हैं कि आगे भी छोड़ना न पड़े।"

"सच, तेरे अब्बा ने बड़ा उपकार किया है हमारा। मैं तो बिल्कुल नहीं चाहती यहाँ से जाना। रमन का स्कूल भी नज़दीक है...और पता है, आजकल किराये कितने बढ़ गए हैं ?"

"मगर तुझे तो एक दिन यहाँ से जाना ही होगा। लड़कियों की तो यही किस्मत होती है...एक दिन ससुराल जाना...," इस बार यासमीन ने सुनी-सुनाई बात को दोहराया।

उमा के चेहरे पर तनिक-सी मुस्कुराहट की झलक देखकर उसने पूछा, "क्यों, कहीं बात चल रही है तेरी क्या ? बता तो ?"

"अरे, बताने के लिए कुछ होगा तो बताऊँगी !"

घर लौटकर उमा गुनगुनाती हुई घर के कामों में लग गई। जुगिन्दर का दिया हुआ लेख मेज़ से उठाकर उसने किताबों के पास रख दिया। इसलिए जब शाम को जुगिन्दर ने आकर उससे लेख के बारे में पूछा तो उसके जवाब से जुगिन्दर ने मुँह बनाया। उसे निराशा हुई। "यह भी नाराज़ होने की कोई बात है भला ?" उमा ने एतराज़ किया।

"मैंने पता है बड़ी मेहनत से इसे तेरे लिए ढूँढ़कर निकाला। मगर छोड़...तुझे तो हनुमान मन्दिर से चूड़ियाँ खरीदनी ज़्यादा ज़रूरी हैं। और अब बैठी यह क्या लिख रही है ?"

"लेख नहीं लिख रही। दाखिले के फार्म भर रही हूँ।"

"कहाँ का दाखिला ?"

"कम्प्यूटर कोर्स का...।"

"दीदी भी अमेरिका जाएगी," रमन ने कहा।

"यह सब क्या हो रहा है ?" उसने ऐसे पूछा जैसे सोया-सोया अभी जाग उठा हो।

"इसमें इतने ताज्जुब की क्या बात है भाप्पे ?" रमन ने हँसकर पूछा।

"अचानक अमेरिका जाने का प्लान कब बना ?" जुगिन्दर ने उमा से पूछा।

"रमन के हर मज़ाक को तू सच कब से मानने लगा है ?" उमा ने कहा।

"कम्प्यूटर पढ़नेवालों की एक ही मंज़िल होती है...अगर तेरी कोई और हो तो बता ?"

"अभी तो सिर्फ फार्म भर रही हूँ बाबा। आगे क्या होगा, क्या नहीं होगा यह किसे पता है...।"

"क्या होगा या नहीं होगा यह तो कोई नहीं जानता मगर अपने इरादे तो हम जानते ही हैं। क्यों, मैं क्या गलत कह रहा हूँ ?"

"मेरा इरादा है कम्प्यूटर सीखने का, इसके बाद क्या होगा मुझे नहीं पता...।"

रमन ने दूध का गिलास खाली करके नीचे रखते हुए कहा, "भाप्पे, तूने क्या सारे पुराने इरादे बदल दिए हैं ?" जुगिन्दर ने लम्बी साँस ली। उठकर दरवाज़े की ओर बढ़ा। बाहर जाते हुए उमा से कुछ कहने के लिए रुका। फिर मन बदल दिया। वह चला गया।

सुबह की गाड़ी से सरदार सन्तोक सिंह बीवी को लेकर अमृतसर से लौट आए। भुआजी ने उमा को पोते की तस्वीरें दिखाईं। सिमरन की बाँहों में बच्चा तो सब बच्चों की तरह ही लग रहा था। सिमरन बहुत खुश लग रही थी।

"भुआजी, सिमरन दिल्ली कब आएगी ?" उमा ने पूछा।

"मैं तो उसे अपने साथ ही ले आती मगर वो रविन्दर के साथ आना चाहती है...अब देखो कब आती है...।"

जब भुआजी से मिलकर उमा नीचे उतरी तो सामने दरवाज़े पर सुनील खड़ा था। उसके हाथों में फूलों का गुलदस्ता था।

दस

"प्रमोद का हवाई जहाज़ सुबह चार बजे जाएगा। मम्मी, मैं रेखा के साथ हवाई अड्डे तक प्रमोद को छोड़ने जाऊँगी," उमा ने कहा।

"इतनी रात को ?...रेखा प्रमोद की बहन है उसका जाना ठीक है मगर तेरा इतनी रात में हवाई अड्डे जाना ज़रूरी नहीं है," शान्ति देवी उमा के जाने के हक में नहीं हैं यह ज़ाहिर था मगर उमा ने ठान ली थी कि वह रेखा और सुनील के साथ प्रमोद को

हवाई अड्डे तक पहुँचाने जाएगी।

"सुनील भी जाएगा क्या ?" मम्मी ने पूछा।

"वह दोनों बहुत अच्छे दोस्त हैं। कुछ ही महीनों में सुनील भी वहीं जा रहा है...।"

मम्मी ने बात आगे नहीं बढ़ाई। सुनील और प्रमोद का घर पर आना और उमा का अक्सर उनके साथ बाहर जाना शान्ति देवी को शुरू-शुरू में अखरता था। यह बात भी काँटे की तरह चुभती थी कि आस-पड़ोस में लोग क्या कहेंगे। सुनील अकेला भी आने लगा। उसका पूरा नाम है सुनील शर्मा। कम से कम इसकी शान्ति देवी को तसल्ली थी कि जात उसकी मुनासिब है। बात-बात में उमा से बहस करना और उलझना भी वह नहीं चाहती थीं इसलिए कड़वा घूँट पी लेना पड़ता था।

उमा को मम्मी की आपत्ति का पूरा अहसास था। वह भी इस विषय में उनके साथ बहस में उलझना नहीं चाहती थी। उनसे जेब-खर्च के लिए पैसे माँगने में भी आजकल उमा को संकोच होता। अगले महीने यासमीन का निकाह है। उमा अपने लिए नए कपड़े खरीदना चाहती है मगर मम्मी से पैसे माँगना मुश्किल लग रहा है।

शायद इसीलिए चाचा और जुगिन्दर के बीच चल रही चर्चा को बीच में काटते हुए अचानक उसने पूछा, "चाचा आपके दफ्तर में, मेरा मतलब आपके अखबार में रिपोर्टर की नौकरी मिलना बहुत मुश्किल है क्या ?"

"तेरे जैसी रिपोर्टर को, जो अच्छे लेख लिखना जानती है, कोई मुश्किल नहीं होनी चाहिए, मुझे लगता है...," जयन्त ने मुस्कुराते हुए कहा।

"मगर तू तो कम्प्यूटर कोर्स करने जा रही थी," जुगिन्दर ने आश्चर्य व्यक्त किया।

"वह तो हफ्ते में तीन दिन शाम को होगा। बाकी वक्त लिख भी तो सकती हूँ...क्यों चाचा ?" उमा ने जयन्त की ओर प्रश्नात्मक नज़र से देखा। सच तो यह था कि नौकरी करने का संकेत जयन्त ने ही पिछली बार दिया था। कम्प्यूटर कोर्स की फीस के लिए अच्छी, मोटी रकम का इन्तज़ाम करने की बात जब उठी थी, तब जयन्त ने ही कहा था, "आजकल भाभी, लड़कियाँ पढ़-लिखकर अपने पैरों पर खड़ी होना चाहती हैं। ज़माना बहुत बदल गया है। मैं अपनी तरफ से सहयोग दूँगा...उमा भी अगर अपनी रुचि के अनुसार काम करने लगे तो अच्छा होगा। मिल-जुलकर फीस का इन्तज़ाम हो जाएगा।" उस दिन बात यहीं रह गई।

अब जयन्त ने शान्ति देवी से पूछा, "आपको एतराज़ तो नहीं होगा अगर उमा रिपोर्टर की नौकरी पर लग जाए ?"

शान्ति भाभी ने जवाब नहीं दिया। देतीं भी कैसे ? उनके संस्कार तो सदियों से इसी के पक्ष में थे कि बेटी घर-गृहस्थी सँभाले और बेटा नौकरी की डोर थामे। हालात ने शान्ति देवी को दफ्तर में काम करने के लिए बाध्य किया और अपने ऊपर पड़े इस बोझ को उन्हें स्वीकारना पड़ा। मगर इसका मतलब यह नहीं कि वह अपने संस्कारों को

नकारने और उमा के भविष्य से खेलने के लिए तैयार हैं। वह चुप रहीं।

जयन्त भाभी की दुविधा समझ रहा था। वह उन पर दबाव नहीं डालना चाहता था। मगर उसकी अपनी विचारधारा ठीक विपरीत दिशा में बहती आई थी। भाभी को उस ओर बिना उन्हें कष्ट पहुँचाए मोड़ना, मदारी के कुशल चमत्कार से किसी कदर कम नहीं।

पास बैठा जुगिन्दर तनाव महसूस कर रहा था। उसी ने चुप्पी को तोड़ते हुए कहा, "आंटी अखबारों और पत्रिकाओं में रिपोर्टर आजकल ज़्यादातर लड़कियाँ ही होती हैं। आप अगर जयन्त अंकल के दफ्तर जाएँ तो आपको ताज्जुब होगा... ।"

उमा को मम्मी की ओर नज़र उठाने की हिम्मत नहीं हुई। उसके अपने मन की गहराई में कहीं मम्मी की दुविधा का बीज नैसर्गिक रूप से उपस्थित था। जयन्त चाचा चाहते थे कि वह नौकरी करे। वह उनकी आभारी है। उनकी सहायता के बिना वह कम्प्यूटर कोर्स में भर्ती भी नहीं हो सकती। और वह मम्मी से पैसे नहीं माँगना चाहती अब। मगर यह भी सत्य है कि मम्मी के संस्कारों को वह स्वयं अपनी नैसर्गिक भावनाओं और आकांक्षाओं में पहचानती है। इन दोनों विपरीत धाराओं के बीच सन्तुलन बनाए रखना भी मदारी की कुशलता से कम नहीं। वैसे तो जुगिन्दर ने जो भी कहा वह गलत नहीं, मगर उसे कुछ भी कहने की ज़रूरत नहीं। आजकल जुगिन्दर की हरकतों से उमा को अक्सर झुँझलाहट होने लगती। वह बेतुकी बातें ज़्यादा करने लगा है। तरह-तरह के लेख और कभी-कभी किताबें भी ज़बर्दस्ती उमा को पढ़ने के लिए कहता है। आनन्द डेरी के डॉ. कुरियन पर चाचा का लिखा लेख जब तक उमा ने पढ़ नहीं लिया तब तक वह उसके पीछे ही पड़ा रहा। तिस पर वह यह भी चाहता है कि उमा की प्रतिक्रिया उसी के विचारों जैसी हो। उमा को ये बातें तनिक भी पसन्द नहीं थीं बल्कि हर बार उसकी झुँझलाहट बढ़ जाती। इस वक्त भला जुगिन्दर को क्या ज़रूरत थी मम्मी को यह समझाने की कि उमा का नौकरी करना अनुचित नहीं होगा।

मम्मी ने जुगिन्दर की बात एक कान से सुनी। पिछले हफ्ते वह भी जुगिन्दर की तस्वीरों की नुमाइश देखने गई थीं। एक साथ इतनी विराट और जीवन्त तस्वीरें देखकर प्रभावित हुई थीं। जुगिन्दर के पापा-मम्मी के गर्व और खुशी की सीमा नहीं थी। इसी दौरान जुगिन्दर को अपनी तस्वीरों को विदेश में प्रदर्शन का निमन्त्रण मिला।

"भाप्पे, क्या अमेरिका जाएगा ?" रमन ने उत्सुकता से पूछा।

"अजीब बात है, ऐसा लगता है कि अब विदेश का अर्थ है अमेरिका...यही सबका लक्ष्य है। इसके अलावे भी दुनिया में कोई जगह या मंज़िल रह गई है क्या ?" जुगिन्दर ने हँसकर कहा।

"अपने अंगूर खट्टे हों तो ऐसा ही लगता है भाप्पे," रमन ने कटाक्ष किया। जुगिन्दर ने बात को वहीं छोड़ दिया। वह चला गया। उसकी अनुपस्थिति में रमन को उमा ने टोका, "तुझे जुगिन्दर को इस तरह जवाब नहीं देना चाहिए था।"

"क्यों दीदी ? भाप्पे का भी तो एक ही सपना था, अमेरिका जाने का। अब

फोटोग्राफर बन गया है, कन्धे पर कैमरा लटकाए फिरता है। मगर सपना तो पूरा नहीं हुआ ?''

''तुझे जले पर नमक छिड़कने की क्या ज़रूरत है। तुझे कुछ नहीं कहना चाहिए,'' उमा ने सख़्ती से कहा मगर रमन तब तक कमरे से बाहर निकल गया था।

उमा ने चाचा के अखबार में नौकरी कर ली। शान्ति देवी ने भी मन को मना लिया कि आजकल के हालात में यह कदम बेटी के सुखी जीवन और पारम्परिक ज़िम्मेदारियों के विरुद्ध नहीं हैं। इस बीच एक दिन चैटर्जी बाबू ने कहा कि दफ्तर में उन्हीं के विभाग में कार्यरत श्री भगवती शर्मा शान्ति देवी से मिलना चाहते हैं। शान्ति देवी हैरान हुईं कि भला यह व्यक्ति, या कोई भी व्यक्ति, उनसे क्यों मिलना चाहेगा ? आज तक कभी किसी ने उनसे मिलने की कोशिश नहीं की। किसी को उनसे काम नहीं पड़ा। उनका चिन्तित चेहरा देखकर चैटर्जी बाबू ने हँसकर कहा, ''आप तो डर गया ! मगर भगवती शर्मा आपका नुकसान नहीं करेगा। आप क्यों घबराता है ?''

शान्ति देवी के चेहरे पर फीकी-सी मुस्कुराहट झलकी। सोचने लगीं कि चैटर्जी बाबू की हिन्दी पहले से बेहतर हो रही हैं। पहले तो लगता था कि वह बँगला बोल रहे हैं। समझने में मुश्किल होती थी। अब ऐसा नहीं है। हो सकता है कि अब उन्हें चैटर्जी बाबू की हिन्दी की आदत पड़ गई है। जब शान्ति देवी घर पहुँची तब उमा दफ्तर से लौटी नहीं थी। रिपोर्टर का काम ही ऐसा होता है, कभी-कभी तो बहुत देर से लौटती है। रमन अभी-अभी अपनी ट्यूशन क्लास से लौटा था। मम्मी को देखते ही उसने भूख लगने का ऐलान किया। शान्ति देवी सीधे रसोई में गईं। घर पर न तो दूध था और न ही डबलरोटी। काम पर जाने से पहले उमा बाज़ार से सामान नहीं लाई थी। उसने सोचा था कि लौटते वक्त लेती आएगी। शान्ति देवी इधर-उधर देखने लगीं कि रमन के लिए नाश्ता कैसे बनाए। टोकरी में एक सिकुड़ा हुआ आलू मिला। ''मम्मी !'' रमन ने पुकारा।

''तू नहा ले...मैं हलवा बनाती हूँ,'' कहकर उन्होंने सूजी का डिब्बा खोला। आज मुसीबत टल गई। आइन्दा उमा को लापरवाही नहीं बरतने देंगी। आखिर एक दिन वह भी अपनी गृहस्थी चलाएगी।

हलवा रमन को बहुत पसन्द आया। आज कितने दिनों के बाद मम्मी ने हलवा बनाया। टी.वी. पर फुटबॉल का मैच देखते हुए वह हलवा खाने लगा।

उमा का पहला लेख छपा तो उसका मन उत्सुकता से बेचैन था। पता नहीं पढ़नेवालों को अच्छा लगेगा कि नहीं। चाचा को कैसा लगेगा ? और सुनील को ? आजकल वह अक्सर उमा के दफ्तर पहुँच जाता। उसकी ओर से जब कोई प्रतिक्रिया नहीं पाई तब उमा ने पूछा, ''क्यों लेख अच्छा नहीं लगा ?''

''मैंने तुम्हें बताया है कि मैं अखबार पढ़ने को सरासर वक्त की बरबादी समझता

हूँ," सुनील ने हँसकर कहा।

दूसरी ओर चाचा हैं जिनकी दुनिया ही यह है। मन ही मन उमा ने सोचा। सुनील कह रहा था, "आज एक ही चीज़ मायने रखती है। वह है तकनीकि। सामाजिक और दार्शनिक विचारों का वक़्त गुज़र चुका है। यह सब जिसे तुम्हारे चाचा इतनी अहमियत देते हैं, यह सब इतिहास बन चुका है। भविष्य का नाम है तकनीकीकरण। उन्नति का यही रास्ता है। कुछ समझीं ?" वह हँसा। उमा उसके साथ हँसी नहीं। उसे महसूस हुआ कि मज़ाक में कही गई इस बात में तत्त्व है। गम्भीरता भी।

सुनील के सम्मुख आजकल उसे चाचा बूढ़े नज़र आते और जुगिन्दर ऐसा दिखता जैसे कई दिनों से नहाया न हो।

"जुगिन्दर आजकल तूने नहाना छोड़ दिया है। भला क्यों ?"

"साबुन और रंग रगड़ाई का ठेका सारी कॉलोनी के लिए तूने अकेली जो ले रखा है...।"

"बेतुकी बातें करने का इरादा तूने कर रखा है। बात-बात में नाराज़ होने की भी ठान ली है...।"

जुगिन्दर मज़ाक करने को तैयार नहीं था। वह चुप रहा। उमा ने बात पलट दी। कहने लगी, "चाचा बता रहे थे कि तू उनके साथ उड़ीसा जा रहा है...कुछ पिछड़े इलाकों का दौरा करने।"

जुगिन्दर ने सिर हिलाकर सहमति ज़ाहिर की। आजकल वह उड़ीसा प्रान्त के बारे में जानकारी प्राप्त करने में लगा था। पुरी के पास स्थित कोणार्क मन्दिर की तस्वीरों से परिचित था। उस भव्य खंडहर को देखने की उत्सुकता बढ़ रही थी। उमा को वह मन की बात बताता मगर किसी अनजान हाथ ने उसे ऐसा करने नहीं दिया। सुनील के साथ उमा का आना-जाना उसे अखरता था। आजकल इंजीनियर लड़के खुद को तीसमार खाँ समझते हैं और लड़कियाँ उनके आगे-पीछे ऐसी मुग्ध मँडराती हैं जैसे फूलों के आसपास मधुमक्खियाँ।

उस दिन रमन का यह कटाक्ष कि जुगिन्दर के 'अंगूर खट्टे हैं' तीर की तरह मन पर लगा था। जुगिन्दर ने उससे उत्पन्न घाव को टाल देने की कोशिश की। अब उमा का यह कहना कि वह नहाता नहीं है, उसे ज़रूरत से ज़्यादा असहनीय लगा।

"उड़ीसा जाने से पहले तू अपना पासपोर्ट बनवा ले, इटली जाने के लिए," पापा ने सलाह दी। वह जानते हैं कि पासपोर्ट बनवाना आसान काम नहीं है। इसके लिए कितनी अर्ज़ियाँ भरनी पड़ती हैं। तस्वीरें खिंचवानी होती हैं और सरकारी दफ्तरों अथवा एजेंटों को आगे-पीछे परिक्रमाएँ करनी पड़ती हैं। तिस पर जगह-जगह जायज़ और नाजायज़ फीसें भी भरनी पड़ती हैं। जुगिन्दर इन बातों से परिचित था। शायद इसीलिए वह शुरुआत करने से कतरा रहा था।

सुझाव उमा ने दिया। कहने लगी कि सुनील भी पासपोर्ट बनवाने की बात कर रहा है। "तुम लोग एक साथ क्यों नहीं जाते ?"

सुनील के लिए पासपोर्ट बनवाने का कार्यकलाप एक जाना-पहचाना फार्मूला था। एक-एक करके उसने अनेक सहपाठियों को यह करते देखा था। उमा ने सुनील को बताया, "जुगिन्दर इटली में अपनी तस्वीरों को प्रदर्शित करेगा। उसे वहाँ बुलाया गया है।"

"कैसी तस्वीरें हैं ?" सुनील ने जुगिन्दर से पूछा।

"एकदम जीवन्त !" उमा ने जवाब दिया, "देखोगे तो लगेगा कि गुजरात में हो।"

"तो दिखाओ, हम भी देखें," सुनील ने जुगिन्दर से कहा।

"नुमाइश तो खत्म हो चुकी है। तस्वीरें अब घर पर रखी हैं। देखना चाहो तो चलो...?"

"अभी तो वक्त नहीं है," घड़ी पर नज़र डालते हुए सुनील ने कहा।

"किसी और दिन देखेंगे। वैसे मैं कल सुबह अपना पासपोर्ट बनवाने जा रहा हूँ। उमा कह रही थी तुम्हें भी बनवाना है। चलोगे मेरे साथ ?"

सुनील का फार्मूला एकदम सही बैठा। महीने-भर में उसने अपने और जुगिन्दर के पासपोर्ट बनवा लिए। सबसे बड़ी अड़चन होती है पुलिस की तहकीकात पूरी करवाना। इसमें महीने लग सकते हैं। सुनील ने किसी रिश्तेदार के ज़रिये हफ्ते-भर में जुगिन्दर और अपने लिए यह काम सम्पन्न करवा लिया।

उमा ने जुगिन्दर को बताया कि पासपोर्ट के दफ्तर में सुनील के सगे मामा काम करते हैं।

भगवती शर्मा ने शान्ति देवी को कहा कि वह उनसे कुछ अहम बातें करना चाहते हैं। दफ्तर के कैंटीन में बैठकर बात हो सकती है उन्होंने कहा। शान्ति देवी असमंजस बोध करने लगीं। सोचने लगीं कि चैटर्जी बाबू साथ होते तो अच्छा होता। भगवती शर्मा अपने दफ्तर में ज़रूर कार्यरत हैं मगर हैं तो अनजान। वह उनके साथ कैंटीन में जाना नहीं चाहती थीं मगर इनकार करना असम्भव लग रहा था। वह भद्रता की खातिर भगवती शर्मा के साथ कैंटीन में जाने के लिए बाध्य हो गईं। बैठते ही आसपास झुकी नज़रों से देखा कि इक्की-दुक्की महिलाओं के अलावा कैंटीन आदमियों से भरी है। बरतनों के बजने की आवाज़ और लोगों के शोर से भरे कैंटीन के एक कोने में वह कहने लगे, "आपके पति, स्वर्गीय सोहनलाल पराशर को मैं जानता था। बहुत अच्छे व्यक्ति थे...बेचारे...बहुत दिन बीमारी झेली उन्होंने...।"

शान्ति देवी सिर झुकाए सुनती रहीं। आखिर बात को घुमा-फिरा कर शर्मा साहब अपने मकसद पर पहुँचे। जब उनका तात्पर्य शान्ति देवी को समझ आया, वह चौंक गईं। दुनिया कितनी छोटी है। भगवती शर्मा के चचेरे भाई हैं शिवकुमार शर्मा जो भारत पेट्रोलियम में कार्यरत हैं। उनका बेटा कानपुर आई.आई.टी. में इंजीनियरिंग पढ़कर अमेरिका में नौकरी करने जा रहा है। माँ-बाप चाहते हैं कि जाने से पहले बेटे का रिश्ता

पक्का हो जाए। इकलौता बेटा है। अमेरिका जाकर अगर वहीं किसी मेम के साथ घर बसा ले तो माँ-बाप बेटे को भी खो बैठेंगे। शान्ति देवी बात समझती थीं। कल को अगर रमन अमेरिका जाकर कहीं किसी मेम से शादी कर ले तो उन्हें कैसा लगेगा, इसका अनुमान वह लगा सकती हैं। गला साफ किया। कहने लगे, "आपने भी अपनी बेटी के रिश्ते के बारे में कदम उठाए होंगे...?"

"जी अभी तो हम सोच ही रहे हैं...?"

"क्या उमर है आपकी बेटी की ?"

"उमा अभी इक्कीसवें साल में हैं।"

"चैटर्जी बाबू बता रहे थे कि बी.ए. के इम्तहान में फर्स्ट आई है...बहुत अच्छा गाती भी है...।"

"जी," उमा की तारीफ सुनकर शान्ति देवी के चेहरे पर तसल्ली झलकी।

"कह रहे थे कि कम्प्यूटर सीखेगी। फिलहाल पत्रकारिता का काम कर रही है...।"

"जी," शान्ति देवी ने सहमति में सिर हिलाया।

"आपकी बेटी और हमारे भाई शिवकुमार के बेटे सुनील की जान-पहचान है।"

"सुनील ? आप सुनील की बात कर रहे हैं ?"

"हाँ, सुनील ने घर पर उमा के बारे में ज़िक्र किया है...," शान्ति देवी का दिमाग एक साथ इतनी बातें समझने और सुलझाने के लिए तैयार नहीं था। वह समझ नहीं पा रही थीं कि क्या कहें। चकित तो थी हीं।

"आप अगर उचित समझें तो दोनों परिवारों को मिलने का मौका दिया जाए ?"

"जी...मैं अपने देवर से बात करूँगी।"

"जयन्त पराशर से ?"

"आप उन्हें जानते हैं ?" इस बार शान्ति देवी ने अपने आश्चर्य को छिपाने की कोशिश नहीं की।

"बहुत अच्छा लिखते हैं। उन्हें तो सभी जानते हैं और सुनील बता रहा था कि आपके यहाँ उसकी उनसे मुलाकात हुई थी।"

"जी।"

"सुनील का परिवार आप से, आपकी बेटी और परिवार से मिलना चाहता है...आप कहें तो बात आगे बढ़ाई जाए ?"

यह तो भगवान का आशीर्वाद, उनकी कृपा ही है कि जो बात शान्ति देवी के मन पर बोझ बनी हुई थी वही खुशी का कारण भी बन सकती है। इसी की सम्भावना उन्हें नज़र आ रही थी।

उमा का सुनील के साथ आना-जाना उन्हें अखरता था। वही काँटा सुन्दर, स्वीकृत रिश्ते में बदल जाए अगर और सामाजिक निन्दा का डर, सामाजिक स्वीकृति का रूप ले; जो आज तक अप्रिय था वह प्रिय हो जाए; यह सब भगवान का अपने भक्त के

प्रति स्नेह नहीं तो और क्या है ? यही सोचती हुई शान्ति देवी बस स्टाप से घर की ओर चल रही थीं।

जुगिन्दर ने उन्हें देखा। वह उस वक्त टैक्सी में बैठा हवाई अड्डे की ओर जा रहा था। जयन्त अंकल के साथ भुवनेश्वर जाना था। उड़ीसा प्रान्त के कुछ इलाकों में लोगों की भूख से हुई मृत्यु की खबरें आ रही थीं। वहाँ धार्मिक संस्थाओं से सम्बन्धित दंगों का होना भी बढ़ गया है। जुगिन्दर को यह मौका मिला था। कोणार्क के मशहूर मन्दिर को देखना था। जावेद कहता है कि पुरी के समुद्र तट पर सूर्य अस्त देखना एक अनोखा अनुभव है। मन में कौतूहल और उत्साह के साथ जुगिन्दर को चिन्ता इस बात की थी कि यथासमय हवाई अड्डे पहुँच पाएगा कि नहीं। बसों, गाड़ियों, स्कूटरों और ठेलेवालों की भीड़ के अलावा दफ्तरों से निकले जनस्रोत के बीचोबीच खड़-खड़ करती टैक्सी की रफ्तार अति धीमी हो गई थी। टैक्सी-चालक सरदार था। सामने गुरु नानकजी की तस्वीर लगा रखी थी। जुगिन्दर बार-बार घड़ी देखता। उसे क्या पता था कि हवाई जहाज़ भी समय के अनुसार उसी गति से चलते हैं जैसे सड़कों पर बढ़ती हुई भीड़। उनका भुवनेश्वर जानेवाला जहाज़ दो घंटे देर से चला। हवाई अड्डे पर जयन्त के साथ प्लास्टिक की कुर्सियों पर बैठकर अन्य यात्रियों के साथ दो घंटे काटना आसान नहीं था। अंकल तो किताब पढ़ते रहे। उन्हें पता भी नहीं चला कब जुगिन्दर ने उनकी तस्वीरें खींचीं। आखिर उन्होंने किताब बन्द की। चश्मा उतारा और लम्बी साँस लेकर आँखें बन्द कर लीं। "थक गए अंकल ?" जुगिन्दर ने पूछा।

"अजीब बात है कि लगातार कई घंटे काम करने से इतनी थकावट नहीं होती जितनी हवाई अड्डे और रेलवे स्टेशन पर इन्तज़ार करने से होती है," जयन्त ने कहा।

मगर जुगिन्दर को तनिक भी थकान महसूस नहीं हो रही थी। उसके मन में उमंग और उत्सुकता की मिली-जुली भावना थी। वह भावना जिसे जयन्त अच्छी तरह पहचानता था। उसने भी तो इसी तरल-चंचल स्रोत में डुबकियाँ लगाई थीं। इस स्रोत की चंचल धारा आज भी उसमें जीवन्त थी।

"अंकल, कॉफी पिएँगें ? लाऊँ ?" जुगिन्दर ने सवाल पूछा ही था कि यात्रियों को हवाई जहाज़ की ओर प्रस्थान करने को कहा गया।

जयन्त और जुगिन्दर ने रात भुवनेश्वर के एक छोटे होटल में काटी। वहीं से भाड़े पर गाड़ी और ड्राइवर की व्यवस्था की ताकि अगले दिन सुबह वह कालाहाँडी के लिए रवाना हो सकें। जुगिन्दर रात को सोया कि नहीं, यह कहना मुश्किल है। जब जयन्त सोकर सुबह उठा तब तक जुगिन्दर न जाने शहर के किसी कोने में सूर्योदय की तस्वीरें खींच रहा था। जब लौटा तब जयन्त ने पूछा, "आज नाश्ता करने का इरादा नहीं है क्या ?"

"माफ कीजिए अंकल देर हो गई," जुगिन्दर ने कहा।

खाने का कुछ सामान और पीने का पानी साथ लेकर दोनों यात्री टैक्सी ड्राइवर, जिसने अपना नाम भूपति बताया, के साथ लम्बी यात्रा के लिए चल दिए।

ऊबड़-खाबड़ रास्ता जिसे सड़क कहना भी उचित नहीं, उस पर धूल उड़ाती गाड़ी झन-झन करती बढ़ती रही। प्रान्त के इस आँचल में पानी की कमी के कारण सदियों से बंजर पड़ी ज़मीन दूर-दूर तक वीरानगी का नज़ारा पेश करती है। कुछ आदिवासी गाँवों में रुककर जुगिन्दर ने कैमरे के सुराख से भूख और निर्जीवता को ऐसे देखा जैसे वैज्ञानिक अपने सूक्ष्मदर्शी चश्मों से कीटाणु को परखते हैं। ड्राइवर भूपति की सहायता से जयन्त गाँव के लोगों से उनके बारे में जानकारी हासिल करता रहा। भूपति ने भाषा की बाधा को पार करने के लिए पुल खड़ा कर दिया। पता चला कि इस गाँव में भूख से दो व्यक्तियों की मौत हो गई है। "उन्हें दफनाने ले जा रहे हैं," भूपति ने बताया। कुछ दूर पर छः-सात आदमी अर्थियाँ ले जाते नज़र आए। पीछे सरकारी जीप आती दिखाई दी। वह रुकी और उससे बीडीओ साहब फुर्ती से उतरे। सीधे जयन्त और जुगिन्दर की ओर आए। औपचारिक परिचय के तुरन्त बाद उन्होंने बताया कि यह इलाका बहुत पिछड़ा हुआ है। यहाँ के लोग अनपढ़ हैं। आदिवासी बहुत आसानी से बहकाए जा सकते हैं। जड़ी-बूटियाँ खाकर मर जाते हैं मगर बाज नहीं आते। सामने शव लिये जा रही टोली को देखते हुए उन्होंने स्पष्टीकरण दिया। कहने लगे कि बेसमझ और अनपढ़ लोग इस हालात को भुखमरी समझ बैठे हैं। यही सब बातें बताकर बीडीओ महन्ती साहब ने जयन्त से अनुरोध किया कि वे दोनों उनके यहाँ भोजन करें। "यहाँ से कुल तीस किलोमीटर दूर है...चलिए न...," आग्रह किया। जयन्त ने बताया कि अभी, हमें बहुत लम्बा सफर तय करना है नहीं तो ज़रूर आपके यहाँ जाते...।

महन्ती जी निराश हुए। पूछने लगे, "आप लोग कहाँ जा रहे हैं ?"

"सुना है जापानियों ने कुछ दूर मन्दिर बनाया है, उस स्थान पर जहाँ सम्राट अशोक ने कलिंग के युद्ध के पश्चात् बौद्ध धर्म अपनाया था," जयन्त ने कहा।

महन्ती साहब मुस्कुराए, "हाँ, साहब देखने लायक है...।" जुगिन्दर को ऐसा लगा कि बीडीओ साहब अब आश्वस्त हैं कि वे लोग किसी बुरे मकसद से नहीं आए हैं।

"इस गाँव में कोई दुकान होगी ?" जुगिन्दर ने पूछा।

"दुकान ? क्या खरीदना चाहते हैं आप ?" महन्ती साहब आश्चर्यचकित थे।

"बच्चों के लिए मीठी गोलियाँ या गुड़...," आसपास खड़े भूखे नंगे बच्चों को देखते हुए जुगिन्दर ने कहा।

बीडीओ साहब ने मुँह बिचकाया। भूपति ने मुँह फेर लिया।

जुगिन्दर को लगा कि अनजाने में उसने कोई अभद्रता न कर दी हो। उसने जयन्त की ओर नज़र फेरी ही थी कि जयन्त ने कहा, "गाँव में कोई दुकान तो होगी, चलिए देखते हैं...।" इससे पहले कि इस प्रस्ताव को टाला जाए जयन्त ने गाँव के अन्दर जाते कच्चे रास्ते को पकड़ लिया। गाँव की एकमात्र दुकान पेड़ की ओट में एक खोखला टीन का डिब्बा थी जहाँ लुंगी पहने, अधनंगा, पतला-दुबला हड्डियों का ढाँचा-सा एक व्यक्ति माचिस और नमक बेच रहा था। ज़ाहिर था कि इस भूख से पीड़ित गाँव में नमक और माचिस खरीदने लायक ग्राहक भी कम बचे हैं।

यह पंजाब नहीं। गुजरात भी नहीं है। यह है आदिवासियों की भूमि। जुगिन्दर ने कैमरे को उठाया ही था कि बीडीओ साहब ने टोका, "बाबू यहाँ क्यों अपने कैमरे की फिल्म को बेकार खराब करते हो। चलिए आपको मन्दिर दिखलाएँगे, वहाँ खींचिएगा तस्वीरें।" इस निराशा और दरिद्रता को सदा के लिए फोटो में उतार लेने में जुगिन्दर को भी संकोच हो रहा था। पंजाब में गाँव हो या शहर, बच्चे कैमरा देखते ही फोटो खिंचवाने दौड़े आते हैं। शहरों में तो पैसे भी माँगते हैं। गुजरात में भी मिले-जुले हालात हैं। मगर यहाँ गरीबी और निराशा का स्वर असह्य है। बच्चों की आँखों में उत्सुकता नहीं बल्कि एक गहरी थकावट है। जुगिन्दर इसे तस्वीर में बाँधकर, पकड़ लेना चाहता था, महन्ती साहब ने कोशिश की मगर जुगिन्दर ने एक न सुनी। वह तस्वीरें लेता रहा। बीडीओ साहब आपत्ति करते रहे। वह खूब समझते हैं कि सरकारी अफसरों का दबदबा जनता पर और कुछ हद तक नेताओं पर भी बना रहता है मगर पत्रकार एक ऐसी कौम, ऐसी जाति है जिससे नेता क्या, सरकारी कर्मचारी क्या, सबका इससे बचकर रहने में ही हित है। पत्रकारों की जानकारी और उन्हीं की लेखनी ने बोफोर्स की तोपों को बिना चलाए ही धमाके पर धमाके नहीं पैदा किए क्या ? प्रधानमन्त्री की कुर्सी को बुरी तरह हिलाकर रख दिया और उस पर विराजमान व्यक्ति विशेष को गहरी चोट पहुँचाई। अब यह पत्रकार जो जात से तो ब्राह्मण है, न जाने किस अखबार में क्या-क्या लिखेगा। जिसकी आँच महन्ती साहब को भी लग सकती है।

"पराशर साहब आप लोग रात पुरी में काटेंगे...तो रात का भोजन हमारे साथ कीजिए न...उड़िया भोजन आज़माइएगा...," नम्रता से निवेदन किए गए इस निमन्त्रण को जयन्त ने न स्वीकार कर पाने का कारण पेश करते हुए कहा, "हम शायद रात पुरी में नहीं काटेंगे।"

"तो रात को आप कहाँ रहेंगे ?" बीडीओ चकित थे। "अभी कहना मुश्किल है...मगर जब पुरी जाएँगे तो आप से अवश्य मिलने की कोशिश करेंगे।" जयन्त ने आश्वासन दिलाया। मगर महन्ती साहब को बात सही नहीं लगी। यह पत्रकार किस मकसद से आया है ? वैसे तो देखने में विनम्र और सीधा लगता है। सरदार फोटोग्राफर तो छोकरा ही है। कुछ अड़ियल-सा। बी.डी.ओ. साहब ने गाड़ी के ड्राइवर भूपति से जानकारी हासिल करने की कोशिश करनी चाही मगर मौका नहीं मिला। जयन्त और जुगिन्दर ने विदा ली और आगे चल दिए।

शाम होते वे लोग अपनी मंज़िल, यानी उस गाँव में पहुँचे जहाँ फादर अनतोनियो उनका इन्तज़ार कर रहे थे। यह इलाका भी आदिवासी गाँवों का था मगर गाँव की स्थिति बेहतर नज़र आ रही थी। फादर अपने सफेद रंग के छोटे गिरजाघर के सामने बगीचे में टहलते नज़र आए। गाड़ी को आते देख वह फाटक की ओर चलने लगे। अपने मेहमानों का स्वागत करके वह उन्हें चर्च के एक तरफ खास अतिथियों के लिए बने कमरे में ले गए। कमरा साफ-सुथरा था। बीच में दो पलंग थे जिनमें मच्छरदानियों की व्यवस्था थी। कमरे की बगल में गुसलखाना था। पानी से भरी दो बड़ी-बड़ी बाल्टियाँ रखी थीं।

साबुन और तौलिए भी रखे थे। फादर के मेहमान सिर से पैरों तक धूल से लिपटे थे।

''आप लम्बा सफर करके आ रहे हैं। थोड़ा विश्राम कर लीजिए...किसी भी चीज़ की ज़रूरत हो तो संकोच न कीजिएगा...रात का भोजन साथ बैठकर करेंगे,'' यह कहकर फादर भूपति को इसका विश्रामगृह दिखाने ले गए।

जयन्त और जुगिन्दर ने स्नान किया। साफ-सुथरे कपड़े पहनकर भोजन के लिए तैयार हो गए। इस बीच भूपति के रहने का इन्तज़ाम भी हो गया। वह भी नहा-धोकर नया बन गया।

खाना खाने बैठे तो फादर ने कुछ विस्तार से अपना परिचय दिया। वह मंगलूर के रहनेवाले हैं। वहीं उन्होंने अपनी शिक्षा और धार्मिक प्रशिक्षण प्राप्त की। इक्कीस वर्ष हुए चर्च ने उन्हें इस आदिवासी इलाके में काम करने के लिए नियुक्त किया। तब से वह यहाँ की भाषा और तौर-तरीकों से परिचित ही नहीं है बल्कि उन्हें अपना मानने लगे हैं।

फादर अनतोनियो का रंग-रूप खासकर उनके हल्के रंग की आँखें देखकर जुगिन्दर को कुछ आश्चर्य हुआ। बाद में जयन्त अंकल ने उसे बताया कि फादर के परिवार में पुर्तगाल से कालिकट के तट पर आए वासको डि गामा के साथियों का पूर्वांश है। ये लोग मालाबार में बस गए। गोआ, दमन और दिव में पुर्तगाल का साम्राज्य कुल पैंतीस साल हुए खत्म हुआ है।

खाना खाते हुए जयन्त ने फादर से कहा, ''जैसा कि आप जानते हैं, हमारे यहाँ आने का एक मकसद यह भी है कि आप के सहयोग से हम यह जानकारी पा सकें कि आदिवासी इलाकों में धर्म-सम्बन्धी तनाव और दंगे क्यों होने लगे हैं....।''

''और हम चाहते हैं कि दंगे बन्द हो जाएँ...आपके सहयोग की हमें आशा है...,'' फादर ने उत्तर दिया।

जुगिन्दर ने अनुमान लगाया कि फादर की आयु करीब पैंतालीस साल की होगी। उनके चेहरे पर आत्मविश्वास और सन्तुलन का भाव स्पष्ट छलक रहा था। क्या यह अन्दरूनी झलक कैमरे की छवि में उतारी जा सकती है ? वह सोचने लगा। भोजन स्वच्छ और साफ-सुथरा था। ठीक इस वातावरण के अनुकूल। जुगिन्दर को भूख लगी थी। जयन्त अंकल और फादर के बीच हो रही बातचीत की धारा का उसने ज़्यादा ख्याल नहीं किया। बीच-बीच में कुछ बातें उसके कानों में पड़ती रहीं। जयन्त अंकल कह रहे थे, ''आदिवासी ज़्यादातर आपके धर्म में आस्था रखते आए हैं। चर्च की ओर से इन्हें स्कूली शिक्षा और अन्य सामाजिक सहयोग मिलता है, मिलता आया है जो अन्य धर्मों के व्यक्तियों को उपलब्ध नहीं है...क्या तनाव इसी वजह से उत्पन्न होता है...?''

फादर मुस्कुराए। ''पराशर साहब स्कूलों और कॉलेजों यानी शिक्षा पर, चर्च ने सदा ज़ोर दिया। देश के सभी शहरों में कॉलेज और स्कूल स्थापित किए जो आज भी देश की जानी-पहचानी उच्च श्रेणी की संस्थाएँ मानी जाती हैं। जहाँ शिक्षा केवल धर्म के आधार पर नहीं दी गई। ऐसा कभी नहीं हुआ कि कलकत्ता, मद्रास, बम्बई के कॉलेजों

में केवल ईसाई धर्म में आस्था रखनेवालों को ही दाखिला दिया जाता हो...चर्च के बनाए स्कूल और कॉलेज सब के लिए हैं। चर्च के अस्पताल भी सबके लिए हैं।''

जुगिन्दर के कानों में पड़ रहे शब्दों के अर्थ धुँधले होते जा रहे थे। थकावट ने उसे घेर लिया था। फादर ने उसके चेहरे को देखते हुए कहा, ''आप लोग थक गए होंगे। अब आराम कीजिए। कल सुबह आपको अपना पैरिश दिखाऊँगा।''

जुगिन्दर और जयन्त अपने हवादार अतिथिगृह में मसहरी की सुरक्षा में ऐसे सोये कि सुबह जब आँख खुली तब तक फादर अनतोनियो अपने बगीचे में माली के साथ तमाम काम निपटा चुके थे। गिरजाघर की बगल में लगे केले के पेड़ों से ताज़े फल का गुच्छा तोड़कर उन्होंने नाश्ते की मेज़ पर रखा। मेज़ पर बगीचे के ताज़ा अमरूद भी महक रहे थे। नाश्ते के पश्चात् जुगिन्दर ने कई तस्वीरें फादर के बगीचे की लीं। वह प्रसन्न नज़र आए मगर अभी वह बहुत कुछ दिखाना चाहते थे।

गाँव में स्कूल था। डिस्पेंसरी थी और सफाई पर ज़ोर था। फादर बता रहे थे कि सफाई से रहना आदिवासी परम्परा का अहम अंग है। इस गाँव में पानी के कुएँ हैं। कुछ दूरी पर नदी बहती है। स्कूल में लड़के और लड़कियों दोनों के लिए दसवीं कक्षा तक की पढ़ाई का इन्तज़ाम है। ज़ाहिर था कि गाँव का हर बच्चा जानता था कि फादर के साथ दिल्ली से आए मेहमान उनके गाँव का निरीक्षण करेंगे। स्कूल में कौतूहल था। मेहमानों के देखने के लिए रंगीन चित्र तैयार किए थे बच्चों ने। एक छोटे बालक ने अंग्रेज़ी में कविता पेश की। बालिकाओं ने गाना गाया। जुगिन्दर ने तस्वीरें खींचीं।

डिस्पेंसरी की ओर चलते हुए जयन्त ने फादर से पूछा, ''आपके गाँव में भी क्या दंगे हुए ?''

''यहाँ दंगों की नौबत नहीं आई। आसपास के गाँवों में जब-जब चर्च पर प्रहार हुए तब तनाव और आतंक के डर की आँच यहाँ भी आई।

''तनाव और आतंक के पीछे, आपके अनुसार कारण क्या हैं ?''

''ज़्यादातर, आतंक फैलानेवाले और दंगे करनेवाले बाहर से आते हैं...इनका राजनीतिक दलों से वास्ता होता है...।''

''क्या मुद्दा है इनके मोर्चों का ?''

''यही कि विदेशी धर्म, विदेशी सभ्यता और विदेशी धन भारतीय परम्परा को नष्ट करने और उखाड़ने में लगा है।''

''फादर आपसे एक सवाल करूँ, आप बुरा न मानिएगा...आप यहाँ पिछले बीस सालों से हैं...इस बीच आपने कितने व्यक्तियों को ईसाई धर्म अपनाते देखा है ?''

''सच पूछिए तो धर्म को अपनाने के लिए किसी को बाध्य नहीं किया जाता। यह भी सच है कि आदिवासी इलाकों में चर्च शिक्षा और स्वास्थ्य सुरक्षा के काम में कब से जुटा है। चर्च में आस्था रखनेवाला ही नहीं बल्कि जो विपद में भगवान के घर में आश्रय चाहेगा वह सहयोग पाएगा। कभी-कभी मुसीबत में आश्रय पानेवाले धर्म को अपनाना चाहते हैं। आदिवासी गाँव ज़्यादातर चर्च में आस्था रखते हैं। बहुत कम ऐसे

गाँव हैं जहाँ आदि परम्परा है। इस इलाके की बात कर रहा हूँ।''

एक विराट बरगद के पेड़ की छाया में फादर रुक गए। डिसपेंसरी अभी कुछ फासले पर थी। जुगिन्दर ने कैमरे के सुराख से जयन्त और फादर अनतोनियो को देखा। पेड़ के पीछे भूपति आँखें ज़मीन पर टिकाए खड़ा था।

''आप बाँसवा भी जा रहे हैं न ? वहाँ चर्च पर प्रचंड रूप से वार हुआ...गहरी चोटें आईं...आप खुद देखेंगे कि वहाँ गाँव-भर में डर फैला हुआ है। डर भी बीमारी की तरह फैलता है...आग की रफ्तार से...आसपास तो क्या सारे प्रान्त में तनाव पैदा हो गया है... ।''

फादर और जयन्त अंकल के बीच चल रही चर्चा की धारा को जुगिन्दर सुनना नहीं चाहता था। बिल्कुल नहीं। वह स्वयं धर्म और राजनीति के तूफान से गुज़र चुका था जिसके घाव भर गए थे मगर दाग बाकी थे। उसकी नज़र पड़ी लड़कियों की दूर से आ रही टोली पर। उन लोगों ने सिर पर लकड़ियाँ उठाई हुई थीं।

जाते वक्त फादर ने केलों का गुच्छा उन्हें साथ ले जाने के लिए दिया। यात्री आगे बढ़े। धूल उड़ाती हुई गाड़ी अगले पड़ाव की ओर चलने लगी।

''वह देखिए साहब...पहाड़ी पर सफेद मन्दिर नज़र आ रहा है न ? वही है बौद्ध मन्दिर जिसे जापानियों ने बनाया है,'' भूपति ने संकेत किया। गाड़ी पहाड़ी के नीचे खड़ी की। तीनों यात्री ऊपर चढ़ने लगे। आसपास कोई नहीं था। न कोई यात्री थे और न ही पर्यटक।

''यह वही स्थान है जहाँ सम्राट अशोक ने कलिंग के युद्ध में गिरे सैनिकों की लाशें देखकर हथियार डाले और बौद्ध धर्म को अपनाया। शपथ ली कि युद्ध नहीं, शान्ति और अहिंसा का रास्ता पकड़ेंगे,'' भूपति ने बताया।

''मन्दिर कैसा लगा आपको ?'' उसने उत्सुकता से पूछा।

''अति शान्त स्थल है,'' जयन्त ने कहा।

''जापानी लोग यहाँ मन्दिर को देखने और पूजा करने आते हैं,'' भूपति ने कहा।

जुगिन्दर कैमरे के सुराख से नज़ारा देख रहा था। पहाड़ी के आसपास चारों ओर, दूर क्षितिज तक बंजर, सूखी भूमि फैली हुई थी। इस वीरानगी और उजाड़ता को क्या उसका कैमरा तस्वीर में उतार सकेगा ? उसका मन कह रहा था कि यह सम्भव नहीं। कैमरा मन्दिर की ओर घूमा। द्वार पर भूपति आँखें बन्द किए और हाथ जोड़कर प्रार्थना कर रहा था। क्या भूपति बौद्ध धर्म में आस्था रखता है ?

आज तक जुगिन्दर की जान-पहचान में बौद्ध धर्म को माननेवाला कोई नहीं था। कितने आश्चर्य की बात है कि जिस देश में महात्मा बुद्ध ने जन्म लिया और जिस प्रांगण में वह धर्म फला-फूला वहीं से वह धर्म शताब्दियों तक गायब रहा। उसने सुना था कि कुल चालीस वर्ष पूर्व डॉक्टर अम्बेडकर ने हज़ार-दो हज़ार दलित व्यक्तियों के साथ मिलकर हिन्दू धर्म को त्यागकर बौद्ध धर्म अपनाया था। यह कदम उठाने के लिए वह तब बाध्य हुए जब स्वाधीन भारत में मन्दिरों ने अपने द्वार दलित जातियों के लिए खोलने

से इनकार कर दिया। सामने भूपति भक्ति भाव से नतमस्तक खड़ा था। उसका पाजामा हवा में फरफरा रहा था।

जुगिन्दर ने तस्वीर खींची।

जयन्त और भूपति धीरे-धीरे पहाड़ी से उतरने लगे। जुगिन्दर मन्द रफ्तार से उनके पीछे-पीछे आ रहा था। क़ैमरे के सूराख से उसने एक वृद्ध महिला को देखा। वह जयन्त के सामने खड़ी थी। एक हाथ में लाठी थी और दूसरा हाथ अर्धनंगे शरीर पर लटक रहे चीथड़ों को थामे हुए था। जुगिन्दर ने कैमरे की दूरबीन से महिला के मुख को करीब से देखा। इस बंजर जमीन की वीरानगी और उसका सूखापन सभी इस वृद्ध चेहरे की रेखाओं में प्रतिबिम्बित थे।

सम्राट अशोक के कलिंग युद्ध से आज तक यह बन्ध्य भूमि भी इसी भूख और नंगी वीरानगी को झेलती आ रही है। किसी धर्म ने इस वृद्ध महिला को आश्रय क्यों नहीं दिया ? क्या आज से पचास साल के बाद भी यह ऐसी ही नज़र आएगी ? कम्प्यूटर तकनीकीकरण की हवा इसे बिना छुए दूर से ही गुज़र जाएगी क्या ? जुगिन्दर ने कैमरे के बटन को दबाया। उसे ऐसा महसूस हुआ कि वह सदियों पुराने, बीते हुए अतीत को, आज की भूख और निराशा को जो भविष्य के क्षितिज तक फैली हुई हैं अपने कैमरे के डिब्बे में बन्द कर रहा है। जुगिन्दर के पैर रुक गए। इस क्षण में उसने करीब से पहचाना उस सदियों से बह रही परम्परा को जिसे हम अपनी संस्कृति कहकर पुकारते हैं।

वृद्ध महिला की बूढ़ी आँखों ने यात्रियों को देखा और नहीं भी देखा, जयन्त ने जेब से कुछ सिक्के निकालकर उसे दिए। वह गाड़ी में बैठ गया। भूपति ने गाड़ी स्टार्ट की। जुगिन्दर ने खिड़की से फिर एक बार देखा। वृद्ध महिला लाठी थामे, चिथड़े पहने, जैसे सदियों से वहाँ खड़ी थी अब भी वैसे ही दीख रही थी।

दूसरे दिन कोणार्क के मन्दिर में भूपति ने जुगिन्दर को बारीकी से खंडहरों के बीच बची हुई मूर्तियाँ दिखाईं।

"तुम सिर्फ ड्राइवर नहीं गाइड भी हो," जुगिन्दर ने उसे कहा।

भूपति फूला न समाया। "सर, मुझे बहुत दिलचस्पी है इन पुरानी इमारतों में।" उसने कहा।

जुगिन्दर ने अनगिनत तस्वीरें खींची जिनमें भूपति की भी बहुत सी थीं। दूर पेड़ की छाया में जयन्त कुछ लिखता रहा। कोणार्क के भव्य मन्दिरों के खंडहरों के आसपास छायादार पेड़ बहुत कम हैं मगर जुगिन्दर को तेज़ धूप का अहसास कैसे होता वह तो तन-मन से व्यस्त था।

रात को थके-हारे तीनों यात्री एक छोटे होटल में रुके। अगले दिन, सुबह नाश्ता करते ही बाँसवा के लिए रवाना हो गए। रास्ता बहुत खराब था। हर कदम पर गड्ढे और पत्थरों से गाड़ी को बचाता हुआ भूपति मन्द रफ्तार से चलता रहा। वह इन रास्तों पर चलने का आदी था।

"सर, उड़ीसा में ऐसा ही है," उसने बताया।

"अच्छा भूपति, यहाँ सामुदायिक दंगे हुए थे, तुम उनके बारे में जानते हो क्या ?" जयन्त ने पूछा।

"सर, हम लोग पढ़े-लिखे नहीं हैं...ज़्यादा जानकारी नहीं रखते मगर इतना जानते हैं कि दंगे राजनीतिक लाभ के लिए करवाए जाते हैं। धर्म तो मात्र एक हथियार होता है।"

"इन इलाकों में गाड़ी चलाते हो...तुम्हें डर नहीं लगता ?"

"दंगों के दौरान यहाँ गाड़ी नहीं चलाते सर...जहाँ खतरा होता है वहाँ से दूर रहते हैं...शेर के मुँह में हाथ नहीं देंगे सर...क्या पता है...ये गुंडा लोग बच्चों तक को भून देते हैं आग में...सर, धर्म के नाम पर...हम दूर रहते हैं। यह फादर लोग और आदिवासी गाँववाले बहुत डर गए हैं सर...डरेंगे क्यों नहीं ? मगर कर भी क्या सकते हैं ? भागकर नहीं जा सकते...कहाँ जाएँगे ?...बस प्रार्थना कर सकते हैं...केवल प्रार्थना... ।"

भूपति ने गाड़ी चर्च से कुछ दूरी पर खड़ी की। वह बताने लगा, "साब, यहीं से नारे लगाते हुए वे लोग गिरजाघर की ओर बढ़े...हमला...ज़बर्दस्त हमला हुआ...दरवाज़े खिड़कियाँ तो क्या, कुछ भी साबुत नहीं छोड़ा। दाईं ओर उस छोटे मकान को देख रहे हैं ? उस पर पेट्रोल डालकर आग लगा दी...उस वक्त वहाँ तीन लड़के ही थे...तीनों भुनकर राख हो गए।"

जुगिन्दर ने कैमरा उठाया और जली हुई कोठरियों को सुराख से देखा। "यहाँ से अस्पताल दूर है साब और फादर की गाड़ी, जो चर्च के सामने खड़ी थी उसे भी जला दिया... ।"

जयन्त ने फादर जोज़फ का दरवाज़ा खटखटाया। कुछ झुके हुए वृद्ध फादर ने दरवाज़ा खोला। वह इन्तज़ार कर रहे थे। पास के कमरे में उनके साथ दस जने और भी पत्रकार का इन्तज़ार कर रहे थे। ये वे लोग थे जो उस दिन हमले के वक्त चर्च में मौजूद थे। इनमें से कुछ को चोटें लगी थीं। मानसिक तौर से सभी अब भी ज़ख्मी थे। जयन्त उनकी कथा सुनने लगा। जुगिन्दर धीरे से बाहर आ गया। भूपति और माली के साथ उसने घायल चर्च को हर तरफ से देखा। तस्वीरें खींचीं।

फोटोग्राफर जहाँ भी जाते हैं वहाँ बच्चे उन्हें घेर लेते हैं। कैमरा और बच्चों के बीच रहस्यमय सम्बन्ध होता है। मगर इस भयभीत गाँव में "बच्चे डरे हुए हैं। बाहर निकलने का साहस नहीं करते, साब।" भूपति ने कहा। जुगिन्दर के मन में अनजाने से इस बात ने बेचैनी उत्पन्न कर दी। एक गुज़रे हुए युग में वह भी बाहर निकलने का साहस नहीं करता था न ? इन यातनाओं से उसका निकटीय सम्बन्ध रह चुका है। शायद इसीलिए जयन्त के साथ फादर जोज़फ और उनके पीड़ित साथियों की बैठक से वह चुपके से खिसक गया।

"आसपास सभी आदिवासी गाँव हैं। तो हमलावर कौन थे? कहाँ से आए ?" जुगिन्दर ने भूपति से पूछा।

"साब वे लोग यहाँ के नहीं हैं...बाहर से आए...ट्रकों में लाए गए...राजनीतिक गुंडे हैं...सुना है वोट के लिए यह दंगे करवाए जाते हैं...मगर समझ नहीं आता कि लोगों को डराकर, मारकर वोट कैसे मिलेगा...?"

जुगिन्दर के पास भूपति के सवाल का जवाब नहीं था मगर मन की किसी तह में वह यह बात समझता था कि नारे लगानेवाले हमलावर देशभक्ति को हिन्दू धर्म से जोड़ते हैं। देशप्रेम और धार्मिक आस्था को जोड़ देने का यह कष्टदायक प्रयास क्या चलता रहेगा ? और क्या सब इसे मूक स्वीकृति देते रहेंगे ?

जुगिन्दर गले में कैमरा लटकाए ज़मीन पर नज़र टिकाए हुए जूते से कंकर-पत्थर धकेलता, इधर-उधर टहलता रहा। कुछ दूर भूपति भी उसके साथ गया फिर उसने बीड़ी सुलगाई और गाड़ी के पास जाकर बैठ गया।

जुगिन्दर इस तरह निरुद्देश्य टहलता हुआ एक बड़ी चट्टान तक पहुँचा और उस पर बैठ गया। साँझ का समय था। परिन्दों की सुलझी हुई गतिबद्ध पंक्तियाँ समुद्र की लहरों की तरह आकाश में बढ़ रही थीं। एक के बाद एक, स्वच्छ नीले पट पर लहरें आती-जाती रहीं।

सुबह भूपति ने बताया था कि आदिवासी गाँववालों ने आसपास के जंगलों को अपने चूल्हों में जला डाला है। जब वह बालक था तब जंगल गाँव के पास होते थे अब दूर होते जा रहे हैं। कुछ इलाकों में तो गायब ही हो गए हैं। यह आदिवासी गाँव इस धरती यानी इस देश के अति आदिम रहन-सहन के प्रतीक हैं। जातिवाद से पहले के हैं। यानी हिंदू धर्म के आगमन से पहले यह यहाँ के वासी हैं। क्योंकि यह जातिवाद के दायरे से बाहर हैं इसलिए मन्दिरों के दरवाज़े इनके लिए बन्द रहे। चर्च ने इनका स्वागत किया। इन्हें स्कूल और चिकित्सालय दिए। जातिवाद से इन्हें दूर रखा और आज इन पर देशद्रोही का आरोप लगाया जा रहा है। सच तो यह है कि यही इस देश के असल आदिवासी हैं। इस सत्य को मिटाना मुश्किल है।

परिन्दों की लहरों के साथ दूर से एक स्वर सुनाई दिया। कहीं कोई बाँसुरी बजा रहा था। जुगिन्दर ने गौर किया कि सुर दाईं ओर से आ रहा है। वह खड़ा हो गया और सुर की दिशा में चलने लगा। जली हुई कोठरियों के पीछे कुछ दूर गया। बाँसुरी का सुर उसे खींचता रहा। सहसा उमा के गले के सुर की याद आई। कितने सुर में गाती है वह। उस शाम पुरी के बाज़ार में उसने पीतल का दीवा खरीदा। यही सोचकर कि उमा को पसन्द आएगा।

ग्यारह

"मम्मी सुनील मेरी जन्मपत्री माँग रहा है," उमा ने कहा। जिस दिन शान्ति देवी से भगवती शर्मा की बात हुई थी कैंटीन में उसी शाम घर लौटकर उमा को पूरी बारीकी

में सब कुछ बताया था मम्मी ने। दोनों ने यही मुनासिब समझा कि सुनील के परिवार में पहली औपचारिक मुलाकात जयन्त के उड़ीसा से लौटने के बाद ही तय की जानी चाहिए। अगले दिन जब उमा दफ्तर से निकली तो बाहर सुनील उसका इन्तज़ार कर रहा था। उसे देखते ही उमा का चेहरा खिल उठा।

"क्या बात है ? बड़ी खुश नज़र आ रही हो," सुनील ने कहा।

"बात तो तुमने बनाई और मुझसे ज़िक्र तक नहीं किया...मम्मी को भी चौंका दिया...।"

"मम्मी खुश हैं न ?" सुनील ने जानना चाहा। वैसे तो उसे इस बात का सन्देह नहीं था कि जवान बेटी का परिवार इसे अपना सौभाग्य ही समझेगा अगर एक पढ़े-लिखे काबिल इंजीनियर लड़के का रिश्ता स्वयं उनके पास आए। खासकर जब लड़का तत्काल अमेरिका में नौकरी पर लगने के लिए तैयार खड़ा हो और उसे ग्रीनकार्ड उपलब्ध होने में भी कोई सन्देह न हो।

"हाँ उमा, पापा-मम्मी तुम्हारी जन्मपत्री माँग रहे हैं। लड़के-लड़की की जन्मपत्रियाँ तो मिलानी होती हैं...यह ज़रूरी है...तुम समझती हो न ?"

उमा को याद आया कि इस विषय पर जयन्त चाचा की राय उल्टी है। वह जन्मपत्रियों के मिलाने को सरासर व्यर्थ ही नहीं बल्कि एक अनुचित 'वहम' मानते हैं। उमा को चुपचाप सोच में डूबा देखकर सुनील ने पूछा, "क्यों जन्मपत्री खो गई है क्या ?" जवाब में उमा ने पूछा, "अगर जन्मपत्रियाँ अनुकूल न हों तो क्या होगा ?" उसे लगा कि शायद यह सवाल पूछना नहीं चाहिए था।

"अगर पंडितजी राज़ी हों तो जन्मपत्रियाँ ज़रूर अनुकूल होंगी। हाँ, अगर तब भी कोई अड़चन हो तो पंडितजी को खुश करने और मनाने के अनेक तरीके अपनाए जा सकते हैं।"

उमा हँस पड़ी, "अच्छा समझी, बात सिर्फ पंडितजी को बहलाने की है।

"मम्मी-पापा हर कदम कायदे से और यथानियम उठाते हैं। हर शुभ कार्य से पहले पंडितजी मुहूर्त निकालते हैं। मेरे अमेरिका जाने के दिन का भी मुहूर्त निकाला जाएगा।"

"चाचा कहते हैं कि पढ़े-लिखों को यह पुराने दकियानूसी तौर-तरीके छोड़ देने चाहिए...क्योंकि यह नियम हमें बाँध देते हैं...बोझ बन जाते हैं...," बोलते-बोलते उमा को लगा कि उसे यह कहना नहीं चाहिए। बेहतर होता अगर वह इस बात पर बहस शुरू न करती। सुनील ने बताया कि आज वह पापा की गाड़ी लेकर आया है, इस इरादे से कि वह उमा को घर पहुँचाएगा और उसके हाथ की बनी चाय पिएगा। "मंजूर है ?" उसने पूछा। गाड़ी को घुमाकर सुनील ने जयन्त चाचा की राय को सही बताते हुए उमा को समझाया कि "कई चली आ रही प्रथाएँ सरासर उपयुक्त न भी हों तब भी उन्हें तोड़ देना उचित नहीं है क्योंकि ऐसा करने से परिवार के बड़े-बूढ़ों का दिल दुखाने का डर होता है।" उमा ने गाड़ी चला रहे सुनील की ओर नज़र उठाई। उस चेहरे पर संयम का भाव था। वह जो भी कह रहा था उसमें तत्त्व था। हमें वह नहीं करना चाहिए जिससे

अपने प्रिय जनों का दिल दुखे। अगर जन्मपत्रियों के मिलाने से सुनील के परिवार में सबको खुशी हो तो ऐसा ही करना उचित होगा। उमा को सहसा ऐसा लगा कि इस बात से जयन्त चाचा भी सहमत होंगे। सुनील ने गाड़ी को लोधी रोड के छायादार बगीचे के पास लाकर रोक दिया। "अरे तुमने तो कहा था कि घर जाएँगे और तुम मेरे हाथ की बनी चाय पियोगे !" उमा ने आश्चर्य व्यक्त किया।

"वह तो करेंगे मगर पहले...," सुनील ने उमा के हाथ को अपने हाथों में थामते हुए कहा।

बगीचे की हरियाली की जगह अगर रेगिस्तन की रेतीली लू चल रही होती तब भी उमा परियों के देश में स्वयं परी होने की भावना में अद्‌भुत सुख और चंचल उमंग की लहरों में तैरती। बीच-बीच में सुनील के सपनों में भी डुबकी लगाती रही। अमेरिका में अपना सुन्दर घर, अपनी गाड़ी, सुनहरा जीवन, हर किस्म की सुविधा...सुनील के हाथों का स्पर्श...उसकी नज़दीकी...समय का बह जाना...।

"अरे बड़ी देर कर दी," मम्मी ने दरवाज़ा खोलते हुए कहा। उसी क्षण उमा के पीछे सुनील को खड़े देखकर उनके चेहरे पर मुस्कान फैल गई। "आओ, आओ अन्दर आओ...।"

रमन ने तुरन्त टी.वी. बन्द कर दिया।

"कैसे हो रमन ?" सुनील ने पूछा।

"पढ़ाई के अलावा और किसी चीज़ के लिए फुर्सत ही नहीं है। आप बताइए... कब जा रहे हैं ?"

"पासपोर्ट बन गया है। हाँ, जुगिन्दर का पासपोर्ट भी तैयार है। मगर वह तो गुम ही हो गया है...।"

"चाचा के साथ उड़ीसा गया है," रमन ने बताया।

उमा चाय बनाने लगी। अभी पानी उबला नहीं था कि मम्मी ने रसोई में आकर उसे टोका, "अरे सुनील वहाँ बैठा है...और तू यहाँ चाय बना रही है। तू जा...मैं चाय बनाकर लाती हूँ।"

"मम्मी सुनील मेरी जन्मपत्री माँग रहा है।"

अगले दिन सुनील देर तक उमा के दफ्तर के बाहर उसका इन्तज़ार करता रहा। बार-बार घड़ी की ओर देखता। कितने लोगों को दरवाज़े से निकलते देखा उसने मगर उमा का कोई अता-पता नहीं। न जाने उसे क्या काम पड़ गया, सारा दफ्तर खाली हो रहा है। आखिर हारकर सुनील ने वापस लौट जाना ही उचित समझा। जब गाड़ी का दरवाज़ा खोला तो हाँफती हुई उमा आ पहुँची। "सॉरी सुनील...।" उसने साँस लेते हुए कहा।

"कहाँ थी तुम ? मैं कब से इन्तज़ार कर रहा हूँ।"

"दरअसल दिन-भर यहाँ नहीं थी...।"

"तो कहाँ थीं ?" सुनील नाराज़ था।

"साँस ले लेने दो, अभी बताती हूँ।"

"लगता है पहाड़ के शिखर को फतह करने गई थीं...।"

"कुछ ऐसा ही समझो...पता है नर्मदा बचाओ आन्दोलनवालों ने धरना दिया है...मेरी किस्मत अच्छी है कि मेधा पाटेकर से इंटरव्यू करने का मौका मिला मुझे... तुम सुन रहे हो न ? चलो बैठकर कहीं कोका कोला पिएँ...मैं तुम्हें पूरी रामायण सुनाऊँगी...चलो प्लीज़।"

सुनील ने गाड़ी स्टार्ट की मगर उसने उमा की राम कथा सुनने में कोई दिलचस्पी व्यक्त नहीं की। आज पहली बार एक बड़ी घटना पर रिपोर्ट करने का मौका मिला था उमा को, तिस पर मेधा पाटेकर जैसी हस्ती से इंटरव्यू लेने की ज़िम्मेदारी दी गई थी उसे। उमा की उत्तेजना और उमंग कैसे कम होते ?

लोधी रोड के बगीचे के पास ही रेस्तराँ में कुछ घूँट ठंडी कोका कोला पीने के बाद उमा ने मुस्कुराकर कहा, "अगर चाचा होते यहाँ तो कितना अच्छा होता...आज जो रिपोर्ट लिखा है मैंने...अगर वह पढ़ लेते तो...।" सुनील चुपचाप बैठा था। उसकी नज़रें उमा के चेहरे को, और हर अंग को देख रही थीं; चूम रही थीं। इस निस्पर्श आलिंगन ने उमा के चेहरे को; उसके हर उमंग को कोमल बना दिया। रक्त और साँस का संचार भी कोमलता और उमंग की अद्भुत हवा में लिपट गए। सुनील ने उसके हाथों को अपने हाथ में ले लिया। उमा के होंठ भीग गए।

आज घर लौटने में फिर देर हुई मगर मम्मी ने आपत्ति नहीं की। सुनील उमा को छोड़कर चला गया।

खाना खाते हुए उमा से रहा नहीं गया। नर्मदा बचाओ आन्दोलन के बारे में मम्मी को बताने लगी। रमन भी सुनता रहा। लाखों आदिवासियों की भूमि, उनके गाँव और खेत, जंगल और घर-बार नर्मदा नदी पर परियोजित विराट बन्ध के निर्माण से जल में डूब जाएँगे। देश के सर्वोच्च न्यायालय ने आदेश दिया है कि इन लोगों के पुनर्वास के लिए सरकार कदम उठाए। मगर राज्य सरकारें कहती हैं कि उनके पास न तो ज़मीन है और न ही धन, इतने लाखों व्यक्तियों को नए सिरे से बसाने के लिए। "मम्मी अगर तुम मेधा पाटेकर से मिलो तो तुम्हें भी विश्वास नहीं होगा कि इतनी साधारण महिला में इतना साहस है। वह निडर हैं...।"

"जुगिन्दर की नुमाइश में उनकी भी तस्वीर थीं," रमन ने कहा।

"मम्मी मेरी रिपोर्ट और मेधा पाटेकर के साथ इंटरव्यू कल छपेंगे," उमा ने उत्साह से बताया, "अगर चाचा यहाँ होते तो कितना अच्छा होता।" मन में यही बात चक्कर काट रही थी।

"चाचा आएँगें तो पढ़ेंगे," मम्मी ने आश्वासन दिलाया।

"मगर कब आएँगे ?"

बटुए में पहली तनख्वाह लिये और मन में आत्मसम्मान की ऊँची उठती लहर के कारण उमा के कदम धरती को बिना छुए जैसे हवा में आगे बढ़ रहे थे। दफ्तर से बाहर निकलते हुए उसने आँखों पर काला चश्मा लगाया और बस स्टाप की ओर चलने लगी। आज रोज़ की तरह सुनील गाड़ी में बैठा उसका इन्तज़ार नहीं कर रहा था। अपने माता-पिता के साथ वैष्णो देवी के तीर्थ स्थान का दर्शन करने गया था। चार-पाँच दिन के बाद लौटेगा। बस में बैठी उमा सोचने लगी कि वह अपनी पहली कमाई से क्या-क्या खरीदेगी। सबसे पहले तो यासमीन के लिए तोहफा खरीदना है। उसका निकाह अब बहुत करीब आ गया है। फिर मम्मी और रमन के लिए और चाचा और जुगिन्दर के लिए...मम्मी के लिए रेशमी साड़ी खरीदेगी। रमन के लिए उसके मनपसन्द जूते। चाचा और जुगिन्दर के लिए कमीज़ें खरीदेगी।

बस स्टाप से सीधे यासमीन के यहाँ गई। दरवाज़ा डॉक्टर अहमद ने खोला। घर पर उस वक्त त्यौहार जैसा माहौल था यासमीन शरबत बना रही थी। चारों ओर गर्म कबाब बनने की लुभाऊ खुशबू फैली थी। ''बड़े वक्त पर आई हो।'' डॉक्टर अहमद ने कहा, ''बस एक ही कसर थी जो अब तुम पूरी कर सकती हो।''

''मैं ? मैं क्या ? मुझे क्या करना है ?'' उमा ने पूछा।

''अरे घबराने की कोई बात नहीं है...न तो तुम्हें खाना बनाना होगा और न ही नाचना...बस सिर्फ गाना सुनाने की फरमाइश है हमारी।''

''अरे बेचारी को बैठने तो दो। दफ्तर से आ रही है। पहले कुछ पीने को नहीं दोगे ?'' यासमीन की अम्मी ने टोका। यासमीन ने एक गिलास शरबत उमा को दिया और उसके बाद सारी शाम मज़ाक, मस्करी, खाने और गाने में बह गई।

जब उमा अपने घर पहुँची तो सीढ़ियाँ उतरता जुगिन्दर उसके साथ घर के दरवाज़े पर पहुँच गया। उसे उड़ीसा से लौटे अभी कुछ घंटे ही हुए थे। वह उमा का इन्तज़ार कर रहा था। अब हाथ में पुराने अखबार में लिपटा तोहफा लेकर आ गया। जुगिन्दर आ गया है तो इसका मतलब चाचा भी लौट आए हैं। उमा ने सोचा। ''पता है जुगिन्दर मेरा पहला इंटरव्यू छपा है। पिछले हफ्ते,'' उसने कहा।

''सच्च ! दिखा,'' जुगिन्दर ने उत्सुकता व्यक्त की।

''अगर तू यहाँ होता तो अच्छी तस्वीरें लेता। वह राहुल है न, उसने किसी काम की तस्वीरें नहीं खींची।''

''चल, इसी बहाने तूने मुझे याद तो किया।''

उमा का लेख लेने के लिए वह अन्दर गया मगर बैठने और बातें करने की उसे फुरसत नहीं थी। उड़ीसा में खींची तस्वीरों को जल्द बनाना था क्योंकि इतवार को जयन्त अंकल का लेख छपेगा जिसके साथ तस्वीरें भी छपेंगी।

''कैसा लगा उड़ीसा ?'' उमा ने अपने लेख के छपे हुए काग़ज़ जुगिन्दर को थमाते हुए पूछा।

''गरीब, उजाड़ और निराशा की तस्वीर है।''

"अरे इतना बुरा तो नहीं हो सकता...वहाँ का पारम्परिक शास्त्रीय नृत्य कितना सुन्दर है...माधवी मुद्‌गल को ओडिसी नाचते देखा है क्या ? हमारे कॉलेज में नाची थी। जिस प्रान्त में इतनी सुन्दर कला उभरी हो वह उजाड़ और निराशा की तस्वीर कैसे हो सकता है ?"

"अच्छा, इतवार तक इन्तज़ार कर फिर जयन्त अंकल का लेख पढ़ना। अब मैं चलता हूँ," जुगिन्दर यह कहकर काग़ज़ हाथ में थामे निकल पड़ा। कुछ देर तक उसके स्कूटर की बार-बार मोटर न स्टार्ट होने की आवाज़ आती रही। आखिर चेतक ने गति पकड़ी और उसके चले जाने की आवाज दूर जाती हुई लुप्त हो गई।

अखबार में लिपटे हुए उपहार को उमा ने खोला। मम्मी रसोई से साड़ी के आँचल से हाथ पोंछती हुई आईं। "अरे यह पीतल का दीवा तू लेकर आई है ?"

उमा ने जवाब नहीं दिया। वैसे तो उसके मन्दिर जाने से जुगिन्दर को चिढ़ थी। मगर लाया है उसके लिए पूजा का दीवा। अजीब है वह भी। यही सोचते हुए वह अपने कमरे में गई। खिड़की पर दीवे को रखकर बिस्तर पर बैठ गई। अब तो चाचा भी लौट आए हैं। चार दिन के बाद सुनील और उसके माँ-बाप भी वैष्णो देवी के दर्शन करके आ जाएँगे। पता नहीं क्यों मगर जुगिन्दर को देखकर उमा के मन में उथल-पुथल होने लगी। कहीं मन की किसी अन्दरूनी तह से एक मूक आवाज़ उसकी सुन्दर स्वप्न लहर को रोकने की धमकी देने उठी। उमा ने उसे दबाया। तौलिया उठाकर हाथ-मुँह धोने लगी।

मम्मी पूजा कर रही थीं। उमा उनके पास जाकर बैठ गई। आजकल दफ्तर से लौटने में इतनी देर हो जाती है कि मन्दिर जाने का वक्त ही नहीं मिलता। बस एक दिन सुनील को गाड़ी की खिड़की से मन्दिर को संकेत करके दिखाया था। "क्या हर मंगलवार मन्दिर जाती हो ?" उसने पूछा था। "कोशिश करती हूँ," उमा ने कहा जिसे सुनकर सुनील प्रसन्न हुआ, "मेरी मम्मी से तुम्हारी खूब पटेगी। अच्छा तुम उपवास भी रखती हो क्या ?" "कभी-कभी, मगर मम्मी की तरह नियम से नहीं रख पाती।"

"यह अपनी परम्परा है। इसे धरोहर समझकर बचा के रखना है," सुनील ने ठीक उसी भावना से कहा जैसे उमा मम्मी को कहते सुनती आई है। मगर चाचा इस मत से सहमत नहीं। जुगिन्दर भी नहीं है। चाचा कहते हैं कि जो बातें सामाजिक असमानता और भेदभाव को कायम रखती हैं वह अपने जीवन और समाज से निकाल देनी चाहिए। कॉलेज में मालती मेनन भी यही कहती हैं।"

"यह सब वामपन्थी विचार अब बासी हो गए हैं। इनका गढ़ सोवियत संघ ही बिखर गया है...।"

"मगर सुनील तुम्हें नहीं लगता कि मन्दिरों को अपने दरवाज़े सबके लिए, अछूतों के लिए और अन्य धर्मवालों के लिए भी खोल देने चाहिए ?"

"अरे उमा, तुम तो राजनीतिक नेताओं की तरह बातें करती हो !" सुनील हँसने लगा। उमा को शर्म-सी आई। "मैं तो मज़ाक कर रहा हूँ। तुम इन छोटी-छोटी बातों

को इतना बड़ा रूप देती हो...चलो छोड़ो...यह बताओ बगीचे में सैर करें या सिनेमा देखें ? जल्दी फैसला करो क्योंकि मुझे गाड़ी घुमानी होगी।''

गाड़ी खुद-ब-खुद सिनेमा की ओर घूम गई। ''पिक्चर में माधुरी दीक्षित है न, इसलिए !'' उमा ने सुनील को छेड़ा।

वह जो हमेशा उसे छेड़ता है। सिनेमा हाल के अन्धकार में सुनील के हाथों का स्पर्श और उसकी नज़दीकी ने उमा को ही माधुरी दीक्षित बना दिया। उसे लगा कि वही सबसे सुन्दर और कोमल है।

जब सुनील ने बताया कि अगले चार-पाँच दिनों मुलाकात नहीं होगी क्योंकि वह अपने परिवार के साथ तीर्थ पर जा रहा है तो उमा का मन बैठ गया।

''अरे चार दिन तो बहुत जल्दी बीत जाते हैं,'' सुनील ने हँसकर कहा।

उमा ने अपनी कमाई से सरोजिनी नगर की मार्केट में यासमीन के साथ मनचाही चीज़ें खरीदीं। सबसे पहले साड़ियों की दुकान में मम्मी के लिए रेशमी साड़ी खरीदी। यह काम आसान नहीं। दिलचस्प ज़रूर है। सही साड़ी खरीदने में वक्त भी बहुत लगता है। जब साड़ी का थैला थामे दुकान के बाहर कदम रखा तो उमा ने कहा, ''चल यासमीन चाट खाते हैं। बाकी चीज़ें बाद में खरीदेंगे।''

अपनी कमाई की उमंग कैसे नशीली होती है ! उमा को इस कदर खुश कभी नहीं देखा था यासमीन ने।

''पता है उमा निकाह के दिन इतने करीब आ गए हैं...मन घबराता है...कितनी दूर चली जाऊँगी...डर भी लगता है।''

''दूर तो हर लड़की को जाना ही होता है...और क्या पता यासमीन मैं भी अमेरिका पहुँच जाऊँ एक दिन... ।''

चाट खाते हुए उमा ने यासमीन को सुनील के बारे में बताया। ''सुनील कहता है कि अमेरिका में इतने हिन्दुस्तानी बसे हैं कि दूरी महसूस ही नहीं होती। मन्दिर, मस्जिद तो क्या अपने त्योहारों का ताँता लगा रहता है। अन्तर सिर्फ यही है कि वहाँ गन्दगी नहीं है। सब कुछ सुन्दर, सहज और साफ है।''

''सब कुछ बेहत्तर ज़रूर है। हर आदमी के पास गाड़ी है, हर घर में कपड़े धोने की मशीन है। टी.वी. है। सब कुछ है। हर सुविधा है...मगर वहाँ मम्मी-पापा तो नहीं होंगे...नई शुरुआत करनी होगी...मुझे डर-सा लगता है।''

''नफीसा भी तो दुबई गई थी शादी के बाद...,'' उमा ने याद दिलाया।

''हाँ, और कितना रोती थी नफीसा घर की याद में, तुझे पता है ?''

''सच !'' उमा को आश्चर्य हुआ। कुछ रुककर उसने कहा, ''मगर यासमीन, ससुराल चाहे दिल्ली में हो या मेरठ में या दूर अमेरिका में, नई शुरुआत तो करनी ही पड़ती है न ?''

"मुझे लगता है कि अगर तू भी अमेरिका में बस जाए तो बहुत अच्छा होगा...है न ?"

तमाम थैले उठाए जब उमा घर पहुँची तो बाहर चाचा की गाड़ी खड़ी थी। खुशी के अलावा उमा के मन में तनिक हलचल का एहसास हुआ। घर के अन्दर कदम रखते ही चाचा और मम्मी को गम्भीर बातें करते देख वह समझ गई कि सुनील के बारे में मम्मी चाचा से बात कर रही हैं।

"सारा बाज़ार उठा लाई है क्या !" मम्मी इतने सारे थैले देखकर हैरान हुईं, "जा हाथ-मुँह धोकर आ, मैं चाय बनाती हूँ।"

"मैं चाट खाकर और कॉफी पीकर आ रही हूँ। तुम कहती हो तो हाथ-मुँह धोकर आती हूँ। चाचा को मत जाने देना !"

उमा अन्दर गई और जब बैठक में वापस आई तो उसके हाथ में दो थैले ही थे। एक उसने मम्मी को दिया और एक चाचा को।

साड़ी देखकर शान्ति देवी चकित हो गईं। "तुम्हें अच्छी लगी ?" उमा ने पूछा।

"बहुत सुन्दर है मगर क्या ज़रूरत थी ?"

चाचा को अपनी कमीज़ पसन्द आई। "कब है यासमीन की शादी ?" उन्होंने उमा से पूछा।

"ठीक दो हफ्ते में।"

"अमेरिका जा रही है न ?" चाचा ने पूछा।

"जिसको देखो, वही जा रहा है या जाने की कोशिश कर रहा है," शान्ति देवी ने जवाब दिया।

"सुनील कब जा रहा है ?" अचानक चाचा ने पूछा।

"अभी तय नहीं हुआ...पंडितजी महूरत निकालेंगे...," उमा के मुँह से बात निकली ही थी कि उसे लगा कि यह न ही कहती तो बेहतर होता। चाचा पंडितों और मुहूर्तों से न्यूनतम दिलचस्पी रखते हैं।

"मेरा मतलब है कि वह शादी करके जाना चाहता है या...?"

"पता नहीं...," उमा की आवाज़ दुर्बल थी, "चाचा, आपका इन्तज़ार था। आप...हम सब सुनील के परिवार से मिलेंगे तो बात आगे बढ़ेगी... ।"

"तुम बात आगे बढ़ाना चाहती हो न ?" जयन्त ने धीमे से सीधा सवाल किया। उमा चकित हो गई। चाचा ने फिर पूछा, "तुम्हें सुनील पसन्द है न ? उससे शादी करना चाहती हो ?" इससे पहले कि वह जवाब देती रमन और जुगिन्दर ने एक साथ कमरे में प्रवेश किया। जुगिन्दर के चेहरे पर उमंग का वही भाव छलक रहा था जो एक अच्छी तस्वीर बनाने पर उभरता है। उसके हाथ में एक बड़ी तस्वीर कागज़ में लिपटी हुई थी। दिखा जुगिन्दर, क्या यह वही तस्वीर है ?" उमा ने पूछा।

"देखिए अंकल," कहते हुए जुगिन्दर ने एक तस्वीर को खोलकर ऊपर उठाया। सामने खड़ी थी एक ग़रीब, अधनंगी बुढ़िया, लाठी पकड़े हुए, जिसकी पीड़ित आँखों ने

कलिंग का युद्ध देखा था। जो सदियों से भूखी थी। अवाक् थी। जो मन्दिरों में लोगों को आते-जाते देखती है और देखती रहेगी।

"भाप्पे तुझे नंगे गरीबों की तस्वीरें लेने में मज़ा क्यों आता है ? सुन्दर लड़के लड़कियों और खिलाड़ियों की तस्वीरें क्यों नहीं खींचता ?" रमन ने पूछा।

"क्योंकि दिन-रात टी.वी. और इश्तेहारों के लिए विज्ञापन उद्योग तेरी मनपसन्द तस्वीरें बनाने में ही तो लगा है," उमा ने रमन के सवाल का जवाब दिया। एक-एक करके जुगिन्दर ने अन्य तस्वीरों को दिखाया।

आदिवासी गाँव और जले हुए गिरजाघरों की छवियों के साथ-साथ फादर अनतोनियों और फादर जोज़फ की तस्वीरें थीं। अन्त में निकली भूपति की वह फोटो जिसमें वह आँखें बन्द किए बौद्ध मन्दिर के द्वार पर हाथ जोड़े खड़ा था। उसका पाजामा हवा में झंडे की तरह लहरा रहा था। जयन्त ने इनमें से चार तस्वीरों को अपने लेख के साथ छापने के लिए चुना।

शान्ति देवी रमन के लिए गरम दूध और नाश्ता लाने के लिए रसोई में गईं। पीछे-पीछे उमा भी जुगिन्दर के लिए कॉफी बनाने चली आई। मम्मी को उसकी यह हरकत पसन्द नहीं आई।

"जुगिन्दर को भी इसी वक्त ही आना था," मम्मी के मुँह से निकले यह शब्द उमा को अच्छे नहीं लगे। जब वह कॉफी का प्याला लिये वापस बैठक में गई तब चाचा उसी का लिखा लेख और इंटरव्यू जुगिन्दर से लेकर पढ़ रहे थे।

"बहुत बढ़िया," जुगिन्दर ने कहा।

"चीनी काफी है ? मैंने तीन चम्मच डाले हैं," उमा ने पूछा।

"मैं कॉफी नहीं, तेरे लेख के बारे में बोल रहा था।"

उमा का चेहरा खिल उठा। उसने एक नज़र चाचा की ओर डाली। वह पढ़ रहे थे।

जयन्त को लेख और इंटरव्यू पसन्द आए। "नर्मदा बचाओ आन्दोलन के अगले आयोजन और मोर्चे पर रिपोर्ट लिखना चाहोगी ? मध्य प्रदेश के आदिवासी क्षेत्र में होगा," चाचा ने उमा से पूछा।

"आप मुझे भेजेंगे तो ज़रूर जाऊँगी ! भेजेंगे न आप मुझे ?"

"कहाँ जाएगी ?" मम्मी ने कमरे में प्रवेश करते हुए पूछा।

"मध्य प्रदेश के आदिवासी क्षेत्र में जहाँ नर्मदा बचाओ आन्दोलन का अगला समारोह होनेवाला है," जयन्त ने भाभी को बताया।

"क्या ज़रूरत है इसकी ?" मम्मी का रवैया उमा को अच्छा नहीं लगा। "मम्मी मैं ज़रूर जाऊँगी...तुम चाहे इसे फिजूल समझो। मैं जाऊँगी। पता है तुम्हें, कितने लोगों का जीवन, रहन-सहन उन वनों से जुड़ा हुआ है जो आयोजित नर्मदा नदी पर बाँध के बनने से पानी में डूब जाएँगे ? तुम तो हमेशा परम्परा को कायम रखने के पक्ष में रही हो। तुम्हें तो आन्दोलन से खुद जुड़ जाना चाहिए।" उमा उत्तेजित हो रही थी। शान्ति

देवी ने बात को आगे बढ़ाना उचित नहीं समझा। वह चुप रहीं।

"चाचा, मैं ज़रूर जाऊँगी," उमा ने जयन्त से फिर कहा।

जुगिन्दर बैठा कॉफी पीते हुए उमा के उत्साह को देखकर खुद उत्साहित हो रहा था। शान्ति देवी हैरान थीं। एक तरफ सुनील से रिश्ता जोड़कर उमा अमेरिका जाना चाहती है; दूसरी ओर रिपोर्टर की नौकरी के उत्साह में ऊँची छलाँग लगा रही है। शायद पहली तनख्वाह का नशा उसे भड़काता है। उमा बता रही थी कि कल मालती मेनन ने उसे दफ्तर में टेलीफोन किया था, "कहती थीं कि उन्होंने इंटरव्यू पढ़ा था। उन्हें अच्छा लगा। डॉ. अहमद ने भी पढ़ा था...।" जाते वक्त चाचा ने उमा से पूछा कि सुनील तीर्थ से कब लौटेगा। वह उससे मिलना चाहते हैं।

उस शाम जुगिन्दर के लिए खरीदी कमीज़ उसे देने का मौका ही नहीं मिला उमा को। अगले दिन उसे पाकर जुगिन्दर अत्यधिक खुश और हैरान हुआ, "कमीज़ पसन्द आई ?" उमा ने पूछा।

"बहुत पसन्द आई। मगर तूने क्यों खरीदी ?"

"कहा न कि पहली तनख्वाह मिली है...इसीलिए।"

"काश कि तुझे पहली तनख्वाह मिलती रहे," जुगिन्दर ने स्कूटर की मोटर चलाई। उमा पीछे बैठ गई और अपने दफ्तर पर जाकर उतरी।

सुनील कुल छः दिनों के बाद लौटा। तब तक उमा का लिखा इंटरव्यू ही नहीं, चाचा का मर्मस्पर्शी और विश्लेषणपूर्ण उड़ीसा पर लिखा लेख साथ में जुगिन्दर की तस्वीरें भी पुरानी और बासी हो चली थीं। उमा ने इन सब काग़ज़ों को बड़े कायदे से एक साथ जुटाकर रखा था इसी उद्देश्य से कि सुनील को दिखाएगी।

उस दिन उमा को रेलवे स्टेशन पर स्थित उस स्कूल के समारोह पर रिपोर्ट लिखनी थी जो सड़कों पर भिखारी बच्चों के लिए बनाया गया था। वहाँ जाने के लिए वह अपना बैग उठाकर खड़ी हुई ही थी कि सुनील का टेलीफोन आया। वह परिवार सहित लौट आया है और उमा से मिलने उसके दफ्तर आ रहा है।

"सुनील इस वक्त मैं काम पर जा रही हूँ...," उमा ने निराशा व्यक्त की।

"मगर इस वक्त तो दफ्तर बन्द हो रहे हैं। तुम्हें कैसा काम पड़ गया ?"

"दरअसल एक स्कूल के समारोह में जाना है उस पर रिपोर्ट लिखनी है," उमा ने समझाया।

"किसी और से कह दो न यह करने को," सुनील ने सुझाव पेश किया, "मैं तुम्हें प्रसाद भी देना चाहता हूँ और मिलने के लिए उतावला हूँ।"

"सुनील आज मुश्किल होगा...वैसे मेरे पास भी तुम्हें देने के लिए कुछ रखा है। क्यों न हम कल सुबह मिलें ?"

सुनील को यह प्रस्ताव पसन्द नहीं आया। उसने टेलीफोन रख दिया। उमा ने घड़ी पर नज़र डाली। उसे देर हो रही थी। जल्दी-जल्दी सीढ़ियाँ उतरने लगी। सारा रास्ता टैक्सी में बैठी वह सुनील से आज न मिल पाने की मजबूरी और सुनील की निराशा पर

सोचती रही। कितना आसान होता अगर यासमीन की तरह वह भी नौकरी न कर रही होती। मगर तभी याद आया कि यासमीन को अपने होनेवाले पति आसिफ से मिलने की इज़ाज़त नहीं है। वह मन ही मन मुस्कुराने लगी। हर रास्ते पर अड़चनें होती हैं। कितना अच्छा होता अगर उसे आज इस दरिद्र स्कूल के समारोह पर रिपोर्ट न लिखनी होती। रेलवे स्टेशन के रास्ते पर भीड़ की जगह बगीचे में सुनील के हाथों का स्पर्श होता और वह अद्भुत नज़दीकी जिसके स्मरण से ही उसके सिर से लेकर पैरों तक एक चंचल लहर उठने लगी।

"यह आम स्कूल नहीं," इन शब्दों से उमा ने अपनी रिपोर्ट की शुरुआत की। दरिद्रता बड़ी निर्दयी होती है। अपने आसपास हर जीवित रूप को कुचल देती है। इस स्कूल में दरिद्रता के बीच पलते बच्चों के उत्साह और उमंग को जीवित रखने का अद्भुत प्रयास है। यहाँ गरीबी के बीच हँसना, गाना, खेलना और पढ़ना उत्साह सहित चल रहा है। एक अनोखी दुनिया है यह स्कूल।

घर लौटने में उमा को देर हो गई। मम्मी ने दरवाज़ा खोलते हुए पूछा, "सुनील लौट आया है क्या ?...उसी के साथ आई है ?"

"नहीं मम्मी।"

"सुनील नहीं लौटा।"

"हाँ, लौट आया है। कल मुलाकात होगी।"

"तूने जयन्त को बताया ?"

"कल बताऊँगी। आज जल्दी में थी न...।"

मम्मी ने खाना लगाया। रमन अपनी किताबें एक तरफ रखकर खाने लगा, "जुगिन्दर आया था दीदी। तुमसे काम है...कह रहा था बहुत ज़रूरी बात है।"

कैसी ज़रूरी बात हो सकती है ? उमा को समझ नहीं आया। खाना खाकर वह ऊपर गई। दरवाज़ा भुआजी ने खोला। कहने लगीं, "उमा तू तो ईद का चाँद हो गई है। कभी दिखाई ही नहीं देती...।"

"भुआजी नौकरी ही ऐसी है।"

उमा ने पैर अन्दर रखा ही था कि सामने जुगिन्दर हाज़िर हो गया। उसका चेहरा अत्यधिक गम्भीर था।

"बहुत ज़रूरी बात है...बाहर चल," कहता हुआ जुगिन्दर दरवाज़ा खोलकर सीढ़ियाँ उतरने लगा। पीछे-पीछे भौंचक्की-सी उमा भी चलने लगी। भुआजी को अगर आश्चर्य हुआ भी तो उन्होंने कुछ नहीं कहा। मौका ही नहीं मिला कुछ पूछने का।

नीचे उतरकर जुगिन्दर ने काँपती आवाज़ में उमा से पूछा, "तू सुनील से शादी करनेवाली है ?"

इस प्रश्न में घोर अपराध का आरोप ही नहीं छिपा था, जुगिन्दर के स्वप्न भंग के टुकड़े भी बिखर रहे थे। उमा के मन में अशान्ति उमड़ी। जुगिन्दर आज सुबह कितना खुश था। अब घायल जानवर की तरह असहाय उसके सामने खड़ा है। उमा के होंठ

सूख गए।

"मैं तुझसे पूछ रहा हूँ...बता, तू सुनील से शादी करनेवाली है ?"

"सिर्फ बात चल रही है," उमा का रक्तचाप उसके सिर में कुल्हाड़ी के आवेग से फट रहा था, "अभी बात पक्की नहीं हुई...।"

"तूने उसे अपनी जन्मपत्री दी है ? तूने ?"

उमा को लगा जैसे वह रँगे हाथ पकड़ी गई। सुनील को जन्मपत्री पकड़ाते हुए उसे तीव्रता से यह अहसास हुआ था कि चाचा को इससे चोट पहुँचेगी। यह अच्छा हुआ कि उस वक्त चाचा दूर उड़ीसा के किसी गाँव में थे। उमा ने मुँह में उमड़ रही कड़वाहट को लँघाया। उसके मस्तिष्क पर दोनों ओर से चल रही कुल्हाड़ियों ने आँखों के बाँध को तोड़ दिया। आँखों में बाढ़ आ गई। टाँगें लड़खड़ाने लगीं। वह सीढ़ियों पर ठप से बैठ गई।

"तुझे क्या हो गया है ?" जुगिन्दर की काँपती हुई आवाज़ के पीछे भी बाढ़ उमड़ रही थी। इन सीढ़ियों के ऊपर लटक रहे बल्व की रोशनी हमेशा अति मन्द से भी मन्द होती है मगर आज उमा को ऐसा लग रहा था कि वह एक्स रे मशीन की रोशनी के नीचे बैठी है जो हड्डियों तक उसे चीरकर आर-पार हो रही है। उसके पाप जुगिन्दर के सम्मुख नंगे खड़े हैं। सिर्फ जुगिन्दर ही नहीं चाचा के सामने भी वह निरुपाय खड़ी है। वह उनका सामना कैसे करेगी ?

चाचा ने उससे पूछा था, "क्या सुनील तुझे पसन्द है ? तू उससे शादी करना चाहती है ?" उमा केवल यह जानती है कि अपना घर, अपना परिवार और संसार रचना चाहती हे और इस इच्छा को वह अपने रग-रग में पहचानती है। सुनील इसी लहर का एक अंग है। इसी घर, गृहस्थी, परिवार की पुकारती, खींचती डोर है जिसकी तगड़ी पकड़ को वह छोड़ नहीं सकती। कैसे छोड़ दे ? वह डोर जुड़ी है उस लहराती ऊँची पतंग से जो हर लड़की को प्यारी होती है। उमा का मन बार-बार कह रहा था, "मैंने कोई गलती नहीं की...मैं भी सिर्फ वही चाहती हूँ जो यासमीन और सिमरन और रेखा चाहती हैं।

"तू सिमरन है क्या ?...तुझमें और यासमीन में कोई अन्तर नहीं है क्या ?" जुगिन्दर ने उसके मन में बह रही धारा को पकड़ते हुए पूछा। उमा के पास जवाब नहीं था। वह स्वयं उसे खोज रही थी। जुगिन्दर घुटनों पर उमा के सामने बैठ गया। सीढ़ियों की फीकी रोशन में उमा की भीगी आँखें दुविधा और असमंजस के बहाव में तिनके का सहारा ढूँढ़ती नज़र आई उसे। जुगिन्दर के अन्दर ऊँची छलाँग लगा रहा रोष, गुब्बारे की तरह पंक्चर होकर सिकुड़ गया। उसने उमा के हाथों को थाम लिया। वह काँप रही थी। "रो मत...चुप हो जा...बस रो मत।" जुगिन्दर के मुँह से सान्त्वना के शब्द खुद-ब-खुद बहने लगे। उमा ने दुपट्टे से आँसू पोंछे। धीरे से उसने जुगिन्दर से पूछा, "बता...मुझमें,सिमरन और यासमीन में क्या फर्क है ?"

"उमा तेरी...तेरी खिड़कियाँ-दरवाज़े खुले हैं। तू बाहर के हालात देख सकती है। जी चाहे तो दरवाज़े से बाहर जाने की हिम्मत कर सकती है। पता है, तेरा वह इंटरव्यू

कितना अच्छा है ? तुझे क्या ज़रूरत है चारदीवारी में घुटने की ? जिस पंछी का पिंजरा खुला हो तो वह बाहर खुले आकाश में क्यों न उड़े ?

"और अगर उसे डर लगता हो बाहर अनजाने आकाश में अकेले निकलने से...?"

"डर किस बात का पगली ?"

रात को बिस्तर में केंचुए की तरह लेटी हुई उमा का मन दुविधा में उसी पंछी की तरह फड़फड़ा रहा था जो पिंजरे की सुरक्षा को खुले आकाश में उड़ने के लिए त्यागना नहीं चाहता। सुनील के साथ उसकी सुरक्षा की छाया में अमेरिका में घर बसाने की आकांक्षाओं की मोहक महक है। रेखा, प्रदीप, यासमीन सभी वहीं उस सुरक्षा का अंग होंगे। मगर जुगिन्दर ? सुनील उसे 'सिरफिरा' समझता है। मगर मन की अन्दरूनी किसी तह में उमा समझती है कि न जुगिन्दर सिरफिरा है और न ही चाचा।

अगले दिन दफ्तर में कम्प्यूटर बन्द करके जब उमा ने दोपहर को नाश्ते का डिब्बा अपने बैग से निकाला तो इससे पहले कि वह उसे खोलकर खाने बैठती, जयन्त चाचा मुस्कुराते हुए आ पहुँचे। उमा की मेज़ पर कम्प्यूटर की बगल में चाचा का उड़ीसा प्रान्त पर लिखा लेख पड़ा था। उसने पढ़ने की कोशिश की थी मगर जब मन और दिमाग दोनों में दुविधा का तूफान उठ रहा हो तब सब कुछ धुँधला नज़र आता है। उमा ने सुबह लेख पढ़ा और तस्वीरें देखीं मगर मन को घेरे हुए कोहरे में कुछ उड़ गया और कुछ बह गया।

जयन्त का इरादा था बाहर किसी रेस्तराँ में खाना खाने का। उमा ने अपना डिब्बा विना खोले वापस रख दिया। दोपहर की धूप में खड़ी हुई गाड़ी तन्दूर जैसी गर्म हो गई थी। बंगाली मार्केट पहुँचे तो इत्तफाक से गाड़ी को पेड़ की छाया में पार्क करने की जगह मिल गई। "कल से बसों की हड़ताल चल रही है। तुम दफ्तर कैसे आईं ?" जयन्त ने पूछा।

"जुगिन्दर के स्कूटर पर," उमा ने बताया। इस सहज उत्तर को देते हुए भी क्या उसकी आवाज़ काँप रही है ? उसने खुद से पूछा। चाचा को भूख लगी है। वह गौर से खाने की सूची का पर्चा पढ़ रहे हैं।

"अच्छा तुम क्या खाओगी ?" उन्होंने उमा से पूछा।

"डोसा।"

ठंडी लस्सी का घूँट पीकर चाचा ने वही प्रश्न दोहराया। जो पिछली बार अधूरा रह गया था।

"सुनील से शादी करना चाहती हो ?"

उमा की नज़रें मेज़ पर टिकी थीं। वह धीरे से बोली, "चाचा मुझसे गलती हो गई..."

"कैसी गलती ?"

"सुनील ने मेरी जन्मपत्री माँगी और मैंने मम्मी से लेकर उसे दे दी। वे लोग अपने पंडित की राय लेना चाहते हैं...।"

"तो इसमें गलती कैसी ?"

"आप इसे...इन बातों को गलत मानते हैं न ? और मैंने आपसे बिना पूछे...आपके लौटने का इन्तज़ार भी नहीं किया...।"

"और इसीलिए तेरी भूख-प्यास बन्द हो गई और चेहरा मुरझा गया...बुद्धू !" चाचा के इन शब्दों ने उमा की सूखी और तपती भूमि पर तरल बारिश की बूँदों का जादू किया।

"हाँ, मुझे जन्मपत्रियों और पंडितों की राय से दिलचस्पी नहीं। मगर इसका यह मतलब तो नहीं कि तुम मेरे उसूलों पर चलो। तुम वही करो जो तुम्हें सही लगे...जिसे तुम ठीक समझो...।"

उमा की असहाय आँखों ने चाचा से नज़र मिलाने की हिम्मत की। वह कैसे कहे कि उसे पता नहीं कि क्या सही है और क्या नहीं। जब वह सुनील के निकट होती है तब उसे सुरक्षा का वह गुदगुदा अहसास होता है जिसके आराम को छोड़कर वह उससे दूर नहीं होना चाहती। उमा का मन कहता है और निस्सन्देह जानता है कि सुनील पर वह भरोसा कर सकती है। वह जानता है कि उमा की सुरक्षा के लिए क्या सही है और क्या नहीं। वह यह भी जानता है कि उमा को क्या करना चाहिए और क्या नहीं।

"चाचा, आप बहुत खुशकिस्मत हैं।"

जयन्त की नज़रों ने पूछा, "वह क्यों ?"

एक लम्बी साँस लेकर उमा ने कहा, "क्योंकि आप जानते हैं कि सही क्या है...।"

"अच्छा ! क्या सुनील जानता है ?"

"सुनील जानता है...जुगिन्दर भी जानता है," बिना सोचे जुगिन्दर का नाम क्यों निकल पड़ा उसकी जुबान से, उमा स्वयं हैरान हुई।

"क्या तुम यह कहना चाहती हो कि आदमी खुशकिस्मत होते हैं और औरतें नहीं ? वे ही जानते हैं क्या सही है ?"

"शायद ऐसा ही है...शायद आप ठीक कह रहे हैं...," उमा ने मुस्कुराकर जवाब दिया।

"मुझे लगता है कि जिसे तुम 'खुशकिस्मती' कहती हो वह उस रास्ते का नाम है जिस पर हर आदमी को उतरना ही पड़ता है। औरतें इस रास्ते पर उतरने से कतराती हैं क्योंकि सदियों से, शायद शुरू से उन्हें स्वतन्त्र और मुक्त रूप से इस रास्ते पर उतरने का हक नहीं था। क्या तुम्हें नहीं लगता कि तुममें और तुम्हारी मम्मी या यासमीन की अम्मी में कोई फर्क है ?"

उमा ने सहमति में सिर हिलाया मगर उसके गले से आवाज़ नहीं निकली। आँखें मेज़ पर टिकी थीं। वह चाचा को कैसे बताए कि अन्तर होते हुए भी फ़र्क नहीं है। यासमीन और उसकी अम्मी या नानी में और उमा और सिमरन और हर औरत में एक

नैसर्गिक भावना समान वेग से बहती है। हर पीढ़ी अपना घोंसला और अपना परिवार चाहती है जिसके निर्माण के लिए उसे साथी चाहिए। वह सुरक्षा चाहती है। साथी और सुरक्षा की चाह तूफानी बल रखती है। हर पीढ़ी के लिए समान है।

"किस सोच में पड़ गई हो ?...अच्छा बताओ रसगुल्ला खाओगी ?"

"चाचा आप सुनील के परिवार से मिलेंगे न...?"

"क्यों न इतवार को उन्हें घर पर बुला लें ? तुम्हारी भी तो उनसे मुलाकात नहीं हुई ?"

"तो सुनील को इतवार के लिए कह दूँ ?...आज शाम को कह दूँ उसे ?"

जयन्त ने सहमति में सिर हिलाया। रसगुल्ला खाते हुए उसने उमा से पूछा, "अच्छा बताओ, काम करना कैसा लग रहा है तुम्हें ?"

"बहुत अच्छा," उमा ने उत्साह से कहा।

"तुम्हारे इंटरव्यू की बहुतों ने सराहना की है। अच्छा एक सवाल करूँ ? क्या सुनील कामकाजी पत्नी चाहता है या सिर्फ घर-गृहस्थी चलाने के हक में है ?"

"घर-गृहस्थी को पहला दर्जा देता है...मगर नौकरी करने के खिलाफ नहीं है।"

"मैं यह तो पूछना भूल ही गया कि तुम्हारी कम्प्यूटर क्लास कब शुरू होनेवाली है ?"

"अगले महीने। सुनील कहता है कि कम्प्यूटर के बल पर अमेरिका जानेवालों की तादाद बढ़ रही है।"

दुकान से निकलते वक्त उमा ने रमन के लिए उसकी प्रिय मिठाई का छोटा सा पैकेट खरीदा।

दोपहर साढ़े चार बजे से उमा की नज़र बार-बार घड़ी पर पड़ने लगी। सुनील ने कहा था कि साढ़े पाँच और छः बजे के बीच वह अपने पापा की गाड़ी में उमा के दफ्तर के बाहर उसका इन्तज़ार करेगा। मगर आज उमा का काम जल्दी खत्म हो गया। उसने कागज़ों को समेटा और फिर एक बार चाचा का लिखा उड़ीसा की यात्रा पर लेख पढ़ा। इस बार हर पंक्ति और हर शब्द स्पष्ट नज़र आया। धुँधलापन उठ गया था। उमा ने शुक्र मनाया। चाचा की कलम से आदिवासी जीवन का चित्र और जुगिन्दर की जीवन्त तस्वीरों ने निराशा की भावना और करुणा को कागज़ पर उतार दिया। उमा ने अखबार के यह पन्ने कायदे से तह करके अपने बैग में रख दिए। वह सुनील को दिखाएगी। वह ज़रूर प्रभावित होगा। उसे पता चलेगा कि चाचा संवेदनशील और मानववादी हैं। उमा ने फिर घड़ी पर नज़र डाली। इस बार घड़ी ने उसका साथ दिया। वह ठीक साढ़े पाँच बजा रही थी। वह दफ्तर से बाहर आई। धूप अब भी दोपहर बजा रही थी। काला चश्मा पहनकर उमा की आँखें सुनील के पापा की गाड़ी को ढूँढ़ने लगीं। कई दिनों के बाद सुनील से मिलेगी। आज शायद इसीलिए संयम से इन्तज़ार करना मुश्किल लग रहा था। जब सुनील की गाड़ी नज़र आई तब घड़ी सवा छः बजा रही थी। तब तक उमा के खुशी के गुब्बारे की हवा कम हो गई थी। "सुनील इतनी देर कर दी।" उमा ने गाड़ी

में बैठते हुए कहा। "अब क्या बताऊँ...मम्मी को सत्यनारायण की कथा से घर पहुँचाना था। फिर तुम्हारा प्रसाद लाना भूल गया था इसलिए दोबारा घर गया। मगर अब तो हाज़िर हूँ। कहो कैसी हो ?"

"बहुत याद आई तुम्हारी। तुम्हें क्या मेरी याद आई ?" सुनील के हाथ के स्पर्श ने सवाल का जवाब ही नहीं दिया, उमा को परियों के देश में पहुँचा दिया।

"बहुत अच्छी लग रही हो।"

"सच !" उमा को लगा कि उसकी आवाज़ भी चेहरे की तरह लाल हो गई है। "वैष्णो देवी के दर्शन कैसे थे ?" उसने पूछा।

"मम्मी-पापा और दादाजी चाहते थे कि देवी के आशीर्वाद को पाकर ही मैं अमेरिका जाऊँ। तो यह इच्छा भी पूरी हो गई।"

"सुनील चाचा वापस लौट आए हैं। कह रहे थे कि तुम अपने परिवार के साथ इतवार को हमारे घर आओ...।"

"तुम्हारी मम्मी भी यही चाहती हैं ?"

"मम्मी तो चाचा के लौटने का इन्तज़ार कर रही थीं...तुम्हें तो कोई एतराज़ नहीं है न ?"

"मेरा बस चले तो मैं अभी तुम्हें ब्याहकर साथ ले जाऊँ मगर उमा शादी तो शादी होती है। दोनों परिवारों की सहमति और खुशी ज़रूरी है। एक तरफ तुम्हारे मम्मी और चाचा और दूसरी तरफ मेरे मम्मी-पापा। सब रस्में और रीतियाँ पूरी होनी चाहिए...।"

"और पंडितजी की खुशी ? वह तो तुम भूल ही गए...," उमा ने हँसकर कहा। यथानियम सुनील ने गाड़ी बगीचे के पास लाकर रोकी। उमा गाड़ी से उतरी। उसका कागज़ों से ठसाठस भरा बैग देखकर सुनील ने कहा, "क्या भरकर लाई हो ? लगता है पिकनिक के लिए निकली हो।"

"फिक्र मत करो...बम बारूद नहीं रखे इसमें...चलो कहीं बैठते हैं फिर दिखाती हूँ।"

एक छायादार पेड़ के नीचे सुनील ने जेब से एक छोटा-सा लिफाफा निकाला, जिसमें प्रसाद लिपटा हुआ था। "आँखें बन्द करो," कहकर उसने उमा के हाथ में लिफाफा थमाया और गाल को चूमा। उमा ने आँख खोलकर इधर-उधर नज़र डाली। कहीं किसी जाने-पहचाने व्यक्ति ने तो नहीं देखा। "घबराने की क्या बात है भला !" सुनील ने हँसकर टोका। "अच्छा दिखाओ तो बैग में क्या भरकर लाई हो ?"

कायदे से तह किए हुए अखबार के दो पन्नों को खोलकर उमा ने कहा, "यह चाचा का लेख है उड़ीसा की यात्रा पर और साथ में जो तस्वीरें हैं वह जुगिन्दर ने खींची हैं।"

"अरे इसे तो मैंने ट्रेन में देखा था। सच कहूँ उमा ?...तकनीकीकरण और वैज्ञानिक विषयों पर लिखे लेख मुझे अच्छे लगते हैं। मगर यह सामाजिक विश्लेषण, गिरजाघरों के लिए उमड़ता दर्द...यह सब बातें ही तो इस देश को पिछड़ा साबित करती हैं। तुम बुरा मत मानना मगर तुम्हारे चाचा एक बीते हुए युग के वामपन्थी मत के व्यक्ति हैं

और यह मत बेकार साबित हो चुके हैं। अब तो युग है टेक्नोलॉजी का। मस्जिदों और गिरजाघरों के गिरने या जलने के लिए सहानुभूति मायने नहीं रखती।''

उमा को चाचा के प्रति सुनील का रवैया अच्छा नहीं लगा। कहीं मन में चोट पहुँची। मगर सुनील का मत सदा साफ और चाकू की धार की तरह तेज़ होता है। इसीलिए उसका खंडन करना उमा के लिए मुश्किल होता है। उसका मन कह रहा था कि सुनील जो कह रहा है उसमें तत्त्व है मगर शायद यह पूरा सत्य नहीं है।

''अगर ऐसा ही है सुनील तो तुम तीर्थ के लिए क्यों गए ? अगर मस्जिद और गिरजाघरों को हटाने, तोड़ने या जलाने में कोई बुरी बात नहीं तो क्यों न तीर्थस्थानों को टेक्नोलॉजी केन्द्र बना दिया जाए ?''

''अरे तुम तो बड़ी स्मार्ट बातें करती हो !'' सुनील हँसने लगा फिर रुककर उसने कहा, ''देवीजी तीर्थ स्थानों को टेक्नोलॉजी केन्द्र बनाने की बात सँभलकर करना। अगर पापा-मम्मी ने सुन लिया तो उन्हें बहुत बुरा लगेगा। हमारा परिवार धार्मिक विचार रखता है।''

''क्या तुम्हारा मत वह नहीं जानते ?'' उमा ने आश्चर्य व्यक्त किया।

''अरे छोड़ो न इन बातों को,'' कहते हुए सुनील ने उमा के हाथों को अपने होंठों तक उठाया। धर्म और तकनीकी दर्शन इसी क्षण न जाने कहाँ गायब हो गए। उनकी जगह एक चंचल, महकती, सुहावनी लहर ने दोनों को लपेट लिया। इस लिपटाव के अद्‌भुत आनन्द में वक्त का आभास भी खो गया। दोपहर शाम में और शाम अन्धकार में बदलने लगी।

उठते वक्त उमा ने अखबार के पन्नों को समेटकर वापस अपने बैग में ठूँसने की कोशिश की। सुनील ने धीरे से काग़ज़ ले लिये। गाड़ी की ओर चलते हुए बगीचे के फाटक के पास रखे कूड़ेदान में डाल दिए।

''ऐसा क्यों किया सुनील ?'' उमा ने पूछा।

''क्या तुम इन्हें सँभालकर रखना चाहती थीं ?'' सुनील ने गाड़ी का दरवाज़ा खोलते हुए पूछा। ठीक ही तो कह रहा था। काग़ज़ के टुकड़ों वह भी अखबार को सँभालकर रखना कोई मायने नहीं रखता।

''मैं अगले महीने मध्य प्रदेश जाऊँगी,'' उमा ने बताया।

''काम के लिए।''

''नर्मदा बचाओ आन्दोलन ने विराट समारोह आयोजित किया है। उसके ऊपर रिपोर्ट लिखने की जिम्मेदारी मुझे सौंपी गई है।''

''इस चक्कर में क्यों पड़ती हो ? मुझसे पूछो तो लगकर कम्प्यूटर सीखो।''

''अमेरिका में पत्रकारों की ज़रूरत नहीं है क्या ?''

''तुम्हें पत्रकारिता करने की ज़रूरत नहीं पड़ेगी। मुझे अच्छी नौकरी मिल रही है मैडम। तुम्हें इधर-उधर हाथ मारने की ज़रूरत नहीं पड़ेगी। तुम आराम से घर-गृहस्थी चलाना। हाँ, गाड़ी भी चलाना।''

कुछ रुककर उमा ने पूछा, "तकनीकी व्यवसाय बेहतर होता है सुनील...शायद मुझे भी इंजीनियर बनना चाहिए था...।"

"नहीं...तुम जैसी हो वैसी ही मुझे प्यारी हो और मुझे विश्वास है कि पापा, मम्मी और दादाजी को भी तुम पसन्द आओगी।"

सुनील उमा को उसके घर पहुँचाकर लौट गया। शान्ति देवी ने उमा से पूछा, "सुनील आज अन्दर नहीं आया ?"

"नहीं मम्मी, उसके पापा को गाड़ी चाहिए इसलिए मुझे घर पहुँचाकर वापस चला गया।"

रमन को टी.वी. पर एकाग्रचित फुटबॉल का खेल देखते हुए उमा को याद आया। बैग खोलकर उसके लिए खरीदी मिठाई बाहर निकाली। मम्मी को सुनील का दिया वैष्णो देवी का प्रसाद दिया और बताया कि जयन्त चाचा ने तय किया है कि सुनील को परिवार सहित इतवार को घर पर शाम को निमन्त्रित किया जाए।

रात को बिस्तर में केंचुए की तरह खुद में लिपटी हुई उमा के मन में एक ही विचार चक्कर काटता रहा। क्या उसमें और सिमरन में कोई अन्तर नहीं ? क्या दोनों का भविष्य भी एक ही सफर तय करेगा ? क्या उमा पिंजरे के पक्षी की तरह रहना चाहती है ? पढ़-लिखकर वह भी...? मन के किसी कोने में एक छोटी सी आवाज़ उठती और फिर डूब जाती। यह भी लगता कि जयन्त चाचा निराश हैं। वह जुगिन्दर की तरह गुस्सा प्रकट नहीं करते मगर उमा से उनकी कई आशाएँ जुड़ी हैं। चाचा उसे बहुत प्यार करते हैं। वह उनसे पूछेगी। सुनील चाचा को नहीं जानता। वह धर्मनिरपेक्ष व्यक्ति हैं। क्या यह बात सुनील समझ सकता है ? कितना अच्छा होता अगर चाचा और सुनील में मतभेद न होता...कितना अच्छा होता।

अगले दिन भी बसों की हड़ताल जारी रही। चैटर्जी बाबू ने अपने दफ्तर के साथियों को अपनी मारुति गाड़ी में मन्त्रालय पहुँचाया। शान्ति देवी भी उनके साथ दफ्तर गईं। जुगिन्दर से लिफ्ट लेने के लिए उमा ऊपर गई। वह अपना सामान बाँध रहा था। दोपहर में वह अपनी तस्वीरों की प्रदर्शनी के लिए इटली और जर्मनी जा रहा था।

"कितने दिन के लिए जा रहा है ?" उमा ने पूछा।

"छः हफ्ते लगेंगे। तू इस बीच अमेरिका तो नहीं चली जाएगी ?"

"अमरीका जा रही है तू उमा ?" भुआजी ने आश्चर्य से भरी आवाज़ में पूछा।

"भुआजी मैं मध्य प्रदेश जाऊँगी। जुगिन्दर को हवाई जहाज़ की ऐसी आदत पड़ गई है कि उसे आसपास कुछ नज़र ही नहीं आता !" उमा को छेड़कर जुगिन्दर को सान्त्वना हुई। "बेटा अब तू यहीं रहना। परसों सिमरन अपने काके और रविन्दर के साथ दिल्ली आ रही है।"

"यह तो बहुत अच्छी खबर है। जुगिन्दर तूने मुझे बताया क्यों नहीं ?"

"मैं तैयार होता हूँ। दस मिनट में तुझे तेरे दफ्तर पहुँचा दूँगा।"

"नहीं जुगिन्दर मैं स्कूटर ले लूँगी। या टैक्सी। कुछ पैसे ज़्यादा लगेंगे बस। तू इटली

से कार्ड ज़रूर भेजना और अच्छी-अच्छी तस्वीरें खींचना। अच्छा मैं चली,'' उमा सीढ़ियाँ उतरने लगी। खिड़की पर खड़ा जुगिन्दर उसे बस स्टाप की ओर जाते देखता रहा।

बारह

इतवार को सुनील अपने मम्मी, पापा और दादाजी सहित यथासमय पहुँच गया। शान्ति देवी और उमा ने घर की सूरत शनिवार से ही सँवारनी शुरू कर दी थी। खाने-पीने का कुछ सामान जयन्त पहले ही लेकर आ गया। मम्मी के लाख कहने पर भी उमा ने सज-धज के तैयार होने से इनकार कर दिया।

''रहने दीजिए न भाभी। लड़के और लड़की ने तो एक-दूसरे को पसन्द कर ही लिया है। आज तो दोनों परिवारों का एक दूसरे से मिलने का यह उपाय है...मात्र एक औपचारिकता।''

''मगर कहीं वे लोग ग़लत न समझ जाएँ...आखिर तो लड़केवाले हैं।''

''भाभी, आपकी बेटी पढ़ी-लिखी है। कमाती है। अपनी ज़िम्मेदारी स्वयं सँभाल सकती है। आप शादी में उसे किसी के सुपुर्द नहीं कर रहीं...आज लड़कीवाले और लड़केवाले समान हैं। दोनों में कोई अन्तर नहीं।''

''मम्मी, चाचा सही कह रहे हैं,'' उमा ने मेज़पोश बदलते हुए कहा, ''इस कमरे का तो कायापलट हो गया,'' रमन ने अन्दर आते ही कहा। फिर बोला, ''मम्मी भूख लग रही है।''

वह लोग आए। परिचय होते ही सुनील की मम्मी ने उमा को सिर से पैर तक गौर से देखा।

सुनील के दादाजी ने जयन्त को बताया कि सुनील इकलौता बच्चा है। बड़ा होनहार है। हमेशा क्लास में फर्स्ट आता रहा। कानपुर आई.आई.टी. से अव्वल दर्जे में पास होकर अब अच्छी नौकरी पर अमेरिका जा रहा है। इसमें कोई सन्देह नहीं है कि उसे बहुत जल्दी ग्रीनकार्ड उपलब्ध होगा।

''आप तो जानते हैं कि पढ़े-लिखे काबिल लड़के ही देश की असली उन्नति और गर्व का प्रतीक होते हैं...,'' सुनील के पापा ने कहा। जयन्त ने उनसे सहमति में सिर हिलाया।

''मगर विडम्बना तो यह है कि देश के गर्व के प्रतीक, यह लड़के-लड़कियाँ इस देश में रहना ही नहीं चाहते,'' जयन्त ने हँसकर कहा।

''अंकल अगर अपने देश में अच्छी नौकरियाँ उपलब्ध हों तो हम बाहर न जाएँ।''

''पराशर साहब कहाँ अमेरिका, वहाँ के वेतन और सुविधाएँ और कहाँ हमारा मुल्क...माफ कीजिए...यहाँ न पानी, न बिजली, न सड़कें...आप बताइए यहाँ है क्या ? सुनील जैसे लड़के यहाँ क्यों रहें ?'' दादाजी के माथे पर लम्बा टीका लगा था। वह

मन्दिर होकर आ रहे थे। उन्होंने बात का रुख बदलते हुए कहा, "बेहतर नौकरी पर अमेरिका जाने में हमें कोई एतराज़ नहीं, जब अपने रीति-रिवाज़; अपने धर्म और परम्परा भी साथ जाए। आजकल अमेरिका में इतने हिन्दुस्तानी बस गए हैं कि अपना हर त्योहार, भला दीवाली हो या करवाचौथ वहाँ नियम से मनाए जाते हैं। वहाँ मन्दिर हैं। पंडित और पुरोहित भी हैं। हमारी संस्कृति भी वहाँ फैल रही है।"

उमा ने चाय और नाश्ते की प्लेट सुनील की मम्मी के सामने ट्रे में पेश की। "आज मेरा पूरनमासी का व्रत है," कहकर उन्होंने कुछ नहीं लिया। दादाजी ने मधुमेह की वजह से कुछ नहीं लिया। रमन और सुनील ने मिलकर सारी कसर पूरी कर दी।

सुनील के पापा ने उमा से कहा, "सुनील बता रहा था कि तुमने बी.ए. की पढ़ाई पूरी की है...अब कम्प्यूटर सीखने जा रही हो...?"

"जी, आजकल पत्रकारिता कर रही हूँ।"

"हाँ, आजकल लड़कियाँ भी नौकरी करती हैं। जब तक शादी-ब्याह न हो तब तक तो ठीक है मगर पारिवारिक ज़िम्मेदारियों के साथ नौकरी करना मुश्किल हो जाता है...और अगर पति अच्छा कमाए तो ज़रूरत ही नहीं होती...," दादाजी ने मुस्कुराकर कहा, "जिसका काम उसी को साजे।"

शान्ति देवी को यह बात अच्छी नहीं लगी कि सुनील की मम्मी ने कुछ नहीं खाया और दादाजी ने केवल बिना शक्कर के चाय का प्याला ही स्वीकार किया।

"तुम साड़ी नहीं पहनतीं ?" सुनील की मम्मी ने उमा से पूछा।

"जी, कम पहनती हूँ।"

"सुनील बता रहा था कि तुम गाती हो। सुनाओगी ?"

उमा का मुख लाल हो गया। नज़र झुक गई। "सुना दे न वही मीराबाई का भजन।" मम्मी ने धीरे से कान में कहा। उमा ने गला साफ किया। गाते हुए उसे लगा कि आवाज़ काँप रही है। यह कैसी परीक्षा है ? जयन्त चाचा की नज़रें भी फ़र्श पर टिकी थीं। सबने तालियाँ बजाईं। मगर उमा को लगा कि उसका गाना ही नहीं यह दोनों परिवारों की औपचारिक मुलाकात में भी बेतालापन और बेसुरापन था। कहीं ताल में मेल की कमी थी।

"तुम जीन्स भी पहनती हो क्या ?" सुनील की मम्मी ने उमा से पूछा।

"जी पहनती हूँ।"

"हमें नहीं पसन्द। हम समझते हैं कि हमें अपनी सभ्यता और अपनी मर्यादा में ही सीमित रहना चाहिए।"

उमा ने उत्तर नहीं दिया। उसकी आँखें ज़मीन पर गड़ गईं। वे लोग चले गए। रमन अपने दोस्तों के साथ निकल गया। उमा और शान्ति देवी खाने का सामान और बर्तन समेटने लगे। जयन्त बगीचे में खड़ा था। उमा चाचा के पास जाकर खड़ी हो गई। उन्होंने उसके सिर पर हाथ फेरा।

"चाचा, लड़कियाँ हमेशा इसी तरह परखी जाती हैं न, जैसे बर्तन, साड़ियाँ और

ज़ेवर ?''

''चली आ रही प्रथाओं को बदला भी जा सकता है,'' चाचा ने कहा।

''कैसें।''

''जैसे...सुनील और उसके परिवार के यहाँ आने की जगह हम उनके यहाँ जा सकते थे ?''

''आपने यह पहले क्यों नहीं कहा ?'' उमा के प्रश्न में उलाहना थी।

''क्योंकि मैं तुम्हारी मनोवृत्ति और भावना को समझ नहीं पाया...शायद।''

शान्ति देवी सामान समेटती हुई सोच रही थीं कि कहीं कोई अभाव रह गया। आज उमा की आवाज़ भी काँप रही थी। जैसा गाती है वैसा नहीं गाया उसने। पता नहीं कहाँ और क्या गलत हो गया।

''चाचा, मैं खुद को समझ नहीं पा रही। मुझे सुनील पसन्द है। वह मुझे पसन्द करता है। मैं अमेरिका जाना चाहती हूँ। मगर कहीं मन में डर बसा है...मैं सिमरन और यासमीन...सोनाली और...सबकी तरह सदियों से बहती आ रही धारा में नहीं कूदना चाहती...।''

''तो एक चीज़ कर सकती हो।''

''क्या ?''

''अपनी ज़िम्मेदारी किसी और को मत सौंपना।''

सिमरन आई मगर सब कुछ बदल गया। उसे काके की देख-रेख और रविन्दर की देख-रेख से फ़ुर्सत नहीं। सिमरन से मिलने उमा दो-तीन बार ऊपर गई। निराश होकर लौट आई। यासमीन के यहाँ शादी की तैयारियाँ अब चरम सीमा पर पहुँच गई। वह रिश्तेदारों और साज-सजावट की धारा में बह रही है। उमा, रेखा से मिलने गई जिस दिन वह अमेरिका के लिए रवाना हो रही थी।

''कैसा लग रहा है रेखा ?'' उसने पूछा।

''इस वक्त तो सबसे बड़ी मुसीबत यह है कि इतना ढेर सामान केवल दो बक्सों में कैसे पैक करूँगी ?'' रेखा ने हँसकर अपनी लाचारी प्रकट की।

''क्या इसके लिए जगह होगी ? एक छोटा-सा कैसेट है जिसमें तेरे प्रिय गाने भरे हैं,'' उमा ने अपना उपहार रेखा को देते हुए कहा।

''इसमें तेरी आवाज़ है न ?'' रेखा ने उमा को गले से लगा लिया। ''इससे बढ़िया उपहार नहीं हो सकता,'' कैसेट को बक्से में रखते हुए उसने कहा।

''सुनील रेखा को हवाई अड्डे पर पहुँचाने जा रहा था, ''तुम कहो तो तुम्हें भी साथ लेता चलूँगा।'' उसने उमा से कहा।

नहीं सुनील, मैं नहीं जा सकूँगी,'' उमा ने जवाब दिया।

पिछले इतवार, दोनों परिवारों की औपचारिक मुलाकात के बाद लाख कोशिश करने

पर भी उमा यह बात छुपा न पाई कि कहीं उसके गीत के स्वर बेसुरे हो रहे हैं। जब शान्ति देवी ने उससे पूछा कि सुनील के परिवार की क्या प्रतिक्रिया है तो वह झुँझलाकर बोली, "मैं नहीं जानती मम्मी।"

"सुनील ने तुझसे कुछ तो कहा होगा ?" मम्मी ने ज़िद की।

उमा बिस्तर पर बैठ गई। "मम्मी, सुनील के मम्मी-पापा जैसी बहू चाहते हैं, मैं वैसी नहीं हूँ...यह तो तुम भी जानती हो...उन्होंने जाते हुए चाचा से कहा था कि वह पंडित जी से जन्मपत्री दिखवाकर चाचा से आगे बात करेंगे।"

"तो अब जयन्त से वह लोग सम्पर्क करेंगे न ?"

"आज दोपहर को वह चाचा से दफ्तर में मिलने आए थे।"

"तो...क्या कहते हैं ?"

"जन्मपत्री लौटा दी है।"

"कुछ कहा तो होगा...बता न ?"

"पंडितजी की राय में वह ठीक नहीं बैठती," उमा ने बैग खोलकर जन्मपत्री निकाली और मम्मी को पकड़ा दी। उनका चेहरा फीका पड़ गया। उमा को बुरा लगा। भला मम्मी का क्या कसूर है ? अपनी तरफ से तो मम्मी ने हर कदम अपनी बेटी के सुख और सुरक्षा के लिए उठाए। कुछ देर दोनों चुपचाप बिस्तर पर बैठी रहीं।

बाहर दरवाज़े पर आहट हुई। किसी ने घंटी बजाई। मम्मी उठकर दरवाज़ा खोलने गईं। सामने सुनील को खड़ा देखकर आश्चर्य चकित हो गईं। वह हाथ में फूलों का गुलदस्ता लिये खड़ा था। "आंटी उमा घर पर है ?" उसने मुस्कुराकर पूछा। शान्ति देवी भौंचक्की-सी उसे देखती रहीं फिर खुद को सँभालकर बोलीं, "हाँ, अन्दर आओ। सुनील मैं उमा को बुलाती हूँ। उमा सुनील की आवाज़ सुनकर आ गई, "अरे, तुमने नहीं बताया कि..." इससे पहले कि वह वाक्य पूरा करती सुनील ने फूल उसे पकड़ाए, "सोचा कि तुम्हें बिना बताए आऊँगा...ज़्यादा से ज़्यादा तुम नाराज़ होगी...तो...तो मना लूँगा।"

"बैठो," उमा का चेहरा खिल उठा।

परदे के पीछे शान्ति देवी ने चैन की साँस ली। भगवान उनकी बेटी को दुख नहीं दे सकते। उन्होंने मन ही मन ईश्वर को लाख-लाख प्रणाम किए।

जाते वक्त सुनील ने कहा कि वह अगले दिन आएगा, "नहीं सुनील, कल यासमीन का निकाह है। मैंने छुट्टी ले रखी है दफ्तर से।"

"तो परसों ?"

"परसों तुम दफ्तर में फोन कर लेना।"

यासमीन की शादी में सिमरन नहीं जा पाई क्योंकि काके को तेज़ बुखार हो गया। उमा सुबह से शादी के घर में दुल्हन के साथ रही। कहीं मन में यह अहसास तीव्र हो गया कि न जाने अब यासमीन के साथ कब और कहाँ मुलाकात होगी। यासमीन कितनी

प्यारी लग रही थी। नफीसा से भी सुन्दर दुल्हन थी वह। निकाह के अगले दिन वह बम्बई में अपने ससुराल होते हुए अमेरिका चली गई।

"रेखा लन्दन होते हुए न्यूयॉर्क पहुँच गई है," सुनील ने बताया। अगले हफ्ते होस्टल में रहने लगेगी। आजकल प्रमोद के पास रहती है। उसका पता और यासमीन का पता उमा ने सँभालकर रख लिया।

यासमीन की शादी के अगले दिन दफ्तर में उमा को नर्मदा बचाओ आन्दोलन के इतिहास पर काम करने को कहा गया। पूरी जानकारी के पश्चात् ही तय किया जाएगा कि उसे आन्दोलन के अगले समारोह पर, जो मध्य प्रदेश में होने जा रहा है, रिपोर्ट लिखने की ज़िम्मेदारी सौंपी जाए कि नहीं। उमा तत्काल पुराने काग़ज़ों और रिपोर्टों की खोज में लग गई। मामला सीधा नहीं। इसमें विश्व बैंक के साथ भी एक लम्बी बहस जुड़ी है। बैंक ने शुरू में बाँध बनाने के लिए सरकार को बड़ी रकम देने का निर्णय लिया था मगर अब बैंक आन्दोलन के मत से सहमत हो गया है। उसने पूरी रकम सरकार को देने पर रोक लगा दी। इसके अतिरिक्त आन्दोलन ने मामला देश के सर्वोच्च न्यायालय के सम्मुख रखा है। उमा जितनी जानकारी इस विषय में खोदती उसकी दिलचस्पी उतनी ही बढ़ती जाती।

जब घड़ी पर नज़र डाली तो साढ़े छः बज रहे थे। सुनील देर से उसका इन्तज़ार कर रहा होगा। उमा ने कागज़ समेटे। अपने खाने का डिब्बा बैग में डाला और फुर्ती से दफ्तर से निकल पड़ी।

सुनील पेड़ की छाया में खड़ा अखबार पढ़ रहा था। हाँफती हुई उमा अपनी सफाई ज़ुबान पर तैयार रखे उसके पास पहुँच गई।

"सब ठीक तो है न ? कहीं दफ्तर में क्रान्ति तो नहीं होने जा रही ?" सुनील ने अखबार को तह करते हुए पूछा।

"तुम बहुत देर से इन्तज़ार कर रहे हो न...?"

"मैं तो लौटने ही वाला था," सुनील ने घड़ी की ओर नज़र डालते हुए कहा।

"मजबूरी थी...फँस गई...जानबूझकर देरी नहीं की...।"

सुनील ने गाड़ी का दरवाज़ा खोला। गाड़ी को बगीचे की ओर घुमाया और पूछने लगा, "तुम्हारी सहेली की शादी हो गई ?"

"हाँ, आज बम्बई चली गई। उसकी ससुराल वहाँ है।"

"तुमने तो कहा था कि उसका पति अमेरिका में डॉक्टर है।"

"है। पहले बम्बई जाएगी फिर वहाँ से न्यूयॉर्क। अब पता नहीं मुलाकात कब होगी। तुम बताओ, तुम्हारे वीज़ा के कागज़ कहाँ तक पहुँचे हैं ?"

"सुबह प्रमोद का टेलीफोन आया था कि सब ज़रूरी कागज़ उसने प्राप्त कर लिये हैं। अब वीज़ा उपलब्ध करने में वक्त नहीं लगेगा। हाथ के हाथ मिल जाना चाहिए।"

"तुम्हें बहुत खुश होना चाहिए। तुम्हारी मंज़िल सामने है। जितनी अड़चने थीं वह एक-एक करके हल हो गईं। शायद इसीलिए पेड़ की छाया में अखबार पढ़ने की सूझी

आज ?''

''कुछ हद तक तो तुम ठीक ही कह रही हो। मगर सबसे बड़ी अड़चन तो तुम भूल रही हो...जिसे हल करने की सोच में मैं पड़ा हूँ।''

''कौन सी समस्या है ?''

''तुम, तुम पूछ रही हो कौन सी समस्या है ? अरे तुम्हें ब्याह कर अपने साथ जल्दी से जल्दी ले जाना। मेरा इरादा पता है क्या है ? तो सुनो। गाड़ी खरीदूँगा और फिर घर खरीदने के कदम उठाऊँगा। अगर संयम से और सोच-समझकर यानी लगाम लगाकर खर्चे किए जाएँ तो यह काम मुश्किल नहीं। ग्रीन कार्ड उपलब्ध करने के लिए कदम उठाऊँगा। और लौटूँगा तुमसे शादी करने और अपनी पत्नी को अपने साथ ले जाने के लिए। कुछ समझीं ?''

''अरे तुमने तो एक साथ इतनी योजनाएँ बना लीं...साँस लेने के लिए भी नहीं रुके।''

''उमा यह वैज्ञानिक और तकनीकी युग पथ पर साँस लेने के लिए रुकने का युग नहीं। जो दौड़ को तोड़कर विश्राम करने बैठता है, वह पिछड़ जाता है।''

''सुनील तुम्हारी योजनाओं की कतार में मेरा अहम स्थान होते हुए भी तुमने मेरी सलाह नहीं ली। भला क्यों ?'' उमा ने मुस्कुराकर पूछा।

''किस बात पर सलाह नहीं की तुमसे ?''

''यही कि मैं तुम पर निर्भर होकर नहीं बल्कि अपने बल पर तुम्हारे साथ जाना चाहती हूँ और रहना चाहती हूँ।''

''क्या मतलब ?''

''जैसे यासमीन अपने पति पर निर्भर होकर जा रही है, मैं वैसे नहीं जाना चाहती, सुनील।''

''तो कैसे जाना चाहती हो ?'' सुनील भौंचक्का था। उसने गाड़ी बगीचे के पास सड़क के किनारे रोकी मगर उतरने के लिए दरवाज़ा नहीं खोला।

''अरे, तुम तो घबरा रहे हो ! गाड़ी से उतरोगे नहीं ?''

''पहले यह बताओ कि तुम कहना क्या चाहती हो ?''

''कुछ दिन हुए तुम रेखा को हवाई अड्डे पर पहुँचाने गए थे। वह अपने बल पर गई है न ? इस इरादे से कि पहले पढ़ाई खत्म करेगी, फिर नौकरी करेगी। वह किसी पर निर्भर नहीं है।''

''कैसी बातें कर रही हो तुम ? मान लिया कि रेखा अपने बल पर गई है मगर वहाँ प्रमोद है, जिसका उसे सहारा है। बिना सहारे के कौन...।''

''वैसा सहारा एक बात है मगर यासमीन की तरह अपने पति पर पूरी तरह निर्भर होकर जाना एक और बात है सुनील,'' उमा की आवाज़ धीमी पर साफ थी।

''तुम मुझे धमकी दे रही हो क्या ? तुम जानती हो कि शादी करने के अपने फैसले से मैंने अपने पापा-मम्मी को चोट पहुँचाई है। और तुम मुझे धमकी दे रही हो कि ऐसे

नहीं तो वैसे...?''

''सुनील, मैं तो तुम्हें अपने मन की बात बता रही हूँ। हम जीवनसाथी बनने जा रहे हैं तो हमें एक-दूसरे की अभिलाषा से परिचित होना चाहिए।''

''क्या तुम यह नहीं कह रहीं कि तुम्हें घर-गृहस्थी-परिवार चाहिए और पति पर तुम निर्भर भी नहीं होना चाहतीं। यानी तुम्हें सब कुछ चाहिए वह भी जो सम्भव नहीं !''

''सुनील, तुम सदियों से पारिवारिक और सांसारिक घर-गृहस्थी का सुख व्यावसायिक सुख के साथ भोगते आए हो मगर मेरे लिए इसी की अभिलाषा को तुम धमकी क्यों कहते हो ? जो तुम्हारे लिए सदियों से सम्भव है वह मेरे लिए असम्भव क्यों है ?''

सुनील ने जवाब नहीं दिया। कुछ क्षण चुप्पी बनी रही। इस खामोशी में अभिलाषा और निराशा, चाहत और जलन के साथ गुस्सा भी घुलता रहा। झटके से सुनील ने चाबी घुमाई। गाड़ी की मोटर चलने लगी।

''क्या हुआ ? उतरोगे नहीं ?''

''तुम्हारे इरादे मौसम की तरह बदलते हैं। शायद आज दफ्तर में काम अधूरा छोड़कर आई हो। इसीलिए व्यावसायिक अभिलाषा का जोर सता रहा है। कहो तो तुम्हें वापस तुम्हारे दफ्तर पहुँचा दूँ ?''

''इतनी भी क्या नाराज़गी...।'' उमा ने मनाने की कोशिश की। गाड़ी सड़क पर चलती रही। सुनील ने उमा की ओर नज़र नहीं डाली।

''तुम सच में...मुझे वापस दफ्तर ले जा रहे हो ?'' उमा एकदम हैरान थी।

''तुम जो चाहती हो वही सही,'' सुनील बड़बड़ाया मगर उमा को कुछ समझ में नहीं आया। यह ज़ाहिर था कि सुनील बहुत नाराज़ है। उसके मन को गहरी चोट पहुँची है।

''तुम्हें सब कुछ चाहिए। सब कुछ। तुम्हारी लालच की कोई सीमा नहीं है। है कोई सीमा ?''

''मैं लालची हूँ ?'' उमा स्तब्ध थीं।

''तो क्या यह लालच नहीं ? तुम्हें सुरक्षा चाहिए। परिवार चाहिए। अच्छा रहन-सहन चाहिए। पति चाहिए जो बिना अड़चन के यह सब तुम्हें दे। मगर यह काफी नहीं। इसके साथ तुम चाहती हो स्वतन्त्र व्यवसाय। है कोई सीमा तुम्हारी अभिलाषा की ? बताओ ?''

उमा ने जवाब नहीं दिया। मगर मन में किसी तह के नीचे दबी आवाज़ उठते-उठते चुप हो गई शायद इसलिए कि गाड़ी वापस दफ्तर के निकट पहुँच गई।

''अच्छा मैं बहुत लालची हूँ। माफ कर दो। यह बात तो मानती हूँ कि तुम्हें अच्छी से अच्छी सुन्दर से सुन्दर पत्नी मिल सकती है। जिसके मन में इतनी अभिलाषा नहीं होगी...।'' गाड़ी दफ्तर पर आकर रुक गई। ''तुम वाकई मुझे यहाँ उतार कर...?''

सुनील चुप रहा।

सामने जयन्त चाचा सड़क पार करते हुए नज़र आए। उमा ने फिर सुनील को देखा, "मैं तुम्हें नाराज़ नहीं करना चाहती। चोट नहीं पहुँचाना चाहती...।"

"तो फिर इतनी बेतुकी बातें क्यों करती हो ?"

"अगर अपने मन की इच्छा तुम्हें नहीं बताऊँगी तो और किसे बताऊँगी ?"

"यह तुम्हारे मन की बात है या तुम्हारे चाचा की ? सच-सच बताओ ?"

"अभी चाचा को सड़क पार करते देखा इसलिए मेरा दोष उन पर थोप रहे हो।"

"तो तुम मानती हो कि कहीं दोष है ?"

"तुम्हारी नज़रों में मैं दोषी हूँ। अपनी औकात से ज़्यादा चाहती हूँ। मगर मुझे लगता है कि तुम मुझे माफ कर दोगे। ठीक कह रही हूँ न ?" उमा ने सुनील का हाथ थामते हुए कहा।

"हाँ, सब भूल जाऊँगा अगर कहोगी की ऐसी बातें नहीं दोहराओगी।"

उमा ने मुस्कुराकर कहा, "चलो घर चलो। मैं तुम्हें शर्बत बनाकर दूँगी। मिज़ाज ठंडा होगा तो नज़रिया भी बदल जाएगा।"

गाड़ी फिर चल पड़ी। घर के करीब अक्सर उमा सुनील को संकेत से मन्दिर दिखाती थी। आज बिना संकेत दिए सुनील ने गाड़ी मन्दिर के पास लाकर रोक दी। "चलो तुम्हारे मन्दिर के दर्शन एक साथ कर लें ?" उसने कहा।

उमा को मन्दिर गए बहुत दिन हो गए थे। उसे लग रहा था कि वह बरसों के बाद जा रही है।

सुबह घर से निकलते हुए जब दरवाज़े पर ताला लगा रही थी तब डाकिए ने उसे दो कार्ड दिया। एक तरफ रंगीन तस्वीर थी दुनिया के मशहूर शहर रोम की। दूसरी तरफ़ जुगिन्दर ने अपने ही निराले ढंग में लिखा था कि वहाँ की हर चीज़ अनोखी और मोहक लगती है उसे। मगर कॉफी कड़वी ज़हर होती है। कार्ड पढ़कर उमा का चेहरा खिल उठा। बस में बैठे हुए उसने कार्ड को अपने बैग से निकालकर फिर पढ़ा। उसे लगा जुगिन्दर अपनी ही दुनिया में ऊँची उड़ान भर रहा है ठीक वैसे जैसे उसकी एक तस्वीर में समुद्र तट पर उसके कैमरे ने एक पक्षी को करते देखा था।

कितना अच्छा होता अगर जुगिन्दर उमा के साथ नर्मदा बचाओ आन्दोलन की रिपोर्ट के लिए मध्य प्रदेश जा सकता। उसकी तस्वीरें राजीव की तस्वीरों से कहीं अच्छी होती हैं। यही सब सोचते हुए अचानक उमा ने देखा कि उसका स्टॉप आकर चला भी गया। बस काफी आगे निकल गई। अब अगले स्टाप पर उतरकर फिर वापस जाना पड़ेगा।

दफ्तर के बाहर चाचा से मुलाकात हुई। उमा को उल्टी दिशा से आते देखकर उन्होंने पूछा, "कहाँ से आ रही हो आज ?"

उमा को शर्म आई। भला क्या जवाब देती। चाचा ने बताया कि जुगिन्दर ने उन्हें कार्ड भेजा है रोम से। "मुझे भी उसका कर्ड मिला है।" उमा ने कहा।

दोपहर चार बजे उमा अपने काग़जों की फाइल लेकर चाचा को दिखाने उनके कमरे में गई। वह अपने काम में तल्लीन थे। ठीक जैसे वह सुबह अपने विचारों में खोई हुई थी जब बस स्टाप से आगे निकल गई। चाचा ने उसे कमरे में प्रवेश करते नहीं देखा। वह कुछ क्षण खड़ी रही। फिर लौट आई। अपनी कुर्सी पर बैठकर नए सिरे से अपने कागज़ों पर नज़र डाली। नर्मदा बचाओ आन्दोलन के इतिहास से कुछ छूट तो नहीं गया ? भाषा सही और सहज है कि कहीं कोई कसर रह गई है ? कागज़ उठाकर वह फिर चाचा के कमरे में गई। उन्होंने एक-एक पन्ने को गौर से पढ़ा। कुछ अंश बदलने की राय दी। भाषा को भी सुधारा। कहीं एक शब्द काटा और कहीं दो शब्द जोड़ दिए। इसके बाद जो तस्वीर उभरी, वह सुलझी, सहज और सम्पूर्ण थी।

उमा का उत्साह कई दर्जे बढ़ गया। शाम को सुनील ने उससे पूछा, "क्या बात है, आज गैस के बैलून की तरह आसमान को छूने जा रही हो ?"

"बात यह है कि आज एक अद्‌भुत बात समझ में आई है...कि भाषा को जागृत कैसे किया जाता है...कि वह साफ ही नहीं हो जाए मगर जाग उठे...उसका फीका, फटा हुआ रूप कलम के चमत्कार से उज्ज्वल और रंगीन बन जाए।"

सुनील ने गाड़ी बगीचे की ओर घुमाई। उमा ने कहा, "मुझे लगता है सुनील कि कुछ ऐसे सवाल, ऐसी उलझनें और ऐसे कार्य हैं जहाँ तुम्हारी तकनीकियत काम नहीं आ सकती।"

"तुम तकनीकीकरण के बारे में जानती ही क्या हो ?"

"बहुत कम जानती हूँ। मगर अनुमान लगा सकती हूँ कि उसकी सीमा कहाँ खत्म होती है...।"

"अजीब बात है...।"

"अगर तुम मुझे मौका दो बात पूरी करने का तो...तो तुम मुझसे सहमत होगे।"

"तो बताओ ! मगर ज़्यादा लम्बी कथा मत सुनाना। मेरा मतलब संक्षिप्त में कहो जो कहना है।"

"सुनील तुमको मानना होगा कि सौन्दर्य और कला तकनीकीकरण के काबू में नहीं होते। न ही सामाजिक दुविधाओं को तुम्हारे कम्प्यूटर हल कर सकते।"

"यह सब तुम्हें किसने कहा ?"

"किसी ने नहीं कहा। मैंने अपनी सूची कम्प्यूटर से लिखी। तकनीकी तौर पर वह सही थी। कम्प्यूटर ने व्याकरण की दृष्टि से भी उसे सही रूप दे दिया मगर उसे कलात्मक बनाने का काम वह नहीं कर सका।"

"और तुम कहना चाहती हो कि वह कार्य केवल तुम कर सकती हो। यही कहना चाहती हो न ? चलो मान लिया। मगर सामाजिक और आर्थिक दुविधाएँ क्या अनक्षर और अनपढ़ लोग हल कर सकते हैं ? मुझसे पूछो तो अगर हर गाँव में, हर बस्ती में

कम्प्यूटर आ जाएँ और लोग उनका इस्तेमाल करना शुरू कर दें तो देश में क्रान्तिकारी बदलाव आ जाए। सब कुछ बदल जाए।''

''क्या बदल जाएगा सुनील ? क्या कम्प्यूटर धर्म के नाम पर दंगे होने से बचा सकेगा ? क्या नदियों पर बाँध बनने से जिनके खेत और गाँव डूब जाएँगे उन्हें ज़मीन दिलवाने में कम्प्यूटर कामयाब होंगे ?''

सुनील ने बगीचे के पास गाड़ी रोकी। उमा के हाथ अपने हाथों में लिये और उसकी आँखों में वह नज़र डाली जो भावनाओं और कामनाओं को एक साथ पिघलाकर तरलता के प्रवाह में बहा देती है, जो कम्प्यूटर कभी नहीं कर सकता।

उमा को घर लौटने में देर हो गई। रमन टी.वी. के परदे के सामने तल्लीन बैठा था। उमा का हाव-भाव देखकर उसने पूछा, ''क्या हुआ दीदी ?''

''क्यों ? बस देर हो गई। तुम लोग, मेरा मतलब मम्मी चिन्ता तो नहीं कर रहीं ?''

''मम्मी तो खुद मन्दिर से नहीं लौटीं।''

''अभी तक नहीं लौटीं ?'' उमा ने घड़ी पर नज़र डाली।

मम्मी जब वापस आई तब उनके एक हाथ में रसद का भारी थैला था और दूसरे में सब्ज़ी का।

''रमन तो कह रहा था कि तुम मन्दिर गई हो।''

मम्मी ने जवाब नहीं दिया। यह खरीदारी उमा भी कर सकती थी। मगर आजकल उसकी निजी दुनिया में ऐसी हलचल मची है कि वह घर की ज़िम्मेदारियों से बेखबर है।

''मम्मी तुम हाथ-मुँह धो लो। मैं खाना लगाती हूँ,'' कहकर उमा रसोई में गई। वहाँ सबकुछ वैसा ही रखा था जैसा वह सुबह छोड़कर गई थी।

''मम्मी भूख लगी है,'' रमन ने पुकारा।

रात को उमा ने पूछा, ''मम्मी क्या बात है, तुम इतनी गम्भीर दिख रही हो ?'' शान्ति देवी ने अपने बैग से चिट्ठी निकालकर उमा को दिखाई।

''तो अगले महीने यह मकान छोड़ना होगा,'' उमा ने पत्र को तह करके वापस मम्मी को पकड़ाया।

''हाँ। मैं कल यासमीन के पापा के साथ जाकर फिर एक याचिका दर्ज कर आई हूँ मगर अब हालात बिल्कुल बदल चुके हैं। सरकारी मकानों में इस तरह रहे जाना अदालत ने गैरकानूनी घोषित कर दिया है। बड़े-बड़े अफसरों को तो क्या, संसद सदस्यों को भी अपने बँगले छोड़ने पड़ रहे हैं। हमारा यहाँ टिके रहना अब सम्भव नहीं होगा।''

उमा को याद आया कि अदालत के इस फैसले पर कुछ दिन हुए दफ्तर में बहुत चर्चा हो रही थी। सबकी यही राय थी कि न्यायालय का यह फैसला बिल्कुल सही है। काश कि यह कदम पहले लिया गया होता।

''मम्मी तुम चिन्ता मत करो। कल मैं चाचा से बात करूँगी। इसका हल मुश्किल नहीं होगा। हम लाचार नहीं हैं। किराये के मकान में रहेंगे।''

''अब जाकर रमन अच्छे नम्बरों से पास होने लगा है। अगर स्कूल से आने-जाने

में सारा वक्त बरबाद करेगा तो पढ़ेगा कब ? जयन्त के पड़ोस से स्कूल बहुत दूर होगा।''

''बस, टी.वी. देखने के लिए उसे कम वक्त मिलेगा,'' उमा ने हल्के से कहा। उसका अपना मन उदास था। यह मकान छोड़ना न उसके लिए आसान होगा और न ही मम्मी के लिए। इसमें कोई सन्देह नहीं।

''तू सो जा उमा। कल तुझे दफ्तर जाना है।''

''क्यों, तुम्हें नहीं जाना ?''

''नहीं, कल ईद की छुट्टी है। सोच रही हूँ कि हलवा बनाकर यासमीन के यहाँ उन्हें मुबारक दे आऊँगी...।''

''मम्मी हलवा ले जाने की ज़रूरत नहीं। बस तुम उनके यहाँ शर्बत ज़रूर पी लेना और सेवैयाँ...''

शान्ति देवी ने सहमति में सिर हिलाया। उमा की आँखों के पीछे अचानक उमड़ते बादलों ने बरसने की धमकी दी। उसने मम्मी को कस के गले लगा लिया।

''सुनील आज ईद है।''

''हमारे यहाँ सत्यनारायण की कथा चल रही है। कहो चलोगी ?''

''नहीं, सुनील मैं यासमीन के यहाँ जाना चाहती हूँ...मम्मी के साथ।''

''तुम्हारी मम्मी ईद मनाएँगी ? मैं तो समझ बैठा था कि उन्हें हिन्दू परम्परा पर गर्व है। तुम्हीं ने मुझे यह गलतफहमी दी है...।''

''तुम्हें कोई गलतफहमी नहीं हुई।''

''तो फिर अल्पसंख्यक परम्परा का आदर करना...क्या यह ज़रूरी है ?''

''तुम कैसी बातें करते हो !''

''क्यों, मैंने कुछ गलत कह दिया क्या ?''

''सुनील, तुम्हारा इरादा है अमेरिका में बसने का। जीवन वहीं काटने का। तुम्हें इस बात की तसल्ली है कि वहाँ परदेस में, तुम अपने त्यौहार मना सकते हो। वहाँ अपनी फिल्में देख सकते हो। अगर अमेरिका की बहुसंख्यक परम्परा इस बात पर एतराज़ करे और तुम्हें बाध्य करे अपने रीति-रिवाज़ अपनाने के लिए तो तुम इसे सही प्रयास कहोगे ? तुम चर्च जाने लगोगे ?''

''तुम ज़रूर चर्च जाना !''

''तुम मुझे रोकोगे नहीं ?''

''क्यों यह फजूल और बेकार, बेबात चर्चा ले बैठी हो ! एक ज़रूरी बात बतानी है तुम्हें...।''

''कहो।''

''पंडितजी ने मेरा अमेरिका जाने का मुहूर्त यानी तारीख निकाली है।''

''कब का मुहूर्त है ?''

"बीस तारीख का। मैं जानता हूँ कि बीस तारीख को तुम्हें मध्य प्रदेश के समारोह की रिपोर्ट लिखने के लिए जाना है।"

"जाना तो उन्नीस को है क्योंकि बीस को समारोह है।"

"तुम अपने चाचा से कहो कि तुम्हारी जगह किसी और को भेज दें," उमा को स्तब्ध देखकर सुनील ने उसे समझाया, "जो तुम्हारा काम इस बार सँभालेगा, अगली बार तुम उसका काम सँभाल लेना। इसमें तो कोई बुराई नहीं ?"

"इसका एक और भी सुझाव है सुनील। पंडितजी से कहो कि बाईस तारीख के बाद का मुहूर्त निकालें।"

"वह कह रहे हैं कि बीस तारीख के बाद अगला शुभ दिन पचास दिनों के बाद आता है और मुझे पहली तारीख को नौकरी पर लगना ही है।"

उमा चुप रही। सुनील ने उसका हाथ अपने हाथों में लिया। उमा की नज़रें झुकी रहीं। वह सोच में पड़ी थी।

"एक बात कहूँ ?...तुम बुरा मत मानना...।"

"कहो।"

"तुम विज्ञान और तकनीकीकरण को अहम स्थान देते हो। तो फिर तुम्हारे लिए मुहूर्त निकालना और उसी के अनुसार पंडितजी के कहे के मुताबिक चलना इतना महत्त्व क्यों रखता है ? यह सब तो विज्ञान और तकनीकीकरण से दूर ही नहीं उसके विपरीत बह रहे हैं। मान लो कि बीस तारीख को हवाई जहाज़ का टिकट नहीं मिलता तुम्हें, तो क्या तुम बाईस तारीख का टिकट नहीं कटाओगे ?"

"और तुम क्या चाहती हो, कि मैं घर पर अपने परिवार और प्रियजनों के सम्मुख सिर उठाने के काबिल न रहूँ ?"

"अगर किसी वजह से तुम तारीख नहीं बदल सकते और मैं भी समारोह की तारीख नहीं बदल सकती तो मैं तुम्हें हवाई अड्डे पर छोड़ने नहीं जा सकूँगी। यह कड़वा घूँट हम दोनों को पीना पड़ेगा।"

"मगर क्यों ? अगर तुम जयन्त चाचा से बात न करना चाहो तो मैं...मैं उनसे अनुरोध करूँगा तुम्हारी जगह यह ज़िम्मेदारी किसी और को देने के लिए।"

"नहीं सुनील, तुम ऐसा नहीं करोगे क्योंकि यह ज़िम्मेदारी मैं निभाना चाहती हूँ," उमा ने धीरे से कहा।

बहुत देर तक दोनों चुपचाप बैठे रहे। अपने-अपने विचारों में डूबे रहे। उमा को लगा जैसे सदियाँ बीत गईं। उसके मन की आँखों के सामने समुद्र तह पर कैमरे से पकड़ी वह तस्वीर बहने लगी जिसमें मुक्त पक्षी ऊँची उड़ान भर रहा है।

●●●

प्राक्कथन

पूज्य गुरुदेव स्वामी चिन्मयानन्दजी की लिखी अंग्रेजी पुस्तक 'किंडिल लाइफ' के हिन्दी अनुवाद की बहुत माँग रही है और विशेष रूप से उन स्थानों पर जहाँ चिन्मय-मिशन की पद्धति से हिन्दी में स्वाध्याय केन्द्र चल रहे हैं। स्वाध्याय क्रम में सर्वप्रथम इसी पुस्तक का अध्ययन किया जाता है। चिर-प्रतीक्षित इस अनुवाद के प्रकाशन से लोगों की माँग पूर्ण हो रही है– यह हर्ष का विषय है।

किसी एक भाषा में लिखी हुई पुस्तक का अन्य भाषाओं में अनुवाद करना कठिन कार्य होता है और उसमें भी पूज्य स्वामी जी द्वारा अंग्रेजी भाषा में व्यक्त किए भाव और प्रभाव को अनुवाद में व्यक्त करना और भी अधिक कठिन कार्य है। जहां तक संभव है उसे व्यक्त करने का प्रयत्न इसमें किया गया है तथापि हो सकता है कि कहीं-कहीं अनुवाद शाब्दिक अथवा कठिन हो गया हो। इस प्रकार की कठिनाई अथवा त्रुटि यदि कहीं पाठक अनुभव करें तो हमें सूचित करने की कृपा करें जिससे अगले संस्करण के सम्पादन में सुविधा होगी।

– स्वामी तेजोमयानन्द

अनुक्रमणिका

स्वतंत्रता और स्वेच्छाचार

मनुष्य ने इस संसार को अपने रहने के लिए गौरवमय स्थल बना लिया है। प्रकृति की जो शक्तियाँ अभी तक मनुष्य के लिए अत्यधिक घातक और भयावह थीं, वे मनुष्य के नियंत्रण में आकर उसके लिए उपयोगी बन गयी हैं। जो भूमि बंजर पड़ी हुई थी उसमें अब प्रचुर मात्रा में अन्न उत्पादन होता है। मनुष्य आदिवासी और असभ्य दशा से ऊपर उठकर सभ्य और बुद्धिमान हो गए हैं। उन्हें इस समय जो सुख-सुविधायें प्राप्त हैं, वे लगभग स्वर्ग सदृश हैं। मनुष्य जरा भी संयम रखे बिना उनके सुखोपभोग में निमग्न है। फिर भी, धन और वैभव का पहाड़ जैसा ढेर पाकर मनुष्य भय, चिन्ता और असन्तोष का जीवन जी रहा है।

मानव जाति के कल्याण के लिए अपना जीवन समर्पित कर देने वाले आध्यात्मिक गुरुओं ने इस दुखद विरोधाभास का कारण खोजा और उन्होंने अपने सूक्ष्म निरीक्षण के फलस्वरूप यह खोज निकाला कि अनियमित रहकर विषयों का अत्यधिक भोग करने से मनुष्य का व्यक्तित्व विखंडित हो जाता है और उसके परिणामस्वरूप दुःख और कठिनाइयाँ झेलनी पड़ती हैं। उदाहरणार्थ, प्रारम्भ में मिठाई खाने में स्वादिष्ट लगती है, उसके दूसरे और तीसरे लड्डुओं में स्वाद कम लगने लगता है। अन्त में बारहवाँ लड्डू नितान्त स्वादहीन हो जाता है और स्वास्थ्य के लिए भी हानिकारक सिद्ध होता है। इसलिए हमारे प्राचीन शुभचिंतकों ने कुछ ऐसे मूलभूत सिद्धान्त बनाये थे जिनके अनुसार अपने ऊपर नियंत्रण और संयम रखने से हम वस्तु जगत् से सम्बन्ध रखते हुए भी अधिक स्थाई सुख पा सकते हैं।

किन्तु मनुष्य का सहज स्वरूप निर्बाध मुक्त होने के कारण वह अपने ऊपर किसी प्रकार का बंधन पसन्द नहीं करता। उसे यह सुनना प्रिय नहीं कि क्या करना चाहिए क्या नहीं। वह कोई भी आदेश या उपदेश सुनकर वैसे ही भड़कता है जैसे लाल कपड़ा देखकर बैल भड़के। इसलिए वह आत्म-नियन्त्रण रखने की कोई आध्यात्मिक साधना करना स्वीकार नहीं करता।

उसे यह समझ नहीं आती कि स्वतन्त्रता तो वस्तुतः बुद्धिमानी के साथ आत्म-नियन्त्रण और संयम पर ही अविलम्बित है। उदाहरण के लिए, सरकार ने हमारी सड़कों पर जो यातायात नियंत्रक प्रकाश की बत्तियाँ लगा रखी हैं, वे हमारी स्वतन्त्रता की बाधक हैं, किन्तु इस नियन्त्रण से ही हमें चलने की स्वतन्त्रता प्राप्त होती है और हम स्वेच्छाचारिता के गर्त में गिरने से बचते हैं।

स्वतन्त्रता और स्वेच्छाचारिता के इस अन्तर को न समझने के कारण ही आजकल का मनुष्य धर्म विमुख हो रहा है। धर्मशास्त्र के ग्रन्थों में हमें वैज्ञानिक विधि से आत्म-विश्लेषण करने की विधि ज्ञात होती है। उसके फलस्वरूप हमें स्वयं अपने ऊपर आत्म संयम रखने की आवश्यकता समझ में आ सकती है। उनका उपयोग बहुत कुछ वैसा ही है जैसा मशीन के साथ प्राप्त होने वाली नियमावली का है जिसके सहारे हम मशीन का उचित उपयोग कर सकते हैं। इसी प्रकार मानव मशीन जो प्रकृति में सबसे अधिक जटिल है, सुचारु रूप से चलाने के लिए कुछ धर्म-नियमों का जानना और उनके अनुसार इसे व्यवस्थित रखना आवश्यक है, जिससे यह संसार की वस्तुओं और व्यक्तियों के सम्पर्क में आने पर दक्षतापूर्वक कार्य कर सके। मनुष्य को यह स्वतन्त्रता है कि वह चाहे तो इन नियमों का अनुसरण कर अपने को व्यवस्थित रखे और अधिकाधिक सुख प्राप्त करे अथवा चाहे तो उनकी उपेक्षा कर अपने लिए दुःख और कठिनाइयाँ मोल ले ले। वह अपनी इच्छानुसार अपने को बना-बिगाड़ सकता है और तदनुसार सुखी-दुखी हो सकता है।

इस प्रकार शास्त्रों में उच्च जीवन जीने का विज्ञान विस्तार से बताया गया है। प्रौढ़ता आने पर हम देखते हैं कि उसमें आत्मोत्थान की जो विधि बताई गयी है वह पूर्णावस्था में हमें परम सत् का अनुभव करा देती है। हम एक सुगठित राष्ट्र का निर्माण करने में इस सुपरीक्षित और प्रमाणित विधि का प्रयोग क्यों न करें ?

सद्व्यवहार की कला

स्वेच्छाचारिता सच्ची स्वतन्त्रता नहीं है। इसका परिणाम विनाश ही होता है। जब स्वतन्त्रता प्रकृति के नियमों के अनुकूल होती है और दूसरों के अधिकार को भी स्वीकार करती है तो हम शान्ति और सम्पन्नता के उच्च स्तर पर उठ सकते हैं। हमारे देश का संविधान स्वतन्त्रता स्वीकार करता है और उसकी स्थापना भी करता है, किन्तु उसी के साथ उसने ऐसे बहुत से नियम भी बनाए हैं, जो हमें अपनी मनमानी करने से विरत करते हैं। इन्हीं नियमों के कारण हमारी स्वतन्त्रता सार्थक होती है।

इसी प्रकार धर्म ग्रन्थ जीवन के ऐसे नियम निर्धारित करते हैं जिनका ध्यान रखकर हमें वस्तु जगत् से अपना सम्पर्क स्थापित करना चाहिए। ऐसा करने से ही हमारा जीवन सामञ्जस्यपूर्ण हो सकेगा। इन नियमों को बुद्धिपूर्वक समझ कर और निष्ठा के साथ उन पर दृढ़ रहकर ही हम वस्तु जगत् से सद्व्यवहार कर सकते हैं और अपना जीवन स्वस्थ तथा सक्रिय बना सकते हैं। व्यावहारिक जीवन से विद्युत का दृष्टान्त लेकर हम इस बात को अच्छी तरह स्पष्ट कर सकते हैं। कोई व्यक्ति अपने घर में बिजली का प्रयोग जितने प्रकार से करना चाहे कर सकता है। तो भी विद्युत का ठीक प्रयोग करने के लिए और उससे लाभ उठा सकने के लिये उसे बिजली के नियमों का यथावत पालन करना होगा अन्यथा वही शक्ति निर्दयतापूर्वक उसका विनाश कर देगी।

सब लोगों की एक सामान्य शिकायत है कि यह संसार दुःख, दोष, अपूर्णता, अशान्ति और निराशामय है। इसके बीच शान्ति और सन्तोष के साथ रह पाना बहुत कठिन कार्य है। किन्तु निराश होने की आवश्यकता नहीं, क्योंकि हमें यह नियम ध्यान में रखना चाहिए कि खुरदुरे पत्थर पर ही रगड़कर मोथरे चाकू पर शान रखी जाती है। जो लोग शान रखना जानते हैं उन्हें पता है कि खुरदुरे पत्थर पर रगड़ने से ही किसी औजार में धार आती है। इसी प्रकार जब यह जान जाते हैं कि संसार से हमारा सही सम्पर्क कैसे होना चाहिए तो हम इसमें रहकर अपने व्यक्तित्व को शुद्ध और उन्नतिशील बना सकते हैं। अतः संसार के दोष कोई बड़ी

समस्या या बाधा नहीं हैं, किन्तु वास्तविक समस्या तो यह है कि मनुष्य में संसार की चुनौतियों का सामना करने की कुशलता ही नहीं है।

इस साधारण सत्य को न समझ पाने के कारण जीवन का सही दृष्टिकोण ओझल हो जाता है और सभी मनुष्य शिकायत करते हैं कि जमाना अच्छा नहीं है और संसार बड़ा खराब है। उदाहरण के लिए कल्पना करो एक गिलास दूध से आधा भरा है। इसे भिन्न-भिन्न लोग अपनी भावना और बुद्धि संरचना के अनुसार भिन्न प्रकार से देख सकते हैं। एक व्यक्ति उसका ऊपर का खाली भाग देखता है और शिकायत करता है कि वह पूरा भरा नहीं है। दूसरा व्यक्ति उसके नीचे का भाग देखता है और सन्तोषपूर्वक उसके पीने का सुख लेता है।

जब हम अधिकांश लोगों के दृष्टिकोण की परीक्षा करते हैं तो हम देखते हैं कि इस प्रकार अज्ञान के कारण शिकायत करने वालों की एक लम्बी शृंखला है। एक लंगड़ा आदमी अपनी पहियेदार कुर्सी पर बैठा हुआ जब सड़क पर जाते हुए दो पैर वाले स्वस्थ मनुष्य को देखता है तो उसे ईर्ष्या होती है किन्तु पैदल चलने वाला व्यक्ति जब अपने निकट से निकल कर भागते हुए स्कूटर पर बैठे मनुष्य को देखता है तो वह असंतोष की लम्बी सांस लेता है। स्कूटर सवार व्यक्ति भी कार वाले व्यक्ति से ईर्ष्या करता है और कार वाला भी आयकर के भारी बोझ से पीड़ित और दुखी रहता है। वस्तुतः मनुष्य के दुःख ऐसे ही हैं, किन्तु निराशा की कोई बात नहीं है क्योंकि इनका उपचार बिल्कुल स्पष्ट है।

हमें अपने अन्दर परमात्मा की कृपा के प्रति अनुग्रहीत होने का भाव उत्पन्न करना चाहिए। हमारे पास जो कुछ है उस पर ध्यान दें और स्मरण रखें कि ऐसे बहुत से लोग हैं जिनके पास इतना भी नहीं है और इसके लिए वे लालायित हैं। अप्राप्त वस्तुओं की तृष्णा का त्याग करने से हमारी बहुत सी मानसिक शक्ति नष्ट होने से बच जायेगी। उससे हमें आन्तरिक शान्ति मिलेगी और हम संसार में सही ढंग से कार्य करने की क्षमता अर्जित कर सकेंगे।

मनुष्य की विरासत

स्वतन्त्रता ही मनुष्य का सार तत्त्व है। जिस व्यक्ति ने शारीरिक सुख पाने के लिए स्वीकार की हुई सांसारिक वस्तुओं की दासता और पराधीनता त्याग कर अपने को अलग कर लिया है वही वस्तुतः स्वतंत्र है। अन्य लोग गर्मियों की आंधी में उड़ते हुए पत्ते की तरह इधर-उधर भटका करते हैं और संसार की समस्याओं में ग्रस्त रहते हैं।

संसार की विषय-वस्तुओं में सुख की मिथ्या चमक दिखाई देती है। हमारी बुद्धि को भ्रष्ट करने वाली शरीर की इस भूख पर विजय पाना मनुष्य के लिए ही सम्भव है और ऐसा कर वह महिमान्वित होता है। इस प्रकार पूर्णता प्राप्त कर मनुष्य जीवन-सागर में दीप-स्तम्भ की तरह गौरव के साथ अविचल खड़ा रहता है। उसके ऊपर भीषण लहरों की थपेड़ों का कुछ भी प्रभाव नहीं पड़ता है। स्वतन्त्र-जीवन की इस कला को न जानकर हम भौतिक परिवर्तनों के सागर में अनियंत्रित नौका की तरह इधर-उधर मारे मारे फिरते हैं। पूर्णता के शान्त और नीरव तट पर पहुँचने के लिए हमें वही उपाय करना पड़ेगा जो समुद्र के बीच भटकने वाले नाविक को करना पड़ता है।

अपने मूल रूप में स्वभाव से दिव्य होने के कारण हर व्यक्ति के हृदय में ऊपर उठने की प्रेरणा होती है किन्तु जीवन की चुनौतियों में उलझ कर हमारी यह समझ में नहीं आता कि अन्दर की ओर प्रविष्ट होने का सही रास्ता क्या है। शास्त्र दिक्सूचक यन्त्र की तरह सदा सही दिशा दिखाते हैं और जैसे नाविक दिक्सूचक के कार्य पर विश्वास रखकर आगे बढ़ता है वैसे ही हमें भी शास्त्रों पर विश्वास रखकर अपनी जीवन नौका को श्रद्धापूर्वक आगे बढ़ाना होगा, तभी हम शान्त और पूर्णता की स्थिति पा सकेंगे।

जब कोई व्यक्ति अपनी परिस्थितियों पर विजय पाकर उनसे अप्रभावित और अपने आप में शान्त हो जाता है तो प्रायः लोग उसे ऐसी जड़ मूर्ति मान लेते हैं जिसे फूलों की माला पहनाने या उसके सिर पर कौआ बैठ

जाने से कोई अन्तर नहीं पड़ता। ऐसे व्यक्ति की प्रायः यह आलोचना की जाती है कि वह संसार के कार्य-व्यापारों में न रुचि लेता है और न उनकी चिन्ता करता है। उसकी महिमा को न समझने के कारण हम अज्ञान से यह धारणा बना लेते हैं। यह कहना सही नहीं है कि पूर्णता प्राप्त मनुष्य में भावना नाम की कोई वस्तु नहीं होती है। उनमें निश्चय ही सभी कोमल भावनायें होती हैं किन्तु वह उससे पराभूत नहीं होता। किसी दूसरे व्यक्ति से सहानुभूति रखना एक सद्गुण है किन्तु भावुकता में पड़ जाने से मनुष्य का जीवन असंतुलित और अशांत हो जाता है। वह व्यक्ति भौतिक या आध्यात्मिक प्रगति नहीं कर पाता। भावना मनुष्य का भूषण है किन्तु भावुकता उसके व्यक्तित्व को विकृत कर देती है।

इस महान भारत भूमि के प्राचीन ऋषि इतने विशाल व्यक्तित्व वाले थे कि जीवन के भयंकर तूफानों में भी हिमालय की तरह अडिग खड़े रह सकते थे। उनका करुणाद्र हृदय पीड़ित मानवता के लिए सर्वस्व दान करने को तैयार था किन्तु उनका सिर बादलों से भी ऊपर उच्च आदर्शों में शान्तिपूर्वक स्थिर था।

मनुष्य जीवन के असामायिक तूफानों से विचलित हो जाता है किन्तु उससे बचने का उपाय स्वयं उसके पास है। वह जीवन का कोई आदर्श निर्धारित करे और उसे प्राप्त करने के लिए अपने व्यक्तित्व को तुच्छ भावनाओं के स्तर से ऊपर उठाने का प्रयास करे। जीवन की सफलता का रहस्य यही है कि अपने हृदय के तूफानों से अपनी बुद्धि को सदा ऊपर रखें। कोई सफल मनुष्य अपनी विवेक बुद्धि को भावनाओं के ज्वार से कभी विक्षुब्ध नहीं होने देता।

हमें किसी निश्चित आदर्श के लिए अपना जीवन समर्पित करना चाहिए और अपनी मान्यता के अनुसार पूरे साहस और उत्साह के साथ रहने का प्रयास करना चाहिए। आदर्श के प्रति समर्पित होकर अपनी मान्यता के अनुसार रहने से हमारी बौद्धिक ईमानदारी बढ़ती है और जीवन में एक लय उत्पन्न होती है। व्यक्तिगत जीवन की सफलता और सुन्दरता से ही राष्ट्र का गौरव और प्रभाव बढ़ता है।

जीवन का आनन्द

मनुष्य जन्म से मृत्यु तक अपनी जीवन-यात्रा में निरन्तर दो प्रकार की प्रवृत्तियों से प्रेरित रहता है एक तो दुःख से द्वेष और दूसरे सुख से राग। वह अरुचिकर वस्तुओं और प्रतिकूल वातावरण से दूर भागता है तथा रुचिकर और अनुकूल की ओर आकर्षित होता है। वस्तुयें और परिस्थितियाँ संसार में सदा बदलती रहती हैं, इसलिए मनुष्य सुख की अनन्त खोज में सदा व्यस्त रहता है। उसे प्राप्त करने में सभी लोग भिन्न-भिन्न उपायों का प्रयोग करते हैं किन्तु लक्ष्य सबका एक ही है। अतः सुख का वास्तविक स्रोत खोज निकालना एक रुचिकर विषय होगा।

आज हमारा दृढ़ विश्वास है कि इन्द्रियों से हमें जो सुख मिलता है वह इन्द्रिय विषयों में विद्यमान है। इसी विश्वास को लेकर हम सब अधिक से अधिक धन अर्जित करने, इकट्ठा करने और उसका ढेर बढ़ाने में निरन्तर लगे रहते हैं। किन्तु थोड़ा सा विचार करने से स्पष्ट हो जाता है कि धन के अर्जन करने और संग्रह से सुख की मात्रा नहीं नापी जा सकती। हम जीवन के उन दो विरोधी दृश्यों से भली भांति परिचित हैं जहाँ एक ओर एक करोड़पति अपने शाही कक्ष में बैठा रो रहा है और दूसरी ओर एक जीर्ण वस्त्रधारी किसान अपनी गरीबी में ही मस्त गा रहा है।

इसके अतिरिक्त, यदि सुख इन्द्रिय-विषयों में ही निहित हैं तो हर व्यक्ति को वे विषय पाकर समान मात्रा में सुख मिलना चाहिए। स्पष्ट रूप में, यह बात सत्य से बहुत दूर है। उदाहरणार्थ एक सिगरेट से किसी व्यक्ति को सुख और सन्तोष मिलता है किन्तु दूसरा व्यक्ति उससे चिढ़कर पागल हो उठता है। एक ही वस्तु से एक व्यक्ति को सन्तोष और दूसरे को चिढ़ क्यों होती है? यहीं यह मूलभूत प्रश्न उठता है कि वस्तुतः सुख क्या है?

सावधानी से विश्लेषण करने पर ज्ञात होता है कि मनुष्य का सुख पूर्णरूपेण उसकी व्यक्तिगत वस्तु है। उसकी मानसिक स्थिति और उसके

द्वारा अनुभव सुख या दुःख का स्पष्ट सम्बन्ध दिखाई देता है। मन क्षुब्ध होने पर दुःख का अनुभव होता है और उसके शान्त होने पर सुख का। अतः सुख को किसी व्यक्ति की मानसिक शान्ति से ही नापा जा सकता है।

मनुष्य प्रकृति की सर्वोत्कृष्ट रचना होने के कारण अपने निकट की वस्तुओं पर आश्रित हुए बिना अपने मन को शान्त रखने की क्षमता रखता है। किन्तु इस समय उसकी यह शक्ति प्रसुप्तावस्था में है। उस शक्ति से अपरिचित रहकर वह संसार की उन वस्तुओं के संग्रह से सुख पाना चाहता है जिनमें सुख की झूठी चमक दिखाई देती है। उनसे सतत सुख और शाश्वत सन्तोष कभी नहीं मिल सकता।

हमारे धार्मिक ग्रन्थ मनुष्य की इस प्रसुप्त क्षमता को जगाने और बढ़ाने में सहायता करते हैं। उसे इन्द्रिय विषयों के पीछे दौड़कर क्षणिक सुख की याचना करना आवश्यक नहीं है। उसे वह नित्य और पूर्ण सुख प्राप्त हो सकता है जो अनुकूल वस्तुओं और परिस्थितियों पर बिल्कुल आश्रित नहीं है। ऐसा व्यक्ति उस प्रकाश स्तम्भ की तरह है जहाँ से पूर्णता का प्रकाश निकल कर उन लोगों का पथ-प्रदर्शन किया करता है जो अब भी जीवन के अशान्त सागर में उछल-डूब रहे हैं।

दो मार्ग

यदि कोई व्यक्ति समग्रता और स्फूर्ति के साथ जीवन बिताने की तीव्र इच्छा से अपने आन्तरिक व्यक्तित्व को स्वस्थ नहीं बनाता है, तो वह केवल भौतिक सम्पन्नता से अपने को सुखी नहीं बना सकता। वह शास्त्रों में निरूपित आत्म-संयम और अनुशासन का बुद्धिपूर्वक पालन कर ही ऐसी मनःस्थिति पा सकता है।

आजकल के लोग आत्म-संयम और अनुशासन को अपनी स्वाभाविक स्वतंत्रता पर अंकुश मानकर उनका विरोध करते हैं। अतः वे किसी भी आध्यात्मिक साधना के विचार से दूर भागते हैं। ऐसी भावना उन लोगों में उठना स्वाभाविक है जिन्हें धमदिशों के पालन करने की शिक्षा का कभी सुयोग ही नहीं मिला। स्वस्थ जीवन यापन के लिए व्यावहारिक नियमों के रूप में उन्होंने धर्म को विचारपूर्वक समझने का कभी प्रयत्न ही नहीं किया। बिना समझे-बूझे इन्द्रिय सुखों का हठपूर्वक त्याग कर देने से मानसिक दमन होता है, जिसके परिणामस्वरूप कुण्ठा और उन्माद की उत्पत्ति होती है। धर्म के प्रति लोगों की एक सामान्य अनास्था की भावना इसीलिए है।

इस प्रकार की किसी भ्रान्ति के कारण धार्मिक नियमों की अवहेलना करना वैसा ही है जैसे किसी कुत्ते को पागल कहकर मार डालना। धर्म तो वस्तुतः मनुष्य के व्यक्तित्व को विकसित करता है और उसे अपेक्षाकृत अधिक सुन्दर और सुखद जीवन बिताने में सहायक होता है। मनुष्य के आन्तरिक व्यक्तित्व को नियंत्रित करने वाले नियमों का बुद्धिपूर्वक समुचित ज्ञान उच्च आदर्शों की प्रेरणा देता है और जीवन के प्रति एक व्यापक दृष्टिकोण निर्मित करता है। मनुष्य अपने आन्तरिक विकास में जैसे-जैसे प्रगति करता है, उसकी हीन प्रवृत्तियाँ वैसे ही वैसे स्वतः नष्ट हो जाती हैं। उच्च मूल्यों को समझने के साथ निम्न मूल्यों का जो क्रमशः तिरस्कार होता जाता है उसे (दमन के विपरीत) परिष्करण कहते हैं और शास्त्रों का यही वास्तविक प्रयोजन है। भले-बुरे का कुछ भी ज्ञान न होने पर और धार्मिक सिद्धान्तों का पथ-प्रदर्शन न मिलने पर लोग जीवन में कुकृत्यों की ओर खिंचते जैसे चले जाते हैं। आश्चर्य की बात है कि लोग यह जानते हुए भी ऐसा मार्ग पकड़ बैठते हैं जो अन्त में उनके लिए घातक

सिद्ध होता है। प्राचीन ऋषियों ने इस प्रश्न पर गहन विचार किया और एक बहुत ही सुस्पष्ट निर्णय पर पहुँचे।

जीवन में हर व्यक्ति के सामने स्पष्ट रूप से दो भिन्न मार्ग हैं– एक प्रेय का और दूसरा श्रेय का। मनुष्य अपने जीवन के हर क्षण इन दो मार्गों में से किसी एक का चयन करने के लिए बाध्य है। प्रेय मार्ग जैसा कि इसके नाम से ही प्रतीत होता है, मनुष्य को प्रेमाकर्षण में बांध कर अपनी ओर खींचता है। श्रेय का मार्ग धार्मिक नियमों और आदेशों पर आधारित होने के कारण मानव-मन को रुचिकर नहीं लगता।

प्रेय मार्ग मनुष्य को तात्कालिक सुख और आत्म-तृप्ति अवश्य प्रदान करता है किन्तु अन्त में उससे निराशा और दुख के थपेड़ों में वृद्धि ही होती है।

इनके विपरीत, श्रेय मार्ग मनुष्य को प्रारम्भ में भले ही रुचिकर न लगे किन्तु कुछ समय बाद इस मार्ग पर अधिक सुख का अनुभव होता है और मन में पूर्णता का भाव आता है।

धर्म उस दयालु सिपाही की तरह है जो मनुष्य मात्र को श्रेय का मार्ग दिखाता है किन्तु चंचल मन तात्कालिक सुख की झलक के लोभ में दूसरे मार्ग पर भागता है। इस प्रकार मनुष्य धर्म-ग्रन्थों द्वारा उपलब्ध होने वाले महान और गहन सुख की प्राप्ति का सु-अवसर खो देता है। दृढ़-संकल्प और विवेक-सम्पन्न सभी लोग सही मार्ग का अनुसरण करते हैं और शेष मानवता को भी शाश्वत सुख और शान्ति की ओर ले जाते हैं।

व्यक्तित्व का सामंजस्य

जीवन को सतत अनुभवों का एक क्रम कहा जा सकता है। जैसे एक ईट दीवाल की एक इकाई है वैसे ही अनुभव भी जीवन की एक इकाई है। दीवाल की मजबूती या कमजोरी उसके निर्माण में प्रयोग की गई ईटों की गुणवत्ता और बनावट पर आश्रित होती है। इसी प्रकार, अनुभवरूप जीवन की इकाइयां इस बात का निर्णय करती हैं कि कोई व्यक्ति किस प्रकार का जीवन यापन करता है। यदि उसके अनुभव सुखद हैं तो उसका जीवन सुखमय होगा और यदि वे दुखद हैं तो उसका जीवन भी दुखमय होगा।

अतः जीवन की समस्या का समाधान यही है कि हम अपने अनुभवों को सही दिशा प्रदान करें। इस देश के धर्म गुरुओं ने इस निर्णय पर आकर अनुभव की संरचना का भली भांति विश्लेषण किया और देखा कि प्रत्येक अनुभव के तीन आवश्यक अंग हैं– अनुभवकर्ता, अनुभव की वस्तु और दोनों में सम्बन्ध स्थापित करने वाली अनुभव की प्रक्रिया। इन आत्मगत वैज्ञानिकों की खोज का क्षेत्र उस अनुभवकर्ता तक ही सीमित था जो संसार की विभिन्न वस्तुओं के सम्पर्क में आता है और उनसे अपने अनुभव ग्रहण करता है।

और अधिक विश्लेषण तथा वैज्ञानिक प्रयोगों के बाद उन्होंने यह खोज निकाला कि अनुभवकर्ता चार विभिन्न व्यक्तित्वों की एक संघटित संरचना है। ये चारों व्यक्तित्व क्रमशः शारीरिक, मानसिक, बौद्धिक और आध्यात्मिक हैं। ये सब इतने सूक्ष्म हैं कि ऊपर से देखने वाला व्यक्ति किसी एक क्रिया में इन सबके भेद को पहचान नहीं सकता।

जब कोई अनुभवकर्ता किसी वस्तु के सम्पर्क में आता है, तो उसके व्यक्तित्व के चारों स्तर पर कार्य करने वाले चार भिन्न उपकरण सक्रिय होते हैं। इन चारों स्तरों की संरचना भिन्न प्रकार की है और उन सबके अपने मूल्य और अपनी आवश्यकतायें हैं। किसी वस्तु के द्वारा कोई परिस्थिति उत्पन्न होने पर उसका अनुभव प्राप्त करने के लिए चारों व्यक्तित्व उठ खड़े होते हैं।

उदाहरणार्थ, विचार कीजिए कि किसी व्यक्ति को अनादर के साथ कुछ मिठाई दी जाती है। मनुष्य का शरीर उसे खाने के लिए दौड़ पड़ता है और उसके मुँह में पानी आ जाता है। इस बात पर बिना कोई ध्यान दिए कि शरीर को मिठाई का स्वाद लेने की बड़ी इच्छा है, मनुष्य का भावात्मक व्यक्तित्व रुष्ट हो जाता है क्योंकि उसे मिठाई आदर के साथ नहीं दी गई। इसके अतिरिक्त, उसका बौद्धिक व्यक्तित्व सारी स्थिति का स्वतंत्रतापूर्वक मूल्यांकन करके इस निर्णय पर पहुँचता है कि मधुमेह का रोग होने के कारण मिठाई उसके स्वास्थ्य के लिए घातक सिद्ध होगी। अन्त में आध्यात्मिक व्यक्तित्व उसे अनियमित रूप से खाने को मना कर देता है और संयम रखने की प्रेरणा देता है। वह बिना विचारे विषय सुखों में अधिक लिप्त होने की स्वीकृति नहीं देता।

व्यक्तित्व के चारों स्तर किसी कीट के मुख पर उगे उन बालों की तरह हैं जिनसे वह अपने पर्यावरण की वस्तुओं और परिस्थितियों का अनुभव ग्रहण करता है। किसी व्यक्ति के सभी पक्ष जीवन-मूल्यों का पृथक् मूल्य स्वीकार करते हुए जब वस्तुओं या स्थितियों के सम्पर्क में आते हैं तो किन्हीं एक या दो पक्षों की तुष्टि प्राप्त हो सकती हैं किन्तु अन्य पक्षों में उससे असंतोष की भावना उत्पन्न होती है। परिणामतः, उसके व्यक्तित्व में संघर्ष उत्पन्न होता है और प्रत्येक अनुभव शृंखला से ऐसा घर्षण उत्पन्न होकर व्यक्ति के लिए तनाव का कारण बनता है। आन्तरिक जीवन का यही तनाव आज विश्व में एक सर्वव्यापी रोग है।

इन परिस्थितियों में और व्यक्तित्वों के आन्तरिक संघर्ष में, मनुष्य जो भी शांति और मंगल की कामना करता है, सुख चाहता है और आनन्द प्राप्त करने की महत्वाकांक्षा रखता है वह सब व्यर्थ जाती है। ऐसे लोग हीन भावना, निराशा और अवसाद के शिकार होते हैं। इसी को सामान्यतः संसार कहते हैं।

धर्म-धुरंधर लोगों ने ऐसी विधियाँ खोज निकाली हैं जिनके द्वारा मनुष्य अपने ऊपर चारों व्यक्तित्वों को एक में संग्रहीत करके अपने जीवन के विभिन्न अनुभवों में एक समरसता और तारतम्य निर्मित कर सकता है। धर्म-ग्रन्थों में ऐसे व्यावहारिक उपाय और ऐसी साधना विधियाँ बताई गई हैं जिनका निष्ठापूर्वक अनुसरण करने से व्यक्तित्व के चारों स्तरों पर अपेक्षित

सहयोग और संगठन हो जाता है। इस कार्य में मनुष्य को जितनी सफलता मिलती है वह जीवन में समस्याओं की दासता से उतना ही मुक्त हो जाता है।

इसमें संदेह नहीं कि शास्त्रों में अधिक स्वस्थ और विवेकपूर्ण जीवन जीने का मार्ग बताया गया है, किन्तु हम दृढ़ निश्चय और सतत प्रयास के द्वारा ही उसका अनुसरण कर सकते हैं।

व्यक्तित्व का पुनर्गठन

जीवन के प्रत्येक अनुभव में मनुष्य अपने व्यक्तित्व के चारों पक्षों के द्वारा संसार के सम्पर्क में आता है। वे चारों पक्ष शरीर, मन, बुद्धि और चेतना हैं। चेतना ही उसमें जीवन की स्फुलिंग है। मन-बुद्धि का उपकरण ही वास्तविक अनुभवकर्ता है, जो वस्तुओं के सम्पर्क में आकर सुख-दुःख का अनुभव करता है। इस उपकरण के भली भांति व्यवस्थित होने पर मनुष्य अपने जीवन में समरसता और तारतम्य का अनुभव करता है, किन्तु उसके उपेक्षित और विशृंखलित होने पर खींचा-तानी और बेसुरापन उत्पन्न होता है।

भौतिक शरीर मानव व्यक्तित्व का सबसे स्थूल पक्ष है। इसमें पांच ज्ञानेन्द्रियाँ और पांच कर्मेन्द्रियाँ होती हैं। शरीर का रूप और आकार हर व्यक्ति में अलग-अलग होता है किन्तु जिन तत्त्वों से वह बना है, वे तथा उसकी सब इन्द्रियों के कार्य एक समान होते हैं। इसके अतिरिक्त, उसका सबसे सूक्ष्म पक्ष, जिसे चेतना कहते हैं और जो मनुष्य के समग्र व्यक्तित्व का मूल है, सब में एक ही है।

धार्मिक चिन्तकों ने बड़ी सावधानीपूर्वक वैज्ञानिक खोज करने के बाद देखा है कि ये दो पक्ष – शरीर और चेतना – मनुष्य मात्र में एक समान हैं। केवल मन-बुद्धि के उपकरण ही मनुष्यों में भिन्न-भिन्न प्रकार के मिलते हैं। यह तथ्य तर्कीय विश्लेषण और निगमन द्वारा सिद्ध हो चुका है। अतः अनुभवों की अनेकरूपता का कारण मन-बुद्धि की गुणवत्ता का भेद ही बताया दिया जाता है।

मन भावना और अनुभूतियों का आधार है। बुद्धि में विवेक और निर्णय की क्षमता होती है। इसके द्वारा मनुष्य भले-बुरे, सही-गलत और सत्-असत् का भेद समझता है। उदाहरणार्थ, जब कोई मनुष्य भावना के उद्वेग से पराभूत हो जाता है तो उसकी विवेक शक्ति कुंठित हो जाती है और जब विवेक की तीव्रता होती है, तब भावकुता और अनुभूति के लिए कोई अवसर नहीं रह जाता।

इसी उपकरण को हम अपने नित्य प्रति के अनुभवों में काम लाते हैं। वस्तुतः, जब हम किसी से मिलते और व्यवहार करते हैं तो हमारे मन-बुद्धि का उपकरण दूसरों के मन-बुद्धि के उपकरण के सम्पर्क में आता है। और, जब दो में से किसी एक के मन और बुद्धि की गुणवत्ता में कोई परिवर्तन आता है तो फिर वे एक दूसरे से मिलने में कोई रुचि नहीं रखते हैं। अतः, हम में वास्तविक अनुभवकर्ता हमारे अन्दर अपना मन-बुद्धि का उपकरण है और शरीर तो उसका एक बाह्य आवरण मात्र है। उदाहरणार्थ, विचार करिये कि एक व्यक्ति अपने मित्र के घर जाता है। वह केवल घर में रहने वाले व्यक्ति के पास जाता है और यदि वह घर में नहीं मिलता है तो वहाँ जाने वाले वाले व्यक्ति को कोई रुचि नहीं रह जाती। इसी प्रकार, हमारे शरीर केवल ऐसे भवन हैं जिनमें सूक्ष्म व्यक्तित्व निवास करते हैं और उसी सूक्ष्म स्तर पर हमारे सम्पर्क और अनुभवों का आदान-प्रदान होता है।

आज संसार में मानव व्यक्तित्व का यह महत्वपूर्ण पक्ष उपेक्षित पड़ा सड़ रहा है। इसमें मनुष्य का कोई दोष नहीं, क्योंकि वह अपने आन्तरिक व्यक्तित्व से अपरिचित है। धर्म मनुष्य को उसकी आन्तरिक प्रकृति का दर्शन करा देता है और साथ ही वह मार्ग तथा वह साधन भी उपलब्ध कर देता है जिससे वह अपने भावों को परमार्जित और विचारों को उदात्त बना सके। परिणामस्वरूप वह अधिक उच्च और आनन्दमय जीवन व्यतीत कर सकता है।

मनुष्य का मन और बुद्धि अंडे की सफेदी की तरह श्रुति माता की उष्णता में बहुत सावधानी के साथ सेई-पाली जानी चाहिए ताकि वे विकसित होकर उसे अधिक स्वतंत्र और व्यापक अस्तित्व की ओर ले जा सकें। किन्तु जब उनकी उपेक्षा होती है तो मनुष्य का व्यक्तित्व कुंठित हो जाता है और स्वयं उसके लिए गड़बड़ी पैदा करने लगता है। अतः हमारे लिए यह आवश्यक है कि हम श्रुतियों द्वारा निर्दिष्ट दिशा में समुचित प्रयत्न करें जिससे हमारा आन्तरिक उत्थान हो और हम प्रगतिशील स्वस्थ समाज के निर्माण में सहायता कर सकें।

मन और मनुष्य

मानव व्यक्तित्व का निर्धारण और मूल्यांकन उसके मन और बुद्धि की गुणवत्ता तथा संरचना पर निर्भर करता है। धर्म मन का परिमार्जन और बुद्धि का प्रशिक्षण कर मनुष्य के व्यक्तित्व में क्रांतिकारी परिवर्तन लाने में सहायक होता है। इस परिवर्तन के द्वारा मनुष्य अपनी मानसिक स्थिति को उदात्त बनाकर और सूक्ष्म विवेक को विकसित कर बाह्य संसार की परिवर्तनशील वस्तुओं और घटनाओं से अधिक सुखद और समरसतापूर्ण सम्बन्ध बनाने में सफल हो सकता है।

मनुष्य का व्यक्तित्व उसकी मानसिक और बौद्धिक संरचना पर आश्रित होने के कारण धर्म व्यक्तित्व के निर्माण के लिए जो भी योजना बनाता है उसमें मनुष्य के इस सूक्ष्म उपकरण को विकसित और परिमार्जित करने का मुख्य काम होता है। अतः हमें अपना पुनर्निर्माण करने के पूर्व मनुष्य के अन्तःकरण की स्थिति, प्रकृति और कार्य भली भाँति समझ लेने चाहिए।

मन भावनाओं और प्रवृत्तियों का अधिष्ठान है और वह समस्त जीवधारियों में समान रूप से विद्यमान है। पशुओं में भी मन होता है। जब वे संसार के सम्पर्क में आते हैं, तो उनमें भावनाओं और अनुभूतियों का उदय होता है और उनके कार्यों से इनकी निर्वाध अभिव्यक्ति होती है। अतः जैसे ही आप कुत्ते की पूंछ खींचते हैं उसमें क्रोध की भावना उत्पन्न होती है और वह भूँक कर उसे व्यक्त करता है। आप के कार्य के पीछे क्या भावना या विचार है– यह समझने की क्षमता कुत्ते में नहीं होती। उसके मन में जो प्रवृत्ति उत्पन्न होती है उसी से वह कार्य करता है।

सृष्टि की सर्वोत्कृष्ट रचना होने के कारण केवल मनुष्य ही अपने मन में उठने वाली भावनाओं का विश्लेषण और निरीक्षण कर सकता है और उन क्षणिक प्रवृत्तियों और भावनाओं के साथ बह जाने की अपेक्षा अपने विवेक के बल से कार्य करने की क्षमता रखता है। क्या शुभ है, क्या अशुभ, क्या करना चाहिए, क्या नहीं– इसको समझने की क्षमता, निर्णय करने की शक्ति, विवेक का प्रयोग, बुद्धि का ही कार्य है। ज्ञान के इस

उपकरण को स्वच्छ करने से ही मनुष्य को गौरव मिलता है और वह सभ्य बनता है। यदि इस विचित्र उपकरण को उपेक्षित छोड़ दिया जाय तो मनुष्य पतित होकर पशु की श्रेणी में पहुँच जाता है और तदनुकूल परिणाम भोगता है।

आधुनिक सभ्य समाज में हमारे नित्य प्रति के अनुभवों में हमारे अधिकांश कर्म हमारे मनःक्षेत्र से ही उद्भूत होते हैं। अतः हम विवेक द्वारा निर्दिष्ट सही मार्ग पर चलने की अपेक्षा भावनाओं के प्रवाह में पथभ्रष्ट हो जाते हैं। हमारा जो कुछ करने का मन होता है, वही हम कर बैठते हैं। बुद्धि अधिकतर मन से परित्यक्त रहती है। अतः हमारे कार्यों में विचारपूर्वक किया गया चयन अथवा विवेक का पुट नहीं होता है। हमारी भावनाओं की तरंगों पर आश्रित रहने वाले ऐसे कर्म हमारे हित या सम्पन्नता के लिए घातक सिद्ध होते हैं। धर्म हमारी बुद्धि को सतर्क रखता है और इसके विवेक विचार को हमारे जीवन के प्रत्येक क्षण में उचित कार्य करने के लिए प्रेरित करता है। विवेक द्वारा निर्दिष्ट कर्म उदात्त और उत्पादक होते हैं तथा उनसे समाज में शान्ति और सुख का अनुभव होता है।

मन किसी कार्यालय में पत्र लेने वाले लिपिक जैसा होता है। यद्यपि वह डाक लेता है किन्तु उस पर कार्यवाही नहीं कर सकता। वह उन्हें कार्यालय-अधीक्षक के पास आदेश के लिए प्रस्तुत कर देता है। किन्तु यदि वह लिपिक अधिकारी का आदेश लिए बिना स्वयं उन पत्रों को निपटाने लगे तो उस संस्था में गड़बड़ी उत्पन्न हो जाना निश्चित है। संक्षिप्ततः, आधुनिक युग में मानव तंत्र की यही दुखद स्थिति है। हमारा मन बाह्य संसार से उत्प्रेरणा प्राप्त करता है और हम बुद्धि का आदेश या राय लिए बिना सीधे प्रतिक्रिया कर बैठते हैं। हमारे शरीर के आन्तरिक देश में हमारी बुद्धि ही कार्यालय-अधीक्षक है उसकी उपेक्षा के परिणामस्वरूप अन्दर गड़बड़ी उत्पन्न होती है और जीवन में असंतोष और अतृप्ति बनी रहती है।

मन विचारों का प्रवाह है जैसे नदी जल का प्रवाह होती है। नदी के तट उसके प्रवाह की दिशा निर्दिष्ट करते हैं। जहाँ तट सुदृढ़ नहीं होता पानी इधर-उधर बह चलता है। इसी प्रकार, जब मनुष्य की बुद्धि दृढ़ निश्चयी नहीं होती तो मन जैसा चाहता है करता है और मनुष्य पर्यावरण

तथा परिस्थितियों के परिवर्तन के साथ इधर-उधर मारा फिरता है। बुद्धि को दृढ़ निश्चयी रखने का और ऐसी बुद्धि के उपदेशों का निरंतर पालन करने का प्रशिक्षण धर्म से ही प्राप्त होता है।

सभी महापुरुषों की सफलता का रहस्य यही है कि वे अपने सभी कार्य विचारपूर्वक करते हैं, भावनाओं से उत्तेजित होकर विपथगामी नही होते। धर्म मनुष्य को इस क्षमता के विकसित करने की कला बताता है और फिर इस बात को मनुष्य पर ही छोड़ देता है कि वह अपने को बनावे या बिगाड़ ले।

पूर्णता का मार्ग

मन-बुद्धि ही मानव व्यक्तित्व का सार है। भौतिक शरीर उसके द्वारा धारण किया हुआ वस्त्र मात्र है। हमारे मन-बुद्धि की गुणवत्ता और संरचना क्रमागत, जन्मजात, अन्तर्निहित और स्वाभाविक प्रवृत्तियों पर निर्भर होती है, जिन्हें हम वासना कहते हैं। दर्शन और धर्म मनुष्य की वासनाओं को ढालने और नया रूप देने में शिल्पकार का काम करते हैं और इसके परिणामस्वरूप उसके व्यक्तित्व का पुनर्निर्माण होता है।

मनुष्य के शरीर-भवन में पांच ज्ञानेन्द्रियरूपी खिड़कियाँ हैं जिनसे होकर बाह्य संसार की वस्तुओं से आने वाले उत्प्रेरक हम तक पहुँचते हैं। नेत्र रूप और रंग ग्रहण करते हैं, कान ध्वनि सुनते हैं और नासिका घ्राण, आदि। इन उत्प्रेरकों के प्रति मन-बुद्धि प्रतिक्रिया करते हैं और कर्मों के रूप में उनका उत्तर देते हैं। कर्म भौतिक शरीर में स्थित पांच कर्मेन्द्रियों द्वारा होते हैं। उत्प्रेरकों का ग्रहण और मानव शरीर से व्यक्त होने वाली तदनुकूल प्रतिक्रियाओं का सतत् आदान-प्रदान ही 'जीवन-व्यापार' है। यह यातायात जब और जहाँ ठप हुआ, जीवन समाप्त हो जाता है।

धर्म एक मित्र-जैसा सिपाही है जो पूर्णतः सुखद और सफल जीवन प्राप्त करने के लिए मनुष्य के जीवन की गाड़ी को मार्ग-निर्देश करता है। बाह्य संसार की वस्तुयें प्रकृति-परिवर्तन के साथ निरन्तर बदलती रहती हैं। सभी जीवधारी वातावरण और परिस्थितियों में होने वाले इन परिवर्तनों से प्रभावित होकर उनके शिकार बनते हैं। किन्तु केवल मनुष्य को ही ऐसी अद्वितीय क्षमता है जिससे वह विपरीत उत्प्रेरकों का शमन कर अपने से ऐसी प्रतिक्रिया व्यक्त कर सकता है जिससे समरसता और मधुरता स्थापित हो सके। यह लक्ष्य मन-बुद्धि के विचित्र उपकरण द्वारा ही प्राप्त होता है। संसार से स्वस्थ सम्बन्ध बनाये रखने और जीवन में आने वाले संकटों के चंगुल में न फंसने के लिए मन-बुद्धि को स्वस्थ और सशक्त रखना अत्यावश्यक है। इसका तात्पर्य यह है कि हमारी भावनायें पवित्र और हमारी विवेक बुद्धि सूक्ष्म और स्वच्छ होनी चाहिए।

हम अपने जीवन के अनुभव में देखते हैं कि हम जो कुछ हैं वह अपने अन्दर के मानसिक और बौद्धिक उपकरण की क्षमता के ही कारण

हैं। यदि हम प्रेम, करुणा और दया की भावना से परिपूर्ण हैं तो हम स्वभावतः प्रेम और दया करेंगे और यदि हमारी विवेक बुद्धि सूक्ष्म और सतेज है तो हम निश्चय ही बुद्धिमान होंगे। पर्यावरण और परिस्थितियाँ प्रतिकूल और विक्षेपकारिणी हो सकती हैं, किन्तु जब तक हमारा अन्तःकरण स्वस्थ और सशक्त है तब तक वे कोई भी हमारी शांति को भंग नहीं कर सक़ते और हमारे सन्तुलन को नष्ट नहीं कर सकते। ऐसा व्यक्ति प्रकाश-स्तम्भ की तरह सीधा अविचल खड़ा रहता है और उसके आस-पास उठने गिरने वाली उत्ताल तरंगे उसका कुछ भी नहीं बिगाड़ सकतीं। किन्तु जब सूक्ष्म यन्त्र की उपेक्षा की जाती है और इसका दुरुपयोग होता है तो व्यक्ति जीवन-सागर में परित्यक्त नौका की तरह संकटों की भीषण तरंगों में इधर-उधर मारा फिरता है।

व्यक्ति के मन-बुद्धि का स्वरूप और उसकी संरचना उसकी निजी वासनाओं पर निर्भर होती है और वासनायें ही मूल रूप में किसी व्यक्ति से उत्पन्न होने वाली प्रतिक्रियाओं का स्वरूप निर्धारित करती हैं। अतः जब हमारी वासनायें या प्रवृत्तियाँ उन्नत होती हैं तो हमारे विचार और कार्य भी उच्चकोटि के और उत्पादक होते हैं, किन्तु जब वे हीन और निष्क्रिय होती हैं तो हमारे विचार और कर्म निर्जीव और अनुत्पादक होते हैं। मनुष्य के समस्त व्यक्तित्व-निर्माण पर उसकी प्रगति, शान्ति और सम्पन्नता आश्रित रहती है और उसका व्यक्तित्व उसकी अन्तर्निहित प्रवृत्तियों के समुचित विकास पर निर्भर होता है। धर्म हमारी प्रकृति को दर्पण में दिखाकर और वस्तुओं की यथार्थता स्पष्ट कर हमारा ऐसा ही विकास करता है। इस प्रकार, वासनाओं को शुद्ध और परिमार्जित कर मन-बुद्धि में सुधार और क्षमता लाई जाती है, तथा ऐसे उपकरण से सुसज्जित होकर कोई भी संसार की समस्याओं का सफलतापूर्वक सामना कर सकता है।

राष्ट्र उसमें रहने वाले व्यक्तियों से बनता है और जब समाज या राष्ट्र में प्रत्येक व्यक्ति शास्त्र-सम्मत विधि से प्रयत्नशील होता है और अपने व्यक्तित्व का पुनर्निर्माण करता है, तो वह समाज या राष्ट्र सबको सुख-शांति और गौरव प्रदान करते हुए तीव्र गति से विकास करता है। अतः हम सबको जाग उठना चाहिए तथा अपने राष्ट्र का निर्माण करना चाहिए।

कर्म की यांत्रिकता

मानव कर्म की यांत्रिक संरचना में हमारी इच्छा, विचार और कर्म के पीछे वासना कहलाने वाली हमारी आन्तरिक अभिरुचि और प्रवृत्ति ही प्रेरक शक्ति का कार्य करती है। यद्यपि प्रकट में यही प्रतीत होता है कि हमारे कर्मों की संचालिका हमारी प्रवृत्तियाँ ही हैं, किन्तु मनुष्य को एक अपूर्व शक्ति प्राप्त है जिसका प्रयोग वह अपने प्रयत्न से कर्मों के चयन में कर सकता है। इस महान शक्ति का दीर्घकाल तक सतत् प्रयोग करने से प्रत्येक मनुष्य की क्रमागत प्रवृत्तियों का निराकरण हो सकता है और वह पूर्णता के शिखर पर आरूढ़ हो सकता है।

अपने कर्म की उत्पत्ति का कारण खोजने में मानव तंत्र का रोचक अध्ययन हो सकता है। व्यक्ति का किया हुआ प्रत्येक कर्म उसकी एक कामना को पूर्ण और तुष्ट करता है और उसकी कामना उसकी सूक्ष्म प्रवृत्तियों की स्थूल अभिव्यंजना है। अतः जिसकी प्रवृत्तियाँ परिकल्पनात्मक और बाजी लगाने की होती हैं उसके मन में जुआ खेलने की इच्छा उठा करती है। प्रवृत्तियों से प्रेरित होकर उठने वाली इच्छा शीघ्र विचार का रूप ले लेती है और विचार उसे बरबस जुये के अड्डे पर या किसी ऐसे स्थान पर ले जाता है जहाँ उसकी कोई विशेष इच्छा पूर्ण हो सकती है। मनुष्य की प्रवृत्तियाँ या वासनायें ही उसकी समस्त इच्छाओं और कर्मों की मूल प्रेरक हैं और जब तक उनका अस्तित्व रहता है उसके हृदय में इच्छायें फेन की तरह उबला करती हैं। जीवन में उनसे मानसिक उद्वेग और असन्तोष उत्पन्न हुआ करता है।

संस्कृत में वासना का अर्थ है गंध। प्रत्येक व्यक्ति की अपनी अलग प्रकार की वासनायें होती हैं और उन्हीं से उसके व्यक्तित्व की रचना होती है। अन्य शब्दों में, व्यक्ति और कुछ नहीं, केवल अपनी वासनाओं का मूर्त रूप होता है। मनुष्य मात्र की असमानता का कारण उन वासनाओं की विभिन्नता और प्रकार भेद ही है जिनसे उसकी रचना होती है। तो भी मनुष्य जब अपनी वासनाओं से छुटकारा पाता है तो वह अपने मानसिक विक्षेपों से मुक्त हो जाता है और दिव्यता प्राप्त कर लेता है। इस विचार को मूर्ति के सामने कर्पूर की आरती के प्रतीक द्वारा बड़े सुन्दर ढंग से

व्यक्त किया जाता है। कर्पूर और कुछ नहीं केवल घनीभूत गंध है। खुले रख देने पर वह यदि शुद्ध हुआ तो धीरे-धीरे उड़ कर समस्त वातावरण में गंध बनकर फैल जाता है। कर्पूर देवमूर्ति के सामने जलाया जाता है। जैसे ही वह जल जाता है हमें भगवान् के दर्शन होते हैं। ऐसे ही, जब हमारी वासनायें मिट जाती हैं और अपने अन्दर का दिव्यत्व प्रकट होता है, हम अपने दिव्य स्वरूप का अनुभव करने लगते हैं।

कर्म 'के मूल का अध्ययन करने से ऐसा प्रतीत होता है कि मनुष्य को चयन की कोई स्वतंत्रता नहीं है। वह अपनी प्रवृत्तियों के अनुकूल कर्म करने के लिए बाध्य है। किन्तु यह बात मानव जीवन के साथ सत्य नहीं है। पशु अपनी प्रवृत्तियों के शिकार अवश्य होते हैं, उन्हें चयन का अवसर नहीं है। उदाहरणार्थ चीते की प्रवृत्ति आक्रमण करने और मार डालने की है। इसलिए उसकी इच्छा, विचार और कर्म उसी दिशा की ओर उन्मुख होते हैं। उस में अपनी भीषण और घातक प्रकृति से विरत रहने का विवेक नहीं है।

जैसे ग्रामोफोन रेकार्ड पर सुई की खुरच लगने से ध्वनि उत्पन्न होती है, वैसे ही वासनाओं से कामना और विचार उत्पन्न होते हैं। किन्तु मनुष्य, सृष्टि की सर्वोपरि रचना होने के कारण, ऐसी अद्‌भुत शक्ति रखता है कि वह अपने अन्दर उठने वाली इच्छाओं और भावनाओं से विरत रह कर सही कर्म करने का प्रयत्न कर सकता है। जब इस महान शक्ति का सतत् प्रयोग शास्त्रों द्वारा निर्दिष्ट विधि से किया जाता है तो वह अपनी वासनाओं को मिटाने में सफल होता है और अपने असीम स्वरूप को प्राप्त कर लेता है।

इस प्रकार यदि हम अपने पीछे की ओर देखते हैं तो हम अपने को अपने पूर्व कर्मों का असहाय शिकार पाते हैं, किन्तु यदि हम अपने आगे की ओर देखते हैं तो हम अपने को ही अपने भविष्य का निर्माता पाते हैं। मनुष्य होने के नाते हमें एक क्षण के लिए भी अपने पीछे की ओर न देखना चाहिए बल्कि उत्साह भाव से अपने समुचित स्वतंत्र प्रयत्न के द्वारा गौरवपूर्ण भविष्य बनाने के लिए आगे बढ़ते रहना चाहिए। यही मनुष्य का विशेषाधिकार है।

मन का खेल

धर्म कोई अंधविश्वासों की गठरी नहीं है जिसमें समय-समय पर धूप और मोमबत्ती जला लेना पर्याप्त हो। इसे सावधानीपूर्वक विश्लेषण कर हम देखें तो यह ऐसा जीवन विज्ञान मिलेगा जिसमें व्यावहारिक जीवन की सम्पूर्ण विधि बताई गई है। इसके आदेशों का विश्वासपूर्वक पालन और इसके व्यावहारिक निर्देशों का अनुसरण कर मनुष्य इस संसार को अपने रहने के लिए अधिक सुन्दर और सुखद बना सकता है।

जीवन अनुभवों का एक संचय है। अनुभवकर्ता वस्तु जगत् के सम्पर्क में आता है और उससे सुख या दुःख, हर्ष या विषाद, सफलता या असफलता स्वयं प्राप्त करता है। उसकी प्रतिक्रियायें उसके मन-बुद्धि के उपकरण की गुणवत्ता और संरचना पर निर्भर करती हैं। हर व्यक्ति में भिन्न-भिन्न प्रकार की बनावट के उपकरण रहते हैं। हर व्यक्ति अपने आन्तरिक उपकरण के माध्यम से बाह्य संसार को देखता है और उससे एक विशेष प्रकार का मानसिक चित्र प्राप्त करता है। इस प्रकार हर व्यक्ति का उपकरण जैसा चित्र उपस्थित करता है उसके अनुकूल एक ही संसार भिन्न-भिन्न रूपों में प्रकट होता है।

कुछ उदाहरणों को लें तो हम देखते हैं कि वैज्ञानिक को यह संसार एक ऐसा व्यापक क्षेत्र दिखाई देता है जिसमें अनेक संसाधन और शक्तियां विद्यमान हैं, कुछ की खोज हुई और कुछ की नहीं। दूर गांव में रहने वाले किसान को वही संसार ऐसा अर्थहीन दिखाई दोता है जिसमें कोई विशेष बात नहीं है। फिर कवि को यह संसार प्रचुर सौन्दर्य से समन्वित दिखाई देता है। उसे सर्वत्र दिव्यता की अभिव्यक्ति झलकती मिलती है। सौन्दर्य की सम्पत्ति देखकर उसका हृदय आनन्द से उमड़ पड़ता है। हम सबको ऐसा कुछ भी नहीं दिखाई देता और न अनुभव होता है। निराशावादी व्यक्ति को यही संसार दुर्भाग्य और दुःखों से भरा नरक दिखाई देता है। उसे संसार की हर वस्तु प्रतिकूल और अरुचिकर लगती है। अतः वस्तुयें यथावत रहने पर भी हर मनुष्य के अनुभव भिन्न-भिन्न होते हैं और वे जो प्रतिक्रियायें करते हैं वे भी उनके अन्तःकरण की भिन्नता के कारण भिन्न-भिन्न प्रकार की होती हैं।

अतः संसार की कोई निश्चित या स्पष्ट परिभाषा नहीं दी जा सकती। व्यक्तिगत दृष्टिकोण के अनुसार बहुरूपदर्शी यंत्र (Kileidoscope

कैलीडोस्कोप) की भांति उसका रूप बदलता रहता है। उदाहरणार्थ, नीला चश्मा लगाने वाले को संसार नीला दिखाई देता है और उसे बदल कर हरा चश्मा लगा लेने पर उसे संसार हरा दिखाई देने लगता है। इस सत्य को समझकर धर्म गुरुओं ने मनुष्य को यह सम्मति दी है कि वह अपने अनुभवों के आन्तरिक उपकरणों का पुनर्निर्माण और सुधार करे। इससे वह संसार का सही रूप समझ सकेगा। उनका नारा था 'मन को जीत कर तुम संसार को जीत लोगे'।

फिर भी अपने अज्ञानवश मनुष्य अपने आन्तरिक व्यक्तित्व का निर्माण करने की अपेक्षा बाह्य संसार को विकसित और सुन्दर बनाने में अधिक व्यस्त है। परिणामतः तीन प्रकार के कार्यकर्ता उत्पन्न हुए हैं जिन्होंने संसार को रहने योग्य उत्तम स्थान बनाने के लिए मनुष्य जाति की निष्ठापूर्वक सेवा की है। ये तीनों अर्थशास्त्री, राजनीतिज्ञ और वैज्ञानिक हैं।

अर्थशास्त्रियों ने लोगों के लिए धन और भौतिक सम्पन्नता उपलब्ध की। राजनीतिज्ञों ने आपसी सहयोग से रहने की व्यवस्था बनाई, वैज्ञानिकों ने प्राकृतिक शक्तियों पर अपना आधिपत्य कर उन्हें मनुष्य के लिए उपयोगी और सुखद बनाया। निःसन्देह ये बहुत बड़ी सेवायें हैं किन्तु मनुष्य इस विलासिता की सामग्रियों से परिपूर्ण संसार में रहकर भी अपने दुःख-दर्द भरे संसार का प्रक्षेप किया करता है। यह वैसा ही है जैसे अपच और वमन रोग से पीड़ित व्यक्ति के सामने बड़ा स्वादिष्ट और गरिष्ट भोजन खाने के लिए रख दिया जाये। स्वस्थ रहने पर जिस भोजन को वह बड़े स्वाद से ग्रहण करता, उसे अब देख कर ही मुँह सिकोड़ लेता है।

सच्चा धर्म हमें अपने आपको समझने में सहायता देता है। यह संसार और कुछ नहीं केवल मनुष्य के व्यक्तिगत विचारों और भावों का स्थूल प्रक्षेप है। अपने आन्तरिक व्यक्तित्व को विकसित करने का मार्ग सभी शास्त्रों में बताया गया है। धर्म में मनुष्य के लिए कुछ जीवन मूल्य निर्धारित किये गये हैं जिनके अनुसार उसे रहना और व्यवहार करना चाहिए। ये मूल्य सर्वमान्य हैं और ये ऐसे प्राकृतिक नियम हैं जो मनुष्य और संसार से उसके सम्बन्ध पर शासन रखते हैं।

इन शाश्वत मूल्यों में सबसे प्रारम्भिक और मौलिक तीन नियम हैं— ब्रह्मचर्य, अहिंसा और सत्य, जो क्रमशः शरीर मन और बुद्धि को संयमित करने के लिए निर्धारित किये गये हैं।

जीवन के मूल सिद्धान्त

हमारे युग में कोई दोष नहीं है। यह महान उपलब्धियों का अद्भुत काल है। प्रचुर सम्पन्नता के बीच रहते हुए भी मनुष्य व्यग्रता अनुभव करता है। इसके जीवन में सुख-शांति नहीं है। धार्मिक गुरुओं ने इस दुखद विरोधाभास का अध्ययन किया और देखा कि सारी कठिनाइयों का कारण मनुष्य की मानसिक दशा ही है। उन्होंने उसके उपचार के लिए जीवन के कुछ मूल्य और गुण निर्धारित किये। जब उनका अभ्यास किया जाता है और उनके अनुसार जीवन-यापन किया जाता है तो मनुष्य अपने ऊपर अधिकार पा लेता है और मन के ऊपर विजय पाने का अर्थ है संसार के ऊपर विजय पा लेना।

ये मूल्य और व्यवहार के नियम सब धर्मों में मूल रूप में एक समान हैं। उनमें ऊपरी अन्तर इसलिए दिखाई देता है कि वे जिन लोगों को जिस काल और जिन परिस्थितियों में निर्दिष्ट किये गये थे, वे भिन्न-भिन्न थे। उन सबके स्रोत और आधार नैतिकता के तीन मूल सिद्धान्त हैं– ब्रह्मचर्य, अहिंसा और सत्य। इन अनुशासनों का सम्बन्ध हमारे व्यक्तित्व के तीन भिन्न स्तरों से है, जिन्हें क्रमशः शरीर, मन और बुद्धि कहते हैं।

मनुष्य का शरीर इन्द्रिय-तृप्ति पाने के लिए विषय संसार के सम्पर्क में आना चाहता है। नेत्र सुन्दर रूप-रंग देखना चाहते हैं, जिह्वा स्वादिष्ट भोजन चाहती है और नाक सुगंध सूँघना पसन्द करती है, आदि। इस प्रकार जब कोई व्यक्ति अपनी इन्द्रियजनित इच्छाओं को ही तृप्त करने में लगा रहता है, तो उसकी कामनाओं की सेना कई गुना बढ़ती जाती है और अन्त में उसी को अपंगु, दुर्बल और नष्टप्राय कर देती है। इस प्रकार के आत्म-विनाश से बचने के लिए ब्रह्मचर्य का अभ्यास बताया गया है। इससे शरीर का संयम होता है।

ब्रह्मचर्य का तात्पर्य अपने सभी इन्द्रिय भोगों पर नियंत्रण रखना है, उसका प्रयोजन इन्द्रियों का हनन नहीं है। विषयों का संसार हमारे भोग के लिए ही है, और शास्त्र भी हमें इस सुख से वंचित नहीं करता है। वे हमें केवल यह सम्मति देते हैं कि हम अपने सुखोपभोग पर नियंत्रण रखें, उनके दास न बन जायें। बड़े प्रेम परिप्लावित हृदय से हमारे धर्मोपदेशक

चिल्लाते हैं, "तुम संसार को भोगो, किन्तु स्वयं संसार के भोग्य न बन जाओ। तुम खाना खाओ किन्तु खाना तुम्हें न खा जाये। तुम पियो किन्तु पेय तुम्हें न पी जाये।"

ब्रह्मचर्य शब्द इतना तोड़ा-मरोड़ा गया है और उसका इतना गलत अर्थ निकाला गया है कि इस संयम का वास्तविक तात्पर्य और मूल्य ही नष्ट हो गया। प्रायः इसका गलत अर्थ कामुक जीवन का पूर्ण परित्याग समझा जाता है। यह मूर्खता है। महात्मा हमें यही सम्मति देते हैं कि विषय सुखों में अधिक न फँसना चाहिए। संक्षेप में, अत्यधिक बातचीत करना या दिन भर रेडियो सुनना ब्रह्मचर्य व्रत का भंग है। यदि इस पवित्र सिद्धान्त का पालन नहीं किया जाता तो मनुष्य अपनी ही स्वतंत्रता नष्ट कर देता है और सतत परिवर्तनशील पर्यावरण और परिस्थितियों का दास हो जाता है।

दूसरा मानसिक स्तर के लिए निर्धारित संयम अहिंसा है। अहिंसा का अर्थ यह नहीं कि किसी की हत्या न करे या किसी को शारीरिक आघात न पहुँचावे। कभी-कभी हमें बाह्य रूप से कठोर और घातक बनना पड़ता है, यद्यपि हमारे कर्मों के पीछे हमारे हृदय में प्रेम और दया की भावना पूर्णरूपेण रहती है। अतः इसका प्रयोजन जीवन में दूसरे लोगों के साथ हमारे व्यावहारिक सम्बन्ध से होता है। शेक्सपियर ने यह विचार अपने 'हैमलेट' में बड़े सुन्दर ढंग से व्यक्त किया है, "मैं केवल दयालु होने के लिए कठोर हूँ।" उदाहरणार्थ, सर्जन रोगी की चीड़-फाड़ करते समय कठोर प्रतीत हो सकता है, किन्तु उसका हृदय रोगी की भलाई ही चाहता है। ऐसे कार्य, बाह्य रूप से घातक और कष्टदायक प्रतीत होते हुए भी अहिंसा के अन्तर्गत आते हैं।

तीसरा सिद्धान्त है सत्य। इसका पालन बौद्धिक स्तर पर करना चाहिए। सत्य का तात्पर्य है अपनी बौद्धिक मान्यताओं के प्रति सच्चाई बरतना। हर व्यक्ति के अपने आदर्श होते हैं, किन्तु बहुत थोड़े लोग उनके अनुसार जीवनयापन करते हैं। लोभ में पड़ कर हम अपने आदर्शों के साथ संधि कर लेते हैं और इन्द्रिय विषयों के शिकार हो जाते हैं। यही असत्य व्यवहार है। मनुष्य का गौरव इसी बात में है कि वह सदा अपने सिद्धान्तों के अनुसार चले।

जीवन का भवन इन्हीं तीन सिद्धान्तों पर खड़ा है। हम उनका पालन कर मानवता का यश-गौरव बढ़ायेंगे।

समन्वय और शान्ति

आजकल संसार में हम आन्तरिक और बाह्य तनाव की गड़बड़ी में रह रहे हैं। बाहरी समस्यायें हमें संकट में डाल देती हैं और हमारा जीवन दुःख और वेदनामय हो जाता है। ऋषियों का विद्वतापूर्ण दर्शन मनुष्य को जीवन की परिस्थितियों के साथ सामंजस्य रखने का उपदेश देता है और उससे सदा विवेकशील व्यवहार करने की अपेक्षा करता है। जब हम कुछ काल तक इस प्रकार रहते हैं तो उससे आत्मगत विश्राम मिलता है और आन्तरिक शान्ति विकसित होती है। वह फिर बाह्य संकटों की विभीषिका से विचलित नहीं होती।

बाह्य संसार के कटु द्वन्द्वों और अनैतिक संघर्षों में हम सब को अन्य वस्तुओं और लोगों से निरन्तर मोर्चा लेना होता है। अपने अन्दर भी हम अपनी अनियंत्रित कामनाओं और निरंकुश विचारों के असहाय दास बन गये हैं। इस प्रकार, आजकल का मनुष्य बाह्य तनाव और आन्तरिक परवशता में पड़ा छिन्न-भिन्न हो रहा है। बाहरी संकट और समस्यायें हमारे सामने बार-बार आती हैं। उनसे कोई बच नहीं सकता है। अतः जीवन की सफलता और सुख, आन्तरिक गड़बड़ियों पर जिस सीमा तक नियंत्रण हो सकता है उसी से नापा जा सकता है। जीवन में हम अनुभव करते हैं कि हम प्रायः गर्हणीय और क्लेशकारी पर्यावरण और परिस्थितियों में पड़ जाते हैं जिससे हमें उत्तेजना होती है और क्रोध आता है। हमें कोई समाधान नहीं मिलता। ऐसे अवसर पर हृदय में उठने वाले परिशोध और क्रोध की ज्वाला हमारे आन्तरिक व्यक्तित्व को दुर्बल कर देती है और हमारी यह दुर्बलता बाहरी समस्याओं को शक्ति प्रदान करती है। संक्षेप में, हम समस्याओं का साहसपूर्वक सामना करने की अपेक्षा स्वयं अपने को निर्वीर्य और अशक्त बना लेते हैं तथा बाहरी संकटों की आंधी में उड़ जाते हैं।

हमारी दुर्बलता की भली-भांति परीक्षा करने के बाद धर्म गुरुओं ने हमें यह सम्मति दी कि हम जीवन की परिस्थितियों के साथ सामंजस्य रखते हुए उन पर स्वामित्व प्राप्त करें और अपने में शक्ति विकसित करें। जीवन में सामंजस्य परिस्थितियों और घटनाओं के साथ अहमन्यता का दृष्टिकोण

न रखते हुए उसके ऊपर उठकर प्राप्त किया जा सकता है। इसमें विश्व की समग्रता, मनुष्य जाति की सम्पूर्णता और विश्वव्यापी समस्याओं की विशालता का सतत् ध्यान रखना भी सहायक हो सकता है। जब ऐसी समग्रता का व्यापक दृष्टिकोण विकसित कर मन में सदा स्थिर रखा जाता है तो मनुष्य की वैयक्तिक समस्यायें महत्वहीन और व्यर्थ दिखाई देने लगती हैं।

किन्तु जब वह अपनी समस्याओं को नितान्त अहंभाव और वैयक्तिक दृष्टिकोण से देखता है, समग्रता का विचार नहीं रहता तो समस्यायें बड़ा विशाल रूप धारण कर लेती हैं और उसे कुचल डालती हैं। ऐसा मनुष्य उस गायक के समान है जो सामूहिक लय ध्वनि का विचार किये बिना अपना स्वर अलग से अलापता है। सामंजस्यपूर्ण जीवन का अर्थ है अपने आप को हर क्षण समग्र मानवता का एक अंग मानना और उसके सामूहिक स्वर के साथ समरसता का भाव रखना। केवल इसी विधि से सामंजस्यपूर्ण अस्तित्व की मधुर ध्वनि उत्पन्न की जा सकती है।

बाह्य संसार के साथ सामंजस्यपूर्ण जीवन का सिद्धान्त यह नहीं कहता कि हम अपने सामने आने वाली समस्याओं को चुपचाप स्वीकार कर लें और उनके सामने बिना विचारे घुटने टेक दें। संकट की स्थिति में कायरता के साथ समर्पित भाव रखकर जो दिखावटी सामंजस्य प्राप्त किया जाता है वह मृत्यु की नीरवता से निकृष्ट है किन्तु हमारे धर्म गुरुओं द्वारा बताई गई सामंजस्य की विधि गहन शांतिपूर्ण और समस्त सृजन विधायनी है। इस सामंजस्य की कला का अभ्यास व्यस्त व्यावहारिक जीवन के उन क्षणों में करना चाहिए जब हम अनिश्चितता के संकीर्ण मार्ग से होकर हाँफते हुए आगे बढ़ते हैं।

विश्व की वृहद योजना के साथ जब हमारा जीवन सामंजस्य स्थापित करता है तो हमारे हृदय में शांति और संतुलन प्राप्त होता है। हमारे अन्तरतम में स्थिरता आ जाने पर संकट और समस्यायें वैसे ही विलीन हो जाती हैं जैसे सूर्योदय होने पर कोहरा मिट जाता है।

धर्म हमें सामंजस्यपूर्ण जीवन यापन करने और व्यक्तित्व को सुस्थिर बनाने में सहायक होता है। हमें इसके आदेशों का पालन कर आत्म स्वामित्व प्राप्त करना चाहिए और मानवता को सफलता, शाश्वत गौरव और शांति के शिखर पर पहुँचने में सहायता करनी चाहिए।

विज्ञान और धर्म

मानव बुद्धि-विकास का इतिहास चार भिन्न युगों से होता हुआ पूर्णता तक पहुँचा है। हमारे धर्म गुरुओं ने वह पूर्णता प्राप्त की थी। दर्शन और धर्म का सम्बन्ध बुद्धि-विकास के अन्तिम चौथे स्तर से है। वह मनुष्य के उपलब्ध वैज्ञानिक ज्ञान से बहुत आगे है। इस बात से अनभिज्ञ होने के कारण मनुष्य ने धर्म को पिछड़ा हुआ और समय से बहुत पीछे कह कर उसका उपहास और तिरस्कार किया। परिणामतः मानव विकास की गति कुंठित हो गई और आज वह अवरुद्ध होकर ह्रासोन्मुख दिखाई दे रही है।

मानव विकास के प्रारम्भ में मनुष्य बुद्धि और ज्ञान की अपेक्षा प्रवृत्तियों और भावनाओं से संचालित होता था। वह सूर्य और चन्द्र, वर्षा और बिजली, जीवन और मृत्यु आदि प्रकृति के विविध रूपों का दर्शक मात्र था। उसका यह देखना पशुओं जैसा ही था क्योंकि दोनों ही की बुद्धि बाह्य संसार से कोई प्रतिक्रिया न करती थी। जब पर्यावरण और वस्तुयें सुखद और अनुकूल होती थीं, वह उनका आनन्द लेता था किन्तु उनके दुखद और प्रतिकूल होने पर वह उन्हें चुपचाप सहन करता था। वह जो कुछ देखता था उसमें कोई सुधार करने का प्रश्न ही उसके मन में न उठता था। यह 'प्रत्यक्षीकरण का युग' था।

प्रत्यक्षीकरण के रूक्ष और बर्बर युग से मानवता आगे बढ़कर 'निरीक्षण के युग' में पहुँची। मनुष्य अब देखने मात्र से ही सन्तुष्ट न रहा। वह विचार करने लगा कि हमारे आसपास की प्रकृति की घटनायें क्यों और कैसे घटित होती हैं। इस प्रकार उसकी बुद्धि कार्य-कारण सम्बन्ध खोजने लगी।

उदाहरणार्थ, पुरानी पीढ़ी प्रत्यक्षीकरण के युग में पानी बरसने पर छाया में छिप जाती थी और पानी बन्द होने पर बाहर निकल आती थी। वे लोग केवल पानी बरसते देखते और अनुभव करते थे, किन्तु उसके निरीक्षण की जिज्ञासा उनमें न थी और न उन्हें उसके कारण की खोज करने में रुचि थी। किन्तु जब मनुष्य की बुद्धि का विकास हुआ तो वह प्रकृति को ध्यान से देखने लगा और उसकी शक्तियों पर आश्चर्य करने

लगा। उसने अपनी अविकसित बुद्धि से कुछ घटनाओं को एक साथ घटित होते हुए बार-बार देखा और उन्हीं को पानी बरसने का कारण मान लिया। उसने देखा कि जब-जब पानी बरसता है आम का पेड़ भी हिलता है, तो उसने वर्षा का कारण आम के पेड़ का हिलना मान लिया। यह युग 'निरीक्षण और अंधविश्वास का युग' था। इस समय कार्य के ऐसे कारण निर्धारित किये गये जिनका कोई वैज्ञानिक और तर्कीय आधार न था।

मनुष्यता का और अधिक विकास होने पर मनुष्य 'वैज्ञानिक खोज के युग' में पहुँचा। इस समय उसकी बुद्धि विकसित होकर उच्च स्तर पर पहुँच गई थी। उसने अपने आस-पास की हर बात का कारण खोजना प्रारम्भ किया। उसने प्रकृति के कार्यों को गहराई तक देखा, तथ्यों को संग्रहीत किया, उन पर वैज्ञानिक प्रयोग किये, बुद्धिपूर्वक और तर्कसंगत निर्णय निकाले और प्रकृति के नियमों का व्यवस्थित ज्ञान प्रस्तुत किया। अंध विश्वासों के स्थान पर अब वैज्ञानिक सत्य सामने आ गये। अब उनका यह विश्वास समाप्त हो गया कि आम का पेड़ हिलने पर वर्षा होती है।

वैज्ञानिक युग अब भी समाज के कल्याण के लिए प्रकृति की गुप्त शक्तियों की खोज कर रहा है। भौतिकशास्त्री और रसायनशास्त्री, जीवविज्ञानी और गणितज्ञ, अर्थशास्त्री और राजनीतिज्ञ सभी लोग इसी दिशा में सतत् प्रयत्न कर रहे हैं और प्रकृति के नियमों की अनंत खोज में निमग्न हैं। संक्षेप में, यही युग है जिसमें हम लोग आज हैं। जब वैज्ञानिक अपने-अपने क्षेत्र में खोज करने में लगे होते हैं तो एक समय आता है जब वे अपनी परिपक्वावस्था में पहुँचकर देखते हैं कि प्रकृति के सभी नियमों में एक विचित्र सामंजस्य और समरसता है। वे इस प्रश्न पर विचार करने के लिए विवश हो जाते हैं कि इन शाश्वत नियमों का निर्माता कौन है, इन नियमों को ठीक-ठीक कार्य करने का आदेश कौन देता है। इस प्रकार, उनका वस्तुगत परीक्षण आत्मगत चिंतन में परिणत हो जाता है और वे उन सब वस्तुओं का मूल कारण खोजने लगते हैं जो प्रकृति में वर्तमान होते हैं। यह 'चिंतन के युग' में मनुष्य का प्रवेश है।

सभी महान धर्म गुरु गहन चिन्तन करने वाले थे। वे प्रकृति के सब नियमों को एक सूत्र में बाँधने वाले सत् की खोज, आत्मगत रूप से किया

करते थे। ये चिन्तनशील व्यक्ति नियमों की यांत्रिक खोज से संतुष्ट न थे। वे सभी नियमों के निर्माता, संचालक और प्रवर्तक को खोजना और समझना चाहते थे। अतः स्पष्ट है कि दर्शन और धर्म, विज्ञान तथा उसकी गौरवपूर्ण खोजों से बहुत आगे है। जो लोग उन्हें प्राचीन और समय से बहुत पीछे समझते हैं, वे मानव विकास के इतिहास में उसका यथोचित स्थान और महत्व नहीं समझ सके हैं।

विज्ञान की खोजें होती रहें और मानव मात्र को उनसे लाभ हो, किन्तु यदि कुछ सौभाग्यशाली लोग प्रकृति के दृश्य जगत् का सामान्य आधार समझने की क्षमता विकसित कर पाते हैं तो उन्हें अवश्य ही आगे बढ़कर सब नियमों का शाश्वत नियम, सब ज्ञानों का ज्ञान खोजना चाहिए।

धर्म क्या है?

सच्चे धर्म के दो अंग होते हैं दर्शन और उसके रीति रिवाज। जिन रीति रिवाजों का कोई दार्शनिक आधार नहीं, वे अंधविश्वास मात्र हैं, और कोरा दर्शन जिनके अनुसार आचरण नहीं किया जाता, एक पागलपन जैसा ही है। दोनों पक्ष साथ-साथ चलने चाहिए। दर्शन बाह्य रीति रिवाजों को बल प्रदान करता है, उनका एक उद्देश्य निर्धारित करता है। दोनों के एक साथ मिलने से धर्म को एक अर्थ, महत्व और उद्देश्य प्राप्त होता है। दर्शन धर्म का सैद्धान्तिक पक्ष है। वह वैज्ञानिक और तर्कसंगत विश्लेषण के द्वारा जीव और जगत् का रहस्य और उद्देश्य स्पष्ट करता है। वह सत् को समझने के लिए व्यवस्थित विचार-तंत्र भी निर्मित करता है। कर्मकाण्ड का सम्बन्ध धर्म के व्यावहारिक पक्ष से है। उसमें ऐसी आध्यात्मिक साधनायें निर्धारित की जाती हैं कि जिनका अनुसरण कर जीवन का चरम लक्ष्य प्राप्त किया जा सकता है।

अतः धर्म दर्शन और कर्मकाण्ड का एक सुन्दर, समन्वित रूप है। यदि इन दोनों पक्षों का विधिवत समन्वय न किया जाय, तो धर्म बनता ही नहीं है। दुर्भाग्य से मनुष्य इन दो पक्षों में से किसी एक पक्ष को अधिक महत्व देने की भूल करता है, और उसी को धर्म समझ लेता है। इससे वास्तविक धर्म का ह्रास होता प्रतीत होता है। वस्तुतः सच्चे धर्म का कभी ह्रास होता ही नहीं है। रीति-रिवाजों का तात्पर्य केवल स्थूल रूप से किये गये आयोजन ही नहीं है बल्कि उनमें वे सब व्यावहारिक रूप आ जाते हैं जो हमारे व्यक्तित्व के मानसिक और बौद्धिक स्तरों पर सम्पन्न होते हैं। अतः इसके अन्तर्गत बाह्य रूप से किये जाने वाले रीति रिवाज, आयोजन और कर्तव्य कर्म आते हैं, मानसिक स्तर पर की गई भक्ति आती है और बुद्धि के द्वारा किया गया विवेक और ध्यान का अभ्यास सम्मिलित रहता है। जब मनुष्य जीवन के उच्च दर्शन मूल्यों और गुणों को व्यवहार में लाता है तो उसे अनेक कठिनाइयाँ होती हैं। इससे धर्म एक ओर रखा रह जाता है। ये मूल्य मनुष्य की बहिर्मुखी प्रवृत्ति के आड़े आते हैं। यही सबसे बड़ी बाधा है।

बिना समझे-बूझे विषय सुखों का परित्याग और आध्यात्मिक मूल्यों के अंधानुकरण से मनुष्य की भावनाओं का दमन होता है और इस दमन से कुछ काल में कटुता, भग्नाशा और सनकी स्वभाव दिखाई देने लगता है। यदि कोई इनके विपरीत दूसरा मार्ग चुन लेता है और विषय सुखों में लिप्त रहता है तो अत्यन्त प्रबल और प्रमथन स्वभाव वाली इन्द्रियाँ उसे शारीरिक और पाशविक स्तर तक नीचे घसीट ले जाती हैं और फिर आध्यात्मिक जीवन प्राप्त करने की कोई सम्भावना नहीं रह जाती।

धर्म-गुरुओं ने इस समस्या का एक समाधान सोचा था। उन्होंने चतुरतापूर्ण एक ऐसी युक्ति बताई जिससे मनुष्य उच्च आध्यात्मिक जीवन पर पहुँच सकता है। उन्होंने कहा कि विषय सुखों की प्रवृत्ति को नियंत्रित किया जाय किन्तु उनका इतना निषेध न कर दिया जाय कि उससे भावनाओं का दमन और भग्नाशा की समस्यायें उत्पन्न हों। आत्मसंयम के पीछे जो सिद्धान्त है उसे बुद्धिपूर्वक उसी भाँति समझते हुए ही उसका अभ्यास करना चाहिए। व्यक्ति जिस सीमा तक अपने विषय सुखों पर अंकुश लगाता है उसे उसी सीमा तक जीवन के सच्चे मूल्यों का समानुपातिक बौद्धिक प्रशिक्षण प्राप्त करना चाहिए तथा साथ ही विषयों की निःसारता भी समझनी चाहिए। इसके विपरीत वह जीवन को नियंत्रित करके उच्च और महान सिद्धान्तों को जितना ही समझ कर हृदयंगम करता जायेगा, उतना ही आत्मसंयम उसके लिए सत्य बनता जायेगा। इस प्रकार अध्ययन और व्यवहार के बुद्धिपूर्ण सामंजस्य से मनुष्य पूर्णता और आनन्द के शिखर पर पहुँच सकता है।

इसलिए हमारे लिए यह बहुत आवश्यक है कि हम दर्शन के अध्ययन और व्यावहारिक साधनों को बड़ी सावधानीपूर्वक नियंत्रित रखें। साधना का तात्पर्य और महत्व समझने बिना उसका अभ्यास करने से अंधविश्वास उत्पन्न होता है और उसके बढ़ने पर हमारे व्यक्तित्व में कुरूपता आती है। दूसरी ओर समग्र दर्शन को सीख कर उसका ज्ञान अपने अन्दर सीमित रखना वैसा ही है जैसे कोई गधा अपनी पीठ पर सोने का बोझ ढो रहा हो। अतः हमें अपने ऋषियों के मूल्यवान आदेश मानकर धर्म का ठीक-ठीक पालन करने का प्रयत्न करना चाहिए।

राष्ट्र के आवश्यक तत्त्व

किसी भौगोलिक क्षेत्र में रहने वाली जनसंख्या से ही राष्ट्र नहीं बन जाता। यह तो मानव प्राणियों की एक संख्या का समुदाय मात्र है किन्तु वे लोग जब किसी समन्वित कार्यक्रम के साथ, एक सामान्य लक्ष्य प्राप्त करने के लिए निष्ठा और भक्तिपूर्वक प्रयत्न करते हुए एक साथ रहते हैं तो उनसे एक राष्ट्र का निर्माण होता है और उसे गौरवपूर्ण उपलब्धियाँ प्राप्त होती हैं।

जब तक हर मनुष्य एक दूसरे से पृथक् आत्मकेन्द्रित रहता है, वे अपने व्यक्तिगत उद्देश्य खोजा करते हैं, दूसरों की परवाह नहीं करते और उन्हें किसी सामान्य उद्देश्य की चिन्ता नहीं होती, तो उनसे राष्ट्र का निर्माण भी नहीं होता। वैज्ञानिक, आर्थिक और राजनैतिक दर्शनों में बार-बार क्रांतिकारी योजनायें रखी जाती हैं जिनसे प्रारम्भ में दिखावटी समन्वय उत्पन्न होता है किन्तु इनमें से कोई भी योजना स्वतः सच्चे राष्ट्र का निर्माण करने में सफल नहीं हो सकती।

वस्तुनिष्ठ वैज्ञानिकों की योजनाओं का सम्बन्ध मानव के यथार्थ स्वरूप से नहीं है। उसका सम्बन्ध केवल पर्यावरण और परिस्थितियों से है, व्यक्तियों से नहीं। किन्तु राष्ट्र का निर्माण व्यक्तियों से होता है और उसकी प्रकृति और शक्ति भी उसमें रहने वाले व्यक्तियों की संरचना और गुणों में निहित है। फिर भला केवल धन की समृद्धि, सामाजिक नियमों के सुधार और विज्ञान तथा तकनीकी के विकास से राष्ट्र का निर्माण कैसे हो सकता है?

इसका अर्थ यह न समझना चाहिए कि राजनीतिक क्रांति, आर्थिक नियोजन और वैज्ञानिक प्रगति की उपेक्षा कर दी जाये या उनका तिरस्कार किया जाय। धन सम्पत्ति और सामाजिक व्यवस्था का निःसन्देह अपना महत्व है किन्तु उन सबकी अपनी सीमा है। यदि उनमें लगे हुए लोगों का चरित्र शुद्ध नहीं है तो वे सब प्रभावहीन हो जायेंगे। अतः चरित्र ही राष्ट्र का मेरुदण्ड है।

राजनीतिक कार्यकर्ता कोई पद्धति चलाते हैं, सुधार करते हैं, और यह विश्वास दिलाने का प्रयत्न करते हैं कि उनका देश संसार की आँखों

में सर्वोत्तम है, तो भी जब किसी देश की जनता में राष्ट्रीय चेतना अथवा देश-प्रेम और बंधुत्व भाव नहीं होता तो आन्तरिक कलह और संघर्ष उत्पन्न होने लगते हैं और राजनीतिज्ञों के एक संगठित और विकासशील राष्ट्र का स्वप्न भंग कर देते हैं। इस प्रकार अनेक राज्यों का पतन हुआ और वे विनाश के गर्त में विलीन हो गये।

पुनः आर्थिक क्षेत्र में अर्थशास्त्री भी राष्ट्र को धन और भौतिक सम्पन्नता से समृद्ध बनाना चाहते हैं किन्तु भौतिक सम्पन्नता कितनी ही क्यों न हो जन-साधारण के चारित्रिक बल और विश्वास के बिना उससे नाममात्र को भी लाभ नहीं हो सकता। जहाँ चारित्रिक पतन हो जाता है वहाँ शोषण और स्वार्थपरता होना अवश्यम्भावी है। उसका अंतिम परिणाम दरिद्रता ही होगा।

इसी प्रकार समस्त वैज्ञानिक उपलब्धियाँ मनुष्य को तभी लाभकारी होंगी जब वह विचारवान और सदाचारी होगा। किन्तु यदि वह अपना विवेक खो देता है और जीवन के नैतिक मूल्यों को तिलाँजलि दे देता है तो वह अपनी बुद्धि को विनाश के कार्यों में लगायेगा जिससे मनुष्य जाति का अहित होगा और भय बढ़ेगा।

आज हम मनुष्य की यही स्थिति पाते हैं। वस्तुगत जगत् में कितनी ही प्रगति या विकास किया जाये, कोई भी जन समुदाय राष्ट्र का गौरव तब तक नहीं पा सकता जब तक वह चरित्र और सेवा तथा त्याग के सिद्धान्तों में एक साथ आबद्ध न हो। सहयोग की यह उच्च भावना केवल धर्म से ही प्राप्त की जा सकती है।

दर्शन जीवन का शुद्ध विज्ञान है और जब उसे जीवन में व्यावहारिक रूप दे दिया जाता है तो वह धर्म कहलाता है। दूसरे शब्दों में धर्म को जीवन का व्यावहारिक विज्ञान कह सकते हैं। धार्मिक नियमों और आदेशों का सच्चाई के साथ पालन करने से व्यक्तियों में आपसी सहयोग की समुचित भावना उत्पन्न होती है जिससे स्वस्थ समाज का निर्माण होता है। सभी मनुष्यों के एक साथ उत्साहपूर्वक प्रयत्न करने से ही राष्ट्र का निर्माण हो सकता है।

जिस संगठित देश में वहाँ के नागरिक स्वार्थरहित समर्पण की भावना में अपनी सर्वोत्तम सेवा अर्पित करने के लिए उत्साहित रहते हैं, केवल देश-सेवा का अवसर पाने की अपेक्षा और कुछ नहीं चाहते, वही देश बली, शक्तिशाली और समादृत होकर एक सुदृढ़ राष्ट्र के रूप में विकसित होता है।

इसलिए संगठित होकर उच्च भावना से काम करने की प्रवृत्ति शीघ्र ही अर्जित की जानी चाहिए। आज के संसार में इसकी सबसे अधिक आवश्यकता है। आज यदि इस महान चुनौती का ठीक उत्तर दिया गया तो निश्चय ही हमारा राष्ट्र सुखी, संगठित और विकासशील बनेगा तथा शेष संसार का मार्ग प्रदर्शित करेगा। हमारा अनुकरण कर समस्त संसार में शांति स्थापित होगी और उसकी प्रगति सार्थक हो सकेगी।

संस्कृति क्या है?

संस्कृति सभ्यता का मापदण्ड है। एक असभ्य बर्बर देश और एक सभ्य देश के बीच उनकी संस्कृति का ही अन्तर है। जब एक जन-समुदाय बहुत काल तक किसी विशेष भौगोलिक क्षेत्र में जीवन के कुछ दार्शनिक मूल्यों तथा गुणों का आदर करते हुए निवास करते हैं तो वहाँ एक सुगन्ध सी उद्भूत होती है जिसे संस्कृति कहते हैं। यह संस्कृति उसी प्रकार की होती है जिस प्रकार के मूल्यों का अनुकरण किया जाता है। प्रथम तीन पक्ष तो विभिन्न देशों में एक समान होते हैं और वे एक सीमा तक तद्वत् रहते हैं जैसे मनुष्य मात्र में सिर, धड़ और अंग एक से होते हैं, किन्तु उनका आकार, भार, वर्ण और बनावट एक दूसरे से भिन्न होते हैं। अतः संस्कृति के भेद का कारण लोगों द्वारा स्वीकार किये गये जीवन के मूल्य और गुण ही हैं।

प्रारम्भ में, लोग जीवन की बाह्य प्रेरक शक्तियों से प्रभावित होकर कुछ मूल्य स्वीकार करते हैं। अतः सभ्यता के प्रथम चरण में भौगोलिक तथा जलवायु की दशाओं और वातावरण ने जीवन के मूल्यों को निर्धारित करने में लोगों को अत्यधिक प्रभावित किया। एक बार इस प्रकार मूल्य निर्धारित हो जाने पर एक संस्कृति बन जाती है, फिर इस प्रकार उद्भूत संस्कृति पर बाह्य पर्यावरण का प्रभाव बहुत कम पड़ता है।

पश्चिमी देशों में, कठोर जलवायु और सतत् हिमपात के कारण भूमि ऊबड़ खाबड़ और बंजर हो गयी थी, फलस्वरूप वहाँ के लोग भी कठोर स्वभाव के हो गये। उन्हें आत्मरक्षा के लिए प्रतिकूल प्रकृति से संघर्ष करने और उससे कुछ न कुछ उपज प्राप्त करने के लिए सक्षम बनना पड़ा। अतः पश्चिम में प्रकृति पर विजय प्राप्त करना लोगों के चरित्र का मुख्य अंग बन गया। इसके ठीक विपरीत, पूर्व में भूमि से पर्याप्त उपज प्राप्त होती थी। थोड़े ही श्रम से फल, फूल और सब्जियाँ पर्याप्त मात्रा मिल जाती थीं। नदियों में पानी सदा बहा करता था और साल में लगभग आठ महीने बसंत ॠतु रहती थी। जीवन की ऐसी सरल अभिव्यक्ति में लोगों ने सर्वत्र प्रकृति का अनुकरण किया और उनका विकास हुआ। इस

प्रकार, इस देश में शांति, स्वस्ति और प्रेम का प्रसार करने वाली संस्कृति का उदय हुआ और पश्चिम में भौतिकवाद ने जड़े जमायीं तथा विजय पाने की प्रवृत्ति उत्पन्न हुई।

हम अपने नित्यप्रति के जीवनानुभव से समझते हैं कि हमारी संस्कृति के विकास में बाहरी घटनाओं और पर्यावरण का प्रभाव कैसे पड़ता है। किसी गंदी बस्ती के दूषित वातावरण में पैदा हुआ बच्चा लड़ाई-झगड़े की प्रवृत्ति अर्जित कर लेता है, जबकि सम्पन्नता और सुरक्षा में जन्मा बच्चा परिमार्जित और संस्कृत रुचि का होता है। बस के लिए लगी पंक्ति में यह अंतर स्पष्ट देखा जा सकता है। पहला धक्का-मुक्का और बल प्रयोग करके घुसना चाहेगा और दूसरा धैर्यपूर्वक अपनी पारी की प्रतीक्षा करेगा।

संस्कृति के विकास से सभ्यता बढ़ती है किन्तु सांस्कृतिक मूल्यों के ह्रास से समाज की सभ्यता पर आघात पहुँचता है। मिश्र, यूनान और रोम के पतन में हम यही बात देखते हैं। इस देश के महान धर्म गुरु अपने निश्छल प्रयत्नों से समय-समय पर दार्शनिक और धार्मिक मूल्यों को पुनर्जीवित करते रहे जिससे यह देश खड़ा रह सका और हमारी संस्कृति नष्ट होने से बच गई। संस्कृति का ह्रास होते ही देश में बर्बरता और अनैतिकता बढ़ने लगती है और उसके दर्शन के भ्रामक अर्थ लगाये जाते हैं जिससे लोगों में भ्रम और अव्यवस्था फैलती है। संक्षेप में संसार की आज न्यूनाधिक यही दुःखद स्थिति है। आजकल की सब से बड़ी मांग जीवन के महान दार्शनिक और धार्मिक मूल्यों में पुनः प्राणप्रतिष्ठा कर संस्कृति को विनष्ट होने से बचाना है।

संसार के किसी साहित्य में इन मूल्यों का इतना सुन्दर और विस्तृत निरूपण नहीं हुआ जितना कि अपने देश के धर्म ग्रन्थों में देखने को मिलता है। अतः हम सब पर इस कर्तव्य का गहन भार आ पड़ा है कि हम अपने ग्रन्थों के पवित्र संदेश का उद्धार करने और उनके दर्शन को प्रकाशित करने के लिए अपने को समर्पित कर दें जिससे शेष मानव जाति उनका अनुकरण कर अपने को धन्य बना सके।

मानवता का आधार क्या है?

मनुष्य सृष्टि की मुकुटमणि है। मनुष्य के अतिरिक्त संसार में पशु, वृक्ष और जड़ वस्तुयें हैं। जीवों के वर्गीकरण के वैज्ञानिक विश्लेषण के आधार पर धर्म गुरुओं ने मनुष्य जाति के वैसे ही वर्गीकरण को खोज निकाला। फिर उन्होंने अपने अनुभव के आधार पर यह घोषणा की कि सर्वोत्कृष्ट और सर्वतोभद्र मनुष्य बनना हर व्यक्ति के लिए संभव है। मनुष्यों का श्रेणी विभाजन उनकी मानसिक गुणवत्ता और संरचना तथा बौद्धिक मान्यताओं के आधार पर किया जाता है।

पत्थर और भूमि जैसे जड़ पदार्थों का अस्तित्व मात्र होता है, उनमें न चेतना होती है और न उनमें बाह्य संसार के साथ प्रतिक्रिया होती है। जड़ वस्तुओं की भांति ही मनुष्यों में एक प्रकार के लोग ऐसे होते हैं जो उनकी तरह बाह्य स्थितियों और पर्यावरण के प्रति उदासीन, अनभिज्ञ और अचेत रहते हैं। ऐसे लोगों में संसार की चेतना या अनुभूति का बिल्कुल अभाव न हो तो भी वह बहुत अस्पष्ट और धूमिल होती है और वे आलस्य तथा प्रमाद के मूर्तमान रूप होते हैं। उनके जीवन में न कोई इच्छा-आकांक्षा होती है और न कोई सुख-दुःख। ऐसे लोगों को 'प्रस्तर मनुष्य' की श्रेणी में रखा जा सकता है।

पौधे जड़ पदार्थों से कुछ अधिक उत्कृष्ट होते हैं। उनमें प्रमाद की प्रधानता होती है। वे जहाँ उगें, वहीं बने रहते हैं और संसार के प्रति उनकी प्रतिक्रिया उसी सीमा तक होती है जहाँ तक उनके अस्तित्व के लिए उसकी आवश्यकता होती है। वनस्पति जगत् में विवेक का अंकुर उगता प्रतीत होता है। वे अंधकार और प्रकाश, खाद्य और अखाद्य का अंतर जानने लगते हैं और अपनी आवश्यकता की वस्तु पाने का प्रयत्न करने लगते हैं। वनस्पति में संवेगों का नितान्त अभाव होता है। मातृ-लतिका के खाद्य और जल की खोज में बाधक बनने वाले उसी के पुत्र-पादपों को विकसित होने का अवसर नहीं मिलता।

यदि हम मनुष्य जाति का सावधानी से अध्ययन और निरीक्षण करें तो हम उनमें कुछ ऐसे लोग पाते हैं जो पेड़-पौधों जैसे हैं। ये लोग सामान्यतः प्रमाद में पड़े रहते हैं और कोई विशेष घटना होने पर ही प्रतिक्रिया व्यक्त करते हैं। वे न कोई प्रयत्न करते हैं और न कोई रचनात्मक कार्य। वे अपने विवेक का तभी प्रयोग करते हैं जब उनके सामने कोई

वस्तु स्थूल और साकार होती है। अन्य लोगों के प्रति उनमें कोई संवेग या भावना नहीं होती। ऐसे लोग 'वनस्पति-मनुष्य' की श्रेणी के अन्तर्गत आते हैं।

पशु कुछ अधिक विकसित होते हैं और उन्हें संसार की चेतना भी अधिक होती है। वनस्पति जगत् की तुलना में, उनकी विवेक-बुद्धि अधिक विकसित होती है और पर्यावरण के प्रति उनकी प्रतिक्रिया स्वभावतः उत्कृष्ट होती है। वे भोजन की खोज में जगह-जगह घूमते-फिरते हैं और यदि आस-आस निकट में भोजन न मिला तो वे नष्ट नहीं होते। संवेग और भावना भी पशुओं में विकसित पाई जाती है। वे केवल अपनी ही नहीं बल्किअपनी सन्तानों की भी रक्षा करते हैं।

इसी प्रकार मनुष्यों में कुछ 'पशु मनुष्य' भी होते हैं। जो वासना -ग्रसित, कामनायुक्त और आत्मकेन्द्रित होते हैं। उनका बौद्धिक विवेक सीमित होता है और सदा बहिर्मुखी होने के कारण वे अपने और अपने बच्चों के लिए निरन्तर संघर्ष करते रहते हैं, सम्पत्ति हथियाते रहते हैं और सम्पन्नता बढ़ाते रहते हैं। वस्तुतः मनुष्य जाति का अधिकांश इसी श्रेणी में होता है और उनके कार्य भावुकता और संवेदना प्रेरित होते हैं। वे विवेक और समझदारी से काम नहीं ले पाते हैं।

चौथी श्रेणी उन मनुष्यों की है– जो सृष्टि की सर्वोत्कृष्ट रचना है। इन मनुष्यों की भावनाओं में सर्वाधिक क्षमता है। उनकी परिधि में समग्र संसार आ सकता है। मनुष्य की विवेक बुद्धि की भी कोई सीमा नहीं है। वह बाहर स्थूल संसार में ही अपने विवेक का प्रयोग नहीं करता, वरन् अपने अन्दर व्यक्तित्व की गहराइयों में उतर कर अपने आध्यात्मिक स्वरूप तक पहुँच सकता है।

जो लोग अपनी इस अन्तर्निहित शक्ति का प्रयोग नहीं करते, वे नाम मात्र के मनुष्य पिछली तीन श्रेणियों के अन्तर्गत ही आते हैं। किन्तु थोड़े से लोग अपने में विश्व-प्रेम की भावना विकसित करते हैं और अपनी उत्कृष्ट बुद्धि से प्रेरित होकर निरन्तर कार्य में व्यस्त रहते हैं, वे 'मनुष्य मनुष्य' कहलाते हैं। केवल ऐसे लोग ही मनुष्य होने का गौरव और सम्मान प्राप्त करने के अधिकारी होते हैं।

मानव शरीर प्राप्त करने पर भी, यदि हम इस अद्भुत क्षमता का, जो हमें भगवान् से वरदान स्वरूप प्राप्त हुई है, परित्याग कर संसार में जीवन यापन करें तो क्या यह आत्मघात के समान न होगा?

दिव्यता का मार्ग

मनुष्य तत्त्वतः दिव्य है, किन्तु उसके हृदय में उठने वाली इच्छाओं और विचारों की अखण्ड शृंखला उस पर आवरण डाले रहती है। इसके स्तरों की विभिन्नता और इनकी सघनता के मात्रा-भेद से मनुष्यों में वैचित्र्य उत्पन्न होता है। इच्छाओं और विचारों की पर्त हटाना और मनुष्य में अन्तर्निहित दिव्यता का उद्घाटन करना ही शास्त्रों का अंतिम लक्ष्य है।

मनुष्य की मानसिकता का वैज्ञानिक विश्लेषण करें तो ऐसी तीन विचार दशायें मिलती हैं जिनके प्रभाव में मनुष्य का मन कार्य करता है। उन्हें वेदान्त में सत्त्व अर्थात् शुद्ध और शुभ, रजस् अर्थात् कामासक्त और विक्षिप्त और तमस् अर्थात् प्रमाद और निष्क्रियता की स्थिति कहते हैं। इन तीन गुणों के न्यूनाधिक मिश्रण से किसी मनुष्य का व्यक्तित्व निर्मित होता है। वस्तुतः, ये तीनों घटक जिस अनुपात में एक साथ मिलते हैं वैसा ही व्यक्ति का शुभ, अशुभ या तटस्थ स्वभाव और व्यवहार देखने में आता है।

तमस् मन की ऐसी स्थिति है जिसमें जड़ता, आलस्य और प्रमाद की प्रधानता रहती है। इसके कारण न उद्देश्य की स्थिरता रहती है, न हृदय में कोमल भावनायें आती हैं और न शुभ कार्यों में प्रवृत्ति होती है। रजोगुण की स्थिति में मन विक्षिप्त, व्यग्र, कामासक्त और महत्वाकांक्षी रहता है। इसमें कामना, उद्वेग और क्रिया की प्रधानता रहती है। सत्त्व तीनों में सबसे अधिक सूक्ष्म है। यह मन की ऐसी स्थिति है जिसमें सन्तुलित प्रसन्नता, गम्भीर और रचनात्मक शांति रहती है। ध्यानावस्थित होने पर इसका अनुभव होता है।

इन तीन प्रकार के विचारों से मानव मन और बुद्धि की रचना होती है। अतः मन और बुद्धि के भेद के कारण उनकी क्रियाओं की भिन्नता ही है। मन भावना और उद्वेग का उपकरण है और बुद्धि विवेक और निर्णय करने का।

मनुष्य की विवेक शक्ति या निर्णायिका बुद्धि जिन दो क्षेत्रों में कार्य करती है उन्हीं के अनुकूल दो प्रकार की होती है। जब विवेक वस्तुगत

संसार की ओर उन्मुख होता है तो इसे 'स्थूल बुद्धि' (या तीक्ष्ण बुद्धि) कहते हैं। वस्तुओं का जगत् भौतिक विज्ञानों का क्षेत्र है। किन्तु वही शक्ति जब आत्मगत विश्लेषण करती है और जड़, चेतन, लौकिक तथा अलौकिक का विचार करती है उसे सूक्ष्म बुद्धि कहते हैं।

इससे स्पष्ट हो जाता है कि कोई व्यक्ति भौतिक जगत् में अत्यधिक चतुर होने पर भी शास्त्रों के सूक्ष्म तात्पर्य को समझने में क्यों असमर्थ रहता है। उनके प्रतिपाद्य विषय की अनुभूति करना तो बहुत दूर की बात है। स्थूल बुद्धि कितनी ही तीक्ष्ण क्यों न हो वह भौतिकता के क्षेत्र से ऊपर उठ कर परमसत् में न प्रविष्ट हो सकती है और न उसे समझ सकती है। यह तो कुल्हाड़ी लेकर दाढ़ी बनाने का प्रयत्न करना जैसा है।

पशु और यहाँ तक कि पौधे भी किसी सीमा तक बाह्य संसार को समझने की प्रारम्भिक बुद्धि रखते हैं किन्तु सत् और असत् का विवेक करने की क्षमता का उनमें नितान्त अभाव है। मनुष्य ही अपनी सूक्ष्म बुद्धि में ऐसी क्षमता रखता है कि भौतिक परतों से परे जा कर अपने भीतर छिपी दिव्यता में अवगाहन कर उसे समझ सके। हमारे भीतर दिव्य आत्मा तीन भिन्न प्रकार के विचारों से आवृत है। हमारे मन के विचार हमारी ही उन कामनाओं की अभिव्यक्ति हैं जिन्हें हम अपने हृदय में स्थान देते हैं। अतः जब कामनाओं पर विजय प्राप्त हो जाती है तो दिव्यता स्वयमेव प्रकट हो जाती है। भगवत् गीता में आत्मा पर इन इच्छाओं से पड़ने वाले तीन प्रकार के आवरणों का बड़ा सुन्दर वर्णन हुआ है।

सात्विक अथवा शुद्ध और शुभ इच्छायें भी हमारी आत्मा को ढकती हैं, किन्तु यह वातावरण अग्नि पर धूम्राच्छादन की तरह होता है। हवा का एक हल्का झोका लगते ही धुवाँ उड़ जाता है। इसी प्रकार थोड़ी प्रार्थना या ध्यान से ही सूक्ष्म इच्छायें समाप्त हो जाती हैं। राजसिक इच्छायें तीव्र और अहंकारपूर्ण होती हैं। वे दर्पण पर पड़ी धूल की तरह आत्मा को ढक लेती हैं। ऐसी दशा में धूल को साफ करने के लिए प्रयत्न करने की आवश्यकता होती है। इसी प्रकार धर्म के निर्देशानुसार व्यक्तियों को इन इच्छाओं का निवारण करने के लिए प्रयत्न करना होता है। तीसरे प्रकार की इच्छायें तामसिक होती हैं। इनका स्वभाव हठी, दुराग्रही और अहंकारी होता है। गर्भ में जेर की भाँति दिव्यता उनसे आवृत पड़ी रहती हैं। तात्पर्य यह है कि इस प्रकार की इच्छायें केवल प्रयत्न करने से दूर

नहीं हो सकतीं। उनके लिए पर्याप्त समय और धैर्य की आवश्यकता होती है जैसे भ्रूण को बढ़कर गर्भ से बाहर निकलने में समय लगता है।

धर्म की सहायता से हम अपनी इच्छायें और विचार शुद्ध रख सकते हैं। अंततोगत्वा वे समाप्त हो जाते हैं। जैसे-जैसे हम तमस् से सत्त्व की ओर बढ़ते हैं त्यों-त्यों दिव्यता निरावृत होती जाती है और सात्त्विक इच्छायें समाप्त होते ही मनुष्य अपने ईश्वरत्व का अनुभव करता है।

मनुष्य का तात्त्विक रूप

यदि मनुष्य समग्र संसार से उचित और स्वस्थ सम्बन्ध रखना चाहता है, तो उसे अपने वास्तविक स्वरूप को अवश्य समझना चाहिए। हर मनुष्य को शरीर, मन और बुद्धि के उपकरण प्राप्त होते हैं और उसमें एक चेतन तत्त्व होता है जो इन उपकरणों को सजीव रखता है। मनुष्य अपने विकास की पराकाष्ठा में इसी चेतन तत्त्व से तादात्म्य प्राप्त कर लेता है। यह चेतना उसके व्यक्तित्व का आध्यात्मिक तत्त्व है।

भौतिक शरीर हमारे व्यक्तित्व का सर्वाधिक स्थूल पक्ष है। मन उससे सूक्ष्म उपकरण है और बुद्धि इन तीनों में सबसे सूक्ष्म है। ये तीनों ही भौतिक हैं और अपने आप में जड़ और अचेतन हैं। चेतना हमारी अन्तरात्मा है जो इन उपकरणों को प्रेरित, संचालित और क्रियाशील बनाती है। बिना उपकरणों के चेतना न अपने को व्यक्त कर सकती है और न कोई कार्य सम्पादित कर सकती है। आत्मा और शरीर के संयोग से ही जीवन और क्रिया को अभिव्यक्ति प्राप्त होती है।

बाह्य संसार के एक दृष्टान्त से मानव संयत्र की संरचना और कार्य प्रणाली स्पष्ट हो जायेगी। मानव उपकरण बिजली के बल्ब, हीटर या रेफ्रीजरेटर हैं। बल्ब, हीटर या रेफ्रीजरेटर बिना बिजली का सम्पर्क पाये अपने आप में कोई ऐसी शक्ति नहीं रखते जो वे प्रकाशित, गर्म या शीतल हो सकें। इसी प्रकार चेतना, शरीर-मन-बुद्धि उपकरण के द्वारा कार्य करती है और वही जीवन के रूपों में व्यक्त होती है।

जब मनुष्य अपने भौतिक व्यक्तित्व से तादात्म्य कर लेता है, वह संवेदनाओं और विवेक बुद्धि से वंचित रहकर भौतिक प्राणी की भाँति रहता है। वह अपने इन्द्रियोपभोग के लिए धन और संसार की अन्य वस्तुयें अर्जित करने में ही निरन्तर व्यस्त रहता है। इंद्रियोपभोग की इच्छायें कभी तृप्त नहीं होती हैं। उनकी जितनी अधिक चाह की जाती है और उनमें जितना अधिक फंसा जाता है, वे उतनी ही अधिक बढ़ती जाती हैं। अतः शरीर के स्तर पर रहने वाला मनुष्य सदा व्यग्र और अपनी व्यर्थ की इच्छाओं से आक्रान्त रहता है।

किन्तु जब मनुष्य अपनी भावनाओं से अपना तादात्म्य कर लेता है तो वह पहले से अधिक ऊँचे स्तर पर पहुँच जाता है। उसका मन इतना विस्तृत हो जाता है कि वह अन्य लोगों के कल्याण का भी ध्यान रखता है दूसरों के प्रति प्रेम और भ्रातृ भावना से उसे जो उत्कृष्ट और सूक्ष्म तृप्ति मिलती है वह शारीरिक सुखोपभोग में कदापि सम्भव नहीं है। परिणामतः, वह जिसे प्रेम करता है, उसके हित में वह अपने इंद्रिय सुखों को त्याग देता है।

मनुष्य जब और ऊपर उठ कर अपनी बुद्धि से तादात्म्य प्राप्त कर लेता है तो उसका विवेक विकसित होता है और उसके प्रकाश में उसकी भावनायें और शारीरिक सुखों की प्यास विलीन हो जाती है। उदाहरणार्थ, जब कोई वैज्ञानिक या राजनीतिज्ञ किसी बौद्धिक विचार या सिद्धान्त से उत्साहित होता है तो उसे न अपने लड़कों-बच्चों से भावात्मक आसक्ति होती है और न उसे अपनी शासीरिक भूख तृप्त करने की चिन्ता होती है। वह अपने कार्य में तल्लीन रहता है।

मानवी व्यक्तित्व का अन्तरतम भाग चेतना है। वह ऐसा जीवन केन्द्र है जिसके चारों ओर शरीर, मन और बुद्धि की समग्र क्रियायें परिभ्रमण करती हैं। वह चक्र में धुरे के समान अचल और अपरिवर्तनीय रहता है किन्तु अन्य सब परिवर्तनों और गतियों का कारण वही है। जब मनुष्य अपने आप में इस अचल अपरिवर्तनीय चेतन सत्ता से तादात्म्य प्राप्त कर लेता है तो वह इन्द्रियानुभूति, भावनाओं और विचारों के परिवर्तनशील जगत् का शिकार नहीं होता। वरन् उन सब का स्वामी या अधिपति बन जाता है। ऐसे व्यक्ति के बौद्धिक प्रयास, मानसिक आसक्तियाँ और शारीरिक इच्छायें स्वभावतः वैसे ही नष्ट हो जाती हैं जैसे फल उगने पर फूल पत्तियाँ झड़ जाती हैं।

धर्म से हमें यह शिक्षा मिलती है कि हम अपने आध्यात्मिक तत्त्व पर ध्यान केन्द्रित करें। वह हमारा वास्तविक या सत् स्वरूप है। जब हमें अपनी सत्ता की अनन्तता का बोध हो जाता है तो हमें परम आनन्द का अनुभव होता है और भौतिक संसार से प्राप्त होने वाली हर सम्भव वस्तु के प्रति नितान्त वैराग्य उत्पन्न हो जाता है।

दिव्यता की स्थिति

विचारों के तिरोहित हो जाने पर ईश्वरी सत्ता की अनुभूति होती है। यह मनुष्य की ऐसी स्थिति है जिसमें वह पूर्णतः अनुभवातीत हो जाता है। दिव्यता मनुष्य का वास्तविक स्वरूप और सार है, किन्तु यह विचारों के पर्त के नीचे ढकी पड़ी है। जैसे ही विचार उठना बन्द हो जाते हैं ईश्वरत्व प्राप्त हो जाता है। सत्य तक पहुँचने के लिए धर्म विभिन्न मार्गों का निर्देश करता है। वह मन को शान्त और अनुभवातीत करके विचार मुक्त होने की विभिन्न विधियाँ निर्धारित करता है।

मन और विचारों का वही सम्बन्ध है जो नदी और जल का है। मन विचार मात्र नहीं है, जैसे नदी जल मात्र नहीं है। जल का प्रवाह ही उसे नदी का रूप देता है। इसी प्रकार विचारों के प्रवाह से मन की रचना होती है। मन की रचना होने पर हमारे अन्दर की दिव्य आत्मा आवृत्त हो जाती है। शास्त्रों का लक्ष्य विचार-धारा को रोक कर उसे समाप्त करना और मन को अनुभवातीत बनाना है। इसके परिणामस्वरूप हमारी अन्तर्निहित दिव्यता प्रकाशित हो उठती है। दोनों दशाओं में प्रवाह शक्ति और स्फूर्ति उद्‌भूत होती है। पानी चाहे जितना ही संग्रहीत हो वह निष्क्रिय और शक्तिहीन पड़ा रहता है। उसके प्रवाहित होने पर ही उसमें शक्ति और स्फूर्ति आती है। इसी प्रकार, विचारों के द्रुत प्रवाह से स्फूर्त मन उद्‌भूत होता है और वह शाश्वत, स्थिर और मूर्तमान प्रतीत होने वाले संसार का प्रक्षेप करता है। यही संसार हमारे अनुभव में आता है। यही बात अंधेरे में जलते हुए मशाल को तेजी से घुमाने पर देखने में आती है। उसकी द्रुत गति के कारण ऐसी स्पष्ट आकृतियाँ बन जाती हैं जो यथार्थ प्रतीत होती हैं। आधुनिक युग में सिनेमा (चलचित्र) इसी सिद्धान्त का एक और उदाहरण है। फिल्म के चित्र स्वतः जड़ और निर्जीव हैं किन्तु जब प्रक्षेपक (प्रोजेक्टर) में फिल्म तेजी से चलती है तो पर्दे पर मूर्तमान और सजीव चित्र देखने में आते हैं।

आजकल मनुष्य का मन नियंत्रण से बाहर होकर सब दिशाओं में प्रवाहित हो रहा है। वह बाढ़ में आई नदी की तरह है। हमारा पहला

प्रयत्न यही होना चाहिए कि उस पर अंकुश लगाकर उसे नियंत्रण में लाकर चारों ओर से उसका प्रवाह रोका जाय। यह कार्य तटों को सुदृढ़ बनाकर किया जा सकता है। विचारों की सरिता के तट बुद्धि-निर्मित हैं। वही उसके प्रवाह को दिशा प्रदान करती है। अतः शास्त्रों की सहायता से बुद्धि को ही शुद्ध करना और गढ़ना चाहिए।

इसके अतिरिक्त नदी का स्वरूप उसमें बहने वाले विचारों की गुणवत्ता और संरचना पर आश्रित है। यदि जल मलिन है तो नदी भी मलिन है, यदि जल वेग में हैं तो नदी भी वेग में है आदि। इसी प्रकार, विचारों का मन से सीधा सम्बन्ध है और मन का सम्बन्ध मनुष्य से है। जैसे विचार वैसा मन और जैसा मन वैसा मनुष्य होता है। अतः मनुष्य में तब तक कोई परिवर्तन नहीं हो सकता जब तक उसका मन परिवर्तित न हो और मन भी तब तक परिवर्तित नहीं हो सकता जब तक विचारों की रचना और प्रकृति में परिवर्तन नहीं आता है।

विचारों में परिवर्तन तीन प्रकार से आ सकता है, विचारों की मात्रा कम होने से, विचारों की प्रकृति में प्रकर्ष होने से और विचारों की दिशा परिवर्तित होने से। हिन्दू धर्म में यही तीन प्रसिद्ध योग हैं, जिन्हें क्रमशः कर्मयोग, भक्तियोग और ज्ञानयोग कहते हैं। इसके अतिरिक्त एक चौथा योग अर्थात् हठयोग उन लोगों के लिए निर्धारित किया गया है जिनके हृदय और बुद्धि दोनों ही अविकसित हैं। इन योगों अभ्यास करने से मन निर्मल हो जाता है और उसमें ध्यान करने की क्षमता आ जाती है। जब निर्मल मन ध्यान मग्न हो जाता है तो विचारों के अंतिम अवशेष भी नष्ट हो जाते हैं और ध्याता परम आनन्द की स्थिति में पहुँच जाता है।

हिन्दुओं के ये चार योग समस्त प्रकार के मनुष्यों की आवश्यकता पूरी कर देते हैं। संसार के किसी दूसरे धर्म में ऐसी उदारता और व्यापकता का गुण नहीं है। समस्त संसार को इस ज्ञान की उतनी ही आवश्यकता है जितनी भारतीय लोगों को।

दिव्यता की स्थिति केवल वैयक्तिक उपलब्धि नहीं है बल्कि इसका चरम विकास समस्त विश्व का पुनर्जागरण ही है।

वेदान्त के मूल सिद्धान्त

समाज में सभ्यता का विकास संस्कृति के साथ होता है और संस्कृति के पतन के साथ सभ्यता का भी ह्रास होता है। मिस्र, यूनान और रोम की सभ्यता के पतन में हमने यही बात देखी है। व्यास ने वेदों का सम्पादन कर भारतीय संस्कृति को नष्ट होने से बचा लिया। बुद्ध ने अपने समय में संस्कृति का पुनरुद्धार किया। शंकर के समय में एक बार फिर भारतीय संस्कृति ह्रास की ओर अग्रसर हो चली थी। संस्कृति का ह्रास होने पर बर्बरता और अनैतिकता बढ़ती है। दर्शन का विपरीत अर्थ लगाया जाता है और अन्त में घातक विनाश होता है। शंकर ऐसी ही परिस्थिति में अवतीर्ण हुए और हिन्दू धर्म में नव जागरण ला दिया। इसी प्रकार अनेक महापुरुषों ने समय-समय पर इस देश की महान संस्कृति के संरक्षण में योगदान दिया है।

हिन्दुत्व किसी व्यक्ति विशेष अथवा ग्रन्थों के ऊपर निर्भर नहीं है। प्राचीन भारत में ज्ञानी पुरुषों ने अपना समय प्रकृति की सुन्दर और सम्पन्न गोद में व्यतीत किया था। हिमालय की उपत्यकायें और वन तथा पवित्र गंगा उनके शिक्षक थे। उन्होंने उनके हृदय में उस शक्ति का रहस्य समझने की प्रेरणा प्रदान की जो निर्जीव को जीवन प्रदान करती है। इन ऋषियों ने अपने विचार और अनुभूति के आधार पर शास्त्रों की रचना की जो आगे चल कर वेदों के नाम से प्रसिद्ध हुए।

वेद संख्या में चार हैं– ऋक्, यजुः, साम और अथर्वण। प्रत्येक वेद तीन भागों में विभाजित है। उन्हें मंत्र, ब्राह्मण और उपनिषद् (और आरण्यक) भाग कहते हैं। मंत्र भाग में इन तत्त्वद्रष्टा ऋषियों द्वारा रचे गये गीति-काव्य में प्रकृति के सौन्दर्य के आह्लादकारी गीतों का गान मिलता है। ब्राह्मण भाग में कर्मकाण्ड और यज्ञों का वर्णन मिलता है। उनका उद्देश्य मानसिक संघटन और आत्मशुद्धि है। अंतिम भाग में दार्शनिक ज्ञान दिया गया है जिसे वेदान्त कहते हैं।

वेदों (अर्थात् ऋषियों) के अतिरिक्त इस देश के शास्त्रों में स्मृति, इतिहास और पुराण भी सम्मिलित हैं। इनमें दर्शन, नैतिकता, सामाजिक विज्ञान, समाज के नियमों आदि का निरूपण किया गया है।

वेद किसी एक व्यक्ति द्वारा नहीं लिखे गये, उन्हें अनेक ऋषियों ने अपने प्रातिभ ज्ञान की उच्चता से उद्घोष के रूप में व्यक्त किया है। अपनी अनुभवातीत स्थिति में पहुँचकर वे मैं और मेरे की परिधि पार कर जाते थे। यही कारण है कि उन्होंने पवित्र ग्रन्थों के साथ अपने नाम कभी नहीं जोड़े।

भौतिक वैज्ञानिकों ने वस्तु जगत् के विषय में जिज्ञासा की और सूक्ष्म निरीक्षण तथा बौद्धिक विश्लेषण के द्वारा प्रकृति के वैज्ञानिक नियमों की खोज की। ऋषियों ने भी विश्लेषण और निगमन की वही विधि अपनाई और मनुष्य के व्यक्तित्व की आत्मगत खोज की। उनकी उपलब्धियाँ दर्शन और धर्म कहलाती हैं। दोनों प्रकार की खोज करने वालों में अन्तर यही है कि उनकी खोज का क्षेत्र भिन्न-भिन्न है। इसलिए उपनिषदों में स्वभावतः जीवन और उसके अर्थ तथा उद्देश्य का विवेचन मिलता है।

यदि हम जीवन को समझना चाहें तो उसके विलोम मृत्यु का विश्लेषण और ज्ञान आवश्यक है। जब कोई जीवधारी बाह्य वस्तुओं के उत्प्रेरक ग्रहण करने और उनके प्रति अपनी प्रतिक्रिया व्यक्त करने में पूर्णतः असमर्थ हो जाता है तो उसे मृत कहते हैं। दूसरे शब्दों में मृत्यु अनुभवों की पूर्ण समाप्ति की स्थिति है। अतः जीवन को निरन्तर प्रवाहित होने वाली अनुभव-धारा कहते हैं।

जीवन एक अनुभव-धारा होने के कारण उसका प्रत्येक अनुभव जीवन की एक इकाई है, जैसे ईंट दीवाल की इकाई है। दीवाल की मजबूती या कमजोरी उन ईंटों की गुणवत्ता और संरचना पर निर्भर है जिनसे वह दीवाल बनी है। उसी प्रकार व्यक्ति के जैसे अनुभव होते हैं वैसा ही उसका जीवन होता है। यदि उसके अनुभव सुखद हैं तो उसका जीवन भी सुखी है और यदि वे दुखद हैं तो उसका जीवन भी दुखी है।

व्यक्ति जब बाह्य संसार से उत्प्रेरक ग्रहण करता है और उनके प्रति अपनी प्रतिक्रिया व्यक्त करता है तब उसे अनुभव कहते हैं। अतएव अनुभव के निम्नलिखित तीन अंग हैं–

१. अनुभवकर्ता – व्यक्ति
२. अनुभूत – वस्तु
३. अनुभव – व्यक्ति और वस्तु के बीच सम्बन्ध

ऋषियों की खोज का विषय था 'अनुभवकर्ता' जब कि भौतिक वैज्ञानिकों का विषय 'अनुभूत वस्तु' थी। अनुभवकर्ता के विषय में जिज्ञासा करना ही दर्शन है जब कि अनुभूत वस्तु के विषय में जिज्ञासा करना 'विज्ञान' है।

ऋषियों ने मनुष्य के आन्तरिक व्यक्तित्व को विकसित करने और उसे अपने संसार की घटनाओं और पर्यावरण से मुक्त करने का प्रयत्न किया। इस प्रकार मनुष्य का जीवन स्तर उठाना ही उनका लक्ष्य था।

इनके विपरीत वैज्ञानिकों ने मनुष्य के रहने के लिए संसार को अधिक सुन्दर बनाने का प्रयत्न किया और इस प्रकार उनका उद्देश्य जीवन यापन का स्तर ऊपर उठाना था।

अनुभवों का और अधिक विश्लेषण करने पर हम देखते हैं कि अनुभव हमारे व्यक्तित्व के विभिन्न स्तरों से उत्पन्न होते हैं। उदाहरणार्थ जब कोई व्यक्ति अनादर के साथ एक प्याली कॉफी देता है तो हमारा भौतिक व्यक्तित्व उसे भले ही स्वीकार करना चाहे किन्तु हमारा भावात्मक और बौद्धिक व्यक्तित्व उसका विरोध करता है। ऋषियों ने मनुष्य की संरचना का वैज्ञानिक विश्लेषण कर उसका विधिवत् अध्ययन किया और उसका अध्यात्म-भौतिक व्यक्तित्व निर्धारित किया। उन्होंने यह खोज निकाला कि मनुष्य के व्यक्तित्व में जीवन की एक दिव्य चिन्गारी है जिसे आत्मा कहते हैं और भूतों के पाँच पर्त उसे आवृत्त किये हैं।

आत्मा को आवृत्त करने वाले भूतों के पाँच पर्त 'कोश' कहलाते हैं– कोश शब्द से इस बात का संकेत मिलता है कि यह केवल एक आवरण है और इसके अन्दर कोई अधिक मूल्यवान वस्तु है। जैसे कृपाण और उसका कोश एक दूसरे से भिन्न होते हैं वैसे ही जीवन के दिव्य स्फुलिंग और उसके भौतिक आवरणों के बीच कोई सम्पर्क नहीं है।

इस प्रकार निम्नलिखित पाँच कोश अलग-अलग हैं–

१. अन्नमय कोश
२. प्राणमय कोश
३. मनोमय कोश
४. विज्ञानमय कोश
५. आनंदमय कोश

१. अन्नमय कोश

भौतिक शरीर जो कि हमारा सबसे बाहरी व्यक्तित्व है और जिसके बाद हमारा कोई भौतिक अस्तित्व नहीं है, अन्नमय कोश कहलाता है। यह अन्नमय इसलिए कहलाता है कि यह पिता के खाये हुए अन्न के सार से उत्पन्न हुआ और गर्भ में माँ के द्वारा खाये हुए अन्न से पोषित हुआ है। अन्न खाने से ही इसका अस्तित्व चलता रहता है और अन्त में मरने के बाद यह भूमि की खाद बन जाता है और अन्न रूप में पुनः उत्पन्न होता है। भौतिक शरीर की संरचना अन्न से होने, अन्न से रहने और अन्त में अन्न ही बन जाने के कारण स्वभावतः अन्नमय कोश कहलाती है। यही नाम इसके लिए सबसे उपयुक्त है।

अन्नमय कोश में पाँच ज्ञानेन्द्रियाँ और पाँच कर्मेन्द्रियाँ होती हैं। पाँच ज्ञानेन्द्रियाँ नेत्र, श्रवण, घ्राण, जिह्वा और त्वचा है। कर्मेन्द्रियाँ वाक्, पाणि, पाद, गुदा और उपस्थ हैं।

२. प्राणमय कोश

पंच प्राण प्राणिशास्त्रियों द्वारा निरूपित पाँच अंतः शारीरिक तन्त्रों से मिलते-जुलते हैं। शरीर की सहायक ये पाँचों क्रियायें श्वास वायु से संचालित होती हैं, इसीलिए इसे प्राणमय कोश कहते हैं। पाँच प्राण निम्नलिखित हैं।

(१) प्राण – इन्द्रिय ज्ञान ग्रहण करने की क्षमता : बाह्य वस्तु जगत् से पाँच ज्ञानेन्द्रियों द्वारा प्राप्त होने वाले पाँच उत्प्रेरकों के ज्ञान को यह नियंत्रित करता है।

(२) अपान – विसर्जन की क्षमता : इसके द्वारा शरीर के पदार्थ, जैसे वीर्य, कफ, स्वेद, मल आदि बाहर निकलते हैं।

(३) समान – पाचन शक्ति : इसके द्वारा पेट में पड़ा भोजन पचता है।

(४) व्यान – रक्त संचार की शक्ति : इस शक्ति के द्वारा पचा हुआ भोजन रक्त धाराओं से होकर शरीर के विभिन्न अंगों में पहुँचता है।

(५) उदान – विचार शक्ति : इस शक्ति से व्यक्ति अपने विचारों को वर्तमान स्तर से ऊपर उठाता है जिससे वह नये विचार या सिद्धान्त की

संभाव्यता या सार्थकता समझ सकता है। यह आत्म-प्रशिक्षण की क्षमता है।

आयु बढ़ने के साथ-साथ ये पाँचों क्षमतायें क्षीण होती जाती हैं। प्राणमय कोश अन्नमय कोश का नियंत्रण और संचालन करता है। जब प्राण ठीक से काम नहीं करते तो भौतिक शरीर प्रभावित होता है।

३. मनोमय कोश

मन प्राणमय कोश को नियंत्रण में रखता है और उसे आदेश देता है। उदाहरणतः जब मन किसी दुःख से उद्विग्न होता है तो उसका प्रभाव प्राण और शरीर पर दिखाई देता है।

४. विज्ञानमय कोश

बुद्धि मनोमय कोश का नियंत्रण करती है।

मन और बुद्धि का तुलनात्मक अध्ययन– मन और बुद्धि को स्पष्टतः समझाने के लिए उनमें निम्नलिखित पाँच भेद बताये गये हैं। इन भेदों के द्वारा हम दोनों का स्पष्ट रूप और महत्व समझ सकते हैं।

१. मन ज्ञानेन्द्रियों से बाह्य उत्प्रेरक प्राप्त करता है और अपनी अनुक्रिया कर्मेन्द्रियों को सूचित करता है। यद्यपि पाँच ज्ञानेन्द्रियों द्वारा प्राप्त उत्प्रेरक एक दूसरे से अलग और भिन्न प्रकार के होते हैं किन्तु उन सब का एक संघटित अनुभव एक स्थान पर प्राप्त होता है जिसे मन कहते हैं। बुद्धि में निर्णय करने की क्षमता होती है, वह विवेक रखती है और निश्चय करती है। मन के द्वारा प्राप्त उत्प्रेरकों की परीक्षा कर अपना निर्णय निकालती है और मन को आदेश देती है कि किस प्रकार अनुक्रिया के अनुसार कार्य किया जा सकता है। मन डाक लेने और भेजने वाले लिपिक की भांति है जो अपने कार्यालय अधीक्षक के आदेशानुसार डाक बाहर भेजता है। अतः बुद्धि की तुलना उस अधिकारी से की जा सकती है जो अपने लिपिक द्वारा प्राप्त पत्रों पर निर्णय लेता है और आदेश देता है कि क्या कार्यवाही की जाये। मन और बुद्धि की कार्यविधियाँ तथा उनके कार्य विशेष एक उदाहरण से भली भांति समझे जा सकते हैं। जब कोई व्यक्ति जलती हुई सिगरेट के टुकड़े पर पैर रख देता है तो वह तुरन्त अपना पैर हटा लेता है किन्तु यह सब होने के पहले कई प्रतिक्रियायें

होती हैं। जैसे ही मनुष्य का पैर अग्नि के संसर्ग में आता है, त्वचा अग्नि के उत्प्रेरक को मन तक ले जाती है और मन उसे बुद्धि के सामने निर्णय लेने के लिए प्रस्तुत करता है कि किस प्रकार की प्रतिक्रिया होना आवश्यक है। बुद्धि अपने पूर्व अनुभव और ज्ञान के आधार से मन को आदेश देती है और मन शरीर की मांसपेशियों को आदेश देता है कि पैर हटा लिया जाय क्योंकि जिस वस्तु के संसर्ग में पैर है वह शरीर के लिए हानिकारक है।

२. इसके अतिरिक्त मन विचारों का सतत् प्रवाह है। यदि प्रत्येक विचार को एक बाल्टी पानी माना जाय तो मन एक नदी है जिसमें जल निरन्तर प्रवाहित रहता है। बाल्टी के पानी की तरह विचार में स्वतः गत्यात्मकता नहीं होती किन्तु जब वे बहुत बड़ी संख्या में प्रवाहित हो चलते हैं तो नदी में गति और शक्ति आ जाती है। इसी प्रकार जब विचार निरंतर प्रवाहित होते हैं तो उनमें बड़ा उद्वेग उत्पन्न होता है और मन मनुष्य का सबसे शक्तिशाली विरोधी बन जाता है।

बुद्धि में पूर्व अनुभव और ज्ञान की समग्र स्मृति संचित रहती है। अनुभवों का यह भंडार ही मनुष्यों को कार्यों का पथ-प्रदर्शक है। उपर्युक्त रूपक में बुद्धि की तुलना नदी के तटों से की जा सकती है जिनसे नदी की दिशा और मार्ग निर्धारित होता है।

३. मन के विषय में यह भी कहा जा सकता है कि उसमें उद्वेग और अनुभूतियाँ उत्पन्न होती हैं तथा बुद्धि में समस्त विचार और सिद्धान्त जन्म लेते हैं।

४. मन और बुद्धि के अध्ययन करने का एक तरीका यह भी है कि उनके कार्य-क्षेत्र की परीक्षा की जाय। मन केवल ज्ञात क्षेत्र में विचरण करने की क्षमता रखता है किन्तु बुद्धि ज्ञात क्षेत्र में रहने के अतिरिक्त अज्ञात क्षेत्र में भी प्रवेश करने की शक्ति रखती है। वह नई खोज कर सकती है, नई बातों पर विचार कर सकती है और नये सिद्धान्तों को समझ सकती है।

५. मन और बुद्धि के स्वभाव और गुणों में भी अन्तर है। मन सदा परिवर्तनशील है। इसमें सन्देह उत्पन्न हुआ करते हैं। किन्तु विचारों के

स्थिर होने पर एक 'निश्चित निर्णय' बन जाता है जिसे बुद्धि कहते हैं। उदाहरणार्थ, जब मनुष्य यह निर्णय नहीं ले पाता कि उसे आमिष-भोजी होना चाहिए या निरामिष-भोजी, तो ऐसी संशयात्मक स्थिति में उसके विचार मन कहलाते हैं, किन्तु जब वे एक निश्चय पर पहुँच जाते हैं निश्चय कुछ भी हो, तो उसके विचार बुद्धि का स्तर प्राप्त कर लेते हैं। अतः किसी क्षण में जो मन है वही किसी दूसरे क्षण में विकसित होकर बुद्धि बन सकता है। इसके विपरीत बुद्धि भी उतर कर उस समय मन के स्तर पर आ जाती है जब उसके निर्णय किसी दूसरी अधिक शक्तिशाली बुद्धि की सम्मति से प्रभावित होकर दुर्बल पड़ जाते हैं।

मन और बुद्धि को समझने के लिए किया गया उपर्युक्त भेद केवल उनके कार्यों की दृष्टि से है। वस्तुतः वे दोनों ही तत्त्वरूप से विचार-निर्मित हैं और वेदान्त के अध्ययन में प्रायः उनमें से किसी एक का प्रयोग दूसरे का संकेत करता है।

५. आनन्दमय कोश

वासना निर्मित कोशों में यह सबसे भीतरी है। यह अविद्या जनित है और सुषुप्तावस्था में हम इसी में सीमित रहते हैं। इसको आनन्दमय इसीलिए कहते हैं कि व्यक्ति जाग्रत और स्वप्नावस्था में कुछ भी दशा हो, चाहे वे धनी या दरिद्री हों, सफल या निराश हों, स्वस्थ या रुग्ण हों, युवा या वृद्ध हों, एक बार सुषुप्ति में पहुँचने पर सब को एक समान अविचल शांति और सुख का अनुभव होता है, क्योंकि अन्य दो अवस्थाओं में प्राप्त होने वाले विक्षेप इस समय तिरोहित हो जाते हैं। आनन्दमय कोश विज्ञानमय कोश पर नियंत्रण रखता है। कारण यह है कि बुद्धि मनुष्य की वासनाओं से ही नियंत्रित होती है और दिशा-बोध प्राप्त करती है।

आनन्दमय कोश के पर्याय हैं– वासनायें, अविद्या, (आत्मा का) अज्ञान (सत् की) अप्रतीति, कारण शरीर और सुषुप्ति। वेदान्त में इन शब्दों का इतना अधिक प्रयोग होता है कि हमारे अध्ययन के लिए उनका जानना आवश्यक हो जाता है। तत्त्वतः ये सब एक ही हैं। किन्तु इनमें से प्रत्येक का प्रयोग किसी विशेष प्रसंग में एक ही वस्तु के किसी विशेष पक्ष को इंगित करने के लिए किया जाता है।

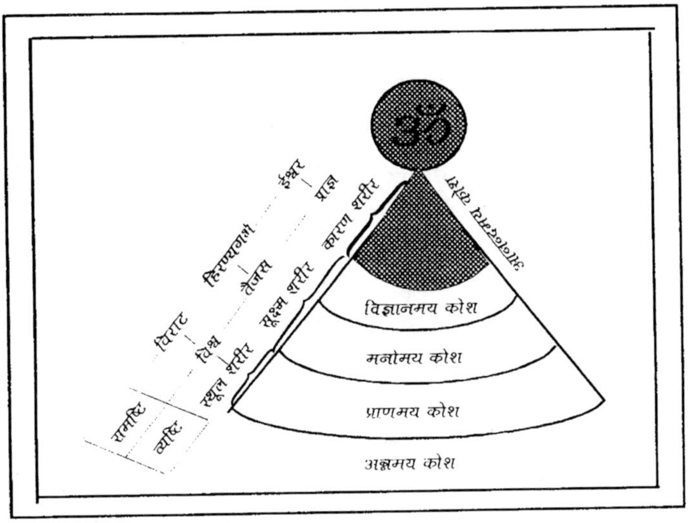

सब से सूक्ष्म आत्मा है जो पंच-कोशों की संरचना में अन्तर्तम भाग है। पाँच कोश उन पाँच वस्त्रों की तरह हैं, जो किसी व्यक्ति ने पहन रखे हों। वे पहनने वाले से बिल्कुल पृथक् हैं। इसी प्रकार आत्मा भी भौतिक पाँच परतों से अलग है।

प्राणमय कोश अन्नमय कोश के 'भीतर' कहा जाता है और मनोमय कोश प्राणमय कोश के 'भीतर'। इसी प्रकार सभी कोश एक के भीतर एक हैं और आत्मा सबसे भीतर है। इससे हमारे मन में यह विचार आता है कि आत्मा कोई ऐसी छोटी सी वस्तु है जो भौतिक पर्तों के अन्दर कहीं विद्यमान है। यह बात उपनिषदों के कथन के विपरीत है क्योंकि उनमें कहा गया है कि आत्मा सर्व-व्यापी है। अतः यहाँ 'अन्दर' शब्द का प्रयोग दर्शन के सन्दर्भ में समझ लेना आवश्यक है। जब एक कोश दूसरे के अन्दर कहा जाता है तो इसका अर्थ यह होता है कि अन्दर वाला कोश बाहर से अधिक सूक्ष्म है। सूक्ष्म कोश स्थूल कोश को नियंत्रित, व्यवस्थित और पोषित करता है। अतः आत्मा जो कि सूक्ष्मतम है सभी कोशों की नियंत्रक और पोषक है।

दर्शन में सूक्ष्मता व्यापकता से मापी जाती है। उदाहरणार्थ, जब बर्फ का टुकड़ा पिघलता है तो वह पानी वन कर अधिक स्थान घेर लेता है। अतः दार्शनिक भाषा में हम कह सकते हैं कि बर्फ से जल अधिक सूक्ष्म

है। पुनः पानी के उबलने पर भाप बनती है और कमरे के सम्पूर्ण वातावरण में फैल जाती है। अतः भाप पानी से भी अधिक सूक्ष्म मानी जाती है।

इसी प्रकार, अन्नमय कोश या भौतिक शरीर स्थूलतम है और खूब भोजन कर लेने के बाद सम्भवतः कमर के आस-पास दो इंच से अधिक नहीं फैल पाता। प्राणमय कोश, जिसमें पाँच प्राण हैं अन्नमय कोश से अधिक व्यापक है क्योंकि इन्द्रिय-प्रत्यक्षों की गति भौतिक शरीर की सीमा से परे है। मन उससे भी अधिक सूक्ष्म है क्योंकि वह प्रत्यक्षण के क्षेत्र तथा अन्य शारीरिक क्रियाओं के परे जा कर भी (केवल ज्ञात क्षेत्र में) विचरण कर सकता है। बुद्धि ज्ञात क्षेत्र के परे जाने की और अज्ञात क्षेत्र में प्रवेश करने की क्षमता रखती है, अतः स्पष्ट है कि वह मन से भी अधिक सूक्ष्म है। पाँच कोशों में से आनन्दमय कोश सबसे अधिक सूक्ष्म है क्योंकि वह अन्य चारों कोशों में व्याप्त रहता है और सुषुप्तावस्था में स्वतंत्र भी रहता है। उस अवस्था में कोई भी दूसरा कोश उस तक नहीं पहुँच सकता।

इन पाँच कोशों का वस्तुतः अलग-अलग अस्तित्व नहीं है, उनका विश्लेषण केवल अध्ययन के लिए किया जाता है।

अन्नमय और प्राणमय कोशों को एक साथ मिलाकर स्थूल शरीर कहते हैं। मनोमय और विज्ञानमय कोश मिलकर सूक्ष्म शरीर कहलाते हैं। आनन्दमय कोश को कारण शरीर कहा जाता है। अतः मनुष्य की संरचना स्थूल, सूक्ष्म और कारण शरीर अथवा पाँच कोशों के आवरण और चेतना अथवा जीवन तत्त्व से निर्मित होती है।

जब चेतना या अन्तरात्मा स्थूल शरीर से तादात्म्य रखती है तो उसकी अभिव्यक्ति जागने वाले के रूप में होती है और वह जाग्रत विश्व का अनुभव और उपयोग करता है। वही आत्मा जब स्थूल शरीर से अपने को अपकृष्ट कर सूक्ष्म शरीर से तादात्म्य करती है तो वह अपने को स्वप्नद्रष्टा के रूप में व्यक्त करती है और स्वप्न जगत् का अनुभव करती है। इसी प्रकार अपने को स्थूल और सूक्ष्म शरीरों से हटाकर जब वह कारण शरीर से तादात्म्य स्थापित करती है तो उसे गहन निद्रा में सोने वाला कहते हैं और वह कुछ न होने का अनुभव करती है। यह बात बहुत कुछ वैसे ही है जैसे व्यक्ति अपने बच्चों का 'पिता' कहलाता है, कार्यालय में 'अधिकारी' कहलाता है और टेनिस के मैदान में 'टेनिस का खिलाड़ी' कहलाता है। वस्तुतः ये विभिन्न नाम एक ही व्यक्ति को दिये

जाते हैं जिसके बिना इन उपाधियों में से किसी का भी सार्थक होना सम्भव नहीं है। इसी प्रकार हमारी वास्तविक प्रकृति शुद्ध चेतनस्वरूप है जो जाग्रत, स्वप्न और सुषुप्ति तीनों स्थितियों से परे है। आत्मा का भौतिक आवरणों से तादात्म्य हो जाने के कारण शरीर के दुःख आत्मा पर अध्यारोपित प्रतीत होते हैं।

उदाहरण के लिये एक टिन का डिब्बा लीजिये जिसमें कई प्रकार, आकार और रंगों की मिठाई कागज में लिपटी रखी है। एक बच्चा अज्ञान के कारण मिठाई को रुपहले कागज के वेष्ठन समेत चबा लेता है। इसमें संदेह नहीं कि उसे मिठाई का स्वाद मिलता है किन्तु रुपहले कागज की कड़ुवाहट उसका मजा किरकिरा कर देती है। इसी प्रकार आत्मा निरपेक्ष आनन्दस्वरूप है और भौतिक तत्त्वों की पाँच पर्तों के भीतर विद्यमान है किन्तु संसार रूपी टिन के डिब्बे में वह ब्राह्मण, अब्राह्मण, भारतीय, यूरोपीय आदि लेविलों से ढकी सी रखी है। हम अज्ञानी बच्चे आनन्द का उपभोग भौतिक पर्तों के साथ करना चाहते हैं। संदेह नहीं कि सुख की लहरें आती हैं किन्तु उनके साथ दुःख और कटुता का भी अनुभव करना पड़ता है। अतः निरपेक्ष आनन्द का अनुभव पाने के लिए हमें विश्लेषण करके पाँचों भौतिक पर्तों को अपने से दूर करना होगा और आत्मा को जागने, स्वप्न देखने और सोने वाले से भिन्न समझना होगा। अपने व्यक्तित्व की इन पाँचों अध्यारोपित पर्तों को समझने और अपनी शुद्ध आत्मा का बोध प्राप्त करने को पंच-कोश विवेक कहते हैं।

पाँच कोशों को तीन भागों में विभाजित किया जा सकता है– स्थूल, सूक्ष्म और कारण शरीर। ये तीनों रथ जैसे हैं जिनके द्वारा आत्मा कार्य करती है।

मनुष्य के आस-पास जो वस्तुओं, व्यक्तियों, और घटनाओं का संसार है वह उसके नियंत्रण में नहीं है। अनपेक्षित और कष्टकारक घटनाएं समय-समय पर घटित होना अवश्यम्भावी है। किन्तु मनुष्य इन घटनाओं के प्रति होने वाली प्रतिक्रिया नियंत्रित करने की क्षमता रखता है। इससे वह विपरीत अवस्थाओं से अप्रभावित रह सकता है। उनसे बुद्धिमानीपूर्वक सम्पर्क में आने और सुखद अनुभव प्राप्त करने के लिए यह आवश्यक है वह उन उपकरणों का ज्ञान रखे जिनके द्वारा उसे संसार की चुनौतियों का निरंतर सामना करना पड़ता है। अतः कोशों का विश्लेषण और अध्ययन विचारवान जीवन के लिए आवश्यक है।

आत्मा क्या है?

मनुष्य का विश्लेषण कर ऋषियों ने यह खोज निकाला कि व्यक्तित्व के पाँच स्तर भौतिक हैं और भौतिक अपने आप में जड़ और अचेतन है। यद्यपि व्यक्ति भौतिक तत्त्वों से निर्मित है किन्तु वह चेतन है और अपने आस पास के संसार के प्रति सचेत है। अतः इसका अर्थ यह है कि मनुष्य भौतिक तत्त्व के अतिरिक्त कुछ और है जिसके कारण वह चेतन है। यह चेतन तत्त्व आत्मा या ईश्वर है। यह चुम्बक में चुम्बकीय शक्ति की भांति है। चुम्बक उस लोहे से भिन्न होता है जिसमें चुम्बकीय शक्ति होती है।

आत्मा इन्द्रियों को वह शक्ति प्रदान करती है जिससे उन्हें विषयों का बोध होता है। उसी की शक्ति से मन अनुभव करता है और बुद्धि विचार करती है। अतः शास्त्रों में उसे शरीर, मन और बुद्धि में क्रमशः प्रत्यक्ष करने वाली, अनुभव करने वाली और विचार करने वाली कहा गया है। वह बिजली की भांति भिन्न-भिन्न उपकरणों में भिन्न-भिन्न रूप से अभिव्यक्त होती है।

अतः आत्मा स्थूल, सूक्ष्म और कारण शरीरों से अथवा भौतिक पंचकोशों से भिन्न कहा गया है। वह चेतना की जाग्रत, स्वप्न और सुषुप्त अवस्थाओं का साक्षी तथा इन्द्रियों द्वारा प्रत्यक्ष करने वाला है। वह मन में अनुभव करने वाला और बुद्धि में विचार करने वाला है।

समस्त गोचर विषय
समस्त उद्‌भूत संवेग
समस्त उद्‌भूत विचार
} = व्यक्ति द्वारा अनुभूत संसार (OET)

प्रत्यक्षकर्ता
अनभवकर्ता
विचारकर्ता
} = अहं या वैयक्तिकता (PFT)

शरीर + मन + बुद्धि = व्यक्ति के उपकरण (BMI)

स्थूल शरीर में पाँच ज्ञानेन्द्रियाँ (नेत्र, कर्ण, नासिका, जिह्वा और त्वचा) तथा पाँच कर्मेन्द्रियाँ (हाथ, पैर, वाणी, उपस्थ और गुदा) होती हैं। इन्हीं के माध्यम से व्यक्ति बाह्य विषयों के संसार के सम्पर्क में आता है और सुख-दुःख का अनुभव करता है।

सूक्ष्म शरीर मनोमय और विज्ञानमय कोशों से निर्मित है। इसमें मन के संवेग और अनुभव तथा बुद्धि के विचार और सिद्धान्त रहते हैं। ये सभी भाव या वृत्तियाँ हैं। अतः सूक्ष्म शरीर भावात्मक होता है, जैसे आभूषण स्वर्ण के और घड़े मिट्टी के बने होते हैं।

फिर भी, विचार या भावों के कार्यभेद के कारण अन्तःकरण के चार भाग किये गये है–

(१) मन (२) बुद्धि

(३) अहंकार (४) चित्त

ये चारों मिल कर हमारे आंतरिक उपकरण अर्थात् अन्तःकरण कहलाते हैं और इनके विपरीत हमारी दस इन्द्रियाँ बाह्यकरण हैं। ये चारों एक ही तत्त्व के कार्य भेद से चार नाम हैं।

मन– ज्ञानेन्द्रियों से प्राप्त होने वाले प्रेरक का पहला प्रभाव विचार में विक्षेप उत्पन्न करता है जिससे व्यग्रता और अनिश्चयात्मकता आती है।

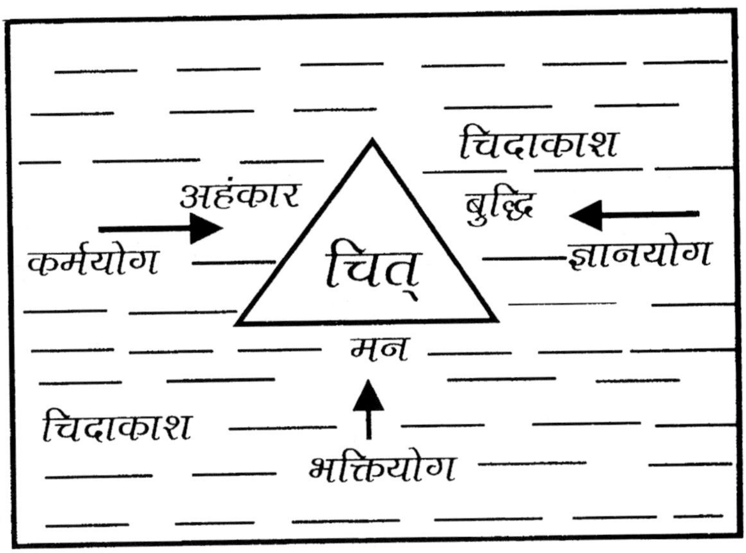

विचारों की यह अनिश्चय या संशय की स्थिति मन कहलाती है– संकल्पविकल्पात्मक मनः।

बुद्धि– प्रथम प्रभाव के बाद विक्षेप शांत हो जाता है और शांत विचारों में निश्चय और विवेक की उत्पत्ति होती है। विचारों की यह निश्चयात्मक दशा बुद्धि कहलाती है– निश्चयात्मिका बुद्धिः।

अहंकार– संशय और निश्चय का एक दूसरे से तभी सम्बन्ध हो सकता है, जब वे दोनों एक ही व्यक्ति में हों। जब इन दोनों की उत्पत्ति एक व्यक्ति में होती है तो उसे इस बात का बोध होता है कि संशय और निश्चय उसके हैं। 'मैं संशय करता हूँ' और 'मैं निश्चय करता हूँ'– इन अनुभवों में जो 'मैं-पन' का भाव निरंतर रहता है उसे अहंकार कहते हैं– अहंकर्ता अहंकारः।

चित्त– सूक्ष्म शरीर का चौथा विभाग चित्त है। चित्त वह चेतना है जो उपर्युक्त तीनों अर्थात् संशय, निश्चय और अहंकार को प्रकाशित करता है। इसी के प्रकाश में हमें उनका बोध होता है।

चिदाकाश– चिदाकाश निरुपाधिक चेतना है जो सर्वव्यापी है।

चित्– चित् उपाधि-ग्रस्त चेतना है अर्थात् मन, बुद्धि और अहंकार में प्रतिबिम्बित होने वाली चेतना।

जब मन, बुद्धि और अहंकार का निराकरण होता है तो उपाधिग्रस्त चेतना चिदाकाश में विलीन हो जाती है, उदाहरणार्थ, कमरे की धूप कमरे की दीवालों से उपाधिग्रस्त है। दीवाल टूटने पर कमरे की धूप बाहर की धूप से मिलकर एक हो जाती है। इसी प्रकार, भक्तियोग से मन की दीवाल, ज्ञानयोग से बुद्धि की दीवाल और कर्मयोग से अहंकार की दीवाल टूटने पर चित् चिदाकाश में विलीन हो जाता है। मन, बुद्धि या अहंकार में से किसी एक के नष्ट होने पर तीनों नष्ट हो जाते हैं, क्यों कि वे तीनों एक तत्त्व अर्थात् विचार से निर्मित हैं। अतएव, शेष रह जाती है केवल शुद्ध विषयरहित चेतना अर्थात् चिदाकाश।

मनुष्य का वास्तविक स्वरूप निरपेक्ष ज्ञान है। अतः जब बुद्धि किसी वस्तु को पहचान नहीं पाती तो मन उसकी अप्रतीति स्वीकार नहीं करता, वरन् भ्रान्त कल्पना करने लगता है और वस्तु के ऊपर एक मिथ्या भावना का प्रक्षेप करता है। इसे स्थाणु पुरुष के दृष्टान्त से स्पष्ट किया जाता है।

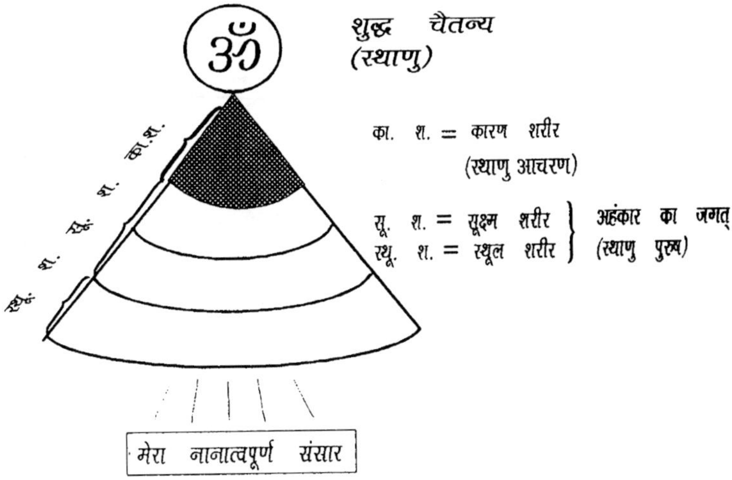

इस दृष्टान्त में मनुष्य भ्रम से स्थाणु को भूत समझ बैठता है। स्थाणु की अप्रतीति ही भूत की भ्रामक प्रतीति का मूल कारण है। भूत का यह भ्रम तब तक निवृत्त नहीं हो सकता जब तक स्थाणु की प्रतीति या ज्ञान उत्पन्न न हो।

इसी प्रकार सत् की अप्रतीति (अविद्या) के कारण बुद्धि ढक जाती है (आवरण) और मन में चंचलता (विक्षेप) उत्पन्न होती है। परिणामतः मन सत् वस्तु पर भ्रान्त धारणा का प्रक्षेप करता है और उसके साथ तादात्म्य स्थापित कर द्वैत की सृष्टि करता है। मन के द्वारा किये गये इस प्रक्षेप और तादात्म्य को अध्यास कहते हैं। ज्ञान उत्पन्न होने पर अविद्या का नाश होता है और उसी के साथ द्वैत की सृष्टि भी विलीन हो जाती है, शेष रह जाता है परम सत्।

हम अपने नित्य के अनुभव में देखते हैं जैसे-जैसे व्यक्ति सूक्ष्मतर होता जाता है वैसे ही वैसे हमारे विचारों को व्यक्त करने में भाषा असमर्थ हो जाती है। उदाहरणार्थ, दृष्ट वस्तुओं का वर्णन स्पष्ट रूप से हो जाता है, किन्तु अनुभूत संवेगों का वर्णन करना कठिन होता है। बौद्धिक सिद्धान्तों की अभिव्यक्ति करना तो कभी-कभी असम्भव ही हो जाता है।

शरीर-मन-बुद्धि (BMI), द्रष्टा-अनुभवकर्ता-विचारक (PFT) और वस्तु-अनुभाव्य-विचार (OET) से लक्षित संसार भौतिक जगत् है। संसार के क्षेत्र से ऊपर ॐ है। यह अनुभवातीत सत् है।

भौतिक जगत् से सम्बन्धित विचार व्यक्त करने में ही भाषा सहायक सिद्ध हो सकती है जब उसका प्रयोग अनुभवातीत सत् को व्यक्त करने में किया जाता है तो वह असफल सिद्ध होती है और उसका वर्णन करने के लिए भाषा को गढ़ना पड़ता है और गहन संकेत करने वाले शब्दों का जाल बांधना पड़ता है। इसलिए हम देखते हैं कि शास्त्रों की भाषा गूढ़ है, वह सहज समझ में नहीं आती। अतएव इन शास्त्रों को समझने के लिए और इनका तात्पर्य स्पष्ट करने के लिए गुरु या उपदेशक की आवश्यकता होती है।

संस्कृत एक परिमार्जित और शुद्ध भाषा है। महान् ऋषियों ने उस अनिर्वचनीय का निर्वचन करने के लिए इस भाषा का यथासम्भव सफलतापूर्वक प्रयोग किया है।

भारतीय दर्शन प्राचीन ऋषियों के आध्यात्मिक अनुभव से उत्पन्न हुआ है। यह केवल बौद्धिक परिकल्पना का फल नहीं है। इसका लक्ष्य अनुभवातीत सत् का ज्ञान होने के कारण इसे संस्कृत में 'दर्शन' कहते हैं। भारत के सभी दर्शनों की मान्यता है कि अपने-अपने तरीके से सत् का अपरोक्ष साक्षात्कार हो सकता है। साक्षात्कार प्राप्त मनुष्य को भौतिक क्षेत्र के दुःख द्वन्द्व और सीमाओं के बन्धन से छुटकारा मिल जाता है। जिसे सत् का साक्षात्कार नहीं प्राप्त है वह इन्हीं में फँसकर अपने को नष्ट कर लेता है।

वेदान्त भारत का सर्वाधिक महत्वपूर्ण और स्पष्ट दर्शन है। इसके द्वारा तत्त्वमीमाँसा की समस्याओं का समाधान और स्वस्थ धर्म की गहन आवश्यकताओं की पूर्ति हो जाती है। इस वेदान्त के समस्त सिद्धान्तों का आधार प्रस्थानत्रय है जिसके अन्तर्गत तीन महान् रचनायें आती हैं– उपनिषद्, भगवद्गीता और ब्रह्मसूत्र। वेदान्त परम्परागत दर्शन के अविरल प्रवाह का स्पष्टतम और सर्व समाहारी सार है। अतः यह केवल भारतीयों के लिए ही नहीं बल्कि मानवमात्र के लिए अत्यन्त अमूल्य दर्शन है।

वेदान्त दर्शन का सार वेदों के महावाक्यों में मिल जाता है। उन्हें विकास क्रम से इस प्रकार रखा जाता है–

१. प्रज्ञानं ब्रह्म (प्रज्ञा ब्रह्म है)।
२. तत् त्वम् असि (वह तुम हो)।
३. अयं आत्मा ब्रह्म (यह आत्मा ब्रह्म है)।
४. अहं ब्रह्मास्मि (मैं ब्रह्म हूँ)।

पहले महावाक्य में सत् का वस्तुगत निर्देश किया गया है। इसका उद्घोष है कि जो चेतना या आध्यात्मिक तत्त्व मनुष्य के विभिन्न स्तरों को गतिशील और सक्रिय बनाता है, वह चेतना सब जीवों में स्पंदित हो रही है और वही सदा सर्वत्र व्याप्त है।

दूसरे महावाक्य में ब्रह्म को चेतन बताने के बाद गुरु शिष्य को सम्बोधित करता है। यहाँ वह सबसे बड़ा सत्य घोषित करते हुए बताता है कि 'वह तुम हो'। हे शिष्य वह ब्रह्म जो चेतना के अतिरिक्त कुछ नहीं है जीवन समाप्त होने के बाद बादलों के पीछे नहीं मिलने वाला है, वह तो अभी यहीं तुम्हें अपने आप में आत्मा के रूप में अनुभव हो सकता है।

ब्रह्म की परिभाषा सुनकर और गुरु के शब्दों से यह समझ कर कि वह तत्त्वतः ब्रह्म से भिन्न नहीं है वह एकान्त स्थान में चला जाता है। संसार की झंझटों से अपने को उपराम कर लेता है, और आत्मगत सत् पर यह विचार करता है कि 'आत्मा चेतन है'। शीघ्र ही उसे अनुभव होता है कि यह आत्मा ही ब्रह्म है। अपने एकान्त और शान्त व्यक्तिगत चिन्तन में यह निश्चय हो जाने पर कि आत्मा ब्रह्म है, शिष्य गुरु के पास वापस आता है। गुरु के प्रश्नवाचक मुद्रा के उत्तर में वह अपनी शांति और अविचल अर्ध निमीलित आँखों से चमकने वाले आनन्द के द्वारा कहता है कि उसने सत् का अनुभव अभिन्न भाव से कर लिया और अब वह सदा सत् के इस बोध में रहता है कि "मैं ब्रह्म हूँ"।

इस प्रकार प्रथम दो महावाक्यों में हम सत् की परिभाषा और सत् तथा मनुष्य के बीच सम्बन्ध की व्याख्या पाते हैं। शेष दो में हम इस बाता का आश्वासन पाते हैं कि सत् का साक्षात्कार आंशिक न होकर पूर्णतः होता है।

अतः दर्शन मनुष्य और संसार के रहस्य की व्याख्या करता है। वह उस तत्त्व की ओर संकेत करता है जो समस्त नानारूप जगत् को एक अव्यक्त सूत्र में बाँधे है। इससे मनुष्य को समझ में आता है कि वह इस समय क्या है और वास्तव में उसे क्या होना चाहिए। उसके अन्दर जो

स्वयं साम्राज्य छिपा है उसे खोजने का उपाय दर्शन ही बताता है। दर्शन ही मनुष्य और ईश्वर के बीच की खाई पाटता है।

फिर भी दर्शन जीवन की एक दृष्टि मात्र है जब कि धर्म जीवन विधि है। धर्म के बिना दर्शन एक कोरी कल्पना है। दर्शन के बिना धर्म रूढ़ियों की गठरी है।

धर्म आत्म-शुद्धि का विज्ञान है। यह लक्ष्य प्राप्ति के लिए एक साधन है। धर्म का अंग्रेजी पर्याय 'रिलीजन' (Re =Back) और (Ligare =To Bind) का धात्वर्थ यही है कि अपने मूल स्रोत से पुनः बाँध देना। अतः धर्म शब्द का अर्थ समझ कर हम इस निर्णय पर पहुँच सकते हैं कि धर्म वह कला है जिसके द्वारा हम अपने मौलिक गौरव को पुनः प्राप्त कर सकते हैं।

यह बात सही है कि मानसिक संघटन और आत्म शुद्धि के लिए धर्म में कर्मकाण्ड का महत्वपूर्ण स्थान है किन्तु धर्म कर्मकाण्ड मात्र नहीं है। जिस व्यक्ति के मन और बुद्धि में समन्वय है वह विभिन्न धार्मिक युक्तियों से अभ्यास करते हुए शीघ्र ही आत्मा या सत् के साथ तादात्म्य स्थापित कर लेता है। इस प्रकार लघु अहं का बृहत् अहं (आत्मा) में विलय ही धर्म का वास्तविक लक्ष्य है।

'योग' शब्द 'युज्' धातु से बना है। 'युज्' का अर्थ है जोड़ना। अतः योग का अर्थ हुआ अहं का परमात्मा से सम्मिलन। यद्यपि दोनों का विलय योग की पूर्णता है किन्तु जिन युक्तियों से परमात्मा के साक्षात्कार की ओर अग्रसर होने में सहायता मिलती है उन्हें भी योग कहते हैं। हिन्दुओं में परम लक्ष्य प्राप्त करने के चार मार्ग हैं–

१. भक्ति योग　　२. ज्ञान योग

३. कर्म योग　　४. हठ योग

यद्यपि युक्तियाँ अलग-अलग हैं किन्तु सब मार्गों से एक ही लक्ष्य की प्राप्ति होती है। इन सब युक्तियों का आधार मुख्य वैज्ञानिक सिद्धांत मानसिक संघटन और आत्म-शुद्धि ही है। यद्यपि साधकों के लिए जीवन यापन के जो नियम निर्धारित किये गये हैं वे सब एक ही समान हैं फिर भी विभिन्न प्रकार के लोगों की रुचियों और स्वभाव के अनुसार कई मार्ग निर्धारित किये गये हैं।

जीवन तुम्हारा है?

आज के शिक्षित प्रतीत होने वाले लोग धर्म के प्रति इसलिए उदासीन नहीं हैं कि धर्म का विज्ञान ही खोखला है या उसकी कोई उपयोगिता नहीं है, बल्कि संसार में सर्वत्र इसका एकमात्र कारण यही है कि लोगों में धर्म की पुस्तकों को समझने की क्षमता नहीं है। यह बात हिन्दुओं में ही नहीं सभी धर्म के लोगों में पायी जाती है। सारे भूमण्डल पर जितने धर्म है उसमें निष्ठा रखने वाले लोग नई विचारधारा के साथ पुराने सिद्धान्तों का तालमेल बैठाने में सर्वत्र कठिनाई का अनुभव कर रहे हैं।

सच्चा धर्म कभी नष्ट नहीं होता। हिन्दुत्व भी मरा नहीं है। यदि हम सड़क के किनारे कोई वृक्ष बिना पत्ती और फूल के नंगा खड़ा देखें तो सम्भव है कि जल्दी में यह समझ बैठें कि जो पेड़ कभी हरा-भरा था अब सूख गया है। अब इसकी छाया में कोई यात्री विश्राम नहीं करता है। वनस्पतिशास्त्री हुआ और उसे वृक्षों से प्रेम रहा तो वह समझ लेगा कि इस मुरझाये वृक्ष पर कोई परजीवी वृक्ष उग रहा है। वनस्पतिशास्त्री परोपजीवी को ही देख कर समझ सकता है कि वृक्ष में अभी रस-धारा प्रवाहित है, मृत प्रतीत होने वाले वृक्ष में अभी जीवन है। तने को काटकर यह देखने की आवश्यकता नहीं है कि वृक्ष में रस है या नहीं।

इसी प्रकार आज हिन्दुत्व भी इतना व्यापक नहीं है कि वह समस्त देश को छाया प्रदान कर सके। उसकी पत्रहीन शाखायें श्मशान की विभीषिका उत्पन्न करती हैं। किन्तु हिन्दुत्व के विशाल वृक्ष पर अनेक परोपजीवी पादप लहराते देखकर धर्म संरक्षक समझ सकता है कि वह मृत नहीं है, उसमें रस प्रवाहित है। उसे पुनः जीवित किया जा सकता है।

जैसे कोई कृषक मृत वृक्ष को जीवित करने के लिए उसके परोपजीवियों को निर्दयता के साथ साफ कर देता है, उसकी डालों पर अनावश्यक बोझ न रखने के लिए उन्हें काट-छांट देता है, नीचे जमीन पोली करता है और उसे ताजे पानी से सींचता है वैसे ही धर्म का वृक्ष भी विवेक की खाद और विचार के जल से परिपुष्ट किया जा सकता है। उसके ऊपर उगने वाले अंधविश्वासों को साफ किया जा सकता है।

ऐसा होने पर आजकल के बच्चे प्राचीन शास्त्रों का विधिवत् अध्ययन कर समझ सकेंगे कि आधुनिक विज्ञान और प्राचीन धर्म में वैसा कोई विरोध नहीं है जैसा वे प्रायः समझते हैं। जब मैं धर्म कहता हूँ तो इसका अभिप्राय केवल हिन्दू धर्म तक सीमित नहीं है। यह बात जितनी हिन्दू धर्म के लिए सत्य है उतनी ही आज संसार के किसी भी धर्म के लिए सत्य हो सकती है। दुर्भाग्य से हम मन्दिर और मस्जिद, चर्च और साइनागॉग (यहूदियों का देवालय), पेगोडा और गुरुद्वारा की पाषाण भित्तियों को ही धर्म समझ बैठे हैं। हमने विभिन्न धर्म ग्रन्थों को, उन पर लिखी गई अनन्त व्याख्याओं को, विविध कर्मकाण्डों को और उनके नाम पर होने वाले झगड़ों को, घृणा और विद्वेष को धर्म समझा हुआ है। इसका मूल कारण वास्तविक धर्म की अनभिज्ञता है।

धर्म को तत्त्वतः जीवन का विज्ञान समझना चाहिए। इसके द्वारा हम जीवन के मूल्य पहचान सकते हैं और उनके ऊपर हम अपने व्यावहारिक जीवन का निर्माण बुद्धिमानीपूर्वक कर सकते हैं। यदि वर्तमान धर्म बहुत पुराना है और उसमें निर्धारित जीवन के मूल्य आज की समस्याओं का समाधान नहीं प्रस्तुत कर सकते हैं तो हमें बिना किसी संकोच के उसके समस्त सिद्धान्तों का त्याग कर जीवन के नये नियम और नये सिद्धान्तों की रचना करनी होगी। यदि धर्म में केवल किसी जीवन योजना के लिए आदेश दिये गये हैं और हमारे नित्य प्रति के व्यवहार से उनका कोई सम्बन्ध नहीं है हमारी समस्याओं का उसमें समाधान नहीं है तो हम पुराने धर्म को त्याग देंगे और नई संस्कृति तथा नयी मान्यताओं को स्वीकार कर लेंगे, क्योंकि मनुष्य का प्रथम प्रयोजन परलोक की अपेक्षा वर्तमान जीवन से अधिक है और वास्तव में यही होना चाहिए।

यह पूछना उचित दिखाई देता है कि मनुष्य स्पष्ट रूप से दिखाई देने वाले इंद्रियों के अनुभव जगत् के परे किसी महान् सत् या महान् शक्ति का ज्ञान प्राप्त करने के लिए क्यों प्रयत्न करे? वस्तुतः हम देखते हैं पशुओं में धर्म नाम की कोई वस्तु नहीं है। केवल मनुष्य ही अपने हृदय की गहराई में धर्म की आवश्यकता या आध्यात्मिक मुक्ति की चाह अनुभव करता है सो भी यह चाह सभी लोगों में नहीं होती। हर एक पीढ़ी में कुछ मुट्ठी भर लोग परम सत् की जिज्ञासा अनुभव करते हैं। इस महत्वपूर्ण

समस्या का सामना करने की चाह केवल थोड़े से विशिष्ट पुरुषों में ही क्यों देखने में आती है? इसका उत्तर हमारे प्राचीन ग्रन्थों में बड़े विस्तार से दिया गया है। डारविन ने भी अपने उद्‌विकास सिद्धान्त में इसकी ओर अस्पष्ट संकेत किया है। वह हमें समझाना चाहता है कि जीवन यद्यपि यकायक प्रारम्भ हो गया किन्तु वह विकसित होता हुआ और उद्‌विकास के विभिन्न स्तरों से ऊपर उठता हुआ "विचारवान जीवन" की श्रेणी तक पहुँच गया। अब इसे मनुष्य कहते हैं। इसके बाद डारविन अपने पाठकों को सहसा काल्पनिक सुख में उछाल कर यह आशा करता है कि विकास आगे चलते रह कर अति मानव के रूप में पूर्णता प्राप्त करेगा।

यदि इस प्राणिशास्त्री देवदूत का यह निर्णय ठीक है तो हमें यह स्वीकार करना पड़ेगा कि वनमानुष की पूछ किसी प्रकार गायब हो गई और वह नित्य क्षौरकर्म कर आज मनुष्य बन गया। इस प्रकार पशु स्तर से विकास आगें बढ़ता रहा और पूर्ण मनुष्य की रचना हो गई। किन्तु यहाँ भी स्पष्टतः एक ऐसा संक्रमण काल रहा है जिसमें पाशविक प्रवृत्तियाँ मनुष्य रूपधारी प्राणी में भी वर्तमान दिखाई देती हैं। उनका कार्य व्यापार पशुओं से किसी प्रकार अच्छा नहीं है। ऐसे प्राणी मनुष्यों के रूप और आकार में दिखाई पड़ने पर भी पशुओं जैसे ही रहते हैं। उन्हें पशु जगत् के सामान्य स्तर से ऊपर उठना कठिन दिखाई दोता है। ऐसे लोगों पर धार्मिक प्रेरणा का प्रत्यक्ष प्रभाव नहीं पड़ता है।

किन्तु जिन लोगों ने इस स्तर को बहुत पहले पार कर लिया है और जीवन की परिवर्तनशील परिस्थितियों से ऊपर उठकर मानसिक और बौद्धिक विकास कर लिया है उनके सामने चुनौती के रूप में ये प्रश्न अवश्य उठने लगते हैं कि ये सब वस्तुयें कहाँ से आयी हैं? वे कहाँ और क्यों चली जाती हैं? क्या जीवन का कोई लक्ष्य और उद्देश्य है अथवा जीवन एक अहेतुक घटना मात्र है?

उन्नत प्राणियों के लिए धर्म सार्थक है उसका एक उद्देश्य है। वह लक्ष्य निर्धारित करता है और उसके लिए पथ-प्रदर्शन करता है। दर्शन के बिना संसार में कोई धर्म सम्भव नहीं है। दर्शन इस संसार की व्याख्या करता है जिसमें हम रहते हैं और उसका कारण भी बताता है। यहाँ हमें

समझ लेना चाहिए कि पूर्व और पश्चिम में दर्शन की अवधारणाओं के बीच कुछ मौलिक भेद हैं।

स्वभाव से बहिर्मुखी होने के कारण पश्चिमी लोगों का दर्शन बहुत कुछ एक विषयगत विज्ञान है। वह जीवन का दृष्टिकोण मात्र प्रस्तुत करता है। उसका आदर्श समय-समय पर बदलता रहता है। परिणामस्वरूप पश्चिम में हर दशाब्दि में एक नया आदर्श सामने आ जाता है।

पूर्व में दर्शन जीवन का एक दृष्टिकोण प्रस्तुत करने के अतिरिक्त कुछ और भी प्रयोजन रखता है, क्योंकि आर्य लोग अत्यन्त व्यावहारिक थे। वे चाहते थे कि दार्शनिकों द्वारा प्रतिपादित सिद्धान्त और आदर्श व्यवहार में आने योग्य होने चाहिए। अतः हर दार्शनिक आदर्श संसार का महिमावान चित्र अंकित करने के अतिरिक्त उस तक पहुँचने के लिए एक मार्ग निर्धारित करता था और उसका विस्तृत विवरण देना अनिवार्य समझता था। अतः पूर्व में दर्शन जीवन का दृष्टिकोण मात्र नहीं वरन् जीवन जीने का एक विधान था।

जीवन का दृष्टिकोण इंगित करने वाला दर्शन निश्चय ही वैज्ञानिक होगा किन्तु उसमें तकनीक का अभाव होगा। तकनीक के बिना विज्ञान बच्चों के पढ़ने के लिए कहानी मात्र होगा। इस दृष्टिकोण से संसार के धर्मों की परीक्षा करने पर हम देखते हैं कि सभी वर्तमान धर्मों में हिन्दू धर्म का वेदान्त दर्शन ही एक ऐसे सुदृढ़ आधार का केवल वर्णन ही नहीं करता जिस पर विकासवान जीवन के शांतिमय संसार की स्थापना की जा सकती है बल्कि वह इस बात का एक संतोषजनक तर्क भी प्रस्तुत करता है कि ये मूल्य निरपेक्ष और मूलभूत क्यों हैं?

वेदान्त

(जीवन और जीवन-जीने की कला)

हमारा वर्तमान युग निरीश्वरवादी और धर्म-निरपेक्ष कहलाता है क्योंकि हम प्रश्न करने का साहस रखते हैं और खुले आम प्रश्न करते भी हैं। कोई कितना बड़ा देवदूत क्यों न हो अथवा कोई कितना ही सम्माननीय संत क्यों न हो हम उसके आदेश मानने को तब तक तैयार नहीं होते जब तक वे हमारी बुद्धि में संतोषजनक और तर्कसंगत सिद्ध नहीं हो जाते। हमारा दावा है कि हम पूर्णतः बौद्धिक चेतना और वैज्ञानिक सुतथ्यता के युग में रहते हैं। हम विश्वास के दबाव में बिल्कुल नहीं है किन्तु यदि कोई तर्क बुद्धिगम्य और वैज्ञानिक है तो हम प्रसन्नता से निष्ठुर शासन भी स्वीकार कर सकते हैं और अपने सिर के बल भी चल सकते हैं।

इस युग की ऐसी प्रवृत्ति होने के कारण उपनिषदों में प्रतिपादित वेदान्त दर्शन ही हमें संतुष्ट कर सकता है। यदि हम हिन्दू धर्म की तुलना संसार के किसी धर्म से करें जिसमें किसी देवदूत या गुरु का दृढ़ आदेश ही धर्म माना जाता है तो इसे हम 'विकासवान परम्परा' कह सकते हैं। आधुनिक विज्ञान की तरह हिन्दू धर्म किसी व्यक्ति विशेष की घोषणा नहीं है बल्कि वह शोधकर्ताओं की अनेक पीढ़ियों का निष्कर्ष है।

इस क्षण भी वैज्ञानिक निष्कर्ष परिवर्तनशील हैं। नवीन संगणनाओं के प्रकाश में उनका पुनरावलोकन किया गया तो उनमें से बहुत से निष्कर्ष बदल गये। इसी प्रकार धर्म में भी यद्यपि मूल सिद्धान्त वही रहते हैं किन्तु विकासवान समाज की बदली हुई माँग के अनुसार जीवन में उनकी प्रयोगविधि समय-समय पर बदलती रहती है। इस विचार से जो शास्त्र परिवर्तन की स्वतंत्रता नहीं देता है वह अपना और समाज दोनों का गला घोंट लेता है, ठीक उसी प्रकार जैसे किसी विशाल वृक्ष के बढ़ते हुए तने के चारों ओर लगाई गई लोहे की बाढ़ उसे कोई अच्छा संरक्षण नहीं प्रदान करती। वेदान्त मनुष्यों की बढ़ती हुई माँग को बराबर पूरा करता रहा है।

दुर्भाग्य से हमारे कान में जैसे ही 'वेदान्त' शब्द पड़ता है, हमें शंकराचार्य तथा अन्य भाष्यकारों की आलोचनायें स्मरण आती हैं। वे

अपनी नाक भौं सिकोड़ते हुए अनन्त वादविवाद और हठधर्मी करते दिखाई देते हैं। आधुनिक शिक्षित युवक भी भली भांति विचार किये बिना जल्दी में यह मान बैठते हैं कि वेदान्त का उपदेश ऐसे विचित्र लोगों का रोना-धोना है जिन्होंने भ्रांत धारणाओं पर विचित्र-सा दृष्टिकोण बना लिया था। मैं भी कभी ऐसे ही नवयुवकों में था। मैं समझता था कि वेदान्तियों में कोई मनोविकार रहता है जिसके कारण उनका वन में अप्राकृतिक एकान्त जीवन, आत्म-निषेध और आत्म-पीड़न कहा जा सकता है।

किन्तु थोड़ा वैज्ञानिक निरीक्षण करने से स्पष्ट हो जाता है कि आजकल के प्रतिभा सम्पन्न लोगों से अधिक इन ऋषियों के जीवन और व्यवहार में कोई अधिक विचित्रता नहीं थी। उदाहरणार्थ किसी वैज्ञानिक, कवि, चित्रकार या संगीतज्ञ को देखिये। यदि वह अपने काम में तल्लीन रहता है और अपने क्षेत्र में प्रतिभावान माना जाता है, यदि वह अपने चुने हुए काम में ही अपने जीवन को सार्थक और कृत्कृत्य बनाना चाहता है तो हम देखेंगे कि वह जीवन की सामान्य परम्पराओं में या व्यवहार में विशेष रुचि न लेगा। वह अपने काम में इतना तल्लीन रहता है कि मानों उसे दूसरे लोगों को देखने का, दूसरी बातों को सुनने का अवसर ही नहीं होता है। उसे अपने पवित्र कार्य को बिना किसी अवरोध के स्वतंत्रतापूर्वक करते रहने के अतिरिक्त किसी मौलिक अधिकार की भी मांग नहीं होती है। कलाकारों की विलक्षण प्रवृत्ति, प्राध्यापकों का अपने विचार में खोया रहना, विचारकों के आत्म-केन्द्रित पूर्वाग्रह ये सब किसी विशेष आदर्श के लिए एकाग्र मन से समर्पित रहने के सामान्य प्रतीक हैं।

इस विचार से यदि हम ऋषियों को जीवन का सच्चा वैज्ञानिक मानें तो हमें स्वीकार करना पड़ेगा कि उनके लिए एकान्तवास और अनासक्ति से रहना अपरिहार्य रूप से आवश्यक था। ऋषियों ने पूर्णतः अनासक्त रहकर जीवन का निरीक्षण और विश्लेषण किया तथा कुछ निर्णयों पर पहुँचे। उन्होंने अपने ये निर्णय निष्ठावान शिष्यों को बताये। इन शिष्यों ने अपने मन-बुद्धि के उपकरणों को पहले से इतना प्रशिक्षित कर रखा था कि वे जीवन का समग्र रूप से तटस्थ मूल्यांकन कर सकते थे और किसी विशेष प्रकार की परिस्थितियों में रहने वाले व्यक्तियों पर उनके प्रभाव का विशुद्ध आकलन करने की क्षमता रखते थे।

इन सब प्रयोगों में उन सब ऋषियों ने देखा कि जीवन में एक अपरिहार्य तथ्य यह है कि कोई भी व्यक्ति अनुभव बिना जीवन-यापन नहीं करता रह सकता क्योंकि जीवन अनुभवों की शृंखला है। व्यक्ति जैसे ही बाहरी या भीतरी कोई भी अनुभव करना बन्द कर देता है, यह मृत समझ लिया जाता है और उसके बाद उसका क्षय प्रारम्भ हो जाता है। उसका रूप और आकार विकृत होने लगता है और जिन तत्त्वों से वह बना था उन्हीं में विलीन हो जाता है।

प्रत्येक अनुभव में मनुष्य पूर्णता की लालसा करता है, वह सुख और शांति चाहता है। पूर्ण शांति और अक्षुण्ण सुख ही उसे सन्तुष्ट कर सकता है। अतः अधिकाधिक पूर्ण सुख के अनुभव के नये अवसर की खोज करते हुए वह एक प्रकार की परिस्थितियों से वस्तुओं की व्यवस्था परिवर्तित कर नई परिस्थितियों की ओर जाता है। उसे सदा यही आशा रहती है कि अपने लिए कभी अधिक और उत्तम तथा पूर्ण और गहन सुख पा लेगा।

हमें किसी भी प्रकार का अनुभव क्यों न हो, यह निश्चय है कि कोई अनुभव तभी प्राप्त हो सकता है जब हम अनुभाव्य संसार के सम्पर्क में आते हैं। वस्तु जगत् का जितना अधिक ज्ञान होगा उससे हमारा सम्बन्ध भी उतना ही अच्छा होगा। उस सही ज्ञान के साथ यदि हम संसार की ओर बढ़ें तो निश्चय ही उससे अधिक तृप्ति होगी और दिग्भ्रान्त तथा निराश होने के कम अवसर रहेंगे। वेदान्त इसी सिद्धान्त का प्रतिपादन करता है कि हम जल्दी में बिना सोचे-समझे जीवन की वस्तुओं का तथा अन्य लोगों का जो मूल्यांकन कर बैठते हैं वह सदा त्रुटिपूर्ण होता है। हम संसार का गलत मूल्यांकन करते हैं, वस्तुओं पर मिथ्या मूल्य आरोपित करते हैं और हम परिणामतः अपने अनुभवों में अपूर्णता पाते हैं। गलत समझे हुए संसार के प्रति हमारा दूषित दृष्टिकोण स्वभावतः हमें दुःखदाई सिद्ध होता है। उपनिषदों के विद्वान ऋषियों ने इसकी निन्दा की है और मनुष्यों से वस्तु जगत् का सही रूप में पुनर्मूल्यांकन करने की उत्कट कामना की है।

वेदान्त घोषित करता है कि "संसार मिथ्या है और ब्रह्म ही सत् है।" यदि वेदान्त को ठीक से समझा जाय तो वह हमसे केवल यही

आशा करता है कि हम संसार की अधिक स्वस्थ व्याख्या करें और वेदान्त के ऊपर जो प्रायः इस प्रकार के आक्षेप लगाये जाते हैं कि उसमें मनुष्य के दुखों, सामाजिक अन्यायों, दरिद्रता और दासता के प्रति उदासीनता बढ़ती गई है— अनुचित आक्षेप है। जो लोग इसे बदनाम करना चाहते हैं वही ऐसा कह सकते हैं। ऐसे लोगों की पीठ भी वही ठोकते हैं जो धोखे में पड़े हैं और नासमझ हैं।

धर्म किसी व्यक्ति विशेष या संस्था की निजी सम्पत्ति नहीं है। ठीक से समझा जाय तो यह कुछ थोड़े से ऐसे विचित्र लोगों का उद्घोष नहीं है जिन्हें कोई अद्भुत दृष्टि प्राप्त थी, न यह किन्हीं रहस्यपूर्ण कर्मकाण्डों की गठरी है और न यह किन्हीं अशुभ षडयन्त्रों की गुप्त गुफा है। यह तो सम्यक् जीवन यापन का एक पूर्ण विज्ञान है। इसके द्वारा समाज शांतिपूर्ण और स्वस्थ जीवन बिताने की विधि सीख सकता है।

एक समय था जब धर्म ने विज्ञान को मान्यता नहीं दी थी। वह विज्ञान के साथ चलना पसन्द नहीं करता था। इस प्रवृत्ति से धर्म ने अपना ही गला घोंटा। आज हम इसी भूल की पुनरावृत्ति विपरीत पक्ष में देखते हैं। विज्ञान ने जानबूझ कर खुलेआम धर्म से सम्बन्ध विच्छेद किया है। परिणामतः भौतिकवाद अपने द्वारा ही रचे गये दुःखों के साथ बहुत ऊँचाई तक विकसित होता चला जा रहा है। यदि समाज को सुखी बनाना है और मनुष्य को अपने नित्यप्रति के जीवनयापन में सहायता करनी है तो इन दोनों में से कोई भी अकेला स्वतंत्र नहीं रह सकता।

वस्तुतः, विज्ञान के सिद्धान्त और वैज्ञानिक विधि से धर्म को नवजीवन प्राप्त होता है। इसी प्रकार, उत्पादन की उपलब्धियाँ, वितरण की कुशलता, सहयोग के लाभ, विशिष्टता के चमत्कार, प्रकृति पर विजय आदि स्वयमेव न जीवन की आवश्यकतायें पूरी कर सकते हैं और न मनुष्य को अधिक सुखी बनाने का आश्वासन दे सकते हैं। उन्हें धर्म द्वारा प्रतिपादित स्वस्थ जीवन के सुन्दर मूल्यों को स्वीकार करना होगा। उन्हें इस बात पर बल देना होगा कि जिन व्यक्तियों से समाज का निर्माण होता है वे आत्म-संघटन की शिक्षाओं का विधिवत् पालन करें।

हमें यह न भूलना चाहिए कि समाज या राष्ट्र उसके सदस्यों से निर्मित होता है और राष्ट्र की शक्ति या समाज का सुख केवल भौतिक लोगों पर

या जीवन की परिस्थितियों के किसी विशेष प्रकार के ढाँचे में आबद्ध नहीं है, उनके लिए स्वयं व्यक्तियों की संरचना और रूपरेखा ही उत्तरदायी है। वास्तुकला के ज्ञान से हम संसार में अति भव्य भवन के लिए एक सही नक्शा तैयार कर सकते हैं किन्तु उसके निर्माण में काम आने वाली ईंटों की गुणवत्ता का उचित ध्यान न रखने पर बना बनाया भवन अपने विशाल कक्षों में रहने वाले सभी लोगों को शीघ्र ही समाधि में दबा देगा। इसी प्रकार भौतिक युग की धर्म निरपेक्ष योजनायें और वैज्ञानिक ज्ञान निश्चय ही कागज पर और सिद्धान्त रूप में बड़े ही अद्भुत दिखाई देते हैं किन्तु जैसे ही उन्हें कार्यान्वित किया जायगा वे सब लड़खड़ा कर धराशायी हो जायेंगे और उन्हीं के नीचे हमारा सुख भी समाधिस्त हो जायगा। हमारी भौतिक सम्पन्नता को इस प्रकार के अनुभव अनेक बार हो चुके हैं। इतिहास में यह लिपिबद्ध है और हमारे अनुभव इसका दृढ़ता से समर्थन करते हैं।

हमारा उद्धार इसी में सम्भव है कि हम विज्ञान और धर्म में समन्वय स्थापित करें। अभी तक शुद्ध और सरल वैज्ञानिक ऐसी योजना निर्मित करने में असफल रहे हैं, जिससे मनुष्य शांति और सुख पाने में समर्थ हो सकता। मनुष्य का इतिहास ऐसे युद्ध और क्रांतियों की दुखद कहानी है जो सदा शांति के नाम पर लड़े जाते रहे हैं। इसके पवित्र नाम पर हम विनाशकारी अस्त्र उठाते रहे और बड़ी निर्दयता से हत्यायें करते रहे। आज हमें जो शांति प्रतीत हो रही है वह दो युद्धों के बीच क्लांति और शक्तिहीनता की शांति है। प्रत्येक संहार और रक्तपात के बाद हमारे अन्दर का पशुत्व क्लान्त होकर ऐसे विश्राम की खोज करता है जहाँ वह अपनी पिछली गल्तियों पर पछताये या अपने सूखे घावों को चाटकर और लोट-लाट कर अगले युद्ध के लिए तैयार हो सके।

समस्त युद्ध और क्रांतियों को सुख के रहस्यपूर्ण नक्शे का या किसी ऐसी दक्ष सरकार की व्यवस्था का पता नहीं चल पाया है जिसमें प्रत्येक नागरिक अपनी क्षमता के अनुसार अधिकाधिक सुख प्राप्त कर सकने का अवसर पा लेता। इस असफलता का मुख्य कारण यही है कि हमें जीवन के वास्तविक अर्थ और उसके विविध अंगों का सही ज्ञान नहीं है। हम इसे भूल गये हैं अथवा इस बात को बिल्कुल समझ नहीं पाये हैं कि

कलम, शब्द या तलवारों से बनाई गई योजना में बाह्य वस्तुयें बहुत समय तक एक सी नहीं रह सकतीं। ढाँचा निरन्तर बदलता रहता है और लोगों के विचार भी सदा बदलते रहते हैं। इस परिवर्तन के माहौल में संतुलन बनाये रखना एक मिथ्या स्वप्न है। अतः जब तक मनुष्य के मानसिक, बौद्धिक और आध्यात्मिक व्यक्तित्वों से निर्मित आत्मगत पक्ष की उपेक्षा की जाती है तब तक स्वस्थ जीवन यापन के लिए किया गया कोई भी क्रांतिकारी परिवर्तन निश्चय ही असफल सिद्ध होगा। इसके विपरीत सच्चा दर्शन सर्वाधिक उपयोगी है। वह मनुष्य को परिश्रम और चतुराई से कार्य करने की प्रेरणा देता है। उसकी सहायता से मनुष्य क्षण-क्षण अपने को उत्कीर्ण करता हुआ पूर्णता की ओर आगे बढ़ सकता है और उसके फलस्वरूप वह अधिक स्थाई मूल्यों के लिए प्रयत्न करेगा तथा अधिक पूर्ण संसार में सुख से रह सकेगा।

हमारे ऋषियों ने संसार के सामने जो समाधान प्रस्तुत किया है वह इसी आन्तरिक शांति को सफल बनाना चाहता है। उनके विचार से सुख का सच्चा लक्ष्य तभी प्राप्त किया जा सकता है जब व्यक्ति अपना मन और अपनी बुद्धि नियंत्रण में रखेगा और जीवन की सभी परिवर्तनशील परिस्थितियों में अपने को संतुलित रहने योग्य बना लेगा। उन्होंने इस आन्तरिक विकास को सम्भव बनाने के लिए उपायों और विधियों का बड़ी सूक्ष्मता से निरूपण किया है। जीवन के आधारभूत और निरपेक्ष सत् की खोज करना ही उनका यथार्थ लक्ष्य था।

उन्होंने अनेक शताब्दियों तक बड़ा सूक्ष्म निरीक्षण किया, बड़े धैर्यपूर्वक विश्लेषण किया और बड़े परिश्रम से यह अंकित किया कि अनुभव के अन्तर्गत तीन मूल तथ्य होते हैं (१) विषयी (अनुभव-कर्ता,) (२) विषय (अनुभव में आने वाली वस्तु) और (३) विषय तथा विषय के बीच सम्बन्ध (अनुभव)। यदि इन तीनों में से एक भी अनुपस्थित हुआ तो कोई भी अनुभव सम्भव नहीं हो सकता जैसे अणु के तीनों घटकों में से एक के भी अभाव से विघटन अवश्य हो जाता है।

स्पष्ट है कि अनुभवकर्ता, अनुभूत वस्तु और अनुभव के इस समुच्चय में से धर्मनिरपेक्ष वैज्ञानिकों ने अपने लिए खोज करने का क्षेत्र 'अनुभूत वस्तु' का जगत् निर्धारित किया और जीवन के सूक्ष्म वैज्ञानिकों ने अर्थात्

ऋषियों ने अपना अनुसंधान क्षेत्र अनुभवकर्ता का संसार निश्चित किया। इस प्रकार धर्म निरपेक्ष वैज्ञानिकों और ऋषियों में यही अन्तर है कि एक तो भौतिक वस्तुओं के बाह्य क्षेत्र में काम कर सत्य की खोज करते हैं और दूसरे आन्तरिक जगत् में आत्मगत खोज करके 'सर्वव्यापी सत्' पाना चाहते हैं।

इन आत्मनिष्ठ विचारकों ने अपने निरीक्षण के समय देखा कि जब कोई व्यक्ति किसी वस्तु के सम्पर्क में आता है और अपने लिए अनुभव प्राप्त करता है तो अनुभवकर्ता यद्यपि एक ही होता है किन्तु वस्तु के साथ उसकी प्रतिक्रिया होने पर विभिन्न सूक्ष्म पक्ष मिलकर उसे भौतिक, मानसिक, बौद्धिक और आध्यात्मिक चार भिन्न व्यक्तियों का एक समुच्चय निर्मित करते हैं। वे इतने सूक्ष्म हैं और अनुभव के समय वे इतनी द्रुतगति से कार्य करते हैं कि साधारणतः ऊपर से देखने में इस एक साथ होने वाले कार्य के सूक्ष्म भेद का पता नहीं चलता है।

उनके श्रम-साध्य प्रयोगों और विस्तृत विवरणों से हमें यह स्पष्ट और सुनिश्चित सिद्धान्त ज्ञात हुआ कि जब कोई व्यक्ति किसी वस्तु के सम्पर्क में आता है तो वह एक संघटित इकाई के रूप में सम्पर्क नहीं करता अपितु वह अपने चार भिन्न मुखों से कार्य करता है। ये चारों उसी के अन्दर चार भिन्न स्तर हैं अथवा ये उसकी चार इकाइयाँ हैं। इनमें से प्रत्येक की अपनी माँग और अपने मूल्य हैं। किसी वस्तु या व्यक्ति के द्वारा उपस्थित की गई समस्या की चुनौती का सामना करने के लिए ये चारों उठ खड़े होते हैं और उसका अनुभव करने के लिए उस पर टूट पड़ते हैं।

माना कि आप का पड़ोसी किसी अवसर पर आप को मिठाई भेंट करता है, तो आपका भौतिक व्यक्तित्व उसका अनुभव पाने के तुरन्त कूद पड़ता है, आँखें इसकी आकृति, नाक उसकी गंध और त्वचा उसका स्पर्श पाना चाहती है और शायद जिह्वा में इसके परिणामस्वरूप पानी आ जाता है। आपका मानसिक व्यक्तित्व भी उसका अनुभव पाने के लिए दौड़ पड़ता है, किन्तु वह निश्चय करता है कि वह मिठाई दो घण्टे बाद खाना अच्छा रहेगा क्योंकि इस समय अधिक भूख नहीं लगी है। बात यहीं समाप्त नहीं होती। आपका बौद्धिक व्यक्तित्व भी स्थिति का मूल्यांकन करने के लिए

आगे आ सकता है और सम्भव है कि उसे डाक्टर की चेतावनी स्मरण आ जाय कि मधुमेह के कारण आप के शरीर के लिए मिठाई अनुकूल नहीं है। इसके अतिरिक्त, आप के अन्दर की सन्त अवधारणा अर्थात् दिव्यता का भाव पड़ोसी की मिठाई स्वीकार करने में संकोच उत्पन्न कर सकता है क्योंकि उससे एक परिचित के आभार का बोझ ऊपर आ पड़ेगा।

इस प्रकार प्रत्येक क्षण आप के प्रत्येक अनुभव में चार भिन्न प्रक्रियायें सी आगे आकर स्थिति से निपटने और अनुभव का समन्वित लाभ प्राप्त करना चाहती हैं। जब ये चारों शक्तियाँ एक दूसरे से अपरिचित परदेशियों सा व्यवहार करती हैं और जीवन के भिन्न मूल्यों में आस्था रखती हैं तो किसी प्रस्तुत वस्तु या स्थिति का एक साथ अनुभव करने पर उनमें से किसी एक को तुष्टि प्राप्त होती है किन्तु शेष तीन को भिन्न-भिन्न प्रकार के असंतोष और असुविधायें होती हैं, परिणामतः आज तक किसी सामान्य मनुष्य को ऐसी स्थिति नहीं मिली है जिसमें उसके चारों व्यक्तित्वों को पूर्ण सन्तोष प्राप्त करने की आशा रहे।

ऐसी दशा में अपने अन्दर के सभी व्यक्तित्वों की गड़बड़ी में अपनी आंतरिक उलझन में सुख शांति पाने का प्रयत्न, पूर्णता और अनन्त आनन्द पाने की असीम अभिलाषा, प्रसन्नता और उत्साहपूर्ण जीवन की आशा निश्चय ही खंडित हो जाती है और मनुष्य निराशा, अवसाद, हतोत्साह और अशाँति के गर्त में जा गिरता है। संक्षेप में, मनुष्य के आंतरिक व्यक्तित्वों की अप्रत्यक्ष गड़बड़ी ही उसके जीवन के सभी दुःखों का मूल कारण है। इसी को संसार कहते हैं।

प्राचीन काल के संवेदनशील गुरुओं ने यह अवश्य समझा होगा कि परिस्थितियों द्वारा मनुष्य किस प्रकार दयनीय दशा में जा पड़ता है और उन्होंने शीघ्र ही वह उपाय भी खोज निकाला जिसके द्वारा मनुष्य अपने अन्दर चार व्यक्तित्वों को सुविधापूर्वक संघटित कर एक समग्र इकाई बना सकता है। इससे जब उसका कोई भाग सुख की समुचित योजना में व्यस्त होता है तो चारों व्यक्तित्वों का समुच्चय सहयोग के साथ उससे सुखानुभूति प्राप्त करता है। यदि चार बदमाश घोड़े किसी रथ में जुते हों और वे चारों भिन्न-भिन्न दिशाओं में उसे खींच रहे हों तो वह रथ निर्दिष्ट दिशा में

सड़क के ऊपर न चल सकेगा। घोड़े उसे सड़क के नीचे गढ़े में ले जा गिरायेंगे। इसी प्रकार आज हम अपने अंदर असंघटित होकर अपनी जीवन यात्रा चलाना चाहते हैं। परिणामतः हम पथ से विलग जाकर गढ़े में गिरते हैं, लक्ष्य की ओर अग्रसर होने की तो बात ही क्या?

धर्म के व्यावहारिक पक्ष में चारों व्यक्तित्वों को प्रशिक्षित करने की विधि बतायी जाती है जिससे हम अपने जीवन की यात्रा सुखमय बना सकें। धर्म द्वारा प्रतिपादित व्यावहारिक सिद्धान्त और अभ्यास धार्मिक रीति रिवाजों में संन्निहित है। इनमें उन समस्त वैज्ञानिक विधियों का उपयोग किया गया है जिनसे हम अपने को पूर्णतः संघटित कर सकते हैं। हम अपने में जितने अधिक संघटित होंगे जीवन की विभीषिका से हम उतने ही मुक्त हो सकेंगे। यदि हम सतत् परिवर्तनशील अनुभवों के बाह्य संसार से सचमुच पूर्णतः मुक्त हो जायें और हम अपने में शाश्वत और अखण्ड शांति तथा संतुलन प्राप्त कर लें तो निश्चय ही यह जीवन की सर्वोत्कृष्ट उपलब्धि होगी।

आत्म-विकास की विधि

अनुभवकर्ता की संरचना का निरीक्षण करते समय प्राचीन काल के ऋषियों ने केवल अनुभवकर्ता के चार भिन्न व्यक्तित्वों को ही नहीं खोज निकाला वरन् उन्होंने यह भी देखा कि प्रत्येक व्यक्ति अपने सूक्ष्मतम पक्ष के लिए स्थूलतर पक्ष का सहज ही बलिदान कर देता है।

एक दृष्टान्त के द्वारा इसे स्पष्ट किया जा सकता है। यदि आपको अपने किसी परिचित के लिए शरीर त्याग करना पड़ता है तो उस त्याग के लिए तुम्हें दुःख होगा। किन्तु यदि आप के किसी अंग में फोड़ा हो गया है और उसके कारण बहुत कष्ट होता है तो आपको डाक्टर के पास जाकर आवश्यक होने पर, वह अंग कटवा देने में संकोच न होगा। जब आप बौद्धिक स्तर पर आते हैं तो आप स्पष्ट देखते हैं कि बौद्धिक संतोष के लिए आप अपने शरीर का भी त्याग कर सकते हैं। राजनैतिक इतिहास से स्पष्ट है कि जब कभी मनुष्य की बुद्धि सर्वमान्य उच्च आदर्शों से उत्साहित होती है तो वह लक्ष्य को प्राप्त करने के लिए सभी शारीरिक और मानसिक वेदनाओं को सहने के लिए तैयार हो जाता है।

अतः शारीरिक तुष्टि से मानसिक तुष्टि अधिक मूल्यवान है; व्यक्तित्व जितना ही अधिक सूक्ष्म होगा व्यक्ति उतनी ही अधिक तुष्टि प्राप्त कर सकेगा और अपने में सूक्ष्मतर अंश से तादात्म्य प्राप्त करने पर हम स्थूल संसार से और उसके सुख-दुखों से ऊपर उठ जाते हैं। यदि यह वैज्ञानिक तथ्य है, तो क्या कोई ऐसी विधि है जिससे हम सभी लोग अपने में सूक्ष्मतम अंश से अपना तादात्म्य कर लें और उस स्थिति में रहते हुए संसार में सुख से जीवन यापन करते रहें?

इसी उद्देश्य से वैदिक ऋषियों ने ऐसी विधि खोजने का प्रयत्न किया जिसके द्वारा व्यक्तित्व का सुदृढ़ संघटन हो सके और साथ ही उनके द्वारा स्वानुभवातीत स्थिति सरलता से प्राप्त की जा सके। उन्होंने इस विधि से फुर्तीले मानव, स्वस्थ शरीर, प्रसन्न मन, बलवान बुद्धि और दृढ़ संकल्प वाले लोगों से निर्मित उत्तम समाज बनाने का प्रयत्न किया। प्रेम और सद्भावना से प्रेरित होकर उन्होंने मनुष्य के कल्यांण के लिए कार्य किया। अतः उन्होंने अपना कोई विचार, वह कितना ही सुन्दर क्यों न हो, तब तक किसी के सामने नहीं प्रस्तुत किया जब तक उन्होंने यह न देख लिया कि वह संसार में हर व्यक्ति के लिए व्यावहारिक रूप से उपयोगी है। इसलिए उनकी अवधारणा इतनी सर्वमान्य थी कि वह सभी भौगोलिक क्षेत्रों में और सब युगों में समान रूप से व्यवहार्य रही।

जैसे भौतिकशास्त्र, प्राणिशास्त्र आदि किसी एक देश या समुदाय के लोगों की सम्पत्ति नहीं है और न वे किसी एक युग या काल में सीमित हैं बल्कि देश काल निरपेक्ष रहकर सदा-सर्वदा व्यवहार्य हैं, वैसे ही ऋषियों द्वारा वेदान्त में जीवन यापन की ऐसी सुन्दर वैज्ञानिक विधि बताई गई है कि जो सब लोगों को सब जगह अनुकूल सिद्ध होती है।

यह सिद्धान्त सर्व व्यवहार्य है और यह कार्य विधि विभिन्न आयु और वर्ग के लोगों की मानसिक संरचना के अनुकूल होने के कारण उन्होंने अपनी पावन बुद्धि में यह अनुभव किया कि कोई भी सीमित लोहे का सांचा हर व्यक्ति को सब समय उपयोगी नहीं हो सकता। मनुष्य-मनुष्य के बीच वैयक्तिक मानसिक झुकाव और बौद्धिक धारणा-शक्ति में स्पष्ट अन्तर दिखाई देता है। अतः सब लोगों के मन और बुद्धि के संयम और विकास

की कोई भी योजना निर्धारित करना अव्यावहारिक सिद्ध होगा और साथ ही उसके प्रतिपादन करने वाले ऋषियों के ज्ञान को कलंकित करेगा।

यह सर्वमान्य तथ्य है कि जीवन अनुभवों की एक शृंखला है और उसका उपयोग हमारी बुद्धि और हमारे हृदय द्वारा होता है। बुद्धि तर्क और प्रज्ञा की शक्ति है तथा हृदय भावना और संवेग का उद्‌गम स्थल है। यदि ये दोनों उपकरण हमारे अनुभवों की संरचना का नियंत्रण करते हैं, व्यवस्थित करते हैं और उसे आदेश देते हैं और यदि हर एक मनुष्य के अनुभवों में अनन्त विभिन्नतायें होती हैं तो इसका कारण यही हो सकता है कि भिन्न-भिन्न व्यक्तियों की बुद्धि और हृदय भिन्न-भिन्न अनुपात में कार्य करते हैं। अतः इन दोनों कारकों के आधार पर समस्त मनुष्य समुदाय चार प्रकार का माना जा सकता है–

(१) जिनमें 'हृदय' की अपेक्षा 'बुद्धि' की प्रधानता है।

(२) जिनमें 'बुद्धि' की अपेक्षा 'हृदय' की प्रधानता है।

(३) जिनमें 'बुद्धि' और 'हृदय' दोनों का लगभग समान बल है।

(४) जिनमें 'बुद्धि' और 'हृदय' में से एक का भी पर्याप्त विकास नहीं हुआ है।

मनुष्य का यह वर्गीकरण भावात्मक और तर्कीय प्रवृत्तियों के तुलनात्मक बल पर और संसार का अनन्त अनुभव प्राप्त करते समय वस्तुओं और स्थितियों का उसके द्वारा किये गये मूल्यांकन के आधार पर किया गया है। क्योंकि, ऐसा कोई व्यक्ति नहीं है जो पूर्णतः बौद्धिक या पूर्णतः भावुक हो।

ऐसी विषम स्थिति में यदि आत्म-समन्वय का विज्ञान केवल एक ही विधि प्रतिपादित करता तो समस्त जनसंख्या के एक छोटे भाग को ही संरक्षण प्रदान कर पाता। अतः संसार के सभी वर्तमान धर्म हिन्दू धर्म की इस अनुपम पूर्णता की तुलना में इतने अपूर्ण हैं कि उनमें से कोई सब काल के लिए सब लोगों का विश्वव्यापी धर्म नहीं बन सकता। इसमें न उसकी कोई त्रुटि है और न पैगम्बरों पर कोई आक्षेप है। यह तो उन मरणधर्मा व्यक्तियों की सीमित शक्ति का परिणाम है जिन्हें अमर बना दिया गया है। वे तो केवल अपनी पीढ़ी के लोगों को पथ-प्रदर्शन करने के

लिए आये थे। अपने युग की दुर्बलताओं को दूर करना चाहते थे। इसलिए हर धर्म की सार्थकता अपने युग में ही थी। उसने उस विशेष युग की समस्याओं का समाधान किया था। अतः उन धर्मों को अपने अपरिवर्तित रूप में सब काल के सब लोगों के लिए उपयोगी बताना हास्यास्पद और मूर्खतापूर्ण है।

किन्तु हिन्दू शास्त्रों में धर्म का जो व्यापक रूप उपलब्ध है वह मनुष्य की सब समस्याओं का समाधान करने में समर्थ है। अतः हिन्दू धर्म सब समय सब लोगों को उपयुक्त सिद्ध होता है फिर भी नई समस्याओं के समाधान के लिए वैज्ञानिक विधि को भी समय-समय पर समाज और युग की परिस्थिति के अनुकूल बनाना पड़ेगा। इसके लिए केवल इतना करना होगा कि एक पक्ष पर बल देने की अपेक्षा समयानुकूल किसी दुर्बलता को देखकर अन्य पक्ष पर बल देना पड़ेगा। ऐसा करते समय लोगों के मानसिक और बौद्धिक जीवन की दुर्बलताओं का ध्यान रखना होगा। इसी गुण के कारण हिन्दू धर्म अनेक दुर्दिनों को देखते हुए और अपने ही देश में विदेशी शासकों का अंकुश सहकर आज तक जीवित रह सका है।

फिर भी बहुत से हिन्दू अज्ञान के कारण या जिन्हें सुशिक्षा प्राप्त नहीं हुई है वे अपनी विपथगामिनी शिक्षा के कारण समझते हैं कि हमारे धर्म में बताये गये बहुत से मार्ग स्वतः दुर्बलता के परिचायक हैं। यहाँ एक भिक्षुक की कहानी याद आती है जिसमें भिक्षुक को एक राजा का महल रहने के लिए मिल गया था। उसमें बहुत से कमरे होने के कारण उसे असुविधा होती थी। आधुनिक हिन्दू अपने धर्म की इसलिए निन्दा करते हैं कि वह व्यापक है। अज्ञानी लोग ही ऐसी निर्लज्ज्ञता की बातें कह सकते हैं।

जीवन के वैज्ञानिकों ने उपर्युक्त चार प्रकार के लोगों के उपयुक्त उनके व्यक्तित्व विकसित और समन्वित करने के लिए चार भिन्न मार्ग निर्धारित किये हैं। ये चार योगों के नाम से प्रसिद्ध हैं– भक्तियोग, ज्ञानयोग, कर्मयोग और हठयोग।

इन चार में से भक्ति का मार्ग संसार के अधिकांश लोगों को सब समय उपयुक्त सिद्ध होता है क्योंकि मनुष्य प्रधानतः भावना, उद्वेग और आसक्ति से पराभूत रहता है। इसलिए हम देखते हैं कि संसार के लगभग

सभी धर्मों में भक्ति पर ही अधिक बल दिया गया है। लोगों को इस बात पर बहुत कम विश्वास है कि निःस्वार्थ कर्म से भी आत्म-विकास हो सकता है। हम विश्वास के साथ कह सकते हैं कि हठयोग और ज्ञानयोग की विधियाँ केवल हमारे मेधावी ऋषियों की ही खोज हैं। इन्हीं से इन दोनों का ज्ञान संसार को मिला।

भक्तियोग का मार्ग प्रायः मनुष्य मात्र के लिए अनुकूल सिद्ध होता है। यह उन लोगों के लिए विशेष रूप से उपयुक्त है जिनको अपने प्रेम का प्रत्युत्तर नहीं मिला, अपनी दया की सराहना सुनने को नहीं मिली और अपनी सहानुभूति के उत्तर में धन्यवाद नहीं मिला। भावुक व्यक्ति को तब तक मजा नहीं आता जब तक उसकी भावनाओं के गुणगान उसे सुनने को नहीं मिलते। जहाँ भावुकता की प्रतिध्वनि उसी रूप में नहीं मिलती, वहाँ मानसिक सुख की लहरियाँ विलीन हो जाती हैं और अपनी भावनाओं की मधुरता अधिक समय तक नहीं रहती। ऐसे व्यक्ति को भगवान् से प्रेम करना सुविधाजनक प्रतीत होता है, क्योंकि भगवान् अनन्त प्रेम, असीम दया और अगाध करुणा के भण्डार हैं। जब भक्त प्रेम के इस अनन्त सागर की ओर अपनी सम्पूर्ण मानसिक शक्ति लगा देता है, तो उसे जो प्रेम प्राप्त होता है वह भगवान् के प्रेम-सागर की तुलना में एक बिन्दु मात्र होता है। अतः वह व्यक्ति अपने हृदयाधिपति से प्रेम करने में तृप्ति का अनुभव करता है, उसे कभी निराशा नहीं होती है। अपने जीवन के दुःखों में, निराशाओं में, चिन्ताओं में और कठिनाइयों में भी उसे भगवान् की कृपा और अनुग्रह दिखाई देता है।

बुद्धि प्रधान व्यक्ति को यह तरीका अनुकूल नहीं सिद्ध होता है। कारण कि उसे भावनाओं में कोई गूढ़ अर्थ नहीं दिखाई देता। उसे केवल वही आवेग अच्छे लगेंगे जिन्हें उसकी तर्क बुद्धि स्वीकार कर लेती है। वह अपनी बुद्धि को सन्तुष्ट करना चाहता है। वह हर वस्तु का मूल्यांकन अपनी बुद्धि से करता है। कोमल रेशमी वस्त्र धारण किये मणिरत्नों से विभूषित मुरली मनोहर या जीर्ण वस्त्र पहने, दाढ़ी रखाये, गले में क्रास लटकाये कोई भी हो, बुद्धिवादी के लिए एक साधारण मर्त्य व्यक्ति ही है। उसने अपने समय में कितनी ही महानता क्यों न प्राप्त की हो किन्तु वह हमारे समय के किसी भी व्यक्ति की तरह देश-काल परिच्छिन्न ससीम

व्यक्ति जैसा ही है। ऐसे विचार वाले व्यक्ति को भक्तियोग से आत्म-समन्वय की कुछ भी प्रेरणा नहीं मिलेगी। सम्भवतः यदि वह सामाजिक दबाव या कटु आलोचना के भय से उस मार्ग पर आगे बढ़ता है तो उससे वह अपनी हानि ही करता है। चर्च या मन्दिर में जाने के पहले उसमें जो कुछ आत्म-समन्वय था उससे भी अधिक बिगड़ कर वह पशुत्व धारण कर सकता है।

ऐसे व्यक्ति की आवश्यकता पूर्ण करने के लिए हमें वेदान्त के अतिरिक्त संसार में कोई संतोषजनक दर्शन या कोई पर्याप्त सूक्ष्म विधि दृष्टिगत नहीं होती। एल्डुस हक्सले लगभग उपर्युक्त प्रकार का ही व्यक्ति है।

वेदान्त मानव बुद्धि की क्षमताओं को अच्छी तरह समझता है कि आधुनिक विज्ञान युग के बच्चे उसके आदर्श के अनुसार चलने में अपने को असमर्थ पाते हैं। वे अपनी बुद्धि के द्वारा श्रेयस् और पूर्णता की खोज करने में सारी शक्ति लगा देते हैं फिर भी सफल नहीं हो पाते। जो लोग यह चिल्लाते हैं कि धर्म खोखला है, वह झूठे अन्धविश्वासों की गठरी है, उससे हमारी बुद्धि का अपमान होता है, उन्हें दुर्भाग्य से वह ज्ञान प्राप्त नहीं हुआ, जो वेदान्त बुद्धिमान लोगों को उदारता से प्रदान करता है। वेदान्त का मार्ग तर्कीय विधि से आगे बढ़ता है और अंत में उससे हमें अपने अन्दर शाश्वत और नश्वर, सत् और असत् के बीच अन्तर ज्ञात होता है। इस प्रकार हम सत् स्वरूप को पहचानते हैं जो शाश्वत अपरिवर्तनीय और यथार्थ है। वेदान्त का लक्ष्य ईश्वरत्व प्राप्त करना है। हिन्दुत्व की यही सबसे बड़ी गरिमा है। यह मार्ग भी उन्हीं लोगों का है जो ज्ञान के द्वारा सत् की खोज करते हैं।

हृदय की पुकार और बुद्धि के प्रकाश के बीच झूलने वाले मिश्रित मानसिक स्थिति के लोगों के उपयोग के लिए कर्मयोग का प्रतिपादन किया जाता है। इस प्रकार के लोग अपने भावुक क्षणों में भक्ति का अवलम्बन लेते हैं और बुद्धि के सतेज होने पर वे समाज को अपने हृदयाधिपति की अभिव्यक्ति मान कर उसकी सेवा के लिए बाहर निकल पड़ते हैं।

निःस्वार्थ कर्म करने वाले व्यक्ति को ऐसा न समझना चाहिए कि उसमें कोई मनोविकृति उत्पन्न हो गई है। वह आलस्यपूर्ण चिन्ता की चट्टान से

टकरा कर या किसी कल्पित फल की आशा से अपने व्यक्तित्व को विखंडित नहीं कर बैठता है। उसकी दृष्टि में समस्त कर्मक्षेत्र भगवान् की दया का विस्तार है और जीवन में उसकी केवल यही इच्छा है कि वह सृष्टि रचना की योजना में भगवान् का कार्य सम्पन्न करने वाला एक सच्चा उपकरण बन सके। भक्त के लिए यही सबसे बड़ी आनन्द की बात है कि भगवान् की कृपा उसके द्वारा आस-पास फैलती है। निःस्वार्थ कर्म करने वाला व्यक्ति अपने प्रभु से इससे अधिक और कोई फल नहीं चाहता। बुद्धि और हृदय की बदलती हुई दोनों स्थितियों को इससे संतोष मिल जाता है।

जो लोग अन्तिम वर्ग में आते हैं और जिनकी बुद्धि और हृदय अन्य लोगों की अपेक्षा कुसमायोजित या अविकसित हैं, वे हर पैगम्बर के लिए निराशा के विषय होते हैं। संसार के किसी धर्म ने उनके उपचार की कोई विधि निर्धारित नहीं की, जिस पर चल कर वे अपना जैविकीय विकास कर सकते और अन्त में आध्यात्मिक पथ पकड़ कर आत्मोद्धार कर लेते।

उत्कट ज्ञानवान, जीवधारियों की संरचना और उनके वैज्ञानिक ज्ञान से अभिज्ञ प्रेम और दया भाव से प्रेरित दिव्य मधुर स्वभाव वाले लोग और निरन्तर लोगों की सेवा करने की इच्छा रखने वाले पुरुष सदा वैदिक युग के ईश्वरत्व प्राप्त ऋषियों से किसी ऐसे शारीरिक अभ्यास की विधि खोज निकालने के लिए प्रार्थना करते रहे जिसके द्वारा व्यक्ति पहले धीरे-धीरे पूर्ण मनुष्य बनने की सामर्थ्य प्राप्त कर ले और उसके बाद अपनी भ्रान्तियों की सीमा के बाहर निकल अपने सत् स्वरूप के खुले प्रकाश में पहुँच जाय तथा अनन्त पूर्णता प्राप्त कर ले। यह विधि हठयोग कहलाती है; और इसमें जो अभ्यास किये जाते हैं वे आसन और प्राणायाम के नाम से प्रसिद्ध हैं।

इन ऋषियों ने अपनी अनुभूत पूर्णता के शिखर से आँखें खोल कर सचेत बुद्धि के द्वारा समाज में रहने वाले व्यक्तियों को देखा और अपने एक्सरे दृष्टि से स्पष्ट समझ लिया कि जीवन की अनन्त प्रकार की परिस्थितियों के बीच हर व्यक्ति का मन और बुद्धि कैसे कार्य करता है। ऊपर बताई गई चारों विधियों में एकमात्र यही प्रयत्न दिखाई देता है कि मन के ऊपर

अधिकाधिक नियंत्रण कैसे प्राप्त किया जाये। आध्यात्मिक जगत् में किसी भी प्रकार साधना करने वाला व्यक्ति अपने मन पर अधिकार प्राप्त कर लेगा और मन के ऊपर अधिकार कर लेने पर उसे अपने व्यक्तित्व में समायोजन पर्याप्त रूप से प्राप्त हो जायेगा। व्यक्ति का मानसिक समायोजन जितना ही अधिक होगा उसकी बुद्धि उतनी ही स्फूर्तिमय होगी।

इस प्रकार मन और बुद्धि का उपकरण शुद्ध हो जाने पर उसमें कार्य क्षमता और विचार की सूक्ष्मता बढ़ जाती है। इन दो पंखों का उपयोग कर व्यक्ति आध्यात्मिक पूर्णता के प्रकाशवान गगन में ऊँचे उड़ सकता है।

पूर्णता के लक्ष्य की प्राप्ति

धर्म पशुओं के लिए नहीं है। पूर्णतः विकसित मनुष्य के जीवन की एक विशेष मांग को यह पूरी करता है। नास्तिक लोग धर्म स्वीकार न करने के लिए जो तर्क देते हैं वह यही है कि दर्शन और धर्म-कर्म वनस्पति और पशु जगत् के लिए नहीं है। यह तर्क कितना विचित्र और बुद्धिमत्तापूर्ण प्रतीत होता है? मनुष्यों में ऐसे बहुत से लोग हैं जो विकास स्तर में केवल पशुओं तक ऊपर उठे हैं। जिस युग में ऐसे लोगों की बहुलता हो जाती है उसमें जीवन के उच्च मूल्यों की उपेक्षा होने लगती है और परमात्मा की खोज करना अनावश्यक तथा उसके लिए कष्ट उठाना व्यर्थ समझा जाने लगता है।

व्यक्ति का आन्तरिक समन्वय जितना ही अधिक होगा उसका मन और मस्तिष्क उतनी ही ऊँची उड़ान कर सकेगा और वह जितनी ही ऊँचाई से देखेगा उसका दृश्य उतना ही अधिक व्यापक होगा।

पर्याप्त आन्तरिक समन्वय प्राप्त कर लेने पर व्यक्ति केवल अर्जन और संग्रह, कमाने और जोड़ने, खाने और नष्ट करने, सोने और प्रजनन करने, बढ़ने और मृत्यु के गाल में ले जाने वाले जीवन से संतुष्ट नहीं रह सकता। ऐसे जीवन के प्रति उसे ग्लानि हो उठती है और वह जीवन के किसी उच्च उद्देश्य या प्रयोजन की खोज करने लगता है। वह अपने घर की दीवारों के पार अपने गाँव की गलियों के बाहर, अपने प्रान्त की सीमा के आगे और अन्त में अपने राष्ट्र की परिधि का उल्लंघन कर दूर तक देखने की क्षमता पा लेता है। वह एक मद्धिम दृष्टि में समस्त संसार में व्याप्त जीवन को स्पष्ट देख सकता है। समन्वय में दृढ़ता आ जाने पर उसकी अनुभूतियों में सूक्ष्मता आ जाती है। वह मानव मात्र के जीवन की परीक्षा तो करता ही है, वह पशु और वनस्पति जगत् को भी उसमें सम्मिलित कर लेता है।

सूक्ष्म मन की इस विश्वव्यापी दृष्टि के साथ जब अन्वेषक या पूर्ण विकसित मनुष्य जीवन की समग्र भाव से परीक्षा करता है तो उसे अपनी निर्मल दृष्टि में विकासवान जीवन के विभिन्न स्तर स्पष्ट दिखाई देते हैं। जीवन के रंगमंच पर क्षण भर में अगणित प्राणी प्रकट हो जाते हैं और

उनमें जीवन का स्पंदन होने लगता है किन्तु कुछ काल रह कर विपरीत दिशा से निकल कर मृत्यु के गाल में चले जाते हैं। आत्म समन्वय की किसी विधि से शुद्ध और सूक्ष्म की हुई बुद्धि की ऊँची मीनार से जब व्यक्ति इन जन्म-मृत्यु की घटनाओं को देखता है तो उसे कष्टकारी निराशा होती है और उसका मन गड़बड़ी में पड़ जाता है।

अपने मन में परेशानी उत्पन्न होने पर जब वह देखता है कि समस्या उसका पीछा नहीं छोड़ती तो वह अपनी पूर्व धारणाओं की सूक्ष्म परीक्षा करने लगता है–

मानव जीवन-तीर गगन में,
अंधकार से घुस प्रकाश में,
फिर प्रकाश से अंधकार में,
शायद सुख में शायद दुःख में।

–आर० एच० स्टोडर्ड

यदि जीवन इस प्रकार अर्थहीन पागलपन है और हम सबको शोक गीत गाते हुए अज्ञान में पड़े रहना है, जन्म से मृत्यु तक यही दशा रहनी है, तब तो समझना चाहिए कि प्रकृति किसी भयंकर उन्माद में है। यदि विश्व निर्माण की योजना एक अर्थहीन गड़बड़ी मात्र है, सर्वत्र लड़ाई झगड़ा ही है और अन्त में हम सबको चिता पर रख कर फूँक दिये जाना है तो इस सृष्टि के रचयिता का सारा प्रयत्न व्यर्थ सिद्ध होता है।

इसके विपरीत हमारे प्राचीन ऋषियों ने पूर्णता प्राप्त करने वाली उच्च शक्तियों से भरपूर जीवन का दर्शन किया था। डारविन ने तो केवल मानव विकास के उच्चतम स्तर पर अतिमानव की कल्पना की थी, किन्तु ऋषियों ने यह अतिमानव का अथवा ईश्वरत्व प्राप्त करने का सुयोग इसी जीवन में सम्भव बताया है। इसका साधन समझदारी के साथ आत्म समन्वय और ध्यान का अभ्यास करना ही है। उनके विचार से सत्य एक है और सर्वव्यापी है। इसलिए वह समस्त दृश्यजगत् का आधार जीवन होना चाहिए। वह जीवन या सत्य ही अस्तित्ववान वस्तुओं और जीवधारियों के रूप में विभिन्न प्रकार से विभिन्न स्तरों में प्रकट हो रहा है। इस प्रकार, जीवन की अभिव्यक्ति के आधार पर नाम-रूपात्मक संसार को चार भागों में विभाजित किया गया (अ) जड़ पाषाण मय जीवन, (ब) वनस्पति जीवन,

(स) पशु जीवन और (द) मानव जीवन। उन्होंने जीवन को विभिन्न अंगों में व्यक्त होते हुए इन चार स्तरों में देखा।

जड़ पत्थर में जीवन केवल अपना अस्तित्व व्यक्त करता है। वनस्पति जगत् में विकसित होकर वह बाह्य जगत् की अस्पष्ट चेतना का अनुभव करने लगता है। पशुओं के जीवन में आकर हम देखते हैं कि वनस्पति की तुलना में वे अधिक चेतन हैं। उन्हें बाह्य जगत् की घटनाओं का स्पष्ट बोध होता है और कम से कम कुछ पशुओं को अपनी आन्तरिक स्थिति का भी अस्पष्ट ज्ञान होता है।

किन्तु मनुष्य सबसे अधिक सूक्ष्म उपकरण है। उसमें चेतना का विकास सबसे अधिक हुआ है। उसे बाह्य संसार की ही स्पष्ट प्रतीति नहीं होती वरन् उसे अपना अन्तर्जगत् भी उतना ही स्पष्ट दिखाई देता है।

जब हम प्रकृति को इस दृष्टि से देखते हैं तो हमारी समझ में आ जाता है कि ऊपरी नामरूपात्मक जगत् मूल्यों की गड़बड़ी और जीवन की जटिल समस्याओं के नीचे अन्तःसलिल वाहनी जैसा प्रकृति का एक अदृश्य प्रयोजन निरन्तर चल रहा है। अतः इस प्रयोजन को सिद्ध करना ही जीवन का महद् उद्देश्य होना चाहिए। जीवन की प्रारम्भिक अभिव्यक्ति से लेकर उसके सर्वोच्च विकास तक हर स्तर पर चेतना का अधिकाधिक प्रकाश दिखाई देता है। अतः यदि सम्भव हो तो उस चेतना की स्वतः अनुभूति प्राप्त करना ही सत् का शांतिमय और पूर्ण जीवन्त और दिव्य लक्ष्य होगा। हमारा मन और बुद्धि, हमारा शरीर और उसके विषय अपने आप में शुद्ध चेतना की अनुभूति करने के लिए आत्मानुसंधान में प्रवृत्त हो सकें, इसीलिए हम इस कर्मक्षेत्र और जीवन के दुःखों में आ पड़े हैं। शक्ति की अपूर्णता और संसार की क्षुद्रता के कोड़े खाकर हम सड़क पर अपना लक्ष्य प्राप्त करने के लिए दौड़ पड़ते हैं।

भौतिक आवरण से हमारा जितना ही अधिक तादात्म्य होगा हम उतने ही अधिक दुखी होंगे। सद्विवेक के द्वारा और ठीक समझ से काम लेकर हमारा जिससे कोई सम्बन्ध नहीं है उससे अपने को खींचकर हम अपने शुद्ध और शाश्वत आत्मतत्त्व को प्राप्त कर सकते हैं। यदि इस प्रकार दृष्टिगत द्वैत का क्रमिक विलय सम्भव है तो हम अपने सूक्ष्मतम स्तर तक पहुँच कर सर्वव्यापी दिव्यता का एकत्व अनुभव कर सकते हैं। उसमें प्रेम

और दया उतने ही स्वाभाविक हैं जितने घृणा और दुःख शरीर भाव में रहते हुए आज सत्य प्रतीत होते हैं।

जीवन एक है। किसी प्राणी को जीवित तभी माना जाता है जब उसे बाह्य संसार या बाह्य और आंतरिक दोनों ओर की चेतना होती है। इसलिए सचेत रहने का अर्थ है जीवित रहना; जीवन जो सर्वत्र एक है विभिन्न उपकरणों में विभिन्न अंशों में व्यक्त हो रहा है। मन जितना ही शुद्ध होगा और उसमें विक्षेप जितना कम होगा वह जीवन चेतना उस व्यक्ति में उतनी ही अधिक व्यक्त होगी। जो अपने प्रेम-उद्रेक से अभिभूत होकर प्राणियों के संसर्ग में आता है वही पैगम्बर है, संत है, महात्मा है।

वह सदा उस पवित्र चेतना से पूर्णतः तादात्म्य रखता है जो संसार में सर्वत्र विभिन्न उपकरणों के द्वारा चेतन या बोध रूप में प्रस्फुटित हो रही है। वह दिव्य मनुष्य है, उसे अतिमानव की स्थिति प्राप्त है। ऐसा व्यक्ति चाहे कृष्ण या ईसा, मुहम्मद या महादेव, बुद्ध या शंकर, विवेकानन्द या दयानन्द, रमण या अरविन्द कहो, समय-समय पर अपने युग का नेतृत्व करने या पथ-प्रदर्शन के लिए पृथ्वी पर प्रकट होता है।

वह अपने प्रेम और शक्ति के जादू से तथा अपनी सूक्ष्म बुद्धि से मनुष्यों का पशुत्व दूर करता है और सम्पूर्ण पीढ़ी को प्रेम तथा सद्भावना के सूत्र में बांधकर शांतिपूर्ण सह-अस्तित्व की उच्च भूमिका पर पहुँचा देता है।

मनुष्य का उत्थान और पतन

हम पहले कह चुके हैं कि यदि हमारी चेतना या बोध ही हमारा यथार्थ स्वरूप है और उद्विकास तभी पूर्णता पर पहुँच सकता है जब हम इस स्थिति को पुनः प्राप्त कर लें। इसके बाद ही हमें वह मार्ग खोजना चाहिए जिसके द्वारा हम अपनी पूर्ण आनन्द की स्थिति पुनः प्राप्त कर सकें। वन में मार्ग भूल जाने पर सबसे निश्चित तरीका यही है कि हम अपने ही पदचिन्हों को खोजते हुए वापस लौट चलें और पूर्व परिचित स्थान पर पहुँच जायें। यह कार्य बहुत आसान भले ही न हो किन्तु इससे अधिक भरोसे का उपाय दूसरा नहीं है। अपने वास्तविक स्वरूप की दिव्य महिमा को प्राप्त करने के लिए सबसे सरल काम यही है कि हम उन

अपनी सम्भावित त्रुटियों को खोजें जिनके कारण हम दुःख और दुराशा के अंध कूप में जा गिरे हैं।

हम अपनी पारमार्थिक महिमा से, अपने ज्ञानानन्द स्वरूप से गिर कर मनुष्य बन गये हैं, सीमित, अज्ञानी और मर्त्य। यह जानना बहुत आवश्यक है कि हमारा यह पतन कैसे हुआ? पतन का रास्ता जानकर हम अपने शाश्वत दिव्य आवास का मार्ग सहज ही समझ लेंगे।

वेदान्त, सत् से गिर कर जो मनुष्य बना उस पतन को यथार्थ नहीं मानता। उपनिषद् यह कहते कभी नहीं थकते कि तुम वह हो 'तत् त्वम् असि' फिर भी हम और आप अपना भिन्न अस्तित्व मानते हैं, अपनी दुर्बलतायें अपने दुःख और अपनी सीमायें अलग समझते हैं। अपने विषय में यह द्वैत भावना हमारा कटु अनुभव है। दृश्यजगत् हमारे सामने स्पष्ट है और हर क्षण हम अपने जीवन में उसका अनुभव करते हैं।

किन्तु वेदान्त की दृढ़ मान्यता है कि यह इन्द्रिय-गोचर प्रतीत होने वाला संसार सत् नहीं है। यह नश्वर प्रतीति मात्र है। यह समाप्त हो सकता है। संसार वैसे ही सत् प्रतीत होता है जैसे भ्रान्ति में पड़े पुरुष को सर्प सत्य प्रतीत होता है किन्तु सामने केवल रस्सी का एक टुकड़ा होता है। अज्ञान के कारण स्थाणु को भूत समझ बैठने वाला व्यक्ति भयभीत बन जाता है और उसे भूत सत्य प्रतीत होने लगता है।

इस प्रकार शाश्वत सत्-चित्-आनन्द ही एक मात्र सत्ता है। संसार और अहंभावना, जिनके कारण हम सब अपना अस्तित्व अलग-अलग समझते हैं, सत् के ऊपर अध्यास मात्र ही है। वे सब मिथ्या हैं। द्वैत एक दुखद भ्रान्ति है। अद्वैत ही एकमात्र यथार्थ और सत् है।

आज हम अपने अज्ञान के कारण सत् को भूले हुए हैं, और अविद्या के प्रभाव में भ्रमित हो गये हैं। यह भ्रम कैसे उत्पन्न हुआ? यह प्रश्न स्वभावतः हमारे मन में आना चाहिए। इसका उत्तर देने के लिए वेदान्त माया का प्रत्यय प्रस्तुत करता है।

माया परमेश्वर की अनिर्वचनीय शक्ति है। वह अग्नि से ताप की तरह परमेश्वर से अभिन्न है जैसे हम अग्नि से सब ताप अलग करके अग्नि का अस्तित्व नहीं पा सकते, और आग को अलग करने पर ताप नहीं

पाते; इसी प्रकार माया परमेश्वर से अभिन्न है। अग्नि ही ताप है; ताप ही अग्नि है।

सम्भव है कि हमें जब इस पद का ऊपरी ज्ञान ही हो, तो हम इस संदेह में पड़ जायें कि वेदान्तियों ने अपने मायावाद में इसका उल्लेख किसी चालाकी से किया है और वे प्रश्नकर्ता को रहस्य की बातों में उलझाकर मुख्य प्रश्न से ध्यान हटाना चाहते हैं। भाषा का ज्ञान न होने के कारण ही इस प्रकार का संदेह हो सकता है। संस्कृत में माया का अर्थ है 'या मा सा माया' अर्थात् जो नहीं है वह माया है। अतः हमें माया के साथ किसी संशय में नहीं पड़ना चाहिए।

बालक सोमदत्त के पिता की प्रसिद्ध कहानी वेदान्त में प्रायः कही जाती है। इसके द्वारा माया की व्याख्या की जाती है, जो हम में है और हमको ही भ्रम में डालती है। उसे मानों हमारा ही क्रियात्मक सहयोग और सहानुभूति मिलती है। हम उस कहानी को देखेंगे।

एक नया दीक्षा लिया हुआ ब्रह्मचारी एक तीर्थ यात्रा में जाते हुए मार्ग में थक गया। दोपहर में तेज धूप निकली हुई थी और आकाश में सूर्य प्रचण्ड रूप धारण किये था। उसने गंगा-तट पर एक छायादार स्थान देखा तो वह वहीं विश्राम के लिए रुक गया। वहाँ एक सकरी चट्टान पर लेट गया और हाथ-पैर फैला कर मौज में विश्राम करने लगा।

इतने में उसे ऊँघाई आ गई। उसने अर्धनिद्रा के बीच देखा कि दो ग्रामीण बालिकायें गंगा जी से पानी लेने आई हैं। उन्होंने घड़े भरे और चुपचाप चली गईं। किन्तु उस दृश्य ने अर्ध-निद्रित ब्रह्मचारी के मन में एक विचार-धारा का स्रजन कर दिया।

"क्यों नहीं? निश्चय ही इसमें कुछ हानि नहीं है। मान लो, मैं उनमें से एक के साथ विवाह कर लेता हूँ। मैं एक छोटा-सा मकान बनवा लूँगा; उसमें निश्चय ही कम से कम तीन बड़े-बड़े कमरे होंगे। और मैं बहुत ही कठोर और गम्भीर पति रहूँगा"।

"मैं अपने खेतों में काम करूँगा और सुख और सन्तोष का जीवन व्यतीत करूँगा। तब पहला बच्चा उत्पन्न होगा। हाँ, गोल-मटोल सुन्दर-सा

होगा। मैं उसका नाम सोमदत्त रखूँगा। और हम तीनों एक ही पलंग पर सोयेंगे।"

"किन्तु मेरे पुत्र के लिए क्या उस पर जगह पर्याप्त होगी? देवी जी मेरे पुत्र के लिए थोड़ी जगह और दो। वह नीचे न गिर पड़े।"

वह कहती है "स्वामी मैं कैसे हट सकती हूँ? किधर जाऊँ? आप ही अपने किनारे थोड़ा हटिये।"

"अच्छा","खड़-बड़, खट-खट..................धम" बेचारा सोमदत्त का पिता एक ओर थोड़ा सा हटा किन्तु स्थान बहुत सकरा था। उसका संतुलन बिगड़ गया और वह लुढ़कता हुआ गंगा जी की धारा में जा गिरा। आँख खुली और ब्रह्मचारी जी तैर कर बाहर निकले, किनारे पर खड़े हुए।

भला मित्रो, ब्रह्मचारी क्यों गिर गया? जागने पर अब उसे अपनी युवा पत्नी और एकलौते पुत्र को पुनः पाने के लिए कहाँ जाना होगा।

ब्रह्मचारी ने सोमदत्त के संसार की रचना स्वयं कर ली और उसमें निमग्न होकर स्वप्नमय जीवन ऐसे व्यतीत करने लगा मानों सब कुछ सत्य हो। इसीलिए उसे गिरना पड़ा।

ऐसे ही यद्यपि हम सब शुद्ध शाश्वत आत्मा हैं किन्तु स्वप्न में आत्मा ने अपने को भुला दिया है वह अपने संसार का एक स्वप्न देख रहा है। जागो। इस संकीर्ण मिथ्या भ्रम के स्तर से लुढ़क चलो और श्रुतियों के शीतल गंगा जल में डुबकी लगा कर जाग पड़ो। एक झटके के साथ स्वप्न संसार को तोड़ दो।

जिस शक्ति से सोमदत्त का पिता अपने गृहस्थ जीवन में जीवित था और गंगा जी में जा गिरा था, वह माया है– अर्थात् जो स्वयं कुछ नहीं है किन्तु अपने मन में अपनी प्रकृति के रूप में रहती है।

माया संसार में तीन भिन्न गुणों के रूप में व्यक्त होती है– सत्त्व, रजस और तमस, जो क्रमशः अक्रिय, सक्रिय और निष्क्रिय है। ये तीनों गुण सम्मिश्रित अवस्था में कभी नहीं रहते। इनका अनुपात हर व्यक्ति में भिन्न-भिन्न रहता है और एक ही व्यक्ति में समय-समय पर बदलता रहता है।

जब परम सत् शाश्वत ज्ञान के रूप में प्रतिबिम्बित होता है तो उसे सत्वगुण प्रधान माया कहते हैं। इसमें परम तत्त्व का प्रतिबिम्ब बिल्कुल स्पष्ट दिखाई देता है। यही ईश्वर है। रजस और तमस में मिश्रित सत्त्व में प्रतिबिम्ब धुंधला हो जाता है। इसे मलिन सत्वज माया कहते हैं। यह अहं केन्द्रित जीव है, मर्त्य व्यक्ति है।

ईश्वर हमारे आसपास संसार में तीन प्रकार के कार्यों के रूप में प्रकट हो रहा है। हम देखते हैं कि हर क्षण वस्तुयें निर्मित और उत्पन्न हो रही हैं; हर क्षण वस्तुयें नष्ट हो रही हैं, मर रही हैं और इन दोनों दशाओं के बीच, अर्थात् अनिश्चित आदि और अन्त के मध्य हम वस्तुओं और जीवों को विद्यमान पाते हैं। इन शक्तियों का सामान्य व्यक्ति को अवबोध प्राप्त हो, इसिलए हम उनकी सुविधा के लिए उन्हें ब्रह्मा, शिव और विष्णु कहते हैं।

घट-कर्ता को घट बनाने के लिए पहले यह ज्ञान होना चाहिए कि वह क्या बनाने जा रहा है, इसलिए ब्रह्मा को जो कुछ बनाना है उसका ज्ञान अवश्य होगा। इसलिए हमने ज्ञान की अधिष्ठातृ देवी सरस्वती का विवाह ब्रह्मा जी से कर दिया। रक्षा करने के लिए हमें रक्षा करने की शक्ति अपेक्षित होती है। कोई दिवालिया व्यक्ति परिवार का न स्वामी हो सकता है और न उसका भरण-पोषण कर सकता है। इसलिए धन की अधिष्ठातृ देवी मां लक्ष्मी भगवान् विष्णु की अर्धाङ्गनी हैं। इसी प्रकार यदि ससीम और नश्वर वस्तुओं का संसार न हो तो भगवान् शंकर भी विनाश का कर्म नहीं कर सकते। दृश्यजगत् के बिना रुद्र शक्ति की अभिव्यक्ति नहीं हो सकती। इसलिए भगवान् शिव की सहायक उनकी परम भक्त देवी उमा अर्थात् प्रकृति हैं।

यद्यपि इस त्रैत में तीन भिन्न व्यक्तित्वों का प्रदर्शन किया गया है किन्तु यह भी स्पष्ट दिखाया गया है कि वे तीन अलग-अलग शक्तियां नहीं हैं। इन तीनों के एकत्व की ध्वनि भी सुनाई देती है किन्तु जो लोग बहुत सावधान और सुसंस्कृत हैं उन्हीं को उस एकत्व का स्वर सुनाई देता है। सद्गुरु श्री दत्तात्रय में भी हम तीनों देवताओं का समन्वय पाते हैं और दुर्गादेवी में भी हम तीनों दिव्य शक्तियों का एकीकृत समन्वय पाते हैं।

इस प्रकार हमारे देवताओं में बाह्य रूप से अनेकता भले ही मिलती हो किन्तु उनके मूल में एकत्व का स्वर है, एक ही ईश्वर सर्वत्र है। उनमें से एक अकेला कुछ भी नहीं कर सकता; जब तक सृष्टि न हो, विष्णु के बिना सब निराश रहेंगे। यदि शिवत्व सक्रिय न हो तो ब्रह्मा या विष्णु का काम प्रारम्भ नहीं हो सकता। तीनों एक-दूसरे के सहयोग से ही, कार्य कर सकते हैं। ईश्वर तत्त्व एक ही है। अनेकता एक भ्रम है, मिथ्या अवधारणा है।

यदि शुद्ध सत्त्व-माया में प्रतिबिम्बित सत् ईश्वर तत्त्व है तो इसी सत् का मलिन सत्त्व-माया में धूमिल प्रतिबिम्ब अहंकार ग्रसित संसारी जीव है। रजस सक्रियता है, तमस निष्क्रियता है। जीव-स्वप्न का सृजन करने वाला माध्यम एक प्याले में रखे गोबर के पानी जैसा है जिसमें सूर्य का प्रतिबिम्ब पड़ता है। यह प्रतिबिम्ब ऐसा शुद्ध और स्थिर, ऐसा स्वच्छ और असली के अनुरूप न होगा जैसा उसी सूर्य का प्रतिबिम्ब उस प्याले में दिखाई देगा जिसमें गंगा जी का स्वच्छ और स्थिर जल भरा हुआ है।

हममें तमोगुण दो भिन्न प्रकार से काम करता है। एक तो यह मानसिक विक्षेप उत्पन्न करता है और दूसरे यह सत् को आवृत कर लेता है। अब हम इनके विषय में विचार करेंगे– याद रखो कि ये दोनों शक्तियाँ पूर्णतः स्वतंत्र नहीं हैं। दोनों एक दूसरे पर आश्रित हैं। विक्षेप से आवरण उत्पन्न होता है और आवरण से विक्षेप।

तमोगुण की आवरण शक्ति हमारे अन्दर तीन प्रकार के निषेधात्मक कार्य करती है– (अ) जानते नहीं, (ब) समझ नहीं सकते और (स) अनुभव नहीं करते। ये तीनों निषेधात्मक अवधारणायें वेदान्त की तीन मुख्य प्रक्रियाओं से दूर हो सकती है। वे हैं– श्रवण, मनन और निदिध्यासन।

आवरण से जो तीन मुख्य व्याधियाँ उत्पन्न होती हैं, उनमें से प्रथम यह है कि हम में से बहुत कम लोग स्वतंत्र रूप से यह देख, जान और समझ सकते हैं कि इस परिवर्तनशील दृश्य जगत् के पीछे एक ईश्वर तत्त्व है। "मैं नहीं जानता हूँ" यह आवरण की सघनतम स्थिति है। यह गुरुओं को सुनकर प्रत्यक्ष रूप से या शास्त्रों को पढ़कर अप्रत्यक्ष रूप से दूर हो सकता है।

इस अज्ञान के दूर होने पर निषेध की एक सूक्ष्म भावना दूसरे प्रकार से उत्पन्न होती है। यह लगता है कि "मैं उसे नहीं जान सकता हूँ"। इस असम्भावना को पार करने का उपाय बौद्धिक विश्लेषण और तर्कीय विचार ही है। इसके द्वारा साधक नाम और रूप के पीछे एक समरूप आत्म-तत्त्व का अनुभव करने लगता है।

किन्तु प्रायः इस स्तर पर पहुँच कर दर्शन के विद्यार्थी परिवर्तनशील जीवन के पीछे विद्यमान इस अपरिवर्तनीय सत् की बौद्धिक अनुभूति का स्वयं अवमूल्यन करने लगते हैं क्योंकि वे उसे यथार्थ सत्य नहीं मानते। उसका उन्हें 'अनुभव नहीं' होता है। इस प्रकार का आवरण वेदान्त द्वारा निर्धारित साधना (जिसे ध्यान कहते हैं) के अभ्यास से दूर हो जाता है। ध्यान आन्तरिक आत्म-संयम की एक प्रक्रिया है जिसके द्वारा साधक एक ही प्रकार की विचारधारा में अपने मन को लगाये रख सकता है। वह किसी भिन्न प्रकार का विचार बीच में नहीं आने देता। अन्त में साधक अपने मन में निद्रा जैसी पूर्ण शान्ति प्राप्त करने में समर्थ हो जाता है। उस समय वह सोता नहीं है वरन् उसकी समस्त चेतना उसके हृदय में प्रदीप्त हो उठती है। इंद्रियातीत आनन्द और ज्ञान का अनुभव करते समय साधक को जो अनुभूति होती है उसे सविकल्प समाधि कहते हैं। उस स्थिति में आवरण पूर्णतः समाप्त हो जाता है।

अभी तक हम तमस और रजस से उत्पन्न होने वाले मल के सम्बन्ध में विचार करते रहे। दूसरा है विक्षेप। विक्षेप से अव्यक्त प्रकृति की उत्पत्ति होती है। उससे व्यक्त प्रकृति अर्थात् पंच महाभूतों का संसार उत्पन्न होता है। पंचीकृत महाभूतों से निर्मित यह समस्त संसार है। इसी के अन्तर्गत पाँच ज्ञानेन्द्रियाँ और पाँच कर्मेन्द्रियाँ भी हैं। इन इन्द्रियों से समन्वित जीव ही दुखी, अश्रुप्लावित, मर्त्य और असहाय संसारी प्राणी कहलाता है।

इस प्रकार मनुष्य के पतन की कहानी समाप्त होती है। नित्य, शुद्ध, मुक्त, परमात्मा होते हुए भी माया के प्रभाव से हम लोग सोमदत्त के पिता की भांति अपने को सीमित समझने लगे और अनिर्मित कुटिया में अविवाहित पत्नी और अनुत्पन्न पुत्र सोमदत्त के साथ रहने लगे हैं।

वेदान्त ऐसा निराशावादी दर्शन नहीं है जो पतन का सिद्धान्त बता कर चुप हो जाये। यह सिद्धान्त तो केवल काल्पनिक पतन की व्याख्या

करता है। वह श्रद्धालु लोगों को ऐसा तरीका भी बताता है जिससे वे अपने स्वप्न से जाग पड़ें और अपने सत् और नित्य स्वरूप को पहचानें। वही ॐ है।

संसार के सभी धर्म और हिन्दुओं के सभी विभिन्न योग अपनी प्रक्रिया विधि में एक-दूसरे से कितने ही भिन्न दिखाई दें, एक स्वर से इस बात पर बल देते हैं कि मनुष्य को अपनी ज्ञान इन्द्रियों और कर्म इन्द्रियों को निग्रहीत करने का उपाय सीखना चाहिए। अन्तर और बाह्य आत्म संयम की बात पर सभी लोग एकमत होकर बल देते हैं।

किन्तु इन्द्रिय-निग्रह मन को बलपूर्वक दबाने से नहीं प्राप्त हो सकता है। हमारे हृदय की गहराई में अविद्या-पोषित कामनायें भरी पड़ी है। जब तक मूल में बैठी यह अविद्या नष्ट नहीं होती, हम इन्द्रियों पर संयम नहीं पायेंगे। जब तक भ्रांति की एक भी रेखा है, हम देखेंगे कि अपने अन्दर कामनायें उठती रहती हैं। उनसे प्रेरित होकर इन्द्रियाँ अपने-अपने विषयों में रमण किया करती हैं। केवल ज्ञान से ही हम अपने इस अज्ञान को दूर कर सकते हैं।

अपने सत् स्वरूप का ज्ञान, शिवोऽहं स्थिति का साक्षात्कार, 'मैं नित्य हूँ' इसका बोध, 'मैं नाम रूपात्मक व्यक्ति नहीं वरन् अखण्ड और शुद्ध चैतन्य हूँ' – यह ज्ञान ही अविद्या को नष्ट कर सकता है, इसी से भ्रांति मिट सकती है और सारी कामनाओं का हेतु समाप्त हो सकता है।

किन्तु शुद्ध ज्ञान ही हमारा नित्य स्वरूप है, इसलिए वह कोई ऐसी स्थिति नहीं है जिसकी हमें उत्पत्ति करनी पड़ेगी। हमें केवल आवृत करने वाले भ्रम और संशय में डालने वाले अज्ञान को समाप्त करना है। बादलों के छटने पर क्षण भर के लिए छिपा हुआ सूर्य अपने पूर्ण प्रकाश के साथ पुनः प्रकट हो जाता है।

अविद्या का आवरण श्रवण, मनन और निदिध्यासन से दूर हटता है। हम यह देख चुके हैं कि तमस की आवरण शक्ति हमारे ऊपर कैसे कार्य करती है और किस प्रकार इसकी हर चाल वेदान्त के श्रवण, मनन और निदिध्यासन से पराजित हो जाती है।

अतः जब कोई साधक मनन-स्तर तक पहुँचता है वह विषय सुखों की निरर्थकता को अपनी बुद्धि के द्वारा अधिकाधिक समझता जाता है। इंद्रियों का संयम यहीं से प्रारम्भ होता है। और जैसे ही उसे इंद्रियों के ऊपर थोड़ा बहुत नियंत्रण प्राप्त होता है वह विषयों से उत्पन्न होने वाले अपने मानिसक विक्षेप से मुक्त होता जाता है। इससे उसे अपने अन्दर सहस्र गुनी शांति, संतुलन और सुख की मात्रा प्राप्त होती है। परिणामतः वह ध्यान में ऊँची उड़ान भरने में समर्थ हो जाता है और उसकी एकाग्रता स्थाई और दृढ़ हो जाती है।

सारा दल साथ-साथ कार्य करता है; आवरण जितना ही दूर होता है विक्षेप उतना ही कम होता जाता है और मन की चञ्चलता जितनी ही कम होती है, उसके ऊपर पड़ा अज्ञान का परदा उतना ही झीना होता जाता है। समय के साथ अभ्यास बढ़ाने पर तमस के दोनों प्रभाव पूर्णतः समाप्त हो जाते हैं। हमारे अन्दर रजस-तमस का जो दोष मल कहलाता है, नष्ट हो जाता है और उसके स्थान में सत्त्व अपनी जड़ जमा लेता है।

श्रुति मंत्रों का श्रवण, मनन और निदिध्यासन करने से हमारे मानसिक सरोवर का विक्षेप और मल दूर हो जाता है। स्वभावतः ज्ञान का सूर्य सत् उसमें स्पष्ट प्रतिबिम्बित होने लगता है। सत् का सब से अधिक स्पष्ट और सही प्रतिबिम्ब ईश्वर तत्त्व है। अतः धीरे-धीरे साधक में इस स्तर पर आकर दिव्यता और ईश्वरत्व का कुछ अंश व्यक्त होने लगता है।

इतनी उन्नति के बाद उसके लिए चमत्कार सरल हो जाते हैं। उस पर ईश्वर की कृपा होना स्वाभाविक है। दया भाव उसका स्वाभाविक गुण बन जाता है। प्रेम उसकी सहज श्वांस है। करुणा उसका स्वभाव है सत्यता उसकी प्रकृति है। ईश्वरत्व उसका जन्म-सिद्ध अधिकार है। संक्षेप में, वह पृथ्वी पर मनुष्य रूप में ईश्वर है। वह दरिद्री हो या भूखों मरता हो, रोगी हो या स्वस्थ, हंसता हो या रोता, वह शासन करता है, पथ-प्रदर्शन करता है और लोगों को प्रकाश देता है।

इस स्तर पर यदि वह अपनी साधना में दृढ़ रहता है यदि उसमें परम तत्त्व की जिज्ञासा बनी रहती है, यदि वह विरक्त रहकर ईश्वरत्व की सिद्धि और सुख की भी उपेक्षा कर देता है तो वह ध्यान की गहनता में सत्त्व के उच्च शिखर को भी पार कर जाता है और सत्त्व तीर्थ हो

जाता है, वह देवताओं की सीमा के पार चला जाता है। वह अपने में परम सत् का अनुभव करता है, वह वही हो जाता है। ॐ प्राप्त कर ॐ में निमग्न हो जाता है। वह स्वयं ॐ हो जाता है। यही परम पद है, लक्ष्य की प्राप्ति है, पूर्णता है, परमानन्द है।

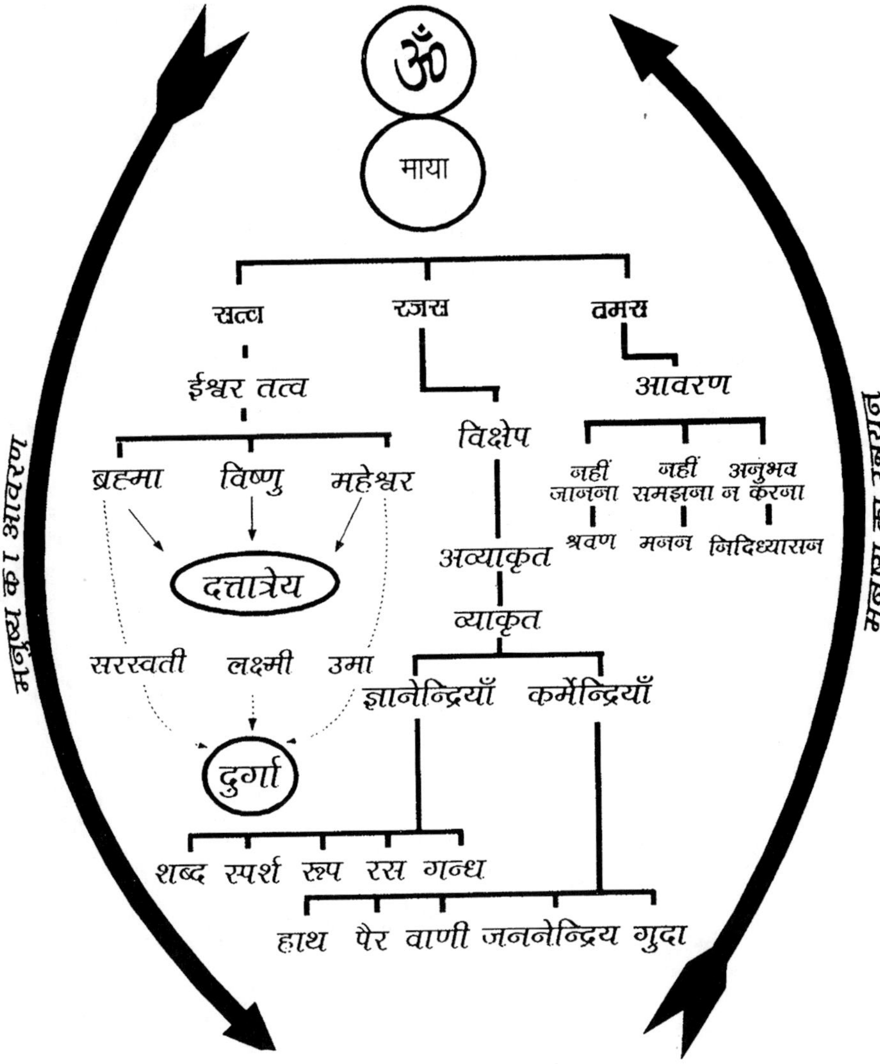

वहाँ उसमें ही सब स्थित हैं। विश्व उसी से उत्पन्न हुआ है, उसी में स्थित है, सब उसी की ओर जा रहे हैं, अन्त में सब उसी में विलीन हो जायेंगे और सदा के लिए नित्य सत्य रूप धारण कर लेंगे।

अतः बिना इन्द्रिय-निग्रह और बिना आत्म संयम के कोई आध्यात्मिक साधना सम्भव नहीं है। कोई संयम तब तक कारगर भी नहीं होता जब तक हम श्रवण, मनन, निदिध्यासन का अभ्यास प्रारम्भ नहीं करते। उपनिषदों का अध्ययन करिये। स्वतंत्र रूप से उन पर विचार करिये। साथ-साथ नियमित ध्यान का अभ्यास करिये। अपनी इन्द्रियों पर नियंत्रण करना सीखिए और अपनी कामनाओं पर अंकुश रखकर साधना करते रहिये। आपको सफलता अवश्य मिलेगी। सभी शास्त्र अविलंब सफलता की गारंटी बार-बार लेते हैं। धैर्य और श्रद्धा के साथ सेवा, प्रेम, परिष्कार और ध्यान द्वारा इसी जीवन में सत्यानुभूति प्राप्त करिये।

वे सब संत जिनके पास पथ प्रदर्शन के लिए लोग जाते हैं, उन सब को यही आश्वासन देते हैं कि आप अवश्य सफल हो सकते हैं।

जपयोग

आपको आश्चर्य होगा कि गीता या उपनिषदों पर व्याख्या सुनने और उन पर मनन करने वाला वेदान्त का विद्यार्थी शुद्ध ध्यान को छोड़ कर अन्य किसी साधना की चिन्ता क्यों करे। अन्ध उत्साह में पड़े व्यक्ति के लिए यह प्रश्न करना स्वाभाविक है कि वेदान्त की साधना करने वाले के लिए जप का क्या महत्व है। जप योग को ठीक से न समझने के कारण इस प्रकार का संशय हो सकता है।

जप एक ऐसा प्रशिक्षण है जिसके द्वारा मन की सदा चंचल रहने वाली विचार किरणें संयत कर एक निश्चित तालमेल के साथ संचालित की जाती है और उन सबके सहकारी प्रयत्न के द्वारा मन्त्रोच्चारण का स्वर उत्पन्न किया जाता है।

इस प्रकार का अभ्यास करने से मन पूर्णतः एकाग्र हो जाता है। वस्तुतः विधिपूर्वक जप करने से मन की एकाग्रता अधिक प्रभावशाली और स्थाई होती है। जल्दी में ध्यान प्रारम्भ कर देने से उतना लाभ नहीं होता। जप का अभ्यास करने पर मन डिब्बे में रखे खाद्य पदार्थ की तरह तैयार हो जाता है। डिब्बा खोला और आग पर थोड़ा गर्म करते ही वह भोजन खाने के लिए तैयार हो जाता है। इसी प्रकार जप का अभ्यास किया हुआ मन ध्यान प्रारम्भ करते ही बहुत थोड़ी देर में कल्पनातीत ऊँचाई पर पहुँच जाता है।

यह निश्चित विचारधारा में मन लगाने का अभ्यास जप के द्वारा किया जाता है। एक शब्द कहते ही हमारे मन में तुरन्त एक विचार उठता है। ऐसा कोई विचार नहीं है जिसका कुछ नाम न हो। प्रयत्न करके देखो, क्या आप लेखनी के रूप का विचार किये बिना 'लेखनी' कह सकते हैं? नाम और रूप के इस अभिन्न होने के सिद्धान्त पर जप की प्रक्रिया आश्रित है। इसके अतिरिक्त प्रेम वहाँ उत्पन्न नहीं होता जहाँ पर्याप्त विचारों का सन्निवेश नहीं किया जाता। आप अपने निकट के सम्बन्धियों से अधिक प्रेम रखते हैं। उतना प्रेम आप अपने चाचा की

साली के भतीजे से नहीं करते, उसे आपने भले ही कभी देखा हो और उसकी प्रशंसा भी की हो। उससे प्रेम न होने का कारण यही है कि आप ने उस बच्चे पर अपने विचार अधिक समय नहीं लगाये हैं। अतः प्रार्थना भवन में पूरी तत्परता से जप करने से और जाग्रत अवस्था में भगवान् का नाम निरन्तर लेते रहने से निश्चय ही भक्ति उत्पन्न होती है। किसी भी वस्तु का बार-बार चिन्तन करने से उसमें प्रेम बढ़ जाता है। जिसके विषय में जितना ही कम विचार किया जाता है उससे उतना ही कम प्रेम होता है। यही बात इसके विपरीत भी सत्य है अर्थात् जिसके विषय में जितना ही अधिक विचार किया जाता है उससे उतना ही अधिक प्रेम हो जाता है।

परम सत् का अनुभव ध्यान के द्वारा ही होता है। किन्तु उस लक्ष्य तक पहुँचने वाली ध्यान की नौका जप द्वारा उत्पन्न हुई भक्ति से ही आगे बढ़ती है। यदि पर्याप्त एकाग्रता की शक्ति उत्पन्न नहीं होती और यदि संकल्प मात्र से किसी विचारधारा पर लम्बे समय तक चिन्तन करने की कला नहीं आती तो ध्यान के समय वह पंखविहीन पक्षी की तरह पड़ा रहेगा। ध्यान का अर्थ है एक ही विचारधारा पर मन को नियोजित रखना और बीच में कोई अन्य विचार कदापि न आने देना। इसमें सफलता पाने के लिए हमें अनपेक्षित विचारों को रोक सकने की विधि ज्ञात होनी चाहिए। ऐसी मानसिक क्षमता उसी को प्राप्त होती है जो संयमित जीवन यापन करते हुए समझदारी के साथ जप का अभ्यास करता है।

आध्यात्मिक प्रगति के लिए जप एक बड़ा प्रभावशाली मानसिक संयम है। निकट भविष्य के इतिहास में शिवा जी के गुरु समर्थ रामदास का ऐसा उदाहरण है जिन्होंने राम मन्त्र के जपयोग द्वारा सिद्धि प्राप्त कर ली थी। वे 'श्रीराम जय राम जय जय राम' का मंत्र जपा करते थे। भगवान् योगेश्वर श्रीकृष्ण गीता में स्वयं कहते हैं 'योगों में जप योग मैं ही हूँ'।

'मैं जप कैसे प्रारम्भ करूँ?' जप योग का अभ्यास करने के लिए जप करना ही एक तरीका है। उस अवकाश मनाने वाले का परिणाम क्या होगा जो समुद्र के किनारे बैठा यह प्रतीक्षा किया करता है कि लहरें शांत हों तो मैं आराम से स्नान कर लूँ? जीवन के तट पर बैठे समय नष्ट न करिये आनन्द के सागर में गोते लगाइये और ताजे हो जाइये।

अपनी प्रार्थना के लिए एक अलग कमरा रखिये। उसमें अपने इष्टदेव का सुन्दर सा चित्र रखिए। उसे इतना ऊँचा लगाइये कि आपके बैठने पर भगवान् के चरण आपके नेत्रों के सामने रहें। इष्ट के सामने एक सादा आसन बिछाइये। १०८ गुरियों का एक माला लीजिए। प्रारम्भ में द्वार बन्द रखकर जप करिये। पैरों को मोड़ कर सुख-पूर्वक बैठिये। पहले भगवान् के मुख, शरीर, पैर और चरणों को देखिये। फिर धीरे से दृष्टि ऊपर उठाइये, चरणों से लेकर ऊपर मुख तक देखिये। अब नेत्र बन्द कर पूर्णतः भगवान् को अपने अन्दर देखने का प्रयत्न करिये, चित्र की भांति उन्हें स्पष्ट देखिये। भगवान् का ध्यान अपने हृदय में करिये। यह हृदय रक्त संचार करने वाले हृदय के ठीक दाहिनी ओर है। यह आध्यात्मिक हृदय केन्द्र है जहाँ ध्यान करने से आपकी सफलता अधिक निश्चित हो जाती है। वहाँ भगवान् की उपस्थिति अनुभव करो।

अब आप अपने इष्ट मन्त्र का जप धीरे-धीरे किन्तु दृढ़तापूर्वक करिये। यह कार्य पूरे प्रेम के साथ होना चाहिए। इससे भक्ति उत्पन्न होगी और आपका जप प्रभावपूर्ण होगा। माला उठाइये और उसका सुमेर ढूँढिये अर्थात् बाहर निकला अन्तिम गुरिया। अनामिका और अंगुष्ठ को मिलाइये, इन दोनों अँगुलियों के जोड़ पर माला फेरनी है। निष्ठा के साथ इष्ट-मन्त्र को मन में बोलिये और हर बार मध्यमा अंगुली से एक गुरिया गदेली की ओर खींचिये। तर्जनी अंगुली को सदा अलग रखिये।

तर्जनी अंगुली निष्कासित अंगुली समझी जाती है। यह अंगुली सदा दूसरों को संकेत करने के लिए काम में लाई जाती है, दूसरों को बुरा कहने के लिए इसे उठाया जाता है, दूसरों को इसी से धमकाया और तर्जना दी जाती है। तात्पर्य यह है कि उस अंगुली का प्रयोग द्वैत के लिए किया जाता है।

जब आप इस प्रकार १०८ मंत्र जप लेते हैं, तो आप सुमेरु गुरिये पर वापस आ जायेंगे। अब आपका एक माला पूरा हो गया है। सावधान रहें, सुमेरु को लांघना नहीं है। माला को इस प्रकार घुमा लीजिए कि जिस गुरिया पर आपने १०७वाँ मन्त्र जपा था उसी पर १०८वाँ मन्त्र पूरा हो जाये, फिर पूरे मनोयोग के साथ अगले माला का जप प्रारम्भ करिये।

इस प्रकार दिन में दो बार २० मालाओं का जप करिये – एक बार प्रातःकाल दूसरी बार सायंकाल।

मन्त्र एक शब्द प्रतीक है, जो यथासम्भव उस ईश्वर या विश्व का प्रतिनिधित्व और अभिव्यक्ति करते हैं जिसके लिए उनका उपयोग किया जाता है। इन मन्त्रों के विषय में कोई बात गुप्त नहीं है। वे सब शास्त्रों में दिये हुए हैं, किन्तु जब किसी सिद्ध गुरु के द्वारा वे किसी शिष्य को दिये जाते हैं तो वे सजीव बीज बन जाते हैं। गुरु अपनी आध्यात्मिक शक्ति से शब्द को जीवन प्रदान करता है और साथ ही शिष्य की सुप्त आध्यात्मिक शक्ति को जगाता है। गुरु द्वारा दी गई दीक्षा का यही रहस्य है।

जैसे मन्त्र ध्यान में सहायक होता है, काली, दुर्गा आदि शक्तियों की पूजा भी ध्यान में सहायक है। इसे प्रतीक या प्रतिमा के द्वारा ईश्वर की उपासना कहते हैं। ध्यान रहे कि पूजा प्रतीक या प्रतिमा की नहीं की जाती, वरन् प्रतीक या प्रतिमा में व्याप्त ईश्वर या देवता की पूजा की जाती है। प्रतीक या प्रतिमा केवल उसका संकेत करते हैं।

यह विभिन्न प्रकार की पूजा विधि विभिन्न प्रकार के लोगों को आध्यात्मिक साधना के विभिन्न स्तरों पर उपयोगी होती है। यह बहुत कुछ वैसे ही है जैसे कोई मनुष्य लिखना सीख रहा हो। प्रारम्भ में वह बड़ा-बड़ा लिखता है और फिर कुछ अभ्यास हो जाने पर छोटे अक्षर लिखने लगता है। इसी प्रकार जो व्यक्ति मन को एकाग्र करने की शक्ति अर्जित करना चाहता हो, उसे पहले रूप या आकार पर मन केन्द्रित करना चाहिए। उसमें सफलता मिलने पर निराकार का ध्यान करना चाहिए।

आज अभी अभ्यास प्रारम्भ करो। आध्यात्मिक साधना के लिए अभी और यहाँ सबसे अच्छा मुहूर्त है। हमारे जैसे लोगों के लिए जप सबसे अच्छी विधि है। हम लोग अन्तर और बाह्य जगत् की ठोकरें खाते इधर-उधर मारे फिरते हैं।

(अ) वेदान्ती मन्त्र ये हैं –

तत्त्वमसि – तुम वही हो।
अहं ब्रह्मास्मि – मैं ब्रह्म हूँ।

अयमात्मा ब्रह्म – यह आत्मा ब्रह्म है।
शिवोऽहं शिवोऽहं – मैं शिव अर्थात् कल्याणस्वरूप हूँ।
तदेव सत्यं तत् ब्रह्म – वही सत्य है वह ब्रह्म है।
आनन्दोऽहं आनन्दोऽहं – मैं आनन्द हूँ।
हंसः सोहं सोहं हंसः –मैं वह हूँ, वह मैं हूँ, वह मैं हूँ, मैं वह हूँ।

अथवा

(ब) पौराणिक मन्त्र ये हैं –

ॐ नमो नारायणाय
ॐ श्री राम जय राम जय जय राम
ॐ नमः शिवाय
ॐ श्री षण्मुखाय नमः
ॐ श्री रामचन्द्राय नमः
ॐ श्री लक्ष्मीयायैः नमः

इनमें से कोई भी मन्त्र रुचि विश्वास और श्रद्धा के अनुसार ले लेना चाहिए और उसका जप नियमपूर्वक अर्थ सहित गहन भाव के साथ करना चाहिए।

जप करते समय यह ध्यान रखना चाहिए कि यद्यपि आसन, माला फेरना, इष्ट देव आदि अन्य बातें जप के लिए बाह्य आवश्यकतायें हैं किन्तु जप को शारीरिक क्रिया मात्र नहीं समझना चाहिए। यह एक मानसिक साधना है और इसे आध्यात्मिकता के स्तर तक ऊपर उठाने का प्रयत्न करना चाहिए। तात्पर्य यह है कि न तो माला फेरने से और न लगातार मुँह चलाते रहने से जपयोग पूरा होता है।

जप करने वाले को बड़ी तल्लीनता और लगन से अपनी सारी बुद्धि और मानसिक क्षमता, जैसे सम्वेदना, विवेक, अनुभूति, संकल्प, तर्क, प्रेम, श्रद्धा आदि उत्पन्न कर पावन मन्त्र के मानसिक जप में एक साथ समन्वित कर निवेशित कर देना चाहिए। अपने हृदय गगन में प्रतिभासित होने वाले भगवान् के चरणों में वह मन्त्र समर्पित करना है।

जप प्रायः साधक को अनावश्यक विचारों के विपिन में भटकाने के लिए घसीट ले जाता है। यदि साधक पर्याप्त सावधान न हुआ तो वह

अपने विचार प्रवाह न देख पायेगा और न ही रोक पायेगा। सम्भव है कि उसका जप निष्फल और निराशाजनक सिद्ध हो।

यह चेतावनी देना बहुत आवश्यक है कि आज भारत नहीं संसार के सभी मत-मतान्तरों में जपकर्ता अधिकांश ऐसे देखे गये हैं जिनकी मानसिक दशा विकृत हो गई है।

प्रारम्भ में इस योग का अभ्यास बहुत अधिक न करना चाहिए। एक माला नित्य से प्रारम्भ करें। धीरे-धीरे मालाओं की संख्या बढ़ाते रहें। प्रारम्भ में केवल अवकाश के दिनों में सुविधानुसार कुछ अधिक मालायें फेरी जा सकती हैं। जब आपको विश्वास हो कि आप अपने उत्साह को कायम रखने के लिए अपनी मानसिक क्षमता को अधिक समय बनाये रख सकते हैं तभी जप के लिए अधिक देर बैठना चाहिए।

दूसरी कठिनाई जपकर्ता के सामने यह आती है कि जप के समय नींद का प्रकोप होता है। लगभग नब्बे प्रतिशत लोगों को इसका सामना करना पड़ता है। इसके अतिरिक्त जप-साधना के तुरन्त बाद उन्हें क्रोध की कुप्रवृत्ति धर दबाती है। इन कठिनाइयों को सामने पाकर साधक को व्यग्र न होना चाहिए। शांतिपूर्वक इन प्रवृत्तियों का सामना करना चाहिए और उन पर विजय प्राप्त करनी चाहिए।

नींद इसलिए आती है कि जप करते समय मन विश्राम पाता है। मन को इस बात का प्रशिक्षण देना आवश्यक है कि अपने अन्दर अनुकूल और शान्त वातावरण पाकर वह सो न जाये। बच्चों का स्वभाव होता है कि दौड़ती हुई कार में उन्हें नींद आ जाती है और वे बेचारे यात्रा का आनन्द नहीं ले पाते।

मन में चिड़चिड़ापन आने के दो कारण हैं– एक तो वृत्तियों का दमन और दूसरे थकान। प्रथम कारण इसलिए सामने आता है कि जप करते समय जब मन इधर-उधर भागता है तो जपकर्ता को अपने ऊपर ही खीज लगती है। थकान का कारण यह है कि प्रारम्भ में विचारों के एक दिशा में प्रवाहित रखने के लिए मन को संतुलित रखने में बड़ा श्रम पड़ता है। मन उससे थक जाता है।

नये ड्राइवर को पता नहीं होता कि गाड़ी चलाते हुए भी विश्राम लिया जा सकता है। घर के सामने की सड़क पर थोड़ा चलते ही वह थक जाता है। नया तैराक दो चार हाथ मारते ही थक जाता है। नयी गृहस्वामिनी अपने पहले बच्चे की देखभाल में ही हैरान हो जाती है। आगे चलकर वही स्त्री अपने आधे दर्जन बच्चे और स्वर्गीय जेठानी के चार बच्चों का पालन आसानी से कर लेती है। उसके बाद भी वह मानसिक शांति बनाये रखती है और शाम को अपनी पड़ोसिन से वार्तालाप करने का समय निकाल लेती है।

कार्य में शक्ति का अपव्यय कम होने देने की एक कला है। हर कार्य के लिए अपने व्यक्तित्व से अपेक्षित शक्ति निकाल कर लगानी पड़ती है। योग कहलाने वाले सभी आध्यात्मिक कार्यों में भी यही करना पड़ता है। कलाकार को अन्य कलाकृतियों से भिन्न किसी विशेष कलाकृति में सूक्ष्म निर्णय लेना होता है। इसे कला प्रशिक्षण के समय नहीं सिखाया जाता। अभ्यास द्वारा कलाकार उसकी खोज स्वयं करता है। योग जैसी कला में भी वही नियम लागू होता है कोई भी योग हो, उसकी कला का स्वर-ताल साधक को स्वयं खोजना होता है। ठीक दिशा में निरन्तर अभ्यास करते रहने से उसकी खोज सम्भव होती है।

जपकर्ता को दिव्य चिन्तन की एक नियत दिशा में अपने मन को निरंतर लगाये रहना होता है। मनन अभ्यास के द्वारा अपनी आन्तरिक एकाग्रता पर्याप्त अर्जित कर लेने पर ध्यान स्वाभाविक और सहज हो जाता है। ध्यान स्वतः एक विषय विशेष से सम्बन्धित विचारधारा में मन को निरन्तर लगाए रहने का चेतन प्रयास ही है।

इस प्रकार यदि जप विधिपूर्वक और नियमित रूप से किया जाय तो ध्यान में बड़ा सहायक होता है।

आध्यात्मिक साधना में नियम और निष्ठा ही सफलता के रहस्य हैं। मन को सब प्रकार की अतिवादिता से बचाये रखना चाहिए और अहंकार तथा वासनाओं से अप्रभावित रखना चाहिए। ध्यान से देखो तो पता चलेगा कि मन अपने आपको वस्तु और व्यक्तियों से, घटनाओं और पर्यावरणों से बिना विचारे चुपचाप आसक्ति के बंधन में बांध लेता है। इन सब

निर्देशों का सावधानीपूर्वक पालन करने पर यह आशंका रहती है कि जप-क्रिया किसी फलाकांक्षा से बरबस गठबन्धन न कर बैठे। सभी सायास क्रियाओं में फलाकांक्षा रखना मनुष्य की सबसे प्रबल वृत्ति होती है। कामना कलुषित जप से आध्यात्मिक चेतना कभी प्रदीप्त नहीं हो सकती।

जप की साधना को यज्ञ समझना चाहिए। अपने अन्दर से सर्वश्रेष्ठ और सर्वशुद्ध चेतना उत्पन्न कर जप यज्ञ में समर्पित करो। जप में सुप्त पड़ी रहने वाली कल्याणकारिणी शक्ति इस प्रकार जाग्रत होगी और उसकी कृपा से ध्यान करना सरल और सुखदाई हो जायगा।

जप के प्रभावकारी और फलदायी होने में साधक की समर्पण भावना ही सहायक सिद्ध होती है। समर्पण का तात्पर्य केवल भावुकतावश उत्पन्न हुई श्रद्धा का उद्रेक नहीं है। उसका सुदृढ़ आधार बौद्धिक चेतना, समझदारी और सावधानी होना चाहिए। एक बार समर्पण के पीछे सन्निहित सिद्धान्त समझ में आ जाने पर हमें भक्ति की हरित भूमि और ज्ञान के हिमावृत शिखर के बीच निर्मित सेतु का बोध हो जायगा।

हम उदाहरणार्थ एक मन्त्र लेंगे और उसमें सन्निहित समर्पण भावना की खोज करेंगे। मन्त्र हैं– 'ॐ नमो नारायणाय'। नारायण को मेरा प्रणाम है। प्रणाम का अर्थ केवल शरीर का झुकना नहीं है वरन् अपने में महानता की खोज करना और उससे अपना तादात्म्य भाव पहचानना है। अपने अन्दर महत् और शुभ तत्त्व के साथ एकतानता प्राप्त करना और उसके उच्च गुणों तथा उसकी महिमा को अपना समझना ही सच्चा प्रणाम है।

प्रणाम के नमन में कम से कम दो पक्ष होने चाहिए– एक तो वह लघुता जो नमन करती है और दूसरी वह महानता जिसके चरणों में नमन किया जाता है। इन दोनों के बीच उपाधिग्रस्त अहं उपाधिरहित शाश्वत आत्मा होता है। जप करने वाला अपने में विद्यमान मिथ्या अहं को परम दिव्य आत्मस्वरूप नारायण की वेदिका पर बलि देने का प्रयत्न करता है। इस प्रकार, जप करते समय साधक अपने व्यक्तित्व के समुच्चय को नारायण के व्यक्तित्व में समर्पित कर देता है। नारायण उसके परम सत् का प्रत्यय करता है।

अतः मन्त्र केवल जीवन के शाश्वत सत् को उद्घाटित करने वाला सूत्र नहीं वरन् उसके प्राप्त करने की व्यावहारिक विधि भी है। अपनी मिथ्या अनुभूति और प्रतीतियों को नारायण अर्थात् सब वस्तुओं के मूलाधार चरणों में समर्पित करने के बाद जो परम सत् की प्राप्ति होती है वही ॐ शब्द से व्यक्त किया जाता है। जब हम अपने ऊपर से व्यक्ति भावना के आवरण को हटा देते हैं तो हमें अपने नारायण तत्त्व की अनुभूति अपने में ही होती है। वह सदा सर्वत्र एक समान व्याप्त है। वही ब्रह्म है। उसे ॐ कहते हैं।

इस प्रकार अब स्पष्ट है कि जप की साधना विधिपूर्वक करने से केवल ध्यान के लिए तैयारी नहीं हो जाती बल्कि यह एक ऐसे यान का काम कर देता है जो हमें अपूर्णता के दुःखदर्दों से ऊपर उठाकर पूर्णता के महिमामय सिंहासन पर बैठा देता है।

भगवत् कृपा से आप जपयोग की इस उत्कृष्ट साधना का आनन्द प्राप्त करें और जीवन को सफल बनावें।

गायत्री मंत्र

मन्त्र ऋषियों द्वारा दिये गये हैं। ऋषि मन्त्रों के 'द्रष्टा' होते हैं– अर्थात् उनमें इतना ज्ञान होता है कि वे मन्त्रों का गहन तात्पर्य और महत्व समझते हैं। हर मन्त्र का एक अधिष्ठातृ देवता होता है। ऐसी मान्यता है कि मन्त्र का जप करते समय यदि मन में उस मन्त्र के देवता का ध्यान किया जाय तो वह देवता वैसे ही शीघ्र जाग्रत हो उठता है जैसे किसी का नाम लेकर बुलाने से वह व्यक्ति तुरन्त उत्तर देता है। यह विश्वास की बात है। यह भी कहा जाता है कि किसी मन्त्र का दस हजार बार जप करने पर हम अपने ऊपर जप का स्पष्ट प्रभाव देख सकते हैं। जप करते समय अपने मन की दृष्टि के सामने का देवता का स्वरूप निरंतर रखना चाहिए। इसकी सुविधा के लिए ध्यान श्लोक होते हैं। उनमें हर मन्त्र के देवताओं का चित्रण होता है।

कुछ लोग वेदों के उपासना काण्ड में वर्णित कर्मकाण्ड को आवश्यक मानते हैं। कट्टर रूढ़िवादी कहते हैं कि जप की संख्या जैसे-जैसे बढ़ती जाती है, होम-तर्पण, भोज आदि भी जप योग के साथ आवश्यक हो जाते हैं। यह मान्यता सर्व स्वीकृत नहीं है क्योंकि एक शक्तिशाली विचार-धारा यह भी है कि जप-साधना का सार या मूल आधार, निष्ठा और श्रद्धा है। पवित्र हृदय से प्रेमपूर्वक जप करने से कोई भी जप का अपेक्षित फल प्राप्त कर सकता है। उसे कर्मकाण्ड के झंझटों में पड़ने की आवश्यकता नहीं है।

मन्त्र तीन प्रकार के होते हैं– एक तो तामसिक जो निम्न भौतिक शक्तियों को जाग्रत करते हैं, दूसरे राजसिक जो मानसिक शक्ति जाग्रत करने के काम आते हैं, और तीसरे सात्त्विक जो आध्यात्मिक विकास में सहायक होते हैं।

सभी मन्त्रों को अन्य प्रकार से दो भागों में विभाजित कर सकते हैं (अ) एक तो वे जो केवल जपे जाते हैं उनका अर्थ जानना आवश्यक नहीं है। (ब) दूसरे वे जो प्रार्थना जैसे होते हैं। उनका अर्थ जानना भक्त

के लिए आवश्यक होता है। उसके बिना उसका मन भगवत् चिन्तन में न लगेगा।

वैदिक मन्त्र गद्य और पद्य दोनों में हैं, पद्यमय मन्त्र 'ऋक्' कहलाते हैं और गद्यमय मन्त्र 'यजुस्'।

सब मन्त्रों में सबसे अधिक शक्तिशाली और महत्वपूर्ण मन्त्र एकाक्षरी मन्त्र प्रणव है। यह 'ॐ' है।

वैदिक मन्त्रों की महिमा का वर्णन करने वाला साहित्य प्रचुर मात्रा में उपलब्ध है। इस संसार में हम कहीं भी इन मन्त्रों से अधिक पवित्र प्रतीक नहीं पाते हैं। इनका बहुत बड़ा महत्व बताया गया है।

वैदिक काल से आज तक हम 'ॐ' शब्द को ऐसा मन्त्र मानते आ रहे हैं जो आध्यात्मिक साधकों को ध्यान में विशेष सहायता देता है। इसे ब्रह्म से अभिन्न माना गया है और यह जीव और ईश्वर के बीच सम्बन्ध स्थापित करने वाला माध्यम भी है। अक्षरों का समस्त इतिहास वेदों के साथ प्रकट हुआ और उपनिषदों में उनकी उद्भावना हुई। आगे चलकर दार्शनिकों के हाथ में यह इतिहास विकसित हुआ और स्फोटवाद कहलाया। स्फोटवाद शब्द का दर्शन है। दृश्य जगत् नाम रूपात्मक है। इसके पीछे अव्यक्त शाश्वत तत्त्व विद्यमान है। स्फोट या शब्द दोनों का माध्यम है। यह शाश्वत स्फोट जो सब विचार या नामों का भौतिक आधार है, वह शक्ति है जिसके द्वारा ईश्वर संसार की रचना करता है मायोपाधिक ब्रह्म अर्थात् ईश्वर पहले अपने को स्फोट रूप में रचता है। यह व्यक्त शब्द है। इसके द्वारा वह स्थूल और दृश्य जगत् उत्पन्न करता है।

दूसरे, वेदों में एक स्थान पर आता है– 'प्रजापति वै इदम् अग्र आसीत् तस्य वाग् द्वितीय आसीत्, वाग् वै परमम् ब्रह्म।' अर्थात् प्रारम्भ में प्रजापति ही थे, उसके बाद वाक् था, वाक् ही परम ब्रह्म है। हिन्दुओं का यह विचार या सिद्धान्त न्यू टेस्टामेंट के चौथे अनुवाक् में इस प्रकार मिलता है– प्रारम्भ में शब्द था और शब्द के साथ ईश्वर था। शब्द ही ईश्वर था। स्फोट या प्रतीक ॐ शब्द है। अतः मैत्रायन उपनिषद् में कहा गया है कि एक ब्रह्म ही है शब्द या कोई दूसरा नहीं है। इसके बाद उसी उपनिषद् में फिर कहा गया है कि शब्द ॐ का प्रतीक होता

है। ॐ की ध्वनि को प्रणव भी कहते हैं अर्थात् जो जीवन में व्याप्त है अथवा प्राण के साथ प्रवाहित रहता है।

माण्डूक्य उपनिषद् का मुख्य प्रतिपाद्य विषय ॐ ही है। उसके द्वारा ब्रह्म का रहस्य समझाने का प्रयत्न किया गया है। प्रारम्भ में इस उपनिषद् में अन्य उपनिषदों की भांति ॐ के द्वारा जाग्रत, स्वप्न और सुषुप्ति की तीन अवस्थाओं का विवेचन किया गया है, किन्तु उसके बाद चौथी अवस्था 'तुरीय' की व्याख्या की गई है जो इस उपनिषद् की अपनी विशेषता है। इसमें अद्वैत वेदान्त का प्रतिपादन है। तैत्तिरीय उपनिषद् में ॐ का उल्लेख करते हुए कहा गया है कि वह ब्रह्म का आवरण या कोष है। इसका अर्थ है कि ॐ ब्रह्म को धारण किये है। अतः ॐ की उपासना से ब्रह्म की उपासना हो जाती है।

हर संगीत के तीन पक्ष होते हैं– (अ) संगीत का अर्थ, (ब) संगीत का नियम, और (स) संगीत की ध्वनि। इसी प्रकार ॐ के तीन पक्ष हैं। प्रथम शब्द मात्र है, मुख से उच्चरित होने वाली ध्वनि है, दूसरे इस शब्द का अर्थ है जिसे अनुभव के द्वारा समझना है और तीसरे ॐ का अपने जीवन में व्यवहार, अपने कार्य व्यवहार के द्वारा उसकी अभिव्यक्ति है।

ॐ आत्मा का प्रतीक है। वही परम अद्वैत सत् है। आत्मा की प्रतीति चार अवस्थाओं में होती है, जाग्रत, स्वप्न, सुषुप्ति और तुरीय में। ये सब अवस्थायें ॐ में अ, उ और म् के द्वारा प्रदर्शित की गई हैं। अंतिम स्थिति उच्चारण के बाद शेष रहने वाली शांति से व्यक्त होती है।

'अ' की ध्वनि जाग्रत अवस्था की सूचक है। इसी प्रकार 'उ' स्वप्न और 'म्' सुषुप्ति की। जाग्रत अवस्था को 'अ' ध्वनि से इसलिए सूचित किया गया है कि जैसे तीन अवस्थाओं में जाग्रत ही पहली अवस्था है, उसी प्रकार सब भाषाओं में 'अ' प्रथम अक्षर है। स्वप्न मन में पड़े संस्कारों का वह आन्तरिक चित्र है जो जाग्रत अवस्था में मन के जलाशय पर प्रतिबिम्बित हुआ था। इसके अतिरिक्त स्वप्न अवस्था जाग्रत और सुषुप्ति के बीच की अवस्था है और चेतना की तीन अवस्थाओं में उसका दूसरा स्थान है। इसी प्रकार अ के बाद उ भी दूसरा स्वर है और वह अ तथा म् के बीच आता है इसीलिए उसे स्वप्न का प्रतीक माना जाता है। ॐ

में म् सुषुप्ति का सूचक है। दोनों की तुलना करें तो हम देखते हैं कि जैसे ॐ में 'म्' का उच्चारण सबसे अन्त में होता है वैसे ही मन की अन्तिम अवस्था सुषुप्ति ही है जिसमें मन विश्राम करता है। दो बार ॐ उच्चारण करने के बीच थोड़ी शांति अवश्य आती है। यह शांति चौथी अवस्था तुरीय की प्रतीक है। यह पूर्ण आनन्द की स्थिति है। व्यक्ति परमात्मा के साथ तादात्म्य का अनुभव करके इस स्थिति को प्राप्त करता है।

ॐ में, अ, उ और म् के स्वर मन्त्र कहलाते हैं। अउम् में एक सर्वव्यापक तत्त्व है जिसे अमंत्र-ॐ कहते हैं। वह अपने-आपमें-वस्तु जाग्रत, स्वप्न और सुषुप्ति तीनों अवस्थाओं में व्याप्त है। स्मृति का सिद्धान्त यह है कि स्मृति और अनुभव एक ही व्यक्ति को होना चाहिए। एक व्यक्ति का अनुभव दूसरे व्यक्तियों में स्मृति का कारण नहीं हो सकता। हमें अपनी तीनों अवस्थाओं के सब अनुभव स्मृत रहते हैं, इससे यह निष्कर्ष निकल सकता है कि हममें एक ऐसा तत्त्व है जो तीनों अवस्थाओं की घटनाओं का साक्षी है। हममें ऐसी कोई सत्ता अवश्य होनी चाहिए जो जाग्रत संसार में वर्तमान हो, स्वप्न में रहे और उसे प्रकाशित करे, सुषुप्ति में तटस्थ द्रष्टा रहे और इन तीनों अवस्थाओं से अप्रभावित रहे। चौथी अवस्था (तुरीय) में अनुभूत सत्ता वास्तविक है, अपरिवर्तनीय है और प्रज्ञावान है।

ॐ अक्षर उन दोनों अवस्थाओं का प्रतीक है जिन्हें (अ) दृश्य जगत् ॐ और (ब) अतीन्द्रिय जगत् कहते हैं। दृश्य जगत् में देश और काल प्रकट होते हैं और विलीन हो जाते हैं। अतीन्द्रिय जगत् की अविनाशी सत्ता कालातीत क्षेत्र है जो सर्वत्र व्याप्त और परे भी है। इस प्रकार 'अ' जाग्रत अवस्था, 'उ' स्वप्नावस्था, 'म्' सुषुप्त अवस्था और शांति तुरीय– ये चारों मिल कर ब्रह्मात्म तत्त्व की समग्र व्यावृति के द्योतक हैं। जैसे म् का स्वर व्यक्त होता है, कंठ ध्वनि के रूप में परिवर्तित होता है और फिर उसकी अनुगामी शांति में विलीन हो जाता है, उसी प्रकार सत्ता की चार स्थितियाँ उत्पन्न और विलीन होती हैं। ये सब एक अनुभव के विभिन्न रूप है उसे अणु या विभु किसी रूप में देंखे वह विभिन्न रूपों की एक समग्रता है।

अ और उ स्वर के लिए उतने ही आवश्यक हैं जितना म अथवा शांति जिससे स्वर उत्पन्न होता है। इसके अतिरिक्त यह कहना गलत होगा कि शांति व्याप्त रहने पर ॐ नहीं रहता। वह शांति के समय भी बीज रूप में विद्यमान रहता है। वस्तुतः अभिव्यक्त या मुखरित शब्द नश्वर होता है किन्तु शांति सदा बनी रहती है। यहाँ ॐ का उच्चारण होता है तो शांति अन्यत्र बनी रहती है। इसी दृष्टान्त के अनुसार विश्व की रचना, अभिव्यक्ति और विनाश के समय भी उसका कारण विद्यमान रहता है।

यहाँ यह प्रश्न पूछा जा सकता है कि हम ॐ को ही उस 'विचार' का प्रतीक क्यों माने, जिसके द्वारा संसार व्यक्त हुआ है। इसका उत्तर स्वामी विवेकानन्द के शब्दों में इस प्रकार है।

''ॐ ही एक ऐसा प्रतीक है जो समस्त आधार को घेर लेता है, इसके समान और कोई प्रतीक नहीं है। सभी शब्द स्फोट से निर्मित होते हैं किन्तु वह पूर्ण विकसित रूप में कोई निश्चित शब्द नहीं है। कहने का तात्पर्य यह है कि यदि ऐसी विशेषतायें जिनके कारण एक शब्द दूसरे से भिन्न प्रतीत होता है, हटा दी जायें तो शेष जो कुछ बचेगा वह स्फोट ही होगा। अतः यह स्फोट नाद-ब्रह्म कहलाता है। प्रत्येक शब्द संकेत अव्यक्त स्फोट को व्यक्त बनाने के लिए उसे ऐसी विशिष्टता प्रदान करता है कि वह स्फोट नहीं रह जाता। जो शब्द उसे कम से कम विशिष्टता प्रदान करता है और साथ ही उसको सर्वाधिक सही व्यक्त करता है, वही उसका सच्चा प्रतीक हो सकता है। ऐसा प्रतीक ॐ है, अन्य नहीं हो सकता, कारण यह है कि ॐ में एक साथ उच्चरित होने वाले अ, उ और म् अक्षर ही सभी सम्भव शब्दों का प्रतीक हो सकता है। अ का स्वर सभी अक्षरों में सम्मिलित रहता है। इसके अतिरिक्त सभी प्रकार की कृत्रिम ध्वनियाँ मुँह से – जिह्वा के मूल और होठों के बीच से उत्पन्न होती हैं। गले की ध्वनि 'अ' है और होठों की ध्वनि 'म्' है। जिह्वा के मूल से उत्पन्न होकर होठों तक लुढ़कती आने वाली ध्वनि 'उ' है।''

यदि ठीक से उच्चारण किया जाय तो यह ॐ समस्त उत्पन्न होने वाली ध्वनियों का प्रतीक हो सकता है। कोई दूसरा शब्द इतना उपयुक्त नहीं हो सकता। अतः यह स्फोट का उपयुक्त प्रतीक है। स्फोट ही ॐ का वास्तविक अर्थ है। प्रतीक सदा उस वस्तु से अभिन्न होता है जिसका

वह संकेत करता है। इसलिए ॐ और स्फोट एक ही हैं। चूँकि स्फोट व्यक्त संसार का आंतरिक सूक्ष्म रूप है इसलिए वह ईश्वर के अधिक निकट है। वह दिव्य ज्ञान की प्रथम अभिव्यक्ति है। अतः ॐ ईश्वर का सच्चा प्रतीक है।

इस प्रकार ॐ समस्त व्यक्त और अव्यक्त जगत् का प्रतीक है। इतना ही नहीं व्यक्त-अव्यक्त के परे ब्रह्म जो अनुभव में आने वाले संसार की सब परिवर्तनीय वस्तुओं का अपरिवर्तनीय आधार है, उसका भी वह प्रतिनिधित्व करता है।

हर मन्त्र के साथ यह प्रणव ॐ जोड़ा जाता है। ॐ के बिना शक्ति नहीं रह जाती है। जैसे जीवित शरीर में प्राण-संचार के बिना कोई स्पंदन नहीं होता वैसे ही प्रणव के बिना मंत्र में कोई जीवन नहीं रहता।

वेदान्त के साधक प्रायः प्रणव का जप और उसका ध्यान करते हैं। इसे प्रणव की उपासना कहते हैं।

ॐ का निहितार्थ अव्यक्त और व्यक्त दोनों प्रकार का जगत् है। इसमें स्थूल और सूक्ष्म लोक भी आ जाते हैं। 'लोक' का अर्थ प्रायः संसार समझा जाता है किन्तु लोक का शाब्दिक अर्थ है 'अनुभव का क्षेत्र'।

ऋषियों ने जीवन में अनुभूत होने वाले समस्त सम्भव क्षेत्रों की खोज कर डाली तो उन्हें चौदह लोक मिले। सात ऊपर के और सात नीचे के लोक। तीन लोक ऐसे हैं जिसमें सीमित अहं वाला जीव जीवन मरण का खेल करता है; वे हैं–(१) भूः लोक अर्थात् भौतिक जगत् (२) भुवः लोक अर्थात् भौतिक जगत् से सटा हुआ दूसरा लोक जो इससे निकट का सम्बन्ध रखता है, किन्तु सूक्ष्म तत्त्वों से निर्मित है और (३) स्वः लोक अर्थात् स्वर्ग लोक।

इनके ऊपर चार लोक और हैं जहाँ जीव पहुँच सकता है और उच्च विकसित जीवन का सुख पा सकता है। उन लोकों को महः लोक, जनः लोक, तपः लोक और सत्य लोक कहते हैं।

हिन्दू साहित्य में हम कुछ अन्य लोकों के नाम भी पाते हैं, जैसे इन्द्र लोक, चन्द्र लोक, सूर्य लोक पितृ लोक आदि। ये सब उच्च लोकों के बीच विद्यमान अनुभव के विशिष्ट क्षेत्र हैं।

इन सात लोकों के नीचे अन्य सात लोकों की एक शृंखला है जिन्हें तल कहते हैं। उनके नाम हैं, पाताल, महातल, रसातल, सुतल, वितल और अतल।

इन चौदह लोकों में भूः, भुवः और स्वः इन तीन लोकों को व्याहृतियाँ कहते हैं। गायत्री मन्त्र में जब इन व्याहृतियों का उच्चारण किया जाता है उस समय ॐ में तीनों लोकों की उत्पत्ति, स्थिति और विनाश रूप में कल्पित किया जा सकता है। जप करने वाला उनको आत्मगत रूप से जाग्रत, स्वप्न और सुषुप्त की दशाओं से एकीकृत किया समझ सकता है। इन स्थितियों के परे अनन्त का विस्तृत साम्राज्य है। इन सब का प्रतिनिधित्व ॐ का प्रतीक करता है। इसलिए गायत्री मन्त्र की व्याहृतियाँ मनुष्य के समस्त आत्मगत और वस्तुगत अनुभवों के जगत् की प्रतीक हैं।

"ॐ भूर्भुवः स्वः
ॐ तत्सवितुर्वरेण्यं
भर्गो देवस्य धीमहि
धियो यो नः प्रचोदयात्"

हिन्दुओं की मान्यता है कि गायत्री मन्त्र सृष्टि के प्रारम्भ में भगवान् ब्रह्मा द्वारा घोषित किया गया था। यह अतिशयोक्ति प्रतीत हो सकती है। वैदिक साहित्य में कई स्थानों में ऐसा ही लगता है। किन्तु यह भी एक तथ्य है कि वे पश्चिमी विद्वान जिनमें ऐतिहासिकता का बोध अधिक उत्तम मिलता है, गायत्री मन्त्र को सबसे प्राचीन स्तुति मानते हैं। यह भी सत्य है कि हमारे धार्मिक विश्वास में अनेक क्रांतिकारी परिवर्तन आये हैं। फिर भी यह मन्त्र आज तक करोड़ों के हृदय में प्रभावकारी स्थान जमाये हुए है। यह विश्वास ही नहीं बल्कि वास्तव में देखा गया है कि इस मन्त्र के पवित्र अर्थ को समझ कर इसका जप करने से मनुष्य के मानसिक विकार पर्याप्त सीमा तक समाप्त हो जाते हैं।

यह मन्त्र भौतिक, शारीरिक या ऐसी ही अन्य उपलब्धियों के लिए कभी नहीं जपा जाता। इसके जप के साथ यही कामना रहती है कि हमारे हृदय को शुद्ध चैतन्य अधिकाधिक प्रकाशित करे। तात्पर्य यह है कि यह प्रार्थना अपने आत्मा से ही है कि यह अनावृत्त होकर हमारे जीवन में शुद्ध ज्ञान रूप में अभिव्यक्त हो।

गायत्री मन्त्र को सावित्री मन्त्र भी कहते हैं। प्राचीन वैदिक साहित्य में यह मन्त्र अधिकतर 'सावित्री' ही कहा गया है। गायत्री का यह नाम इसीलिए पड़ा कि यह सावित्री देवी को समर्पित है। कुछ पुरानी पुस्तकों में इसको सावित्री-गायत्री भी कहा गया है। इसका तात्पर्य यह है कि मन्त्र गायत्री नाम के वैदिक छन्द में रचा गया है और इसमें सूर्य भगवान् की स्तुति की गई है। इस छन्द में रचा गया यह मन्त्र सब से अधिक महत्वपूर्ण होने के कारण इसे परम्परा से गायत्री ही कहते आ रहे हैं।

गायत्री मन्त्र में तीन पंक्तियाँ आठ-आठ अक्षरों की होती हैं। गायत्री सावित्री मन्त्र की तीनों पंक्तियाँ इस प्रकार हैं–

"..... ....
ॐ तत् सवितुवरेण्यं
भर्गो देवस्य धीमहि
धियो यो नः प्रचोदयात्"

आप देखेंगे कि प्रथम पंक्ति में केवल सात अक्षर हैं। इसका कारण दो प्रकार से बताया जाता है (अ) ण्यं अक्षर 'णि' और 'अम्' से बना है, इसलिए पंक्ति में पूरे आठ अक्षर हैं, और (ब) पूरी पंक्ति को ओंकार के साथ पढ़ना चाहिए। ऐसा करने से आठ अक्षर हो जाते हैं। पहला विचार शंकराचार्य का है। बृहदारण्यक उपनिषद् पर भाष्य लिखते हुए शंकर 'ण्यं' अक्षर को दो भागों में विभाजित करते हुए कहते हैं कि इसमें छन्द के नियम का पूर्णतः पालन किया गया है। गायत्री मन्त्र ऋग्वेद में तृतीय मण्डल के छठे सूत्र के अन्तर्गत दसवां मंत्र है।

इस मंत्र के द्रष्टा राजर्षि विश्वामित्र हैं। ऋग्वेद के तृतीय मण्डल के सभी मंत्र ऋषि विश्वामित्र के नाम से ही हैं। गायत्री मंत्र शुक्ल-यजुर्वेद और कृष्ण-यजुर्वेद में भी मिलता है।

यह मंत्र भगवान् सावित्र को समर्पित है। सावित्र का तात्पर्य भगवान् सूर्य माना जाता है। कुछ विद्वान इसका विरोध भी करते हैं। सूर्य समस्त संसार को प्रकाशित करता है। प्रकाश के लिए कोई भी प्रार्थना की जाय वह 'समस्त प्रकाश के स्रोत' सूर्य से ही की जायगी। गीता में भगवान् कहते हैं कि सूर्य और चन्द्र में जो प्रकाश व्याप्त है वह सब मेरा ही

प्रकाश है। अतः गायत्री के देवता सावित्र अनन्त और शाश्वत चैतन्य का प्रकाश ही है।

"... ... ...
ॐ तत् सवितुर्वरेण्यं
भर्गो देवस्य धीमहि
धियो यो नः प्रचोदयात्"

का अर्थ है – "हम सूर्य भगवान् के पवित्र दिव्य प्रकाश का ध्यान करते हैं, वे हमारी बुद्धि में प्रवाहित विचारधारा को अपने दिव्य प्रकाश से प्रकाशित करें।" यह मन्त्र सदा प्रणव और व्याहृतियों के साथ जपा जाता है।

हिन्दुओं की नित्य संध्या कर्म में गायत्री मन्त्र के जप का प्रमुख स्थान है। प्राचीन काल में संध्या-बंदन केवल चित्त शोधन का कार्य था। इस विधि के द्वारा दिन भर इधर-उधर भटकने वाले मन और रात भर प्रमाद में डूबे रहने वाले चित्त को पुनः संघटित किया जाता था।

मनुस्मृति में कहा गया है कि 'प्रातःकाल खड़े होकर यह मन्त्र जपने से रात में किये गये पाप नष्ट हो जाते हैं और सायंकाल बैठकर इसका जप करने से दिन में किये हुए पाप दूर हो जाते हैं।' पाप का यहाँ वही अर्थ है जो हमारे शास्त्रों में अन्यत्र भी विविक्षित है अर्थात् ऐसे विपरीत प्रकृति का कर्म जिनसे हमारे मानसिक जीवन में विक्षेप उत्पन्न होता है और वैसे ही कर्म करने की प्रवृत्ति पुनः जाग्रत होती है। इन्हें मन पर पड़े हुए संस्कार कहते हैं।

बाद में गायत्री मन्त्र का महत्व वर्तमान स्तर तक ऊपर पहुँच गया।कुछ गिनों पहले जब हम लोग धीरे-धीरे पतन के गर्त में गिरने लगे तो यह नियम बन गया कि बिना यज्ञोपवीत धारण किये गायत्री मन्त्र का जप नहीं किया जा सकता। इस प्रकार की मान्यता प्राचीन साहित्य में नहीं मिलती है। हम जब इस मन्त्र का नित्य प्रयोग करते हैं तो इसके साथ प्रणव और व्याहृतियों को सम्मिलित रखा जाता है। दूसरी पंक्ति में हम चाहे प्रणव का प्रयोग करें या न करें।

"ॐ भूर्भुवः स्वः
ॐ तत्सवितुर्वरेण्यं
भर्गो देवस्य धीमहि
धियो यो नः प्रचोदयात्।"

एक दिन में दो संध्यायें होती हैं। संध्या का अर्थ है दिन और रात का संधि काल। प्राचीन साहित्य में मध्याह्न संध्या का कोई महत्व नहीं मिलता है। वैदिक कालीन ऋषि प्रातः और संध्या के समय पूजन करने का विधान बताते हैं। सम्भवतः मध्यकालीन पूजन की परम्परा अनावश्यक रूप से मुसलमानी मत से हम लोगों ने ग्रहण कर ली। प्रातःकाल जब पूर्व में पौ फूटती है और संध्या के समय जब स्वर्णिम प्रकाश की रेखायें अन्धकार में डूबने लगती हैं तब दोनों समय संध्या वंदन होता है। प्रातः सुबह की संध्या ४.३० से ५ बजे तक के बीच की जाती है जिसे ब्रह्म-मुहूर्त कहते हैं। संध्या के समय ६ और ७ बजे के बीच भजन-पूजन का पवित्र समय है।

मनुस्मृति में इन संध्या-वंदन और पूजन के विषय में बड़ी महत्वपूर्ण बातें देखने को मिलती हैं।

"प्रातःकाल सोकर उठने के बाद शौच आदि से निवृत्त होकर और पूर्णतः पवित्र होकर खड़े-खड़े इस मन्त्र का धीरे-धीरे जप करना चाहिए। उस समय मन को इधर उधर न जाने दो।" (मनुस्मृति १०२) उसी में अन्यत्र यह भी लिखा है कि "प्रातःकाल सूर्योदय के पहले खड़े होकर जप करना चाहिए और संध्या समय बैठकर तब तक पूजन करना चाहिए जब तक आकाश में तारे न निकल आवें।"

प्राचीन काल में संध्या कर्म इतना विस्तृत न था जितना सूत्र और आगम की रचना के बाद बन गया। प्रारम्भ में वेद कहते हैं कि प्रातःकाल और संध्या के समय पानी में खड़े होकर सूर्य की ओर मुँह रख कर गायत्री मन्त्र का जप करना चाहिए। स्वभावतः प्रातःकाल पूर्व की ओर और संध्या के समय पश्चिम की ओर मुँह रहेगा। मन्त्र का जप करने वाले को अपनी अंजुलि में पानी रखना चाहिए और हर मन्त्र जप के बाद उसे भगवान् को अर्पण करना चाहिए। इसे अर्घ्य-प्रदान करना कहते हैं। अंजुलि का जल छोड़ते हुए भक्त कहता है "यह सूर्य ब्रह्म है" (असवादित्योः

ब्रह्म) और आत्म-प्रदक्षिणा करता है; वह दाहिनी ओर से चारों ओर घूम जाता है। इसका यह संकेत है कि भक्त सूर्य भगवान् के चारों ओर परिक्रमा करता है।

प्रत्येक संध्या काल में गायत्री मन्त्र का जप कम से कम दस बार किया जाता है। अपनी श्रद्धा, सुविधा और भक्ति के अनुसार कोई कितनी ही बार हर संध्या में यह मन्त्र जप सकता है, किन्तु इसका जप रात्रि में कभी नहीं किया जाता। सूर्यास्त के बाद गायत्री मन्त्र का जप न करने का नियम है।

तैत्तिरीय आरण्यक में एक कहानी के द्वारा बताया गया है कि गायत्री का जप नित्य क्यों करना चाहिए और सूर्य को अर्घ्य क्यों दिया जाता है। यह कहानी वैदिक रहस्यात्मक विधि का एक नमूना भी है। इसमें हमारे आत्मगत जीवन के महत्वपूर्ण तत्त्वों का भी संकेत मिलता है।

अरुण द्वीप में मनदेह नामक दैत्यों की एक जाति निवास करती है, इसलिए यह द्वीप मनदेह अरुण कहलाता है। ये दैत्य नित्य प्रातः झुण्ड बनाकर आकाश में उड़ते हैं और सूर्य के पास पहुँच कर उसे नष्ट करने की धमकी देते हैं। गायत्री जपने वाले लोग जब अर्घ्य देते हैं तो उसका जल बज्र बन कर उन दैत्यों को लगता है। आहत होकर दैत्य अपने द्वीप फिर वापस आ जाते हैं। यह नित्य होता है।

बाह्य रूप से यह कहानी व्यर्थ मालूम होती है जैसे मुझे यूरोपीय संगीत-शिक्षा की कोई पुस्तक लगती है। जब वह संगीत किसी वाद्य यन्त्र पर बजाया जाता है तो वे अर्थहीन दिखने वाले संगीत-संकेत स्वर और ताल रूप में प्रवाहित हो उठते हैं।

मन और देह के द्वारा ही बाह्य संसार से हमारे सब कार्य होते हैं। वे कर्म अपने राग-द्वेष, कामना-तृष्णा, आवेग-संवेग से ऐसी वासनात्मक पशु प्रवृत्ति उत्पन्न करते हैं जो हमारे आध्यात्मिक सत् अर्थात् ब्रह्म-सूर्य को जीत कर नष्ट करना चाहती है। इससे, इन वासनाओं के प्रभाववश मानव प्रज्ञा का सार तत्त्व धूमिल पड़ जाता है। गायत्री जप और उसका प्रभावकारी परिणाम उसे वज्रपात की तरह नष्ट कर देता है।

वैदिक साहित्य की रचना के हजारों वर्ष बाद सूत्रों की रचना हुई। हर सूत्रकार ने एक के बाद एक बहुत से नये कार्यक्रम नित्य की पूजा में जोड़ दिये। कालान्तर में सूत्रों के बाद आगमों की रचना हुई। उनके रचयिताओं ने भी नित्य की पूजा में कुछ न कुछ अपना योगदान किया। आगमों का मुख्य उद्देश्य विष्णु, शिव या शक्ति की पूजा-विधान का निरूपण करना ही है। हर आगम में गायत्री मन्त्र को अपना कहा गया है। जिस आगम में जिस देवता विष्णु, शिव या शक्ति की उपासना का विधान है उसी को गायत्री मन्त्र का अधिष्ठातृ देवता कहा गया है।

शाक्तों ने गायत्री को एक देवी मान लिया। गायत्री देवी शीघ्र ही वेदों की माता मानी जाने लगी। आज भी ब्राह्मणों में यह मान्यता प्रचलित है कि यदि उन्होंने गायत्री का जप कर लिया तो मानो सब वेदों का पाठ हो गया।

बहुत से तर्कहीन परन्तु प्रभावशाली विश्वास गायत्री मन्त्र के बारे में उत्पन्न हो गये हैं। यदि कोई अंधेरे में डर जाता है तो गायत्री मन्त्र जपने की राय दी जाती है। ऐसा करते ही उसका भय दूर हो जाता है। यदि कोई ऐसे ही भ्रामक भय के कारण बीमार पड़ जाता है तो किसी शुद्ध सदाचारी पंडित को उस बीमार के बिस्तर के पास गायत्री पुरश्चरण के लिए बैठा दिया जाता है।

इन विश्वासों से भी सिद्ध होता है कि इस मन्त्र का नाम सार्थक है। गायत्री का अर्थ है कि "जो व्यक्ति मन्त्र का जप करता है उसकी वह रक्षा करता है।"

भारत में यह भी विश्वास किया जाता है कि यदि कोई व्यक्ति किसी महत्वपूर्ण बड़े काम के लिए घर से निकलता है और उसे कोई अपशकुन हो जाता है तो उसे तुरन्त बैठकर गायत्री का ग्यारह बार जप कर लेना चाहिए। यदि फिर चलते ही किसी नये अपशकुन से भेंट हो जाती है तो उसे फिर बैठ कर सोलह बार गायत्री का जप करना चाहिए। इससे अपशकुन का प्रभाव समाप्त हो जाता है। यह भी एक विश्वास है।

भारत में हिन्दू बालक को छोटी आयु में ही गायत्री मन्त्र की दीक्षा दे दी जाती है। हिन्दू समाज की पारिवारिक प्रथा के अनुसार इसे उपनयन संस्कार कहते हैं। वैदिक साहित्य में गायत्री दीक्षा का उल्लेख पढ़ते हैं।

दीक्षा एक ऐसा संस्कार है जिससे यह व्यक्ति वैदिक कर्मकाण्ड में भाग लेने का अधिकारी हो जाता है। उपनयन का अर्थ है– 'पास लाना', उस आचार्य के पास लाना जो बालक को पवित्र गायत्री मन्त्र की दीक्षा देता है। ध्यान देने की बात है कि इस बात के निश्चित आदेश हैं कि किस आयु में बालकों को इसकी दीक्षा दी जानी चाहिए। मनु के अनुसार ब्राह्मण को ५ वर्ष में, क्षत्रिय को ६ वर्ष में और वैश्य को ८ वर्ष में गायत्री मन्त्र देना चाहिए। अधिक से अधिक क्रमशः १६, २० और २४ वर्ष की आयु में दीक्षा दी जा सकती है।

वेदों में इस संस्कार कर्म की बड़ी महिमा कही गई है। गायत्री दीक्षा के बाद एक नया जन्म माना जाता है। इस दीक्षा के द्वारा बालक को सूक्ष्म जीवन का नया जन्म मिलता है। "माता पिता परस्पर इच्छा से बालक को जन्म देते हैं। इसलिए वह गर्भ से उत्पन्न होता है। यह भौतिक जन्म है।" "किन्तु जब आचार्य सावित्री के द्वारा वैदिक विधि से जन्म देता है तो यह सच्चा जन्म होता है, वह नित्य और अमृत हो जाता है।" इस संस्कार के बाद बालक द्विज माना जाता है।

पूरे गायत्री मन्त्र में वस्तुतः एक चौथी पंक्ति भी है (परो रजाय शब्द ॐ) जो आदित्यमण्डल में पूरे पुरुष का स्तवन करती है। इसमें व्यक्ति के आत्मगत अनुभव पर भी बल दिया गया है जिसमें 'वह यह है' इस प्रकार तादात्म्य भाव का अनुभव होता है। चौथी पंक्ति छान्दोग्य, बृहदारण्यक और ब्रह्मसूत्र में वर्णित है। इस पंक्ति को बड़ा पवित्र समझ कर गुप्त रखा जाता है। यह केवल पूर्णकालिक साधक या संन्यासी को ही दी जाती है। इस पंक्ति को जपने का उतना महत्व नहीं है जितना ध्यान की सर्वोच्च स्थिति अर्थात् समाधि में उसके तात्पर्य का अनुभव करने में है।

प्राचीन काल में स्त्रियाँ भी पुरुषों की भांति गायत्री जपती थीं। मनु ने ऐसा कहा है। उन दिनों सब स्त्रियों का उपनयन संस्कार होता था। वे वेदाध्ययन करती थीं, वेदों को पढ़ाती भी थीं और गायत्री मन्त्र का जप करती थीं। यहाँ स्त्रियों का अर्थ किसी कारण ब्राह्मण या क्षत्रिय कुल की स्त्रियाँ ही न समझ लेना चाहिए।

वस्तुतः मंत्र उपासना के द्वारा आध्यात्मिक प्रगति पुरुषों की अपेक्षा स्त्रियों में अधिक सुगमता से होती है क्योंकि स्त्रियों को जीवन के संघर्ष में व्यक्तिगत रूप से नहीं खपना पड़ता है। इसलिए शास्त्राज्ञा और हमारा

व्यक्तिगत अनुभव बताता है कि स्त्रियों को भी प्रातः और संध्या पूजन के साथ गायत्री मंत्र का जप करना चाहिए।

वस्तुतः हमारे हिन्दुओं के पवित्र ग्रन्थों में बार-बार कहा गया है कि मनष्यों के द्वारा की गई साधना का फल उसी को मिलता है किन्तु स्त्रियों द्वारा अर्जित आध्यात्मिक पुण्य उनके पतियों, पुत्रों और परिवार तथा समाज के अन्य लोगों को भी मिलता है।

गायत्री का गहन दार्शनिक महत्व बिल्कुल स्पष्ट है।

मन्त्र स्पष्टतः सूर्य भगवान् का स्तवन करता है और जपकर्ता की बुद्धि को प्रकाशित करने का निवेदन करता है। निश्चय ही सूर्य की रोशनी हमारे अन्दर विद्यमान बुद्धि को प्रकाशित नहीं करती... वह तो मस्तिष्क का सफेद और भूरे रंग का पदार्थ है।

हमारे आन्तरिक जीवन में सूर्य वह प्रकाश-दाता आत्मा है जो हमारे सब अनुभवों को प्रकाशित करता है। जैसे विश्व के केन्द्र बिन्दु सूर्य के इर्दगिर्द समस्त नक्षत्र और तारा मण्डल निश्चित मार्ग पर चलते हैं वैसे ही हमारे अन्दर शुद्ध चैतन्य हमारे समस्त व्यक्तित्व का केन्द्र बिन्दु है और उसके चारों ओर समस्त भौतिक उपाधियाँ अत्यन्त सूक्ष्म गणितीय विधि से कार्य करती हैं। उसी शुद्ध चैतन्य से प्रार्थना की जाती है कि वह हमारी बुद्धि को अधिकाधिक प्रकाशित करे।

यदि सूर्य न होता तो जीवन असम्भव था......... आत्मा के बिना भौतिक उपाधियाँ जड़ और मृत हो जाती हैं।

जब इस आन्तरिक जीवन-सूर्य से बुद्धि प्रकाशित करने की प्रार्थना की जाती है तो वह अर्थहीन विरोधाभास लगता है। असीम बोध स्वरूप परमात्मा के शाश्वत प्रकाश में कभी कमी नहीं होती है। वह सदा एक सा रहता है। उसकी तीव्रता घट-बढ़ सकती है।

अतः साधक का तात्पर्य यह होता है कि "मेरी बुद्धि स्थिर, विक्षेप रहित हो; वह वासना-रज से मुक्त और स्वच्छ हो। चैतन्य का प्रकाश मेरी बुद्धि के द्वारा तीव्रता से प्रकाशित हो।" इससे हम संसार को स्पष्ट देख सकेंगे, हमारा विवेक सूक्ष्म होगा, हमारे निर्णय ठीक और सही होंगे, परिस्थितियों और व्यक्तियों के विषय में हमारी धारणा सही और समझदारी की होगी।

मन से संघर्ष

जप की प्रक्रिया के द्वारा मन को स्वतः उत्पन्न किये ध्वनि उद्घोष में व्यस्त कर दिया जाता है। इसमें एक बहुत सूक्ष्म और गहन दार्शनिक महत्व सन्निहित है। कुछ देर विचारों के साथ मन को उलझा कर उसे एकदम रोक दिया जाता है। मन को दिया गया कार्य उससे तुरन्त छीन लिया जाता है। शास्त्रों को आशा है कि इस विधि से साधक "हृदय की शांति" अनुभव कर लेगा।

किन्तु हम अपने व्यवहार में वस्तुतः अनुभव करते हैं कि इन सब प्रक्रियाओं का उपयोग करते हुए और उनके मूल में बड़ी बुद्धिमत्ता रखते हुए भी, हम अपने को धोखा दे लेते हैं। मन अपनी कलाबाजी दिखाकर बाहर विचरण करने चला जाता है। इस मन को समेट कर अन्दर करना और एकाग्र बनाकर ध्यान में लगाना बड़ा कठिन और कष्टकारक काम है। यह आंतरिक संघर्ष ही वह मूल्य है जो हमें अपनी शाश्वत मुक्ति के लिए चुकाना पड़ेगा।

हम देख चुके हैं कि मन उन संस्कारों की उत्पत्ति है जिनको हमने अनादि काल से अपने विभिन्न जीवनों में आज तक संग्रहीत किया है। हम अपने हर जीवन में क्षण-क्षण जीवित रहकर अनन्त अनुभव प्राप्त करते रहे। हर क्षण का एक एक अनुभव हमारे मनः पटल पर एक चिन्ह अंकित करता रहा है। निरंकुश मन के इन संस्कारों से प्रेरित हमारा भौतिक शरीर इधर-उधर निरुद्देश्य भटका करता है। इस बीच, भटकते-भटकाते हमारे मन में विक्षेप उत्पन्न होते हैं और इसके परिणामस्वरूप ध्यान का अभ्यास करते समय हम अपने को विखंडित अनुभव करते हैं।

शुभ और अशुभ का सामना पड़ने पर दोनों के बीच संघर्ष और तनाव होना स्वाभाविक है। यह शाश्वत नियम है। इन दोनों भावनाओं से हम कभी मानसिक रूप से मुक्त नहीं हो पाते। फलस्वरूप, उनसे तादात्म्य रखने के कारण हमें विक्षेप सहन करना पड़ता है। एक समय हमारे मन में शुभ भावनायें होती हैं, भीतर से कोमल वृत्तियाँ उत्पन्न होती हैं, किन्तु

उसी समय न चाहते हुए भी हम कोई अशुभ काम, अपराध या पाप करके दुःखी हो बैठते हैं। दूसरे समय आश्चर्य की बात यह होती है कि हमारे मन में अशुभ विचार होने पर भी हम कोई अच्छा कार्य कर डालते हैं और उससे प्रसन्न होते हैं। यह ईश्वर और शैतान कौरव और पांडव का संघर्ष साधक के हृदय में सदा चला करता है और संसार के सभी शास्त्र एक स्वर से कहते हैं कि अन्त में सफलता अर्जुन को मिलती है क्योंकि उसने स्वयं वृन्दावन बिहारी को अपना सारथी बनाया है।

जो भक्त अपने शरीर रूपी रथ को पूर्णरूपेण परम नियंतारूपी दिव्य सारथी के हाथ में सौंप देता है उसे घोर विपत्तियों में भी सफलता मिलती है। हम इस दृष्टान्त पर आगे विचार करेंगे।

ध्यान का अभ्यास करने वाले हर साधक को इस मानसिक समस्या का सामना करना पड़ता है। मन को स्वभावतः अपनी वासनाओं की नालियों में चलने की आदत होती है। साधक का प्रयत्न यह होता है कि वह व्यर्थ की नालियों को अवरुद्ध करके मानसिक जलधारा को नवनिर्दिष्ट दिशा की ओर ले जाय और उससे अपने ही अन्दर एक दिव्य क्षेत्र की सिंचाई करे। यदि हमें अपने आन्तरिक संघर्ष में अपने ही निम्न अहं पर विजय पानी है तो निश्चय ही हमें मानसिक युद्ध की कला सीखनी पड़ेगी और अपने ऊपर पूरा नियंत्रण रख कर हमें अपने ध्येय पर मन को बार-बार टिकाना होगा।

नीचे लिखे तरीकों से हमें इसमें सफलता मिल सकती है। सभी तरीके एक साथ अपनाने की आवश्यकता नहीं है। एक समय में कोई एक तरीका ही पर्याप्त हो सकता है। यदि किसी समय यह समझ में आवे कि आपने कोई गलत अस्त्र चला दिया है तो उसके स्थान में आप बदल कर दूसरा तरीका अपना सकते हैं। इस प्रकार आप ध्यान में हर समय विजय पा सकते हैं। आध्यात्मिक साधक के प्रयोग के लिए हम यहाँ अस्त्रों की एक बहुत बड़ी सूची दे रहे हैं। बहुत से अवसरों पर लगभग इन सभी ने मुझे बड़ी सहायता पहुँचाई है।

(१) जब कभी मन भागे तो एक तरीका यह है कि इस बात से सचेत होकर मन को बलपूर्वक अपने विषय पर वापस लाया

जाय। वस्तुतः यह लक्ष्य और साधन एक साथ है। गीता तथा अन्य शास्त्रों (श्रुति और स्मृति) में इस पर बल दिया गया है।

(२) हम प्रायः देखते हैं कि विचलित मन वह मन है जो अपने लक्ष्य से दूर चला जाता है और हम भी उसके साथ चले जाते हैं। बहुत देर तक हम यह नहीं जान पाते कि हमारा मन इधर-उधर घूम रहा है। इसलिए इसका उपचार हम में ही होना चाहिए। जब हम जप, प्रार्थना या ध्यान के लिए बैठें तो हमें इस बात के लिए सचेत रहना चाहिए कि हम क्या करने के लिए बैठे हैं। इस उद्देश्य के लिए सामूहिक प्रार्थनायें की जाती हैं, घंटी बजाई जाती है, धूप सुलगाई जाती है, सुन्दर प्रकाश किया जाता है और भगवान् का चित्र या मूर्ति रखी जाती है। सभी धर्मों में कहा जाता है कि प्रार्थना के लिए जाने के पूर्व हमें अपने शरीर को स्वच्छ करना चाहिए और साफ कपड़े पहनने चाहिए।

यदि भगवान् का मन्दिर बिल्कुल रेलवे के तृतीय श्रेणी के प्रतीक्षा गृह जैसा है तो हमें उस मन्दिर में वैसी ही शांति और एकाग्रता प्राप्त होगी जैसे रेलवे स्टेशन पर होती है। दुर्भाग्य से संसार के सब धर्मों की अपेक्षा इस विषय में हिन्दू ही सबसे अधिक गन्दे, अज्ञानी, लापरवाह, गये बीते, और मूर्ख हैं। हमारे मन्दिरों में बहुत कम सफाई मिलती है। यह बात नहीं कि उनकी सफाई में लगातार लगे रहने वाले नहीं हैं, बल्कि भक्त लोग उन्हें इतना अधिक गंदा करते हैं कि चाहे जितने लोग सफाई करने में लगे हों वे मन्दिर की सफाई नहीं रख सकते।

यह दृढ़ सत्य है कि हम गन्दे कमरे में, गन्दे कपड़े पहन कर गन्दे शरीर से ध्यान करना चाहें तो नहीं कर सकते। स्वच्छता दूसरी श्रेणी की ईश्वरता है।

(३) स्वच्छ कमरे में या कमरे के किसी स्वच्छ कोने में, शौच आदि से निवृत्त होकर स्वच्छ आसन पर बैठना चाहिए। सामने भगवान् का चित्र जो मन के लिए पर्याप्त आकर्षक हो, रखना चाहिए। ये सब साधन मन को भागने से बचाने के लिए आवश्यक हैं।

यह सब तैयारी करके जब हम ध्यान का अभ्यास करते हैं तो आन्तरिक जगत् में कुछ ऐसे कारण मिलते हैं जो हमारे प्रयत्न को निष्फल कर देते हैं। हमारे राग-द्वेष, हमारी आशायें, इच्छायें, हमारी कामनायें-तृष्णायें, हमारे अन्तर्जगत् को मलिन किया करती हैं। उनसे प्रेरित होकर हमारा मन उन्हीं की ओर भागा करता है। आँखें खोलकर भगवान् की महिमा का गायन करने से ऐसा मन एकाग्र हो जाता है।

यहाँ भी हमें अपने को धोखा देने का मौका रहता है। ९९ प्रतिशत से अधिक लोग संसार में आज यही करते हैं। वे अपनी भक्ति और आध्यात्मिक ज्ञान का, अपने धर्म के अनुसार कर्मकाण्ड और टीमटाम का बड़ा मिथ्या प्रदर्शन करते हैं। ऐसे भक्त प्रदर्शन में फंसे रहते हैं। उनमें सच्ची आध्यात्मिक जिज्ञासा जाग्रत नहीं होती। वे भक्त नहीं भक्षक होते हैं। इससे स्पष्ट है कि आध्यात्मिक साधना में सफलता का मूल रहस्य अपने लक्ष्य के प्रति सच्ची निष्ठा है।

(४) अपने धर्म में ध्यान का अभ्यास करने के लिए उदारता के साथ पर्याप्त अवसर दिया गया है। प्रायः अनियंत्रित और अशिक्षित मन दूर-दूर तक भागा करता है– कभी स्वर्ग में, कभी नर्क में, कभी यहाँ, कभी वहाँ, कभी किसी के साथ। ऐसे मन को यकायक बाँध रखना हानिकारक हो सकता है। संसार के सभी धर्मों में पृथ्वी पर अवतरित गुरु या सिद्ध पुरुषों के चरित्रों का वर्णन मिलता है। ऐसी कथाओं के पढ़ने और भगवान् के लीला-चरित्रों को रंगमंच पर देखने से मन को भ्रमण करने का पर्याप्त क्षेत्र मिलता है और साथ ही उसके मूल में सर्वत्र व्याप्त भगवान् का चिन्तन भी होता रहता है।

भगवान् की समस्त लीला क्षेत्र को सीमित कर उनके जीवन की किसी एक घटना पर, जो आपको अधिक आकर्षक लगे, आप अपना ध्यान केन्द्रित कर सकते हैं। इस पर ध्यान का अभ्यास करने से आप का मन सीमित क्षेत्र में रहने लगेगा। इसके बाद अपना ध्यान अब केवल भगवान् के रूप (या कोई

प्रतीक जैसे क्रास या चाँद या ग्रन्थ) पर केन्द्रित करने का अभ्यास करें। इस प्रकार ध्यान का क्षेत्र और अधिक सीमित होगा। यहाँ भी मन को द्वैत में भ्रमण करने की काफी छूट रहेगी– भगवान् के चरण उनकी कटि की तरह नहीं हैं, उनके अधरों से भिन्न प्रकार का उनका वक्ष है, उनके मुख और बाहुओं की आकृति भी भिन्न प्रकार की है।

लक्ष्य के और निकट पहुँचने के लिए केवल भगवान् के मुख पर मन केन्द्रित करना चाहिए। भगवान् के मुख की अन्य बातों को छोड़ कर केवल उनके अधर और उनकी आनन्दमय मुस्कान का चिन्तन भक्तिमार्ग के द्वारा उच्चतम स्थिति तक पहुँचना है। इस स्तर पर पहुँचने पर साधक अपने को गहन चिन्तन के क्षेत्र में सरलता से स्थिर रख सकता है। अब वह लगभग सत्य के द्वार पर पहुँच गया है।

भगवान् की मुस्कान ही अब चिन्तन का केन्द्र बिन्दु है किन्तु यहाँ भी द्वैत की झलक रह जाती है। भगवान् के दो होंठ हैं, ऊपर का होंठ नीचे से भिन्न है। अधर और मुस्कान में भी द्वैत का भाव विद्यमान है। साधक को अन्त में एक बार फिर प्रयत्न कर अधरों को छोड़ना और केवल मुस्कान पर ध्यान केन्द्रित करना पड़ेगा। इस प्रकार का अभ्यास करने वाला शीघ्र ही अनुभव करेगा कि मुस्कान का ध्यान करने से साधक के जीवन में मुस्कान आ जायगी। यह मुस्कान स्वयं भगवान् का शब्दहीन संदेश है।

यह सब करने में भक्त पूर्णतः भगवान् के प्रति अपनी प्रेमा भक्ति पर आश्रित रहता है और मन पर विजय प्राप्त करने में, एकाग्रता में जो सफलता उसे मिलती है वह उसके समर्पण भाव पर अवलम्बित होती है।

(५) अभ्यास के समय साधक को अपने मन के साथ मातृ-भाव से व्यवहार करना चाहिए। उसके प्रति प्रेम से प्रेरित होकर चिन्ता करनी चाहिए। देखो मां, कैसे प्रेम और बुद्धिमानीपूर्वक शैतान लड़के पर नियंत्रण करने का प्रयत्न करती है। वही युक्ति साधक

को अपना मन नियंत्रित करने में लगानी चाहिए। बार-बार घेरने की युक्ति सभी मातायें काम में लाती हैं। साधक को भी नित्य बार-बार प्रयत्न करके मन को ध्यान की महिमा समझाने का प्रयत्न करना चाहिए। इसे सबसे प्रमुख कार्य समझना चाहिए। साधक के मन में जितना ही यह विश्वास जमता जाता है कि पूजा के कमरे में उसे सबसे अधिक लाभ प्राप्त होता है, उतना ही उसका मन ध्यान के समय शांत होता जायगा।

(६) कभी-कभी माँ बच्चे को कुछ आकर्षक वस्तु देकर उस स्थान से हटाने का प्रयत्न करती है जहाँ वह शैतानी करने में प्रवृत्त हो रहा है। माँ धूप में खेलते अपने बच्चे से कहती है, "मुन्ना यहाँ आ, मैं तुमको एक चीज दूँगी। मैं तेरे लिए इसे दो दिन से रखे हूँ किन्तु न जाने क्यों मैं भूल गई थी। तू यहाँ आ, मैं तुझे दे रही हूँ।" बच्चा यह सुनते ही आश्चर्य करने लगता है कि यह क्या वस्तु होगी और उसकी जिज्ञासा खेल छुड़ा कर उसे माँ के पास ले जाती है। वह कुछ देर के लिए खेल छोड़कर अपनी जिज्ञासा शांत करने के लिए माँ के पास चला जाता है।

इसी प्रकार मन जब विषयों के क्षेत्र में घूमता है तो उसे महर्षियों के आनन्दमय अनुभवों का स्मरण दिला कर आप उसे लक्ष्य की ओर ले जा सकते हैं। ऋषियों ने ध्यान के द्वारा जो पूर्णता प्राप्त की, अपने मन के सामने रखिये। इससे मन में जिज्ञासा उत्पन्न होगी और उसे तृप्त करने के लिए कम से कम कुछ काल के लिए मन ध्यान में एकाग्र हो जायगा।

(७) कभी-कभी यह उपाय भी असफल हो जाता है किन्तु माँ के हृदय में शैतान लड़के को घातक प्रवृत्तियों से बचाने के लिए न जाने कितने गुप्त अस्त्र छिपे रहते हैं। उदाहरण के लिए, माँ बच्चे से वायदा करेगी कि फिर किसी समय मनमानी शैतानी करने के लिए खुल कर छूट मिलेगी।

वह उस बच्चे से कहेगी, "अगर तुम अभी आकर मेरे साथ दोपहर में सो लोगे तो मैं शाम को तुम्हें खेलने के लिए बाल-उद्यान

में भेज दूँगी वहाँ तुम रात तक झूले में खेल लेना।'' बच्चा दोनों स्थितियों को खूब तौलता है और इस निर्णय पर आ जाता है कि इस समय धूप में खेल बन्द कर देना अच्छा है। बाद में बहुत देर खेलने का समय मिलेगा वहाँ खेलने में मजा भी ज्यादा आयेगा।

इसी प्रकार ध्यान के समय जब मन इधर-उधर भागता है– घर दफ्तर की समस्याओं पर चिन्तित होता है, बाजार या अन्तर्राष्ट्रीय समस्याओं पर विचार करता है, अपनी दुर्बलताओं को अन्य लोगों में खोजता है– इस समय साधक मन को इन सब बातों पर बाद में खुल कर विचार करने की छूट देने का वायदा करके ध्यान में लगने के लिए राजी कर लेता है। मन को इस प्रकार छूट केवल इसी शर्त पर दी जाती है कि 'वह इस समय ध्यान में मेरा सहयोग करे।' आप देखेंगे कि कुछ देर थोड़ा संकोच करने के बाद मन ढीला पड़ कर वापस आ जायेगा और जैसा आप चाहेंगे वही करेगा।

(८) सर्वोत्तम मातायें भी जानती हैं कि कुछ ऐसे क्षण होते हैं जब बच्चे को थोड़ी मारपीट की जरूरत होती है। ऐसे समय माँ बच्चे को धमकी ही नहीं देती वरन् वह अपनी धमकी को कार्य रूप में परिणत भी कर देती है, भले ही ऐसे अवसर कम आते हों। डर के कारण बच्चा अपनी शैतानी तुरन्त छोड़ देता है।

इसी प्रकार हमें भी जब-तब मन को कस कर डाटना चाहिए और उसके भयंकर अपराध करने पर उसे कठोर दण्ड भी देना चाहिए। मन के ऊपर सबसे सीधा चाबुक निराहार का पड़ता है। जब आप देखें कि मन के ऊपर नियंत्रण नहीं लगाया जा सकता और वह कामुक और इंद्रिय लोलुप होकर बैल की तरह भाग रहा है तो उसे रास्ते पर लाने के लिए घेरो, किन्तु यदि यह फिर भी न माने और अपनी मनमानी करे तो डंडा दिखाओ। कह दो कि अगले २४ घंटे निराहार रहना पड़ेगा।

सर्दियों में मन को बड़ा कठोर दण्ड दिया जा सकता है। ठंडे पानी से शरीर को नहला देने से मन ठीक रास्ते पर आ जायगा। लेकिन ध्यान

रहे कि निमोनिया कभी उच्च व्यक्तित्व या आध्यात्मिक साधक का लिहाज नहीं करता।

इस प्रकार का दण्ड शरीर को अधिक नहीं देना चाहिए। स्वस्थ मन स्वस्थ शरीर में ही रहता है। यदि शरीर दुर्बल हो जाता है तो मन भी धीरे-धीरे थक जाता है। थका मन अधिक आत्मानुशासन में नहीं रह सकता। इन मामलों में हर व्यक्ति को स्वयं अपने सम्बन्ध में निर्णय लेना चाहिए। इसके अतिरिक्त इस बात से सावधान रहने की आवश्यकता है कि एक बार मन को डाटने और दण्ड देने के बाद उसके साथ अधिक उदारता का व्यवहार न करना चाहिए। सम्भव है कि आप मन को अपराध करते देख लें और आप अपने विचार से उसे अधिक से अधिक उपयुक्त दण्ड भी दे दें, किन्तु बाद में जब आप संभल जायें तो अपने मन के साथ सहानुभूतिपूर्ण व्यवहार करने लगें।

अतः मन को २४ घंटे दण्ड देने के बाद आप उसके ऊपर इतने दयालु हो सकते हैं कि आप उसे फल और दूध खूब खिलायें और शरीर तथा मन दोनों को औसत से अधिक तृप्त कर दें। हम जो भोजन लेते हैं उसके सूक्ष्म अंश से मन को शक्ति मिलती है इसलिए भोजन न करने से मन को पोषण नहीं प्राप्त होता। इसलिए यदि साधारण आहार के बदले फल और दूध का उत्तम भोजन प्राप्त होता है तो मन निःसंकोच भाव से वही अपराध करने के लिए प्रस्तुत हो जायेगा जिसके कारण उसे उत्तम आहार का सौभाग्य मिला था। यदि गंदी बस्तियों की दशा इतनी खराब है कि वहाँ के रहने वाले जेल को महल समझते हैं तो वे खोजकर ऐसा अपराध करेंगे कि उन्हें जल्दी से जल्दी जेल भेज दिया जाय।

यदि आप को मेरे इस कथन में संदेह हो तो हमारे देश के किसी न्यायाधीश के पास जाकर घरेलू ढंग से आन्तरिक बात करिये। आज भारतीय जेलों में जितने लोग हैं उनमें से अस्सी प्रतिशत, मुझे स्मरण है कि मैंने अभी हाल में पढ़ा है, वही पुराने अपराधी हैं जो जेल को आराम की जगह समझ कर बार-बार आ जाते हैं। एक बार मन को दण्ड देने का निर्णय ले लेने पर साधक को मन के ऊपर दया दिखाकर अधिक खा लेने का प्रलोभन नहीं करना चाहिए।

कोई समझदार मां अपने बच्चे को अधिक दण्ड नहीं देती क्योंकि यह अनुभव सिद्ध है कि अधिक दण्ड देना बच्चे के स्वतंत्र विकास के लिए उतना ही हानिकारक है जितना स्वतंत्र होकर शैतानी के कामों में पड़ना। अधिक दण्ड देने से मन यद्यपि नियंत्रित हो जाता है किन्तु उच्च ध्यान का अभ्यास करने के लिए दुर्बल होकर अक्षम और अनुपयोगी हो जाता है। मन के लिए सबसे बड़ा दण्ड यही है कि आप अपने को मन से सदा अलग जैसा रखिये। आलोचक की दृष्टि से उसकी निगरानी रखना ही पर्याप्त है।

जब माँ देखती है कि उसका बच्चा नियंत्रण से बाहर है, उसके ऊपर कोई उपाय काम नहीं करता, वह पूर्ववत् शैतानी कर रहा है तो वह घर के बाहर दालान में आती है और खम्भे में उढ़क कर खड़े-खड़े बच्चे को केवल देखती रहती है। वह अपनी मुख-मुद्रा से बच्चे के प्रति दुःख और निराशा व्यक्त करती है। बच्चा नजर बचाकर अपनी माँ का क्रोध ताड़ लेता है और सावधान हो जाता है। उसे अपने ऊपर ही शर्म आती है और वह शैतानी छोड़ देता है। किसी न किसी बहाने वह माँ के पीछे आता है और उसकी साड़ी से चिपक जाता है। वह माँ का ध्यान अपनी ओर खींच कर कुछ मांग पेश करता है। ऐसी दशा में कोई समझदार माँ बच्चे को झिड़कती नहीं है वरन् बच्चे की हर बात स्वीकार कर लेती है। किन्तु सम्भवतः बच्चे की मांग वही होती है जो माँ चाहती है। इसलिए वह उन्हें पूरा करती है।

(६) इसी प्रकार, जब मन अनियंत्रित होकर विक्षिप्त हो उठे और स्वतंत्र होकर इधर-उधर भागने लगे उस समय अपनी बुद्धि से तादात्म्य कर लेना चाहिए और बुद्धिभाव से तटस्थ रहते हुए मन का आलोचनात्मक दृष्टि से निरीक्षण करना चाहिए। मन कुछ देर अपने चुने हुए क्षेत्र में फिर भी घूम सकता है, किन्तु वह जानता है कि बुद्धि उसका तटस्थ निरीक्षण कर रही है। विवेक की मीनार से उसे सब कुछ दिखाई दे रहा है। मन को अपनी त्रुटि स्वयं समझ में आती है और वह लज्जित होकर अपनी हरकत छोड़ देता है। वह शीघ्र ही अपने को बुद्धि के चरणों में समर्पित कर देता है। इस समय मन आपके हाथ में है।

आप उसे ध्यान में नियोजित कर सकते हैं। अपने शास्त्रों में इस कला को 'साक्षी भाव' कहते हैं।

उपर्युक्त विधियों में से कोई न कोई विधि आपकी समस्या का समाधान खोज लेगी। लगनशील साधक अपने मन की सभी शैतानियों पर काबू पाने के लिए सदा कोई न कोई उपाय खोज लेता है। इसमें केवल महत्व की बात यही है कि साधक के हृदय में सच्चाई और लगन होनी चाहिए। उसमें श्रद्धा, विश्वास, समझदारी, खोज करने का पक्का संकल्प और साहस होना बहुत जरूरी है। बुद्धि और हृदय के बिना आध्यात्मिकता से कुछ भी ऊँची आशा नहीं की जा सकती।

इस बात की प्रतीक्षा करना कि ये गुण तुम्हारे ऊपर स्वर्ग से उतरेंगे या किसी गुरु की जेब काटकर तुम उन्हें पा लोगे, नितान्त मूर्खता है। दृढ़ता से प्रयत्न करना होगा। समझदारी से काम करो। नियमित ध्यान करो। निरन्तर विवेक का प्रयोग करो। अच्छे बनो, अच्छे काम करो। दयालु बनो। सहनशील, उदार और सबके शुभेक्षु बनो। दुर्बलताओं को दृढ़ता के साथ छोड़ दो। अपनी आन्तरिक शक्ति जाग्रत करो। ब्रह्मचर्य रहो, अच्छे लोगों का साथ करो और स्वस्थ रहो। मृत्यु का भय आने पर भी बेईमानी, धोखा, वासना और काम से दूर रहो। इतना निश्चय कर ध्यान का अभ्यास करो।

"ध्यान, ध्यान, ध्यान और ध्यान – यही पूर्णता का एकमात्र सीधा सरल और सच्चा रास्ता है।"

कर्म का रहस्य

कर्म की अपरिहार्यता

(प्रवचन - १)

आजकल आधुनिक शिक्षा-पद्धति के अन्तर्गत जब कोई युवक विश्वविद्यालय से पढ़ कर निकलता है तो उसे यह भ्रांति रहती है कि जीवन स्तर जितना ही ऊँचा हो उतना ही मनुष्य को बाह्य संसार में कम काम करना चाहिए। इस भ्रान्त धारणा के अनुसार गणित का यह नियम बना कि जितना ही ऊँचा जीवन स्तर होगा उतना ही कम काम करना पड़ेगा। अन्त में सब से ऊँचे जीवन स्तर का अर्थ होगा, काम बिल्कुल नहीं। अतः काम कुछ नहीं, सदा विश्राम करना, सब विषय सुखों का उपभोग, ३६५ दिन छुट्टी में बिताना – यही सबसे उच्च जीवन स्तर है। हमारे युवक कर्म-क्षेत्र में प्रवेश करते हैं तो उनकी यही धारणा प्रतीत होती है।

काम करने वाले लोगों में एक अनुचित प्रतियोगिता मिलती है। मैं देश भर में सचिवालयों में काम करने वाले लोगों से मिलता रहा हूँ। उन लोगों में आपस में इस प्रकार की प्रतियोगिता मिलती है – "आज आपने कितना काम किया?" "तीन पत्र", "आपने तीन लिख डाले? मैंने तो केवल एक पत्र लिखा है।" यह सुन कर पहले वाला निश्चय करता है कि यदि उसके साथी ने एक पत्र लिखा है तो "देखो, कल मैं एक भी नहीं लिखूँगा।" इस प्रकार आजकल विपरीत दिशा की ओर प्रतिद्वन्द्विता चल रही है। इसका कारण यही भ्रान्त धारणा है कि 'मैं अपने मालिक को कम से कम दूँ और उससे अधिक से अधिक खींच लूँ।'

यह एक प्रतिक्रिया मात्र है।

जब इस देश में विदेशियों का राज्य था तब इस देश की मध्यकालीन अर्थ व्यवस्था के अन्तर्गत राजा, जमींदार और मालिक लोग जो बहुत थोड़ी संख्या में थे साधारण लोगों से अधिक से अधिक चूसने की कला में पारंगत थे और इसी में अपना गौरव समझते थे। अब हम समाज में उसकी

प्रतिक्रिया यह देखते हैं कि साधारण या मध्यम वर्ग का मनुष्य सरकार या मालिक को कुछ भी न देकर बदले में सब कुछ प्राप्त करना चाहता है। यह समाज की स्वाभाविक घटना है जो परतन्त्रता से स्वतंत्रता आने पर ऐतिहासिक क्रम से अपरिहार्य रूप में आ गई।

किन्तु वर्तमान समय में, जबकि हमारे राष्ट्र की प्रगति अवरुद्ध है, यदि इस समय के युवक जो दास-पुत्र नहीं बल्कि नये उपलब्ध अवसर के स्वामी हैं, अपने जीवन और देश को प्रगतिगामी बनाना चाहते हैं तो उनके हृदय में कर्म का एक नया सिद्धान्त अवश्य होना चाहिए। अब स्वतंत्रता के चौदह वर्ष बाद सरकार और उद्योगपतियों ने यह स्वीकार करना प्रारम्भ किया है और अमेरिका के कुछ बड़े लोग तथा विशेषज्ञ भारत आये हैं। वे इस देश के कर्मचारियों और लिपिकों आदि को कर्म की पवित्रता ऐसे समझा रहे हैं मानों हमारी संस्कृति या हमारे शास्त्रों के बाहर की बात हो। यहाँ यह सब कुछ पहले से ही है किन्तु पंडित वर्ग स्वतंत्र देश के भविष्य का निर्माण करने के लिए उसे उद्‌घाटित नहीं कर रहा था।

जीवन को देखें तो यह स्पष्ट समझ में आता है कि कर्म बन्द होते ही शरीर मर जाता है। एक क्षण के लिए विचार करिये। आप सब जीवित हैं और मैं भी जीवित हूँ। संसार में जीवधारी हैं। मृत लोगों के लिए न कोई कानून है, न प्रगति है, न उद्योगधन्धे हैं, न धन है, न सुख है, कुछ भी नहीं है। राष्ट्र का भविष्य जीवित लोगों के ऊपर अवलम्बित है। इसका क्या अर्थ है यही कि "हम जीवित हैं।" हमारा सबसे पवित्र धर्म है– जीवन को सुरक्षित रखने के लिए हम सब कुछ करने के लिए तैयार हैं; बचपन में हमने पढ़ा, काम किया, व्यवसाय ढूँढने के लिए कठिन परिश्रम किया और नौकरी पा ली। अब प्रातः से सायं तक काम करते हैं। यह सब हम अपने जीवन की रक्षा के लिए करते हैं। जीवन हम सब में एक समान है। जीवन के होने न होने का कोई प्रश्न नहीं है। धनी में भी जीवन है, गरीब में भी जीवन है, मालिक में भी जीवन है, नौकर में भी जीवन है। सफल लोगों में जीवन है तो असफल लोगों में भी जीवन है। हम सब में समान रूप से जीवन है और अपने लिए हम उसकी रक्षा करते हैं। यह हमारी मूल्यवान सम्पत्ति है। लेकिन वास्तव में जीवन है क्या? इस प्रश्न के सम्बन्ध में न हमारे माता-पिता, न अन्य बड़े

लोग और न हमारे विश्वविद्यालयों को ही कोई चिन्ता है। इस प्रश्न पर शायद ही कोई विचार करता हो।

प्राचीन काल के महान आचार्यों ने इस प्रश्न पर मनन किया था और अपने शिष्यों के साथ उस पर विचार भी किया था। फिर वस्तुतः जीवन क्या है?

जीवन एक ऐसी मोहक शक्ति है जो ऊँच-नीच सभी लोगों में व्यक्त हो रही है। हम सब में उसकी अभिव्यक्ति समान रूप से होती है।

जीवन वस्तुतः क्या है? उपनिषदों के आचार्य जीवन को कोई परिभाषा देने की अपेक्षा अपने शिष्य से कहते हैं कि मृत शरीर को ध्यान से देखो। उसकी सब क्रियायें बन्द हो जाती हैं तो हम उसे मृत कहते हैं। मृत शरीर अपनी इन्द्रियों से कुछ नहीं देखता, उसके मन में कोई भाव नहीं आते। वह बुद्धि से कुछ विचार नहीं कर सकता। उसकी सब इन्द्रियाँ काम करना बन्द कर देती हैं, उसके हृदय में धड़कन नहीं होती है, शरीर के अन्दर कोई क्रिया नहीं होती। ऐसी स्थिति में हम कहते हैं कि शरीर मृत हो गया है। चाहे मनुष्य हो, पशु हो, या कोई पेड़ पौधा हो, जब बाह्य संसार से कोई प्रतिक्रिया नहीं करता तो उसे मरा कहा जाता है।

मान लीजिए एक पौधा है, हम उसे नियमित रूप से सींचते हैं किन्तु न उसमें पत्ती लगती है और न फूल। इसका अर्थ कि पौधा मृत है। क्यों? इसलिए कि वह किसी बाह्य प्रेरक के प्रति कोई प्रतिक्रिया नहीं करता। यदि कोई कुत्ता लेटा पड़ा है और हम उस पर ढेला फेंकते हैं किन्तु वह न उठता है और न भूंकता है तो हम कहते हैं कि वह मर गया है। क्यों? इसलिए कि वह पीड़ित होने पर कोई प्रतिक्रिया नहीं करता है। मैं अपने पिता को बुलाता हूँ, जगाता हूँ किन्तु वे बाह्य संसार की किसी बात पर प्रतिक्रिया नहीं करते। स्वभावतः हम कहते हैं कि उनका प्राणान्त हो गया है। किसी व्यक्ति से लेकर एक कोशीय प्राणी तक कोई हो यदि उनमें किसी में कोई क्रिया नहीं होती तो उन्हें मृत समझा जाता है। क्रिया ही जीवन का चिन्ह है।

हम और आप जब जीवित हैं तो बिना कार्य किये नहीं रह सकते। जब तक हम जीवित हैं हमें काम करना ही पड़ेगा क्योंकि शरीर के द्वारा स्पंदित होने वाला जीवन ही तो बाह्य जगत् में क्रिया है। मान लीजिए

कि एक आलसी मूर्ख है; हम उससे पूछते हैं "मेरे बच्चे तुम क्या कर रहे हो?" वह कहता है, "कुछ नहीं"। जब वह कहता है, "कुछ नहीं" तो इसका अर्थ यह नहीं कि वह मृत है, उसका केवल यही तात्पर्य है कि समाज के लिए या अपने परिवार के लिए कोई उपयोगी काम नहीं कर रहा है। किन्तु वह निश्चय ही समाज का, परिवार का और अपना अहित कर रहा है क्योंकि उसे कुछ न कुछ तो स्वभावतः करना ही चाहिए, जैसे गुलाब से सुगंध निकलती है। गुलाब अपनी सुगंध वितरण करना रोक नहीं सकता। यदि वह गुलाब है तो उसे गुलाब की गंध देनी ही चाहिए। यदि वह पानी है तो उसमें तरलता होनी ही चाहिए। यह उसकी विशिष्टता है। उसकी प्रकृति है। इसी प्रकार, हम और आप जब तक समाधि के नीचे दबा नहीं दिये जाते या चिता पर रख कर जला नहीं दिये जाते, हमें कुछ न कुछ करना ही पड़ेगा, हम चाहें या न चाहें।

अब प्रश्न यह है कि जब मृत्यु आने तक हर जीवित मनुष्य में कर्म का प्रवाह निरन्तर चलता रहता है तो कर्मों की धारा मोड़कर उन्हें नियंत्रित और व्यवस्थित कैसे किया जाय, ताकि उससे अपरिहार्य रूप से निसृत होने वाले कर्म आसपास के समाज को सुखी बना सकें और उनसे कर्ता के मन में भी तृप्ति और संतोष का अनुभव हो। इसी को 'कर्म की कला' कहते हैं।

कर्म अपरिहार्य है क्योंकि वह जीवन का प्रतीक है। जीवन में कर्म वैसे ही होता है जैसे मृत्यु में अकर्म। किन्तु, कर्म व्यक्ति-व्यक्ति में भिन्न प्रकार का होता है।

खेत में श्रम करने वाला मजदूर पसीने से तर होगा। कवि के पसीना आता न दिखाई देगा, इसलिए श्रमिक की दृष्टि से वह कुछ न करता प्रतीत होगा। कवि के दृष्टिकोण से वैज्ञानिक जनता का पैसा बरबाद करते हैं। वैज्ञानिक की दृष्टि से साधारण विचारक अपना समय नष्ट करता है। उनकी दृष्टि से पेड़ के नीचे बैठे बुद्ध अपना समय नष्ट करते हैं और समाज के ऊपर भार बनते हैं। आलसी बने समाज का खून और धन चूसते हैं। हर कोई दूसरे को अकर्मण्य कहता है किन्तु अपने को सबसे बड़ा कर्मशील समझता है।

कहते हैं कि एक बार एक बड़ा चित्रकार एक जलाशय के तट पर बैठा पानी में कंकड़ी फेंक कर लहरों पर प्रकाश और छाया का खेल देख रहा था। एक साधारण आदमी उधर सड़क से होकर दूध लिये शहर की ओर जा रहा था। उसे शहर में दूध बेचना था। जब वह उधर से निकला और उसने जलाशय के किनारे बैठे उस आदमी को देखा तो उसने ईर्ष्या के साथ अपने मन में कहा, "यह आदमी सुबह से शाम तक बेकार बैठा रहता है। यह कितना मूर्ख है। मैं आठ घंटे कठिन परिश्रम करता हूँ तब भी खर्च पूरा नहीं पड़ता।" इस प्रकार कहता हुआ वह आदमी शहर चला गया उसने वहां दूध बेचा और जब खाली बाल्टी पीठ पर लिए लौटने लगा तो उसने अपने पैसे गिने। उसने हिसाब लगाया कि "इतना गायों के लिए, इतना चारे के लिए और इतना परिवार के लिए।" उसने गहरी साँस ली कि उसके बुढ़ापे के लिए कुछ भी नहीं बचता है। वह अपने जीवन के बारे में निराशा भरे विचार लिये जा ही रहा था कि उसने देखा कि वह व्यक्ति उसी प्रकार जलाशय के किनारे बैठा पानी में लगातार कंकड़ी फेंक रहा है और एक हाथ से कचौड़ी खा रहा है। दूध वाला वहीं रुक गया और हमारे किसी समाजवादी या साम्यवादी की तरह अपने ऊपर नियंत्रण नहीं कर सका। और भी कुछ लोग उसके साथ आ खड़े हुए और उस पर चिल्लाने लगे, 'यदि देश में कोई सरकार है तो ऐसे आवारा लोगों को गोली मार देनी चाहिए जो कि कुछ काम नहीं करते, किन्तु पता नहीं देश की आर्थिक व्यवंस्था कैसी है जो इस समाज में निकम्मे लोगों को कचौड़ी खाने को मिलती है और हम जैसे परिश्रमी लोगों को सुबह से शाम हो जाने पर भी अभी तक खाने को कुछ नहीं मिला। दिन भर काम करने पर भी मैं भूखा फिर रहा हूँ। कितना अन्याय है।' वह बेचारा ग्रामीण यह नहीं जानता था कि जिनके बारे में वह इतनी शिकायत कर रहा था वह महान चित्रकार मैडिसी था जिसने लहरों का निरीक्षण कर एक बड़ा सुन्दर चित्र तैयार किया था। उसका वह अमर चित्र आज भी हम देखते हैं जिसमें मैडोना और उसका पुत्र, माँ मेरी और ईसा एक जलाशय के पास बैठे हैं और कमल का एक फूल हवा के झोंके से हिल रहा है। चित्रकार लहरों पर प्रकाश और छाया का खेल ध्यानपूर्वक देखकर चित्र में तद्वत् उतारना चाहता था, इसीलिए वह बड़ी

तल्लीनता के साथ अपने काम में लगा था, किन्तु अन्य लोगों ने समझा कि वह अपना समय आलस्य में काट रहा है। यह आवारा लगने वाला व्यक्ति वही था जिसने मैडोना और बच्चे का अमर चित्र तैयार किया था। वह दूध वाला जो समझता था कि समाज के लिए बड़ी ईमानदारी से कठिन परिश्रम कर रहा है, भारतीय रेलवे के तीसरे डिब्बे में खटमल की तरह एक दिन मर गया। अपनी मृत्यु के बाद अपनी यादगार के लिए वह कुछ न छोड़ गया।

हर व्यक्ति को कार्य करना चाहिए किन्तु महत्व इस बात का है कि कार्य कैसे किया जाय। किसी को कार्य किस तरीके से करना चाहिए? दिन भर धूप में रहने से ही काम नहीं हो जाता। वह काम करने का एक तरीका है, दूसरा आदमी वातानुकूलित कमरे में १२ घण्टे रहता है, किन्तु वह भी अपने ढंग से कार्य करता है। किन्तु हम किस प्रकार का कार्य करते हैं और हम अपनी क्षमता का पूरा उपयोग कैसे कर सकते हैं इस बात पर आगे विचार करेंगे।

जब तक हम जीवित हैं काम किये बिना नहीं रह सकते। ऐतिहासिक दृष्टि से विचार करने पर हम देखते हैं कि प्राचीन काल का असंस्कृत व्यक्ति हाथ में पत्थर का ढेला लेकर पशु के पीछे मारने को दौड़ता था और इस प्रकार शिकार से अपना पेट भरता था। उसके काम करने का यही ढंग था। मध्यकाल के लोग भी काम करते थे। आज एटम बम, हाइड्रोजन बम के इस युग में भी हम लोग काम करते हैं। हम देखते हैं कि यह काम एक समान क्षमता का नहीं है, वरन् वह व्यक्ति-व्यक्ति में भिन्न प्रकार का है।

महान ऋषियों ने बताया है कि हम जिस प्रकार का कार्य करते हैं उसे तीन वर्गों में विभाजित किया जा सकता है। सर्वप्रथम वह निम्नतर कार्य है जिसे हम कोई उपयुक्त शब्द न होने के कारण 'श्रम' कह सकते हैं। मेरे श्रम कहने का तात्पर्य यह नहीं है कि मैं साधारण श्रम को हीन बता रहा हूँ। मैं इस शब्द को इस अर्थ में नहीं ले रहा हूँ। श्रम से मेरा तात्पर्य यह नहीं है कि बनियान और जांघिया पहन कर हाथ में फावड़ा और कुदाल लेकर काम करना। उस श्रम के बारे में मैं नहीं कह रहा हूँ। मुझे अपनी बात को स्पष्ट करने के लिए कुछ समय दीजिए।

श्रम करने वाले से पूछिये कि आप क्यों काम कर रहे हैं? तब स्पष्ट हो जायेगा कि उस आदमी का कार्य किस प्रकार का है। किसी काम करने वाले से आप पूछें कि 'आप काम क्यों करते हैं' तो वह उत्तर देता हैं कि मैं काम इसलिए करता हूँ कि कुछ कमाई करूँ। इस प्रकार समाज में केवल पैसे के लिए, या केवल वेतन के लिए या केवल कमीशन के लिए काम करने वाले लोग 'श्रमिक' कहलाते हैं। चाहे कोई मन्त्री हो, मुख्य नयायाधीश हो या देश का कोई बड़ा से बड़ा आदमी या नेता हो, वह 'श्रमिक' कहलायेगा, यदि वह अपनी बुद्धि, मन और देह का प्रयोग केवल इस विचार से करता है कि मैं अधिक से अधिक आमदनी करूँ और धन इकट्ठा कर लूँ। आप उससे पूछें "कि आप वेतन क्यों चाहते हैं?" तो वह इसके अतिरिक्त और कुछ नहीं कह सकता कि मैं अपना सुन्दर सा एक घर बनाऊँगा, उसमें मेरी पत्नी और बच्चे रहेंगे। "मैं इसे अपने सुख के लिए चाहता हूँ।" स्वार्थ प्रेरित व्यक्ति अपने लाभ के लिए ही कार्य करता है। उस पैसे से उसे समाज के लिए कोई अस्पताल या भला कार्य नहीं करना है, केवल अधिक से अधिक धन इकट्ठा करके अपने बच्चों और पत्नी को सुख देना है। यदि कोई इस निम्न भावना से संसार में अपना पसीना बहाता है तो यह व्यक्ति 'श्रमिक' की श्रेणी में आता है।

जहाँ श्रमिक काम करता है वहीं एक दूसरा आदमी भी काम करता है उसे श्रमिक कदापि नहीं कह सकते। जिस क्षेत्र में महात्मा गांधी जैसा महान पुरुष कार्य करता है और बहुत बड़ी उपलब्धि अर्जित करता है, उस राजनीति के क्षेत्र में दूसरा आदमी एक श्रमिक मात्र हो सकता है। मैं समझता हूँ कि मैंने अपनी बात स्पष्ट कर दी। जो काम आप करते हैं उसका विशेष महत्व नहीं है। काम चाहे एक मोची का हो अथवा वह मुख्यमन्त्री या प्रधान मन्त्री का काम हो, कोई कार्य विशेष आपको गौरव या आदर प्रदान नहीं करता है। वरन् महत्व इस बात का है कि आप उसे कैसे करते हैं। यदि कोई काम करने के साथ यह विचार रखता है कि मैं उनके बदले समाज से कुछ पाऊँ और अपने सुख के लिए उसका उपभोग करूँ तो इस स्वार्थ केन्द्रित दृष्टिकोण के कारण आप दार्शनिक विचार से एक मजदूर मात्र हैं, भले ही आप वैज्ञानिक हों, एक बड़े

विचारक हों, लेखक हों अथवा आप देश के कोई प्रतिभासम्पन्न विद्वान हों।

श्रमिक के अतिरिक्त दूसरे प्रकार के कार्य करने वाले 'कार्यकर्ता' होते हैं। आप आश्चर्य करेंगे कि 'श्रमिक और कार्यकर्ता' में भी क्या कोई अन्तर है? मैं आपको अन्तर स्पष्ट करता हूँ। हम प्रायः सुनते हैं कि "वह राजनैतिक कार्यकर्ता जा रहा है।" किन्तु क्या आपने कभी सुना है कि "यह राजनैतिक श्रमिक जा रहा है?" क्या आपने कभी सुना है कि धार्मिक मजदूर या सामाजिक श्रमिक जा रहा है? सामाजिक श्रम कल्याण – आप नहीं सुनते, सामाजिक श्रमिक हम नहीं सुनते। आप क्या कर रहे हैं? आजकल मैं सामाजिक श्रम कर रहा हूँ। सामाजिक श्रम हम नहीं कहते हैं। "मैं सामाजिक कार्यकर्ता हूँ, मैं राजनैतिक कार्यकर्ता हूँ, धार्मिक कार्यकर्ता हूँ आदि आदि।" भला हम श्रमिक की अपेक्षा कार्यकर्ता क्यों कहते हैं? कुछ अन्तर अवश्य है।

यदि किसी कार्यकर्ता से आप पूँछे कि "राजनैतिक कार्यकर्ता, आप इतना श्रम क्यों कर रहे हैं" वह कहेगा, 'मैं समाज में कुछ नई बात लाना चाहता हूँ।" "आप समाज में क्या नई बात करना चाहते हैं?" वह नहीं कहेगा, "मैं इतना लाभ प्राप्त करूँगा" उसकी आँखें फल पर नहीं हैं। इसमें सन्देह नहीं है कि वह लाभ चाहता है किन्तु इसके साथ वह समाज में कुछ सफलता भी चाहता है।

यदि आप किसी कार्यकर्ता से पूँछें कि 'आप काम क्यों करते हैं' तो वह कहेगा, 'मैं सफलता चाहता हूँ इसलिए मेहनत से काम करता हूँ।' श्रमिक से पूँछा जाता हैं कि "तुम श्रम क्यों कर रहे हो?" वह कहता है, 'वेतन के लिए।' कार्यकर्ता सफलता चाहता है। 'किस की सफलता?' हर कार्यकर्ता की दृष्टि में एक आदर्श स्वर्ग, एक पूर्ण समाज का चित्र है। वह विचार भले ही समाजवादी ढांचे का हो या साम्यवादी ढांचे का हो अथवा ईश्वरीय ढांचे का हो। उसके सामने एक आदर्श है और आदर्श को वह मूर्तिमान रूप देने के लिए संघर्ष कर रहा है। यदि सम्भव हो तो वह उसे अपने जीवन काल में मूर्तमान बनाना चाहता है। समाजवादी कार्यकर्ता अपनी मृत्यु के पूर्व समाज में समाजवादी ढांचा देखना चाहता है। इस प्रकार हर व्यक्ति के मन में एक आदर्श है। वह अपने आदर्श

को मूर्तमान रूप देने के लिए संघर्ष करता है। ऐसे लोग "कार्यकर्ता" कहलाते हैं।

कार्यकर्ता केवल लाभ के लिए काम नहीं करता है, वह मजदूरी नहीं चाहता– वह एक ऐसा आदर्श ढांचा चाहता है जिसकी कल्पना उसने अपने मन में विचार रखी है और जिसे वह समाज में मूर्तमान रूप देना चाहता है। जितने अंश में उसका आदर्श समाज में अवतरित होता है उतना ही वह प्रसन्न होता है और कहता है 'मुझे सफलता मिली है।'

इस प्रकार श्रमिक मजदूरी चाहता है जिसमें वह अपने स्त्री बच्चों के साथ सुख से रह सके। कार्यकर्ता अपने आदर्श की सफलता चाहता है। वह समाज में अपना आदर्श मूर्तिमान देखना चाहता है।

तीसरे प्रकार के लोग बहुत कम होते हैं। श्रमिक लोग तो संसार में बहुत अधिक हैं, कार्यकर्ता कम हैं किन्तु तीसरे प्रकार के लोग संसार में बहुत ही कम होते हैं। उन्हें 'कृतकृत्य' कहते हैं। श्रम करने वाले, कार्य करने वाले और कृतकृत्य– ऋषियों ने ये तीन वर्गीकरण किये हैं।

यदि आप किसी कृतकृत्य से पूँछें, "आप संसार में क्या चाहते हैं क्यों काम करते हैं?" "बुद्ध भगवान्, आपने कार्य क्यों किया, हे ईसा, आप काम क्यों करते रहे, हे मोहम्मद, आप अनेक कठिनाइयाँ सहते जगह-जगह उपदेश देते क्यों फिरते रहे?" निश्चय ही वे लोग मजदूरी के लिए काम नहीं करते थे, वे किसी सफलता मात्र के लिए कार्य करते हों, ऐसा भी नहीं था। वे केवल अपने को कृतकृत्य करना चाहते थे। वे और कुछ नहीं चाहते थे, वे केवल इसलिए काम करते थे कि उनके मन में काम करने का उत्साह था। वे अपनी तृप्ति के लिए काम करते थे।

यह लोग जो इस संसार में न लाभ के लिए और न सफलता के लिए बल्कि केवल कृतकृत्यता के भाव से काम करते हैं, यह समझते हैं कि मैंने जो कुछ किया वही करना उचित है। उसे कोई मेरे जीवनकाल में मान्यता दे या न दे। ऐसें लोग सर्वोत्कृष्ट प्रकार के लोग हैं। कृतकृत्य मनुष्य अपने अन्दर छिपा सुख चाहता है, उसमें ऐसा तृप्त भाव रहता है "मैं इस विषय में जो कुछ उत्तम से उत्तम कर सकता था वह कर दिया।" वे इस बात की चिन्ता नहीं करते कि कोई उनके काम की सराहना करता है या नहीं। इतिहास साक्षी है कि हर युग की पीढ़ियों ने ऐसे लोगों को

सदा कुचला है। ईसा को सूली पर चढ़ा दिया गया। प्राचीन काल से अब तक लगभग सब महापुरुष यहाँ तक कि महात्मा गांधी को भी निर्दयतापूर्वक मार डाला गया। यद्यपि संसार ने उनको कुचला, किन्तु वे सुखपूर्वक मरे क्योंकि आनन्द तो उनके अन्दर से उमड़ रहा था। वे समझते थे कि "जब तक मैं संसार में रहा मैंने उचित कार्य किया और अपनी पीढ़ी को उच्च स्तर पर लाने का प्रयत्न करता रहा। वे लोग उसका मूल्य समझें या नहीं उनके भाग्य पर आश्रित है, मैंने यथासम्भव अपना काम पूरा किया।" इस प्रकार वे अपने अद्‌भुत आन्तरिक आनन्द के साथ मर गये। ऐसे ही लोग वस्तुतः कृतकृत्य कहलाते हैं।

कृतकृत्य लोगों ने जब कभी संसार में काम किया तो उन्होंने अपना घर संवारने और सुखी जीवन बिताने के लिए काम नहीं किया। वे पृथ्वी पर स्वर्ग उतारने के लिए भी संसार में काम नहीं करते थे। वे अन्य लोगों के साथ कन्धे से कन्धा मिला कर काम करते रहे। वे अपने आचरण और उपदेश के द्वारा मानव मात्र को आदर्श जीवन की प्रेरणा देते रहे। बहुत बार ऐसे लोगों को संसार या समाज ने दण्ड दिया है क्योंकि वे समय को देखते हुए बहुत अधिक आदर्शवादी थे। ऐसी सब कठिनाइयों के होते हुए भी कृतकृत्य लोग जीवित रह कर अन्य लोगों को जीवन का आनन्द दिखाते रहे और देश में नैतिक उत्थान किया। इन्हीं लोगों के प्रयास से समाज में नैतिकता, संस्कृति और सभ्यता का विकास हुआ। किन्तु ऐसे महापुरुषों का जीवन काल अधिक नहीं रहा। ईसा संसार में २० वर्ष ही रहे। विवेकानन्द केवल ३७ वर्ष जीवित रहे और शंकर ने मात्र ३२ वर्ष की आयु पायी। इन सब लोगों ने विकास में गति उत्पन्न की और आदर्श को चरितार्थ किया। वे केवल आदर्श की कल्पना और उसकी बातों तक नहीं अटके रहे।

अतः सब कृतकृत्य लोग न केवल श्रमिक होते हैं और न केवल कार्यकर्ता, बल्कि वे पूर्णता के अन्वेषी होते हैं। यद्यपि ऐसे लोगों के आस-पास रहने वाले लोग न तो आदर्श जीवन यापन करते हैं और न करना ही चाहते हैं फिर भी ये लोग संसार में रहते हुए समाज के बीच आदर्श व्यक्तित्व रखते हैं और अपने युग की पीढ़ी में पूर्ण जीवन के प्रति आकर्षण और श्रद्धा उत्पन्न करते हैं। ऐसे आदर्श पुरुषों ने ही संसार का स्तर ऊँचा उठाया है और नैतिकता की चेतना प्रदीप्त की है। आज हम अधिकांश शिक्षित लोगों से और सचिवालयों में काम करने वालों से प्रायः

सुनते हैं कि स्वामी जी हम लोग सचिवालय में ईमानदार नहीं रह सकते। कितने दुःख की बात है। निःसन्देह मैं कठिनाई को समझता हूँ। देश में सौन्दर्य या प्रगति लाने के लिए साहसी महापुरुषों की आवश्यकता है। यह कार्य कायरों का नहीं है। यदि आप त्याग करने को तैयार नहीं है तो कोई भी देश प्रगति नहीं कर सकता। आप किसी ऐसे चमत्कार की आशा नहीं कर सकते कि देश में कोई ऐसा देव-दूत आयेगा जो जादू की शक्ति से स्पर्श-मात्र से समस्त देश को चमका देगा।

हर व्यक्ति के त्याग द्वारा ही उत्थान सम्भव है। राजनैतिक, आर्थिक और सांस्कृतिक सभी क्षेत्रों में संसार त्यागी पुरुषों के प्रयत्न से ही आगे बढ़ा है। यदि आप थोड़े से लोग जीवन के सौन्दर्य और सन्मार्ग को समझ कर सचिवालय में पहुँचे और वहाँ अपने नैतिक स्तर को बनाये रखें, केवल कार्य की दक्षता में अपनी पूर्णता समझें, तुच्छ आर्थिक लाभ की तरफ ध्यान न दें, तो मैं आप को बता दूँ आप अन्य बहुत से लोगों के लिए प्रेरणा का स्रोत बनेंगे। उन्हें जीवन का एक नया तरीका ज्ञात होगा। जब तक आप आत्म-बलिदान के लिए तत्पर नहीं होते तब तक यह गला घोटने वाली, खून सुखाने वाली भ्रष्टाचार की परम्परा जो हमारी सरकार में प्रविष्ट हो गई है, दूर नहीं हो सकती। यह कहने मात्र से समस्या का हल नहीं हो सकता कि "स्वामी जी, हम क्या करें, सारी व्यवस्था ही ऐसी है।" जब तक आप यह कहते रहेंगे कि सारी व्यवस्था ही ऐसी है, क्या आप समझते हैं कि गरीब मजदूर या गांव का गरीब कर-दाता उसके लिए उत्तरदायी है? वह सरकारी व्यवस्था में सुधार करने के लिए क्या कुछ भी कर सकता है? अपना घर सुधारने की जिम्मेदारी हमारे ही कन्धों पर है। ऊपर का कोई पड़ोसी आकर आपके अपनी पत्नी और बच्चों के बीच सम्बन्ध नहीं सुधार सकता। घर के सब लोगों को समझ-बूझ कर ठीक रास्ते पर चलना होगा तभी घर में सुख शांति रहेगी। चूंकि हमने जीवन के इस महान उद्देश्य को अपने ऊपर ओढ़ा है और सचिवालय में आये हैं इसलिए हम सब को यह समझना आवश्यक है कि हमारा जो कुछ छोटा सा सामाजिक स्तर है, कार्य करने का छोटा सा क्षेत्र है, वह चाहे घर का हो, समाज का हो अथवा किसी संस्था का हो जहाँ हम कार्य करते हैं हमें अपने में इतना सामंजस्य और संयम रखना चाहिए कि हम कृत्कृत्य भाव से बाह्य संसार में कार्य कर सकें; केवल सफलता के बाद

क्षणिक सम्मान की कामना न रखें अथवा जेब में कुछ पैसे आ जायें यही भाव न रहे।

इस प्रकार तीन प्रकार के लोग संसार में तीन प्रकार का कार्य कर रहे हैं। श्रमिक प्रारम्भिक गणना में आते हैं। श्रमिक वह है जो संसार में पैसे के लिए काम करता है। वह वेतन किस लिए चाहता है? अपने शरीर को स्थूल बनाने के लिए, अपनी स्त्री और बच्चों को सुविधा देने के लिए। इससे आगे बढ़ कर उसे अपने पड़ोसी की भी सहायता करना सम्भव नहीं है। वह केवल धन चाहता है। देश के बड़े से बड़े आदमी में यदि यह भाव आता है तो वह केवल श्रमिक है। उसके प्रति हमारा आदर भाव नहीं रहता है। राष्ट्र कभी ऐसे लोगों के प्रति अथवा ऐसे समुदाय या संगठन के प्रति उन्मुख नहीं होता। वे लोग नेतृत्व नहीं कर सकते, क्योंकि हम उनके कार्य का खोखलापन समझते हैं।

दूसरे प्रकार के वे लोग हैं जो संसार में अपने बड़े उत्साह के कारण कठिन संघर्ष करते हैं। उनके मन में आदर्श की एक उच्च कल्पना रहती है जो उन्हें कार्य करने के लिए प्रेरित करती है। वे जीवन में और कुछ नहीं चाहते। वे भूखों मरने और सब प्रकार के कष्ट सहन करने को तैयार हैं, किन्तु वे संसार में केवल सफलता चाहते हैं। राजनैतिक कार्यकर्ता, आध्यात्मिक प्रचारक अथवा महान सांस्कृतिक चिंतक– सभी लोग अपने आदर्शों को मूर्तमान रूप में संसार में देखने के लिए निरन्तर संघर्ष किया करते हैं।

अन्तिम प्रकार के लोग सर्वोत्तम होते हैं जो वस्तुतः बहुत कम हैं। प्रायः वे हर पीढ़ी में अवतीर्ण नहीं होते हैं। वे पर्याप्त लम्बी और अनिश्चित अवधि के बाद एक बार आते हैं। वे लोग समाज को व्यापक सांस्कृतिक सौन्दर्य प्रदान करते हैं और समस्त पीढ़ी को मूसल से कूट कर एक उच्च जीवन-स्तर पर, नैतिकता की उच्च गरिमा पर, जीवन के उच्च मूल्यों पर पहुँचा देते हैं। ऐसे समर्थ लोगों को अपने देश में सन्त, महात्मा या अवतार पुरुष कहते हैं; विदेशों में उन्हें देवदूत या महान गुणों और मूल्यों का अवतार कहते हैं। उनके ऐसा कहलाने का कारण न तो यह है कि उन्होंने संसार में कार्य किया है, न इसलिए कि उनका अन्य लोगों से बड़ा साम्य था; कारण केवल यही है कि उनका व्यावहारिक जीवन आदर्श था। उनका शरीर नष्ट कर दिये जाने पर भी वे अन्य लोगों को प्रेरणा देते रहे। जैसे-जैसे वर्ष बीतते गये उनके विचारों की सुगन्ध और उनके आदर्शों

की गरिमा सघन होकर दूर-दूर तक फैलती गई। उनकी मृत्यु के बाद नई आने वाली पीढ़ियों में उनकी महानता और उनके जीवन-सौन्दर्य का क्रमशः अधिकाधिक प्रभाव बढ़ता गया। ईसा के मरे दो हजार वर्ष हो गये किन्तु तत्कालीन पीढ़ी के हाथों सुख से जान गवा देने से उन्हें जो महिमा प्राप्त हुई वह दिनों-दिन संसार में अधिक प्रभावशाली सिद्ध होती जा रही है। गौतम बुद्ध का प्राणान्त ढाई हजार वर्ष पूर्व हो गया था किन्तु कालक्रम के साथ हम जैसे-जैसे उनसे दूर होते जाते हैं उतनी ही तटस्थता से हम उनके जीवन का मूल्यांकन कर सकते हैं। उस दयालु राजकुमार को हम उतना ही अधिक समझते जा रहे हैं जितना अधिक समय बीतता जा रहा है।

मित्रो, इसमें संदेह नहीं कि यदि बुद्ध और ईसा के समय में समाचार पत्र होते तो किसी समाचार पत्र के आठ पृष्ठों में से किसी एक के कोने पर यह छाप दिया होता कि अपराधी ईसा की भी आज हत्या कर दी गई अथवा बुद्ध विचरण करते हुए अमुक स्थान में एक अज्ञात व्यक्ति की तरह मर गया। "वह एक समय राजकुमार सिद्धार्थ था किन्तु उसने मूर्खतावश एक कायर व्यक्ति की तरह राज्य छोड़ दिया और सारनाथ की सड़कों पर भिक्षा मांगता भटकता फिरता था। अन्त में वह मर गया और उसके १००० शिष्य इधर-उधर मारे-मारे फिरते हैं। वह देश में भिक्षुकों का निर्माण करता था।" यदि उस समय समाचार पत्र होते तो उसके किसी स्थानीय प्रतिनिधि की कुछ ऐसी ही रिपोर्ट होती। वे न कभी पत्र प्रतिनिधियों को कोई वक्तव्य देते थे और न उनकी कोई सभा बुलाते थे। वे शांतिपूर्वक चुपचाप अपने गांव में या अपनी सड़कों पर कार्य किया करते थे। सुकरात की तरह वे अपने गांव वालों को बुलाकर अपने अपूर्व ज्ञान की बातें उन्हें सुनाया करते थे और अपनी पीढ़ी का स्तर उठाया करते थे।

हम अपने नगर में लोगों को काफी हाउस में जाते और वहाँ मौज मनाते देखते हैं। मौज तभी मनाई जा सकती है जब बिना श्रम किये मौज में पैसा मिल जाय और ४० करोड़ लोगों को कोई सरकार इस प्रकार मौज में पैसा नहीं दे सकती।

सचिवालय में हर व्यक्ति मुझसे यह कहता है, "स्वामी जी यह बहुत कठिन है।" मैं पूँछता हूँ, "बहुत कठिन बात क्या है?" वे कहते हैं, 'किसी प्रकार गुजर चलाना।' मैं पूँछता हूँ, "क्यों? आप को अभी तक

८० रुपये मिलते थे।" "स्वामी जी आपको पता नहीं है कि आज कल मंहगाई में गुजर चलाना कितना कठिन है।" मैंने एक लिपिक से जब यह सुना तो मैं समझा कि सम्भवतः उसे बहुत कम वेतन मिलता होगा, इसलिए ऐसी बातें कहता है। मैं उच्च विभागीय लिपिक (यू-डी-सी) से मिला तो उसने कहा कि 'गुजर चलाना भी कठिन है।' तब मैं अधीक्षक के पास गया। उसने कहा "स्वामी जी आप नहीं जानते कि इन दिनों गुजर चलाना वस्तुतः बहुत कठिन है।" उप सचिव, सह सचिव, मन्त्री, मुख्य मन्त्री किसी के पास आप जायें, सब कोई यही कहते हैं कि "गुजर चलानी बड़ी मुश्किल है।"

अब हम देखते हैं कि वस्तुतः कठिनाई क्या है? ऐसा क्यों है? जितना पैसा अधिक मिलता है, उतनी ही कठिनाइयाँ बढ़ती हैं? इसका कारण यह है कि हमारे पेट की एक विशेषता है कि वह जितना खाता है उससे अधिक बढ़ता है। चांदनी चौक से कोई भी कमर में बाँधने की पेटी लाओ, घर में लाते-लाते छोटी पड़ जायगी और कमर में न आवेगी।

हमें अपने पेट को एक सीमा में रखना चाहिए जिससे वह किसी पेटी में बंधा रह सके अन्यथा सारा जीवन अथवा दिन के चौबीसों घण्टे शरीर और पेट को मोटा बनाने के लिए पर्याप्त न होंगे अतः यदि हमारा पेट बढ़ जाता है तो उसका कुछ-न-कुछ उपचार करना पड़ेगा। आज का मनुष्य चाहे वह पूँजीपति हो या साधारण आदमी, उसका पेट बढ़ते बढ़ते इतना बड़ा हो गया है कि उसे अपना सिर भी पेट के अन्दर ही दिखाई देता है। इस विशालकाय पेट के बाहर कुछ भी नहीं है, उसका सिर भी पेट है और उसका हृदय भी पेट ही है। इन्द्रिय-भोगों की भूख इतनी बढ़ गई है कि वह किसी भी सीमा पर तृप्त होने का नाम नहीं लेती। वह भला काम कैसे कर पायेगा? मान लो कोई बड़ा खिलाड़ी है। वह बड़ा तेज दौड़ लेता है। अब वह ओलम्पिक खेलों में भाग लेना चाहता है, तो उसे अपना शरीर हल्का और फुर्तीला रखना पड़ेगा। पेट बढ़ा कर जिन्दगी में कोई भी खिलाड़ी नहीं बन सकता। वह तो ठीक से चल फिर भी न पायेगा।

हम समझते हैं कि बौद्धिक रूप से हम इतने भारी पेट के हो गये हैं और हमारे पास उपभोग के लिए इतना अधिक है कि दो हाथ, दो पैर और दिन-रात के चौबीस घण्टे भी पर्याप्त नहीं है। हम हर समय निराश और असंतुष्ट रहते हैं। हमेशा असन्तोष की भावना से ग्रस्त मनुष्य

संसार में कोई काम सुन्दरतापूर्वक नहीं कर सकता। वह जीवन का कोई उच्च आदर्श भी निर्मित नहीं कर पायेगा।

जब मैं लखनऊ में एक विद्यार्थी था, मैं सप्रू जी से मिलने गया। उस समय वे कानून के क्षेत्र में सर्वोच्च व्यक्ति थे। उन्होंने मुझसे पूछा कि "नवयुवक, तुम क्या चाहते हो?" मैंने कहा कि "भगवन्, मैं इस विश्वविद्यालय का विद्यार्थी हूँ।" उन्होंने कहा 'हूँ'। उनमें पितामह जैसी गरिमा थी "अच्छा बैठिये।" मैं बैठ गया। "तुम क्या चाहते हो?" और उन्होंने मेरी तरफ चश्मे के भीतर से देखा। आप वयोवृद्ध लोगों की पैनी दृष्टि को जानते हैं। मैंने कहा "मैं आप से भगवन् इतना जानना चाहता हूँ कि अपने व्यवसाय में आपकी सफलता का क्या रहस्य है। मैं भी यही व्यवसाय अपनाऊँगा, इसलिए मैं यह जानना चाहता हूँ।" उन्होंने अन्तर्भेदी दृष्टि से मेरी ओर देखा और बोले "देखो बच्चे, मेरा विचार है कि तुम कभी सफल वकील नहीं हो सकते।" "भगवन् यह तो बड़ा अनुचित है मैं तो अभी दूसरे वर्ष में आया हूँ। आप यह बात कैसे कह सकते हैं?" "नहीं बच्चे तुम सफल नहीं हो सकते, तुम्हारे कपड़े और तुम्हारा सारा व्यवहार यह बताता है कि तुम सफल नहीं हो सकते।" मैंने कहा, "मैं अपने को बदलने का प्रयत्न करूँगा किन्तु आप अपनी सफलता का रहस्य बताइये। आप इतनी महानता को कैसे प्राप्त कर सके। इसका क्या रहस्य है।" उन्होंने कहा, "संसार में सफल होने का और समाज में मेरा स्थान प्राप्त करने का एक ही तरीका है। भिखारी की तरह रहो और बैल की तरह काम करो, घोड़े की तरह काम करो।" अपने को संभालते हुए उन्होंने कहा, क्योंकि बैल तीव्रगामी नहीं होता है। उन्होंने फिर कहा, "पिछले बाइस वर्षों से, बच्चे तुम्हें विश्वास न होगा, मैंने एक भी सिनेमा नहीं देखा है इसलिए नहीं कि मेरे पास पैसा न था, बल्कि इसलिए कि मुझे इतना अवकाश ही न था।" श्री सी. बी. रमन भी कहते थे कि उन्होंने कभी सिनेमा नहीं देखा। नेहरू जी आजकल किस क्लब में जाते हैं? ऐसे कर्मठ और सफल लोगों को इन बातों के लिए समय ही कहाँ है?

किसी भी व्यवसाय के किसी भी सफल आदमी को देखिये, उसके पास काफी-हाउस में नष्ट करने के लिए समय न होगा, सिनेमा घर के पास भी जाने का अवसर न होगा। किन्तु अधिकांश लोग– अगर उनके पास थोड़ा भी समय होता है तो वे कैनाट प्लेस के बरान्डों में पैर घसीटते

फिरते हैं। उनके पास कोई काम नहीं, कोई महत्वाकांक्षा नहीं, कोई आदर्श नहीं, कोई लक्ष्य नहीं। वे केवल शरीर के स्तर तक ही रहते हैं। इनकी तुलना पशुओं से ही हो सकती है। पशु भी शरीर के स्तर तक ही रहते हैं– खाना, चाटना और मैथुन। यदि मनुष्य भी उस स्तर तक रहता है तो उसका जीवन पशुवत् ही होगा। पशु-जगत् में सुख, शांति और सम्पन्नता कभी नहीं हो सकती, क्योंकि वह पशुओं के भाग्य में कदापि नहीं है।

सम्पन्नता, संस्कृति और विकास केवल इसलिए प्राप्त न हो जायेगा कि आपको मानव-शरीर मिला है। उनके अधिकारी बनने के लिए आपके मन और बुद्धि में मानवी गुण होने चाहिए। यदि आप अपनी बुद्धि में मानवता के महान गुण नहीं लाते हैं तो राष्ट्रीय विकास अवरुद्ध हो जायगा, देश का विकास न होगा और हम तुम सब लड़ते-झगड़ते और रोते रहेंगे। देश में कोई भी सरकार आवे हम उससे लड़ते रहेंगे और अन्त में आंसू बहाते और रोते मर जायेंगे। सुखमय जीवन कभी व्यतीत न कर सकेंगे।

हर आदमी को अपने में अधिकाधिक सुख उपलब्ध करने के लिए अपनी क्षमता भर उच्च काम करने के लिए कोई-न-कोई जीवन का आदर्श रखना चाहिए। उस प्रेरणादायक आदर्श से उत्साहित होकर हमें संसार में काम करना चाहिए। इससे कर्म में उच्चता आ जाती है और वह कर्म व्यक्ति के लिए स्वतः आनन्ददायी हो जाता है। मन में सुख का एक स्रोत फूट पड़ता है। वह सुख महीने की पहली तारीख को मिलने वाले वेतन के रूप में नहीं होता है बल्कि वह जिस किसी स्थान पर है वहाँ से समाज को जो कुछ दे रहा है उससे सुख पायेगा।

शुभ कर्म का रहस्य
(प्रवचन – २)

कल हमने कर्म की अपरिहार्यता को खोजने का प्रयत्न किया। कर्म का त्याग नहीं किया जा सकता, क्योंकि व्यक्तिगत-जीवन की अभिव्यक्ति कर्म के द्वारा ही होती है। मृत शरीर ही कर्म से छुटकारा पा सकता है। यदि कोई जीवधारी जीवित है तो उसे संसार में कर्म करना ही पड़ेगा। हम जितने प्रकार के कर्म करते हैं उन्हें प्राचीन काल के महान विचारकों ने तीन भागों में विभाजित किया है उनके अनुसार एक तो कर्म करने वाले वे लोग हैं जो 'श्रमिकों' की श्रेणी में आते हैं। ऐसे लोग जो कुछ करते हैं वह धन के लिए ही करते हैं। वे अपने को अधिक सुविधायें उपलब्ध कराना चाहते हैं। और उनका वही कर्म श्रम की बजाय कार्य बन सकता है, यदि वे केवल जीवन का दृष्टिकोण बदल दें उसी व्यापक दृष्टिकोण से कार्य करना प्रारम्भ कर दें।

आप और हम सब लोग काम करते हैं, बड़े-से-बड़े वैज्ञानिक भी काम करते हैं, महान दार्शनिक काम करते हैं, सड़क पर श्रमिक भी काम ही करता है। हम सब लोग मेहनत करते और पसीना बहाते हैं। इतना श्रम करने पर भी कर्म का गुण हमारी भावना पर अवलम्बित होता है और भावना हमारे मन और बुद्धि की संरचना के अनुकूल होती है।

यदि परिश्रम करने वाले व्यक्ति का स्वार्थी-दृष्टिकोण है– "मैं इसलिए काम करता हूँ कि मुझे कुछ वेतन मिले, कुछ लाभ प्राप्त हो, मैं, मेरी पत्नी और बच्चे कुछ सुख साधन पा सकें।" तो ऐसे आदमी का श्रम केवल साधारण श्रम है, पसीना बहाने वाली मजदूरी है। वही श्रम यदि जीवन का उच्च भाव रखते हुए किसी प्रेरक लक्ष्य के लिए किया जाता है तो वह दिव्य बन जाता है। वही श्रम और वही प्रयत्न महान बन जाता है।

तीसरे सर्वोच्च प्रकार के व्यक्ति कृतकृत्य कहलाते हैं। वे श्रमिक या कार्यकर्ता की तरह ही काम नहीं करते– न केवल वेतन के लिए और न केवल सफलता के लिए; वे न तो अपने जीवन को सुखी बनाना चाहते

हैं और न उनके सामने संसार में कोई परिवर्तन लाने का लक्ष्य होता है। वे पूर्णता के भाव से जीवित रहते और कर्म करते हैं।

हम सब लोगों के पास प्रतिदिन चौबीस घण्टे का ही समय होता है। कोई भले ही संसार में इतिहास का निर्माण करने वाला महापुरुष हो अथवा अपनी रोजी कमाने वाला साधारण आदमी– सब के लिए यह बात सत्य है। चौबीस घण्टे बाद दूसरा दिन आ जाता है; सब के सामने चाहे वह सिद्ध पुरुष हो, महान वैज्ञानिक हो, अमर चित्रकार हो और चाहे साधारण श्रमिक हो। तीन सौ पैसठ दिन का एक साल होता है। फिर भी आप देखते हैं कि इतिहास का निर्माण करने वाले दस बीस साल के थोड़े समय में इतने आश्चर्यजनक काम कर डालते हैं कि उनके मूल्यवान कृत्यों से आगे आने वाली पीढ़ियां सदा उनकी कृतज्ञ रहती हैं। प्रायः यह देखकर लोग चकित रहते हैं कि एक साधारण आदमी इतने थोड़े समय में ऐसा महान कार्य कैसे कर सकता है। संसार को महान योगदान देने वाले ऐसे कुछ लोगों के साथ कुछ वे भी लोग रहते हैं जो कठिन मेहनत के बाद भी अपने पीछे कुछ भी मूल्यवान उपलब्धि नहीं छोड़ पाते हैं।

जब हम कर्म करते हैं तो कर्म की महानता वातावरण, कार्य-क्षेत्र या कार्य-विधि पर आश्रित नहीं होती वरन् करम करने वाले की भावना पर निर्भर होती है। उदात्त भावना से कार्य महान बनता है। कार्य करने वाले के हृदयगत भावों से ही कर्म की महिमा बढ़ती है, उसमें नई गतिशीलता आ जाती है, नया उत्साह और नया प्रभाव आ जाता है: मूर्तिकार को ही लीजिए। संसार में बहुत से मूर्तिकार हैं– कोई राजा की मूर्ति बना रहा है, कोई राजनैतिक नेता की और कोई बगीचे में खड़ी परी की मूर्ति बना रहा है। किन्तु मन्दिरों या गिरजाघरों में खड़ी मूर्तियों की कलाकारी देखिये। इनमें मूर्तिकार केवल आकृति नहीं बनाता बल्कि वह अपनी कलाकृति में अपना हृदयगत प्रेम और पूज्य भाव उड़ेल देता है। ऐसी मूर्तियाँ संसार में अमर हो जाती हैं। वह लोहे की छेनी से कटे हुए साधारण पाषाण-खण्ड नहीं हैं। उनमें जीवन आ जाता है। वे बोल उठती हैं। उनमें निर्माता का व्यक्तित्व और उसके हृदय का सौन्दर्य उतर आता है। वे केवल सिलिकन डाई-आक्साइड या केवल पत्थर का टुकड़ा न होकर मूर्तिकार के

हृदय का अमर संदेश बन जाती हैं। यही बात चित्रों और लेखों में भी होती है।

यह कल के व्याख्यान का सार है– कर्म की अपरिहार्यता। कर्म अवश्यम्भावी है। कर्म की गुणवत्ता कार्य-क्षेत्र पर, कर्म विधि पर या कर्म प्रयोजन पर उतनी अवलम्बित नहीं है जितनी हमारी लगन, निष्ठा, रुचि, भाव और उस आदर्श पर निर्भर है जिससे प्रेरित होकर हम काम कर रहे हैं। यदि इतनी बात समझ में आ जाय तो मैं कर्म की यांत्रिक विधि पर भी कुछ कह सकता हूँ।

हम कैसे काम करते हैं? कर्म का क्या अर्थ है? आज हम सब यहाँ विज्ञान के विद्यार्थी हैं। अतः हम किसी भी विचार को, वह चाहे जितना महान हो, तब तक स्वीकार नहीं कर सकते जब तक हमें उसकी आन्तरिक गहनता समझ में नहीं आती। यदि आप एक रेडियो खरीद कर अपने घर पर रखें और आपका पुत्र १४ वर्ष का है, तो आप निश्चित समझिये कि सायंकाल तक आपको रेडियो किसी मिस्त्री के पास ले जाना पड़ेगा। क्यों? कारण यह है कि वह केवल संगीत नहीं सुनना चाहता, उसे यह भी जानना है कि वह कैसे काम करता है। अतः वह अपने चाकू से रेडियो खोल डालेगा। पुरजों को फिर कसने की क्षमता न होने के कारण उसे फिर चालू न कर पायेगा। इसमें बच्चे का कोई अपराध नहीं है। कुछ देर के लिए आप उसका दोष समझ कर भले ही उसे डांट-डपट लें, किन्तु आप को यह सन्तोष होगा कि आपका बच्चा तकनीकी में रुचि रखता है। बच्चा जानना चाहता है कि यह सब क्या है? यह आधुनिक युग का सामान्य भाव है। इसलिए जब कोई गुरु या शास्त्र बताते हैं कि कर्म की गुणवत्ता कर्ता के भाव-सौन्दर्य पर आश्रित है तो हम उसे सहसा मानने को तैयार नहीं होते। हम यह जानना चाहते हैं कि इन दोनों में क्या सम्बन्ध है? अतः थोड़ा कर्म के उपकरणों का ज्ञान और संसार में वे बाहर कैसे क्रियाशील होते हैं यह जान लेना परम आवश्यक हो जाता है। यदि हम गतिशील जीव अर्थात् मनुष्य की यांत्रिक रचना और बाह्य संसार में उसके कार्य करने की विधि को समझ लें तो शेष बातें स्वतः समझ में आ जायेंगी– यह स्पष्ट हो जायेगा कि कोई महान आदर्श अधिक अच्छे कार्य के लिए मनुष्य को कैसे प्रेरित कर सकता है?

जब कोई जीवधारी किसी क्षेत्र में रहता है तो आप सब जानते हैं कि वह सब ओर से बाह्य उत्प्रेरक प्राप्त करता है। उन्हें रूप, रस, गंध, स्पर्श और शब्द कहते हैं। वे पाँच प्रकार के उत्प्रेरक जिन्हें हम इन्द्रिय विषय कहते हैं हमें प्रभावित किया करते हैं। इस समय आप मुझे सुन रहे हैं, किन्तु केवल सुन ही नहीं रहे हैं बल्कि हर व्यक्ति सिर उचका रहा है क्योंकि वह देखना भी चाहता है। अतः आप केवल सुनते ही नहीं बल्कि देख भी रहे हैं। इस प्रकार मैं आपके कान और आँखों से होकर आपके हृदय में प्रविष्ट हो रहा हूँ। आप इस संसार में बिना कोई उत्प्रेरक लिए एक क्षण भी नहीं रह सकते हैं। आप चाहें या न चाहें, उत्प्रेरक आपके हृदय में पहुँचते रहते हैं। वे पाँच द्वारों से, जिन्हें इन्द्रियाँ कहते हैं आप के अन्दर पहुँच जाते हैं। आँखों से होकर रूप पहुँचता है, कानों से होकर शब्द प्रविष्ट होते हैं, नाक से केवल गन्ध आती है, जिह्वा से केवल स्वाद मिलता है और त्वचा से स्पर्श ज्ञात होता है। इन्हें ज्ञानेन्द्रियाँ कहते हैं। इस प्रकार इन ज्ञानेन्द्रियों से संसार के विभिन्न विषय हमारे अन्दर पहुँचते हैं और हमसे अपने ऊपर प्रतिक्रिया करवाते हैं।

जब बाह्य उत्प्रेरक मनुष्य को प्राप्त होते हैं तो उसका अन्तःकरण विभिन्न इन्द्रिय-द्वारों से उन्हें एकत्र कर एक फाइल में रखता है। वह पत्र प्राप्तकर्ता लिपिक मन कहलाता है। यदि आप का मन किसी दूसरे विचार में उलझा है तो आप उत्प्रेरकों की बात बिल्कुल न सुन पावेंगे भले ही मेरा प्रिय मित्र मेरे सामने आ जाय और मुझसे कहे "हलो"। मैं उसे बदले में हलो कहकर सम्बोधित न कर सकूँगा। मेरा भौतिक शरीर यहाँ है और मेरा मित्र मेरे सामने खड़ा है। मेरी आँखें बिल्कुल खुली हैं फिर भी उसे मैं देख नहीं पाता हूँ। आप अपने मित्र से कहेंगे कि मैं परेशान था इसलिए आपको देख नहीं पाया। यदि आप चिंतित होते हैं तो देख नहीं पाते हैं, क्योंकि आपका मन चिन्ता में व्यस्त होता है। आप उत्प्रेरक ग्रहण करने के लिए वहाँ उपस्थित नहीं होते। यह प्रायः हुआ करता है। यदि इन्द्रियों से उत्प्रेरक प्राप्त होते हैं तो मन ही उन उत्प्रेरकों को ग्रहण करता है। आंतरिक सचिवालय में मन पत्र प्राप्त करने वाला क्लर्क है।

इस प्रकार जब मन उत्प्रेरक प्राप्त करता है, उसी समय वह फाइल की कार्यवाही पूरी कर पत्रोत्तर नहीं भेज सकता। उसे वह फाइल उच्चाधिकारी

के पास अन्तिम निर्णय के लिए भेजनी पड़ती है। मन स्वयं निर्णय नहीं ले सकता। वह केवल उत्प्रेरक ग्रहण कर सकता है। उच्च अधिकारी बुद्धि है। निर्णय उसी के हाथ में हैं। यह बात बुद्धि ही को विचार करनी होती है कि मैं परिस्थितियों का सामना कैसे करूँ, मुझे किस समय क्या करना चाहिए। आदेश और अन्तिम निर्णय बुद्धि से प्राप्त होते हैं।

बुद्धि भी मन माने ढंग से उल्टे-सीधे निर्णय नहीं ले सकती। यह कोई निरंकुश शासन नहीं है, यह कानूनी नियम है। उसी के अनुसार सचिवालय चलता है। बुद्धि पक्ष या विपक्ष में निर्णय ले सकती है, किन्तु बौद्धिक निर्णय विभागीय नियमों और परम्परा के अनुसार ही होंगे। जिन विभागीय नियमों या परम्पराओं से, जिन सिद्धान्तों और विचारों से बुद्धि प्रभावित होती है उन्हें वासनायें अथवा संस्कार कहते हैं।

हमारे पूर्व संस्कार ही संसार के प्रति हमारी वर्तमान प्रतिक्रिया नियंत्रित और दिशा निर्देश करते हैं क्योंकि बुद्धि पर हमारे ही पूर्व संस्कार का प्रभाव रहता है। यदि एक बोतल ह्विस्की को एक ब्राह्मण और एक शराबी देखें, तो शराबी बोतल की ओर लपकेगा और ब्राह्मण उससे दूर हटेगा। बोतल न किसी को आकर्षित करती है और न किसी को विकर्षित। मनुष्य की जैसी बुद्धि होती है उसी के अनुसार वह आकर्षित या विकर्षित होता है।

अतः हमारी बुद्धि में स्थित हमारे ही विचार और आदर्श हमारे बौद्धिक निर्णयों को दिशा-निर्देशन करते हैं। हमारा मन जो उत्प्रेरक बाहर से प्राप्त कर बुद्धि के सामने उपस्थित करता है उस पर बुद्धि अपने ही संस्कार के अनुसार निर्णय लेती है। इस प्रकार बाह्य संसार इन्द्रियों से होकर मन में पहुँचता है, प्राप्त उत्प्रेरकों को मन-बुद्धि के सामने रखता है, बुद्धि को नियंत्रित करने वाली वासनाओं के अनुसार बुद्धि उन उत्प्रेरकों पर निर्णय लेती है और जब निर्णय हो जाता है तो आदेश या फाइल मन के पास पुनः वापस भेज दी जाती है। इस प्रकार, मन न केवल पत्र प्राप्त करने वाला बल्कि पत्र बाहर भेजने वाला भी है। आंतरिक सचिवालय में व्यय में बचत रखने के लिए एक ही व्यक्ति पत्र प्राप्त करने और भेजने के दोनों काम करता है। बुद्धि से आदेश पाकर मन कर्मेन्द्रियों को संचालित

करता है और बाह्य संसार में काम करने लगता है। ये सब कार्य बड़ी द्रुतगति से एक साथ होते हैं।

निर्णय करने का काम बुद्धि का है। किन्तु "स्थिति का निर्णय मैं कैसे करूँगा" और "स्थिति का निर्णय आप कैसे करेंगे" इन दोनों में अन्तर है। मेरे निर्णय भिन्न होंगे क्योंकि मेरे आदर्शों और विचारों से मुझे प्रेरणा मिलती है, जिन प्रभावों के अन्तर्गत रहकर आप काम करते हैं और जिन वासनाओं से कोई व्यक्ति संचालित होता है– वे सब हर व्यक्ति में भिन-भिन्न होती हैं। इसलिए भिन्न-भिन्न समय में व्यक्तियों की प्रतिक्रियायें भी भिन्न होती हैं। एक ही परिस्थिति में भिन्न-भिन्न लोग भिन्न व्यवहार करते हैं। इसका कारण केवल आदर्शों की भिन्नता है जिनसे प्रेरित होकर हम बाह्य संसार में कार्य करते हैं। मैं एक बार फिर दोहराता हूँ। बाह्य संसार उत्प्रेरक के रूप में हमारे अन्दर प्रवेश करता है। मैं आपके हृदय में प्रवेश नहीं कर सकता हूँ क्योंकि उसमें इतनी जगह नहीं है। आप सब लोग भी मेरे अन्दर प्रवेश नहीं कर सकते, क्योंकि वहाँ जगह नहीं है। फिर भी आप उत्प्रेरक के रूप में मेरे अन्दर आते हैं। जब उत्प्रेरक मेरे अन्दर आता है तो मेरा मन उसे ग्रहण करता है। मन तुरन्त उसे बुद्धि के पास भेज देता है। मेरी बुद्धि पूर्व अनुभवों के आधार पर उसका मूल्यांकन करती है और बता देती है कि मुझे उत्प्रेरक के प्रति कैसा व्यवहार करना चाहिए। कोई तो परिस्थिति या संसार के प्रति भला व्यवहार करता है और कोई बुरा व्यवहार। दोनों में अन्तर का कारण न तो संसार है, न पर्यावरण है, न शरीर है और न मन, कारण केवल उन दोनों के आदर्शों की भिन्नता है।

मान लीजिए कि कनाट प्लेस में आप अपने सामने जाते हुए एक आदमी को देखते हैं। वह सबसे नये फैशन की अमरीकी स्टाइल की पैंट पहने है जिसमें नितम्ब जेब होती है। उसी जेब में उस मूढ़ ने अपना बटुआ रखा और वह नीचे गिर पड़ा। आप ने यह देख लिया। उस व्यक्ति का ध्यान कहीं और था। वह बटुये को गिरते हुए न जान पाया। उसके बाद क्या हुआ? एक सज्ज्न का बटुआ आपके सामने गिरा है। आप अपने हाथ में बटुआ उठा लेते हैं और देखते हैं कि बटुआ भारी है। आज महीने की पहली तारीख भी है। आप का अवसर है। आप

विचार करते हैं– 'क्या मैं इसे अपनी जेब में रख लूँ? मुझे देखने वाला कोई नहीं है। मैं इसे जेब में रखूँ या बुलाकर कहूँ, बुद्धू इधर आ, यह रहा तुम्हारा बटुआ– मुझे इस समय क्या करना चाहिए?' आपको पूरी छूट है, चाहे आप बटुआ जेब में रख लें अथवा उस आदमी को बुलाकर उसी को पकड़ा दें। आप क्या प्रतिक्रिया करते हैं। इसका निर्णय कौन करेगा? आप की भावना, आप का आदर्श और आप की शिक्षा जो इस समय आपके अन्दर विद्यमान है। यदि आपकी दूषित भावनायें उस समय जोर मारती हैं तो बटुआ आप की जेब में धीरे से चला जायेगा और आपकी बुद्धि इस प्रकार के तर्क देने लगेगी– "देखो, पिछले एक महीने से मैं भगवान् से प्रार्थना कर रहा हूँ कि किसी न किसी प्रकार मेरी सहायता कीजिए। ईमानदार आदमी की रक्षा सदा भगवान् करता है। वह जब देना चाहता है तो कनाट प्लेस की सड़क पर दे देता है।" इस प्रकार आप स्वयं समर्थन कर लेते हैं। यदि आप को ठीक शिक्षा मिली है और आप जीवन को सही रूप में समझते हैं, आप सुसंस्कृत हैं तो आप की आँखों के सामने वह दुखद दृश्य तुरन्त आ जायगा जब वह आदमी बटुआ खोकर अपनी पत्नी और बच्चों के बीच खाली हाथ पहुँचेगा। वह कितना वेदनापूर्ण दृश्य है? आप को तत्काल विचार आयेगा कि मुझे उसकी सहायता करनी चाहिए। सामान्यतः इतना बड़ा धन मैं कभी दान में नहीं दे पाता हूँ, किन्तु आज मैं उसी का धन उसको दान रूप में दे सकता हूँ। हे नारायण, आप ने मुझे उसकी सेवा का अवसर दिया है, इसलिए मैं उसे बुलाकर उसका बटुआ अभी वापस किये देता हूँ। वह धन्यवाद दे, इससे पहले ही आप अन्तर्धान हो जाते हैं। आप के मन में भावना आती है कि आपने कोई बहुत सुन्दर कार्य किया है।

हमारे मानसिक विचारों की गुणवत्ता पर ही सब कुछ निर्भर है। जिस प्रकार के आदर्शों से प्रेरित होकर हम संसार में कार्य करते हैं उसी प्रकार का हमारा व्यवहार देखने में आता है। हमारे आदर्श ही हमारे व्यवहार को दिशा-निर्देश करते हैं, नियंत्रित रखते हैं और गति शक्ति देते हैं। अतः प्रश्न है कि मैं संसार में कैसे काम करूँ, मैं अपने कर्म को उत्कृष्ट कैसे बनाऊँ और जीवन में महान उपलब्धियाँ कैसे प्राप्त करूँ? दो पालियों में दुगना काम करने से यह सम्भव नहीं है। आधुनिक भौतिक व्यापारी

जगत् की यह धारणा है कि हम दुगना काम करके दुगना उत्पादन कर सकते हैं। कोई मशीन छः घण्टे काम करती है तो उससे कुछ उत्पादन होता है। यदि बारह घण्टे चलाई जाये तो उससे दुगना उत्पादन हो सकता है। यह बात मैं मानता हूँ। किन्तु समाज में मनुष्य का काम घण्टों से नहीं नापा जाता। कार्य की मात्रा का उतना महत्व नहीं है जितना उसके गुण का। कर्म के गुणों में उत्कृष्टता उन आदर्शों से आती है जो व्यक्ति को संसार में कार्य करने के लिए प्रेरित करते हैं। अतः आदर्श जितना ही महान होगा, कर्म में उतनी ही सुन्दरता और भव्यता आयेगी। जो आदर्श हमें निरन्तर प्रेरणा देकर हमारी क्षमता को बढ़ाया करते हैं और हमारे कर्मों को सुन्दर बनाया करते हैं उन्हीं को हम महान् आदर्श कह सकते हैं। जिन आदर्शों से हम प्रोत्साहित और निराश होते हैं और जिनके कारण हमारे कर्म अन्ततोगत्वा, कितने ही कुशल क्यों न हों, असफलता और दुःख में परिणत हो जाते हैं वे आदर्श निश्चय ही मिथ्या, हीन और अनैतिक होते हैं।

अतः जिन आदर्शों से हमें उदात्त प्रेरणा मिलती है और हमारे कर्म पवित्र बनते हैं उन्हें उच्च आदर्श कहते हैं। स्वतन्त्रता की भावना, देश के प्रति आदर की भावना, समाज के लिए त्याग की भावना– ये सब प्रेरणादायक आदर्श हैं। इन सब आदर्शों को लेकर महापुरुषों ने संसार में बड़े-बड़े काम किये हैं और उनके पुरुषार्थ का लाभ आगे आने वाली पीढ़ियों ने वर्षों तक प्राप्त किया है। अतः व्यक्ति को प्रेरित करने वाला आदर्श जितना ही ऊँचा होगा संसार में उसका कर्म भी उतना ही उत्कृष्ट होगा।

फिर भी मित्रों, कोट के नीचे कटारी छिपाये किसी के घर में दीवालें फाँद कर घुसना, खिड़की की सरियाँ काटना, छिपे-छिपे घर के अंदर प्रवेश करना, सांसों की आहट लेकर देखना कि कोई जाग तो नहीं रहा है, अपने शिकार के पास रेंगते-रेंगते पहुँचना, कटारी सोते आदमी की छाती में घुसेड़ देना, उसका कत्ल करके चुपके से निकलकर सड़क पर सफलतापूर्वक भाग निकलना कोई मजाक नहीं है। निश्चय ही, यह बहुत बड़ा काम है। इसे सफलतापूर्वक कर लेने के लिए मनुष्य में बहुत ऊँचे गुणों की आवश्यकता होती है। किन्तु इस बुद्धिमानी, चतुरता, साहस और वीरता

का प्रतिफल क्या है? समाज का एक आदमी मर गया। उसकी हत्या कर मैं समझता हूँ "वह दुष्ट इस संसार से विदा हो गया, अब मैं सुखी रहूँगा।" किन्तु उस दिन के बाद मैं देखता हूँ कि मैं बिल्कुल सुखी नहीं हूँ। उसके विपरीत मेरी शांति और मानसिक सन्तुलन नष्ट हो गया है। मेरे कर्मों की प्रतिक्रिया मेरे मन को क्षुब्ध कर देती है। दूषित विचारों से प्रेरित कर्म में मेरे सारे अच्छे गुण लग गये। मेरे मन के सामने जो लक्ष्य था वह झूठा था। यद्यपि मैंने उस काम में सफलता प्राप्त कर ली, किन्तु उससे क्या हुआ? वह तो केवल घृणित हत्या का दुःखद कार्य था।

आप सब लोग विभिन्न विभागों में काम करते हैं। आप उस सचिवालय में आते हैं जो एक विकासशील देश के प्रशासन का केन्द्र है। किन्तु यदि हर व्यक्ति अपनी छोटी-सी मेज पर ठीक से काम नहीं करता है तो काम में कोई सफलता न मिलेगी। हमारी योजनाओं में यही सब कुछ हो रहा है। हमारी प्रथम, द्वितीय, तृतीय पंचवर्षीय योजनायें सब प्रकार अच्छी हैं। बहुत अच्छे अभियन्ता, महान विचारक और कार्यकर्ता काम में लगे हैं। अन्त में जब मन्त्री महोदय बांध का उद्घाटन करने जाते हैं तो हम देखते हैं कि नहरों में पानी बहता ही नहीं है, कारण कि नहरें जल स्तर से कुछ फीट ऊँची हैं। इसमें सन्देह नहीं कि कार्य पूरा हुआ किन्तु हम देखते हैं कि कार्य के गुणों में कोई कमी रह जाती है।

हमारे शास्त्र कहते हैं कि किसी काम का वास्तविक और स्थाई लाभ तभी होता है जब उसका प्रेरणादायक आदर्श महान गुणों से युक्त होता है! बहुत काम करने से वह बात नहीं होती। आदर्श जितना ही महान होता है, कर्म उतना ही सुन्दर और उसका फल उतना ही उत्तम होता है।

जिस आदर्श के लिए आप काम कर रहे हैं यह जितना ही उत्तम और महान होता है आपका कर्म भी उतना ही सुन्दर बन जाता है। महात्मा गाँधी केवल एक गुजराती बैरिस्टर थे। वे अपनी स्त्री-बच्चों का पालन-पोषण करने का ही उद्देश्य रखते तो बैरिस्टर के पेशे में सफलता मिल सकती थी। किन्तु इस प्रकार वे कुल कितना कार्य कर सकते थे? इसके विपरीत वही व्यक्ति, वही भौतिक शरीर जब देश की स्वतन्त्रता के आदर्श से अनुप्राणित हो उठा तो वह भिन्न व्यक्ति बन गया, महात्मा हो

गया। यदि वे देश को स्वतन्त्र न भी करवा पाये होते तो भी इतिहासकार एक महात्मा के रूप में उनका उल्लेख किये बिना नहीं रह सकते थे। उन्होंने देश की नैतिक दृष्टि और संसार के विचारकों की विचारधारा ही बदल दी। उनके कार्यों की गुणवत्ता बहुत ऊँची थी, क्योंकि उन्हें प्रेरित करने वाला आदर्श बहुत ऊँचा था।

करुणामय कुमार बुद्ध ने इतना सुन्दर कार्य किया कि उसे कोई कभी नहीं भूल सकता। बनारस और सारनाथ में बहुत से पंडित हैं और संसार में बहुत से भिक्षु, जगह-जगह कार्य कर रहे हैं किन्तु किसी का नाम प्रकाश में नहीं आ रहा है। हम उनके प्रति अपने को कृतज्ञ अनुभव नहीं करते हैं क्योंकि जिस आदर्श से प्रेरित होकर वे कार्य कर रहे हैं वे उतने महान और पवित्र नहीं हैं। अतः आदर्श जितना ही महान होगा हम और आप अपनी क्षमता उतनी ही अधिक विकसित कर सकेंगे।

अब कल्पना करो; सहसा आपको सूचना मिलती है कि आप का घर जल रहा है। आप दौड़ कर जाते हैं और देखते हैं पूरे घर में आग लगी है और आग बुझाने वाले असहाय खड़े हैं। उसी समय आप देखते हैं कि आपकी पत्नी हाथ में बच्चा लिए आग से बाहर आती है। पूछने पर आपको ज्ञात होगा कि बच्चा ऊपर के कमरे में सो रहा था। कितनी परेशानी और चौंका देने की बात है? आग लगते ही सब लोग इधर-उधर भागे किन्तु माँ को अपने बच्चे की याद आई। लोगों ने आग बुझाने वालों से कहा कि बच्चे को बचाओ। उस चालीस साल के अनुभवी व्यक्ति ने कहा, 'माँ' कोई भी मानव प्राणी उसके अन्दर नहीं जा सकता। आग की लपटें उठ रही हैं। मां, तत्काल सब कुछ भूल गई और आग के अन्दर झपट पड़ी। सब लोग समझ रहे थे कि वह आग के अन्दर से पकौड़ा बन कर निकलेगी। इसके विपरीत सब लोगों ने देखा कि उसकी साड़ी का एक कोना भी नहीं जला। वह दौड़ कर कमरे में गई, बच्चे को उठाया और भाग आई। उसके बाद उससे कहो कि जरा आग के पास जाओ, तो वह डर से घबड़ा उठेगी। अब उसकी क्षमता समाप्त हो गई। अपने पुत्र के प्यार से उत्साहित होकर उसने चमत्कार दिखलाया। यदि मनुष्य के हृदय में इतनी शक्ति छिपी है तो क्या वह चौबीस घण्टे वीरांगना जैसी नहीं रह सकती? नहीं, क्योंकि उसके पास कोई प्रेरक लक्ष्य नहीं है।

अतः एक साधारण आदमी भीड़ का एक अंश मात्र है, किन्तु जब वह किसी महान आदर्श से प्रेरित होता है तो उसे अपने अन्दर शक्ति और साहस का अद्भुत स्रोत मिलता है।

भगवान् न करे, मान लो आपकी पत्नी बहुत बीमार है। आप की कोई छुट्टी शेष नहीं है। वह घर पर बीमार पड़ी है और आप कार्यालय में व्यस्त हैं। अपनी पत्नी की देखभाल के लिए आपने अपनी बहिन को बुला लिया है। शाम और रात को आपकी पारी आती है। आप सारी रात उसकी देखभाल करते हैं। महीनों आपको सोने का अवसर नहीं मिलता। पत्नी के प्रति प्रेम होने के कारण आपको थकान नहीं आती। वह रोगशय्या पर पड़ी कहती है, "प्रिय आप लेट रहो, थोड़ा सो लो; आपको दिन में काम करना पड़ता है, मेरा तो यह प्रारब्ध है; मुझे ही भोगना पड़ेगा, आप जाकर सोइये।" उत्तर में वह कहता है कि उसे बिल्कुल नींद नहीं लगी है। चौबीस घण्टों वाले तीस दिन का महीना बीत गया, फिर भी वह कहता है कि उसे नींद नहीं लगी है। किन्तु यदि उसका अधिकारी कहता है, "रात में काम करो या समय के बाद भी कुछ काम करो" तो वह उत्तर देता है, "मैं थक गया हूँ, मुझे दुगना वेतन दो।" एक क्षण इस बात पर विचार करो।

उसके अन्दर इतनी शक्ति कहाँ से आई। सामान्यतः यह समझा जाता है कि पाँच बजने तक हम थक जाते हैं, इसलिए नहीं कि हमने बहुत काम किया, केवल हम थके हुए हैं। किन्तु यदि मेरी पत्नी या बच्चा बीमार हो जाता है तो उसके प्रति प्रेम रहने के कारण हम देखते हैं कि हमारे अन्दर एक नई शक्ति आ गयी है। कोई डाक्टर या स्वास्थ्य मन्त्री उस शक्ति की व्याख्या नहीं कर सकता। हम अपने में वह शक्ति देखते हैं। यदि हममें इतनी शक्ति और क्षमता छिपी पड़ी है, तो किस उपाय से उसे जाग्रत किया जा सकता है और काम में लाया जा सकता है?

किसी लक्ष्य की, किसी जीवन दर्शन की, किसी प्रेरक महान उद्देश्य की खोज कर उसके लिए अपने को समर्पित कर देने से और फिर समर्पित भावना से सब कार्य करने से अपने भीतर छिपी अद्भुत शक्ति प्रकट हो जाती है और हमारे कार्यों में गतिशीलता आ जाती है। इस प्रकार हमारे कार्यों का स्तर ऊँचा उठता है और उससे बाह्य संसार में सुख-वृद्धि होती

है। वह लक्ष्य हर किसी व्यक्ति को खोजना पड़ेगा। एक समय था जब लक्ष्य धर्म ही था। आज ऐसा नहीं है। मैं समझता हूँ कि आज ईश्वर का आदर्श या विराट भगवान् का आदर्श ही प्रेरणा देने के लिए पर्याप्त नहीं है। अतः हम देश और समाज के लिए किसी सक्रिय और रचनात्मक कार्य को लेना चाहते हैं। वही हमारे मन में सक्रिय रूप से छाया प्रतीत होता है। इसलिए अपने देश की सेवा करना, अपने उस विशाल राष्ट्र की सेवा करना जो इस समय पिछड़ा है उसे ऊपर उठाना हम सब लोगों का कर्तव्य है। हर व्यक्ति को इसमें अपना कंधा लगाना होगा। एक ही स्थान पर सब लोग अपना कन्धा नहीं लगा सकते। हर व्यक्ति को अपने-अपने स्थान पर रहते हुए राष्ट्र के उत्थान में सहारा देना होगा। टाइप करने वाले को टाइप करते हुए, लिपिक को लिपिक का कार्य करते हुए, अध्यक्ष को, राजनीतिज्ञ को, हर व्यक्ति को अपना कार्य करते रहना होगा। इस प्रकार आप इतनी छोटी सी मेज या कार्य-क्षेत्र को वृन्दावन बना लेंगे, जहाँ देश के भाग्य-विधाता, सबके अन्तर्यामी सर्वशक्तिमान परमेश्वर के साथ आप खेलेंगे – हर व्यक्ति अपना कार्य पूर्ण क्षमता के साथ और पूरे मनोयोग के द्वारा देश को आदर्श स्वरूप प्रदान करने के लिए ही करेगा। आपको अपने में नई शक्ति और नया उत्साह मिलेगा।

मैं यह सम्मति सचिवालय के कर्मचारियों को ही नहीं दे रहा हूँ; यही बात कारखाने में काम करने वाले उद्योगपतियों के लिए भी है। यदि कोई उद्योगपति यह समझता है कि बहुत सा पैसा कमा कर वह अपनी स्त्री और बच्चों के लिए छोड़ जायेगा, तो यह एक बहुत बड़ी भूल है। इस भावना से कोई भी देश उन्नति नहीं कर सकता। उसे यही विचार रखना चाहिए कि मैं देश के हित के लिए अधिक से अधिक उत्पादन करूँगा। इसी आदर्श के लिए काम करने पर देश की राजनीतिक और आर्थिक स्वतन्त्रता सम्भव है। विचार करो, इससे तुम्हारे कार्य के आदर्श पवित्र बनेंगे। इससे व्यक्ति को बड़ा लाभ प्राप्त होगा, नकद पैसे के रूप में नहीं वरन् उस आनन्द के रूप में जो सही समय पर सही काम करने से हृदय में उत्पन्न होता है।

कर्म के इस सुख, कृतकृत्यता के इस आनन्द के विषय में मैं अगले भाषण में बोलूँगा।

आनन्द : कृत्कृत्यता का पुरस्कार
(व्याख्यान ३)

प्रथम दिन हमने कर्म की अनिवार्यता पर विचार किया। कर्म में ही जीवन की अभिव्यक्ति है, इसलिए हम सब जब तक जीवित हैं, बिना कार्य किए नहीं रह सकते। कर्म करते समय कर्ता के भाव और उद्देश्य के अनुसार मनुष्य के कर्म तीन प्रकार के हो सकते हैं— केवल श्रम, उत्साही कार्य और उपलब्धियाँ। इन तीनों प्रकार के कर्मों में, कर्म चाहे नीच हो या उच्च एक ही प्रकार का होते हुए भी उसी कर्म का स्थाई फल मिलता है जो कृतकृत्य भाव से किया जाता है।

कल हमने देखा कि यदि कर्म अनिवार्य है तो हम सर्वोत्तम कर्म कैसे कर सकते हैं? हम कर्म कैसे करते हैं? हम कर्म क्यों करते हैं? कर्म करते समय व्यक्तित्व के विभिन्न स्तरों की अभिव्यक्ति कैसे होती है? यदि एक बार हम कर्म यन्त्र की क्रियाविधि समझ लें तो शायद हम जान जायेंगे कि हम अपने व्यक्तित्व को किस प्रकार समायोजित कर कोई काम करें जिससे हमारा कर्म सर्वोच्च प्रकार का बन सके और वह स्वयं हमारे लिए तथा समाज के लिए एक महान उपलब्धि बन सके। हम जब कर्म-यन्त्र का विश्लेषण करते हैं तो हम देखते हैं कि बाह्य संसार के प्रेरक हमें इन्द्रियों से होकर मन में प्राप्त होते हैं और मन उन्हें बुद्धि के सामने निर्णय के लिए प्रस्तुत करता है। बुद्धि अपनी पूर्व वासनाओं के अनुसार उनका मूल्यांकन करती है। वासनायें और कुछ नहीं केवल बुद्धि के द्वारा संग्रहीत विचार और आदर्श हैं। उत्प्रेरकों से प्रभावित होकर बुद्धि जो कुछ निर्णय करती है और मन को आदेश देती है उसी के अनुसार हम बाह्य संसार की समस्याओं का सामना करते हैं।

हमारी प्रतिक्रियायें कर्म के रूप में व्यक्त होती हैं। हमारे द्वारा कर्म तभी होता है जब हम जीवन में बाह्य संसार से कोई उत्प्रेरक पाते हैं और वह हमारी इन्द्रियों से होकर हमारे अन्दर पहुँचता है। उन उत्प्रेरकों से प्रतिक्रिया करने पर हमारे अन्दर से कर्म उद्भूत होता है।

इस प्रकार व्यक्ति का प्रत्येक कर्म बाह्य समस्याओं के प्रति एक प्रतिक्रिया होता है। मृत मनुष्य कोई काम नहीं करता क्योंकि मृत शरीर बाह्य संसार से कोई चुनौती ग्रहण नहीं करता। कोई उत्प्रेरक उसमें प्रविष्ट नहीं होता। जब तक हम जीवित हैं, हमें निश्चय ही चुनौतियाँ प्राप्त होती रहती हैं। कोई भी समस्या आने पर हमारी बुद्धि प्रतिक्रिया अवश्य करती है, वह चाहे सही हो या गलत। इस समय जैसी प्रतिक्रिया होगी उस पर हमारा नियंत्रण नहीं रह सकता, क्योंकि वह तो वैसी ही होगी जैसी शिक्षा हमें अभी तक मिली है या हमने जैसी वासनायें संग्रहीत कर रखी हैं।

कल हम देख चुके हैं कि यदि सड़क किनारे पड़ा बटुआ हमें प्राप्त होता है तो हमें निर्णय करना पड़ेगा कि हम उसे लौटा दें या अपनी जेब में रख लें। उस समय यदि कोई व्यक्ति उसे अपनी जेब में डाल लेता है तो उसको दोषी नहीं ठहराया जा सकता। हम यह प्रश्न नहीं कर सकते कि आपने ऐसा क्यों किया। स्पष्ट है कि उसे अपने अन्दर से आदेश मिला कि उसे अपनी जेब में रख लो, तुम क्यों चिंतित होते हो, वह मूर्ख है जो उसने गिरा दिया। तुम बुद्धिमान हो क्योंकि तुमने उसे पाया है, वह अब तुम्हारा है। इस प्रकार सैकड़ों तर्क आपकी बुद्धि उपस्थित करेगी। यदि आप सच्चरित्र व्यक्ति हैं तो आपकी वही बुद्धि उस समय विपरीत प्रकार के सैकड़ों तर्क प्रदान करेगी और आप कहेंगे "वह व्यक्ति भयंकर चिन्ताओं का शिकार हो जायेगा; घर पहुँच कर वह बड़ा दुखी होगा। इसलिये उसे बुलाकर उसका बटुआ उसे दे देना चाहिये। यद्यपि बटुआ उसी का है किन्तु उसे पाकर वह इतना प्रसन्न होगा मानो वह धन मैं उसे दान दे रहा हूँ। मैं उसके सुख से सुखी हो जाऊँगा।" एक ही समस्या के प्रति ये दो भिन्न प्रकार की प्रतिक्रियायें हैं। एक बुद्धि केवल यह कहती है कि इस बटुये को अपनी जेब में रख लो। दूसरी बुद्धि कहती है कि यह उसी को दे दो जिसका है।

इस प्रकार यद्यपि बाहरी समस्यायें वही होती हैं किन्तु भिन्न प्रकार के व्यक्ति भिन्न प्रकार की प्रतिक्रियायें करते हैं-- उन्हें हम कर्म ही कहते हैं। एक व्यक्ति संसार में कार्य करता है और वह सफल होकर महान उपलब्धियाँ पा लेता है, किन्तु संसार के उसी क्षेत्र में कोई दूसरा व्यक्ति ऐसी बुद्धिहीनता से काम करता है कि गहरे गर्त में पहुँचकर कठिन दुःख

का भागी होता है। निःसंदेह हम और आप यकायक कह देते हैं कि संसार बड़ा खराब है। अपनी असफलता के लिये आप किसी न किसी अन्य व्यक्ति को दोषी ठहरा देते हैं। अकुशल कर्मी यही कहेगा कि उपकरण अच्छे नहीं थे। वस्तुतः उसका काम ही खराब था किन्तु अपनी सफाई देने के लिये वह उपकरणों को खराब बता देगा, इसी प्रकार अधिकांश लोग जीवन से पलायनवादी होते हैं। असफल होने पर हम किसी न किसी बाहरी कारण को दोषी बता देते हैं : "कोई मुझे सहायता नहीं करता, इसलिए ऐसा हुआ, जीवन में कभी कोई अच्छा अवसर ही नहीं आया इसलिये मैं असफल रहा, परिस्थितियाँ ही विपरीत रहीं आदि।" किन्तु मानव व्यक्तित्व का विश्लेषण करने पर हम देखते हैं कि यदि हम असफल होते हैं, यदि मेरे कर्मों के फलस्वरूप मुझे और संसार को अधिकाधिक दुःख मिलता है, तो इसका कारण संसार कदापि नहीं है। कारण केवल यही है कि हम संसार की चुनौतियों का प्रत्युत्तर गलत देते हैं।

महाभारत युद्ध में हम देखते हैं कि दुर्योधन का सामना कृष्ण भी कर रहे थे और अर्जुन भी। दोनों के सामने एक ही चुनौती थी। दोनों युद्धक्षेत्र में भी थे, किन्तु हम देखते हैं कि कृष्ण विश्वास की प्रसन्नता में मुस्करा रहे थे, और इसके विपरीत अर्जुन के हाथ पैर ढीले हो रहे थे। वह कहता है कि मैं युद्ध न कर सकूँगा। मेरी समझ में नहीं आता कि मैं क्या करूँ, क्या करना ठीक है क्या नहीं। युद्ध करूँ या न करूँ। युद्ध की चुनौती दोनों के सामने एक ही है किन्तु एक प्रसन्न है और दूसरा किंकर्त्तव्यविमूढ़ और उद्विग्न। इस उदाहरण में हम देखते हैं कि इसका कारण यह नहीं कि चुनौती खराब है। वस्तुतः जिसमें क्षमता है वह उचित काम करता है और जो भय आदि दोषों से ग्रस्त है, उसके कार्य गलत हो जाते हैं।

सफलतायें-असफलतायें हमारी अपनी ही सफलतायें-असफलतायें होती हैं, बाह्य संसार की नहीं। वही परिस्थिति, वही सूर्य, चन्द्र और तारे, वही जलवायु, वही पशु, पक्षी और मनुष्य, वही नगर हम सबके लिए होता है। किन्तु उसी नगर में मैं असफल रह कर सबसे अधिक दुखी व्यक्ति बन जाता हूँ और आप उसी नगर या गाँव में सफलता प्राप्त कर लेते

हैं। यह कैसे और क्यों होता है? कारण केवल यही है कि मैं चुनौतियों का सामना करना और उनका उचित प्रत्युत्तर देना नहीं जानता हूँ, किन्तु आपको यह कला मालूम है। यही कारण है कि आप पर्यावरण को अपने अनुकूल बना लेते हैं और विकास कर जाते हैं।

इस प्रकार हम देखते हैं कि व्यक्ति की प्रतिक्रियायें उसके विचार और आदर्शों पर अवलम्बित होते हैं। यदि उसका आदर्श बहुत महान है, तो वह निश्चय ही महत् प्रेरणा से प्रेरित होकर संसार में कार्य करेगा। हर व्यक्ति को अपना आदर्श स्वयं खोजना पड़ता है। कोई किसी अन्य के लिए आदर्श निर्धारित नहीं कर सकता। चित्रकार, कलाकार, वैज्ञानिक, स्वतंत्रता सेनानी, राजनीतिज्ञ सब अपने-अपने आदर्श रखते हैं। जहाँ तक सम्भव हो हमें अपने महत् आदर्श के अनुरूप रहना और कार्य करना चाहिए, हमें उस आदर्श के लिए अपने को अधिकाधिक समर्पित करते जाना चाहिए। परिणामस्वरूप अपने हृदय से शक्ति का एक महान स्रोत फूटेगा और उसके द्वारा हम अपने आदर्श को पूरा करने में सफल होंगे।

अतः हर व्यक्ति को अपने सामने एक आदर्श अवश्य रखना चाहिए। यदि आपके जीवन का लक्ष्य केवल यही है, आप अपने जीवन में इससे अधिक नहीं चाहते कि "मैं आराम का जीवन व्यतीत करूँ, मेरा शरीर मोटा होता जाय, मुझे अच्छा खाना, अच्छा कपड़ा और अच्छा मकान मिले, मेरे बाल-बच्चे सुख से रहें," तो यह लक्ष्य इतना हीन है कि उससे कोई प्रोत्साहन न मिलेगा।

यदि आप यहाँ कार्य करने वाले सैकड़ों युवा पुरुषों से यह पूँछे कि आप सचिवालय में क्यों कार्य करते हैं तो निर्विवादरूप से हर व्यक्ति यही कहेगा कि 'पेट के वास्ते'। इसके अतिरिक्त जीवन का कोई लक्ष्य नहीं है। पेट भरने और स्त्री-बच्चों को पालने के अतिरिक्त इनका इस समय कोई लक्ष्य नहीं है। इस क्षुद्र लक्ष्य के कारण ही आप थके हैं, टूटे हैं, निराश हैं।

मित्रो, मैं सचिवालय के लोगों से प्रायः मिला करता हूँ। उनकी यही शिकायत है कि "स्वामी जी समय ही नहीं मिलता, पढ़नें में कोई रुचि नहीं है।" "उदात्त जीवन के लिये कोई उत्साह नहीं है।" क्यों ? "कारण

यही है कि सचिवालय से शाम को लौटने पर हम लोग चूर-चूर हो जाते हैं। सचिवालय के क्लर्क की दशा बड़ी दयनीय होती हैं। हमारा घर बहुत दूर है। बड़े सवेरे उठकर साइकिल से वह दूरी तय करनी पड़ती है अन्यथा बस से जाने के लिये लम्बी लाइन लगानी पड़ती है, सचिवालय पहुँचने से लेकर शाम को देर से घर पहुँचने तक स्वामी जी, शरीर में रंचमात्र भी शक्ति नहीं रह जाती, कार्यभार से शरीर टूट जाता है।

ठीक है। किसी गाँव में जाकर किसी किसान को देखो। वह सबेरे तड़के उठकर खेती के काम में लगता है और रात होने तक काम में जुटा रहता है। वह घर लौटकर नहाता है, भोजन करता है और फिर ढोलक लेकर अन्य लोगों के साथ आधी रात तक नाचता-गाता है। हँसता मुस्काराता स्वस्थ रहता है। वह मानों कभी थकता ही नहीं है। वैज्ञानिक बुद्धि वाले हम लोग जरा विचार करें कि उनकी तुलना में हम सचिवालयों में अपनी कितनी शक्ति व्यय करते हैं। विश्लेषण करने पर हमें बड़ा विरोध दिखाई देता है।

सचिवालय में काम करने वाले किसी व्यक्ति विशेष को लीजिए। वह सबेरे छः बजे उठता है और फिर क्या करता है। वह कहता है "कि जैसे ही मैं उठता हूँ मुझे परेशानी घेर लेती है क्योंकि मुझे समय से चाय नहीं मिलती। चाय पीकर मैं स्नान और सफाई करता हूँ; फिर मैं साग-सब्जी लेने बाजार चला जाता हूँ।" ठीक है, सब्जी बाजार कितनी दूर है? "होगा एक-डेढ़ फर्लांग दूर।" ठीक है आप बाजार से सब्जी लाये। "तब उन्होंने खाना पकाया और मैंने खाना खाया। उसके बाद मैं कपड़े पहन कर तैयार हुआ और बस पकड़ने चल दिया।" बस स्टैंड कितनी दूर है? "एक फर्लांग।" ठीक है, आप एक फर्लांग पैदल गये और बस की लाइन में खड़े हो गये। बस आने पर आप उसके अन्दर खड़े हो गये। उसने आपको सचिवालय पहुँचा दिया। आप उतर पड़े और सीढ़ियों से चढ़ते हुए आप अपने कमरे में चले गये। वहाँ पहुँच कर सचिवालय का क्लर्क कहता है "मैं थक गया हूँ।" हवा से ठंडा किया हुआ या पानी से शीतल बनाया हुआ कमरा, ऊपर जोरों से चल रहा पंखा– वहाँ बैठा बाबू कह रहा है "मैं थक गया हूँ।" इसलिए वह जलपान-गृह में एक कप गर्म काफी पीने जाता है। वहाँ से ताजा होकर वह अपनी कुर्सी पर

वापस आता है। तब 'मुझे जरा एक सिगरेट देना।' इसके लिए वह जलपान-गृह की दालान तक जाता है और सिगरेट लेकर अपने कमरे में लौटता है। अल्मारी से फाइल निकालते-निकालते मध्याह्न भोजन का समय आ जाता है– उसकी तैयारी होने लगती है। समय होते ही वह दो कप काफी पीने और भोजन करने जलपान-गृह चला जाता है। समाप्त। शाम हो जाती है। काम क्या होता है? चार चिट्ठियाँ टाइप कराई या स्वयं टाइप कीं। चार छोटे टुकड़े भेज दिये गये। उनमें भी आप जानते हैं, तीन में अनावश्यक प्रश्न किये गये हैं। ईमानदारी से पूछा जाय तो यही आपका काम है उसके बाद आप घर चल देते हैं। लाइन में लगते हैं, बस में चढ़ते हैं और घर पहुँचते हैं। फिर आप कहते हैं कि मैं थक गया हूँ, शरीर टूट गया है।

दूसरी ओर किसान को देखिये। प्रातः तड़के वह अपने कन्धे पर हल रखे और दो बैलों की रस्सी पकड़े खेत की ओर पैदल जाता है। खेत कहाँ है? एक फर्लांग दूर नहीं बल्कि दो-ढाई मील दूर होगा। वहाँ वह प्रातः से दोपहर तक हल चलाता है– तब दोपहर में पोड़ की छाँह में बैठकर अपने साथ लाई या उसके लड़के या लड़की द्वारा पहुँचाई रोटियाँ खाता है। वह खुली धूप में रहता है और बड़ी मेहनत के साथ हल चलाता है। अतः वह वस्तुतः थक जाता है। तीन बजे तक विश्राम करने के बाद वह फिर हल चलाता है और साढ़े पाँच बजे हल बैल लेकर वह पैदल घर की ओर चल देता है। लौटते समय भी उसे ढाई मील चलना पड़ता है। सचिवालय में काम करने वाले क्लर्क या सहायक की तुलना में वह निश्चय ही अधिक पसीना बहाता है या अधिक कैलोरी ताप व्यय करता है। घर जाकर किसान स्नान करता है, भोजन करता है, और चौपाल में पहुँचता है। वहाँ चारपाई पर बैठ कर ऊँचे स्वर से गाना प्रारम्भ करता है। बहुत देर रात तक वह गाने में आनन्द विभोर रहता है। उसे इतनी शक्ति कहाँ मिली?

यदि मनुष्य में इतनी शक्ति है तो हमारी शक्ति जा कहाँ रही है?

आप जब अपने को थका बताते हैं तो मित्रों, मैं यह सिद्ध करने का प्रयत्न नहीं कर रहा हूँ कि आप थक नहीं जाते हैं। आप निश्चय ही थक जाते हैं। किसान नहीं थकता है क्योंकि थकान शारीरिक श्रम

करने से नहीं आती है। बहुत श्रम करने से थकान नहीं होती, यदि थकान लगे भी तो आधा घण्टा विश्राम करने से दूर हो जाती है। शरीर फिर ताजा हो जाता है। शहरों में हम और आप जो थकान अनुभव करते हैं उसका कारण मानसिक थकान है। क्लर्क सबेरे उठते ही चिन्ता में डूब जाता है– चाय की चिन्ता, मकान की चिन्ता, अपने पद की चिन्ता, अपने वेतन की चिन्ता, न जाने कौन-कौन सी चिन्तायें उसे घेर लेती हैं। बाजार में भी वह चिन्तित रहता है, क्योंकि एक कुंजड़ें के पास भी उससे अधिक पैसा है। आप जो कुछ देखते हैं, वही चिन्ता का कारण बन जाता है। किसी के पास साइकिल है तो आपको चिन्ता हो गई कि आप के पास साइकिल नहीं है। किसी के पास लम्ब्रेटा है तो आप सोचते हैं कि उस बदमाश के पास लम्ब्रेटा क्यों है। कहीं कोई व्यक्ति कार से जा रहा है तो आप को चिन्ता हो जाती है, क्यों? केवल इसलिए कि वह कार से जा रहा है। अतः आप सड़क पार करने के लिए आगे बढ़ते हैं और कार को तब तक रोके रहते हैं जब तक आप आराम से सड़क पार न कर लें। इतना मानसिक तनाव आप में है।

हमारी चिन्ता के हजारों कारण हैं। जब तक हम सचिवालय पहुँचते हैं किसी न किसी प्रकार से हमारी शक्ति क्षीण हो जाती है। हम जैसे ही अधीक्षक को देखते हैं, हमें उसकी चिन्ता होती है। सचिवालय के हर व्यक्ति से यहाँ तक कि चपरासी से भी हमें चिन्ता होती है क्योंकि वह भी मुस्कराता दिखाई देता है। मैं ही अपने मन में रोता रहता हूँ। इस प्रकार आप यद्यपि शरीर से रंचमात्र कार्य नहीं करते फिर भी आप को मानसिक थकान अनुभव होती है। किसान की स्थिति यह है कि वह अपने खेत की बात सोचता है और प्रसन्न रहता है। वह बैलों से खेत जोतते समय भी प्रसन्न है, क्योंकि बैल उसके हैं। वह ढाई मील पैदल कल्पनाओं में खोया चला जाता है। उसके पैर जमीन का स्पर्श नहीं करते क्योंकि उसके मन में अपने मुस्कराते खेतों का ध्यान है। वह बार-बार हल चलाकर शरीर से थक जाता है किन्तु उसके मन में जीवन का संगीत, कार्य का संगीत गूँजता रहता है। वह उसी में आनन्दित रहता है। वह अपने विचार के आनन्द में मग्न रहता है और थकान अनुभव नहीं करता।

वह शाम को लौट कर स्नान करते ही ताजा हो जाता है। उसके शरीर में नई शक्ति जाग पड़ती है।

आजकल के युग में हम जो थकान अनुभव करते हैं वह शारीरिक थकान नहीं है क्योंकि अब इतनी सुविधायें प्राप्त हैं कि हमें अधिक शक्ति व्यय नहीं करनी पड़ती। मकान की छत पर जाने के लिए भी श्रम नहीं करना पड़ता, क्योंकि उसके लिए लिफ्ट उपलब्ध है। अपनी मूल्यवान शक्ति को अपव्यय से बचाने के लिए अनेक सुविधायें मिली हुई हैं, फिर भी शिकायत करते हैं कि हम थके हैं इसका कारण केवल यही है कि हमें मानसिक व्यग्रता है। मानसिक व्यग्रता का भी कारण यह है कि हमारे सामने कोई महान लक्ष्य नहीं है। हमारे जीवन का उद्देश्य केवल इतना है "कि किसी प्रकार से कार्यालय से घर भागें, काम कम करें, वेतन अधिक मिले; अगली हड़ताल की तैयारी करें जिससे काम और भी कम करना पड़े और वेतन बढ़ जाये।" हमारा विचार यहीं तक सीमित है। ऐसे विपरीत विचार होने के कारण, कोई भी सरकार, आप की पत्नी या आपके ससुर आपकी कितनी ही देखभाल करें, कितनी ही सहायता करें किन्तु आप संसार में दुखी ही रहेंगे।

मनुष्य का सुख केवल उस कार्य पर अवलम्बित नहीं है जहाँ वह कार्य करता है, बल्कि उसकी मानसिक दशा या उसके मानसिक स्वास्थ्य पर भी निर्भर है। मानसिक स्वास्थ्य तभी ठीक रह सकता है जब हमें प्रेरणा देने वाला कोई महान लक्ष्य हमारे सामने हो। लक्ष्य जितना ही महान होगा उतनी ही अधिक प्रेरणा और उत्साह हमें मिलेगा। हम देखेंगे कि हर क्षण नई शक्ति का स्रोत हमारे अन्दर से निकलता आ रहा है और हम संसार में अथक कार्य कर सकते हैं। अतः हमें अपने जीवन का एक स्पष्ट और रचनात्मक लक्ष्य अवश्य रखना चाहिए जिससे हम उस लक्ष्य से प्रेरणा पाकर अपने कार्य में जुटे रह सकें। हमारे सामने जब राष्ट्र की सम्पन्नता, देश की प्रगति जैसा कोई जीवन का उच्च लक्ष्य होता है तो वह लक्ष्य ही हमें प्रेरणा देता है। उसे जितनी अधिक प्रेरणा मिलती है, हमें आवश्यकतानुसार उतनी अधिक शक्ति भी प्राप्त होती रहती है।

जैसे ही हम एक लक्ष्य खोजकर उसके लिए अपना जीवन समर्पित कर देते हैं, हमें अपने अन्दर शक्ति का एक अज्ञात स्रोत मिल जाता है।

इस समय मेरे बोलने पर शायद आपकी मानसिक दृष्टि के सामने जीवन का एक लक्ष्य आ गया है। उससे निश्चय ही आपको प्रेरणा मिलेगी। किन्तु स्वामी के जाते ही प्रेरणा का वह स्रोत भी चला जायेगा, और आप उसी पुराने रास्ते पर फिर आ जायेंगे। वह शक्ति कहाँ चली गई? अपने में ही थी किन्तु विभिन्न दिशाओं में बिखरी हुई थी। कर्म क्षेत्र को सींचने के लिए वह शक्ति का जल एकत्र नहीं था।

बाँध बनाकर जल शक्ति को हम संग्रहीत कर सकते हैं, किन्तु यदि उसे नहर के दोनों ओर खेत सींचने के काम नहीं लाया जाता है तो अच्छी फसल नहीं उगाई जा सकती। जमीन को अधिक उपजाऊ बनाने के लिए पानी की आवश्यकता होती है और पानी के लिए बाँध बनाये जाते हैं। बाँध बनाकर पानी संग्रहीत किया जाता है। वह संग्रहीत जल, जब तक खेतों में नहीं पहुँचता, उनकी सिंचाई नहीं की जाती, बाँध के पीछे पड़ा हुआ जल अन्न नहीं उगा सकता। इसी प्रकार किसी लक्ष्य के प्रति अपने को समर्पित कर देने से हमें नया उत्साह और बल प्राप्त होता है किन्तु यदि उस उत्साह और बल को सही दिशा में नहीं लगाया जाता है तो वह या तो एक जगह रुका पड़ा रहेगा या इधर-उधर बिखर जायेगा और इससे उत्पादन कार्य में सहायता न मिलेगी।

प्राचीन आचार्यों के मतानुसार यह शक्ति तीन ओर से निकल कर बह जाती है। जीवन के महत् उद्देश्य के प्रति अपने को समर्पित कर जो नयी शक्ति हमें प्राप्त होती है उसे नष्ट होने से बचाकर हमें भली भांति संग्रहीत करना चाहिए। किन्तु वर्तमान मानसिकता में हमें जैसे ही शक्ति प्राप्त होती है वह इधर-उधर से बहकर नष्ट होने लगती है। इतनी जोरों से शक्ति निकल भागती है कि हमारे पास कितनी ही महान शक्ति क्यों न हो जरा देर में सब बहकर निकल जाती है। शक्ति बहाने वाले छिद्रों को बन्दकर हमें शक्ति संग्रहीत करनी होगी। यदि हमने इतना कर लिया तो हमें सफलता तत्काल प्राप्त हो सकती है। शक्ति बहाने वाले छिद्र कहाँ हैं?

एक प्रमुख छिद्र है पूर्वकाल की स्मृति।

एक बहुत अच्छे विद्यार्थी ने निश्चय किया कि वह अवश्य ही प्रथम श्रेणी प्राप्त करेगा। इस उद्देश्य से उसने अध्ययन करना प्रारम्भ कर दिया।

किन्तु जब परीक्षा निकट आई तो उसने कहा, "यदि मैं परीक्षा में उत्तीर्ण हो गया तो उससे ही संतोष कर लूँगा – प्रथम श्रेणी की आवश्यकता नहीं है।" उससे पूछा गया – "क्या हो गया?" उसने उत्तर दिया "पीछे मुझे कभी प्रथम श्रेणी नहीं प्राप्त हुई; मेरे जैसा व्यक्ति भला कभी प्रथम श्रेणी पा सकता है?" इस प्रकार पूर्वकाल की स्मृति ने उसकी सारी शक्ति नष्ट कर दी। पूर्वकाल की स्मृति का अर्थ है यह विचार कि "आज से पूर्व मैं सदा अकुशल व्यक्ति रहा हूँ, भला मैं अब कुशल अधिकारी कैसे बन सकता हूँ?" अतः पूर्वकाल की स्मृतियाँ मेरे मन को डाँवाडोल कर देती हैं। उनके कारण आज से सुन्दर जीवन बनाने का हमारा संकल्प नष्ट हो जाता है और हमारे अन्दर काम करने की क्षमता बिल्कुल नहीं रह जाती।

शक्ति नष्ट होने का दूसरा कारण भविष्य की चिन्ता है।

सदा प्रथम श्रेणी पाने वाला विद्यार्थी एम० ए० परीक्षा में विश्वविद्यालय भर में सर्वोच्च स्थान पाना चाहता है और उस विद्यालय के प्राध्यापक भी उसके प्रति आशान्वित हैं। वह बालक जब परीक्षा भवन में पहुँचता है तो उसका मुख पीला पड़ जाता है। प्राध्यापक समझते हैं कि इसका कारण अधिक श्रम है। प्रश्न-पत्र पाते ही वह उस पर दृष्टि डालता है, बेहोश हो जाता है। प्राध्यापक उसकी ओर दौड़ता है, वह बालक पानी मांगता है। वह पानी पीता है, चक्कर अनुभव करता है और लेट जाना चाहता है। प्राध्यापक पूछता है कि "समस्या क्या है?" लड़का कहता है कि "मैं सब कुछ भूल गया हूँ।" "भूल कैसे गये?" प्राध्यापक ने पूछा। वह उत्तर देता है, "भला मैं चौदह प्रश्नों का उत्तर कैसे दे पाऊँगा? यद्यपि मैं उनके उत्तर जानता हूँ किन्तु लिखने के लिए समय कहाँ है? मेरी प्रथम श्रेणी, स्वर्ण पदक सब गये।"

अन्त में प्राध्यापक को उपाय बताना पड़ा। (आजकल प्राध्यापक विद्यार्थी के कान में फुसफुसाता है। पूर्वकाल में इसकी स्वीकृति नहीं थी। आज स्वतंत्र भारत में सभी को एक दूसरे की सहायता करनी पड़ती है।) अतः प्राध्यापक लड़के से कहता है कि प्रश्नपत्र पर ऊपर लिखी टिप्पणी को ध्यानपूर्वक पढ़ो, "किन्हीं तीन प्रश्नों के उत्तर दो।"

अधिक व्यग्रता और प्रथम श्रेणी पाने की चिन्ता में लड़के की क्षमता नष्ट हो गई। वह परीक्षा भवन से भाग खड़े होने का विचार करने लगा।

बहुत से विद्यार्थी परीक्षा में इसलिए असफल नहीं होते कि उन्होंने कुछ पढ़ा नहीं, बल्कि किसी-न-किसी कारण से उनकी क्षमता नष्ट हो जाती है, स्फूर्ति जाती रहती है और वह रिक्त हो जाता है। यद्यपि समस्त विश्वविद्यालय आशा करता था कि वह प्रथम श्रेणी में उत्तीर्ण होगा, किन्तु वह असफल होता है। इसके विपरीत हम जिनके पास होने की आशा नहीं करते थे, वे सहसा उत्तीर्ण हो जाते हैं। हम इस विश्वास से परीक्षा में बैठे कि उत्तीर्ण होने की आशा नहीं, अतः बड़ी जल्दी लिखना प्रारम्भ कर दिया। कुछ क्षमता दिखाई दी। परीक्षक ने समझा कि "यद्यपि विद्यार्थी पिछड़े वर्ग का है किन्तु अधिक खराब नहीं है" उसने ३५% अंक दे दिए और लड़का पास हो गया। अमुक सरदार जी तृतीय श्रेणी में उत्तीर्ण हो गये और अमुक विद्यार्थी अनुत्तीर्ण हो गया। लोग कहते हैं कि सरदार जी भाग्यशाली हैं, दूसरे विद्यार्थी का भाग्य खराब है। वस्तुतः अच्छा-बुरा भाग्य कुछ नहीं है। इसका रहस्य केवल यही है कि आप संतुलित मन से काम करते हैं और संसार में सर्वत्र सफल होते हैं।

अतः हमारे शरीर की शक्ति या तो पुरानी स्मृतियों के कारण अथवा भविष्य की चिन्ता के कारण नष्ट होती रहती है। यदि इन दोनों से बचा जाय तो गुरु कहते हैं कि शक्ति ह्रास का एक तीसरा कारण भी है। इसका प्रभाव हमारे प्रशासकों पर पड़ता है। वह कारण है वर्तमान में उद्वेग। आप सचिवालय में देखते होंगे कि कुछ अधिकारी प्रातः ८ बजे से सायं ८ बजे तक कार्यालय में बैठते हैं; अन्त में चपरासी आकर उनसे कहता है "हुजूर बाल बच्चे घर में हैं, आपको भले ही न जाना हो, किन्तु मुझे तो घर जाना है।" बेचारा अधिकारी सबेरे से शाम तक लगन के साथ काम करता है। फिर भी लोगों की सामान्य धारणा यही है कि वह अधिकारी अपने विभाग का सबसे अकुशल अधिकारी है। हर व्यक्ति उसकी उपेक्षा करता है। यदि आप उसे काम करते देखें तो बड़े मजे की बात दिखाई देगी। इसमें सन्देह नहीं कि वह ईमानदारी से काम करता है, किन्तु वह कोई निर्णय नहीं ले पाता। वह दिन भर बगलें झांका करता है। उसकी मेज पर दोनों ओर फाइलों के ढेर लगे हैं; वह काम का ढेर देखकर परेशान है। तभी चपरासी फाइलों का एक और गट्ठर लेकर आता है और पूछता है, इसे कहाँ रख दूँ? वह अधिकारी उन फाइलों को

लेकर उन पर काम करना प्रारम्भ करता है। वह देखता है कि एक फाइल पर लाल झण्डी लगी है 'तुरन्त' वह उसके लिए चिन्तित होता है। इसलिए जिस फाइल को निपटा रहा था उसे अधूरी छोड़कर बन्द कर देता है। वह तुरन्त वाली फाइल उठाकर पढ़ने लगता है। उसे पढ़ते समय उसका मन पिछली फाइल पर मड़राता रहता है, तब तक चपरासी दूसरी फाइलों का बंडल लेकर आ जाता है। वह उद्विग्न हो जाता है और उसके हाथ-पैर ढीले हो जाते हैं। उसकी समझ में नहीं आता है कि वह क्या काम पहले करे।

इसके विपरीत यदि वह इस बात पर ध्यान दे कि वह एक आदमी का काम नहीं है, यह तो सारे देश का प्रशासन है और वह जो फाइल उठावे उसी पर अपना मन सब तरफ से हटाकर केन्द्रित करें तथा एक निर्णय लेकर उसे हटा दे, तो कम से कम एक काम समाप्त होता है। यदि वहाँ सौ फाइलों का ढेर है तो अब ९९ रह जाती हैं। यदि आप बिना उद्विग्न हुए उन्हें एक-एक निपटाते रहते हैं, तो काम करने की क्षमता आने लगेगी। वर्तमान का उद्वेग हमारी कार्य-क्षमता को बिल्कुल नष्ट कर देता है और शक्ति का क्षय होता है।

इस प्रकार तीन छिद्रों से शक्ति का स्राव हो जाता है– भूतकाल के पछतावे से, भविष्य की अनावश्यक चिन्ता से और वर्तमान के उद्विग्न ज्वर से।

महान आचार्यों का आदेश है कि अपना कोई महान लक्ष्य खोजो, अपने को उस लक्ष्य के लिए समर्पित करो, उस लक्ष्य से प्रेरित होकर उसे प्राप्त करने के लिए जुट जाओ और देखो कि आपको शक्ति का एक नया स्रोत मिलता है। उस शक्ति को गत बातों की निरर्थक स्मृतियों से, अथवा भविष्य के कल्पित दुःखों की चिन्ता से अथवा वर्तमान के उद्वेग से नष्ट न होने दो। अपनी समस्त संग्रहीत शक्ति को कार्य में नियोजित करो। संसार में यही सबसे बड़ा रचनात्मक कार्य है। ऐसा करने से जो व्यक्ति अब तक बिल्कुल अक्षम समझा जाता था, वह महान उपलब्धियाँ पाता है और सफल होता है।

यह बात क्षण भर में बड़ी आसानी से कही जा सकती है, किन्तु इस भावना के अनुसार मन को प्रशिक्षित करने में समय लगता है क्योंकि

हमने मन में इतनी अधिक गलत आदत डाल रखी है कि हम अकुशलता में ही कुशल हो गए हैं। हम मूर्खों के गुरु बन गए हैं। कर्म की कला न जानने के कारण हम जीवन में सब कुछ गलत करने में ही प्रवीण हो गये हैं। जब हर व्यक्ति गल्तियाँ कर रहा है तो समग्र समाज का कर्म देश को अवश्य ही गलत दिशा की ओर ले जायेगा।

यदि समाजवादी संरचना में हर व्यक्ति को एक मोटर-कार दे दी जाय और कोई भी उसे चलाना न जानता हो किन्तु सब लोग उन्हें ले भागें तो सड़क पर उनकी क्या दशा होगी? जनता की सड़क पर सब लोगों को समान अधिकार है। परिणाम यह होगा कि सबकी कारें एक दूसरे से टकरायेंगी और भीड़ में फँस कर खड़ी हो जायेंगी। हम जिस प्रकार का जीवन जी रहे हैं, उसकी भी यही दशा है। हम सब लोग एक सवारी हैं। आगे बढ़ना जानते हैं। बुद्धि बड़ी शक्तिशाली है और उसके द्वारा सब आगे बढ़ रहे हैं। यह कोई नहीं जानता कि अपनी मानसिंक शक्ति पर नियंत्रण कैसे किया जाये और उसे सही दिशा की ओर ठीक ढंग से कैसे लगाया जाये।

अतः जीवन में बड़ी गड़बड़ी है; हर व्यक्ति एक दूसरे से भिड़ा जा रहा है। हर व्यक्ति एक विशेष लक्ष्य पर पहुँचना चाहता है, किन्तु पहुँचता कोई नहीं। हम सब लोग रास्ते में इधर-उधर भटक रहे हैं। कारण केवल यही है कि हम अपने मन को नियंत्रित करना नहीं जानते, हमें पता नहीं कि अपनी शक्ति को एकत्र कर हम उसे कार्य में कैसे नियोजित करें।

जब व्यक्ति अपने अन्दर छिपी नई शक्ति खोज लेता है, उसे व्यर्थ बिखरने से बचाने की कला सीख लेता है, हाथ में आये काम में समग्र शक्ति को नियोजित करना जान लेता है, तो उसके हृदय में अपूर्व आनन्द उद्भूत होता है। इसे कलात्मक सृजन का आनन्द कहते हैं। कलाकार के इस सुख को वही जानता है जिसने कभी उसका अनुभव किया हो। जो कलाकार या कार्यकर्ता संसार में बाहर किसी सृजन का कार्य करता है – वह भले ही कोई छोटा-सा खिलौना हो या कोई बड़ा उपकरण हो, इससे कोई अन्तर नहीं पड़ता कि वह क्या बना रहा है, उसे इस बात का सुख होता है कि संसार में वह कुछ निर्माण कार्य कर रहा है।

इसमें कोई संदेह नहीं कि इस मशीन के युग में मनुष्य का जीवन यन्त्रीकृत हो गया है और इससे प्राचीन काल में कलाकारों को जो सुख प्राप्त होता था वह अब बहुत कुछ नष्ट हो गया है। उन दिनों जब वे लकड़ी या पत्थर का कोई समान बनाते अथवा कोई चित्र तैयार करते थे तो उन्हें इस काम का सुख होता था कि उन्होंने कोई रचनात्मक कार्य किया है। आजकल यन्त्रीकरण के कारण कार्य का इतना अधिक बटवारा हो गया है कि मनुष्य का सृजन सुख लुट गया है। काम करने वाले समझते हैं कि इंजन कहलाने वाला अन्धा, मृत लौह दैत्य ही सब कुछ बना रहा है। लकड़ी का सामान मशीन से बनाया जाता है, चित्रकारी का स्थान फोटोग्राफी ने ले लिया है। फोटोग्राफर को चित्र बनाने का कोई आनन्द अनुभव नहीं होता। उसे केवल यही सुख है कि उसने अपना कैमरा अच्छे ढंग से लगाया। कोई अच्छा चित्र देखकर हम फोटोग्राफर की प्रशंसा नहीं करते। हम उससे यही पूछेंगे कि आपने कौन-सा कैमरा प्रयुक्त किया है। फोटोग्राफर कह सकता है कि मैंने प्रदर्शनी में पुरस्कार प्राप्त किया है। उससे हम यह नहीं पूछते हैं कि वह किस कला-विधि का प्रयोग करता है। हम केवल यह पूछते हैं कि वह कौन-सा कैमरा या किस प्रकार के फिल्टर आदि का प्रयोग करता है। पुरस्कार प्राप्त करने का अधिकारी कैमरा है किन्तु आप अधिक चतुर होने के कारण पुरस्कार लेने के लिए अपना हाथ आगे बढ़ा देते हैं। वस्तुतः पुरस्कार कैमरे को ही मिलना चाहिए, आपने उसमें किया ही क्या? इस प्रकार हम कहीं भी आत्म-गौरव अनुभव नहीं करते, क्योंकि हम कोई सृजनात्मक कार्य नहीं कर पाते। क्योंकि उत्पादन का काम मशीन करती है, हम उसी को उत्पादक समझते हैं। अतः हमारे जीवन का सृजन सुख समाप्त हो गया है और उतने ही अंश में जीव भी नष्ट हो गया है।

यदि हमें ज्ञात हो कि सही दिशा में अपनी दृष्टि कैसे घुमाई जा सकती है, तो हम अपनी धारणा बदलकर आज भी सही ढंग से कार्य करने का सुख पा सकते हैं। उदाहरणार्थ, मुझे टाइप करने का काम मिलता है। यह नीरस समझा जाता है। यदि टाइप करने वाला अपना काम सफाई से करता है, गल्तियाँ नहीं करता है, तो उसे इस बात की प्रसन्नता होगी कि उसने कुछ अच्छा कार्य किया है।

हम जितनी ही निपुणता और पूर्णता से काम करते हैं उतनी ही प्रसन्नता होती है। दूसरे लोग इसे समझें या न समझें, हमें इस बात का संतोष होगा कि हमसे जितना अच्छा बना उस कार्य को सम्पन्न किया। सुख की एक शान्त धारा हमारे हृदय में एक गूढ़ संगीत उत्पन्न करती रहेगी। नगर के निरुत्साहित और निराश क्लर्क के विपरीत खेत में काम करने वाला महान कृषक केवल इसलिए सुखी है कि उसके मन में धन्यता का एक गूढ़ संगीत निरन्तर गूँजा करता है।

आज के आधुनिक संसार में, चाहे भारत हो या अमेरिका, सर्वत्र मानसिक विभ्रम और विशृंखलता इतनी अधिक है कि भौतिक रूप से सब सुख सुविधायें प्राप्त होने पर भी वे सुख से वंचित हैं। यदि आप कर्म के द्वारा सुख चाहते हैं तो आपको कर्म का यह रहस्य अवश्य ही ज्ञात होना चाहिए। सुख का स्रोत अपने ही अन्दर है। यदि हम संगीतपूर्ण सौन्दर्य के इन तारों को झंकृत कर सकें तो निश्चय ही अपने अन्दर संगीत का सुख फूट पड़ेगा। यह सुख सभी उपलब्धियों में विद्यमान रहता है।

इस प्रकार संसार में महान आचार्यों के मतानुसार कोई कर्म तभी अच्छा हो सकता है, जब करने वाले व्यक्ति के सामने कोई महान लक्ष्य होता है। कोई लक्ष्य या आदर्श रखकर उसी को पाने के लिए अपनी शिक्षा ग्रहण करना – लक्ष्य भले ही राजनैतिक या आर्थिक हो, उसे आपने हृदय से चुना हो, किसी अन्य व्यक्ति ने आपके मत्थे न मढ़ दिया हो, आपको वह स्वतः रुचिकर लगता है – तो आप में एक नया उत्साह भर जायेगा और उत्साह होने पर लगन, परिश्रम और एकनिष्ठता भी आ जायेगी। जहाँ उत्साह और प्रेरणा नहीं है, एकनिष्ठता कभी नहीं आ सकती। एक बार आपको वह लक्ष्य मिल जाने पर जो स्वयं आप, आपकी पत्नी, बच्चे, सांसारिक सुखों आदि से कहीं श्रेष्ठ है, आपकी दृष्टि के सामने समग्र समाज है जो आपको आगे बढ़ा रहा है तो आपको एक नई शक्ति का स्रोत मिलेगा। यदि वह शक्ति पूर्व स्मृति या भविष्य की चिन्ता या वर्तमान के उद्वेग में नष्ट नहीं हो जाती, यदि मानसिक शक्ति के विनाश के ये तीनों छिद्र ठीक से बन्द कर दिए जाते हैं, तो अपने अन्दर से प्राप्त हुई समग्र शक्ति का उपयोग हम संसार के विभिन्न कार्यों में कर सकते हैं। कोई कार्य केवल हाथों ही से नहीं किया जाता। हाथों से काम करते

समय हृदय और बुद्धि का उपयोग होना चाहिए। यदि कार्य करने में हाथों को हृदय और बुद्धि का समुचित सहयोग मिलता है तो कार्य में कलात्मक पूर्णता आ जायेगी।

जिन कलाकारों के मन और बुद्धि उनके हाथों के साथ एक जुट होकर काम करते हैं, उन्हें समाधि का सुख प्राप्त होता है। समाधि का सुख एक धार्मिक आनन्द है। जिस व्यक्ति में शारीरिक, मानसिक और बौद्धिक व्यक्तित्व एक साथ समन्वित होते हैं वह व्यक्ति पूर्णता के निकट पहुँच जाता है, अपने अन्दर एक आनन्द का स्रोत खोज लेता है और उस सुख के प्रभाव में वह अधिक उत्तम कार्य कर सकता है।

जिस व्यक्ति को किसी हॉबी में रुचि है, वह इस बात को भली भांति समझ सकता है। हॉबी होने पर मनुष्य अपने काम में जुटा रहता है। हॉबी का अर्थ है हाथ-पैर से कोई ऐसा काम करना जिसमें आपके मन-बुद्धि का भी सहयोग हो। बागवानी जैसे किसी काम में यदि हाथों के साथ मन-बुद्धि भी कार्य करते हैं तो हम कहते हैं कि उससे मनोरंजन होता है। दूसरा व्यक्ति कहता है कि सुबह से शाम तक फुटबाल क्रिकेट खेलने में उसका मनोरंजन होता है। कुछ लोग टैनिस या फुटबाल खेलते हुए पसीने से लथपथ हो जाते हैं, फिर भी कहते हैं कि उन्हें मजा आता है। यदि आपको उतना ही परिश्रम अपने पड़ोसी की सहायता में करना पड़े तो आप इसे मुसीबत समझेंगे। किन्तु टैनिस या फुटबाल के मैदान में दौड़ते-दौड़ते क्लांत और स्वेद-स्नात हो जाने पर भी आप प्रसन्न दिखाई देते हैं।

टैनिस का खिलाड़ी केवल शारीरिक श्रम ही नहीं करता, उसके मन-बुद्धि भी टैनिस खेलने में व्यस्त रहते हैं। कुछ काल के लिए वह सब कुछ भूल जाता है, उसे भूत, भविष्य और वर्तमान का कुछ ध्यान नहीं रहता। वह अपने को खेल में आहुत कर देने पर भी अपने को नवोन्मेषित और प्रफुल्लित अनुभव करता है। इसी प्रकार भले ही हम अपने हाथ-पैर की शक्ति किसी काम में अहोरात्रि व्यय करते रहें, किन्तु हाथ के साथ हृदय और बुद्धि को लगाने की कला हमें ज्ञात हो तो हम देखेंगे कि हम जितना ही अधिक कार्य करते हैं, प्रसन्नता और उत्साह उतना ही बढ़ता है। वस्तुतः यह आनन्द बड़ा विचित्र है।

सिनेमा के तथाकथित सुख में कोई सुख नहीं है। रविवार के दिन आप बारह बजे से टिकट लेने के लिए एक लम्बी पंक्ति में पंक्ति-बद्ध खड़े हो जाते हैं। वहाँ आप किसी शामयाने की आशा नहीं रख सकते। आप को धूप में खड़े रहना पड़ता है। वहीं खड़े-खड़े आप किसी अन्य व्यक्ति से कोका-कोला मँगा कर पीते हैं। आपको भय है कि कहीं आपका स्थान न मारा जाय। वहाँ धूप में खड़े, भूखे, प्यासे, पसीना बहाते बहुत देर परेशान होने पर आपको टिकट मिलता है। आप बहुत प्रसन्न होते हैं। टिकट लेकर आप सिनेमा भवन में जाते हैं। तब आप बड़े उत्साहित होते हैं। आप समझते हैं कि चित्र देखकर बड़ा मजा आवेगा। आप अपनी कुर्सी पर बैठ जाते हैं। किन्तु उस समय भी आपके मन में अनेक चिन्तायें घूमा करती है। आप का भौतिक शरीर तो चित्र का आनन्द लेने के लिए बैठा है, किन्तु मन में अनेक चिन्तायें हैं– भूतकाल का सोच है, भविष्य की समस्यायें हैं। सिनेमा भवन से निकल कर आप कहते हैं कि चित्र बड़ा खराब था। दूसरा व्यक्ति कहता हैं, "आप क्या मूर्खता की बात करते हैं? यह चित्र तो बड़ा सुन्दर है।" अब दो मान्यतायें बन गईं। आप उसकी बात पी जाते हैं और घर चल देते हैं। आपके मन में यह धारणा बनी रहती है कि चित्र कुछ अच्छा नहीं था; इस प्रकार आपको कहीं भी सुख नहीं मिलता।

वास्तविक सुख उस कार्य में है जिसमें हृदय और बुद्धि का सहयोग रहता है। कार्य भले ही कष्टकारक और दुखद हो किन्तु व्यक्ति को उसमें बड़ा मजा आता है। इसका विशेष अनुभव पिकनिकों में होता है। ग्रीष्मावकाश में दक्षिण भारत के लड़के उत्तर में छुट्टी मनाने जाते हैं। वे आगरे में उतर कर शहर की सड़कों पर घूमते हैं। उन दिनों वहाँ की सड़के दोपहर में वीरान पड़ी रहती हैं। आगरे के लोग लू से बहुत डरते हैं। उन्हें कमरे की खिड़कियाँ खोलने में यह डर लगता है कि कहीं उन्हें लू न लग जाये। बाहर देखते हैं तो उन्हें दक्षिण भारत के ये विचित्र लोग बिना छाता लगाए घूमते दिखाई देते हैं। वे सोचते हैं कि न जाने ये लोग धूप में कैसे चल लेते हैं? वे अपनी खिड़कियाँ बन्द कर यह कल्पना करते हैं कि शायद दक्षिण भारत में यहाँ से अधिक गर्मी होती होगी। उसके अभ्यस्त होने के कारण ये लोग यहाँ धूप में आसानी से

घूम लेते हैं। किन्तु बेचारे दक्षिण भारतीय इस ओर ध्यान ही नहीं देते कि यहाँ बहुत गर्मी है। वे अपने विचारों में डूबे रहते हैं। वे आगरा घूमने आये हैं। वहाँ उन्हें कितनी ही तकलीफ क्यों न हो किन्तु वे उसे आराम समझते हैं उन्हें तो छुट्टियों की मौज लेनी है। उसी के लिए वे यहाँ आये हैं। वे चिलचिलाती धूप में घूमते है, जो कुछ मिलता है, खा लेते हैं और स्टेशन पर सोते हैं, जो गाड़ी मिले उसी में यात्रा करते, जो भी कठिनाई आवे उसे सहन करते हुए वे पिकनिक का आनन्द लेते घूमते हैं। उनके हृदय और बुद्धि उनके शरीर के साथ रहने के कारण वे अपने अन्दर आनन्द पाते हैं।

आगरे से लौटकर दक्षिण भारत में जब वह युवक अपने घर पहुँचता है और उसका वृद्ध बाबा उससे कहता है कि मेरे लिए चौराहे से पान ला दो, तो उसके उत्तर में वह कहता है कि इस समय बड़ी धूप है। वह भूल जाता है कि जब थर्मामीटर ११४° पर था वह आगरे की सड़को पर पांच मील घूमता-टहलता चला गया और सुख का अनुभव करता रहा परन्तु वहाँ थर्मामीटर केवल ८०° पर है फिर भी वह उस वृद्ध पुरुष के लिए पान नहीं ला सकता। कारण स्पष्ट है कि अब उसका हृदय और बुद्धि वहाँ नहीं है, इसलिए वह दुःख अनुभव करता है।

हम और आप जीवन में कोई आशा और उत्साह नहीं पाते। कारण यह नहीं कि संसार में कोई काम नहीं है। हम कोई ऐसा काम नहीं खोज पाते जिससे भौतिक शरीर ही नहीं वरन् हमारा हृदय और हमारी बुद्धि भी सहयोग कर सकें। जो व्यक्ति अपने व्यक्तित्व के इन तीनों पक्षों को कार्य-क्षेत्र में लगा सकता है वह बड़े उत्साह से कार्य करता है। उत्साहित कार्य एक तो अधिक सुन्दर होता है, दूसरे काम करने वाले को उससे बड़ा आनन्द मिलता है। इस प्रकार कार्य करना ही जीवन की कला है। इसका वर्णन वेदों में और विशेष रूप से गीता में मिलता है। गीता अपनी भाषा में कार्य करने की वह विधि बताती है जिससे मनुष्य की समस्यायें हल होती हैं।

आधुनिक शैली में मैंने आपको बताया कि पहले हमें एक लक्ष्य की खोज करनी चाहिए। उससे प्रेरणा पाकर जो शक्ति अन्दर से उद्भूत होती है उसे भूतकाल के अनावश्यक शोक में, भविष्य की व्यर्थ चिन्ता में अथवा

वर्तमान के उद्वेग में नष्ट नहीं होने देनी चाहिए। इस प्रकार यदि हम अपने हाथ के कार्य के साथ अपना हृदय और अपनी बुद्धि भी जोड़ देते हैं तो कार्य में निपुणता और गति तो आती ही है, उसके द्वारा हमें कार्य से आनन्द भी प्राप्त होता है।
